Lu

RENCONTRES

Attirance

*

Tentation

*

Désir

NORA ROBERTS

Attirance

éditions Harlequin

Cet ouvrage a été publié en langue anglaise
sous le titre :
UNTAMED

Traduction française de
FABRICE CANEPA

HARLEQUIN®

est une marque déposée du Groupe Harlequin

Originally published by SILHOUETTE BOOKS,
division of Harlequin Enterprises Ltd.
Toronto, Canada

83-85, boulevard Vincent-Auriol, 75013 PARIS — Tél. : 01 42 16 63 63
Service Lectrices — Tél. : 01 45 82 47 47
ISBN 2-280-09520-3

1.

Le fouet claqua sèchement dans l'air et, en un parfait accord, les douze lions sautèrent au bas des piédestaux sur lesquels ils se trouvaient. Simultanément, ils gagnèrent le centre de la piste et s'immobilisèrent face à leur dresseuse, disposés en forme de huit.

Cet exercice exigeait d'eux une parfaite coordination que seules des heures d'entraînement et de patientes répétitions avaient permis d'obtenir. Un nouveau claquement retentit et les fauves s'allongèrent, leurs lourdes têtes reposant sur leurs pattes de devant.

— Tête haute ! s'exclama la dresseuse d'une voix autoritaire.

Les lions obéirent aussitôt, s'immobilisant dans une position qui rappelait celle du sphinx.

L'exercice continua et la dresseuse les fit successivement marcher sur leurs pattes arrière, sauter à travers un cerceau, passer d'un piédestal à l'autre et se rassembler au centre de la piste.

Elle s'allongea alors au milieu d'eux et fit rugir l'un de ses animaux. Se redressant, elle les fit se relever et se diriger un par un vers le tunnel qu'avait ouvert son assistant et qui menait à leurs propres cages.

Finalement, il ne resta plus qu'un seul mâle, le plus impressionnant de tous, qui se frotta contre les jambes de sa dresseuse en ronronnant. Elle le gratta derrière l'oreille avant de monter sur son dos pour faire le tour de la cage avec autant de naturel que si elle s'était trouvée juchée sur un cheval.

Puis elle descendit et fit sortir le dernier lion après lui avoir fait faire une révérence.

Elle se retrouva alors seule dans la cage et se tourna vers l'homme qui se trouvait à l'extérieur et avait observé avec attention sa démonstration

— Alors, Duffy ? fit-elle. Qu'en penses-tu ? Est-ce que nous sommes prêts ?

Duffy exhala une bouffée de cigare et passa la main dans ses cheveux coupés au bol qui le faisaient paraître bien plus jeune qu'il ne l'était en réalité. Le directeur du cirque Prescott était un homme de petite taille d'apparence débonnaire.

Ses grands yeux bleus et les taches de rousseur qui constellaient ses joues rappelaient ses origines irlandaises et accentuaient l'impression d'innocence et de gentillesse qui se dégageait de lui.

A le voir, il était difficile d'imaginer qu'il dirigeait l'un des plus gros cirques du pays. Mais les apparences étaient trompeuses et Duffy était incontestablement le plus doué de tous ceux qui avaient assumé cette redoutable responsabilité.

— Cela vaudrait mieux pour toi, Jo, répondit-il avec un sourire teinté d'une légère ironie. La première a lieu demain soir à Ocala.

Jo lui rendit son sourire et s'étira langoureusement pour

chasser la tension qui l'habitait. Elle venait de passer plus de trente minutes dans la cage à parfaire son numéro et se sentait prête à affronter le regard du public.

— Mes chats sont impatients de reprendre la route, déclara-t-elle. L'hiver a été long et, comme nous tous, ils ont hâte de retrouver la piste.

Duffy hocha la tête. Il savait que, comme la plupart de ses employés, la jeune dresseuse brûlait de repartir en tournée. Et la prestation à laquelle il venait d'assister l'avait convaincu du fait qu'elle était tout à fait prête.

Il avait été très impressionné par la maîtrise parfaite dont elle avait fait preuve. Pendant toute la durée de la démonstration, elle avait fait montre d'une maîtrise et d'une concentration impressionnantes.

Ses qualités de dresseuse égalaient à présent celles de son père, Steve Wilder, qui avait été l'un des plus grands dompteurs de son temps. De sa mère acrobate, elle avait hérité la silhouette mince et nerveuse et les traits délicats de son visage.

Ses beaux yeux verts, ses pommettes hautes et bien dessinées et ses longs cheveux d'un noir de jais faisaient tourner bien des têtes. Et sa beauté était encore accentuée par la couleur de miel qu'avait donnée à sa peau le doux soleil de Floride.

Pourtant, Duffy savait que, sous cette apparence fragile et angélique, se dissimulait une volonté de fer grâce à laquelle Jo exerçait sur ses animaux un contrôle presque absolu. D'un œil attentif, il la suivit tandis qu'elle donnait ses instructions aux garçons chargés de nourrir et de soigner les fauves. Puis elle sortit enfin de la cage et le rejoignit.

Tous deux se dirigèrent alors vers le bureau de Duffy.

— Tu as l'air préoccupé, remarqua-t-elle. Est-ce que l'un de nous a décidé de ne pas repartir en tournée ?

— Non.

Cette réponse laconique ne fit qu'aiguiser la curiosité de la jeune femme. Duffy n'avait pas l'habitude de se montrer si peu loquace. Mais elle le connaissait suffisamment pour comprendre qu'il était parfaitement inutile de le presser de questions. Il parlerait lorsqu'il l'aurait décidé et pas avant.

Tandis qu'ils traversaient le terrain sur lequel le cirque avait élu domicile durant les mois d'hiver, Jo observa l'activité bourdonnante qui y régnait. La plupart des artistes répétaient leurs prochains numéros. Vito, le funambule, avait tendu une corde entre deux arbres et perfectionnait ses dons d'équilibriste.

Les Mendalson, un couple de jongleurs, faisaient voltiger entre eux toutes sortes d'objets à une vitesse prodigieuse. Leur maîtrise était telle qu'ils paraissaient défier les lois de la gravité, offrant une prestation qui confinait à la magie. Plus loin, les écuyers soignaient leurs chevaux en échangeant des plaisanteries en espagnol.

La jeune femme aperçut aussi l'une des filles des Stevenson juchée sur des échasses. Elle était née six ans auparavant, alors que Jo, alors âgée de seize ans, venait de commencer sa carrière de dresseuse.

Jo ne put s'empêcher de sourire. Cette scène qui aurait probablement semblé très exotique aux yeux de la plupart des gens était pour elle aussi familière que rassurante. Elle aimait ce monde chamarré, cette complicité profonde qui régnait au sein de la petite communauté.

Pour tous les artistes, le cirque était bien plus qu'un simple métier. C'était un mode de vie. Et Jo n'en avait pas connu d'autre. Née de parents saltimbanques, elle avait passé sa vie sur les routes avec ces gens qui étaient devenus aussi chers à son cœur que s'ils avaient fait partie de sa famille.

C'étaient eux qui lui avaient enseigné tout ce qu'elle savait et transmis les valeurs qui étaient aujourd'hui les siennes. Elle avait grandi au milieu des lions, des chevaux et des éléphants, traversé le pays en tous sens, appris à jongler, à marcher sur un fil et à faire du trapèze.

Et son père lui avait fait partager son don le plus précieux, l'art du dressage. Chaque fois qu'elle entrait dans la cage, chaque fois qu'elle saluait son public, elle pensait aux heures qu'il avait passées à lui prodiguer des conseils, à l'encourager, à l'aider à surmonter sa peur et à comprendre ces fauves qu'elle aimait tant.

Cela faisait aujourd'hui plus de quinze ans que ses parents étaient décédés mais ils continuaient à influencer l'existence entière de la jeune femme.

Alors qu'ils approchaient du bureau de Duffy, Jo aperçut les jonquilles qui poussaient devant la fenêtre. C'était elle qui avait planté ces fleurs avec Frank Prescott. Elle avait alors treize ans et était désespérément amoureuse d'un acrobate de trois ans son aîné, qui ne lui accordait pas même un regard.

Tandis que Frank et elle jardinaient côte à côte, il avait su trouver les mots pour la consoler et réparer son cœur brisé.

— Je n'arrive pas à croire qu'il soit mort, soupira-t-elle comme ils pénétraient dans le bureau de Duffy.

Le mobilier de cette pièce se limitait à une table de travail, trois chaises et quelques armoires en métal qui renfermaient tous les documents ayant trait à la gestion du cirque. Les murs, par contre, étaient recouverts d'affiches aux couleurs flamboyantes. On y voyait des éléphants, des trapézistes, des acrobates et des dresseurs. Chacune d'elles semblait renfermer un peu de cette magie propre au grand chapiteau.

— J'avoue que moi non plus, soupira Duffy en refermant la porte derrière eux. Je m'attends sans cesse à le voir surgir avec une de ces idées délirantes dont il avait le secret.

Tout en parlant, Duffy avait allumé l'antique machine à espresso aux reflets cuivrés qui constituait son trésor le plus cher. Il remplit alors le filtre de café fraîchement moulu et leur servit deux tasses. Il en tendit une à Jo qui avait pris place sur l'une des chaises disposées face au bureau.

— Il nous manque à tous, répondit-elle après avoir avalé une gorgée de ce délicieux nectar. Et la tournée ne sera pas la même sans lui…

Duffy marqua son accord d'un léger hochement de tête. Dans ses yeux se lisait un mélange de tristesse et de résignation.

— Ce n'est pas juste, ajouta la jeune femme avec une pointe de colère. Il n'était pas si vieux que cela. Pourquoi a-t-il fallu qu'il meure d'une crise cardiaque ?

De fait, le décès de Frank Prescott à l'âge de cinquante-quatre ans avait surpris tout le monde. Jusqu'alors, il avait toujours joui d'une parfaite santé et d'une intarissable vitalité.

Tous avaient amèrement pleuré sa disparition. Car Frank était de ces hommes qui ne laissent personne indifférent : enthousiaste, affectueux, plein d'humour, il savait communiquer à ceux qui l'entouraient cette joie de vivre qui le caractérisait.

Mais Jo avait été plus profondément affectée encore que les aures par sa disparition. Car depuis la mort de ses parents, c'était Frank qui avait veillé sur elle. Il l'avait toujours considérée comme la fille qu'il n'avait jamais eue et, lorsqu'il était mort, la jeune femme avait eu l'impression de perdre son père une nouvelle fois.

— Cela fait près de six mois, remarqua Duffy qui n'avait cessé de l'observer attentivement, lisant sur son visage le mélange de tristesse et de révolte qui lui était devenu si familier.

— Je sais, acquiesça-t-elle en laissant la tasse de café réchauffer ses mains glacées.

Elle s'efforça de chasser la profonde mélancolie qui l'assaillait. Frank n'aurait pas voulu qu'elle se laisse aller de cette façon. Au contraire, il s'était toujours efforcé de transmettre à la jeune femme sa proverbiale bonne humeur et cet appétit de vivre qui l'animait.

— J'ai entendu dire que la tournée de cette année serait exactement la même que celle de l'an dernier, observa-t-elle pour faire diversion. Treize Etats en tout... Est-ce une forme de superstition ?

La question était purement rhétorique : comme tous ceux qui travaillaient avec lui, Jo savait que Duffy croyait aux signes et aux présages. Ne conservait-il pas précieusement un trèfle à quatre feuilles dans son portefeuille et une patte de lapin accrochée au rétroviseur de sa camionnette ?

— Disons que je ne tiens pas à tenter le diable, répondit le petit homme en s'asseyant derrière son bureau. Surtout en ce moment...

Jo comprit qu'il s'apprêtait enfin à entrer dans le vif du sujet. De fait, il croisa les doigts et tira vainement sur son cigare éteint.

— Nous devrions arriver à Ocala vers 6 heures, demain, reprit-il. Si tout se passe bien, le chapiteau sera monté avant 9 heures.

— Cela nous laissera plus d'une heure pour la parade, remarqua la jeune femme. Et nous serons prêts pour la première représentation vers 2 heures.

— Exact. Et Bonzo nous a annoncé du beau temps. Il devrait donc y avoir pas mal de monde…

— Tu sais ce que je pense des prédictions météorologiques de Bonzo, objecta Jo en souriant. A mon avis, il ferait mieux de s'en tenir au monocycle !

Duffy hocha la tête d'un air distrait, mâchouillant nerveusement son cigare froid. Percevant la nervosité qui l'habitait, Jo sentit monter en elle une pointe d'angoisse.

— Vas-tu me dire ce qui se passe exactement ? demanda-t-elle enfin, incapable de supporter cette attente.

— Eh bien… Quelqu'un va se joindre à la troupe à Ocala, répondit Duffy en regardant la jeune femme droit dans les yeux.

Dans ses prunelles bleu pâle, elle lut un mélange d'inquiétude et de résignation.

— Je ne sais pas combien de temps il restera avec nous, ajouta-t-il.

— Ne me dis pas que nous allons devoir intégrer un bleu au dernier moment ! s'exclama Jo.

Duffy secoua la tête.

— Un écrivain ou un journaliste, alors ? Quelqu'un qui travaillera une semaine ou deux comme homme à tout faire et prétendra avoir tout compris au monde du cirque ?

— Je ne pense pas qu'il accepte de travailler comme manœuvre, répondit son vieil ami. Et j'ai effectivement très peur qu'il ne comprenne rien à notre univers. Malheureusement, il nous faudra faire tout notre possible pour qu'il y parvienne.

Duffy lança le mégot de son cigare dans sa corbeille avant

d'en sortir un nouveau qu'il alluma, mettant à rude épreuve la patience de son interlocutrice.

— Mais de qui s'agit-il ? s'exclama-t-elle. Pas d'un nouvel artiste, je suppose ?

— Non. Cet homme n'est autre que notre nouveau propriétaire…

Jo ne répondit pas, se contentant de rester parfaitement immobile. Mais Duffy la connaissait suffisamment pour percevoir la tension qui l'habitait en cet instant.

— Non, murmura-t-elle enfin. Pas lui ! Pourquoi se décide-t-il brusquement à se manifester ? Pourquoi maintenant ?

— Parce que c'est son cirque, à présent, répondit Duffy.

— Ce n'est pas son cirque ! protesta vivement la jeune femme. Ça ne sera jamais son cirque !

La colère qui se lisait à présent dans ses yeux était d'autant plus vive que Jo n'avait pas pour habitude de laisser libre cours à ses émotions. En tant que dresseuse, elle exerçait d'ordinaire un parfait contrôle sur elle-même.

— C'est le cirque de Frank ! conclut-elle.

— Mais Frank est mort, objecta Duffy. Et le cirque appartient désormais à son fils.

— Son fils ? répéta Jo d'un ton méprisant.

Elle passa nerveusement la main dans ses longs cheveux noirs puis se leva brusquement pour gagner la fenêtre. Là, elle s'immobilisa, regardant sans les voir les trapézistes qui répétaient leur numéro.

Un brouhaha de voix lui parvenait, étouffé par la vitre close. On y reconnaissait un improbable mélange de dialectes et d'accents auquel elle était habituée. Les artistes provenaient de tous les pays du monde et tous finissaient par acquérir une maîtrise peu commune des langues étrangères.

— Quel genre de fils refuse de rendre visite à son père ? articula-t-elle froidement. En trente ans, il n'est pas venu le voir une seule fois. Il ne lui a jamais écrit la moindre lettre. Il n'a même pas daigné assister aux funérailles !

Jo ravala la colère et la tristesse que lui inspirait cette idée. Elle savait mieux que personne combien Frank avait souffert de cette absence, combien il avait espéré qu'un jour, son unique enfant oublierait ses rancœurs et reviendrait vers lui. En vain.

— Pourquoi viendrait-il aujourd'hui ? soupira-t-elle.

— Tu sais qu'il y a deux faces à toute médaille, Jo, répondit posément Duffy. Tu n'étais pas née lorsque la femme de Frank est partie. Tu ne sais donc pas pourquoi elle l'a fait ni les raisons pour lesquelles ni elle ni le garçon n'ont jamais repris contact avec lui.

Jo se tourna vers son ami et ce dernier comprit qu'elle avait repris le contrôle de ses émotions. Mais la froideur qu'il percevait en elle prouvait qu'elle n'était prête ni à comprendre ni à pardonner.

— Ce n'est plus un garçon, aujourd'hui, répondit-elle durement. Il a trente-deux ans. Il est avocat à Chicago. Et, apparemment, il a parfaitement réussi sa vie. Il est même très riche. Pas seulement grâce à ce que lui rapporte son cabinet, d'ailleurs. Il a hérité de beaucoup d'argent à la mort de sa mère. Ce cirque n'a donc aucune valeur, à ses yeux.

Duffy haussa les épaules.

— Va savoir ! répondit-il. Peut-être compte-t-il s'en servir pour obtenir des réductions fiscales. Peut-être a-t-il toujours rêvé de monter sur un éléphant. Peut-être veut-il vendre nos actifs, histoire de se débarrasser une bonne fois pour toutes de cet héritage inutile…

— Il ne peut pas faire ça ! s'exclama Jo, sentant une brusque terreur l'envahir.

— Bien sûr que si, répondit Duffy en tirant nerveusement sur son cigare. Le cirque lui appartient et il peut en faire ce que bon lui chante. Y compris le vendre par morceaux, si c'est ce qu'il souhaite.

— Mais nous avons signé des contrats avec des tas de municipalités jusqu'en octobre.

— Allons, Jo ! Tu sais très bien qu'il n'aura qu'à faire jouer la clause libératoire, quitte à payer quelques indemnités qui seront plus que couvertes par la vente du cirque. Après tout, il est avocat. Ce serait certainement un jeu d'enfant pour lui. Et, même s'il ne recourt pas à une solution aussi drastique, il n'aura qu'à attendre que nous ayons rempli nos obligations et veiller à ce que nous n'en contractions pas de nouvelles. Il vendra alors en octobre…

Constatant le profond désarroi qui se lisait sur le visage de la jeune femme, Duffy songea qu'il était peut-être allé un peu trop loin. A quoi servait-il de transmettre ses propres angoisses ? Après tout, Jo n'avait pas plus que lui la possibilité de peser sur leur avenir.

— Evidemment, reprit-il, rien ne garantit qu'il vendra, soupira-t-il. Tout ce que je voulais dire, c'est que c'est une possibilité à laquelle nous devons nous préparer.

— Mais il doit bien y avoir quelque chose à faire pour empêcher cela, protesta la jeune femme.

— Peut-être… Tout d'abord, nous devons lui montrer que le cirque peut constituer une source non négligeable de profits. Ensuite, il faut le convaincre que nous offrons un spectacle de qualité et qu'il serait dommage de fermer une si belle entreprise. Il faudrait lui faire comprendre ce que

Frank a construit, ce pour quoi il s'est battu, ce qu'il espérait nous voir devenir. Et je crois que tu es la mieux placée pour faire son éducation.

— Moi ? s'exclama Jo, partagée entre la stupeur et la colère. Mais pourquoi ? Tu as bien plus d'expérience en matière de communication et de relations publiques. Moi, j'ai l'habitude de former des lions, pas des avocats.

— Peut-être. Mais tu étais plus proche de Frank qu'aucun d'entre nous. Et personne ne connaît ce cirque mieux que toi. Enfin, tu es intelligente. Je n'ai jamais cru que tous ces livres que tu as lus te serviraient un jour à quelque chose mais, aujourd'hui, il se peut qu'ils aient enfin leur utilité…

— Je ne vois pas en quoi le fait que j'aime Shakespeare m'aidera à initier Keane Prescott à la vie du cirque, protesta la jeune femme. Bon sang, Duffy ! Je ne connais pas ce type mais je le déteste déjà de tout mon cœur ! Le simple fait de penser à lui me rend furieuse. Crois-tu vraiment que cela fasse de moi la personne idéale pour une telle mission ?

— Si tu ne penses pas être capable de l'assumer…, commença son vieil ami.

— Ce n'est pas ce que je voulais dire ! protesta Jo.

— Je comprendrais très bien que tu aies peur de prendre une telle responsabilité.

— Je n'ai pas peur, répliqua-t-elle. Je travaille avec des fauves tous les jours et ce n'est pas un malheureux avocat de Chicago qui va m'inquiéter.

La jeune femme se mit à faire les cent pas dans le bureau tandis que Duffy la suivait des yeux, un sourire amusé aux lèvres.

— Bien sûr, répondit-il. Mais si tu ne te sens pas à la hauteur…

— Si Keane Prescott compte vraiment passer l'été avec nous, l'interrompit-elle vivement, je me ferai un plaisir de rendre son séjour parmi nous mémorable !

— Très bien ! s'exclama Duffy, satisfait. Tâche juste de le ménager un peu.

— Compte sur moi ! s'exclama la jeune femme en se dirigeant vers la porte.

Lorsque celle-ci se referma en claquant derrière elle, Duffy se demanda s'il ne venait pas de commettre une erreur. Mais il connaissait suffisamment Jo pour savoir qu'il était désormais trop tard pour faire marche arrière.

Les premiers rayons du soleil nimbaient d'une lueur rosée la vaste prairie herbeuse sur laquelle la caravane du cirque Prescott venait de s'immobiliser. En quelques minutes, cet endroit paisible et désert s'était transformé en véritable petite ville.

Jo sauta au bas de sa camionnette pour aller détacher sa roulotte sur laquelle étaient peintes des étoiles multicolores. Pendant les prochains mois, ce serait son unique demeure, la seule, en fait, dans laquelle elle se sentait réellement chez elle.

Elle était heureuse de reprendre la route. Et, pour une fois, Bonzo ne semblait pas s'être trompé. Pas un nuage ne maculait le ciel mordoré. L'air était frais mais cette sensation était revigorante après la nuit qu'elle avait passée au volant.

Autour d'elle, elle vit les membres de la troupe s'activer gaiement. Dans un joyeux tintamarre, chacun vaquait à ses activités. Les manœuvres avaient déjà ouvert le gigantesque camion qui contenait les mâts et la toile du grand chapiteau.

Jo se dirigea alors vers celui qui renfermait les cages de ses animaux. Ses trois assistants avaient commencé à les décharger. Lorsqu'elle s'approcha pour leur prêter main-forte, Buck lui décocha un sourire complice. Lui aussi paraissait ravi de se remettre enfin au travail.

Jo le connaissait depuis de longues années puisqu'il travaillait déjà pour son père lorsqu'elle était enfant. Il avait même monté un numéro après la mort de ce dernier, le temps que la jeune femme soit en âge de reprendre les rênes.

Lorsqu'elle l'avait fait, il n'avait pas caché son soulagement. Car s'il ne craignait pas les fauves les plus dangereux, il était par contre d'une timidité maladive et redoutait par-dessus tout le regard du public.

C'était d'autant plus étonnant de la part d'un homme qui mesurait près d'un mètre quatre-vingt-dix et possédait une musculature de lutteur. Ses bras étaient aussi larges que les cuisses de la jeune femme et sa longue chevelure blonde lui donnait un air sauvage et indomptable.

Pourtant, il y avait en lui une immense douceur. Et personne ne faisait preuve de plus de tendresse lorsqu'il s'agissait de soigner un animal malade ou blessé ou d'aider une lionne à accoucher.

Pete paraissait être l'exact opposé de Buck : très noir de peau, il était petit et frêle. Son âge était incertain mais la jeune femme estimait qu'il devait avoir entre quarante et cinquante ans. Cinq ans auparavant, il était venu voir Jo pour lui demander du travail.

Jamais il ne lui avait dit ce qu'il avait fait auparavant et elle s'était bien gardée de lui poser la question. Pour elle, comme pour la plupart des enfants de la balle, le respect de la vie privée était une valeur primordiale. La seule existence qui comptait réellement était celle qui commençait lorsqu'on s'engageait au sein de la troupe.

Mais la jeune femme avait instantanément été séduite par le calme et la patience de Pete. Il était aussi l'un des seuls à partager sa passion pour la lecture et le poker, jeu qu'il maîtrisait à la perfection.

Gerry, le plus jeune de ses assistants, avait dix-neuf ans. C'était le fils de l'une des couturières du cirque et de l'homme qui tenait la boutique de souvenirs et de sucreries. Il rêvait de devenir un dresseur et Jo avait entrepris de le former à cet art.

— Alors ? demanda-t-elle aux trois hommes. Comment vont-ils ?

— Très bien, répondit Buck. Hamlet est un peu nerveux mais c'est normal. C'est la première fois qu'il voyage.

Jo s'approcha de la cage du jeune lion qui tournait nerveusement derrière les barreaux.

— Celui-là te donnera du fil à retordre, ajouta Buck.

— Je sais, acquiesça la jeune femme en souriant. Mais il est très intelligent.

Elle se redressa et attacha ses longs cheveux noirs.

— Regardez, nous avons déjà de la visite, remarqua-t-elle en désignant les véhicules qui venaient de se garer en bordure de la prairie.

C'était toujours ainsi que les choses se passaient. Le cirque exerçait une véritable fascination sur les habitants des régions qu'ils traversaient. Peut-être était-ce parce que cet univers leur rappelait leur enfance, peut-être parce qu'il leur paraissait profondément exotique.

Parfois, certaines personnes proposaient même leur aide pour monter le grand chapiteau. Elles étaient récompensées par un billet gratuit et un repas avec les artistes qui leur laissait généralement un souvenir impérissable. Il était même arrivé qu'une telle expérience fasse naître en elles cet amour de la piste qui animait tous les forains.

— Veillez à ce qu'ils n'approchent pas des cages, ordonna Jo à ses assistants. Je ne veux pas qu'ils énervent les animaux avant le spectacle.

Sur ce, la jeune femme se dirigea vers le chapiteau central. Buck lui emboîta le pas et ils prêtèrent main-forte à ceux qui s'activaient déjà pour dresser les mâts et accrocher les cordes qui soutiendraient la lourde toile aux rayures rouges et blanches.

L'air retentissait d'instructions parfois contradictoires, de grognements d'effort, de jurons, de plaisanteries et de rires. Alors qu'ils finissaient de dresser l'impressionnant mât central, Jo s'approcha de Maggie, l'aînée des six éléphants que possédait le cirque.

Obéissant à ses instructions, l'animal lui présenta sa trompe sur laquelle elle prit place et la hissa sur son dos. Juchée sur cet improbable promontoire, Jo commença à attacher les différentes cordes qui soutiendraient la tente proprement dite.

Le soleil était à présent plus haut dans le ciel, illuminant la prairie de ses rayons dorés. Sa douce chaleur faisait monter aux narines de la jeune femme l'odeur des fleurs des orangers qui poussaient dans le champ voisin. Elle se mêlait à celle de Maggie et de son harnachement de cuir.

S'agenouillant, la jeune femme tapota le crâne du pachyderme qui leva sa trompe et fit résonner un retentissant barrissement. Jo éclata de rire, sentant monter en elle une exaltation familière.

Après des mois d'inactivité forcée, elle était heureuse de retrouver cette vie qui lui avait tant manqué. Elle se sentait libre, jeune et intensément vivante.

S'immobilisant une minute, elle s'efforça de prendre une photographie mentale de cet instant, d'en capturer l'essence même pour pouvoir se le rappeler chaque fois qu'elle serait en proie au doute et à l'incertitude.

Et lorsqu'elle serait vieille et qu'elle aurait quitté à regret cet univers qu'elle aimait tant, il lui suffirait d'évoquer ce moment pour sentir monter en elle une douce nostalgie et le souvenir de sa jeunesse envolée.

Rassérénée par cette pensée, la jeune femme baissa les yeux vers les gens qui s'activaient en contrebas. Et, presque instantanément, elle surprit un regard posé sur elle. L'homme qui la fixait était grand et bien bâti. Il se tenait très droit et ne manquait pas d'une certaine prestance.

Ses cheveux d'un blond foncé étaient coupés court et la brise qui s'était levée les avait décoiffés. Son visage mince, ses joues soigneusement rasées, ses pommettes hautes et bien découpées et son menton volontaire dessinaient une physionomie très agréable.

Il n'était peut-être pas aussi beau garçon que Vito, décida Jo. Mais, alors que le funambule avait une apparence légèrement androgyne, il se dégageait de l'inconnu un charme viril. Son attitude trahissait un mélange d'assurance et de volonté.

L'expression de ses yeux brun clair était grave et sa bouche ne souriait pas tandis qu'il continuait à la fixer avec attention. Il y avait dans son regard quelque chose de direct et de franc qui plut à la jeune femme. Il lui rappelait un peu Ari, son lion favori.

Tandis qu'elle l'observait de la sorte, il ne détourna pas la tête, ne rougit pas, ne lui décocha aucun sourire gêné. Frappée par cette nouvelle marque d'assurance, elle éclata de rire et, d'une pression des genoux, fit avancer Maggie en direction de l'inconnu.

— Vous voulez faire un tour ? lui demanda-t-elle.

Il leva un sourcil étonné et, à présent qu'elle était plus proche de lui, elle constata que la couleur de ses yeux était bien la même que celle des prunelles d'Ari.

— Maggie ne vous fera pas de mal, l'encouragea-t-elle. Elle est aussi douce qu'un agneau. Un gros agneau, bien sûr.

L'homme hocha la tête et s'avança vers elle. Elle ne put s'empêcher de remarquer sa démarche féline qui l'étonna un peu. Pour un citadin, force était de reconnaître qu'il savait bouger, songea-t-elle en décochant à Maggie une tape derrière l'oreille droite.

L'éléphant s'agenouilla lentement et Jo tendit la main à l'inconnu. Avec une agilité déconcertante, il se hissa derrière elle et se jucha en croupe.

— Debout, Maggie ! ordonna la jeune femme.

Avec un soupir résigné, le pachyderme se releva lentement, secouant à peine ses passagers.

— Vous arrive-t-il souvent de prendre en selle des inconnus ? demanda l'homme.

Sa voix était grave et chaude et, en l'entendant, Jo ne put s'empêcher de se sentir légèrement troublée.

— C'est Maggie qui vous a pris en selle, répondit-elle.

— C'est vrai, acquiesça-t-il. Et je dois dire qu'elle n'est pas très confortable…

Jo sourit.

— Imaginez un peu ce que vous ressentiriez en traversant la ville sur plusieurs kilomètres lors de la parade !

— Je crois que je préfère éviter ce genre d'expérience. Est-ce que vous êtes son cornac ?

— Non. Je m'occupe des chats. Vous savez que vous avez les mêmes yeux que l'un d'entre eux ? C'est pour cela que je vous ai laissé monter.

Cette fois, ce fut lui qui éclata de rire. Se retournant, Jo admira la beauté de son visage que cet accès de bonne humeur avait transfiguré.

— C'est fascinant ! s'exclama-t-il. Vous m'avez demandé de monter sur un éléphant parce que j'ai les yeux d'un chat. Il faut croire que c'est mon jour de chance puisque j'espérais justement attirer votre attention.

— Vraiment ? Et pourquoi cela ?

L'homme l'observa attentivement pendant quelques instants avant de secouer la tête.

— Vous ne le savez vraiment pas ?

— Je ne vous poserais pas la question dans le cas contraire, remarqua Jo en haussant les épaules. Et je ne perdrais pas mon temps à poser des questions si j'en connaissais déjà la réponse. Maintenant, accrochez-vous. Nous avons du travail…

Jo dirigea Maggie vers l'un des mâts latéraux. Il était relié à une chaîne que l'un des manœuvres attacha au collier de l'animal. Trois autres éléphants étaient postés autour de la tente. Lorsque tous furent prêts, leurs cornacs leur firent signe d'avancer. Les quatre poteaux se redressèrent alors lentement, soulevant la gigantesque toile du chapiteau fixée au mât principal.

Tel un gigantesque soufflet rouge et blanc, la tente se

redressa au milieu de la prairie. Une fois que les mâts furent solidement plantés dans le sol, les éléphants furent détachés. Jo se tourna vers son compagnon qui avait observé la manœuvre en silence.

— C'est magnifique, n'est-ce pas ? lui dit-elle en désignant le chapiteau.

A cet instant, ils furent rejoints par Vito qui héla Jo en italien. Celle-ci lui répondit dans la même langue et ordonna à Maggie de s'agenouiller de nouveau. Elle aida son passager à descendre avant de sauter à son tour au bas de sa monture. Lorsqu'ils se retrouvèrent face à face, elle fut surprise de découvrir qu'il était plus grand encore qu'elle ne l'avait pensé.

— Vous aviez l'air plus petit, vu d'en haut, remarqua-t-elle avec sa candeur habituelle.

— Et vous plus grande, vue d'en bas, répondit-il en souriant.

Jo tapota affectueusement le cou de Maggie qui se redressa.

— Est-ce que vous viendrez voir le spectacle ? demanda-t-elle.

Sa question la surprit elle-même. Elle réalisa qu'elle avait envie de mieux connaître ce mystérieux inconnu. C'était d'autant plus étonnant qu'elle s'intéressait généralement beaucoup moins aux hommes qu'à ses animaux. Et qu'à ses yeux, les gens de la ville faisaient partie du paysage, rien de plus.

— Oui, répondit-il. Je compte bien y assister.

Il étudia attentivement le visage de la jeune femme.

— Vous présenterez un numéro avec vos chats ? demanda-t-il enfin.

— Oui.

— C'est étrange. En vous voyant, je vous avais prise pour une trapéziste ou une acrobate.

— Ma mère était acrobate, répondit Jo en souriant.

— Jo, ils vous attendent pour monter la petite tente, Maggie et toi, lança alors Vito en italien.

— J'arrive, répondit-elle dans la même langue. Je suis désolée, ajouta-t-elle alors à l'intention du bel inconnu. Je dois vous laisser. J'espère que le spectacle vous plaira.

Elle fit mine de se détourner mais il la prit doucement par le bras. A ce contact, elle ne put réprimer un léger frisson qui la surprit. C'était la première fois qu'elle réagissait de cette façon face à un homme.

— J'aimerais vous revoir, ce soir, lui dit-il gravement.

Jo ouvrit de grands yeux, le contemplant avec une pointe d'étonnement.

— Pourquoi ? demanda-t-elle.

Cette fois, il ne rit pas. Tendant la main vers le visage de la jeune femme, il effleura ses longs cheveux noirs du bout des doigts.

— Parce que vous êtes très belle. Parce que je vous trouve intrigante, répondit-il sans la quitter des yeux.

L'étonnement de Jo se mua en stupeur. Jamais encore elle n'avait imaginé que quelqu'un puisse la trouver belle. Sexy, peut-être, lorsqu'elle était en tenue de scène dans la cage avec ses fauves. Mais certainement pas avec un jean et un pull-over défraîchis…

— Pourquoi pas ? murmura-t-elle enfin. Si les chats n'ont pas besoin de moi, en tout cas… Ari ne se sentait pas très bien, ces derniers temps.

— Je suis désolé de l'apprendre, répondit l'homme avec un léger sourire.

Vito toussota d'un air insistant, la rappelant brusquement à la réalité.

— Je vois que vous avez fort à faire, reprit l'inconnu. Je m'en voudrais de vous retenir inutilement. Mais avant de partir, vous pourriez peut-être m'indiquer où je peux trouver Bill Duffy.

— Duffy ? répéta la jeune femme, stupéfaite. Ne me dites pas que vous cherchez du travail !

— L'idée semble vous étonner. Pourquoi cela ?

— Eh bien… Vous n'avez pas vraiment le profil…

— Dans ce cas, je suppose que je ferais mieux de garder mon emploi actuel. De toute façon, je vous rassure, ce n'est pas pour cela que je veux voir Duffy. Où puis-je le trouver ?

Il n'était pas dans la nature de Jo de poser des questions indiscrètes. Elle s'abstint donc de formuler celle qui lui brûlait les lèvres et chercha Duffy des yeux. Elle l'aperçut près de la tente qui servait de réfectoire.

— Il est là-bas, répondit-elle en le désignant du doigt. C'est celui qui est habillé en M. Loyal.

Sur ce, la jeune femme remonta sur la trompe que lui présentait Maggie et se jucha sur le dos de l'éléphant.

— Demandez-lui de ma part de vous donner un passe, ajouta-t-elle avant de s'éloigner.

2.

Jo se tenait immobile derrière la porte de toile qui donnait sur la piste. Près d'elle se trouvait Jamie Carter, plus connu sous le surnom de Topo. Fils et petit-fils de clown, il avait naturellement suivi les traces de son père et de son grand-père.

Jo le connaissait depuis toujours. Ils avaient à peu près le même âge et avaient grandi ensemble. Elle le considérait plus comme un frère que comme un simple ami.

Observant son visage outrageusement maquillé et son improbable perruque orange, elle réalisa qu'ils cachaient mal son expression anxieuse et défaite.

— Est-ce qu'elle t'a parlé de moi ? demanda-t-il pour la troisième fois en moins de cinq minutes.

Jo ne put retenir un soupir exaspéré. Ecartant légèrement le pan de toile, elle jeta un coup d'œil à l'intérieur du chapiteau. Quatre clowns se poursuivaient en monocycle, provoquant l'hilarité du public tandis que Buck, Pete et Gerry installaient la grande cage de métal au centre de la piste.

— Non, répondit-elle avec une pointe d'agacement. Carmen n'a rien dit. Et je ne comprends vraiment pas pourquoi tu perds ton temps à soupirer après elle.

Jamie tiqua.

— Je ne te demande pas de comprendre, répondit-il dignement. Après tout, tout le monde sait que le seul mâle qui t'aie jamais intéressée est Ari…

— Très drôle, répondit Jo.

Elle ne se sentait pas le moins du monde vexée par cette remarque. Après tout, c'était la stricte vérité. Ce qui l'ennuyait, par contre, c'était de voir Jamie se ridiculiser de la sorte. Il s'était épris de Carmen Gribalti, l'une des trois sœurs qui présentaient un impressionnant numéro de trapèze.

C'était une fille aussi belle, gracieuse et talentueuse qu'égoïste, capricieuse et souverainement indifférente à son soupirant. Et, si Jamie s'entêtait, il ne manquerait pas de se faire briser le cœur, une fois encore.

— Si ça se trouve, elle n'a même pas encore eu le temps de lire la lettre que tu as glissée sous la porte de sa caravane, remarqua Jo d'un ton plus conciliant. Après tout, c'est le premier jour de la tournée et elle a sans doute eu des dizaines de choses à faire…

— Peut-être, soupira Jamie. Franchement, je ne comprends pas ce qu'elle peut bien trouver à Vito.

Jo s'abstint prudemment de parler de la silhouette musculeuse et du beau visage du funambule.

— Tous les goûts sont dans la nature, répondit-elle en haussant les épaules.

Se penchant vers Jamie, elle déposa un léger baiser sur son nez rouge.

— Personnellement, je suis incapable de résister à un homme aux cheveux orange, ajouta-t-elle en riant.

— Voilà qui dénote des goûts très sûrs, répondit-il, quelque peu rasséréné par la plaisanterie de la jeune femme.

Se détournant, Jo souleva de nouveau la toile et constata qu'il serait bientôt temps pour Jamie d'entrer en scène.

— As-tu remarqué l'homme qui est venu voir le cirque, ce matin ? demanda-t-elle à son ami.

— Il devait y en avoir au moins une quinzaine, objecta-t-il en haussant les épaules. Et j'avoue que je n'ai pas vraiment prêté attention à eux.

— Je pense que tu l'aurais remarqué. Il tranchait nettement sur les autres. Un mètre quatre-vingt-cinq environ, les cheveux bruns, une trentaine d'années…

— Ah, oui, je l'ai vu, répondit Jamie en s'approchant de la porte.

Un éclat de rire se fit entendre et il se prépara à entrer en scène.

— Il discutait avec Duffy, dans sa caravane.

Avant que Jo ait eu le temps de lui poser la moindre question, Jamie s'élança sur la piste en hurlant. Ses chaussures démesurées lui donnaient une démarche curieuse et il commença à poursuivre les autres clowns avec un seau rempli de confettis.

D'un air absent, Jo suivit des yeux le numéro de son ami. Elle se demanda de quoi son mystérieux inconnu avait bien pu discuter avec Duffy. Il avait pourtant affirmé qu'il ne cherchait pas un emploi. D'ailleurs, son apparence paraissait exclure une telle explication.

Il émanait de lui cette impression d'assurance et de stabilité qui laissait supposer qu'il n'était pas au chômage. Ses mains n'étaient pas celles d'un travailleur manuel. Son ton dénotait une parfaite éducation et l'autorité de quelqu'un habitué à commander.

Tout en réfléchissant à ce mystère, Jo sauta sur le dos

de Babette, la belle jument blanche sur laquelle elle entrait toujours en scène. C'était elle qu'elle avait chevauchée au cours de la parade en ville. Et elle n'avait pu s'empêcher alors de chercher du regard le mystérieux inconnu dont elle avait fait la connaissance, le matin même. En vain.

Se trouvait-il ce soir dans le public ? se demanda-t-elle. Sans trop savoir pourquoi, elle espéra que tel était le cas.

L'orchestre se fit alors entendre, marquant la fin du numéro des clowns. Et Duffy s'avança sur la scène.

— Mesdames et messieurs, annonça-t-il d'une voix vibrante, grands et petits enfants, j'ai l'honneur de vous présenter ce soir l'un des numéros les plus impressionnants de notre cirque ! Sans plus attendre, voici Jo Wilder, reine incontestée des fauves de la jungle !

A l'annonce de son nom, Jo talonna Babette qui s'élança en avant. Elles pénétrèrent sous le chapiteau sous une salve d'applaudissements enthousiastes. De fait, la jeune femme offrait en cet instant une vision impressionnante.

Drapée dans une cape aussi noire que ses cheveux qui flottaient librement derrière elle, surmontés d'une tiare brillante, montée à cru sur une jument au pelage immaculé, elle faisait claquer dans l'air les fouets qu'elle tenait dans chacune de ses mains.

Brusquement, elle sauta à terre, se rétablissant avec une déconcertante dextérité juste en face de la porte de la grande cage tandis que Babette poursuivait sa course en direction des coulisses où l'attendait son dresseur.

D'un geste, elle décrocha la broche qui retenait sa cape et celle-ci glissa à ses pieds, révélant son corps mince et nerveux moulé dans une combinaison blanche rehaussée de dizaines de petits sequins qui accrochaient la lumière des projecteurs.

L'entrée en scène était essentielle, lui avait toujours répété Frank. C'était dans les tout premiers instants de son numéro qu'un artiste gagnait les faveurs du public. Tout était une question de mise en scène, une question de rêve.

Pénétrant dans la cage, Jo rejoignit les douze fauves qui avaient déjà pris place sur leurs piédestaux bleu et blanc. Contrairement au public, Jo savait que cet instant était l'un des plus importants et des plus dangereux de tout son numéro.

Car avant de se retrouver au centre de la piste, elle devait passer devant deux des lions. Si l'un d'eux était nerveux ou simplement d'humeur joueuse, elle risquait de recevoir un coup de patte mortel qu'elle n'aurait pas le temps d'éviter.

C'est la raison pour laquelle elle veillait toujours à placer près de la porte ses animaux les plus paisibles.

D'un pas assuré, elle alla se positionner au milieu de la cage et s'immobilisa au centre du cercle dessiné par les fauves. Là, elle fit claquer ses fouets. En réalité, ceux-ci n'étaient là qu'à titre de protection. Ce n'était pas à eux qu'obéissaient les animaux mais à la voix de leur dompteuse.

Réagissant à ses ordres, ils entamèrent leur numéro et se dressèrent sur leurs pattes arrière. Elle leur fit ensuite effectuer diverses figures, adaptant le rythme de la représentation à l'humeur des lions.

C'était la clé de la réussite. S'ils se sentaient brusqués, ils risquaient de se rebeller contre son autorité. Si, au contraire, elle ne les pressait pas assez, ils perdaient leur concentration et devenaient incontrôlables.

Le numéro de Jo reposait en grande partie sur le contraste qui existait entre les fauves et elle. Elle préférait impressionner le public par la maîtrise qu'elle exerçait sur ces bêtes sauvages plutôt que par la soumission servile qu'imposaient certains dompteurs.

Ce qui comptait le plus, à ses yeux, c'était la beauté de leurs gestes, la grâce de leur démarche, la puissance de leurs sauts. Elle dirigeait avec une apparente facilité une sarabande incessante, donnant au public l'illusion d'une déconcertante facilité.

En réalité, elle était habitée par une tension de chaque instant. Son corps et son esprit étaient en alerte et elle ne quittait pas des yeux les fauves, prête à réagir à la moindre faute, au moindre signe d'agressivité.

Se positionnant entre deux piédestaux, elle laissa les lions sauter au-dessus de sa tête et se croiser juste au-dessus d'elle en un ballet parfaitement chorégraphié. A son commandement, ils rugissaient, ajoutant au caractère impressionnant de la scène.

Elle les fit ensuite bondir à travers un cercle enflammé et marcher sur des boules argentées. Puis elle s'allongea au milieu d'eux et chevaucha Merlin en un dernier tour d'honneur tandis qu'un tonnerre d'applaudissements résonnait sous le chapiteau.

— Excellent travail ! lui souffla Pete tandis qu'elle raccompagnait le lion jusqu'à sa cage.

Il l'aida à enfiler sa cape et, après un dernier salut, ils s'éclipsèrent en direction des coulisses. Là, il faisait nettement plus froid que sous les projecteurs et Jo ne put retenir un frisson.

— Merci, Pete, répondit-elle en ramenant sur elle les pans de sa cape. Dis à Gerry d'offrir une ration supplémentaire aux chats, ce soir. Ils l'ont bien mérité.

— Pas de problème, répondit son assistant en faisant mine de s'éloigner.

— Pete, le rappela-t-elle, tiens-le à l'œil, d'accord ? Gerry a parfois tendance à se montrer trop audacieux avec eux.

Il sourit et secoua la tête.

— Je me demande pour qui tu t'inquiètes le plus, remarqua-t-il. Pour lui ou pour les chats ?

— Pour les deux, reconnut-elle en riant.

Pete sourit et se dirigea vers les cages tandis que Jo quittait la tente. Il lui restait environ une heure avant de revenir pour le tour de piste final et elle décida d'aller boire un café au réfectoire.

Elle était globalement assez satisfaite de son numéro. Le rythme avait été bon et pas un instant, elle n'avait senti faiblir le contrôle qu'elle exerçait sur les fauves. D'ailleurs, les félicitations de Pete confortaient cette impression. Il n'avait pas l'habitude de mâcher ses mots lorsqu'elle commettait une erreur.

A vrai dire, cela ne se produisait pas très souvent. La plupart du temps, c'était lorsque Hamlet décidait de s'émanciper et de jouer les rebelles. Fort heureusement, ses facéties échappaient complètement au public qui imaginait toujours qu'elles faisaient partie intégrante de son numéro.

Seuls Pete et Buck réalisaient que quelque chose n'allait pas et ils se tenaient alors prêts à intervenir. Leur simple présence suffisait à rassurer la jeune femme.

— Je suis très impressionné, fit une voix derrière elle.

S'immobilisant, Jo se retourna vers l'homme dont elle avait fait la connaissance le matin même. Malgré elle, elle sentit son cœur s'emballer légèrement. Elle réalisa alors qu'elle avait espéré durant toute la soirée qu'il se manifeste.

C'était d'autant plus étrange qu'elle le connaissait à peine. Mais elle ne pouvait nier le plaisir que lui procurait le simple fait de se retrouver une fois de plus en face de lui. Tandis qu'il la rejoignait, elle lui décocha son plus charmant sourire. Elle remarqua alors qu'il fumait un cigarillo long et fin qui contrastait avec les cigares qu'affectionnait Duffy.

— Bonsoir, lui dit-elle. Est-ce que le spectacle vous a plu ?

L'homme s'immobilisa à quelques pas de Jo et la contempla si attentivement qu'elle se sentit rougir. Puis il sourit à son tour et hocha la tête.

— Vous savez, répondit-il, lorsque vous m'avez dit ce matin que vous dressiez des chats, je pensais plus à des siamois qu'à des lions africains !

— Des siamois ? répéta-t-elle, passablement sidérée. Vous n'êtes pas sérieux ?

— Au contraire, répondit l'homme en tendant la main vers elle pour écarter une mèche de cheveux qui lui tombait dans les yeux. A vrai dire, je n'imaginais pas quelqu'un d'aussi frêle faisant face à une douzaine de lions.

— Je ne suis pas frêle, répondit Jo, embarrassée par le contact de ses doigts contre sa joue. D'ailleurs, face à des lions, la force physique ne fait pas une grande différence, vous savez.

— Je suppose que non, acquiesça l'inconnu en la regardant droit dans les yeux.

Il parut hésiter avant de formuler la question qui lui tenait à cœur.

— Pourquoi le faites-vous ? demanda-t-il enfin.

— Eh bien… c'est mon métier, répondit-elle en haussant les épaules.

Visiblement, cette réponse ne satisfaisait pas vraiment la curiosité de son interlocuteur.

— Je devrais peut-être vous demander comment vous êtes devenue dompteuse, remarqua-t-il.

— Je préfère dresseuse, corrigea-t-elle par réflexe.

Derrière eux retentit une salve d'applaudissements.

— Le numéro des Beirot ne va pas tarder à commencer, lui indiqua-t-elle. Vous devriez aller le voir. Ce sont des acrobates de premier ordre.

— Ma question vous embarrasse ? s'enquit l'inconnu d'une voix très douce.

Jo lui jeta un regard étonné, réalisant qu'il était réellement intéressé par sa réponse.

— Pas du tout, répondit-elle. En fait, cela n'a vraiment rien d'un secret. Mon père était dresseur et c'est lui qui m'a appris ce métier. J'ai vite compris que j'avais hérité de son don et j'ai suivi ses traces.

La jeune femme haussa les épaules.

— Vous ne devriez pas perdre votre temps à discuter avec moi, remarqua-t-elle. Vous allez manquer le reste du spectacle.

Au lieu de lui répondre, l'homme s'avança vers elle et lui prit les mains. Ils étaient si proches l'un de l'autre, à présent, que leurs corps se touchaient presque. Jo pouvait sentir la chaleur qui émanait de celui de l'inconnu. Son cœur battait la chamade, exactement comme lorsqu'elle approchait d'un lion pour la première fois.

Elle avait l'impression de se trouver sur le seuil d'une expérience nouvelle et, lorsqu'il effleura doucement sa joue, elle frémit, impatiente de découvrir les sensations inédites que semblait lui promettre le regard de cet homme.

Elle ne chercha pas à s'écarter de lui, se contentant de l'observer avec attention. Il n'y avait aucune peur dans ses yeux. Juste de la curiosité.

— Est-ce que vous allez m'embrasser ? demanda-t-elle d'un ton qui trahissait plus d'intérêt que de désir.

L'homme sourit, apparemment amusé par cette distance involontaire.

— J'étais en train d'y penser, reconnut-il. Avez-vous la moindre objection à formuler ?

Jo réfléchit quelques instants. Elle contempla la bouche de cet homme qu'elle trouvait très attirante et ne put s'empêcher de se demander ce qu'elle éprouverait si elle se posait sur la sienne. Finalement, elle le regarda de nouveau dans les yeux et secoua doucement la tête.

— Non, répondit-elle gravement. Je n'ai aucune objection.

Doucement, il leva les mains vers le visage de la jeune femme et les posa sur ses joues avant de se pencher vers elle. Jo garda les yeux ouverts, bien décidée à ne rien perdre de cette expérience unique.

Elle sentit alors les lèvres de l'inconnu effleurer doucement les siennes. Ce n'était pas un vrai baiser. A peine l'ombre d'une caresse. Pourtant, à ce contact, elle eut l'impression que le sol se dérobait sous elle. L'intensité de cette sensation la prit de court et elle soupira doucement contre la bouche de l'inconnu.

Encouragé par cette réaction, il se fit un peu plus audacieux. Jo sentit les battements de son cœur s'accélérer brusquement tandis qu'une délicieuse chaleur se répandait en elle, se communiquant à chacun de ses membres.

Elle sentit la langue de l'inconnu effleurer délicatement

sa lèvre supérieure et ferma enfin les yeux pour mieux s'abandonner à cette caresse délicieuse. Il ne la pressait pas, ne prenant que ce qu'elle était prête à lui donner sans jamais exiger plus mais elle se sentait perdre pied peu à peu.

Jamais elle n'avait éprouvé quoi que ce soit de comparable à ce qu'elle était en train de vivre et elle s'émerveillait de cette découverte.

Finalement, il relâcha lentement cette étreinte, la laissant progressivement recouvrer son état normal. Il conclut par un ultime baiser qu'il déposa sur ses lèvres comme pour sceller ce moment magique.

Pendant quelques instants, Jo demeura parfaitement immobile, s'efforçant de comprendre ce qui venait de lui arriver. Elle était légèrement hors d'haleine et ses joues avaient pris une jolie teinte vermillon.

Pourtant, curieusement, elle n'éprouvait aucune honte pour ce qu'elle venait de faire. Au contraire, même, s'il n'avait tenu qu'à elle, ils auraient aussitôt renouvelé l'expérience.

— Vous êtes une femme réellement stupéfiante, Jo Wilder, murmura enfin son bel inconnu. Avec vous, la vie doit être une succession de surprises.

Jamais Jo ne s'était sentie aussi vivante. Son corps tout entier vibrait de mille sensations aussi nouvelles qu'exaltantes.

— Ce n'est pas juste, répondit-elle en souriant. Vous connaissez mon nom alors que j'ignore toujours le vôtre.

Il rit et lui prit la main, s'apprêtant à lui répondre. Mais, alors qu'il allait le faire, Duffy émergea de la tente principale. Jo remarqua qu'il paraissait inquiet mais, lorsqu'il les aperçut, un sourire illumina son visage. A grands pas, il les rejoignit.

— Eh bien ! s'exclama-t-il d'un ton joyeux. Je ne savais pas que vous aviez déjà fait connaissance, tous les deux. Est-ce que Jo vous a fait faire le tour des lieux ?

Jo lui jeta un regard passablement étonné et il lui tapota affectueusement l'épaule.

— Je savais que je pouvais compter sur toi, déclara-t-il.

Avant qu'elle n'ait eu le temps de poser la moindre question, il se tourna vers son compagnon.

— Cette fille est bourrée de talent, reprit-il avec enthousiasme. Et elle connaît le cirque comme la paume de sa main ! Elle y est née et y a grandi, vous savez.

Jo savait que lorsque Duffy se lançait dans une telle apologie, il était parfaitement inutile d'espérer l'arrêter. C'était d'ailleurs ce qui faisait de lui un M. Loyal aussi talentueux.

— N'hésitez pas à l'interroger si vous avez la moindre question, poursuivit-il. Bien sûr, je reste également à votre pleine et entière disposition. Si vous voulez jeter un coup d'œil à nos contrats ou à nos livres de comptes, n'hésitez pas un instant à faire appel à moi.

Jo fronça les sourcils, sentant une soudaine inquiétude monter en elle. Pourquoi Duffy parlait-il de comptabilité à cet homme ? Craignant brusquement de connaître la réponse à cette question, elle se tourna vers lui.

— Est-ce que vous travaillez pour les impôts ? demanda-t-elle.

— Voyons, Jo, s'exclama Duffy en riant. Tu sais bien que M. Prescott est avocat.

Sur ce, il se détourna et se dirigea à grands pas vers le chapiteau pour présenter le numéro suivant.

— Maintenant, vous connaissez mon nom, dit Keane Prescott en se tournant vers elle.

— Effectivement, répondit la jeune femme d'une voix aussi

glacée que le frisson qui venait de la parcourir. Voudriez-vous bien lâcher ma main, je vous prie, monsieur Prescott ?

Keane l'observa avec une pointe de stupeur mais s'exécuta sans chercher à protester.

— Ne pensez-vous pas qu'après ce qui vient de se passer, vous pouvez m'appeler par mon prénom ? demanda-t-il en souriant.

— Je vous assure, monsieur Prescott, que si j'avais su qui vous étiez réellement, il ne se serait rien passé du tout.

Jo s'était exprimée d'une voix digne et fière mais, au plus profond d'elle-même, elle se sentait trahie, humiliée et furieuse. Tout le plaisir qu'elle avait éprouvé dans les bras de Keane laissait place à une terrible amertume. Et elle avait honte d'avoir cédé si facilement au charme de cet homme qu'elle considérait comme un ennemi.

— Si vous voulez bien m'excuser, lui dit-elle sèchement, j'ai beaucoup à faire avant le tour d'honneur.

— Pourquoi ce brusque revirement ? demanda-t-il, curieux. Est-ce que vous avez quelque chose contre les avocats ?

— Je ne suis pas victime de ce genre de préjugés, monsieu Prescott, répliqua-t-elle.

— Je vois, acquiesça Keane d'un ton détaché. Dans ce cas, j'imagine que vous avez une aversion particulière à mon égard. Est-ce parce que vous aviez un différend avec mon père ?

Jo le fusilla du regard, sentant une rage glacée monter en elle.

— Certainement pas ! s'exclama-t-elle. Frank Prescott était l'homme le plus gentil, le plus généreux et le plus extraordinaire que j'aie jamais connu. Je n'en dirais pas autant de vous, hélas, monsieur Prescott !

Elle prit une profonde inspiration, s'obligeant à contenir la colère qui l'avait envahie. A force de volonté, elle parvint à maîtriser le ton de sa voix.

— Vous auriez dû me dire qui vous étiez réellement, déclara-t-elle. Cela nous aurait évité un très fâcheux quiproquo.

— Un quiproquo ? répéta Keane avec une pointe d'amusement. C'est vraiment comme cela que vous qualifiez ce qui s'est passé entre nous ?

L'ironie dont il faisait preuve mit à rude épreuve les nerfs de la jeune femme. Elle qui n'avait pas pour habitude de perdre son sang-froid dut lutter de toutes ses forces contre l'envie soudaine qu'elle avait de le gifler.

— Vous n'avez aucun droit sur ce cirque, déclara-t-elle d'un ton glacé. En vous le léguant, Frank Prescott a peut-être commis la seule erreur de toute son existence.

Sur ce, elle tourna les talons et s'éloigna à grands pas en direction de la ménagerie.

3.

Ce matin-là, il faisait étonnamment chaud. Aucun arbre ne filtrait de son feuillage les rayons du soleil qui brillait de tous ses feux, faisant monter du sol une délicieuse odeur d'herbe fraîchement coupée. Elle se mêlait à celles du cirque : la toile de tente, le cuir, les remugles des animaux, la poudre, le café, la barbe à papa et le goudron.

Les caravanes rutilantes et multicolores entouraient le chapiteau central dans un ordre qui demeurerait immuable pendant toute la durée de la tournée. Le drapeau qui flottait au sommet de la tente réfectoire indiquait que le petit déjeuner venait d'être servi.

Rose se dirigea à grands pas en direction de la ménagerie. Ses longs cheveux noirs étaient attachés en un épais chignon sur sa nuque et elle ne cessait de parcourir le campement de ses beaux yeux bruns. La moue qui se dessinait sur ses lèvres prouvait de façon éloquente que quelque chose n'allait pas.

Lorsqu'elle aperçut Jo qui se trouvait devant la cage d'Ari, elle lui adressa un petit signe de la main et s'avança vers elle au pas de course. Jo leva les yeux de l'animal, heureuse de cette diversion. Depuis qu'elle s'était réveillée à l'aube, elle ne cessait de ressasser de sombres pensées au sujet de ce qui s'était passé la veille au soir.

— Salut, Jo ! s'exclama Rose en s'immobilisant auprès d'elle. Salut, Ari, ajouta-t-elle à l'intention du fauve qui l'observait d'un œil attentif. Je cherche Jamie. Est-ce que tu l'as vu ?

— Je m'en doutais un peu, répondit Jo en souriant.

Comme tous les membres de la troupe, elle savait que Rose était éprise de son ami et comptait bien le convaincre de lui rendre ses sentiments. S'il avait eu un tant soit peu de cervelle, songea Jo, il aurait d'ailleurs cessé de s'intéresser à Carmen pour accepter l'amour de la jeune femme et le lui retourner au centuple. Cela l'aurait certainement rendu bien plus heureux qu'il ne l'était en ce moment.

Mais Jo savait que les affaires de cœur n'étaient jamais aussi simples et qu'en la matière, il fallait souvent une éternité aux gens pour se rendre à l'évidence. Heureusement, la psychologie des lions était bien plus simple à comprendre.

— Je ne l'ai pas vu, ce matin, répondit-elle enfin. Peut-être est-il en train de répéter.

— Ou, plus probablement, de baver en regardant Carmen, rétorqua Rose en jetant un regard noir à la caravane des sœurs Gribalti. Il a vraiment l'art de se rendre ridicule !

— C'est pour ça qu'on le paie, observa Jo avec une pointe d'humour.

Malheureusement, Rose ne parut guère réceptive à la plaisanterie. Jo se sentit un peu désolée pour elle. C'était une fille bien et elle méritait vraiment l'affection de Jamie. D'autant que, contrairement à Carmen, elle avait le cœur sur la main.

— Ne désespère pas, l'encouragea-t-elle. Jamie est un peu

lent à la détente, c'est vrai. Mais il finira par comprendre que Carmen ne l'aime pas et ne l'aimera jamais. Et son béguin pour elle passera aussi rapidement qu'il est apparu.

— Je ne sais pas pourquoi je m'entête ! s'exclama Rose, furieuse.

Mais sa colère ne dura pas très longtemps et elle ne tarda pas à sourire.

— Après tout, déclara-t-elle, il n'est pas si beau que cela !

— Non, concéda Jo. Mais il a un joli nez.

— Heureusement pour lui, le rouge est ma couleur, déclara Rose en riant. Mais en parlant de beau garçon, en voilà un qui n'est pas désagréable à regarder, ajouta-t-elle à voix basse. Qui est-ce ?

Jo suivit son regard et aperçut Keane Prescott qui se dirigeait vers elle. Instantanément, sa belle humeur s'envola et elle ne put retenir un soupir d'agacement.

— C'est le propriétaire du cirque, répondit-elle enfin.

— Le fils de Prescott ? s'exclama Rose, stupéfaite. Personne ne m'avait dit qu'il était aussi joli garçon ! Ou si grand...

Elle jeta un coup d'œil admiratif à Keane.

— Quelles épaules ! *Madre de Dios !* Jamie a vraiment de la chance que je sois monogame !

— Et toi, que ta mère ne t'entende pas, répliqua Jo.

Rose lui décocha un coup de coude.

— Il vient vers nous, constata Rose. Et c'est toi qu'il regarde, *amiga* ! Si Jamie me fixait de cette façon, tu peux être sûre que papa le traînerait fissa jusqu'à l'autel !

— Ne sois pas ridicule, protesta Jo, agacée par la remarque de son amie.

— Je ne suis pas ridicule, répondit posément celle-ci. Je suis juste un peu trop romantique.

Le sourire de Rose était si désarmant que Jo ne put s'empêcher de le lui rendre. Lorsque Keane les rejoignit, elle s'efforça pourtant de le réprimer.

— Bonjour, Jo, s'exclama-t-il d'un ton cordial comme s'ils ne s'étaient pas disputés la veille au soir.

— Bonjour, monsieur Prescott, répondit-elle sobrement.

Rose toussota bruyamment.

— Je vous présente Rose Sanches, déclara Jo.

— C'est un plaisir de faire votre connaissance, monsieur Prescott, s'exclama joyeusement son amie en tendant la main au nouveau venu. J'ai entendu dire que vous alliez voyager quelque temps avec nous.

Keane serra la main de la jeune femme en lui rendant son sourire.

— Ravi de vous rencontrer, Rose.

Celle-ci rougit et Jo jugea qu'il était grand temps d'intervenir avant que Keane ne se mette en tête de séduire la jeune Mexicaine.

— Rose, tu as à peine un quart d'heure pour aller te préparer, lui rappela-t-elle.

— Bon sang ! s'exclama celle-ci en jetant un coup d'œil à sa montre. C'est vrai ! Je vais devoir vous laisser. Surtout, ne dis pas à Jamie que je le cherchais. Je ne tiens pas à ce que cet imbécile se fasse des idées… Et puis, je trouverai bien un moyen de lui mettre la main dessus un peu plus tard.

Sur ce, elle éclata de rire et s'éloigna en courant vers la caravane de sa famille. Keane la suivit des yeux avant de se tourner vers Jo.

— Charmante, déclara-t-il.

— Elle a à peine dix-huit ans, répliqua Jo.

Un éclair de malice passa dans les yeux de son interlocuteur.

— Je sais, répondit-il. Et ne vous inquiétez pas : je me considère officiellement comme mis en garde. Mais dites-moi plutôt ce que fait Rose. Dresseuse d'alligators ?

— Non, répondit Jo en le regardant droit dans les yeux. Elle est charmeuse de serpents.

Keane la regarda avec stupeur avant de secouer la tête d'un air amusé.

— Remarquez, fit-il, j'aurais dû m'en douter.

D'un geste presque automatique, il écarta une mèche de cheveux qui tombait sur la joue de la jeune femme. Jo lui décocha un regard furieux qu'il affecta d'ignorer.

— Quel genre de serpents ? demanda-t-il, curieux.

— Des cobras. Et des boas constrictors, répondit la jeune femme. Maintenant, si vous voulez bien m'excuser…

— Justement, je ne veux pas, l'interrompit vivement Keane d'un ton sympathique qui dissimulait mal l'habitude qu'il avait d'être obéi.

Jo se força à demeurer sur place, se rappelant qu'elle était l'une de ses employées et qu'il pouvait parfaitement décider de la renvoyer si la fantaisie lui en prenait.

— Monsieur Prescott, je suis vraiment très occupée, déclara-t-elle en ravalant la colère qui bouillonnait en elle. Je dois absolument me préparer pour le spectacle de cet après-midi.

— Allons ! Il vous reste encore plus d'une heure et demie avant d'entrer en scène. Et je comptais vraiment sur vous pour me consacrer une partie de ce temps. C'est vous que

Duffy a désignée pour me faire visiter le cirque. Pourquoi ne commencerions-nous pas dès maintenant ?

Jo chercha désespérément une bonne raison d'échapper à cette corvée mais ne parvint à en trouver aucune. Elle étudia Keane aussi attentivement qu'elle l'aurait fait avec un lion et décida qu'un tel adversaire ne serait pas facile à battre.

Si elle voulait y parvenir, elle devrait faire preuve de beaucoup de subtilité et de méfiance et contrôler chacun de ses gestes et de ses mots.

— Par quoi voudriez-vous commencer ? demanda-t-elle enfin, se préparant au combat.

— Par vous, répondit Keane.

Jo fronça les sourcils.

— Que voulez-vous dire ?

Il la contempla longuement avant de répondre.

— Parlez-moi de votre numéro, demanda-t-il enfin. Et de vos chats.

Il sortit un cigarillo et elle attendit qu'il l'ait allumé avant de commencer.

— J'ai treize lions en tout, expliqua-t-elle. Sept mâles et six femelles. Tous sont originaires d'Afrique et âgés de quatre ans et demi à vingt-deux ans.

— Il me semblait n'en avoir vu que douze hier, observa Keane.

— C'est exact. Ari a pris sa retraite, déclara la jeune femme en désignant le vieux lion qui sommeillait dans sa cage. Il continue à voyager avec moi parce qu'il a toujours vécu de cette façon mais je ne le fais plus travailler. Ari n'a jamais connu autre chose que le cirque. Il y est né le même jour que moi, vous savez. Et c'est mon père qui l'a dressé. Je n'ai jamais pu me résigner à le céder à un zoo. Ce serait un peu comme placer l'un de ses parents dans une maison de retraite et l'y abandonner. Savez-vous que son nom signifie lion, en hébreu ?

La jeune femme sourit, repensant à son père qu'elle avait si peu connu.

— Mon père appelait tous ses chats « lion » dans une langue ou dans une autre : il avait un Léo, un Léonard, une Léonara… Ari, quant à lui, était un excellent sauteur, en son temps. Il pouvait même grimper, ce que certains chats ne savent pas faire. Je pouvais lui apprendre quasiment n'importe quoi. N'est-ce pas, mon vieux ?

Ari reconnut le ton qu'utilisait la jeune femme pour s'adresser à lui et il ouvrit les yeux pour la regarder. Il émit un grognement qui tenait plus du grommellement que du rugissement et referma les paupières.

— Il est fatigué, expliqua tristement Jo. Vingt-deux ans, c'est vieux, pour un lion.

— Il y a autre chose, n'est-ce pas ? demanda Keane, percevant sa détresse.

Il posa doucement la main sur son épaule, l'empêchant de détourner ses yeux qui trahissaient une profonde tristesse.

— Il est en train de mourir, répondit-elle d'une voix mal assurée. Et je ne peux rien faire contre ça.

Plongeant ses mains dans ses poches, la jeune femme s'éloigna des cages et prit une profonde inspiration pour chasser les sombres pensées qui l'assaillaient. Lorsque Ari mourrait, elle perdrait bien plus qu'un animal. Elle perdrait un ami et le dernier des chats que lui avait légués son père.

Keane la rejoignit et elle reprit ses explications.

— Je fais travailler les douze autres. Ils sont nourris de viande crue six jours sur sept et d'un mélange de lait et d'œufs le septième. Tous sont habitués à la captivité. Celui-ci, ajouta-t-elle en désignant l'une des cages, c'est Merlin. C'est lui que je monte à la fin du spectacle. Il a dix ans et c'est le chat le plus doux et le plus calme avec lequel j'ai jamais travaillé. Celui-ci, c'est Heathcliff. Il a six ans et c'est le meilleur sauteur. Voici Faust, le plus jeune, âgé de quatre ans et demi.

Incapable de résister à la tentation, Jo fit un petit signe à Faust qui poussa aussitôt un rugissement assourdissant. Malheureusement, Keane ne parut pas s'en inquiéter particulièrement.

— Très impressionnant, constata-t-il simplement. C'est lui que vous placez au centre lorsque vous vous allongez au milieu d'eux, n'est-ce pas ?

— En effet, acquiesça-t-elle. Vous êtes très observateur, monsieur Prescott. Et vous avez des nerfs d'acier.

— C'est impératif lorsqu'on exerce le métier d'avocat, répondit-il en souriant. Vous n'imagineriez pas les techniques déployées par les procureurs afin de vous déstabiliser.

Jo hocha la tête et poursuivit les présentations.

— Voici Lazareth, il a douze ans. Bolingbroke, dix ans, le demi-frère de Merlin. Hamlet a cinq ans et je l'ai acheté pour remplacer Ari. Il a un grand potentiel mais il est arrogant. Et patient. Je pense qu'il attend que je commette une erreur.

— Pourquoi ? demanda Keane en observant la façon dont l'animal soutenait le regard de sa dresseuse.

— Pour me balancer un bon coup de patte, répondit-elle en haussant les épaules. C'est sa première saison dans la grande cage et il n'a pas encore compris qui était le maître. Voici Pandora, six ans, une femelle pleine de distinction. Hester, sept ans, qui est dotée d'un tempérament en or. Et

Portia, dont c'est aussi la première année. Pour le moment, elle se contente de chauffer les sièges…

— Que voulez-vous dire par là ?

— Qu'elle n'a pas encore appris les tours les plus difficiles, expliqua la jeune femme. Elle se contente de suivre le groupe et d'effectuer quelques effets de manche. Dulcinea, à côté d'elle, est la plus belle. Ophelia a donné naissance à une portée, l'an dernier. Et, enfin, voici Abra, huit ans. Dotée d'un très mauvais caractère mais équilibriste hors normes.

En entendant son nom, la lionne se redressa dans sa cage et entreprit de se frotter le dos contre les barreaux. Un grondement sourd s'échappait de sa gorge. Jo observa Keane d'un œil étonné.

— On dirait qu'elle vous aime bien, constata-t-elle.

— Vraiment ? Comment le savez-vous ?

— Parce que lorsqu'un lion vous apprécie, il se conduit exactement comme le ferait un chat domestique et se frotte contre vous. Comme Abra ne peut pas le faire, elle se frotte contre sa cage.

— Je vois, acquiesça Keane. Malheureusement, j'avoue que j'ignore comment lui retourner le compliment.

Il tira une bouffée de son cigare avant de s'adresser de nouveau vers Jo.

— Le choix des noms de vos animaux est très révélateur, remarqua-t-il.

— Je lis beaucoup, répondit-elle en haussant les épaules. Y a-t-il quoi que ce soit d'autre que vous aimeriez savoir au sujet des chats ?

La jeune femme tenait à ce que leur conversation demeure sur un plan exclusivement professionnel et le sourire de Keane ne lui rappelait que trop clairement ce qui s'était passé entre eux la veille.

— Est-ce que vous les droguez avant le spectacle ? demanda Keane, curieux.

Jo le foudroya du regard.

— Certainement pas ! s'exclama-t-elle, furieuse.

— Est-ce une question si déraisonnable ? demanda-t-il en écrasant son cigare.

— Pas pour un bleu, je suppose, soupira-t-elle, réalisant qu'il n'avait pas cherché à la provoquer. Droguer un animal ne serait pas seulement cruel, ce serait idiot. Les chats seraient parfaitement incapables d'exécuter leur numéro.

— J'ai remarqué que vous n'utilisiez jamais votre fouet, dans la cage, observa son interlocuteur qui paraissait s'intéresser réellement à son art. Pourquoi cela ?

— Le bruit ne sert qu'à attirer l'attention des animaux. Et celle des spectateurs, bien sûr.

Keane hocha la tête et, avec un parfait naturel, il prit la jeune femme par le bras. Instantanément, elle se raidit mais il n'y prêta pas attention.

— Marchons un peu, suggéra-t-il en l'éloignant des cages.

Jo aurait voulu dégager son bras mais plusieurs personnes se trouvaient dans les environs et elle ne tenait pas à se disputer avec leur employeur en leur présence.

— Comment faites-vous pour les dompter ? s'enquit Keane.

— Je ne les dompte pas, je les dresse, répondit-elle.

Ils croisèrent alors une grande femme blonde qui tenait dans ses bras un caniche.

— Tu viens nourrir Merlin ? demanda Jo, moqueuse.

— Sûrement pas ! s'exclama son amie en français. Fifi est bien trop précieux pour finir dans l'assiette de tes monstres !

— De toute façon, répondit Jo dans la même langue, ils n'en voudraient pas. Il est bien trop maigre pour leur servir de repas !

La blonde éclata de rire et s'éloigna en direction du réfectoire.

— Fifi peut faire un double saut périlleux sur le dos d'un cheval lancé au galop, expliqua la jeune femme à son compagnon. Il a été dressé, comme mes chats. Mais, contrairement à eux, il est parfaitement domestiqué. Les lions, même dressés, restent des animaux sauvages.

Jo se tourna vers lui et il admira la lueur fière et sauvage qui brillait dans ses magnifiques yeux verts.

— Certaines personnes prétendent que l'on peut les domestiquer mais ce sont des imbéciles. Ou des inconscients. Je ne dis pas que ce soit impossible. Mais, en agissant de cette façon, on vole aux lions une partie de leur âme. Sans se rendre compte qu'elle peut resurgir à tout instant. Je ne sais pas si vous avez déjà entendu parler de ces chiens qui se retournent contre leur maître. Ce n'est pas beau à voir. Lorsque c'est le cas d'un lion, la seule issue est la mort.

La jeune femme passa une main dans ses longs cheveux noirs. Elle commençait à s'habituer au bras que Keane avait passé autour du sien et ne cherchait pas à se dégager. En réalité, elle était surprise de trouver en lui un auditeur aussi attentif et les mots lui venaient de plus en plus facilement.

— Un lion adulte mesure plus de quatre-vingt-dix centimètres au garrot et pèse plus de deux cent cinquante kilos. Un coup de patte lui suffirait pour briser le cou d'un homme.

Sans parler des dégâts que peuvent causer ses griffes ou ses mâchoires !

— Pourtant, vous en affrontez douze chaque soir, uniquement armée d'un fouet.

— C'est vrai. Et le fouet n'est même pas une arme. Il ne servirait à rien si l'un des animaux décidait de se jeter sur moi. D'autant que les lions sont des ennemis tenaces. Les tigres sont plus vicieux mais ils se contentent de frapper une fois. S'ils ratent leur cible, ils l'acceptent avec philosophie. Un lion chargera autant de fois qu'il le faudra.

Jo était à présent parfaitement détendue et commençait même à apprécier ces moments passés en compagnie de Keane. Elle se demanda si elle ne l'avait pas jugé un peu trop hâtivement. Après tout, Duffy avait raison : elle ne le connaissait pas et ne pouvait le condamner pour avoir abandonné son père sans avoir entendu sa version des faits.

— Vous savez comment Byron a défini l'attaque du tigre ? reprit-elle. « Mortelle, rapide et écrasante ». C'est exact. Mais les lions sont bien pires encore. Ils n'ont peur de rien et sont entêtés. Avec eux, pas de faux-semblants et de subterfuges comme avec les tigres qui, en cela, ressemblent beaucoup aux chats. Si je devais parier sur l'issue d'un combat entre un tigre et un lion, je miserais sans hésiter sur ce dernier. Un homme, quant à lui, n'a strictement aucune chance.

— Alors comment faites-vous pour rester en un seul morceau ? demanda Keane.

Le brouhaha qui régnait dans l'enceinte du campement avait reflué pour n'être plus qu'un léger bruit de fond et Jo réalisa avec étonnement qu'ils étaient à bonne distance. Keane libéra alors son bras et s'assit sur l'herbe. La jeune femme hésita un instant à l'imiter mais préféra finalement rester debout.

— Disons que je suis plus maligne qu'eux, répondit-elle. Ou, du moins, que je parviens à le leur faire croire. Je les domine par la force de l'esprit et non par celle du corps. Lorsque vous dressez un animal, vous développez une forme de respect mutuel et, si vous avez de la chance, une certaine affection réciproque. Bien sûr, il n'est pas question de leur faire entièrement confiance ou de baisser la garde, ne serait-ce qu'un seul instant. Et il ne faut jamais oublier la règle la plus élémentaire du poker. Le bluff.

Renonçant brusquement à maintenir entre eux une distance artificielle, Jo s'assit sur l'herbe et se tourna vers Keane.

— Est-ce que vous jouez au poker ?

— Cela m'arrive. Et vous ?

— Régulièrement. Mon assistant, Pete, organise souvent des parties. Malheureusement, il est quasiment imbattable.

Keane resta quelques instants silencieux, observant le campement qui s'étendait devant eux.

— Qui est la petite fille sur les échasses ? demanda-t-il enfin.

— C'est Katie, la fille cadette de Mac Stevenson. Elle veut pouvoir défiler avec nous, lors de la parade en ville. Et si elle continue à s'entraîner aussi dur, je ne doute pas qu'elle réussira à convaincre son père. Vous voyez le clown, à côté d'elle ? C'est Jamie.

— Le Jamie de Rose ? s'enquit Keane en regardant le jeune homme qui exécutait une série de cabrioles pour amuser Katie.

— Si elle parvient vraiment à lui mettre le grappin dessus, acquiesça la jeune femme. Pour le moment, il n'a d'yeux que pour Carmen Gribalti. Mais il n'a aucune chance. Carmen est amoureuse de Vito, le funambule. Quant à lui, il court après toute fille en âge de procréer…

Keane éclata de rire.

— Décidément, remarqua-t-il, les choses peuvent se révéler très compliquées, même dans une si petite communauté.

Il tendit les mains vers les cheveux de la jeune femme et attrapa une mèche de cheveux qu'il caressa doucement.

— On dirait que les romances occupent une bonne partie de la vie d'un cirque, observa-t-il.

— D'après ce que j'ai lu, elles occupent une bonne partie de la vie de n'importe qui, répondit Jo en haussant les épaules.

— Et vous ? Qui vous fait tourner la tête, Jo ?

Se tournant vers lui, elle réalisa qu'il était assis bien plus près d'elle qu'elle ne l'avait pensé. Son regard était si intense qu'elle ne put s'empêcher de rougir. Son cœur s'emballa et elle songea un instant qu'elle aurait probablement mieux fait de s'écarter. Mais, pour quelque obscure raison, elle en était tout bonnement incapable.

Brusquement, elle se rappela le contact de ses lèvres sur les siennes et se demanda si elle éprouverait la même sensation en échangeant un nouveau baiser. Cette simple idée suffit à éveiller en elle une tentation presque incoercible.

— Jusqu'à présent, j'ai été trop occupée pour songer à ce genre de choses, se força-t-elle à répondre.

Il y avait dans sa voix une note rauque qu'elle ne lui connaissait pas. Pour la première fois de sa vie, elle réalisa qu'elle désirait vraiment un homme. Une partie d'elle aspirait désespérément à ce qu'il l'embrasse. Elle voulait sentir cette délicieuse chaleur se répandre en elle et se communiquer à chacun de ses membres. Elle avait besoin qu'il la prenne dans ses bras et la serre contre lui.

Jamais encore elle n'avait éprouvé une telle sensation et elle s'efforça de l'analyser, comprenant presque aussitôt qu'elle en serait incapable. C'était quelque chose de trop intime, de trop profond pour se prêter à un regard critique et distant.

Pendant qu'elle formulait ces pensées, Keane ne la quittait pas des yeux, observant avec fascination les émotions qui se succédaient dans son regard limpide.

— A quoi pensez-vous ? demanda-t-il.

— Je me demandais ce qui en vous me faisait réagir de façon aussi étrange, avoua-t-elle avec une franchise désarmante.

Il sourit et elle remarqua que ses yeux prenaient brusquement une teinte plus foncée.

— Vraiment ? fit-il, apparemment ravi de ce qu'elle venait de lui dire.

Il prit une fois de plus l'une des mèches de Jo entre ses doigts et la contempla pensivement.

— Vous savez que vos cheveux ont une étrange façon d'accrocher la lumière ? remarqua-t-il, visiblement fasciné par le phénomène. Je n'en avais encore jamais vu de si beaux. Je pourrais passer des heures à les contempler. Et ils ne forment qu'une infime partie de ce qui m'attire chez vous. Mais, dites-moi à quoi ressemble cette sensation dont vous parlez.

— Je ne sais pas vraiment, reconnut Jo, gênée.

Brusquement, elle décida que les choses étaient allées trop loin. L'idée de se retrouver entièrement à la merci de Keane avait quelque chose de terrifiant et elle ne pouvait se laisser aller au trouble qu'il lui inspirait. Elle se força donc à se relever et épousseta son jean.

— Est-ce que vous allez encore fuir ? demanda-t-il en l'imitant.

— Je n'ai jamais fui personne, répliqua-t-elle d'un air de défi. Et je ne vais pas commencer face à un citadin comme vous. Pourquoi ne rentrez-vous pas à Chicago pour mettre quelques personnes en prison ?

— Je suis avocat, lui rappela-t-il. Je m'efforce généralement de sortir les gens de prison, pas de les y envoyer.

— Dans ce cas, retournez libérer vos criminels et laissez-nous tranquilles !

Keane éclata de rire et secoua la tête.

— On dirait que vous êtes bien décidée à ne me laisser aucune chance, remarqua-t-il. Comment pouvez-vous vous montrer aussi cruelle alors que je suis entièrement à votre merci ?

— Croyez-moi, c'est tout à fait involontaire, répondit-elle en reculant prudemment. Mais je pense que vous n'avez pas votre place ici.

— Au contraire, protesta-t-il en recouvrant brusquement son sérieux. Je vous rappelle que je suis le propriétaire légitime de ce cirque.

— Légitime ? répéta-t-elle d'un ton légèrement méprisant. Pourquoi ? Parce que vous possédez un morceau de papier qui l'atteste ? C'est bien un raisonnement d'avocat ! Ce que je ne comprends pas, par contre, c'est pourquoi vous êtes venu. Pour estimer la rentabilité de votre nouveau bien ? Pour préparer la liquidation de nos actifs ? A quel prix seriez-vous prêt à nous vendre ? A quel prix estimez-vous notre vie et nos rêves ? Oh, je suis certaine que vous ne voyez ici que quelques caravanes et quelques tentes. Vous ne comprenez pas ce qu'elles signifient réellement. Votre père le savait, lui. Il aimait ce cirque plus que tout !

— Croyez-moi, répondit Keane d'une voix glacée, je suis bien placé pour le savoir. Mais vous êtes-vous seulement demandé pourquoi il m'avait légué ce cirque ?

— J'avoue que je n'arrive pas à le comprendre, reconnut Jo en se détournant de lui.

— Eh bien, moi non plus. Mais j'ai bien l'intention de le découvrir.

— Pourquoi ? protesta la jeune femme. Vous ne lui devez rien, après tout ! En trente ans, vous ne lui avez même pas rendu visite une seule fois !

— C'est exact, concéda Keane. En tout cas, c'est une façon de voir les choses. On pourrait également considérer qu'il n'a pas fait plus d'efforts pour venir me voir.

— Mais c'est votre mère qui l'a quitté et est partie avec vous pour Chicago, objecta Jo.

— Je ne tiens pas à parler d'elle avec vous, répondit Keane d'un ton sans appel.

Jo comprit que, si elle insistait, elle risquait réellement de le mettre hors de lui. Elle jugea donc préférable d'aborder le sujet qui lui tenait réellement à cœur.

— Qu'allez-vous faire du cirque ? demanda-t-elle.

— Ça me regarde.

Jo marmonna quelques mots dans un langage qu'il ne reconnut pas.

— Comment pouvez-vous dire une chose pareille ? protesta-t-elle. Comment pouvez-vous vous montrer aussi arrogant ? Aussi insensible ? Est-ce que la vie de ces gens n'a vraiment aucune valeur pour vous ? ajouta-t-elle en désignant les caravanes qui se dressaient à quelques centaines de mètres d'eux. N'avez-vous donc aucune pitié ? Vous avez pourtant assez d'argent pour pouvoir renoncer à cet encombrant héritage. Etes-vous donc si vénal ? Ce n'est pas un défaut que vous tenez de Frank, en tout cas !

— Ma patience a des limites, déclara Keane d'une voix glacée. Et vous vous acharnez à les repousser.

— Si je le pouvais, c'est vous que je repousserais jusqu'à Chicago !

— Je me demandais quel tempérament pouvaient cacher ces beaux yeux verts, remarqua Keane avec un sourire teinté d'ironie. On dirait qu'il est bien plus ardent encore que je ne l'avais imaginé !

Jo fit mine de protester mais il la fit taire d'un geste.

— Laissez-moi finir. Avec ou sans votre approbation, je suis le propriétaire de ce cirque. Les choses seraient certainement plus faciles pour nous deux si vous acceptiez une fois pour toutes cette idée. Légalement, je suis parfaitement libre de faire ce que bon me semble de cet… héritage. Je n'ai ni l'obligation ni l'intention de justifier mes décisions devant vous.

Jo serrait les poings si fort qu'elle sentit ses ongles s'enfoncer dans sa chair.

— Je n'aurais jamais pensé que je pouvais détester autant quelqu'un que je connais si peu, articula-t-elle d'une voix tremblante de colère.

— Voyons, Jo, répliqua Keane en haussant les épaules. Vous savez comme moi que vous me haïssiez avant même que nous ne fassions connaissance.

— C'est vrai, acquiesça-t-elle durement. Mais en moins de vingt-quatre heures, vous êtes parvenu à dépasser mes attentes les plus pessimistes. Maintenant, excusez-moi, mais j'ai une représentation à donner.

Se détournant, Jo s'éloigna à grands pas en direction de sa caravane. Cette fois, Keane ne chercha pas à la retenir.

Trente minutes plus tard, Jo se tenait devant l'entrée des artistes du grand chapiteau. Elle vit Jamie en émerger, visiblement essoufflé par le numéro qu'il venait de présenter. Il prit quelques profondes inspirations avant de se tourner vers Jo qui patientait près de sa jument blanche.

Immédiatement, il avisa la colère qui l'habitait. Il la connaissait depuis trop longtemps pour ignorer les signes extérieurs qui la trahissaient. Ses yeux étaient brillants de rage, son dos raide et ses dents serrées. Visiblement, quelqu'un était parvenu à la faire sortir de ses gonds.

Et il ne lui restait plus que dix minutes pour recouvrer son calme.

— Salut, fit-il en s'approchant d'elle pour lui tirer gentiment les cheveux.

— Salut, Jamie, répondit-elle.

Sa voix était calme mais il ne fut pas dupe.

— Salut, Jo, répéta-t-il, la singeant avec une étonnante précision.

— Laisse tomber ! protesta-t-elle, luttant de toutes ses forces contre la colère qui l'habitait.

Force était de reconnaître que ses efforts n'étaient guère concluants.

— Que s'est-il passé ? s'enquit Jamie.

— Rien, éluda-t-elle durement.

Mais son ami la connaissait trop pour se laisser rabrouer aussi facilement.

— Justement, déclara-t-il avec un sourire complice. Le rien est mon sujet de conversation favori !

Il posa doucement ses mains sur les épaules de la jeune femme et la regarda droit dans les yeux.

— Parlons-en, insista-t-il.

— Il n'y a rien à dire.

— C'est justement ça qui est intéressant, acquiesça-t-il en massant ses épaules.

Comme souvent, elle fut incapable de résister à la bonne humeur de son ami et se détendit un peu.

— Tu es bête, lui dit-elle avec un pâle sourire.

— Il est inutile d'essayer de me flatter, répondit-il d'un ton léger.

— Je me suis disputée avec Prescott, expliqua-t-elle en soupirant.

— Quelle drôle d'idée ! observa Jamie. Pourquoi le laisses-tu t'affecter à ce point ?

— C'est plus fort que moi, avoua-t-elle. Il a le don de me mettre hors de moi. Bon sang ! Il ne devrait même pas être là…

— Du calme, Jo. Tu sais mieux que moi que tu ne peux pas te permettre de rentrer dans cette cage si tu n'es pas parfaitement maîtresse de toi. Tu dois te concentrer exclusivement sur les chats. Sinon, ils ne feront qu'une bouchée de toi.

— Ne t'en fais pas, le rassura-t-elle sans grande conviction. Tout ira bien.

— Jo ! protesta-t-il avec un mélange fraternel d'affection et de réprobation. Regarde-moi !

A contrecœur, la jeune femme se força à lever les yeux

vers ceux de Jamie. La tendresse empreinte de gravité qu'elle y lut eut brusquement raison de sa résistance et elle posa le front contre sa poitrine, le laissant la serrer affectueusement dans ses bras.

— Oh, Jamie, murmura-t-elle. Il me rend folle. Il a le pouvoir de tout gâcher, tu sais.

— Nous nous en inquiéterons lorsque le moment sera venu, répondit-il en caressant ses longs cheveux noirs.

— Mais il ne nous comprend pas, objecta la jeune femme. Pour lui, tout ceci ne signifie rien.

— Dans ce cas, c'est à nous de lui faire comprendre, déclara Jamie.

— Te voilà bien sérieux pour un clown, observa-t-elle avec un demi-sourire.

— N'oublie pas que les bouffons étaient les seules personnes qui pouvaient se permettre de dire la vérité aux rois eux-mêmes, répondit-il. Et je suis le roi de tous les bouffons !

Jo éclata de rire.

— Là ! s'exclama-t-il, ravi. Ça va mieux ?

— Beaucoup mieux.

— Cela tombe bien, remarqua Jamie en s'emparant de son seau à confettis. C'est justement à moi d'entrer en scène !

Il disparut derrière le pan de toile, bientôt salué par un grand éclat de rire. Pensive, Jo caressa tendrement la crinière de Babette qui attendait patiemment à son côté.

— Si seulement il n'était jamais venu ici, murmura-t-elle à la jument. Si seulement je n'avais pas remarqué qu'il avait les mêmes yeux qu'Ari. Et que sa bouche était adorable chaque fois qu'il souriait. J'aimerais ne l'avoir jamais embrassé.

Jo s'interrompit, réalisant qu'il s'agissait du plus éhonté des mensonges. En réalité, elle était heureuse de l'avoir fait.

Elle avait découvert une sensation plus délicieuse que toutes celles qu'elle avait éprouvées jusqu'à présent. Et, le matin même, elle aurait volontiers recommencé.

Ecartant ces pensées parasites, la jeune femme se força à faire le vide dans son esprit. Elle entendit alors Duffy annoncer son numéro et sauta sur le dos de Babette. Quelques instants plus tard, elle pénétrait au galop sur la piste aux étoiles.

Malheureusement, la représentation ne se passa pas aussi bien qu'elle l'aurait voulu. Bien sûr, le public n'y vit que du feu et acclama avec enthousiasme sa performance. Mais Jo savait que son numéro ne s'était pas déroulé de façon aussi fluide que d'ordinaire.

Les lions avaient senti ses préoccupations et certains n'avaient pas hésité à la mettre à l'épreuve. A plusieurs reprises, elle dut se mesurer à eux, imposant sa volonté à force de menaces, de claquements de langue et de fouet.

Et lorsqu'ils regagnèrent enfin leurs cages, elle se sentait littéralement vidée. En ramenant Merlin, elle croisa le regard réprobateur de Buck. Et, lorsqu'elle eut salué le public et quitté le chapiteau, il la rejoignit, laissant aux deux autres le soin de ramener les cages à la ménagerie.

— Que s'est-il passé ? demanda-t-il sans préambule.

Percevant la colère qui perçait dans sa voix, Jo comprit qu'il n'avait pas été dupe des efforts qu'elle avait déployés pour masquer les imperfections de son numéro. Cela n'avait d'ailleurs rien d'étonnant. Après tout, il connaissait ces animaux au moins aussi bien qu'elle.

— Si tu pénètres encore dans la cage dans cet état de nerfs, les chats ne feront qu'une bouchée de toi, déclara-t-il durement.

— Je sais que mon timing n'était pas parfait, concéda-t-elle en s'efforçant de dissimuler le mélange de culpabilité et d'angoisse rétrospective qui l'habitait.

— Pas parfait ? s'exclama Buck. A qui crois-tu parler, Jo ? Je travaillais déjà avec ces chats avant que tu ne viennes au monde. Je sais qu'ils guettent le moindre signe de faiblesse. Lorsque tu pénètres dans la cage, tu ne dois penser à rien d'autre qu'à cela !

— Je sais, Buck, soupira-t-elle. Tu as raison.

D'une main tremblante, elle ramena ses cheveux en arrière.

— Cela n'arrivera plus, je te le promets. Je crois que j'étais un peu fatiguée, c'est tout.

Elle lui décocha un sourire conciliant mais il ne se laissa pas attendrir. Il tenait trop à elle pour la laisser jouer avec sa propre vie de cette façon.

— Très bien, déclara-t-il. Dans ce cas, va t'allonger et dors jusqu'au tour d'honneur. Retourne te coucher ensuite. Je ne veux plus te voir en dehors de ta caravane jusqu'au repas de ce soir. Compris ?

— Oui, Buck, acquiesça-t-elle, touchée par la tendresse bourrue dont son ami faisait preuve.

Elle était d'autant plus décidée à suivre son conseil que cette sieste lui permettrait d'éviter Keane Prescott pour le reste de la journée.

4.

Durant les trois jours qui suivirent, il plut quasiment sans discontinuer. Le cirque remonta vers le nord sans parvenir à fuir le mauvais temps. Les prairies sur lesquelles ils s'installaient étaient couvertes de boue.

La toile gorgée d'eau du chapiteau devenait chaque fois un peu plus difficile à déplacer. Mais le personnel du cirque considérait ces désagréments avec philosophie et l'ambiance restait au beau fixe.

Ce soir-là, ils avaient installé leur campement non loin de la ville de Waycross, en Géorgie, et Duffy avait décidé de leur accorder un jour de repos. Vers 6 heures, le ciel chargé de lourds nuages était si sombre que la nuit paraissait être déjà tombée.

Jo décida d'aller souper de bonne heure. Elle irait ensuite s'assurer que les lions se portaient bien puis se mettrait au lit avec un bon livre.

Forte de cette décision, elle enfila un imperméable et sortit sous la pluie battante. Zigzaguant entre les flaques, elle prit la direction de la tente réfectoire en chantonnant doucement. La perspective de cette soirée oisive la réjouissait. Cela faisait longtemps qu'elle n'avait pas eu le temps de jouir d'un peu de calme et de solitude.

Comme elle se faisait cette réflexion, elle accéléra le pas, courbant la tête pour s'abriter de la pluie. Brusquement, elle percuta quelqu'un qui traversait le camp en sens inverse. Surprise, elle manqua de perdre l'équilibre et sentit une main la retenir par l'épaule.

Avant même de lever les yeux, elle reconnut ce contact familier et étouffa un juron. Jusqu'alors, elle était parvenue à se tenir à prudente distance de Keane Prescott et à éviter ainsi une nouvelle confrontation.

— Je suis désolée, s'excusa-t-elle. J'aurais dû regarder où j'allais.

— Apparemment, le mauvais temps perturbe votre radar, Jo, constata Keane en souriant.

Il ne faisait pas mine de lâcher son épaule et, à travers son imperméable, elle avait l'impression de sentir sa paume brûlante marquer sa peau au fer rouge.

— Je ne suis pas sûre de comprendre ce que vous voulez dire, répondit-elle un peu sèchement.

— Je crois que vous comprenez très bien, au contraire, répliqua Keane. Vous avez fait en sorte de m'éviter, ces derniers temps. Mais, cette fois, il n'y a personne en vue pour faire diversion.

Jo serra les dents, furieuse d'avoir été percée à jour. D'un autre côté, songea-t-elle, il aurait été étonnant que Keane ne s'aperçoive pas de son subterfuge. Après tout, ils vivaient tous deux au sein d'une communauté très fermée.

Elle réalisa alors qu'il ne s'était pas muni d'un parapluie et que le blouson qu'il portait n'avait pas de capuche. Ses cheveux étaient plaqués contre son crâne et avaient pris une couleur plus foncée qui évoquait celle du pelage de ses lions.

Comme souvent lorsqu'ils se retrouvaient en tête à tête, il arborait une expression légèrement moqueuse qui avait le don de la mettre hors d'elle.

— Je suis désolée de ne pas pouvoir poursuivre cette fascinante discussion, monsieur Prescott, déclara-t-elle froidement. Mais il pleut des cordes et je ne tiens pas à être trempée de la tête aux pieds.

D'une brusque secousse, elle essaya de dégager son épaule et fut surprise de constater la vanité de cet effort. Fronçant les sourcils, elle posa les mains sur la poitrine de Keane et tenta de le repousser. Et son étonnement ne fit que croître lorsqu'elle réalisa qu'il était bien plus fort qu'elle ne l'avait initialement supposé.

En fait, elle aurait tout aussi bien pu s'efforcer de repousser un bloc de granit. Et, le pire, c'est que cette situation paraissait l'amuser au plus haut point. Furieuse de se laisser ridiculiser de la sorte, la jeune femme lui lança un regard noir.

— Lâchez-moi ! s'exclama-t-elle.

— Je suis tenté… mais non, répondit-il d'un ton malicieux.

— Monsieur Prescott ! Je suis trempée, j'ai froid et j'aimerais aller manger. Alors, si vous avez quelque chose à me dire, faites-le vite et laissez-moi partir.

— Tout d'abord, j'aimerais beaucoup que vous cessiez de m'appeler « monsieur Prescott ». Ensuite, j'aimerais que vous me consacriez une heure de votre temps pour que nous passions en revue la liste du personnel de ce cirque.

— Ce sera tout ? demanda-t-elle d'un air de défi.

Pendant quelques instants, ils se mesurèrent du regard. Puis Keane sourit une fois de plus.

— Si vous insistez, il y a peut-être autre chose…

Jo comprit ce qu'il s'apprêtait à faire et chercha une fois de plus à se dégager. Mais Keane était rapide et ils étaient bien trop près l'un de l'autre pour qu'elle puisse espérer lui échapper. Et les protestations qu'elle s'apprêtait à formuler avec véhémence furent étouffées par les lèvres qui se posèrent sur les siennes.

Les mains de Keane glissèrent de ses épaules et ses bras se nouèrent autour de la taille de la jeune femme, l'attirant contre lui. En sentant son corps se presser contre le sien, Jo eut brusquement l'impression que quelque chose basculait en elle. C'était d'autant plus étonnant que sa vie au sein du cirque l'avait habituée à ce genre de contact physique. Elle avait travaillé avec des équilibristes, était montée en selle avec des écuyers, avait même appris les rudiments de la lutte.

Mais la façon dont elle réagissait au corps de Keane était d'un tout autre ordre. Elle sentait le sien répondre à cette étreinte, s'éveiller au désir incontrôlable qu'il faisait naître en elle.

Et leur baiser participait de cette sensation. Cette fois, il n'avait plus rien d'innocent. Keane avait entrepris de la conquérir, de faire céder les maigres défenses qu'elle lui opposait. Et il n'y parvenait que trop bien.

Incapable de résister à sa propre envie, la jeune femme se laissa aller à cette merveilleuse sensation. Oubliant la pluie et le vent glacé, elle se perdit entre ses bras. Une chaleur brûlante se répandait en elle, envahissant d'abord son ventre pour s'étendre à chacun de ses membres.

Un besoin aussi impérieux qu'impossible à identifier naquit

en elle, possédant chacun de ses sens. Elle oublia sa rancœur envers Keane et toutes les raisons qui auraient dû l'empêcher de lui rendre ce baiser. Elle oublia la femme qu'elle était, qu'elle croyait être, pour découvrir une partie d'elle-même qui lui était encore inconnue.

Et lorsque Keane s'écarta enfin d'elle, une intolérable sensation de frustration succéda au plaisir qu'elle venait d'éprouver.

— Encore ? murmura-t-il d'une voix rauque tandis que sa main caressait le dos de la jeune femme, éveillant mille frissons délicieux le long de sa colonne vertébrale. Ce genre de baiser est un passe-temps dangereux, Jo, ajouta-t-il avant de mordiller doucement sa lèvre inférieure. Mais je suppose que vous aimez le danger, n'est-ce pas ?

Il l'embrassa de nouveau avec passion, ne lui laissant aucune chance de réprimer l'envie qu'elle avait de lui en cet instant.

— Serez-vous aussi courageuse que face à un lion ? demanda-t-il alors.

Incapable de répondre à ses provocations, Jo sentit de son cœur s'emballer. Ses jambes étaient en coton et sa peau parcourue d'irrépressibles frissons. Elle ne connaissait que trop cette impression. C'était celle qu'elle ressentait lorsqu'elle commettait une erreur face à un fauve et se trouvait exposée.

Malgré elle, elle frémit, sachant combien cette peur la rendait vulnérable.

— Vous avez froid, remarqua Keane, se méprenant sur sa réaction. Ce qu'il vous faut, c'est un bon café brûlant. Venez dans ma caravane.

— Non ! s'exclama Jo, sentant grandir en elle la panique qui l'étreignait.

Elle savait que, s'ils se retrouvaient seuls, elle n'aurait pas la force de lui résister. Elle manquait trop cruellement d'expérience pour courir un tel risque. Si seulement il n'avait pas été le fils de Frank et le propriétaire du cirque ! songea-t-elle avec une pointe de désespoir. Si seulement elle avait pu s'abandonner en toute confiance à l'instinct qui la poussait vers lui !

Keane s'écarta d'elle sans pourtant lâcher son bras et il la contempla attentivement comme s'il cherchait à deviner les termes du débat intérieur qui faisait rage en elle.

— Ce qui vient d'arriver était d'ordre strictement personnel, déclara-t-il enfin. Entre un homme et une femme qui se trouvent être attirés l'un vers l'autre. Je crois qu'il est inutile de prétendre lutter contre ce que nous ressentons, Jo. Tôt ou tard, vous serez mienne.

L'assurance tranquille avec laquelle il venait de s'exprimer fit à la jeune femme l'effet d'une gifle et elle se raidit sous l'effet de la colère.

— Je ne serai jamais à vous, ni à personne d'autre ! s'exclama-t-elle, furieuse. Si je décide de faire l'amour avec quelqu'un, c'est uniquement parce que j'en ai envie !

— Bien sûr, concéda Keane en haussant les épaules. Et je sais que tel est déjà le cas. Mais je ne chercherai pas à en profiter. Mieux vaut prendre le temps de nous connaître auparavant.

— Vous êtes arrogant et insultant ! s'écria Jo, hors d'elle.

— J'essaie juste d'être honnête, répondit-il. Mais, pour le moment, nous avons du travail. Et si les baisers sous la pluie me semblent charmants, je préfère traiter mes affaires au sec.

Jo fit mine de protester mais il la fit taire d'un geste.

— Avant que vous ne souleviez de nouvelles objections, je tiens à vous rappeler que nos relations ne sont pas uniquement d'ordre personnel. Je suis toujours le propriétaire de ce cirque et vous, l'une de mes employées. Et c'est uniquement à ce titre que je vous prie de m'accompagner. Je vous promets que je ne m'autoriserai aucun geste déplacé à votre égard.

— Très bien, répliqua Jo sèchement. Mais si vous ne respectez pas votre parole, il faudra trouver quelqu'un d'autre avec qui travailler.

— Marché conclu, acquiesça Keane.

Sans un mot, la jeune femme le suivit en direction de sa caravane. Il la fit entrer et alluma le plafonnier.

— Enlevez votre manteau, suggéra-t-il en se débarrassant de son propre blouson. Je m'occupe du café.

Jo hésita un instant avant de s'exécuter. Elle libéra ses longs cheveux noirs et accrocha son manteau à l'une des patères disponibles. Ça faisait plus de six mois qu'elle n'avait pas pénétré dans la caravane de Frank et elle la parcourut des yeux avec curiosité, cherchant les changements que son fils avait pu y apporter.

Elle reconnut aussitôt la vieille lampe en érable à la lueur de laquelle Frank lisait ses ouvrages favoris. L'abat-jour aux couleurs défraîchies était bien le même mais Keane avait trouvé le moyen de le redresser alors qu'il était de biais depuis des années.

Le coussin que Lillie, l'une des couturières du cirque, avait brodé pour Frank dissimulait toujours la brûlure de cigarette du canapé. Jo se demanda si Keane avait conscience de l'existence de ce trou.

La pipe de son père était posée à sa place habituelle sur le rebord de la fenêtre, paraissant attendre le retour de son propriétaire. Incapable de résister à la tentation, Jo s'en approcha et prit entre ses mains cet objet si familier qui lui donnait envie de fondre en larmes.

— Je suis sûre qu'elle te manque là où tu es, murmura-t-elle tristement.

Un bruit de pas derrière elle la fit se retourner brusquement et elle se retrouva nez à nez avec Keane. Un brusque et irrationnel accès de culpabilité l'étreignit et elle rougit malgré elle.

— Comment aimez-vous votre café, Jo ? lui demanda-t-il.

Elle réalisa alors qu'il tenait deux tasses fumantes à la main.

— Noir, répondit-elle. Et sans sucre. Merci.

Il hocha la tête et lui tendit l'une des tasses.

— Asseyez-vous, suggéra-t-il en allant prendre place à la table de Formica qui séparait le salon de la cuisine. Vous devriez enlever vos chaussures. Elles sont trempées.

Jo hocha la tête et s'assit sur le canapé pour ôter ses chaussures et ses chaussettes imbibées d'eau. Keane disparut quelques instants dans la chambre avant d'en ressortir avec une paire de chaussettes en laine qu'il lui tendit.

— Ce n'est pas la peine, protesta la jeune femme, étonnée par cette marque d'attention.

Keane s'agenouilla devant elle et prit les pieds de Jo au creux de ses paumes.

— Ils sont glacés, déclara-t-il.

Jo le contempla avec stupéfaction tandis qu'il massait ses orteils. Presque aussitôt, elle sentit une délicieuse chaleur remonter le long de ses mollets.

— Puisque je suis responsable de l'état dans lequel vous vous trouvez, la moindre des choses est que je veille à ce que vous ne soyez pas prise d'une crise d'éternuements en plein milieu de votre numéro de demain.

Tout en parlant, il lui avait enfilé la paire de chaussettes. Lorsqu'il eut fini, il secoua la tête d'un air légèrement incrédule.

— Vous avez vraiment de tout petits pieds, observa-t-il.

Jo ne répondit pas, se contentant de fixer les cheveux de Keane. Elle brûlait d'y plonger les doigts pour s'assurer qu'ils étaient aussi doux qu'ils le paraissaient.

Comment pouvait-elle être à ce point attirée par cet homme ? se demanda-t-elle avec une pointe de désarroi. Se sentirait-elle aussi troublée chaque fois qu'ils se retrouveraient seuls ?

Ces questions éveillaient en elle un mélange d'exaltation et d'angoisse. Elle se trouvait sur le seuil d'un grand mystère qu'elle n'était pas encore certaine de pouvoir affronter.

— Vous allez mieux ? demanda Keane en se redressant.

— Beaucoup mieux, répondit-elle d'une voix légèrement étranglée par l'émotion. Merci.

Il lui sourit d'un air parfaitement décontracté et elle lui en voulut de ne pas être aussi désarçonné qu'elle par l'attirance qu'ils exerçaient l'un sur l'autre. En réalité, il paraissait même ravi de cet état de fait. Evidemment, songea la jeune femme, il avait certainement beaucoup plus d'expérience qu'elle en matière de jeux de séduction.

— Cela ne veut pas dire que vous obtiendrez ce que vous voulez de moi, déclara-t-elle posément.

Keane éclata de rire et hocha la tête.

— En effet, concéda-t-il. C'est d'ailleurs tout l'intérêt de la chose, si vous voulez mon avis. Je n'ai jamais été très intéressé par la facilité. Lorsque je décide de plaider une cause, c'est souvent parce qu'elle est incertaine. Je ne vois pas l'intérêt de défendre un client s'il est condamné ou innocenté d'avance.

La jeune femme avala une gorgée de café, profitant de ce moment de répit pour remettre de l'ordre dans ses pensées.

— Je ne savais pas que les affaires dont vous vouliez m'entretenir concernaient vos activités juridiques, remarqua-t-elle enfin. Si tel est le cas, j'ai bien peur de ne pouvoir vous être très utile. Je ne connais pas grand-chose à la loi.

— Que connaissez-vous, exactement, Jo ?

— Les chats, répondit-elle. Et le cirque Prescott. Je serais heureuse de m'entretenir avec vous de l'un ou l'autre de ces sujets.

— Parlez-moi plutôt de vous, l'encouragea-t-il en sortant un cigarillo de la poche de sa chemise.

— Monsieur Prescott…

— Keane, je vous en prie.

Il alluma son cigarillo et exhala une bouffée qui s'éleva paresseusement jusqu'au plafond de la caravane.

— Je croyais que nous devions nous en tenir à une relation exclusivement professionnelle, objecta la jeune femme.

— Justement, vous faites partie de l'équipe de ce cirque. Et j'ai l'intention d'en apprendre un peu plus sur tous ceux qui la composent. Autant commencer par vous, puisque vous êtes là. Je vous écoute.

— Cela ne prendra pas très longtemps, soupira Jo, renonçant à lui opposer un nouveau refus. Je suis née au sein du cirque et j'y ai grandi. Lorsque j'ai été assez grande, j'ai fait en sorte de me rendre utile.

— De quelle façon ? demanda Keane, curieux.

— Eh bien, j'ai effectué toutes sortes de tâches. J'aidais à monter le chapiteau, je faisais un peu de couture, j'ai appris quelques rudiments de menuiserie et d'électricité... Dans un cirque comme le nôtre, nous ne pouvons nous permettre d'être trop spécialisés. Ici, pas de caprices de star : chacun met la main à la pâte et ceux qui s'y refusent finissent par partir. Buck, l'un de mes assistants, a assuré le numéro de dressage après la mort de mon père. C'est aussi l'un des meilleurs toiliers du cirque. Pete est un excellent mécanicien. Jamie en sait autant sur les circuits électriques que la plupart de ceux qui les ont installés. Il est également acrobate à ses heures.

— Et vous ? demanda Keane, interrompant le discours de la jeune femme. Avez-vous d'autres talents à part l'équitation et le dressage d'éléphants et de lions ?

Jo fronça les sourcils en avisant le sourire qui jouait sur les lèvres de son interlocuteur.

— Vous vous moquez de moi, protesta-t-elle d'une voix accusatrice.

— Au contraire, Jo. Je suis stupéfait par l'étendue apparemment sans limites de vos talents.

Elle comprit qu'il le pensait vraiment et ne put s'empêcher de rougir.

— C'est le cas de la plupart des enfants de la balle, déclara-t-elle modestement. Nous touchons un peu à tous les métiers avant de choisir celui qui nous convient le mieux. C'est ainsi que j'ai appris à faire du trapèze avec ma mère. Il m'arrive encore de remplacer un artiste quand le besoin s'en fait sentir. Oh, je ne fais pas de trapèze volant, rassurez-vous. Cela demande un entraînement bien trop rigoureux. Mais un peu de trapèze fixe ou de la corde… Vous avez dû en voir quelques numéros : cette année, les costumes évoquent des papillons. Evidemment, Duffy préfère généralement engager des filles dotées d'un physique plus avantageux.

— Voilà un homme bien difficile, observa Keane avec un sourire malicieux. Mais, dites-moi, vos parents étaient-ils européens ?

— Non, répondit Jo, surprise. Pourquoi cette question ?

— Parce que je vous ai entendue parler français et italien.

— Cela n'a rien de très étonnant : les artistes qui se produisent au sein du cirque viennent du monde entier et, à force de les fréquenter, on finit par apprendre quelques mots dans les langues les plus diverses.

— Vous êtes trop modeste. Il se trouve que je parle français et j'ai été très impressionné par votre accent.

— Vraiment ? fit Jo, flattée. C'est gentil. Frank disait souvent que le monde devrait prendre exemple sur le cirque. Ici, les Américains côtoient en toute amitié des Français, des Italiens, des Espagnols, des Allemands, des Russes et des Mexicains.

— L'ONU en caravane, en quelque sorte, ironisa Keane. Ainsi, vous avez appris la mécanique, l'électricité, la couture, le français et l'italien, sans parler de divers arts du cirque. Etes-vous allée à l'école ?

— Bien sûr, répondit Jo sur la défensive. Durant les vacances d'hiver, nous avions droit à des cours adaptés. Il y a aussi un professeur qui nous accompagne lors des tournées. Mais je considère que j'ai beaucoup plus appris en voyageant et en fréquentant des gens venus du monde entier que je ne l'aurais fait à l'université. Sans compter que je suis une vétérinaire probablement plus qualifiée que la majorité de ceux qui ont suivi une école spécialisée. Et je parle sept langues…

— Sept langues ! l'interrompit Keane, stupéfait. Vous plaisantez ?

— Cinq couramment. J'ai encore quelques problèmes avec l'allemand et le grec que je lis difficilement.

— Quelles autres langues parlez-vous ?

— L'espagnol et le russe, répondit Jo. Ce que je préfère, c'est le russe. Peu de gens le parlent et cela me permet d'insulter copieusement les chats lors du spectacle sans que personne se doute de rien.

Keane éclata de rire.

— Qu'y a-t-il de si drôle ? demanda la jeune femme en fronçant les sourcils.

— Vous ! s'exclama-t-il en secouant la tête. N'en prenez pas ombrage mais je trouve vraiment très amusant que vous fassiez si peu de cas d'un talent dont se prévaudrait avec fierté n'importe quel étudiant en linguistique !

Tendant la main vers elle, il effleura sa joue.

— Vous ne cessez de me surprendre, déclara-t-il. Dois-je comprendre que vous m'insultiez en russe, l'autre jour ?

— Probablement, acquiesça-t-elle.

— Votre franchise vous honore. Mais dites-moi plutôt quand vous avez commencé à travailler avec des lions.

— Devant un public ? A l'âge de seize ans. Frank ne voulait pas que je fasse mes débuts avant. Il était mon tuteur légal et le propriétaire du cirque et je ne pouvais donc que me plier à cette décision. En réalité, j'aurais très bien pu commencer dès quinze ans.

— Frank était votre tuteur ? s'étonna Keane. Quand avez-vous perdu vos parents ?

— Lorsque j'avais sept ans, répondit Jo. Ils sont morts dans un incendie.

— Au cirque ?

— Oui, acquiesça-t-elle avant d'avaler une gorgée de café pour chasser l'émotion qui lui étreignait la gorge.

— Vous n'aviez pas d'autre famille ?

— Vous ne comprenez pas, objecta la jeune femme. Le cirque était ma famille. Je n'ai jamais eu l'impression de me retrouver complètement seule. Et j'avais Frank…

— J'avoue que cela m'étonne un peu. Quel genre de père était-il pour vous ?

Jo fronça les sourcils, cherchant vainement à identifier l'émotion qu'elle percevait dans la voix de Keane. Etait-ce de l'amertume ? Du ressentiment ? Ou bien, tout simplement, une forme de curiosité ?

— Il n'a jamais cherché à prendre la place de mon père, répondit-elle en le regardant droit dans les yeux. Ni lui ni moi ne le voulions. Nous étions juste des amis. Des amis très proches. Mais j'avais déjà un père et il avait déjà un fils. Nous ne cherchions pas de substituts, vous savez.

Elle s'interrompit, étudiant l'expression indéchiffrable qui se lisait dans les yeux de Keane.

— C'est curieux, remarqua-t-elle brusquement. Vous ne lui ressemblez vraiment pas.

— Je sais, répondit-il.

— Il avait les cheveux très noirs. Ils commençaient tout juste à grisonner lorsqu'il…

Jo ne put finir sa phrase et soupira tristement avant de secouer la tête.

— Par contre, reprit-elle avec un pâle sourire, vous avez la même voix que lui.

Keane resta silencieux et elle l'observa avec attention.

— J'aimerais vous poser une question, reprit-elle enfin.

— Allez-y, l'encouragea-t-il.

— Pourquoi êtes-vous venu ? demanda Jo, gravement. Je sais que je vous l'ai déjà demandé mais c'était sous le coup de la colère. A présent, j'aimerais vraiment comprendre.

Elle hésita un instant : il n'était pas dans sa nature de poser de telles questions. D'ordinaire, elle se contentait de ce que les gens étaient prêts à lui révéler et ne cherchait pas à leur arracher ce qu'ils préféraient garder pour eux. Mais, cette fois, c'était son propre avenir et celui du cirque qui étaient en jeu.

— J'imagine qu'il ne doit pas être facile d'abandonner votre cabinet pendant plusieurs semaines, ajouta-t-elle.

Keane écrasa son cigarillo dans le cendrier qui était posé près de lui.

— Disons que je voulais voir de mes propres yeux ce qui avait tant fasciné mon père durant toutes ces années, répondit-il enfin.

— Pourtant, vous n'êtes jamais venu lorsqu'il était en vie, objecta Jo. Vous n'avez même pas daigné assister aux obsèques.

— Ne pensez-vous pas qu'il aurait été hypocrite de ma part de m'y rendre alors que je n'avais jamais cherché à revoir Frank ?

— Il était votre père, protesta la jeune femme d'un ton réprobateur.

— Par le sang, peut-être. Mais les aléas de la naissance ne suffisent pas à créer un lien de paternité. Frank Prescott était pour moi un parfait étranger.

— Je ne vous crois pas. Je sens de la rancœur dans votre voix. Pas de l'indifférence.

— Vous vous trompez, Jo. Je lui en ai voulu pendant des années, c'est vrai. Mais j'ai fini par comprendre que cela ne changeait rien du tout. Le seul qui en souffrait, au fond, c'était moi.

— Frank était quelqu'un de bien, plaida la jeune femme. Il ne vivait que pour offrir aux gens un peu de magie et de rêve. Peut-être n'était-il pas capable d'être un bon père. Certains hommes ne sont pas nés pour cela. Mais c'était un homme bon et généreux. Et il était très fier de vous.

— Fier de moi ? répéta Keane avec une pointe d'ironie. Mais il ne me connaissait même pas !

Jo le contempla tristement, commençant à réaliser à quel point Frank et Keane s'étaient mépris l'un sur l'autre.

— Vous vous trompez, murmura-t-elle doucement. Frank se faisait livrer tous les numéros du journal de Chicago dans ses bureaux de Floride. Il découpait tous les articles qui parlaient de vous, qu'il s'agisse d'un procès ou d'une soirée mondaine à laquelle vous aviez participé. Il me les lisait parfois et les gardait dans un album spécial qu'il relisait de temps à autre.

Jo se leva et gagna le coffre de bois qui était posé contre le mur du fond. Elle s'agenouilla et ouvrit le lourd couvercle rehaussé de cuir.

— C'est là qu'il conservait ce qui avait le plus de valeur à ses yeux, expliqua-t-elle. Il l'appelait sa « boîte à mémoire » et disait que les souvenirs sont une récompense accordée à ceux qui vieillissent. Tenez, le voilà !

Au milieu des divers objets qui avaient tant compté pour Frank se trouvait un épais livre de cuir vert. Elle s'en empara et traversa la pièce pour le tendre à Keane. Pendant quelques instants, il resta immobile, les yeux fixés sur ceux de la jeune femme.

Son expression était indéchiffrable mais il finit par lui prendre le livre des mains et l'ouvrit. Lentement, il tourna les pages sur lesquelles étaient collés de vieux articles défraîchis.

— Quel homme étrange ce devait être ! murmura-t-il avec dans la voix un mélange d'étonnement et de rancœur. Garder des coupures de presse concernant un fils qu'il n'avait jamais connu…

— Frank était un rêveur, expliqua Jo, la gorge serrée par une indicible émotion. Sa montre avait toujours cinq minutes de retard. Chaque fois qu'il accrochait une affiche au mur, vous pouviez être certain qu'elle serait de travers. Et il ne s'en rendait même pas compte. Il pensait toujours au lendemain. Je crois que c'est pour cela qu'il gardait son propre passé enfermé dans une boîte.

Jo se pencha pour refermer le coffre. Mais, alors qu'elle allait le faire, elle aperçut à l'intérieur quelque chose qui attira son attention.

D'une main tremblante, elle souleva une pauvre poupée de Celluloïd vêtue d'une robe rouge. Les traits de son visage étaient presque effacés par le temps et elle avait perdu un bras.

Cette fois, Jo fut incapable de retenir les larmes qui lui montaient aux yeux.

— Qu'est-ce que c'est ? demanda Keane en se rapprochant d'elle.

— Rien, répondit-elle d'une voix tremblante.

Elle se releva, n'osant regarder Keane dans les yeux.

— Je dois y aller, articula-t-elle.

Elle hésita, ne pouvant se résoudre à replacer la poupée dans le coffre.

— Est-ce que je peux la garder, s'il vous plaît ? demanda-t-elle à Keane.

Ce dernier prit doucement le menton de la jeune femme entre ses doigts et la força à le regarder en face.

— Apparemment, elle vous appartenait.

— Il y a longtemps, acquiesça-t-elle. Je ne savais pas qu'il l'avait gardée.

La voix de Jo se brisa et elle fut tentée de nicher son visage au creux de l'épaule de Keane pour pouvoir pleurer à son aise. Mais elle savait que cela risquait de les entraîner sur une pente dangereuse.

Cette soirée avait été riche en émotions et la découverte de cette poupée ne l'aidait guère à conserver le recul et la distance dont elle avait le plus grand besoin. Si elle ne partait pas rapidement, elle finirait certainement la nuit dans les bras de Keane.

— Je dois y aller, répéta-t-elle.

Il hésita, visiblement prêt à protester. Mais il dut percevoir l'état de profonde vulnérabilité dans lequel elle se trouvait et finit par s'écarter.

— Je vais vous raccompagner jusqu'à votre caravane, suggéra-t-il.

— Non, merci, ce ne sera pas nécessaire, répondit-elle un peu trop précipitamment.

Elle enfila ses chaussures sans prendre la peine de nouer les lacets et décocha un sourire embarrassé à Keane.

— Il est inutile que vous sortiez de nouveau sous la pluie, expliqua-t-elle. Et, de toute façon, je vais devoir aller rendre visite à mes chats…

— Et vous ne voudriez surtout pas vous retrouver seule dans votre caravane avec moi au cas où je déciderais de changer d'avis au sujet de cette nuit que nous pourrions passer ensemble, compléta Keane avec un sourire malicieux.

Elle faillit protester mais comprit qu'il ne serait pas dupe.

— C'est vrai, acquiesça-t-elle enfin.

Keane secoua la tête d'un air amusé et s'approcha d'elle pour poser un petit baiser sur le bout de son nez.

— Ne vous en faites pas, je suis un homme de parole, lui assura-t-il.

Il alla chercher l'imperméable de la jeune femme qu'il l'aida à enfiler. Lorsqu'il eut remonté la fermeture Eclair, ses doigts s'attardèrent quelques instants sur son cou et il sentit son pouls qui battait la chamade. Finalement, il rabattit la capuche sur ses longs cheveux noirs et lui sourit.

— Nous nous verrons demain, lui promit-il.

Jo hocha la tête et se détourna pour ouvrir la porte de la caravane. Dehors, la pluie paraissait avoir redoublé d'intensité. Pendant un instant, elle s'immobilisa sur le seuil avant de se tourner à demi vers Keane.

— Bonne nuit, lui dit-elle.

Puis elle disparut dans les ténèbres.

5.

Au matin, les lourds nuages qui encombraient le ciel avaient disparu et le soleil brillait de mille feux, faisant naître au-dessus des multiples flaques d'eau de beaux arcs-en-ciel. Ce changement de temps aurait probablement dû remonter le moral de Jo. Mais, curieusement, il n'en était rien.

En fait, elle se sentait si nerveuse qu'elle préféra sauter le traditionnel petit déjeuner pantagruélique que partageaient les membres de la petite communauté du cirque. Elle ne parvenait pas à chasser de sa mémoire le souvenir de la soirée qu'elle avait passée en compagnie de Keane Prescott.

Elle se rappelait avec une intensité presque insoutenable le baiser qu'ils avaient échangé sous la pluie. Elle repensait aux discussions qu'ils avaient eues au sujet de sa vie au cirque et des relations de Frank avec son fils.

Et elle réalisait que, contrairement à ce que Keane lui avait promis, leur conversation avait été bien plus qu'un simple échange entre professionnels. Les sujets qu'ils avaient abordés avaient tissé entre eux une certaine intimité, leur permettant de mieux se connaître.

Aujourd'hui, elle avait presque du mal à se rappeler que Keane était aussi le propriétaire du cirque Prescott, l'homme qui, sur un simple coup de tête, pouvait faire basculer sa vie et celle de tous les artistes qui y travaillaient.

Elle se souvint de la mission dont l'avait chargée Duffy et de ce que Jamie lui avait dit avant son numéro manqué. Elle devait enseigner à Keane le sens réel du cirque, la signification profonde qu'il revêtait aux yeux des artistes comme des spectateurs.

Si elle parvenait à lui faire comprendre ce qu'avait été l'œuvre de son père, ce qu'il avait réussi à bâtir, il réaliserait qu'il ne pouvait détruire le fruit d'une vie de labeur acharné.

Jusqu'à présent, hélas, il avait semblé s'intéresser beaucoup plus à elle qu'au cirque proprement dit. C'était d'ailleurs une chose qu'elle ne parvenait pas réellement à comprendre.

Que voyait-il de si intéressant en elle ?

Se plaçant devant le miroir en pied qui trônait dans sa caravane, la jeune femme se contempla pensivement, s'efforçant d'adopter un regard critique envers le reflet que lui renvoyait la glace.

La femme qui se tenait devant elle était de petite taille. Sa silhouette mince et nerveuse n'avait pas la sensualité des trapézistes que Duffy affectionnait. Objectivement, elle pouvait être fière de ses jambes qui étaient longues et bien galbées.

Par contre, ses hanches évoquaient plus celles d'un garçon que celles d'une femme. Elles étaient étroites et ses fesses étaient fermes mais petites. Quant à sa poitrine, elle était menue, presque insignifiante.

Jo décida qu'elle était incontestablement moins jolie que nombre d'artistes au sein de la troupe. Les sœurs Gribalti, par exemple, étaient de véritables déesses en comparaison. En fait, elle ne voyait pas ce qui, en elle, pouvait bien attirer un prestigieux avocat de Chicago probablement habitué à fréquenter les femmes les plus élégantes et les plus raffinées.

Si Keane s'était trouvé là, il aurait pu lui parler de l'honnêteté qui brillait dans ses beaux yeux verts délicieusement fendus en amande, de sa bouche à la sensualité aussi naturelle qu'innocente, de ses beaux cheveux noirs qui, au soleil, prenaient parfois d'étranges reflets dorés, de l'impression de pureté qui se dégageait de chacun de ses gestes ou de la douceur soyeuse de sa peau.

Hélas, il n'était pas présent et ne pouvait dissiper le mystère de cette fascination qu'elle exerçait sur lui. Aussi la jeune femme finit-elle par se lasser de contempler son reflet.

Elle entreprit de coiffer sa longue chevelure tout en songeant aux dizaines de femmes qui devaient se presser autour de Keane à Chicago. Elles portaient certainement des robes splendides, des parfums hors de prix et des bijoux qu'elle-même ne pourrait jamais espérer s'offrir.

Et aucune ne devait porter un nom aussi vulgaire que Jo. Cette pensée éveilla en elle une jalousie dont l'intensité la surprit. Pourtant, elle ne pouvait s'empêcher d'imaginer les soirées qu'il passait en leur compagnie.

Ils discutaient probablement de leurs amis communs, les Wallace ou les Jameson, en sirotant un verre de beaujolais chambré à la lumière des bougies de quelque prestigieux restaurant.

Ils rentraient ensuite au loft de Keane et il leur servait un cognac qu'ils buvaient en écoutant du Chopin sur le canapé placé devant la cheminée. Ensuite, ils faisaient l'amour sur un lit immense. Et ces femmes alliaient la passion à l'expérience pour rendre ce moment inoubliable.

Lorsqu'ils se séparaient au matin après un petit déjeuner

raffiné, c'était en toute amitié, avec la satisfaction d'avoir passé une excellente soirée en charmante compagnie. Parler d'amour ou d'engagement aurait été aussi vulgaire que déplacé…

Levant les yeux vers son miroir, Jo constata avec stupeur que ses yeux étaient pleins de larmes. Elle ne savait même pas s'il s'agissait de tristesse ou de frustration. Une chose, en tout cas, était certaine : Keane l'obsédait comme aucun homme avant lui. Cela faisait des jours qu'elle n'était pas elle-même, qu'elle ne cessait de penser à lui et de lutter de toutes ses forces contre l'attirance qu'il exerçait sur elle.

Cela ne pouvait plus durer. Elle devait impérativement se ressaisir et reprendre sa vie en main au plus vite. Forte de cette décision, elle enfila ses chaussures et quitta sa caravane.

Une fois dehors, elle progressa précautionneusement à travers la prairie pour éviter les petites mares et les plaques de boue glissantes qui constellaient l'herbe détrempée. Comme elle approchait de la tente réfectoire, elle aperçut Rose qui en sortait. Elle paraissait furieuse.

— Salut, Rose, fit Jo en s'écartant prestement pour éviter les éclaboussures soulevées par les chaussures de son amie qui ne prenait même pas la peine d'éviter les flaques.

— Il est irrécupérable ! s'exclama Rose avec humeur.

Elle s'arrêta brusquement et brandit un index accusateur vers Jo, comme pour la prendre à témoin.

— Cette fois, j'en ai plus qu'assez ! Pourquoi continuerais-je à perdre mon temps avec lui ?

— Je reconnais que tu as déjà été très patiente, concéda Jo d'un ton plein de sympathie. Probablement plus qu'il ne le mérite.

— Patiente ? s'exclama Rose avec son emphase habituelle.

J'ai été une sainte, tu veux dire ! Mais même un saint doit se fixer certaines limites.

Rose rabattit rageusement une mèche de cheveux qui lui tombait sur les yeux.

— *Adios,* fit-elle. Je crois que maman m'appelle.

Jo la suivit quelques instants des yeux avant de reprendre sa progression prudente vers le grand chapiteau. Quelques instants plus tard, elle croisa Jamie. Il avait les mains plongées dans ses poches et la tête basse et ne la vit même pas. Brusquement, elle le vit s'arrêter et étendre les bras.

— Elle est folle ! s'exclama-t-il.

Il secoua la tête d'un air accablé puis se remit en marche.

— Oui, marmonna-t-il. Elle est complètement folle…

Jo le suivit des yeux puis gagna le chapiteau. A l'intérieur, plusieurs artistes répétaient leurs numéros. Elle avisa Vito qui virevoltait sur son fil tandis que Carmen le dévorait littéralement des yeux.

Evitant les chiens des clowns qui se poursuivaient en aboyant, Jo repéra les Beirot qui s'échauffaient avant de mettre au point de nouvelles acrobaties. Brusquement, elle entendit un sifflement admiratif au-dessus de sa tête et leva les yeux vers Vito.

— Tu sais que tu as une très jolie paire de fesses, vue d'ici, s'exclama-t-il joyeusement. Presque aussi belles que les miennes !

— Voyons, Vito, répondit-elle en riant. Personne n'a des fesses comme les tiennes.

— Je sais, acquiesça-t-il d'un air fataliste.

Comme pour se consoler, il effectua négligemment une grande roue sur son fil.

— Mais j'ai appris à vivre avec, conclut-il en opérant un redressement impeccable. Quand est-ce que tu te résoudras à profiter de moi, miss ?

— Je te l'ai déjà dit plus de cent fois : quand tu auras appris à l'un de mes chats à marcher sur un fil.

Vito éclata de rire et esquissa un petit pas de danse avec autant de naturel que s'il s'était trouvé sur la terre ferme. Carmen décocha à Jo un regard assassin et la jeune femme comprit qu'elle devait être vraiment mordue pour se formaliser de ce genre de plaisanterie. Après tout, tout le monde savait que Vito était un incorrigible séducteur.

— Tu sais, souffla-t-elle à la trapéziste, il tomberait de son fil si, un jour, j'acceptais sa proposition.

— Moi, je n'hésiterais pas s'il me faisait une telle proposition, soupira Carmen.

Jo hocha la tête, se demandant une fois de plus pourquoi les histoires d'amour étaient invariablement aussi compliquées.

Elle rejoignit enfin les Beirot. Ces six frères étaient des acrobates accomplis originaires de Belgique. Jo travaillait régulièrement avec eux pour se maintenir en forme et aiguiser ses réflexes.

Elle les aimait beaucoup et connaissait leurs femmes et leurs enfants. Elle était aussi l'une des seules à comprendre parfaitement le curieux mélange d'anglais et defFrançais qu'ils utilisaient entre eux.

Ce fut Raoul qui l'aperçut le premier. Il était l'aîné des six frères et le plus fort d'entre eux. C'était lui qui se trouvait à la base de la pyramide humaine qui constituait leur marque de fabrique.

— Salut, Jo ! s'exclama-t-il joyeusement. Tu viens transpirer un peu ?

— Oui, répondit-elle avant d'effectuer un salto avant.

— Un peu approximatif, tout ça, commenta Raoul avec un sourire malicieux.

Jo lui tira la langue.

— J'ai juste besoin de m'échauffer, répondit-elle. Ensuite, c'est moi qui vous donnerai des leçons !

Pendant la demi-heure qui suivit, Jo travailla en leur compagnie, alternant les étirements, les exercices de musculation et d'assouplissement. Elle ne tarda pas à sentir son corps se détendre et son esprit se vider de toutes les sombres préoccupations qui l'accablaient depuis qu'elle s'était réveillée, ce matin-là.

De bien meilleure humeur, elle enchaîna quelques acrobaties de base en compagnie des Beirot, s'efforçant de suivre scrupuleusement les conseils de Raoul qui dirigeait leur entraînement. Elle travailla ensuite son sens de l'équilibre, juchée au sommet d'une boule.

Lorsqu'ils attaquèrent les sauts périlleux, elle se tint à l'écart et les regarda faire. Tour à tour, ils s'élançaient en direction du trampoline et bondissaient gracieusement dans les airs, enchaînant les pirouettes les plus improbables sous les encouragements ou les lazzis des autres frères.

— A toi, Jo ! s'exclama Raoul au bout d'un moment.

— Sûrement pas, protesta-t-elle.

Un torrent de supplications en français se fit entendre et elle secoua la tête.

— Il faut que j'aille donner des vitamines à mes lions, déclara-t-elle.

— Allons, Jo ! C'est amusant, tu verras, l'encouragea Raoul. Ne me dis pas que tu n'as jamais rêvé de voler.

Elle jeta un coup d'œil à la planche et il comprit qu'elle était tentée.

— Prends ton élan, et fais-nous un joli saut périlleux. Je te promets que, quoi qu'il arrive, je te rattraperai.

Jo hésita en se mordillant pensivement la lèvre inférieure. Cela faisait longtemps qu'elle n'avait pas fait de trapèze et cette sensation lui manquait.

— Tu es sûr que tu ne vas pas me laisser m'écraser lamentablement ? demanda-t-elle.

— Je ne rate jamais personne ! N'est-ce pas, les gars ?

Ses frères détournèrent les yeux, s'absorbant brusquement dans la contemplation du plafond.

— Ne les écoute pas, s'exclama Raoul. Ce sont de mauvaises langues.

Jo éclata de rire. Elle avait parfaitement confiance en lui et savait qu'il ne la laisserait prendre aucun risque s'il n'était pas parfaitement sûr de lui.

— Je te préviens, lui dit-elle pourtant : si tu ne me rattrapes pas, je t'offre comme dîner à mes chats !

— Marché conclu, répondit-il en allant se positionner de l'autre côté de la planche. A toi de jouer, chérie !

La jeune femme prit une profonde inspiration et s'élança en avant. Dès qu'elle eut décollé de la planche, elle ramena ses genoux sous son menton pour rouler sur elle-même dans les airs. C'était une sensation délicieusement grisante. Lorsqu'elle eut fait un tour complet, elle déplia ses jambes et se prépara à la réception.

Elle réalisa alors que Raoul s'était mis de dos, et atterrit sur ses larges épaules. Immédiatement, elle sentit ses mains se refermer sur ses chevilles. Se redressant, elle salua ses frères qui l'applaudissaient et poussaient des sifflements admiratifs.

Raoul la prit alors par la taille et la fit gracieusement retomber sur ses pieds.

— Alors ? s'exclama-t-il en souriant. Quand décides-tu de te joindre à nous ? Tu ferais bon effet au sommet de la pyramide !

— Je crois que je préfère m'en tenir aux chats, répondit la jeune femme en riant.

Après avoir embrassé les six frères, elle se dirigea vers la porte du grand chapiteau. Comme elle atteignait le niveau des gradins, elle eut la surprise de voir Keane qui était accoudé à la rambarde.

— Incroyable ! s'exclama-t-il en l'enjambant pour la rejoindre. Mais je suppose que c'est cela, la magie du cirque. Y a-t-il quelque chose que vous ne sachiez pas faire ?

— Des centaines, répondit-elle en souriant. En fait, la seule pour laquelle je sois vraiment douée, c'est le dressage. Pour le reste, je ne suis qu'un amateur.

— Ce n'est pas ce que je dirais après vous avoir vue vous entraîner pendant une demi-heure, objecta-t-il.

— Vous étiez là tout le temps ? s'étonna la jeune femme.

— A vrai dire, je suis entré au moment où Vito commentait la vue plongeante qu'il avait sur votre postérieur.

— Ne faites pas attention à lui, s'exclama Jo en riant. Il est fou…

— Fou, peut-être. Mais sa vue est excellente, répondit Keane en lui prenant le bras. Que diriez-vous d'un café ?

Jo se rappela immédiatement la soirée de la veille et

secoua la tête. Elle n'avait aucune envie de succomber de nouveau à son charme.

— Je dois aller me changer, expliqua-t-elle. J'ai un spectacle à 2 heures et il faut que je fasse répéter les chats.

— Je suis fasciné par le temps que les artistes de cirque consacrent à leur art, remarqua Keane. Chaque fois que vous n'êtes pas en piste, vous passez votre temps à répéter !

— C'est sans doute parce que nous sommes des insatisfaits chroniques, répondit la jeune femme en riant. Nous poursuivons sans cesse une illusoire perfection et, quand nous croyons l'atteindre, nous ajoutons de nouvelles difficultés pour pimenter l'exercice. Nous cherchons toujours à aller plus loin, plus haut, plus vite.

Ils venaient de quitter le grand chapiteau et la lumière radieuse du soleil aveugla un instant Jo.

— Sans cela, reprit-elle, nous n'aurions pas de raison de revenir chaque année.

Keane hocha la tête d'un air absent. Elle comprit que son esprit était occupé par autre chose.

— Je vais devoir partir, cet après-midi, lui dit-il enfin.

— Partir ? répéta Jo.

Elle se sentit brusquement submergée par un poignant mélange de tristesse et de déception. L'intensité de la sensation la prit de court et il lui fallut quelques instants pour recouvrer ses esprits.

— Vous rentrez à Chicago ?

— Oui, répondit Keane en s'arrêtant pour se tourner vers elle.

— Et le cirque ? demanda-t-elle, honteuse que telle n'ait pas été sa toute première préoccupation.

Mais c'était plus fort qu'elle : elle n'avait aucune envie de voir partir Keane. Ce dernier se remit en marche et elle lui emboîta le pas.

— Eh bien, je ne vois pas de raison de bouleverser le programme de cette année, répondit-il enfin.

La jeune femme ne put s'empêcher de frissonner en percevant la froideur et le détachement tout professionnels qui perçaient dans sa voix.

— Cette année ? répéta-t-elle d'un air interrogateur.

— Je n'ai pas encore décidé de ce que je comptais faire du cirque, lui expliqua-t-il. De toute façon, j'attendrai la fin de cet été pour me prononcer.

— Je vois, soupira la jeune femme. Nous avons droit à un sursis, en quelque sorte.

— C'est une façon de voir les choses.

Jo resta quelques instants silencieuse avant de formuler la question qui lui brûlait les lèvres.

— Alors vous comptez rentrer définitivement à Chicago ? Vous ne voyagerez plus avec nous ?

Keane prit le temps de contourner une flaque boueuse avant de répondre :

— Je ne peux pas prendre une décision qui soit vraiment fondée après avoir passé si peu de temps avec la troupe. Malheureusement, un dossier dont je m'occupe a connu une série de complications inattendues et je dois aller m'assurer que la situation ne va pas nous échapper. Je pense que je serai de retour dans une semaine ou deux.

En entendant ces mots, Jo sentit un profond soulagement l'envahir. Elle réalisa alors avec stupeur combien elle avait eu peur de ne jamais revoir Keane. Bien sûr, c'était absurde. Depuis qu'il était apparu dans sa vie, il n'avait fait que la compliquer. Mais, sans trop savoir pourquoi, elle ne pouvait imaginer qu'il en disparaisse.

— Nous serons en Caroline du Sud, dans deux semaines, remarqua-t-elle en s'efforçant d'adopter un ton détaché.

Ils avaient atteint sa caravane et elle posa la main sur la poignée de la porte avant de se tourner vers lui. Lorsque ses yeux plongèrent dans ceux de Keane, elle ne put réprimer un petit frisson.

Elle essaya alors de se convaincre qu'elle n'espérait son retour que pour lui faire comprendre combien le cirque était important et quelle monstrueuse erreur il aurait commise en le fermant. Mais elle savait que telle n'était pas la raison principale.

Keane lui sourit comme s'il percevait le combat qu'elle menait contre elle-même.

— Ne vous en faites pas, Duffy m'a donné le plan de votre tournée. Je vous retrouverai.

Il s'interrompit et tous deux restèrent immobiles.

— Est-ce que vous allez me proposer d'entrer ? demanda-t-il enfin.

— Je… Eh bien…, hésita Jo, embarrassée. Je vous l'ai dit, il faut que je me change et…

Sans tenir compte de ses protestations malhabiles, Keane fit un pas en avant. L'expression de son regard fit comprendre à la jeune femme qu'il ne se laisserait pas décourager aussi facilement. Combien de fois avait-elle vu une lueur semblable briller dans les yeux de l'un de ses chats ?

— Je n'ai vraiment pas le temps, déclara-t-elle d'un ton plus assuré. Si je ne vous revois pas d'ici votre départ, je vous souhaite bon voyage.

Elle se détourna et ouvrit la porte de la caravane. Mais,

lorsqu'elle y pénétra, Keane lui emboîta le pas sans lui laisser le temps de refermer le battant derrière elle. Cette manœuvre rendit Jo furieuse. Elle n'avait pas l'habitude de se laisser manipuler aussi facilement.

— Dites-moi, monsieur l'avocat, s'exclama-t-elle, avez-vous déjà entendu parler d'entrée par effraction ?

— Argument intéressant mais dénué de toute validité juridique, répondit-il malicieusement. Votre porte n'a pas de verrou.

Il parcourut des yeux l'intérieur de la caravane et hocha la tête d'un air appréciateur. L'ameublement était simple mais de bon goût, les couleurs habilement choisies et l'ensemble était d'une propreté irréprochable.

Le plan du véhicule était quasiment le même que celui de la caravane de Frank mais quelques touches féminines le rendaient plus accueillant. Il y avait de gros coussins sur le canapé, quelques fleurs sauvages fraîchement coupées et disposées dans un vase et un tapis qui égayait le sol recouvert de linoléum beige clair.

Un coffre de bois servait de table basse et Keane s'empara du livre qui y était posé. Il s'agissait d'un exemplaire en français du *Comte de Monte-Cristo*. Jo le lui arracha des mains et le lança sur le canapé d'un geste qui trahissait la colère qui l'habitait en cet instant.

Sans se laisser démonter, Keane s'approcha des étagères surchargées de livres.

— Tolstoï, Cervantès, Voltaire, Steinbeck, lut-il sur les couvertures. Voilà une bibliothèque fort impressionnante. Je me demande comment vous trouvez le temps de lire autant alors que vous passez votre vie à travailler !

— Je lis beaucoup la nuit, répondit-elle avec agacement.

Et je vous signale que votre statut de propriétaire de ce cirque ne vous autorise pas à faire irruption chez moi pour fouiller dans mes affaires et me demander des comptes sur la façon dont j'occupe mon temps !

— Du calme, l'interrompit Keane avec un geste pacifique. Je n'étais pas en train de vous demander des comptes. Je m'étonnais simplement du fait que quelqu'un d'aussi actif que vous ait assez d'énergie en fin de journée pour dévorer des ouvrages si sérieux. Je ne me permettrais certainement pas de porter un jugement sur le temps que vous consacrez à votre travail. Après tout, je ne connais rien à l'art du dressage et à ses exigences.

Il se rapprocha de Jo et la jeune femme se raidit, craignant qu'il ne la prenne dans ses bras. Mais il n'en fit rien.

— D'autre part, reprit-il, je suis désolé d'avoir fouillé dans vos affaires, comme vous dites. En réalité, j'avais une raison très personnelle de m'intéresser à votre bibliothèque. Je suis moi-même un lecteur avide et il se trouve que nous avons un certain nombre de livres en commun. Quant à ce qui est de faire irruption chez vous, je ne peux que plaider coupable. Et si vous tenez à me poursuivre en justice, je peux vous indiquer plusieurs avocats très compétents pour défendre votre cause.

Malgré elle, Jo ne put s'empêcher de sourire à cette dernière remarque.

— J'y penserai, répondit-elle.

Elle détourna les yeux, brusquement embarrassée de s'être montrée si peu accueillante. Une telle attitude ne correspondait guère aux valeurs des gens du cirque.

— Je suis désolée, soupira-t-elle.

— Pourquoi ? demanda-t-il d'un ton étonné.

— Pour m'être conduite de façon aussi désagréable. J'ai cru que vous cherchiez à me critiquer... J'imagine que je me suis montrée un peu trop susceptible.

— Très bien. J'accepterai vos excuses si vous répondez à une question.

— Laquelle ? demanda Jo, surprise.

— Est-ce que le Tolstoï est écrit en russe ?

Cette fois, la jeune femme ne put qu'éclater de rire. Elle ne s'était certainement pas attendue à cela.

— Oui, répondit-elle.

Keane admira les délicieuses fossettes que son sourire creusait aux coins de sa bouche.

— Vous savez que vous êtes encore plus jolie quand vous souriez ? remarqua-t-il d'un ton pensif. Je suis désolé que cela ne vous arrive pas plus souvent lorsque nous sommes ensemble.

Jo le contempla d'un air incertain. Elle n'était pas habituée à recevoir de tels compliments et ignorait la façon dont elle était censée y répondre. L'une des femmes qu'elle avait imaginées le matin même aurait certainement trouvé une repartie spirituelle à sa remarque. Ou bien elle se serait contentée de décocher à Keane un sourire enjôleur ou une œillade enflammée.

Mais Jo en était incapable et cette inaptitude la mettait terriblement mal à l'aise.

— Je suis désolée, répondit-elle enfin. Je ne suis pas très douée pour le flirt.

Keane la regarda avec un mélange d'étonnement et de reproche.

— Ce n'est pas ce que j'essayais de faire, protesta-t-il.

Je me contentais de faire une simple observation. Ne vous a-t-on jamais dit combien vous étiez belle ?

Jo se sentit rougir malgré elle. Pour la première fois de sa vie, elle avait l'impression de se trouver confinée dans cette caravane.

— Pas de cette façon, avoua-t-elle d'une voix mal assurée.

Il fit mine de s'approcher et elle posa sa main sur sa poitrine pour l'en empêcher, frappée une fois encore par la force qu'elle sentait en lui. Elle se savait prise au piège mais refusa de s'avouer vaincue.

Très doucement, Keane s'empara de ses poignets et porta les mains de la jeune femme à ses lèvres. Un soupir involontaire échappa à Jo.

— Vos mains sont magnifiques, murmura-t-il en effleurant du bout des lèvres la petite veine bleutée qui battait la chamade à son poignet. Fines, longues et racées. Pourtant, ce sont les mains de quelqu'un qui travaille dur, ce qui les rend plus intéressantes encore.

Il leva les yeux vers ceux de Jo.

— Tout comme vous, ajouta-t-il.

— Je ne sais vraiment pas ce que je suis censée dire quand vous me faites ce genre de déclaration, articula-t-elle d'une voix tremblante.

Elle sentait une délicieuse chaleur se répandre en elle tandis que son corps tout entier réagissait au désir que Keane faisait monter en elle.

— Je préférerais que vous vous en absteniez, ajouta-t-elle.

— Vraiment ? fit-il en caressant doucement sa joue. C'est

dommage, parce que plus je vous regarde et plus j'ai de choses à vous dire. Vous êtes ensorcelante.

— Il faut que je me change, plaida-t-elle. Vous devriez partir.

— Voilà qui est regrettable, soupira-t-il en prenant le menton de Jo entre ses mains. M'accorderez-vous au moins un baiser d'adieu ?

— Je ne pense vraiment pas que ce soit nécessaire, objecta-t-elle sans grande conviction.

— Au contraire, c'est impératif, répondit-il avant d'effleurer ses lèvres d'un baiser. Embrassez-moi, Jo.

Durant quelques instants, elle parvint à résister à la tentation. Mais le souffle brûlant de Keane contre son visage et le contact de ses doigts sur sa peau eurent raison de ses hésitations et, finalement, elle entoura son cou de ses bras et se pressa contre lui, l'embrassant avec une passion trop longtemps contenue.

Elle s'offrit à lui sans retenue, se noyant avec délices dans cette étreinte qui éveillait en elle des sensations d'une intensité extraordinaire. Brusquement, le monde entier paraissait avoir disparu, ne laissant que ce désir impérieux qu'elle avait de lui et qui la consumait tout entière.

Cet abandon inattendu ne fit qu'alimenter l'audace de Keane et leur baiser se fit plus urgent, presque vorace. Il ne pouvait se rassasier d'elle. Ses mains plongèrent dans ses cheveux plus doux que la soie avant de descendre le long de son dos, lui arrachant des frissons de pur bien-être.

Elle gémit contre sa bouche, incapable de lutter contre le plaisir qu'il faisait monter en elle. Sous ses caresses, elle frémissait, vaincue mais plus heureuse qu'elle ne l'avait jamais été.

Lorsque ses doigts effleurèrent sa poitrine, elle se raidit brusquement et il abandonna sa bouche pour poser un baiser au creux de son cou.

— Pas de panique, murmura-t-il.

Ses mains se mirent à bouger très doucement et elle se détendit, sentant ses mamelons se dresser contre le tissu de son soutien-gorge. Ils étaient si durs à présent qu'ils en devenaient presque douloureux mais cette sensation, loin d'être déplaisante, avait quelque chose de vertigineux.

Lorsque Keane l'embrassa de nouveau, elle fit montre d'une ardeur plus grande encore. Jamais personne ne l'avait touchée de cette façon, jamais elle n'avait éprouvé une telle exaltation. C'était comme si tout son être s'était enflammé, comme si elle brûlait de l'intérieur.

Mais, loin de la terrifier, cette impression faisait naître en elle une exaltation immense. Elle percevait enfin le sens de tous les textes qu'elle avait lus sans réellement les comprendre, de toutes ces descriptions qui émaillaient les livres traitant des passions amoureuses.

C'était cela qui poussait les hommes à défier le destin, à réaliser l'impossible, à partir en guerre pour des femmes qu'ils n'avaient vues qu'une seule fois.

Et elle savait qu'elle ne se trouvait encore que sur le seuil d'une révélation plus grande encore, d'un emportement plus radical des sens. Et son corps tout entier aspirait à plus. Elle était enfin prête à s'offrir pleinement, à consommer cette communion parfaite dont, jusqu'alors, elle n'avait fait que rêver.

Mais Keane finit par s'arracher à leur étreinte et elle sentit une intolérable sensation de frustration l'envahir, chassant brutalement le plaisir qu'elle venait de ressentir. Elle tituba légèrement et se raccrocha au mur le plus proche, luttant contre la sensation de vide atroce qui grandissait en elle.

Keane observa ses yeux verts que le désir rendait troubles et ses joues enflammées par la passion. Malgré cela, elle conservait une innocence presque poignante et il comprit qu'il avait pris la bonne décision.

— J'ai du mal à croire que je suis le premier homme à te toucher, murmura-t-il d'une voix rauque. Et c'est une sensation terriblement excitante. Mais lorsque nous ferons l'amour pour la première fois, je veux que nous puissions prendre tout notre temps. Et ce n'est pas le cas, aujourd'hui. J'attendrai donc.

Jo se raidit, furieuse d'avoir perdu tout contrôle alors que Keane conservait une telle maîtrise de lui-même.

— Le fait que je t'ai laissé m'embrasser et me toucher ne signifie pas que je te laisserai faire l'amour avec moi, répondit-elle dans un sursaut d'orgueil.

Elle se redressa, sentant un semblant de confiance lui revenir.

— Si cela arrive, ce sera uniquement parce que j'en ai envie et pas parce que tu m'y as poussée.

Un léger sourire flotta sur les lèvres de Keane.

— Très bien, concéda-t-il. Je ferai juste en sorte que tu aies envie de moi, dans ce cas.

Il prit son menton au creux de sa main et déposa un petit baiser sur ses lèvres tremblantes.

— Tu es vraiment la femme la plus fascinante qu'il m'ait jamais été donné de rencontrer, tu sais, conclut-il d'un ton pensif.

Sur ce, il se détourna et gagna la porte de la caravane.

Parvenu sur le seuil, il se retourna à demi vers elle, une lueur malicieuse dans les yeux.

— Je reviendrai, promit-il.

Puis il sortit, la laissant seule. Jo resta longuement immobile, fixant la porte qui s'était doucement refermée sur lui.

Finalement, elle passa délicatement la main sur sa bouche légèrement tuméfiée comme pour s'assurer que tout ceci n'avait pas été un simple rêve. Lorsqu'elle en fut vraiment certaine, elle réalisa avec une pointe d'angoisse combien Keane allait lui manquer.

6.

Aux yeux de Jo, les semaines qui suivirent le départ de Keane parurent aussi interminables que des années. Au bout de quinze jours, elle se surprit chaque matin à chercher des yeux sa caravane. Et, chaque fois, elle sentait une déception cruelle l'envahir en réalisant qu'il n'était toujours pas de retour.

Les jours se succédaient et la jeune femme se sentait en proie à un mélange toujours plus explosif de colère et de désespoir. Le seul moment où elle parvenait réellement à maîtriser l'impression de manque qui la torturait, c'était dans la cage, face aux fauves.

Mais, après chacune de ses performances, il lui semblait un peu plus difficile de se détendre et de trouver le sommeil. Et lorsqu'elle fermait enfin les yeux, c'était pour rêver de Keane, ce qui ne faisait qu'accroître son désarroi.

Chaque matin, elle se levait en espérant le trouver devant sa caravane et, chaque soir, elle se couchait en espérant qu'il y serait le lendemain.

Pendant ce temps, le printemps s'était étendu aux régions qu'ils traversaient. On sentait son odeur dans la brise qui soufflait et dans l'herbe. Les premières fleurs avaient éclos et on percevait leurs doux effluves dans l'air chaque jour un peu plus chaud.

Le soleil brillait de plus en plus régulièrement et les journées s'allongeaient, offrant à la troupe de longues soirées consacrées à faire la fête ou à discuter devant les caravanes bariolées. Le moral de tous était au beau fixe et la tristesse de Jo n'en paraissait que plus déplacée.

Elle finit par se demander si Keane n'avait pas tout simplement décidé de rester à Chicago. Après tout, c'était là qu'était sa vie et, en y retournant, il avait dû retrouver le confort auquel il était habitué et les femmes qui devaient le poursuivre de leurs assiduités. Cette simple pensée la plongeait dans des abîmes de désespoir mais elle ne pouvait s'empêcher d'imaginer ce que pouvait être son existence loin d'elle.

Pourquoi reviendrait-il, après tout ? Pourquoi troquerait-il le confort de son loft contre la caravane rustique de son père ? Les repas raffinés au restaurant contre les déjeuners dans la tente réfectoire ? Les amitiés qu'il avait nouées là-bas contre la méfiance que les gens de la troupe conservaient à son encontre ?

Le cirque ne représentait rien pour lui. Rien de plus, en tout cas, qu'un intermède étrange dans une vie bien réglée. Il finirait probablement par le vendre au plus offrant sans se soucier du destin de Jo et de ses compagnons.

La jeune femme tenta vainement de se convaincre que c'était uniquement la peur d'une telle décision qui motivait son impatience de le voir revenir. Mais, évidemment, elle n'y parvenait pas réellement.

Ce qui lui manquait le plus, c'étaient ses baisers et le doux contact de ses bras autour de sa taille. La façon dont il la regardait avec ce troublant mélange de désir et d'amusement.

Les conversations qu'ils avaient eues sur les sujets les plus divers…

Elle s'efforça de chasser cette impression de manque en travaillant avec acharnement. Sans cesse, elle perfectionnait son numéro et enseignait de nouveaux tours à ses lions. Elle entraînait également Gerry plusieurs fois par semaine au métier de dresseur.

Au départ, elle ne l'autorisa à travailler qu'avec les deux plus jeunes lionceaux, exigeant qu'il porte des gants de cuir renforcés lorsqu'il devait les nourrir ou qu'il jouait avec eux. Puis elle l'encouragea à leur apprendre quelques tours. Il fit preuve d'une patience étonnante et ses efforts ne tardèrent pas à être couronnés de succès.

Jo comprit qu'il avait vraiment l'étoffe d'un dresseur. Il possédait ce mélange de patience et de détermination qui se doublait d'un amour profond envers les animaux dont il s'occupait. Son seul défaut était de ne pas se montrer assez prudent dans ses rapports avec eux.

Il faisait preuve de trop de décontraction et Jo savait pertinemment que c'était la première cause d'accident dans leur métier. Il était temps de lui faire prendre conscience des risques réels qu'il courrait en poursuivant cette carrière. Aussi se prépara-t-elle à le confronter à une véritable séance pour qu'il puisse prendre la mesure de ses responsabilités.

Profitant d'un jour de relâche, elle fit dresser la cage sous le grand chapiteau. Elle se plaça devant la porte avec Gerry et commença à lui transmettre ses instructions.

— Buck va faire entrer Merlin, expliqua-t-elle au jeune homme qui avait beaucoup de mal à dissimuler le mélange de peur et d'excitation qui l'habitait. C'est le plus sage des chats en dehors d'Ari.

Elle s'interrompit et soupira tristement.

— Malheureusement, Ari n'est pas en état de participer à un exercice.

Elle écarta cette pensée qui la déprimait et s'efforça de se concentrer sur ce qu'ils avaient à faire.

— Merlin s'est déjà familiarisé avec ton odeur et le son de ta voix, reprit-elle. Il ne te considérera donc pas comme une menace. Lorsque nous entrerons, je veux que tu me suives comme mon ombre. Tu bougeras en même temps que moi et tu ne parleras que lorsque je te le dirai. Si tu prends peur, ne cours pas.

Elle serra fortement le bras de Gerry pour lui faire comprendre l'importance de ce conseil.

— C'est capital, compris ? Ne cours jamais devant un lion. Si tu veux sortir, préviens-moi et je te ferai passer dans la cage de sécurité.

— Je ne courrai pas, Jo, promis ! répondit gravement son assistant.

— Bien. Tu es prêt ?

— Oui, répondit-il d'une voix assurée.

Jo ouvrit la porte menant à la cage et laissa Gerry entrer avant de la refermer derrière eux. Elle gagna le centre de la piste d'un pas assuré et s'immobilisa.

— Laisse-le entrer, Buck ! commanda-t-elle.

Un bruit de barreaux se fit entendre tandis que son assistant ôtait la grille de séparation, et Merlin pénétra dans la cage d'un pas tranquille. Il alla directement s'asseoir sur son piédestal. Là, il bâilla à s'en décrocher la mâchoire et contempla pensivement sa dresseuse.

— Tu es tout seul, aujourd'hui, Merlin, lui dit-elle. Et

c'est toi la star ! Reste près de moi, ajouta-t-elle à l'intention de Gerry.

Le jeune homme s'exécuta tandis que Merlin le regardait d'un air royalement indifférent. Jo leva le bras et le fauve se redressa immédiatement sur ses pattes arrière.

— Tu sais déjà qu'apprendre à un lion à s'installer à sa place est essentiel, expliqua la jeune femme à Gerry. Le public considère cela comme acquis et ne se rend même pas compte que ce n'est pas naturel. La position assise est la deuxième chose que je leur enseigne.

Elle fit signe au lion de se remettre à quatre pattes et il obéit.

— Cela prend généralement un certain temps, poursuivit-elle, car ce n'est pas une position naturelle. Il faut d'abord que le chat renforce les muscles de son dos.

Elle fit de nouveau signe à Merlin de se redresser puis elle lui commanda de rugir en griffant l'air de sa patte. Une fois de plus, il s'exécuta.

— Parfait ! le félicita-t-elle avant de lui faire signe de se remettre à quatre pattes. L'important est de fixer tes instructions. Les gestes et l'intonation de ta voix doivent toujours être les mêmes. Cela demande de la patience et d'innombrables répétitions. Je vais le faire descendre, à présent.

Jo frappa le sol de son fouet en claquant la langue et Merlin sauta au bas de son piédestal.

— Maintenant, je vais lui demander de gagner l'endroit où il doit s'allonger, reprit la jeune femme. Reste bien derrière moi, d'accord ?

Elle se rapprocha légèrement de Merlin et s'immobilisa à quelques pas de lui.

— La cage est un cercle, expliqua-t-elle. Son rayon fait

sept mètres. Il faut que tu connaisses chaque centimètre carré de cet espace. Tu dois notamment savoir à chaque instant à quelle distance précise tu te trouves des barreaux. Si tu recules contre le bord de la cage, tu n'as plus de place pour manœuvrer et tu es coincé. C'est l'une des pires erreurs que puisse commettre un dresseur.

Au signal de la jeune femme, Merlin gagna le centre de la cage et s'allongea. Elle le fit ensuite rouler sur lui-même à plusieurs reprises.

— Stop, Merlin ! conclut-elle.

Aussitôt, le lion s'immobilisa.

— Utilise leurs noms aussi souvent que tu le peux, conseilla-t-elle à Gerry. Cela leur permet de rester concentrés. Tu dois aussi connaître chacune de leurs tendances et de leurs petits défauts.

Jo fit signe à Merlin d'avancer et elle le suivit. Elle lui ordonna alors de rugir. Pour le récompenser de ses efforts, elle le caressa du manche de son fouet.

— Ils aiment être flattés comme des chats, indiqua-t-elle à Gerry. Mais ce ne sont pas des animaux domestiques. Il est essentiel que tu leur accordes toute ta confiance et que, dans le même temps, tu exerces sur eux une domination sans partage. Tu ne dois pas les faire obéir en les battant ou en leur criant après. C'est cruel et cela fait d'eux des créatures mauvaises et vicieuses. Ce qu'il faut, c'est de la patience, du respect et de la volonté. Ne les humilie jamais. Ils ont droit à leur fierté. Ce qu'il faut, en réalité, c'est les avoir au bluff.

Elle leva les bras et Merlin se dressa sur ses pattes arrière.

— L'homme est toujours l'inconnue dans l'équation, reprit la jeune femme en lui faisant signe de se recoucher. C'est pour cela que nous dressons des animaux sauvages et non des animaux habitués à la captivité. Ari est une exception mais la plupart des chats élevés en captivité sont habitués à l'homme. Et cela te fait perdre un précieux avantage.

Jo leva de nouveau les bras et Merlin se redressa. Debout, il faisait près de deux mètres dix et dépassait largement sa maîtresse. Elle le fit s'avancer jusqu'à son piédestal avant de le laisser reprendre sa position naturelle.

— En captivité, ils peuvent se prendre d'affection pour toi, poursuivit-elle. Mais ils ne te craignent pas et ne te respectent pas beaucoup plus. Cela arrive même aux chats qui restent trop longtemps avec leur dresseur. Ils deviennent alors paradoxalement à la fois plus dociles et plus dangereux parce qu'ils se sentent en confiance. Alors, ils te testent. Et il faut que tu leur fasses comprendre que tu es indestructible.

Elle fit signe à Merlin de remonter sur son piédestal et il obéit avant de bâiller une fois encore.

— Si l'un d'eux essaie de te donner un coup de patte, réprimande-le sans attendre. Sinon, il essaiera encore et encore et se rapprochera un peu plus chaque fois. Généralement, lorsqu'un dresseur est blessé dans la cage, c'est parce qu'il a commis une erreur et que les chats l'ont senti et en ont profité. Ils ne les ratent quasiment jamais, tu sais. Parfois, ils les laissent passer. Parfois, non. Il arrive que Merlin me donne des coups de patte sur l'épaule. Bien sûr, il veut seulement jouer et ne sort pas ses griffes. Mais il existe toujours une possibilité pour qu'un jour, il oublie ce détail. Des questions ?

— J'en aurai des centaines, répondit Gerry. Mais je n'arrive pas à en trouver une seule pour le moment.

Jo sourit et gratta Merlin derrière l'oreille. Il émit un ronronnement aussi puissant que le soufflet d'une forge.

— Tu les retrouveras, promit Jo à Gerry. Il est difficile de tout digérer dès la première fois mais cela te reviendra lorsque tu seras plus détendu. Bien ! Tu connais les ordres de base. Alors demande à Merlin de se redresser.

— Moi ? s'exclama Gerry, stupéfait.

Jo hocha la tête et s'écarta pour laisser son assistant face au lion.

— Tu peux être aussi terrifié que tu le veux, lui dit-elle, Mais il ne faut pas que cela s'entende dans ta voix. Et ne quitte pas des yeux ceux de Merlin.

Gerry essuya sa paume moite sur son jean et leva la main comme il avait vu Jo le faire des centaines de fois.

— Debout ! ordonna-t-il d'une voix relativement assurée.

Merlin l'étudia un moment et se tourna vers Jo. Son regard indiquait clairement ce qu'il pensait de Gerry : un amateur qui ne valait même pas le coup d'être considéré. La jeune femme resta impassible et se tourna vers son élève.

— Il te teste, lui dit-elle. C'est un vieux de la vieille et il n'est pas si facile que cela à impressionner. Sois plus autoritaire et utilise son prénom, cette fois.

Gerry prit une profonde inspiration et répéta son geste.

— Debout, Merlin !

Le lion le contempla d'un air dubitatif.

— Encore ! ordonna Jo.

Gerry avala sa salive.

— Fais preuve de plus de fermeté ou il pensera que tu n'es qu'une lavette, insista-t-elle.

— Debout, Merlin ! répéta Gerry, piqué au vif.

Visiblement à contrecœur, le lion s'exécuta et se dressa lentement sur ses pattes arrière.

— Il l'a fait ! s'exclama Gerry, stupéfait. Il l'a vraiment fait !

— Très bien, commenta Jo, satisfaite de son assistant comme de l'animal. Maintenant, oblige-le à se rasseoir.

Lorsque ce fut fait, elle lui fit ordonner au lion de descendre du piédestal. Elle tendit alors son fouet à Gerry.

— Gratouille-le derrière les oreilles, lui conseilla-t-elle. Il l'a bien mérité.

La main de son assistant tremblait légèrement lorsqu'il s'empara de l'instrument mais il s'exécuta pour la plus grande satisfaction de Merlin. Pour récompenser ce dernier, Jo le laissa se frotter contre ses jambes avant de le ramener vers sa cage.

Buck frappa sur les barreaux et le lion quitta dignement la piste.

— Bravo, Gerry ! le félicita Jo lorsqu'ils se retrouvèrent seuls dans la grande cage.

— C'était génial ! s'exclama son assistant en lui rendant le fouet. Quand est-ce que je pourrai recommencer ?

— Bientôt, lui assura Jo en lui tapotant l'épaule. Souviens-toi juste de ce que je t'ai dit et reviens me voir dès que tu auras des questions. D'accord ?

— Bien sûr ! Merci, Jo. Merci beaucoup ! Il faut absolument que j'aille raconter ça aux autres.

— File ! répondit-elle en riant.

Elle le suivit des yeux tandis qu'il quittait la piste et se dirigeait en courant vers la sortie pour aller faire part de ses exploits à ses amis. Finalement, la jeune femme quitta à son tour la vaste cage et rejoignit Buck.

— Est-ce que j'étais comme ça, moi aussi ? demanda-t-elle avec un sourire amusé.

— La première fois que tu as réussi à faire asseoir un chat, nous en avons entendu parler pendant plus d'une semaine ! Tu n'avais que douze ans mais tu étais déjà convaincue que tu étais prête pour ton premier numéro.

La jeune femme éclata de rire.

C'est alors qu'il la rejoignit.

— Keane ! s'exclama-t-elle, stupéfaite.

En se retrouvant face à lui, elle sentit un délicieux mélange de soulagement et de bonheur l'envahir tout entière. Au moment même où elle avait fini par renoncer à le voir revenir, voilà qu'il réapparaissait par surprise. Elle fit un pas vers lui, terriblement tentée de se jeter dans ses bras, puis s'immobilisa, légèrement embarrassée.

— Je ne savais pas que tu étais de retour, lui dit-elle avec un radieux sourire.

Elle serrait presque convulsivement le manche de son fouet pour résister à l'envie qu'elle avait de le toucher.

— On dirait que je t'ai manqué, observa-t-il avec ce sourire amusé qu'elle avait gardé gravé au plus profond d'elle-même.

Elle s'en voulut un peu d'avoir été percée à jour aussi facilement.

— Peut-être un peu, reconnut-elle prudemment. Je suppose que je m'étais habituée à ta présence. Et puis, tu es parti plus longtemps que prévu.

Il n'avait pas changé, songea-t-elle avant de réaliser l'absurdité de cette remarque. Mais elle n'y pouvait rien : le mois qui venait de s'écouler lui avait semblé durer une éternité.

— C'est vrai. J'ai eu beaucoup plus de choses à faire que je ne l'avais prévu initialement, reconnut-il. Comment vas-tu ? Tu me sembles un peu pâle.

— Je n'ai guère eu l'occasion de prendre le soleil, éluda-t-elle. Comment était-ce, à Chicago ?

— Il faisait plus frais qu'ici, répondit sobrement Keane. Tu n'y es jamais allée ?

— Non. Nous donnons généralement quelques représentations dans la région vers la fin de la tournée mais je n'ai jamais trouvé le temps de visiter la ville.

Keane hocha la tête d'un air absent. Il avait les yeux fixés sur la grande cage dont la jeune femme venait de sortir.

— Apparemment, tu as décidé de former Gerry, remarqua-t-il.

La jeune femme perçut dans sa voix une certaine tension. Visiblement, quelque chose l'ennuyait mais elle ne parvenait pas à comprendre ce dont il pouvait bien s'agir.

— Exact, répondit-elle. C'était la première fois qu'il se retrouvait face à un chat sans en être séparé par des barreaux. Je trouve qu'il s'est plutôt bien débrouillé.

Keane se tourna vers elle et l'observa longuement avant de parler.

— Il tremblait de la tête aux pieds, dit-il enfin. Je le voyais d'ici.

— C'était sa première expérience, répondit-elle, sur la défensive.

— Je ne cherchais pas à le critiquer, remarqua Keane avec une pointe d'impatience. Je constate juste qu'il était terrifié alors que tu maîtrisais parfaitement la situation.

— C'est mon métier, répondit-elle en haussant les épaules.

— Mais ce lion mesurait plus de deux mètres lorsqu'il s'est dressé sur ses pattes arrière. Et tu te tenais à côté de lui sans la moindre protection. Tu n'avais pas même la chaise qu'utilisent la plupart des dompteurs.

— Je te l'ai dit : je ne suis pas dompteuse mais dresseuse. Ma relation avec les animaux repose sur la confiance réciproque.

— Ne me dis pas que tu n'as pas au moins un peu peur d'eux ! s'exclama Keane.

— Peur ? répéta-t-elle, surprise par sa véhémence. Bien sûr que si ! J'ai même certainement beaucoup plus peur que Gerry ou toi, si tu te trouvais dans la cage.

— Je ne comprends pas. Gerry tremblait de tous ses membres.

— C'était plus de l'excitation que de la peur, répondit-elle d'un ton patient. Il n'a pas assez d'expérience pour avoir aussi peur qu'il le devrait.

La jeune femme rabattit nerveusement une mèche de cheveux qui lui tombait dans les yeux. Ce n'était pas un sujet qu'elle aimait aborder et le fait d'en parler avec Keane la mettait plus mal à l'aise encore. Mais elle tenait à lui faire comprendre ce qu'elle ressentait exactement dans la cage, parce que ça l'aiderait peut-être à comprendre un peu mieux l'univers très étrange que constituait le cirque.

— La véritable peur vient lorsque l'on travaille régulièrement avec les chats, reprit-elle. Lorsqu'on les connaît et qu'on les comprend. Toi, tu peux juste supposer ce dont ils sont capables. Moi, je le sais précisément. Je sais qu'ils sont aussi courageux que rusés et j'ai vu à quel point ils pouvaient se montrer impitoyables.

Elle parlait avec passion mais son regard restait calme et distant tandis qu'elle gardait les yeux fixés sur ceux de Keane.

— Une fois, mon père a failli perdre une jambe dans la cage. Je n'avais que cinq ans, alors, mais je m'en souviens parfaitement. Il a commis une légère erreur et un lion de deux cent cinquante kilos lui a décoché un coup de patte avant de le traîner à travers la piste. Fort heureusement, il a été distrait par une femelle et mon père a pu sortir. Les chats sont imprévisibles lorsqu'ils pensent au sexe et c'est d'ailleurs probablement pour cela qu'il a attaqué, cette fois-là. Ce sont des animaux jaloux et très possessifs, une fois qu'ils ont trouvé une partenaire.

Jo s'interrompit un instant, revivant cette scène terrible qui l'avait si profondément marquée.

— Je ne me rappelle plus combien de points de suture il a fallu lui faire ni combien de temps s'est écoulé avant qu'il puisse remarcher normalement mais je me souviens parfaitement du regard de ce lion. C'est à lui que je pense quand je suis dans la cage. Mais si je n'étais pas capable de contrôler et de canaliser cette peur, je n'aurais qu'à trouver un autre métier.

— Je ne comprends pas, s'exclama Keane en la prenant par les épaules. Pourquoi le fais-tu ? Et ne me dis pas simplement que c'est ton travail. Cela n'explique rien.

Jo réalisa qu'il était en colère. Elle était dresseuse depuis suffisamment longtemps pour comprendre que c'était sa façon de réagir à la peur qu'il éprouvait pour elle. Et l'idée qu'il puisse s'inquiéter pour son compte la toucha plus qu'elle ne l'aurait voulu.

— Très bien, soupira-t-elle. La véritable raison, c'est que ce métier est ma vie. Je n'ai jamais rien connu d'autre. Et c'est ce que je fais le mieux. Je pense que chacun doit trouver son talent caché et le cultiver. C'est la seule façon de se sentir en paix avec soi-même, d'avoir l'impression de maîtriser sa vie. J'aime être dans cette cage. Et j'aime donner un peu de rêve au public qui vient voir le spectacle. Mais, surtout, j'aime mes lions. Je sais qu'il est difficile pour quelqu'un d'extérieur de comprendre la nature exacte de la relation qui unit un dresseur à ses animaux. Mais j'aime leur intelligence, leur beauté, leur force, leur courage et cette étincelle de sauvagerie que l'on sent en eux à chaque instant. C'est ce qui les différencie des chevaux ou des chiens qui finissent par ressembler aux hommes qu'ils fréquentent. Fondamentalement, un lion est indomptable.

Jo se tut et Keane la contempla longuement en silence. Il y avait toujours de la colère dans ses yeux mais elle y lisait aussi l'ébauche d'une compréhension.

— Je suppose que l'excitation générée par le risque doit devenir une addiction, remarqua-t-il. Il doit être difficile de se passer de tels moments.

— Je ne sais pas, avoua Jo. A vrai dire, je n'ai jamais arrêté.

Il réfléchit à ce qu'elle venait de dire et hocha la tête. Finalement, il se détourna et fit mine de se diriger vers la sortie.

— Keane ! le rappela la jeune femme.

Il se tourna vers elle et elle réalisa alors qu'elle n'avait pas le courage de lui poser toutes les questions qui l'avaient tourmentée durant son absence.

— As-tu réfléchi à ce que tu allais faire du cirque ? demanda-t-elle enfin, abordant le sujet qui lui paraissait le moins personnel.

Elle lut dans ses yeux un mélange de déception et de colère.

— Non, répondit-il simplement.

— C'est important, tu sais, plaida-t-elle. Ne vois-tu pas que tu tiens entre tes mains le destin et les espoirs d'une centaine de personnes ?

— Il est inutile de me presser, Jo, déclara-t-il durement. Je prendrai cette décision quand je serai prêt.

— Mais ce n'est pas ce que j'essayais de faire ! protesta-t-elle. Je te demandais juste de faire preuve de justice et de mansuétude.

— Je t'avais promis de ne rien faire avant la fin de la tournée. Et de revenir ici pour réfléchir à la question. J'ai tenu cette promesse et, pour le moment, tu devras t'en contenter.

La froideur avec laquelle il venait de s'exprimer fit naître en Jo une pointe de colère. Comment pouvait-il se montrer aussi insensible ? Ne comprenait-il pas qu'ils étaient tous suspendus à cette décision qu'il refusait toujours de prendre ?

— Je suppose que tu ne me laisses pas le choix, répliqua-t-elle avec rancœur.

— En effet.

Sur ce, il se détourna et gagna la porte d'entrée du chapiteau. Malgré elle, elle admira sa démarche assurée qu'elle ne put s'empêcher de comparer à celle de ses lions.

— Tu veux en parler ? fit une voix derrière elle.

Jo fit face à Jamie qui avait déjà revêtu son costume de clown et la considérait gravement.

— Je ne t'avais pas vu, lui dit-elle, surprise.

— Je sais. Depuis que tu es sortie de la cage, toute ton attention s'est focalisée sur Prescott.

— Pourquoi es-tu habillé ?

— Parce que cet imbécile refuse de m'obéir quand je ne suis pas en costume, répondit Jamie en désignant le chien qui se trouvait à ses pieds. Alors ? Tu veux que nous en parlions ?

— De ton chien ?

— Mais non ! De ce que tu ressens pour Prescott.

Le chien s'assit patiemment près de son maître et contempla les deux humains d'un air attentif.

— Je ne ressens rien de particulier pour lui, déclara Jo en haussant les épaules.

— Ecoute, je ne dis pas que cela ne marchera pas entre vous mais je ne tiens pas à ce que tu souffres. Je sais ce que c'est d'être amoureux de quelqu'un, crois-moi.

— Qu'est-ce qui te fait croire que je suis amoureuse de Keane ? demanda Jo, sidérée.

— Je te connais depuis toujours, Jo. Les autres ne l'ont sans doute pas remarqué mais je sais que tu étais malheureuse comme une pierre depuis son départ pour Chicago. Tous les matins, je te voyais scruter les rangées de caravanes pour savoir s'il était revenu. Et quand tu l'as aperçu, tout à l'heure, ton visage s'est illuminé. Ne me fais pas croire que tu n'es pas amoureuse !

— Je ne suis pas amoureuse, protesta Jo.

— Vraiment ? insista-t-il.

La jeune femme se figea, réalisant brusquement qu'il avait raison. Comment expliquer autrement les affres et les tourments par lesquels elle était passée au cours de ces derniers jours ? Le désespoir qu'elle avait ressenti lorsqu'il lui avait annoncé qu'il devait repartir pour Chicago ? La joie qui l'avait envahie en le voyant ce matin ?

— Oh, non, murmura-t-elle. Ce n'est pas possible…

— Ne me dis pas que tu ne t'en étais pas rendu compte ! s'exclama Jamie, incrédule.

Percevant la détresse de la jeune femme, il lui caressa affectueusement le bras.

— Je suppose que je ne suis pas très douée pour ce genre de choses, soupira-t-elle. Que vais-je faire, maintenant ?

— Ça, je n'en sais rien, répondit Jamie en décochant un coup de pied sur le sol recouvert de sable. Je ne suis pas à proprement parler le mieux placé pour te donner des conseils en la matière. Je voulais juste que tu saches que je serai là si tu as besoin d'une oreille attentive ou d'une épaule sur laquelle pleurer.

Jo passa la majeure partie de l'après-midi à réfléchir à la situation inextricable dans laquelle elle se trouvait. Il y avait un côté exaltant dans le fait d'être amoureuse. C'était quelque chose qu'elle n'avait jamais ressenti auparavant et cela l'emplissait d'une étrange exaltation.

Elle se prit à rêver que Keane partageait ses sentiments. Qu'il les lui avouait en la serrant dans ses bras, sous un ciel étoilé. Qu'il la demandait en mariage et lui affirmait ne pouvoir vivre sans elle. Qu'elle se métamorphosait brusquement et devenait capable d'évoluer avec un parfait naturel dans ce monde qui était le sien.

Elle serait alors capable de discuter avec les banquiers et les avocats qu'il fréquentait, d'échanger des bons mots spirituels avec leurs femmes. Ils auraient une maison à la campagne où ils feraient l'amour pendant des heures.

Chaque matin, ils se réveilleraient dans les bras l'un de l'autre, passeraient des journées entières à lire côte à côte ou à se promener main dans la main. Il y aurait des repas romantiques à la lueur des chandelles, des voyages en amoureux à l'autre bout du monde…

Mais chaque fois qu'elle se laissait aller à imaginer ce monde idéal, elle était brusquement ramenée à la réalité. Elle n'avait plus l'âge de croire aux contes de fées. Rien de tout ceci ne se réaliserait pour la bonne et simple raison que Keane ne l'aimait pas.

Il la désirait, c'était certain. Il envisagerait même peut-être une liaison passagère, une passade un peu exotique entre deux visites à son country club. Mais ils étaient issus de mondes trop différents pour que Jo puisse espérer plus.

Et si elle ne voulait pas se faire briser le cœur, il allait très rapidement lui falloir trouver une façon de contrôler ses propres sentiments.

Ne sachant comment procéder, elle décida de poser la question à Pete. Alors que tous deux étaient en train de nourrir les lions, elle entreprit de l'interroger.

— Est-ce que tu as déjà été amoureux ? lui demanda-t-elle sur le ton de la conversation en déposant un impressionnant quartier de viande dans la cage d'Abra.

Pete réfléchit quelques instants avant de répondre, regardant la jeune femme d'un air pensif en mâchonnant son sempiternel chewing-gum.

— Eh bien, oui, lui dit-il enfin. Comme tout le monde. Peut-être huit ou dix fois en tout…

Jo éclata de rire et secoua la tête.

— Non, je voulais dire *vraiment* amoureux, précisa-t-elle.

— A vrai dire, je suis un cœur d'artichaut, avoua son assistant avec un sourire malicieux. Je tombe amoureux très facilement. Il me suffit parfois d'un beau minois, d'un coup d'œil passager ou d'une remarque amusante... C'est une sensation extraordinaire. Presque aussi excitante que d'étaler une quinte flush pour doubler sa mise.

Jo sourit et passa à la cage suivante.

— Très bien, lui dit-elle. Puisque tu es un expert, donc, dis-moi ce que tu ferais si tu étais amoureux de quelqu'un qui ne t'aime pas et que tu ne voulais pas que cette personne le sache pour ne pas paraître ridicule.

— Sale histoire, commenta Pete. Laisse-moi résumer la situation : tu es amoureuse...

— Je n'ai pas dit qu'il s'agissait de moi, protesta Jo.

Cette fois, ce fut lui qui sourit.

— Très bien. Imaginons pourtant que ce soit toi pour simplifier ma démonstration, répondit-il avec une pointe d'ironie.

Jo rougit et hocha la tête, furieuse d'avoir été si facilement percée à jour.

— Tu es amoureuse de quelqu'un, reprit-il. Tout d'abord, le plus important est de t'assurer que le type en question ne t'aime pas, ce qui simplifierait diablement les choses.

— J'en suis certaine, répondit-elle.

Pete fit claquer son chewing-gum et hocha la tête. Dans ses yeux, elle lut un éclair de sympathie.

— Très bien. Dans ce cas, tu dois commencer par essayer de le faire changer d'avis.

— Je ne sais pas si c'est possible, soupira-t-elle.

— Bien sûr que si ! s'exclama-t-il en haussant les épaules. Il y a des tas de façons d'y parvenir. Soit tu y vas franco et tu essaies de le séduire. Tous les moyens sont bons : battements de paupières, regards langoureux, sourire aguicheur...

Tout en énonçant ces diverses possibilités, Pete les mimait

et Jo ne tarda pas à éclater de rire devant cette démonstration surréaliste. Jamais elle n'aurait pensé que son ami, d'ordinaire si réservé, puisse cacher de tels talents d'imitateur.

— Tu peux aussi jouer la fille qui n'est pas intéressée. Voire même le rendre jaloux en faisant semblant de t'intéresser à quelqu'un d'autre. Tu peux flatter son ego ou le provoquer. Il y a des centaines de façons de séduire un homme et j'ai été victime d'un grand nombre d'entre elles. Bien sûr, je suis peut-être moins difficile à convaincre que d'autres…

Jo le vit sourire et regretta de ne pouvoir considérer l'amour avec autant de détachement et de bonne humeur.

— Imaginons que je ne veuille faire aucune de ces choses, lui dit-elle. Imaginons que je ne sache pas vraiment comment m'y prendre et que je ne veuille pas me rendre ridicule en essayant. Imaginons que, de toute façon, la personne que j'aime ne soit pas faite pour moi. Que suis-je censée faire, alors ?

— Je crois que tu supposes trop, déclara Pete. A t'entendre, j'ai l'impression que tu es résignée à perdre avant même d'avoir joué.

— Peut-être, concéda Jo. Mais, parfois, les chances de gagner sont si minimes que le jeu n'en vaut pas la chandelle. Surtout si l'on n'en connaît pas vraiment les règles.

— Perdre n'est rien, répondit Pete d'un ton grave. Gagner, c'est merveilleux mais l'essentiel, c'est toujours de jouer. Sinon, tôt ou tard, on regrette de ne pas l'avoir fait. La vie entière est un jeu, Jo. Tu le sais aussi bien que moi. Et, le pire, c'est que les règles changent sans cesse ! Mais toi, tu fais partie des personnes les mieux équipées pour faire face à ça. Tu as des nerfs d'acier, tu es intelligente, tu as sans cesse envie d'aller plus loin et de te dépasser. Alors ne viens pas me dire que tu as peur de tenter ta chance !

Jo le regarda longuement, touchée par cette déclaration.

— Je pense que je suis habituée à prendre des risques calculés, répondit-elle enfin. Je connais les dangers et la façon de les éviter. Et je sais précisément ce qui se produira si je commets une erreur. Ce n'est pas le cas en amour. Rien ne m'y a jamais préparée. Je n'ai jamais répété le numéro. Et me lancer de cette façon serait un suicide.

— Je crois que tu devrais avoir un peu plus confiance en toi, Jo, soupira Pete en lui tapotant affectueusement l'épaule.

A cet instant, ils furent rejoints par Rose. La jeune fille portait un jean moulant et un chemisier que rehaussait à la perfection le boa constrictor qui reposait sur ses épaules.

— Salut ! s'exclama-t-elle joyeusement.

— Salut, Rose, répondirent Jo et Pete d'une même voix.

— Tu promènes Baby ? ajouta la jeune femme.

— Oui, il avait besoin de s'aérer un peu. Je crois qu'il a le mal des transports, tu sais. Est-ce qu'il ne te paraît pas un peu pâle ?

Jo observa la peau écailleuse et les petits yeux noirs qui la contemplaient fixement.

— On ne dirait pas, répondit-elle. Mais je ne suis pas experte en la matière.

— Bah, c'est peut-être à cause de la chaleur. Je vais lui donner un bain. Ça devrait le remettre d'aplomb.

Rose se détourna et parcourut le campement des yeux.

— Tu cherches Jamie ? demanda Jo, amusée.

— Sûrement pas, répliqua Rose fièrement. J'ai décidé de ne plus perdre mon temps avec celui-là. Il m'est totalement indifférent, désormais.

— Ah, j'avais oublié cette méthode, intervint Pete en décochant un coup de coude à Jo. Très efficace aussi, dans son style.

— De quoi parles-tu ? demanda Rose, méfiante.

Jo éclata de rire.

— Des mille et une façons d'attraper un homme, répondit-elle en s'asseyant sur l'un des tonneaux remplis d'eau qui étaient entreposés là. Pete a réalisé une étude très exhaustive de la question.

— Vraiment ? fit Rose en se tournant vers Pete. Tu crois que si je joue les indifférentes, il finira par s'intéresser à moi ?

— C'est vieux comme le monde ! s'exclama-t-il en riant. Et ça marche presque à tous les coups. Il commencera à se demander pourquoi tu ne le harcèles plus. Puis tu commenceras à lui manquer un peu. Lorsqu'il reviendra vers toi, il réalisera que tu n'es plus intéressée et il se demandera s'il n'a pas commis une erreur. A partir de là, il est cuit !

— Tu es sûr ? demanda Rose en fronçant les sourcils.

— Les chances de réussite sont estimées à quatre-vingt-sept pour cent en moyenne, répondit-il malicieusement. Et cela marche même avec les lions, ajouta-t-il en désignant les cages qui se trouvaient derrière eux. Une lionne qui veut séduire peut rester assise, les yeux dans le vague, comme si elle réfléchissait à des choses vraiment très importantes. Son copain, dans la cage d'à côté, fait tout ce qu'il peut pour attirer son attention. Mais elle fait sa toilette et lui tourne le dos comme s'il n'existait pas. Au bout d'un moment, alors qu'il est tellement frustré qu'il serait prêt à se cogner la tête contre les barreaux, elle se tourne négligemment vers lui et lui jette un petit regard, l'air de dire : « Tu voulais me dire quelque chose ? ». Le pauvre lion n'a aucune chance…

Rose et Jo éclatèrent de rire.

— Peut-être devrais-je renoncer à glisser Baby dans la caravane de Carmen, dans ce cas, déclara alors la jeune Mexicaine. Oh, regardez ! Voilà Duffy et M. Prescott. Il a vraiment belle allure, tu ne trouves pas, Jo ?

Celle-ci ne répondit pas. Keane avait les yeux fixés sur elle et elle ne parvenait pas à s'arracher à la fascination que son regard exerçait sur elle. Une fois de plus, elle se répéta qu'elle n'était qu'une imbécile et ne pouvait continuer à s'y abandonner de cette façon.

— Si, répondit-elle enfin en s'efforçant d'adopter un ton indifférent. Il est plutôt mignon.

— Bien tenté, Jo, murmura Pete à l'oreille de la jeune femme. Mais tu serres si fort ce baril que tes jointures sont en train de blanchir.

La jeune femme rougit et se força à se détendre. Se redressant, elle se rappela que la maîtrise de soi était l'une des principales qualités que lui avait permis de développer son métier de dresseuse. Si elle était capable de bluffer des lions, elle parviendrait bien à faire de même avec un homme.

— Salut, Duffy ! s'exclama Rose avant de décocher un sourire étincelant à Keane. Bonjour, monsieur Prescott. Je suis ravie de vous revoir.

— Bonjour, Rose, répondit-il avec un sourire qui vacilla quelque peu lorsqu'il avisa le serpent enroulé autour du cou de la jeune fille. Qui est votre ami ?

— C'est Baby, expliqua-t-elle en tapotant la tête du reptile.

— Enchanté de faire sa connaissance. Bonjour, Pete.

Les deux hommes se serrèrent la main et Keane se tourna enfin vers Jo. Comme le jour où ils s'étaient rencontrés pour la première fois, il y avait dans son regard un mélange d'attention et de distance qui trahissait cette alliance caractéristique d'assurance et de contrôle.

Jo réalisa alors qu'elle avait peur de lui. Elle l'aimait et redoutait le pouvoir que cela lui donnait sur elle. Après tout, il avait les moyens de lui briser le cœur. Pourtant, elle se garda bien de trahir cette angoisse.

Car si elle n'était pas certaine de pouvoir dominer son amour, elle savait se servir de sa peur. Face à lui, elle était bien décidée à respecter la première règle d'un dresseur : ne jamais tourner le dos et s'enfuir.

En silence, ils se mesurèrent du regard tandis que les trois autres les regardaient faire avec un mélange d'étonnement et de curiosité. Cette bataille de volontés aurait pu s'éterniser si Duffy n'avait pas fini par s'éclaircir la gorge pour attirer leur attention.

— Jo ? fit-il d'un ton légèrement embarrassé.

— Oui, Duffy ? répondit-elle d'une voix parfaitement maîtrisée.

— J'ai dû envoyer l'une des trapézistes en ville pour faire soigner une rage de dents. J'aimerais que tu la remplaces, ce soir.

— Pas de problème.

— Ce sera juste pour l'ouverture et les exercices de corde. Pour le final, tu garderas ta place de dresseuse. Va voir l'habilleuse pour faire ajuster ton costume dans l'après-midi, d'accord ?

— D'accord, acquiesça Jo. Quelle position occuperai-je ?

— La corde numéro 4.

— Duffy ! protesta Rose. Quand est-ce que tu me laisseras essayer, moi aussi ?

— Voyons ! Tu as vu le poids de ces costumes de scène ? répondit Duffy en secouant la tête d'un air dubitatif. Je ne pense pas que tu pourrais grimper avec quelque chose d'aussi lourd sur le dos.

Il se tenait à prudente distance de la jeune femme et Jo ne put s'empêcher de sourire. Après trente-cinq ans passés à travailler dans des cirques et des festivals, il ne se sentait toujours pas très à l'aise à côté d'un serpent.

— Je suis bien assez forte ! protesta fièrement la jeune Mexicaine. Et je me suis beaucoup entraînée.

Impatiente de leur en faire la démonstration, elle décrocha Baby de son cou.

— Tenez-moi ça une minute, dit-elle en le tendant à Keane.

Ce dernier prit le reptile qu'il considéra d'un air méfiant.

— J'espère que vous lui avez donné à manger récemment, remarqua-t-il en souriant nerveusement.

— Je vous rassure, répondit Rose. Il vient tout juste de prendre son petit déjeuner.

Sur ce, elle effectua un pont arrière pour prouver sa souplesse à Duffy.

— Baby ne mange jamais les propriétaires, déclara Jo à Keane avec un sourire moqueur.

C'était la première fois qu'elle le voyait perdre de sa belle assurance et cela la rasséréna quelque peu.

— Il ne mange que les gogos qui s'aventurent dans le campement sans autorisation, reprit-elle.

— Très bien, acquiesça Keane en raffermissant son emprise

sur le serpent. J'espère juste qu'il est au courant que je suis le propriétaire.

Jo se tourna vers Pete avec un air malicieux.

— Je ne sais pas. Est-ce qu'on l'a prévenu ? demanda-t-elle à son assistant.

— Je n'ai pas encore eu le temps de le faire, répondit Pete sur le même ton. Et M. Prescott ressemble beaucoup à un gogo… J'espère que Baby ne s'y trompera pas.

— Allons, ils se moquent de vous, monsieur Prescott, déclara Rose qui avait terminé sa petite démonstration. Baby ne mange pas les humains. Il est doux comme un agneau. Les enfants adorent venir le caresser après les répétitions. Ce n'est pas comme les cobras ! Si vous voulez, je pourrai vous en prêter un.

— Non merci, répondit Keane en déposant le serpent entre les bras de sa propriétaire.

Celle-ci le passa autour de son cou.

— Alors, Duffy ? Qu'en dis-tu ?

— Très bien, soupira ce dernier, résigné. Demande à une des filles de t'apprendre le numéro. Ensuite, je verrai comment tu t'en sors et nous en reparlerons.

Rose poussa un petit cri de joie et déposa un baiser sur la joue de Duffy puis fila en direction du grand chapiteau. Il la suivit des yeux d'un air amusé avant de se tourner vers les autres.

— Bon, il faut que je vous laisse. Je dois recevoir le maire et lui faire visiter le cirque. Amusez-vous bien !

Il s'éloigna à son tour en sifflotant. Pete s'éclipsa discrètement, laissant Keane et Jo seuls près de la ménagerie. Se retrouvant seule avec lui, la jeune femme sentit son pouls s'emballer.

— Je vais aller essayer mon costume, déclara-t-elle en sautant du baril sur lequel elle était toujours perchée.

Mais avant qu'elle ait pu prendre la fuite, Keane l'attrapa par la taille. Luttant de toutes ses forces pour conserver un semblant de dignité, Jo s'efforça de ne pas réagir à ce contact et leva vers lui un regard aussi neutre et détaché que possible.

Malheureusement, elle sentait les doigts de Keane masser doucement sa peau, éveillant en elle d'irrépressibles tressaillements qu'elle avait beaucoup de mal à lui dissimuler.

Elle était tiraillée entre l'envie de se trouver à mille lieues de là et le désir qu'elle avait qu'il pose ses lèvres sur les siennes. Son cœur battait à tout rompre alors que son esprit tentait vainement de réconcilier ces deux aspirations inconciliables.

Sans la quitter des yeux, Keane leva la main vers son visage et repoussa une mèche de cheveux noirs. Puis, brusquement, il la relâcha et s'écarta pour la laisser passer. Vaguement déçue, la jeune femme s'éloigna en direction de la caravane de l'habilleuse.

Décidément, elle ne parvenait pas à comprendre les constants revirements d'attitude dont Keane semblait coutumier.

7.

Le grand chapiteau était plein à craquer pour la représentation du soir. Jo put profiter de la parade d'ouverture à laquelle elle participait exceptionnellement pour observer le public. Tout en faisant le tour de la piste au rythme sautillant de la musique que jouait l'orchestre, elle se sentait gagnée par la bonne humeur et l'enthousiasme des spectateurs.

Il y avait des gens de tous âges, du nouveau-né aux grands-parents, et tous paraissaient ravis de se retrouver là pour partager quelques heures de rêve et de ravissement. Jo n'avait pas souvent l'occasion de lire ces expressions qui donnaient à leur travail tout son sens.

Lorsqu'elle se trouvait dans sa cage, elle devait impérativement faire abstraction du public comme de tout ce qui l'entourait. La moindre seconde de distraction aurait pu lui être fatale.

Lorsque la parade prit fin, la jeune femme regagna rapidement les coulisses pour troquer sa robe à crinoline contre sa tenue de dresseuse et son fouet. Quelques minutes plus tard, elle était de retour sur la piste pour son numéro.

Celui-ci se déroula à merveille et, tandis que Buck, Pete et

Gerry démontaient la grande cage, elle alla enfiler le costume de papillon pour sa prestation sur la corde.

— J'ai entendu dire que tu garderais le poste pendant toute la semaine prochaine, lui indiqua Jamie. Apparemment, le dentiste que Barbara est allée voir lui a conseillé de faire une pause.

Jo haussa ses épaules rehaussées de deux ailes massives.

— Je suis sûre que Rose sera ravie de prendre ma place, répondit-elle. Elle ne mettra pas longtemps à apprendre le numéro. Et si elle peut supporter ce maudit costume, Duffy est prêt à lui confier le rôle. Franchement, je ne l'envie pas ! Il pèse au moins une tonne !

— Ça va être à toi, lui annonça alors l'habilleuse.

Jo se dirigea de nouveau vers la piste. Elle parvint sans grand problème à suivre la chorégraphie des papillons malgré la gêne créée par la taille impressionnante des ailes qui risquaient à tout moment de se prendre dans la corde.

Lorsqu'elle revint une dernière fois en coulisse, ce fut pour enfiler une combinaison pailletée de cornac. Elle était en effet chargée de diriger Maggie pendant la parade finale. L'éléphante se tira de l'exercice avec sa grâce et sa patience habituelles et Jo put profiter une fois de plus des applaudissements nourris du public.

C'était, songea-t-elle, la plus belle récompense de toutes, la plus belle des magies du cirque. Enfants de la balle, errants sans toit, éternels vagabonds, ils offraient, l'espace d'une soirée, un peu de cet immortel enchantement dont ils étaient les dépositaires.

En cet instant, Jo avait l'impression d'être l'héritière de tous ceux qui avaient passé leur vie à divertir les foules du monde entier. Et elle aurait tout donné pour pouvoir communiquer cette impression à Keane, pour qu'il comprenne ce qu'ils essayaient réellement d'accomplir à force de travail et de passion.

La parade prit fin et Jo rejoignit les autres artistes dans la tente réfectoire. Là, les discussions allaient bon train. Chacun échangeait ses impressions sur le spectacle du soir, commentait les numéros particulièrement réussis et critiquait ceux qui avaient paru plus laborieux.

Puis de petits groupes se formèrent et les conversations prirent un tour plus personnel. Jo décida d'aller prendre une douche et de se changer. Le mélange d'énergie et de tension nerveuse qu'elle avait ressenti au cours du spectacle commençait lentement à refluer et elle aspirait à un peu de calme et de tranquillité avant de participer au démontage du grand chapiteau.

De retour dans sa caravane, elle commença par se démaquiller, gommant l'épaisse couche de fond de teint qui recouvrait son visage pour mieux accrocher les feux des projecteurs. Elle ôta ensuite le rouge à lèvres éclatant et les ombres qui soulignaient ses paupières. La transformation était radicale mais Jo y était tellement habituée qu'elle n'y prêtait plus attention.

Se redressant, elle s'étira langoureusement et se dirigea vers la petite salle de bains pour aller se doucher. Mais, alors qu'elle était sur le point de se déshabiller, quelqu'un frappa.

— Entrez ! s'exclama-t-elle en se tournant vers la porte.

A sa grande surprise, ce fut Keane qui pénétra dans la caravane.

— Personne ne t'a jamais dit qu'il valait mieux demander qui était là ? demanda-t-il en avisant son expression étonnée.

Il referma la porte derrière lui et s'avança dans le salon.

— Tu n'as peut-être rien à craindre des gens du cirque mais il y a de nombreux gogos, comme vous dites, qui traînent dans le coin.

— Ce n'est pas cela qui va m'inquiéter, répondit-elle, un peu agacée par son attitude protectrice. Je ne ferme jamais ma porte.

Keane ne releva pas la note réprobatrice qui perçait dans sa voix.

— Je t'ai ramené quelque chose de Chicago, lui dit-il.

Cette simple remarque suffit à éteindre la colère de Jo aussi vite qu'elle était apparue. Elle remarqua alors le paquet cadeau qu'il tenait à la main et sentit son cœur se serrer dans sa poitrine à l'idée qu'il avait pensé à elle pendant son absence.

— Qu'est-ce que c'est ? demanda-t-elle, curieuse.

Keane sourit et lui tendit son présent.

— Il ne mord pas, remarqua-t-il comme elle hésitait à s'en emparer.

Jo ne fit pas mine de le prendre.

— Ce n'est pas mon anniversaire, objecta-t-elle sans trop savoir pourquoi elle se montrait si méfiante.

— Ce n'est pas Noël non plus, répondit Keane.

La patience dont il faisait preuve étonna la jeune femme. Apparemment, il paraissait comprendre cette hésitation qu'elle-même ne s'expliquait pas. Finalement, elle lui prit le cadeau des mains.

— Merci, lui dit-elle d'un ton un peu solennel.

— Il n'y a pas de quoi.

Jo déchira le papier coloré et, découvrant ce qu'il contenait, elle sentit une profonde émotion l'envahir.

— Dante, murmura-t-elle en contemplant l'ouvrage magnifiquement relié.

Presque avec révérence, elle caressa la couverture, s'imprégnant de l'odeur de cuir de la couverture. C'était une édition superbe aux pages dorées à l'or fin qui avait dû coûter à Keane une véritable fortune.

Précautionneusement, elle l'ouvrit et découvrit une belle miniature représentant l'enfer et le paradis. Les pages couleur crème étaient épaisses et l'impression était de toute première qualité.

Le texte était écrit en italien et, en parcourant les premiers mots, elle retrouva la musicalité qu'elle adorait.

— Il est splendide, murmura-t-elle, radieuse.

Levant les yeux vers Keane, elle le vit qui la regardait en souriant, ravi du bonheur que lui causait son cadeau. Brusquement, elle se sentit intimidée. C'était la première fois que l'homme qu'elle aimait lui offrait un tel présent. Et rien ne l'avait préparée à la joie que lui donnait cette expérience nouvelle.

— Je suis ravie qu'il te plaise, déclara Keane en effleurant doucement sa joue. Mais, dis-moi, est-ce que tu rougis toujours autant lorsque tu reçois un cadeau ?

Jo hésita avant de répondre, incapable de formuler ce qu'elle éprouvait réellement.

— Je suis heureuse que tu aies pensé à moi, lui dit-elle.

— A vrai dire, je n'ai pas vraiment eu le choix, lui dit-il en souriant. Depuis que je t'ai rencontrée, je n'arrête pas de le faire, que je le veuille ou non.

Jo rougit de plus belle et détourna les yeux, incapable de supporter le mélange de désir et d'assurance qu'elle lisait dans son regard. Une fois de plus, il avait su la toucher au plus profond d'elle-même et elle se sentait incapable de réagir correctement.

— Je ne sais pas comment te remercier, avoua-t-elle naïvement.

— Tu l'as déjà fait, répondit-il en lui prenant le livre des mains.

Il tourna quelques pages, parcourant le texte des yeux.

— Je ne comprends pas un traître mot, soupira-t-il. Si tu savais comme je t'envie.

Cette idée la prit de court. Jamais elle n'aurait imaginé qu'un homme tel que lui puisse lui envier quoi que ce soit. Cela lui paraissait même totalement surréaliste. Mais, avant qu'elle ait pu réfléchir à la question, il lui décocha un sourire radieux qui la déstabilisa encore un peu plus.

— Tu m'offres un café ? suggéra-t-il en posant précautionneusement le livre sur la table.

— Un café ? répéta-t-elle, interdite.

— Oui, tu sais, ce truc qui pousse au Brésil et que l'on mélange à de l'eau chaude.

Jo se mordit la lèvre, se sentant aussi stupide que désarmée face à cet homme qui la rendait folle.

— Je t'en préparerais volontiers mais je dois me doucher et me changer avant d'aller aider les autres à démonter le chapiteau. Par contre, ils doivent en avoir au réfectoire.

Keane leva les yeux au ciel comme pour le prendre à témoin.

— Tu ne penses pas qu'avec trois numéros, tu en as déjà assez fait pour ce soir ? lui demanda-t-il. A ce propos, je tenais à te dire que tu étais très sexy en papillon.

— Merci, mais…

— Laisse-moi reformuler ma pensée, l'interrompit-il. En

tant que propriétaire de ce cirque, je t'accorde une soirée de liberté. En tant que Keane, je te propose de faire le café pendant que tu te douches. Est-ce que ce programme te convient ?

Jo ne put s'empêcher de sourire. Il y avait parfois en lui quelque chose de désarmant et elle était impuissante à lutter contre l'envie qu'elle avait d'accepter sa proposition. D'ailleurs, songea-t-elle, après le cadeau qu'il venait de lui faire, lui offrir un café était bien la moindre des choses.

— Je m'occupe du café, lui dit-elle. Mais je te préviens : tu risques de regretter amèrement celui qu'ils servent au réfectoire.

— Je prends le risque, répondit-il en riant.

Il suivit la jeune femme jusqu'à la petite cuisine. Là, elle remplit la bouilloire et la plaça sur la gazinière avant de sortir deux tasses du placard. C'est alors qu'elle réalisa avec angoisse que la pièce était si étroite que, si elle se retournait, elle se retrouverait quasiment dans les bras de Keane.

— Est-ce que tu as regardé tout le spectacle ? demanda-t-elle en sortant aussi lentement qu'elle le put le pot de café soluble et une cuillère.

Elle prit tout son temps pour verser la poudre dans les tasses, retardant autant que possible le moment où elle devrait faire face à son invité dont elle sentait la présence, juste derrière elle.

— Pas entièrement, répondit-il. Duffy m'a fait travailler comme accessoiriste. Comme tu me l'as dit un jour, il n'y a pas de place pour les oisifs, dans un cirque.

Malgré elle, Jo se tourna à demi pour lui décocher un sourire amusé. Presque aussitôt, elle réalisa qu'elle venait de commettre une terrible erreur. Le visage de Keane ne se trouvait qu'à quelques centimètres du sien et, dans ses yeux, elle décela clairement le désir qu'il avait d'elle.

Avant qu'elle ait eu le temps de se retourner, il la prit par les épaules et la força à faire demi-tour. Elle se retrouva face à lui et comprit qu'elle était à présent dos aux barreaux de la cage. Et, comme elle l'avait dit à Garry, c'était la pire erreur que puisse commettre un dresseur.

Keane tendit les mains vers ses cheveux qu'elle avait attachés pour pouvoir se démaquiller et il lui ôta son élastique, libérant une cascade de mèches couleur de jais. Il plongea ses doigts dans cet amas soyeux et sourit.

— J'avais envie de faire cela depuis que je t'ai vue, ce matin, lui avoua-t-il.

Sa voix était grave et aussi douce que du velours et ses doigts d'une délicatesse infinie. Jo lutta contre l'envie qu'elle avait de fermer les yeux et de s'abandonner à ses caresses. Chaque fois qu'elle se trouvait aussi près de lui, elle sentait sa volonté faiblir et perdait tous ses repères.

Incapable de lui résister, elle se noya dans ses beaux yeux bruns au sein desquels brillait une flamme qui éveillait en elle un besoin impérieux. Sur ses lèvres, elle sentait trembler le souvenir délicieux des baisers qu'ils avaient échangés et l'espoir de ceux qu'elle voulait encore recevoir.

La bouilloire se mit alors à siffler, la rappelant brusquement à la réalité.

— C'est prêt, articula-t-elle avec difficulté.

Elle essaya de se retourner mais Keane ne la laissa pas lui échapper aussi facilement. Se penchant en avant, il éteignit la gazinière et elle se retrouva ainsi pressée contre lui. Le sifflement diminua progressivement avant de mourir complètement.

— Est-ce que tu veux toujours du café ? demanda-t-elle d'une voix étranglée tandis que les doigts de Keane dessinaient sur sa gorge d'envoûtantes arabesques.

Il la regarda droit dans les yeux et sourit.

— Apparemment, non, murmura-t-elle, partagée entre l'angoisse et le désir insatiable qui montait en elle.

Keane continua à la caresser doucement, éveillant sur sa peau mille frissons.

— Tu trembles, remarqua-t-il avant d'effleurer ses lèvres. Est-ce parce que tu as peur ou parce que tu as envie de moi ?

— Les deux, avoua-t-elle.

Elle sentit sa main se poser doucement sur sa poitrine et ne put retenir un petit soupir de bien-être. Il devait sentir les battements précipités de son cœur contre sa paume.

— Est-ce que… ?

Elle rassembla son courage, trouvant la force d'affronter son regard.

— Est-ce que tu vas me faire l'amour ? articula-t-elle.

Elle crut voir ses pupilles se dilater tandis que ses yeux prenaient soudain une teinte plus foncée.

— Ma belle et tendre Jo, souffla-t-il en se penchant vers elle, comment pourrais-je y résister ?

Il l'embrassa tendrement et elle fut instantanément submergée par un flot de sensations désormais familières. Et, lorsqu'elle lui rendit son baiser, la douceur ne tarda pas à céder la place à une incontrôlable passion.

Jo savait qu'elle était en train de commettre une folie. En faisant l'amour avec Keane, elle lui ouvrirait en grand les portes de son cœur et s'exposerait à une souffrance terrible. Mais elle comprit qu'il était probablement déjà trop tard.

Comme le lui avait dit Pete, elle regretterait toute sa vie son manque d'audace si elle le repoussait maintenant.

Renonçant à contrôler les émotions qui l'envahissaient, elle s'abandonna donc avec autant de résignation que d'euphorie au désir brûlant qu'elle avait de lui.

Comme s'il avait senti sa reddition, Keane se fit alors plus doux, cultivant l'envie de la jeune femme, la faisant croître progressivement. Il l'entraînait toujours plus loin, lui faisait découvrir des sensations qu'elle n'avait encore jamais éprouvées.

Lorsqu'il fit glisser la fermeture Eclair de son costume de scène, elle ne s'en rendit même pas compte. Et ce ne fut que lorsque ses lèvres quittèrent sa bouche pour se poser sur l'un de ses seins qu'elle réalisa qu'elle était à demi nue entre ses bras.

Mais avant qu'elle n'ait eu le temps de retrouver un semblant de pudeur, elle sentit la langue de Keane effleurer sa peau et renversa la tête en arrière pour mieux s'offrir à lui. Incapable de résister à ses caresses, elle plongea les doigts dans ses cheveux blonds et soyeux, le pressant contre son corps.

Des gémissements sourds s'échappaient de ses lèvres tandis qu'il faisait grandir en elle un désir qui irradiait dans chacun de ses membres et faisait courir en elle de longs frissons de pur bonheur.

Il prenait son temps, ne pouvant se rassasier de la vue de sa poitrine offerte, du goût sucré de sa peau brûlante, de l'intensité avec laquelle elle répondait à chacun de ses gestes. Lorsqu'il se redressa enfin et l'embrassa de nouveau, elle répondit à son baiser avec une fougue sauvage, presque primitive.

En cet instant, l'envie qu'ils avaient l'un de l'autre était si impérieuse qu'elle confinait à la douleur. Mais comme les doigts fiévreux de Jo commençaient à déboutonner la chemise de Keane, il recula légèrement.

Croyant qu'il cherchait à lui échapper, elle entoura son cou de ses bras et l'embrassa avec ardeur. Mais il la repoussa de nouveau et elle réalisa alors que quelqu'un frappait vigoureusement à la porte de la caravane. Elle hésita un instant mais son visiteur n'avait apparemment pas l'intention de se décourager.

— Ce doit être grave, lui dit Keane d'une voix que le désir et la frustration rendaient si rauque qu'elle avait presque du mal à la reconnaître.

Rajustant ses vêtements d'une main tremblante, la jeune femme prit une profonde inspiration, cherchant à remettre un semblant d'ordre dans ses pensées en déroute. Puis, d'un pas mal assuré, elle se dirigea vers la porte. Keane s'écarta pour la laisser passer et lui emboîta le pas.

Sur le seuil, ils découvrirent Buck qui arborait une mine sombre.

— Qu'y a-t-il ? demanda la jeune femme, inquiète.

— Jo, murmura-t-il d'un ton défait, c'est Ari…

A peine avait-il prononcé ces mots que la jeune femme se précipita vers la ménagerie, le cœur battant à tout rompre. Là, elle trouva Pete et Gerry agenouillés devant la cage du vieux lion.

— Est-ce qu'il est… ? commença-t-elle.

Mais sa voix se brisa avant qu'elle ne puisse finir sa phrase. Pete se redressa et la regarda d'un air désolé.

— Pas encore, soupira-t-il. Mais j'ai bien peur que ce soit la fin, cette fois.

L'espace d'un instant, Jo fut tentée de lui répondre qu'il se trompait, qu'Ari s'en sortirait et qu'ils reprendraient la route ensemble. Mais ce qu'elle lut dans les yeux de son assistant ne laissait place à aucun doute. Il était temps de dire adieu à son vieil ami.

Effondrée, la jeune femme s'avança vers la cage. Ari y était allongé, pantelant. Sa respiration rauque et sifflante ne laissait aucun doute quant à l'issue fatale de la maladie qui le rongeait depuis des mois.

— Ouvre-moi, ordonna-t-elle à Pete.

— Pas question que tu entres là-dedans ! s'exclama alors Keane qui l'avait suivie avec Buck.

Il la prit par les épaules, la forçant à lui faire face.

— J'irai, lui dit-elle d'un ton qui n'admettait pas de réplique. Ari ne me fera aucun mal. Ni à moi, ni à personne… Il est en train de mourir et je veux lui dire au revoir. Alors laisse-moi tranquille !

Se tournant vers Pete, elle lui jeta un regard menaçant.

— Ouvre ! répéta-t-elle.

A contrecœur, il s'exécuta et la jeune femme s'arracha aux bras de Keane pour approcher de la cage. Se courbant, elle y pénétra et s'accroupit auprès d'Ari. Le vieux lion réagit à peine, se contentant de la regarder. Dans ses yeux, elle lut un mélange de souffrance et de résignation qui lui serra le cœur.

— Ari, murmura-t-elle en tendant la main vers lui.

Elle caressa doucement son flanc et il répondit à ce geste par un léger gémissement. Elle sentait le rythme irrégulier des battements de son cœur sous ses doigts et de grosses larmes coulèrent le long de ses joues. Déchirée, elle entoura de ses bras le cou de l'animal et nicha son visage contre sa crinière. Elle se souvenait du fauve qu'il avait été, de sa fierté, de sa force et de l'impression de beauté sauvage qui se dégageait de lui.

Se redressant lentement, elle se tourna alors vers les quatre hommes qui l'observaient à l'extérieur de la cage.

— Buck, articula-t-elle d'une voix brisée, va me chercher la trousse à pharmacie et prépare une seringue.

Son assistant hésita un instant avant de hocher tristement la tête.

— Je m'en occupe, Jo.

Pendant qu'il courait à l'infirmerie, la jeune femme s'assit auprès de son vieux compagnon et le caressa affectueusement, sentant affluer en elle mille souvenirs des moments qu'ils avaient vécus ensemble. Finalement, Buck la rejoignit dans la cage.

— Laisse-moi le faire, Jo, dit-il gravement.

La jeune femme secoua la tête et tendit la main vers la seringue.

— Jo ! protesta Keane d'une voix très douce en agrippant les barreaux de la cage. Tu n'es pas obligée de faire ça.

Ses yeux ressemblaient tant à ceux d'Ari que la jeune femme fut secouée d'un nouveau sanglot.

— C'est mon chat, articula-t-elle. J'ai dit que ce serait moi qui le ferais lorsque le moment serait venu. Et il est arrivé. Donne-moi cette seringue, Buck.

Son assistant s'exécuta et quitta la cage pour la laisser seule avec Ari. Ce dernier ne quittait pas Jo du regard. Dans ses yeux, elle devinait encore cette lueur sauvage et indomptée qu'elle aimait tant.

Mais elle lisait aussi de la confiance et cela lui donnait envie de pleurer.

— Tu étais le meilleur, lui dit-elle d'une voix rendue

tremblante par l'émotion. Tu as toujours été le meilleur. Mais tu es fatigué, aujourd'hui, Ari. Et je vais t'aider à trouver un peu de repos. Tu l'as bien mérité.

Se cuirassant contre le chagrin qui l'habitait, elle retira le capuchon qui protégeait l'aiguille de la seringue.

— Cela ne te fera pas mal, Ari, reprit-elle. Plus rien ne te fera jamais mal…

Elle prit une profonde inspiration, rassemblant son courage, et essuya les larmes qui lui brouillaient la vue. Puis, d'un geste sec, elle enfonça la seringue dans l'épaule de son lion. Il émit à peine un gémissement tandis qu'elle pressait lentement le piston, laissant s'écouler dans ses veines le liquide mortel.

Lorsqu'elle eut terminé, elle resta immobile auprès de lui, caressant sa crinière tandis qu'il continuait à la fixer. Son regard se voila lentement tandis que sa respiration se faisait plus faible puis cessait complètement et il demeura parfaitement immobile.

Jo fut parcourue d'un violent frisson et étreignit convulsivement sa crinière. Puis, lentement, elle se redressa et gagna la porte de la cage. Elle sortit et referma la porte derrière elle par réflexe.

Keane la prit alors par le bras pour la reconduire jusqu'à sa caravane.

— Occupez-vous de lui, dit-il à Buck en désignant des yeux le lion mort.

— Non, protesta faiblement Jo. C'est à moi de le faire.

— Pas question ! protesta Keane en l'entraînant de force.

— Tu n'as pas à me dire ce que je dois faire, répliqua-t-elle durement.

Elle essaya vainement de se dégager mais il résista sans difficulté.

— C'est pourtant ce que je vais faire, déclara-t-il.

— Laisse-moi tranquille ! s'exclama la jeune femme, incapable de retenir les sanglots qui la secouaient à présent.

Keane s'arrêta et la prit par les épaules. Dans ses yeux, elle vit se refléter la lueur de la lune.

— Il n'est pas question que je te laisse seule alors que tu es bouleversée, lui dit-il gravement.

— Je ne vois pas en quoi cela peut bien te concerner, répondit-elle.

Sans répondre, Keane l'entraîna jusqu'à la caravane dans laquelle il la fit entrer. Jo aurait voulu être seule et pouvoir pleurer Ari. C'était son deuil et ses larmes et il n'avait pas le droit de les lui voler.

— Va-t'en ! s'exclama-t-elle en le voyant pénétrer à son tour dans le salon.

— Pas tant que je ne serai pas certain que tu vas bien, répondit calmement Keane.

— Je vais bien, mentit-elle. Ou, du moins, j'irai parfaitement bien lorsque tu te décideras enfin à me laisser tranquille. Tu n'as pas à te mêler de mes affaires !

— Tu me l'as déjà dit, répondit Keane.

— J'ai fait ce que j'avais à faire, déclara-t-elle en luttant contre les larmes qu'elle se refusait à verser devant lui.

Elle s'efforça de calmer le rythme de sa respiration haletante.

— J'ai achevé un animal qui souffrait. Rien de plus. Cela fait partie de mes responsabilités en tant que dresseur.

Sa voix se brisa et elle se détourna brusquement.

— Je t'en prie, Keane, va-t'en.

Elle était à présent incapable de retenir les sanglots qui la secouaient. Se détestant pour cette preuve de faiblesse, elle pressa les paumes de ses mains contre son visage et ferma les yeux.

— Je ne veux pas que tu restes là, murmura-t-elle.

Elle le sentit passer ses bras autour de ses épaules et la serrer contre lui.

— Non, souffla-t-elle.

Mais il commença à la bercer doucement comme une enfant qu'il aurait voulu consoler.

— Tu as fait quelque chose de très courageux, lui dit-il. Je sais à quel point tu aimais Ari. Et j'imagine combien il a dû être dur pour toi de le laisser partir de cette façon. Il est parfaitement normal que tu souffres. Mais je ne t'abandonnerai pas.

— Je ne veux pas pleurer devant toi, protesta-t-elle faiblement.

— Je sais, répondit-il en caressant doucement ses longs cheveux.

Vaincue, elle nicha son visage au creux de son épaule et agrippa sa chemise convulsivement, laissant libre cours à son chagrin.

— Pourquoi faut-il toujours que je perde ceux que j'aime ? sanglota-t-elle. Ce n'est pas juste.

Keane ne répondit pas, se contentant de la serrer contre lui tandis qu'elle pleurait sans s'arrêter. Finalement, il la souleva et la porta jusqu'au canapé sur lequel il l'allongea précautionneusement. Il resta alors auprès d'elle, caressant tendrement ses cheveux comme elle avait caressé la crinière d'Ari, sachant qu'il ne parviendrait jamais à soulager la douleur qu'elle éprouvait en cet instant.

Finalement, après un long moment, il sentit qu'elle s'était immobilisée contre lui et s'écarta légèrement pour la contempler. Brisée par la tristesse, elle avait fini par s'endormir.

Il attendit quelques instants avant de dégager doucement sa chemise qu'elle serrait toujours dans son poing à demi clos. Puis, le cœur lourd, il la souleva de nouveau et la porta jusque dans sa chambre.

8.

Lorsque Jo se réveilla, il faisait déjà jour. Le soleil brillait de tous ses feux et, à travers la fenêtre entrouverte, lui parvenait le pépiement des oiseaux. Elle en conclut que ce devait être lundi puisque c'était le seul jour de la semaine où elle pouvait dormir après l'aube.

Langoureusement, elle s'étira et essaya de chasser la délicieuse léthargie qui habitait chacun de ses membres. Puisque le cirque faisait relâche comme tous les lundis et qu'elle se sentait lasse, elle s'autoriserait peut-être deux heures de lecture.

Qui sait ? Elle pourrait même aller faire un tour dans la ville près de laquelle ils s'étaient arrêtés et en profiter pour voir un film. Ensuite, elle répéterait le numéro avec les chats et…

La jeune femme se figea brusquement alors que le souvenir des événements de la veille lui revenait d'un seul coup.

— Ari, murmura-t-elle, sentant sa tristesse resurgir, presque aussi poignante que la veille.

Elle revit le vieux lion prostré dans sa cage et la confiance avec laquelle il l'avait regardée tandis que la vie désertait lentement son corps fatigué. Jo soupira, sentant lentement refluer son chagrin qui laissait place à une sombre résignation.

Elle se rappela alors l'insistance de Keane qui avait tenu à rester auprès d'elle et réalisa combien sa présence l'avait aidée à résister à la souffrance insupportable qui l'avait assaillie à la mort de son vieil ami.

Il avait accepté sans mot dire sa colère puis ses larmes, la soutenant dans cette terrible épreuve. Elle se souvint du contact rassurant de sa poitrine, de la force de ses bras tandis qu'il la serrait contre lui. Elle s'était endormie bercée par le rythme puissant et régulier de son cœur. Et, plus tard, lorsqu'elle s'était réveillée en sursaut au milieu de la nuit, il se trouvait toujours auprès d'elle et lui avait apporté à boire.

Un nouveau trille retentit au-dehors, rappelant soudain la jeune femme à la réalité. Elle réalisa qu'on était jeudi et non lundi, comme elle l'avait pensé initialement. Comment pouvait-elle avoir dormi si tard ?

Se levant précipitamment, elle quitta son lit et sortit de sa chambre en courant. Dans le salon, elle manqua de percuter Keane qui la rattrapa avant qu'elle ne trébuche.

— Je pensais bien t'avoir entendue bouger, lui dit-il en lui décochant le plus radieux des sourires.

La jeune femme le regarda avec stupeur.

— Mais qu'est-ce que tu fais là ? parvint-elle enfin à articuler.

— Je préparais du café, répondit-il comme si c'était la chose la plus naturelle du monde. Est-ce que ça va mieux ?

— Oui, acquiesça-t-elle en portant la main à son front. Mais je suis un peu désorientée. J'ai dormi plus que je n'aurais dû et cela ne m'était encore jamais arrivé.

— C'est parce que je t'ai donné un somnifère, expliqua Keane.

Il la prit par les épaules et la conduisit vers la cuisine.

— Un somnifère ? répéta-t-elle, interdite. Mais je ne me le rappelle pas…

— Je l'ai mis dans le verre d'eau que tu m'as demandé, expliqua-t-il en s'emparant de la bouilloire qui commençait à siffler sur la gazinière.

Il versa l'eau dans deux tasses où il venait de mettre un peu de café soluble.

— Je me suis dit que, si je te demandais de le prendre, tu refuserais probablement, ajouta-t-il.

— Et tu avais raison. Je n'ai jamais pris de somnifère de ma vie.

— C'est maintenant chose faite, répliqua-t-il en souriant.

Il lui tendit l'une des tasses qu'elle porta machinalement à ses lèvres.

— Tu t'es endormie comme un enfant mais j'avais peur que tu ne fasses une insomnie si tu te réveillais pendant la nuit. Alors, après t'avoir portée dans ton lit et changée, je suis allé chercher un somnifère à l'infirmerie.

— Changée ? répéta Jo.

Elle réalisa alors qu'elle portait effectivement sa chemise de nuit qu'elle ne se souvenait pas d'avoir enfilée.

— Je ne pense pas que tu aurais été très à l'aise dans ton costume de scène, déclara Keane.

Il but un peu de café et sourit en la voyant porter pudiquement la main à sa poitrine.

— Ne t'en fais pas, je n'ai pas regardé, lui dit-il. Ce n'était pas la première fois que je déshabillais une femme dans l'obscurité.

Jo se raidit et serra les dents, se sentant légèrement humiliée.

— Tu avais besoin d'une bonne nuit de sommeil, lui dit Keane d'un ton plus conciliant. Tu étais épuisée, physiquement et nerveusement.

Sans lui répondre, Jo se leva et gagna la fenêtre. Elle réalisa alors que la prairie était déserte. Elle avait vraiment dû dormir profondément pour ne pas entendre les autres lever le camp.

— Il ne reste plus que le camion contenant le générateur central, expliqua Keane. Les techniciens se mettront en route dès que tu n'auras plus besoin du courant.

Jo se sentit brusquement terriblement vulnérable. A plusieurs reprises, au cours de la nuit précédente, elle avait perdu le contrôle d'elle-même alors qu'elle était habituée à conserver à tout moment une parfaite maîtrise de ses actes. Et, chaque fois, Keane avait été là pour elle.

Elle aurait probablement dû lui en vouloir pour la façon dont il avait envahi son intimité mais elle en était incapable. Car c'était elle qui avait eu besoin de lui.

— Tu n'étais pas obligé de rester en arrière, remarqua-t-elle.

— Je n'étais pas certain que tu serais en état de conduire soixante-quinze kilomètres, expliqua-t-il. J'ai demandé à Pete de s'occuper de ma caravane.

Il vit ses épaules se soulever doucement. Puis elle se retourna. La lumière du soleil laissait deviner sa silhouette enchanteresse à travers le fin tissu de la chemise de nuit et il ne put s'empêcher d'admirer les courbes modestes et gracieuses de son corps.

— J'ai été terriblement dure avec toi, hier soir, déclara-t-elle d'une voix chargée de regrets.

— Tu étais bouleversée, répondit Keane. C'était tout à fait compréhensible.

— Je suppose, répondit-elle, les yeux emplis d'un profond chagrin. Ari comptait beaucoup pour moi. Il était tout ce qui me restait de mon père et de mon enfance. Je savais bien qu'il finirait par partir mais je n'avais jamais osé regarder la réalité en face et prendre vraiment la mesure de ce que cela signifierait pour moi.

Elle baissa les yeux vers la tasse qu'elle serrait convulsivement entre ses doigts et regarda monter un léger panache de vapeur.

— Ce qui compte, c'est qu'hier, Ari a arrêté de souffrir. Il serait cruel de ma part de souhaiter que les choses se soient passées différemment. Et j'ai eu tort de m'en prendre à toi. Je suis désolée.

— Je ne veux pas de ces excuses, Jo, protesta-t-il vivement.

— Mais moi, je te les présente quand même et j'aimerais que tu les acceptes. Tu as été adorable avec moi.

A sa grande surprise, Keane étouffa un juron et se détourna.

— Je ne veux pas non plus de ta gratitude, déclara-t-il durement. Je ne mérite rien de tout cela.

Se levant, il alla se resservir du café.

— Je crois que si, rétorqua la jeune femme.

Elle s'avança vers lui.

— Keane…, murmura-t-elle.

Elle posa sa tasse sur la table et mit doucement la main sur son bras. Lorsqu'il se retourna enfin, elle suivit son instinct et posa sa joue sur son épaule avant de l'entourer de ses bras.

Il se raidit et elle crut un instant qu'il allait la repousser. Puis il poussa un profond soupir et se détendit, l'attirant encore un peu plus près de lui.

— Je ne sais jamais à quoi m'attendre avec toi, murmura-t-il.

Il souleva doucement le menton de la jeune femme et elle ferma les yeux pour lui offrir ses lèvres entrouvertes. Il les effleura d'un baiser.

— Tu ferais mieux d'aller t'habiller, lui dit-il alors d'un ton amical mais dépourvu de passion. Nous nous arrêterons en ville et je t'achèterai un bon petit déjeuner.

Stupéfaite par son attitude mais rassurée de voir qu'il ne paraissait plus en colère contre elle, Jo hocha la tête et se dirigea vers sa chambre.

Lentement, l'été succéda à l'hiver tandis que le cirque poursuivait son chemin vers le nord. Le soleil brillait à présent longtemps après le lever de rideau et les averses se faisaient plus rares. Pendant tout le mois de juin, le cirque Prescott parcourut les routes de la Caroline du Nord et du Tennessee.

Au cours de ces semaines, Jo fut très étonnée par le revirement d'attitude de Keane à son égard. Il avait apparemment renoncé à l'entreprise de séduction qu'il avait menée depuis qu'ils s'étaient rencontrés.

En fait, il se conduisait simplement en ami. Ils plaisantaient ensemble, discutaient pendant des heures, parlaient du cirque et de leurs vies respectives, travaillaient parfois côte à côte lorsqu'il fallait monter ou démonter le chapiteau.

Mais il ne chercha plus jamais à l'embrasser. Elle en venait parfois à se demander si elle n'avait pas rêvé leur étreinte passionnée dans sa caravane ou les baisers qu'ils avaient échangés auparavant. L'avait-il seulement désirée un jour ? A voir la façon dont il la traitait à présent, rien n'était moins certain.

A deux reprises, Keane dut retourner à Chicago pour s'occuper de ses affaires. Mais, cette fois, il ne ramena aucun présent à la jeune femme.

Celle-ci essaya de se résigner, de se convaincre qu'au fond, tout était pour le mieux. Au moins, Keane Prescott ne risquerait plus de lui briser le cœur. Hélas, ce raisonnement ne suffisait pas à atténuer la souffrance sourde qu'elle ressentait au plus profond d'elle-même.

Elle était amoureuse d'un homme qui ne la désirait même pas.

La veille de la fête de l'Indépendance, Jo passa plusieurs heures à se retourner dans son lit sans trouver le sommeil. Finalement, pour se changer les idées elle sortit le livre de Dante que lui avait offert Keane. Mais cela ne fit qu'empirer les choses. Le reposant sur sa table de chevet, elle se contenta donc de fixer le plafond.

Il était temps d'en finir, se dit-elle. Elle ne pouvait plus continuer à espérer que Keane changerait brusquement d'attitude à son égard. Il ne ferait jamais partie de sa vie. C'était aussi simple que cela.

Après tout, il ne lui avait jamais rien promis. Il n'avait pas parlé d'amour. Il ne lui avait rien offert d'autre que quelques baisers. Il ne lui avait rien pris. Et il n'avait pas cherché à lui faire de mal.

C'était peut-être le pire, songea-t-elle tristement. S'il avait profité de sa naïveté, s'il avait abusé de sa confiance, elle aurait pu le haïr. S'il lui avait offert son amour pour le lui retirer ensuite, elle aurait pu le pleurer.

Mais il n'avait fait qu'effleurer sa vie.

Malheureusement pour elle, cela avait suffi à éveiller en elle mille désirs qu'elle ne pourrait jamais assouvir. Jamais elle ne ferait l'amour avec lui. Jamais plus elle ne goûterait à ses baisers. Jamais elle ne verrait le désir assombrir ses prunelles.

A cette pensée, une impression de vide vertigineux l'envahit et elle ferma les yeux.

Elle essaya d'imaginer ce qu'elle aurait ressenti s'il l'avait abandonnée après avoir noué une liaison avec elle. Aurait-ce vraiment été plus douloureux ? N'aurait-elle pas gardé au moins quelques souvenirs des moments de bonheur qu'ils auraient passés ensemble ?

Ces questions ne la menaient nulle part. Le mieux, décida-t-elle, c'était de conserver de lui l'image de cette nuit où il l'avait consolée et soutenue, de la gentillesse dont il avait fait preuve à son égard sans rien attendre en échange.

S'il avait décidé de se conduire en ami, elle respecterait sa décision. Et s'il finissait par repartir un jour pour Chicago, le mieux qu'elle puisse faire était de profiter de cette amitié autant qu'elle le pourrait.

Ces mots paraissaient peut-être creux, mais c'était tout ce qui lui restait.

9.

Le 4 Juillet était presque un jour comme les autres pour les gens du cirque. Comme d'habitude, ils partiraient à l'aube, voyageraient jusqu'à la prochaine étape de leur long périple, monteraient le grand chapiteau, organiseraient la parade et donneraient deux représentations.

Mais il y avait aussi une foule de petites différences. Les éléphants porteraient des plumes bleues, blanches et rouges au sommet de leur coiffe et un grand feu d'artifice serait organisé pour clôturer la soirée.

Le cirque Prescott fêtait toujours le jour de l'Indépendance près de la même ville, dans le Tennessee. C'était une tradition qui remontait à sa création et qui profitait autant aux membres de la troupe qu'aux citadins. Car la soirée attirait nombre de gens venus de tout l'Etat et les recettes étaient généralement plus que confortables.

Jo attaqua la journée à l'aube, bien décidée à faire preuve d'un inaltérable enthousiasme. Elle ne permettrait pas que la distance qui s'était creusée entre Keane et elle gâche ce qui devait être l'un des temps forts de l'été. D'autant que broyer du noir ne l'aiderait en rien à résoudre ses problèmes.

Heureusement, il y avait beaucoup à faire et la journée

s'écoula rapidement. Entre l'installation du campement, les répétitions, la préparation de la soirée et la parade, Jo fut très occupée et elle ne vit pas le temps passer.

Entre les deux représentations, la pression retomba quelque peu et les membres de la troupe en profitèrent pour se détendre un peu. Certains se contentèrent de s'installer sur l'herbe, au soleil, et de deviser tranquillement, d'autres répétèrent leurs numéros.

Jo observa la toilette des éléphants qui constituait toujours un moment amusant de la vie du cirque. Invariablement, Maggie ou l'un des pachydermes les plus âgés profitait de ce bain pour arroser cordialement les personnes chargées de les laver.

La plupart du temps, ils concentraient leurs jets d'eau sur les plus inexpérimentés d'entre eux. Jo avait toujours soupçonné les dresseurs plus aguerris d'encourager les éléphants mais personne n'était jamais parvenu à démontrer leur duplicité dans cette histoire.

Tandis qu'elle contemplait cette scène en souriant, la jeune femme repéra Duffy qui se trouvait en pleine conversation avec un homme aussi petit que lui mais deux fois plus gros. C'était le genre de silhouette que Frank avait tendance à qualifier ironiquement de « rançon du succès ».

L'homme avait le teint rougeaud et de petits yeux qu'il abritait de sa main potelée pour les protéger de l'éclat du soleil. Il s'exprimait avec force gestes et Jo se demanda s'il essayait de vendre quelque chose à Duffy. Ce dernier paraissait fulminer intérieurement et la jeune femme se rapprocha pour voir de quoi ils pouvaient bien discuter.

— Je vous l'ai dit, Carlson. Nous avons déjà payé pour le stockage. J'ai ici un reçu dûment signé. Et nous étions convenu que les frais de livraison s'élèveraient à mille cinq cents dollars et non deux mille.

Carlson tira sur la cigarette sans filtre qu'il était en train de fumer avant de l'écraser à terre.

— C'est Myers que vous avez payé pour le stockage, déclara-t-il posément. Pas moi. J'ai acheté cet entrepôt voici six semaines et je ne suis pas responsable du fait que vous avez payé à l'avance.

Du coin de l'œil, Jo vit Keane se rapprocher des deux hommes. Pete était en train de lui parler et il hochait la tête, apparemment d'accord avec ce que lui disait son assistant. Il s'arrêta alors et jeta un regard attentif à Carlson et Jo comprit qu'il était en train de l'évaluer avant de l'aborder. Il se remit en marche et dépassa la jeune femme.

— Salut, Jo, lança-t-il.

Elle lui emboîta le pas, curieuse.

— Que se passe-t-il, exactement ? s'enquit-elle.

— C'est justement ce que je voudrais savoir, répondit Keane.

Il se planta devant Carlson et Duffy.

— Messieurs, lança-t-il d'un air parfaitement décontracté. Il y a un problème ?

— Cet homme me demande de payer pour le stockage des feux d'artifice alors que je l'ai déjà fait, s'exclama Duffy, révolté. Et il exige deux mille dollars au lieu des mille cinq cents prévus !

— C'est Myers qui vous avait donné son accord pour quinze cents dollars, insista Carlson avec un sourire carnassier. Moi, je n'ai rien signé. Si vous voulez vos feux d'artifice, il va vous falloir payer. Et cash ! Qui est ce type ? ajouta-t-il en désignant Keane du pouce.

Celui-ci s'approcha et, d'un air faussement cordial, posa la main sur l'épaule de Carlson.

— Keane Prescott, se présenta-t-il. Je suis le propriétaire du cirque. Peut-être pourrais-je vous aider à éclaircir cette affaire.

— Prescott, répéta Carlson en l'observant attentivement.

Avisant le visage amical et souriant de Keane, il jugea l'affaire entendue.

— Avec plaisir, déclara-t-il en serrant la main qu'il lui tendait. Jim Carlson. Enchanté de faire votre connaissance, monsieur Prescott. C'est un beau cirque que vous avez là ! Ma femme et moi venons le voir tous les ans. Enfin, je constate que vous êtes un homme d'affaires comme moi et je pense que nous allons pouvoir régler cette question une fois pour toutes. J'ai stocké vos feux d'artifice dans l'entrepôt que j'ai racheté à Myers, il y a de cela six semaines. Il avait apparemment conclu un contrat avec M. Duffy à ce sujet. Mais je ne peux pas en être tenu pour responsable, n'est-ce pas ?

Carlson décocha un sourire mielleux à Keane qui se garda bien de l'interrompre.

— Quant aux frais de livraison, reprit-il, eh bien… Vous savez que l'essence n'arrête pas d'augmenter, ces derniers temps. Mais je suis sûr que nous pourrons trouver un accord là-dessus quand nous aurons réglé la question du stockage. Qu'en pensez-vous ?

Keane hocha la tête en souriant cordialement au petit homme.

— Cela me paraît raisonnable, concéda-t-il en ignorant Duffy qui bouillait de rage. Essayons de résoudre ensemble votre problème.

— Mon problème ? répéta Carlson, étonné. Je dirais plutôt le vôtre. A moins que vous ne vouliez pas de ces feux d'artifice, bien sûr.

— Ne vous en faites pas, nous les aurons, monsieur Carlson, répondit Keane sans se départir de son sourire. Mais selon le paragraphe 3 de la section 5 du Code des petites et moyennes entreprises, l'acquéreur d'un actif immobilier est légalement tenu de respecter toutes les obligations y afférant telles que contrats, accords verbaux, hypothèques ou baux négociés par le précédent propriétaire jusqu'à ce que lesdits contrats, accords verbaux, hypothèques ou baux viennent à leur terme ou que la propriété de l'actif soit de nouveau transférée.

Carlson resta bouche bée et Jo eut beaucoup de mal à retenir un éclat de rire devant sa mine stupéfaite.

— Bien sûr, nous ne porterons pas cette affaire à la connaissance du tribunal si vous nous livrez les marchandises comme convenu, ajouta Keane d'un ton affable. Mais cela ne résout pas vraiment votre problème.

— Quel problème ? bégaya Carlson dont le visage était passé de l'écarlate au bordeaux en quelques secondes. Je n'ai pas de problème !

— Bien sûr que si, monsieur Carlson, objecta Keane, presque obséquieux. Même si je suis bien certain que vous n'aviez pas l'intention d'enfreindre la loi.

— Qu'est-ce que vous voulez dire ? bredouilla le petit homme, de plus en plus inquiet.

— Que vous avez stocké ces feux d'artifice sans autorisation.

— Mais Myers devait bien en avoir une, protesta Carlson. Puis qu'il les gardait chaque année…

— C'est là que vous commettez une erreur, monsieur

Carlson, répondit Keane en hochant la tête d'un air désolé. Vous voyez, le paragraphe 6 de la section 5 du Code stipule très clairement que les licences, permis et autorisations afférant à un actif mobilier ne sont pas directement transférables. Le nouvel acquéreur peut demander leur renouvellement auprès de ceux qui ont accordé ces licences, permis ou autorisations mais, s'il ne le fait pas, ils sont considérés comme caduques. Si je ne me trompe pas, l'amende encourue en cas de non-respect de cet article est assez lourde, d'ailleurs…

— L'amende ? répéta Carlson qui avait sorti son mouchoir pour tamponner son front couvert de sueur.

— Ecoutez, monsieur Carlson, poursuivit impitoyablement Keane, voilà ce que je vous suggère. Livrez-nous ces feux d'artifice comme prévu et personne n'en saura rien. Après tout, je ne vois pas l'intérêt de mêler un juge à toute cette histoire. Je suis certain que votre erreur est parfaitement involontaire. Et puis, nous sommes des hommes d'affaires, n'est-ce pas ?

Carlson était si inquiet qu'il ne perçut même pas le sarcasme qui pointait sous le ton onctueux de Keane.

— Nous disions donc quinze cents dollars pour la livraison, c'est cela ? conclut ce dernier avec un sourire conciliant.

Le petit homme hocha la tête.

— Parfait. Vous serez payés dès que nous aurons les feux d'artifice, dans ce cas. Je suis ravi d'avoir pu vous être utile.

Soulagé, Carlson se dirigea vers son camion qui était garé un peu plus loin dans le champ. Dès qu'il fut hors de portée de voix, Jo, Pete et Duffy éclatèrent de rire.

— C'était vrai ? demanda Pete lorsqu'il recouvra enfin son sérieux.

— Quoi donc ? demanda Keane, un peu surpris par cette hilarité générale.

— Le paragraphe 3 de la section 5 ?

— Je n'en ai jamais entendu parler, répondit-il avec aplomb.

Jo le regarda avec stupeur.

— Tu as tout inventé ! s'exclama-t-elle, admirative.

— Probablement, concéda-t-il.

— C'est le meilleur coup de bluff auquel j'ai assisté depuis de longues années, commenta Duffy en décochant une claque complice dans le dos de Keane. Vous devriez vraiment vous lancer dans les affaires.

— C'est ce que je viens de faire, apparemment, répondit-il avec un sourire malicieux.

— En tout cas, déclara Pete, visiblement impressionné, si jamais j'ai besoin d'un avocat un jour, je saurai à qui m'adresser ! Et, en vous voyant bluffer, je me dis que vous devez faire un sacré joueur de poker. Passez au réfectoire, ce soir. J'organise une petite partie. Allez, viens, Duffy. Il faut absolument que nous allions raconter ça à Buck !

Ils s'éloignèrent en direction de la ménagerie et Jo se tourna vers Keane. Elle savait qu'il venait d'être définitivement accepté. Auparavant, il n'avait été considéré que comme le propriétaire, un citadin qui ne faisait pas vraiment partie de leur monde.

A présent, il était l'un d'entre eux.

— Bienvenue à bord, lui dit-elle en souriant.

— Merci, répondit-il, comprenant précisément ce qu'elle voulait dire par là.

— Nous nous verrons ce soir à la table de poker, apparemment. N'oubliez pas d'amener votre argent.

Elle se détourna pour s'éloigner mais il la prit par le bras.

— Jo…, commença-t-il, la surprenant par l'intensité qu'elle percevait dans son regard.

— Oui ?

Il parut hésiter quelques instants puis secoua la tête.

— Non, peu importe, éluda-t-il. Nous nous verrons tout à l'heure.

Sur ce, il effleura sa joue du bout des doigts et tourna les talons, la laissant plus perplexe que jamais.

Impassible, Jo étudiait son jeu. Elle venait d'être servie et il ne lui manquait plus qu'une carte pour obtenir une quinte flush à cœur. D'un air parfaitement neutre, elle parcourut des yeux la table de jeu. Duffy fumait un cigare, ne se souciant visiblement pas outre mesure du tas de jetons qui diminuait régulièrement devant lui.

Pete mastiquait son chewing-gum avec sa nonchalance habituelle. Amy, la femme de l'avaleur de sabres, était assise à côté de lui. Juste à sa droite, il y avait Jamie, puis Raoul. Le voisin de Jo n'était autre que Keane qui, comme Pete, gagnait régulièrement.

Les jetons cliquetèrent sur la table alors que tous misaient au fur et à mesure. Jo changea une carte et eut la chance de tirer un cinq de cœur. Elle le glissa dans son jeu sans même un battement de paupières qui aurait pu trahir sa satisfaction.

C'était Frank qui lui avait appris à jouer et, surtout, à bluffer.

— Je n'aurais jamais dû prendre le siège de Bick, déclara

Jamie en jetant ses cartes sur la table alors qu'ils allaient attaquer le deuxième tour. Il me porte malheur !

Pete sourit et misa.

— Ne te plains pas, petit, conseilla Duffy en faisant de même. Pour le moment, tu ne perds pas encore trop, contrairement à moi. Mais je ne continue à miser que pour ne pas changer de niveau de vie, ajouta-t-il.

Tous misèrent et Pete abattit alors trois rois. Une vague de protestations amicales s'ensuivit et il tendit la main pour récupérer sa mise.

— Quinte flush à cœur, annonça alors Jo en révélant son jeu.

Duffy éclata d'un rire joyeux.

— Bien joué, petite ! Je déteste le voir gagner tout mon argent.

Durant les deux heures qui suivirent, ils continuèrent à jouer. Dans la tente sous laquelle ils s'étaient installés, l'air fleurait à présent une odeur familière de tabac, de café et de bière. Jamie avait continué à jouer de malchance et avait fini par appeler Buck à la rescousse.

Ramassant les cartes qu'on venait de lui distribuer, Jo constata qu'elle n'avait qu'une paire. Dès le premier tour, Raoul misa gros et Keane suivit. La curiosité poussa Jo à suivre pour un tour mais, voyant ce qu'elle avait tiré au suivant, elle préféra se coucher.

Elle observa alors la partie avec intérêt. Le menton posé sur ses avant-bras, elle étudia chacun des participants. Keane était un joueur confirmé et ses yeux ne trahissaient absolument rien. Il se contentait de porter par intermittence son verre de bière à ses lèvres sans se départir d'un sourire qui ne signifiait rien de plus que le plaisir qu'il avait à se trouver là.

Tour à tour, Duffy, Buck et Amy se couchèrent. Pete continuait à mâcher son chewing-gum d'un air décontracté, observant Keane avec intérêt. Ce dernier lui rendit son regard et tira sur son cigarillo. Raoul poussa un juron en français en examinant ses cartes d'un air réprobateur.

— Il est peut-être en train de bluffer, remarqua Pete en voyant Keane augmenter la mise. Je suis.

Raoul jura de nouveau en français, puis en anglais et finit par se coucher. Prenant tout son temps, Keane compta le nombre de jetons nécessaires et le jeta au centre de la table. Le tas qui s'y trouvait déjà était assez impressionnant. Il en compta quelques-uns de plus.

— Je vois tes cinq et je monte de dix, dit-il à Pete.

Un murmure se fit entendre autour de la table. Pete observa attentivement sa main et réfléchit. Il observa ensuite l'empilement de jetons qui se trouvait déjà devant lui. Il pouvait sans problème se permettre de risquer dix dollars de plus.

Levant de nouveau les yeux, il considéra attentivement Keane qui demeurait impassible. Et, brusquement, il sourit.

— Pas question, déclara-t-il en abattant ses cartes, face cachée. C'est toi qui l'emportes, cette fois.

Keane sourit et ramena vers lui la petite montagne de jetons.

— Tu veux bien nous montrer ton jeu ? demanda Pete, curieux.

Beau joueur, Keane s'exécuta et un éclat de rire secoua la petite assemblée.

— Rien du tout ! s'exclama Pete, admiratif. Pas la plus petite suite… Tu as un sacré culot, tu sais. Même moi, j'avais une paire, ajouta-t-il en retournant ses propres cartes.

Raoul leva les yeux au ciel d'un air désespéré. Jo se leva

en riant et versa ses jetons dans le chapeau que Jamie avait laissé sur la table.

— Je les changerai plus tard, dit-elle à ce dernier. Mais je t'en prie, ne les joue pas !

Elle déposa un petit baiser sur sa joue pour le consoler de sa déveine.

— Tu pars tôt, remarqua Duffy.

— N'est-ce pas toi qui m'as dit qu'il fallait toujours laisser son public sur sa faim ? répliqua-t-elle en souriant.

Elle salua alors les autres participants de la main et quitta la tente d'un pas léger.

— Ça, c'est Jo tout craché ! s'exclama Raoul, admiratif. Sacré petit bout de bonne femme !

Pete remarqua que le regard de Keane s'attardait sur le pan de toile de l'autre côté duquel Jo venait de disparaître et il sourit.

— Et jolie, avec ça, renchérit-il.

Immédiatement, Keane se tourna vers lui.

— Tu n'es pas d'accord ? lui demanda Pete avec une pointe de malice.

— Si, si, répondit ce dernier. Elle est très jolie.

— Comme sa mère, déclara Buck en ramassant les cartes que l'on venait de lui distribuer. C'était une beauté. Pas vrai, Duffy ?

Ce dernier acquiesça tout en considérant son jeu d'un air lugubre.

— J'ai toujours dit que c'était injuste qu'ils soient morts de cette façon, Wilder et elle, soupira Buck.

— C'était dans un incendie, n'est-ce pas ? s'enquit Keane qui venait de regarder son jeu.

— Un court-circuit, précisa Buck. Apparemment, l'installation électrique de leur caravane était défectueuse. Si c'était arrivé la journée plutôt que pendant leur sommeil, ils seraient encore avec nous. Mais la roulotte avait à moitié brûlé avant que quiconque puisse intervenir. C'était une véritable fournaise. Heureusement, la chambre de Jo était de l'autre côté et nous avons réussi à la tirer de là. Pauvre petite chose… Elle ne comprenait pas ce qui lui arrivait et se cramponnait à cette vieille poupée. C'est tout ce qui lui restait après l'incendie, d'ailleurs. Ça et les vêtements qu'elle avait sur le dos. Elle la gardait toujours avec elle, ensuite. Tu te rappelles, Duffy ?

Ce dernier hocha la tête.

— Heureusement que Frank était là, remarqua-t-il. C'est lui qui l'a tirée de l'incendie et qui l'a adoptée.

Raoul misa cinq dollars et Keane réfléchit un instant à ce qu'ils venaient de dire avant de se coucher.

— Je laisse ma place, indiqua-t-il. Je changerai mes gains plus tard.

Il se dirigea aussitôt vers la sortie. L'une des sœurs Gribalti prit la place de Jo et Jamie celle de Keane. Lorsqu'il ramassa les cartes de ce dernier par curiosité, il constata avec stupeur qu'il avait tiré quatre valets. Interdit, Jamie leva les yeux et croisa le regard de Pete qui lui sourit d'un air entendu.

La nuit était tombée depuis longtemps déjà mais la température était encore très douce. Jo leva les yeux vers le ciel et contempla les étoiles en pensant aux feux d'artifice qui avaient été tirés dans la soirée.

Cette démonstration pyrotechnique avait été un véritable triomphe, illuminant le ciel de dizaines de fusées de toutes les couleurs. Les spectateurs étaient repartis enchantés de leur expérience et garderaient probablement longtemps le souvenir de cette fête.

Comme la jeune femme approchait du grand chapiteau, elle vit venir dans sa direction l'un des vagabonds qui s'était joint au cirque. Selon la tradition d'hospitalité du cirque, ils accueillaient tous ceux qui étaient prêts à échanger quelques heures de travail contre le vivre et le couvert pour la durée qui leur conviendrait.

— Salut, ma belle, fit le jeune homme en s'avançant vers elle.

— Bonsoir, lui répondit-elle en souriant. Tu es Bob, n'est-ce pas ?

— Oui. Je ne suis là que depuis trois semaines et je ne pensais pas que tu m'avais remarqué.

Jo l'observa plus attentivement. Il devait avoir à peu près le même âge qu'elle. De belle stature, il avait un joli visage pas encore tout à fait sorti de l'enfance. Elle se souvint qu'il figurait parmi ceux que Maggie avait copieusement arrosés durant l'après-midi.

— Alors ? fit-elle, amusée. Toujours pas dégoûté des éléphants ?

— Non. Mais ce que je préfère, c'est monter le chapiteau.

— Je peux comprendre ça. C'est toujours un moment magique. Il y a une partie de poker organisée dans la tente réfectoire si ça te tente.

— Je préfère rester avec toi, répondit-il en avançant encore d'un pas.

Jo perçut l'odeur de bière. Il avait dû profiter de cette soirée pour faire la fête, lui aussi, songea-t-elle.

— Heureusement que c'est lundi, demain, remarqua-t-elle. J'ai bien l'impression que personne ne serait en état de démonter le campement. Tu devrais peut-être aller te coucher, tu sais.

— Ou alors, nous pourrions y aller ensemble. Dans ta caravane, par exemple, suggéra Bob en lui prenant le bras.

— Non merci, répondit Jo en essayant vainement de se dégager.

Ce genre d'avances un peu trop directes ne la perturbait pas outre mesure. Après tout, elle était suffisamment près de la tente réfectoire pour appeler à l'aide si le besoin s'en faisait sentir. Une douzaine d'hommes se précipiteraient alors à son secours et corrigeraient Bob. Mais c'était justement ce qu'elle voulait éviter.

— Allez, viens, insista Bob en essayant de l'entraîner vers sa caravane. Tu es si sexy lorsque tu es dans la cage avec les lions. Et moi, j'ai vraiment besoin d'une fille sexy comme toi pour me consoler de mes malheurs.

— Si tu ne me lâches pas tout de suite, je te servirai à mes chats en guise de repas, le menaça-t-elle.

— A mon avis, c'est moi qui vais te manger, répliqua-t-il en l'attirant vers lui pour l'embrasser.

Malgré l'agacement croissant que lui inspirait Bob, Jo endura le baiser qu'il lui planta maladroitement sur la bouche. Mais il se crut autorisé à aller plus loin et posa ses mains sur les fesses de la jeune femme qu'il commença à caresser.

Perdant son sang-froid, Jo tenta de nouveau de le repousser mais il s'accrochait à elle. Hors d'elle, elle lui décocha un coup de poing en pleine mâchoire et, avec un cri de surprise offusquée, Bob bascula en arrière et se retrouva assis sur la pelouse.

— Eh bien ! On dirait que tu n'as vraiment pas besoin de mon aide !

Se retournant, Jo se retrouva face à Keane qui venait d'émerger de la tente réfectoire. Elle repoussa la mèche de cheveux qui lui tombait dans les yeux et soupira. Elle aurait préféré que cette scène se déroule sans témoin. D'autant que, même dans la pénombre, elle pouvait voir la colère glacée qui brillait dans les yeux de Keane.

Instinctivement, elle se plaça entre lui et Bob qui revenait lentement de sa stupeur et se massait la mâchoire.

— Bob s'est juste montré un peu trop enthousiaste, expliqua-t-elle en retenant Keane par le bras. Il a fait la fête, ce soir.

— Ça tombe bien, répliqua-t-il d'une voix plus tranchante que l'acier. C'est moi qui vais lui faire sa fête, à présent !

— Non, Keane, je t'en prie, le supplia-t-elle comme il faisait mine de passer devant elle.

Il se tourna vers elle.

— Jo, laisse-moi m'occuper de ça, lui dit-il durement.

— Pas tant que tu ne m'auras pas écoutée. Je ne veux pas que tu lui fasses de mal. Il ne m'a rien fait, après tout.

— Il essayait de te violer ! s'exclama Keane, révolté.

Visiblement, il était tenté d'écarter la jeune femme qui le tenait toujours par le bras et de se jeter sur Bob.

— Mais non, protesta-t-elle. Il essayait juste de m'embrasser.

Elle s'abstint prudemment de parler des mains baladeuses du jeune homme.

— Je l'ai frappé bien plus durement que je ne l'aurais dû, étant donné les circonstances, reprit-elle. C'est juste un gosse, Keane. Ne le renvoie pas pour si peu.

— Ce n'est vraiment pas ce que j'avais en tête, gronda-t-il.

Jo lui sourit d'un air conciliant.

— Si tu espères venger mon honneur, je suis flattée mais il n'a vraiment rien fait dont je puisse avoir honte. Et je ne pense pas que lui taper dessus l'aidera à dessoûler. Si tu veux vraiment lui donner une leçon, tu n'as qu'à l'affecter au nettoyage des cages pendant quelques jours.

Keane étouffa un juron mais elle vit l'ombre d'un sourire apparaître sur ses lèvres et comprit qu'elle avait gagné.

— Mlle Wilder a apparemment décidé de se montrer clémente envers toi, déclara-t-il à Bob qui s'était relevé. Tu as de la chance qu'elle soit beaucoup plus généreuse que je ne le suis. En tout cas, je m'abstiendrai de te donner la correction que tu mérites ou de te jeter dehors. Mais je te préviens : si jamais tu te conduis encore une fois de la sorte vis-à-vis de Mlle Wilder ou de toute autre employée de ce cirque, tu auras affaire à moi. Et, avant de te mettre à la porte, je ferai en sorte que tout le monde sache que tu as été mis K.O. par une femme de cinquante kilos !

— Oui, monsieur Prescott, acquiesça piteusement Bob.

— Va te coucher, lui conseilla Jo. Tu te sentiras mieux demain matin.

— Pas si sûr, murmura Keane en suivant des yeux Bob qui s'éloignait en titubant.

Il se tourna vers Jo en souriant.

— A mon avis, entre ce qu'il a bu et le coup de poing qu'il a reçu, il se sentira encore moins en forme demain.

Il prit la main de la jeune femme entre les siennes et l'observa attentivement.

— Où as-tu appris à cogner comme ça ? demanda-t-il.

Ne me dis pas qu'en plus de tous tes métiers, tu es boxeuse professionnelle !

Elle éclata de rire et frissonna délicieusement lorsqu'il glissa ses doigts entre les siens.

— Franchement, je ne pense pas que mon coup de poing lui aurait fait autant d'effet s'il n'avait pas été aussi ivre, répondit-elle.

Tandis que Keane la contemplait, Jo vit passer dans ses yeux une expression fugace qu'elle ne parvint pas à interpréter.

— Quelque chose ne va pas ? demanda-t-elle, un peu inquiète.

Pendant quelques secondes, il ne dit rien et elle sentit son cœur s'emballer en imaginant qu'il allait peut-être l'embrasser.

— Non, répondit-il enfin d'une voix légèrement distante. Tout va très bien. Viens, je te raccompagne jusqu'à ta caravane.

Jo passa son bras sous celui de Keane, désireuse de renouer la complicité qu'elle avait perçue entre eux, quelques instants seulement auparavant.

— Ce n'est pas là que je comptais me rendre, lui dit-elle. Si tu viens avec moi, je te montrerai quelque chose de magique.

Elle lui décocha un sourire qu'elle espérait irrésistible.

— Tu aimes la magie, n'est-ce pas ? Même un avocat consciencieux et méticuleux comme toi doit aimer la magie.

— C'est vraiment comme cela que tu me vois ? demanda Keane d'un ton un peu vexé. Comme un avocat consciencieux et méticuleux ?

— Pas uniquement, répondit-elle en souriant. Mais c'est une partie de toi.

Profitant de ce tête-à-tête, elle décida de pousser sa chance.

— Tu as aussi le goût de l'aventure et un grand sens de l'humour. Et puis, tu as un caractère impossible !

— Apparemment, tu as réussi à me cerner, remarqua Keane en souriant à son tour.

— Oh, non ! s'exclama-t-elle. Loin de là ! Je sais comment tu es ici mais je ne peux qu'imaginer à quoi tu ressembles à Chicago.

Il lui jeta un regard étonné.

— Crois-tu que je sois différent, là-bas ? demanda-t-il, curieux.

— Je ne sais pas, reconnut-elle. Je suppose que oui. C'est un tout autre univers, avec d'autres règles. Tu dois habiter un loft ou une grande maison avec une femme de ménage qui vient une fois, non, deux fois par semaine. Ton bureau doit offrir une vue plongeante sur la ville. Tu as probablement une secrétaire très efficace et des collaborateurs talentueux. Tu prends tes déjeuners dans ton bureau ou au restaurant, avec tes clients. Au tribunal, tu es aussi impitoyable qu'admiré. Tu as un tailleur qui te dessine des costumes sur mesure et tu fais régulièrement de la gym. Tu vas aussi au théâtre, de temps en temps. Et tu pratiques un sport. Du tennis, peut-être. Ou du golf. Non, je sais ! Du handball !

Keane hocha la tête, visiblement impressionné par l'exactitude de cette description.

— Est-ce que c'est cela, la magie que tu voulais me montrer ?

— Non, répondit Jo en se remettant en marche. Je ne fais que deviner. Il est inutile d'avoir de l'argent pour savoir comment vivent ceux qui en ont. Et je sais que tu prends ton métier très au sérieux. D'ailleurs, tu n'aurais pas choisi une carrière si tu ne l'aimais pas vraiment.

Keane resta quelques instants silencieux.

— Je ne suis pas sûr d'aimer la façon dont tu vois ma vie, remarqua-t-il enfin.

— C'est parce que je ne trace que les grandes lignes. Tout est dans les détails mais je ne te connais pas assez pour être plus précise.

— Vraiment ?

Elle lui jeta un regard malicieux.

— Comment voudrais-tu que je te comprenne ? lui dit-elle. Nous vivons dans des mondes radicalement différents.

Ils étaient parvenus devant le grand chapiteau et la jeune femme écarta le pan de toile qui servait de porte pour qu'ils puissent pénétrer à l'intérieur. Là, il faisait entièrement noir mais elle trouva à tâtons l'interrupteur et l'immense tente s'illumina brusquement. Seules les rangées de bancs réservés aux spectateurs restaient dans l'ombre.

— C'est beau, n'est-ce pas ? lui dit-elle. Et ce n'est jamais vraiment vide, tu sais. Si tu fermes les yeux, tu peux sentir le public, les artistes, les animaux.

Le prenant par la main, elle l'entraîna jusqu'au centre de la piste.

— Tu sais ce que c'est ? demanda-t-elle en étendant les bras pour tourner lentement sur elle-même. C'est une magie qui ne change pas dans un âge de bouleversements. Quoi qu'il arrive au-dehors, tout ceci ne change pas. Nous sommes fragiles. Nous sommes à la merci des caprices des animaux, des cordes qui soutiennent les trapézistes et les funambules, des attentes et des déceptions du public. Mais six jours sur sept et vingt-neuf semaines par an, nous célébrons un miracle.

Nous construisons à l'aube un monde qui disparaîtra dans la nuit. Cela fait partie du mystère.

Elle regarda Keane droit dans les yeux et poursuivit :

— Des tentes apparaissent dans la prairie. Des éléphants et des lions remontent les rues de la ville. Et cela depuis toujours. Nous ne vieillissons jamais parce que chaque génération nous découvre avec le même émerveillement. Nous menons une vie de fou, une vie difficile. Nous vivons dans des caravanes, nous campons dans la boue, nous travaillons sans relâche jusqu'à ce que nos muscles hurlent de souffrance. Mais chaque fois que notre numéro prend fin, nous avons l'impression d'avoir contribué à quelque chose qui nous dépasse, à quelque chose d'unique. Et c'est la plus belle des sensations qui soit au monde.

— Est-ce pour cela que vous continuez ?

— Chacun a ses raisons, je suppose. Tu m'as déjà posé la question et je ne suis pas certaine de pouvoir y répondre. Mais je sais que, quoi que ce soit qui nous pousse, nous finissons tous par croire au miracle. J'ai passé ma vie entière dans ce cirque. Je connais tous les trucs, toutes les illusions. Je sais comment le père de Jamie fait entrer dix clowns dans un landau. Mais, chaque fois que je le regarde faire, j'y crois et je ris. Ce n'est pas un simple divertissement, Keane. C'est le fait de savoir que tu en verras toujours plus : le plus rapide, le plus fort, le plus haut, le plus dangereux…

Elle leva les bras au ciel et pirouetta sur elle-même.

— Mesdames et messieurs, s'exclama-t-elle, pour votre plaisir et votre émerveillement, je vous présente pour la toute première fois en Amérique une multitude de puissants pachydermes tout droit venus du fin fond de l'Afrique et dirigés de main de maître par l'extraordinaire et talentueuse Serena qui nous présente cette magistrale chorégraphie !

Elle éclata de rire et ramena ses cheveux en arrière d'un petit mouvement de la tête.

— Et puis, il y a ceux qui se trouvent en dehors du chapiteau, poursuivit-elle. Ceux-là, ils te révèlent des secrets, ils t'ouvrent des portes sur le ton de la confidence. Approchez, approchez encore un peu. N'ayez pas peur. Venez admirer l'étonnante Serpentina, tout droit venue du fin fond de l'Amazonie. Elle parle aux boas et enchante les redoutables cobras. Regardez-la charmer les reptiles les plus dangereux et s'offrir au baiser du serpent.

— J'imagine que Baby pourrait intenter un procès en diffamation, remarqua Keane en riant.

— Sans doute, acquiesça Jo. Mais ce qui compte, c'est que lorsque les spectateurs se retrouvent face à l'adorable Rose et à son boa constrictor, ils éprouvent ce petit frisson qui fait toute la différence. Nous leur donnons ce qu'ils cherchent : de l'exotisme, de la fantaisie, de l'unique. Tu as vu comment ils s'émerveillent lorsque Vito fait son numéro sans filet !

— Mais il risque sa vie tous les jours, remarqua Keane.

— C'est aussi le cas d'un agent de police ou d'un pompier, tu sais, répondit Jo en posant doucement les mains sur ses épaules.

Plus que jamais, elle était décidée à lui faire toucher du doigt ce qu'avait été le rêve de son père.

— Je comprends tes doutes, Keane. Mais il faut que tu nous comprennes. Le danger est un élément fondamental du cirque. Il donne tout leur sens à de nombreux numéros. Tu as vu le public retenir son souffle quand Vito fait un double saut périlleux sur son fil. S'il utilisait un filet, ils seraient impressionnés mais pas aussi terrifiés.

— Est-ce vraiment nécessaire ? insista-t-il.

— Oh, oui ! s'exclama-t-elle. Il faut qu'ils soient terrifiés. Fascinés. Hypnotisés. C'est pour cela qu'ils paient. Ils veulent plus, toujours plus d'émotions. Nous repoussons pour eux les limites du possible. Chaque jour, nous essayons d'aller un peu plus loin. Sais-tu combien de temps il a fallu pour que le premier des trapézistes ose faire trois tours dans le vide avant de se rattraper ? Aujourd'hui, c'est presque une figure obligée. Et puis, un jour, quelqu'un parviendra à en faire quatre. Un homme jongle avec trois torches enflammées. Il est suivi par un autre qui fait la même chose du haut d'un cheval lancé au galop. Puis par un groupe de jongleurs tout entier qui se les fait passer d'un cheval à l'autre. C'est cela, l'esprit de notre métier. Aller toujours plus loin, réaliser l'impossible. C'est aussi simple que cela.

— Simple, répéta Keane en levant la main vers son visage pour caresser doucement sa joue. Je ne sais pas si tu dirais la même chose en voyant cela de l'extérieur.

— Tu as sans doute raison, acquiesça-t-elle. Mais je n'ai jamais été à l'extérieur.

Perdu dans ses pensées, Keane plongea ses doigts dans les cheveux soyeux de la jeune femme. Très doucement, il les repoussa en arrière pour dégager son visage. Il ne la quittait pas du regard, paraissant se perdre sans espoir de retour dans ses beaux yeux verts.

— Tu es si belle, murmura-t-il rêveusement.

Jo resta immobile, silencieuse. La façon dont il la touchait en cet instant était différente des fois précédentes. Il y avait dans ses gestes une tendresse infinie et une hésitation qu'elle n'avait jamais perçue jusqu'alors. Mais elle ne parvenait pas à déchiffrer l'expression de ses yeux couleur d'ambre.

Finalement, incapable de résister à la tentation, elle entoura son cou de ses bras et posa ses lèvres sur les siennes. Ce n'est qu'alors qu'elle réalisa combien elle s'était sentie seule et vide au cours des semaines précédentes, combien elle avait désespérément besoin de Keane.

Elle s'agrippa à lui, ardente et insatiable, et il lui rendit son baiser avec autant de passion. Ses mains quittèrent ses cheveux pour se poser sur ses hanches et il la plaqua contre lui comme pour la sentir tout le long de son corps.

Ils se dévoraient à présent et Jo sentit son sang bouillonner dans ses veines tandis qu'une explosion de chaleur se répandait en elle. Elle avait l'impression de retrouver une drogue puissante dont on l'avait trop longtemps privée.

L'odeur de Keane, le goût de sa langue, le contact de ses bras puissants se mêlaient en une sensation unique, enivrante dans laquelle elle se noyait avec reconnaissance. Leur baiser était si impatient que leurs dents s'entrechoquaient et qu'ils ne prenaient pas même le temps de reprendre haleine.

Elle le désirait. Elle avait besoin de lui. Elle l'aimait. Et cette conviction profonde était la seule chose qui comptait à ses yeux, en cet instant. Cette fois, elle se donnerait à lui sans remords, sans calculs, sans espoirs. Parce que si elle ne le faisait pas, elle passerait le reste de sa vie à le regretter.

Mais, au moment précis où elle formulait cette pensée, Keane s'arracha à elle. Stupéfaite, elle le contempla tandis qu'il passait nerveusement une main dans ses cheveux. Puis, d'un geste mal assuré, il sortit son paquet de cigarillos et en alluma un.

Ecartelée entre frustration, colère et désespoir, elle le regarda faire, incrédule.

— Keane ? murmura-t-elle enfin d'une voix suppliante.

Il leva brièvement les yeux vers elle et lut tout ce qu'elle était prête à lui offrir.

— La journée a été longue, lui dit-il d'une voix calme et posée qui contrastait avec le caractère surréaliste de la scène. Je vais te ramener à ta caravane.

Jo sursauta aussi violemment que s'il venait de la gifler. D'un pas incertain, elle recula, sentant une douleur immense envahir chaque fibre de son corps.

— Pourquoi fais-tu ça ? articula-t-elle.

Humiliée, elle réalisa qu'elle était en train de pleurer devant lui. Ses larmes transformaient les lumières de la piste en un millier d'étoiles qui l'aveuglaient. Rageusement, elle les essuya du revers de la main.

— Comment oses-tu ? reprit-elle d'une voix tremblante de colère et de chagrin. Tu me pousses à te...

Elle s'interrompit, réalisant qu'elle avait failli lui révéler les sentiments qu'elle éprouvait pour lui.

— A te désirer, reprit-elle. Et, ensuite, tu me repousses comme si j'étais indigne de toi ! J'avais raison à ton sujet dès le début. Je croyais m'être trompée mais j'avais vu juste. Tu es froid et insensible !

Elle s'interrompit, luttant contre les sanglots qui l'étranglaient. Mais il n'était pas question de reculer tant qu'elle ne lui aurait pas dit tout ce qu'elle avait sur le cœur. Le visage très pâle, elle se força donc à continuer.

— Je ne sais pas comment j'ai pu croire un seul instant que tu étais capable de comprendre ce que Frank t'avait légué. Il te faudrait un cœur, pour cela. Franchement, je serai heureuse lorsque cette saison prendra fin. Quoi que tu décides, quoi que tu fasses de ce cirque, je n'aurai plus jamais à te revoir !

Elle reprit haleine, le défiant du regard. Mais il ne répondit rien, se contentant de la fixer en silence, sans qu'elle puisse deviner ce qu'il pensait exactement.

— En tout cas, reprit-elle, je ne te laisserai plus jamais me traiter ainsi !

Sa voix tremblait et elle dut déployer toute la force de sa volonté pour terminer ce qu'elle avait à dire.

— A partir d'aujourd'hui, je t'interdis de me toucher. C'est compris ?

Keane resta longuement silencieux, comme figé. Puis, lentement, il porta son cigare à sa bouche.

— Comme tu voudras, Jo, répondit-il enfin en exhalant une profonde bouffée de fumée.

Le calme et l'indifférence dont il faisait preuve eurent raison des bonnes résolutions de la jeune femme et elle fondit en larmes. Ne voulant pas lui donner le plaisir de la voir pleurer devant lui, elle se retourna brusquement et quitta le grand chapiteau en courant.

10.

Durant le mois de juillet, la troupe traversa la Virginie et le Kentucky avant d'atteindre l'Ohio. Le temps était magnifique et la température ne cessait d'augmenter, ce qui rendait le travail sous les projecteurs du chapiteau encore plus éprouvant. Mais les spectateurs affluaient en masse et Duffy se réjouissait déjà de la réussite de cette tournée.

Depuis la nuit du 4 Juillet, Jo s'efforçait soigneusement d'éviter Keane. Cela ne fut pas aussi difficile qu'elle l'avait redouté puisqu'il passa la moitié du temps à Chicago pour s'occuper de ses affaires.

La jeune femme vivait dans un état second, presque par réflexe. Elle mangeait parce que c'était nécessaire mais sans y trouver le moindre plaisir. Elle dormait parce qu'elle ne pouvait se permettre d'être fatiguée lorsqu'elle entrait dans la cage mais elle ne rêvait plus.

Son existence tout entière lui semblait être entre parenthèses, en attente. Mais elle savait qu'il n'y avait rien à espérer et elle priait pour oublier au plus vite Keane et son propre amour déçu.

Vis-à-vis de ses amis, elle s'efforçait de faire illusion, de dissimuler ce vide qui la rongeait de l'intérieur. Elle ne voulait pas avoir à répondre à leurs questions, ni à supporter leurs conseils ou leur sympathie.

Elle se concentra une fois de plus sur son travail et poursuivit notamment la formation de Gerry. Il progressait régulièrement et elle était très fière de lui, convaincue à présent que, s'il persévérait, il deviendrait un jour un excellent dresseur.

Chaque jour, elle répétait avec lui dans la grande cage. Ils commencèrent avec Merlin puis Jo ajouta progressivement de nouveaux animaux pour corser la difficulté de l'exercice. Lorsque arriva la première semaine du mois d'août, ils travaillaient avec l'ensemble des lions.

Ce matin-là, ils se retrouvèrent comme d'habitude sous le chapiteau pour une nouvelle session. Les seuls artistes qui s'entraînaient étaient les écuyers qui rodaient un nouveau numéro et le bruit des sabots résonnait dans la grande tente déserte.

Après quelques exercices simples qui laissaient aux lions le temps de s'adapter à leur environnement, elle demanda à Gerry de leur faire faire une pyramide. Il s'en sortit plutôt bien, malgré le peu d'enthousiasme dont faisait preuve Lazareth qui devait former la pointe de l'édifice vivant.

— Très bien, commenta-t-elle lorsqu'il leur eut fait regagner leurs piédestaux.

— Pas tant que cela, soupira-t-il. J'ai dû m'y reprendre à trois fois avec le dernier.

— Ne sois pas si impatient. C'est un exercice très difficile pour eux comme pour toi. Et il demande beaucoup de confiance de leur part. Maintenant, fais-les tourner d'un piédestal à l'autre.

Gerry s'exécuta et les animaux commencèrent leur ronde habituelle sous le regard critique de Jo. Elle était très fière de son élève. Chaque jour, il faisait de nouveaux progrès et gagnait plus de confiance.

Il avait les nerfs solides, un instinct très sûr et une réelle empathie avec les animaux. Il lui manquait peut-être encore un peu de patience mais cela viendrait avec le temps, lorsqu'il comprendrait que l'important n'était pas le nombre des figures que l'on maîtrisait mais la perfection avec laquelle elles étaient réalisées.

Il ne lui restait plus qu'une étape majeure à franchir pour pouvoir réellement se considérer comme un dresseur. Un jour ou l'autre, il devrait affronter la cage seul. Mais Jo n'était pas certaine qu'il y soit déjà prêt. Il était encore trop confiant, trop décontracté et manquait de cette rigueur confinant à la paranoïa qui faisait parfois toute la différence entre le triomphe et la catastrophe.

— Maintenant, lui dit-elle lorsque tous les lions eurent regagné leur propre piédestal, tu vas les faire se lever sur leurs pattes arrière un par un avant de les faire sortir.

Gerry hocha la tête et commença par Merlin qui lui était le plus familier. Le lion s'exécuta sans se faire prier, prouvant ainsi les progrès effectués par le jeune homme. Il le fit se rasseoir et passa au suivant. Un par un, les fauves se dressèrent et griffèrent l'air de leurs pattes avant.

Mais lorsqu'ils arrivèrent devant Hamlet, celui-ci ignora l'ordre de Gerry et se contenta de grogner d'un air menaçant. Jo lui demanda de recommencer et il s'exécuta, s'avançant légèrement pour donner plus d'impact à ses instructions.

— Pas si près ! l'avertit aussitôt Jo.

Au moment même où elle prononçait ces mots, elle vit quelque chose changer dans le regard d'Hamlet. Instinctivement, elle se plaça devant Gerry, le repoussant en arrière et faisant écran de son corps.

Mais il était déjà trop tard. Le lion avait frappé, toutes griffes dehors. Une douleur fulgurante traversa l'épaule de la jeune femme et elle sentit sa peau se déchirer. Elle tituba en arrière mais parvint à rester sur ses pieds et fit aussitôt face au fauve. Gerry et elle se tenaient à présent hors de portée.

— Ne cours pas ! s'exclama-t-elle, sentant monter sa panique.

Son bras était en feu et le sang coulait le long de sa manche pour s'écraser sur le sable qui recouvrait la piste. D'un geste rapide mais coulé, la jeune femme prit le fouet des mains de Gerry et le fit claquer sèchement en se servant de son bras gauche.

Elle savait pertinemment que, si elle ne parvenait pas à mettre un terme aux provocations d'Hamlet et qu'il attaquait, tout serait perdu. Les autres animaux se joindraient à la curée et ils n'auraient plus aucune chance. Du coin de l'œil, elle repéra Abra qui courbait déjà le dos et montrait les crocs.

— Ouvre la grille qui donne sur leurs cages, ordonna-t-elle à Gerry. Ensuite, sors. Déplace-toi lentement et si je te dis de t'arrêter, fais-le immédiatement. C'est compris ?

Elle l'entendit acquiescer en un murmure et le suivit des yeux tandis qu'il allait ouvrir la grille. Lorsque ce fut fait, elle ordonna aux lions de descendre de leurs piédestaux et de se diriger vers leurs cages.

— Tu es blessée, fit alors Gerry, angoissé. Est-ce que c'est grave ?

— Je t'ai dit de filer ! s'exclama-t-elle en surveillant les fauves.

La moitié d'entre eux étaient déjà sortis de la cage mais

Hamlet la défiait toujours du regard. Il n'y avait pas une minute à perdre. Elle se concentra sur le lion rétif et fit claquer son fouet.

— Sors, maintenant ! ordonna-t-elle à Gerry qui s'attardait toujours près de la porte de la cage, incertain quant à la conduite à tenir. Fais ce que je te dis !

Il obéit à contrecœur, la laissant seule avec les lions. Lorsque ce fut au tour d'Hamlet de sortir, il ne fit pas mine de quitter son piédestal. Ils n'étaient plus que tous les deux, à présent.

Jo pouvait sentir l'odeur de son propre sang qui se mêlait à celle de la sciure et des lions. Son bras était parcouru d'éclairs fulgurants et elle pria pour ne pas s'évanouir. Elle était trop loin de la porte de la cage pour tenter de fuir et lorsqu'elle se déplaça légèrement dans sa direction, Hamlet se ramassa sur lui-même. Immédiatement, elle s'arrêta.

Elle savait désormais qu'il ne la laisserait pas traverser la cage. Il ne lui restait donc plus qu'une seule solution : obtenir sa soumission en bluffant.

— Dehors ! lui cria-t-elle en faisant claquer son fouet. Dehors, Hamlet !

Mais il continuait à la fixer sans bouger et elle sentit une sueur froide couler le long de son dos. Son bras blessé était déjà poisseux de sang et elle savait qu'Hamlet le sentait. Elle se rappela brusquement l'image de son père traîné à travers la cage et frissonna.

La peur commençait à l'oppresser, risquant à tout moment de lui faire commettre l'erreur que guettait le lion. Serrant les dents, elle fit appel à toute la force de sa volonté et se redressa fièrement.

Chaque seconde comptait, désormais. Plus elle laisserait

Hamlet assis tranquillement et plus elle perdrait de son autorité de dresseuse. Alors, l'agressivité du fauve monterait encore d'un cran. Pour le moment, il n'avait probablement pas encore compris qu'il était le véritable maître de la situation.

— Dehors, Hamlet ! répéta-t-elle en faisant claquer son fouet.

Il sauta de son piédestal et Jo sentit son estomac se contracter. Son corps était tendu comme la corde d'un arc. Mais lorsqu'elle comprit qu'il hésitait encore, elle sut que rien n'était perdu. Elle réitéra son ordre et il lui jeta un regard un peu hésitant, comme s'il était déchiré entre deux instincts diamétralement opposés.

Elle décida d'utiliser cette confusion à son avantage et resserra sa prise sur le fouet.

— Hamlet, répéta-t-elle en détachant bien les syllabes. Dehors !

Cette fois, elle ajouta à son instruction le signal de la main qu'elle utilisait avant qu'il ne soit parfaitement formé à obéir à sa voix.

Brusquement, le lion parut se détendre, comme si le dilemme qui le préoccupait était à présent résolu. D'un pas tranquille, il gagna l'ouverture qui menait aux cages et s'y engouffra.

Avant même que la grille ne se soit complètement refermée derrière lui, Jo tomba à genoux au milieu de la piste. Son corps tout entier se mit à trembler convulsivement du choc rétrospectif qu'elle éprouvait en cet instant.

Moins de cinq minutes s'étaient écoulées depuis qu'Hamlet avait défié Gerry mais elle avait l'impression d'avoir passé des heures dans la cage. Brusquement, sa vision se brouilla et elle bascula en arrière.

Lorsqu'elle rouvrit les yeux, quelques secondes plus tard, elle se trouvait dans les bras de Keane. Elle l'entendit jurer et déchirer la manche de son chemisier tout en la bombardant de questions auxquelles elle était complètement incapable de répondre.

Finalement, elle commença à reprendre un peu ses esprits et, soutenue par Keane, elle se releva. Lorsqu'il voulut la prendre dans ses bras, elle secoua la tête.

— Ce n'est pas la peine, lui assura-t-elle d'une voix légèrement groggy. Je vais bien.

— Tais-toi ! s'exclama-t-il. Pour l'amour de Dieu !

Il la souleva de terre et la fit sortir de la cage. Jo ferma les yeux, essayant de faire abstraction des gens qui criaient autour d'elle. Les voix lui parvenaient légèrement déformées mais la souffrance qui tenaillait son bras l'empêchait de sombrer de nouveau dans l'inconscience.

Paradoxalement, cette douleur la rassurait un peu. La situation aurait été bien plus inquiétante si elle n'avait rien senti du tout. Mais elle n'osait pas encore tourner la tête pour constater l'ampleur des dégâts.

Lorsqu'elle rouvrit les yeux, ils étaient sortis du grand chapiteau. Duffy avait dû apprendre la nouvelle car il se trouvait là, lui aussi. Ils pénétrèrent ensemble dans la caravane où était installée l'infirmerie et déposèrent précautionneusement la jeune femme sur l'un des lits.

— C'est grave ? demanda Duffy d'une voix inquiète.

— Je ne sais pas encore, répondit Keane. Passez-moi une serviette pour épancher tout ce sang.

Buck, qui venait de les rejoindre, alla lui chercher le matériel nécessaire.

— Ce n'est pas si terrible, articula Jo avec un pâle sourire.

Courageusement, elle tourna la tête. Keane venait de découper complètement sa manche, révélant trois profondes griffures dont deux saignaient encore abondamment. Elle eut un léger haut-le-corps mais tint bon.

— Comment peux-tu le savoir ? demanda Keane entre ses dents.

— Ça ne saigne pas tant que ça, répondit-elle en affectant un ton bien plus assuré qu'elle ne l'était en réalité.

A ce moment, ils furent rejoints par le médecin du cirque qui, après avoir enfilé des gants, inspecta attentivement la blessure. Sans attendre, il désinfecta la plaie avant de sortir une aiguille pour la suturer.

Les dents serrées, Keane observait la scène et, tandis que le médecin s'activait, Jo garda les yeux fixés sur lui. Il paraissait furieux et elle lui en voulut terriblement de réagir de cette façon.

Tout ce qu'elle souhaitait, pour le moment, c'était qu'il se montre doux et rassurant et l'aide à surmonter le choc qu'elle venait d'éprouver. Mais, au lieu de cela, il paraissait lui en vouloir pour la façon dont elle avait réagi.

Incapable de le supporter, elle ferma de nouveau les yeux et attendit que le médecin ait terminé. Lorsque ce fut fait, il lui fit une injection pour éviter tout risque d'infection et lui banda le bras.

Lorsqu'il s'écarta enfin, ce fut Buck qui vint lui prendre la main.

— Ça va mieux, ma belle ? demanda-t-il gentiment.

Jo hocha la tête, aussi émue par ses attentions qu'elle était révoltée par la froideur de Keane.

— Dis-moi ce qui s'est passé, l'encouragea-t-il.

— Hamlet a refusé de répondre à un ordre de Gerry et il l'a répété en faisant un pas en avant, expliqua-t-elle. Il était beaucoup trop près. J'ai vu dans les yeux d'Hamlet ce qui allait se produire et j'aurais dû réagir plus vite. C'était une erreur stupide.

— Elle s'est interposée entre le lion et lui, intervint Keane d'un ton rageur.

— Comment va Gerry ? demanda la jeune femme, refusant de lui prêter attention.

— Pete est avec lui. Il a vomi un bon coup mais il s'en remettra, ne t'en fais pas.

— Tant mieux. Parce qu'il va nous falloir y retourner dès que je me sentirai un peu mieux.

— Retourner où ? demanda Keane en fronçant les sourcils.

— Dans la cage, lui répondit-elle d'une voix glacée.

Elle se tourna de nouveau vers Buck.

— Nous devrions pouvoir caser une répétition juste avant le spectacle, déclara-t-elle.

— Pas question ! s'exclama Keane, furieux. Tu ne retourneras pas dans cette cage aujourd'hui !

— Bien sûr que si, répondit-elle en haussant les épaules. Et Gerry aussi s'il veut vraiment devenir dresseur. Il le faut absolument.

— Jo a raison, acquiesça Buck d'une voix conciliante. C'est comme lorsqu'on tombe de cheval. Il faut aussitôt remonter en selle sous peine de ne plus jamais pouvoir monter.

Keane avait gardé les yeux fixés sur Jo, ne tenant aucun compte de ce que son assistant venait de dire.

— Je ne le permettrai pas, déclara-t-il d'une voix sans appel.

— Tu ne peux pas m'en empêcher, répliqua Jo en se redressant.

Ce mouvement brusque lui arracha une grimace de douleur alors qu'un nouvel élancement lui traversait le bras.

— Bien sûr que si, répondit-il posément. Je te rappelle que je suis le propriétaire de ce cirque.

Jo serra les poings sous le coup de la colère. Comment pouvait-il exercer son autorité de façon aussi irresponsable ? Il ne connaissait rien au cirque et encore moins au métier de dresseur.

— Peut-être, déclara-t-elle d'une voix glacée. Mais je ne t'appartiens pas. Et si tu vérifies tes sacro-saints contrats, tu constateras que c'est également le cas de mes lions et de mon matériel. Je les ai achetés et c'est moi qui les fais vivre sur mes propres revenus. Notre accord ne te donne pas le droit de décider quand je fais répéter mes chats ou pas !

Le visage de Keane était un masque impénétrable et, dans ses yeux, elle lut une rage froide.

— Tu as besoin de ma permission pour utiliser le grand chapiteau, lui rappela-t-il.

— Qu'à cela ne tienne ! Nous répéterons dehors. Mais que tu le veuilles ou non, ce sera fait. Si je ne travaille pas avec les chats aujourd'hui même, je risque de gâcher des mois de travail et d'efforts.

— Tu préfères donc te faire tuer ? ironisa-t-il.

— Mais qu'est-ce que cela peut bien te faire ? s'écria-t-elle, perdant toute retenue.

La blessure qu'elle venait de recevoir n'était pas seulement corporelle. Le traumatisme qu'elle venait de vivre était probablement ce qui lui était arrivé de pire depuis la mort de ses parents.

Elle attendait du réconfort et du soutien de la part de Keane. Elle aurait voulu qu'il la prenne dans ses bras et la serre contre lui, comme lorsque Ari était mort. Elle se sentait en sécurité alors, comme si plus rien ne pouvait l'atteindre.

Mais il s'était montré cassant, rageur et autoritaire. Il n'avait même pas réalisé que le fait de retourner dans la cage cet après-midi la terrifiait et qu'elle avait besoin d'être encouragée et non menacée de cette façon.

— Je ne suis rien pour toi ! s'exclama-t-elle d'un ton désespéré.

Il y avait une pointe d'hystérie dans sa voix et Buck posa doucement la main sur son épaule, essayant de la calmer.

— Tout doux, Jo, lui souffla-t-il.

— Non ! s'exclama-t-elle, folle de rage et de tristesse mêlées. Il n'a pas le droit ! Tu n'as pas le droit d'intervenir dans ma vie de cette façon ! Je sais ce que j'ai à faire. Je sais ce que je vais faire ! En quoi cela te concerne-t-il ? Tu n'es pas légalement responsable s'il m'arrive un accident, tu sais. Personne ne t'intentera de procès, rassure-toi !

— Arrête, Jo ! intervint de nouveau Buck d'une voix plus ferme. Elle ne sait pas ce qu'elle dit, ajouta-t-il à l'intention de Keane. Elle est encore sous le choc.

— Je ne pense pas, répondit froidement ce dernier. Je crois au contraire qu'elle sait exactement ce qu'elle dit. Fais ce que tu as à faire, Jo. Après tout, tu as parfaitement raison. Je n'ai aucun droit sur toi.

Sur ce, il tourna les talons et quitta l'infirmerie à grands pas. Dès qu'il eut quitté la pièce, Jo s'effondra en larmes, incapable de dominer les sanglots qui la secouaient de part en part.

— Là, doucement, murmura Buck en caressant les cheveux de la jeune femme. Tout se passera bien, tu verras.

Il la serra tendrement contre lui tandis qu'elle pleurait sans s'arrêter. Lorsqu'elle se calma enfin, il la rallongea sur le lit.

— Tu n'aurais pas dû te montrer aussi dure envers lui, tu sais, lui dit-il gravement.

— C'est sa faute, protesta-t-elle faiblement. Il n'avait pas à intervenir. Ça ne le concerne pas.

— Jo, cela ne te ressemble pas d'être aussi dure.

— Dure ? répéta-t-elle d'une voix brisée. Et lui, alors ? Est-ce qu'il n'aurait pas pu se montrer un peu plus gentil ? Faire preuve d'une once de compassion ? Il me parlait comme si je venais de commettre un crime.

— Il était terrifié, Jo, répondit Buck. Tu ne connais que la cage et tu ne sais pas combien il est dur de se trouver de l'autre côté des barreaux, incapable de venir en aide à quelqu'un qui t'est cher et qui est face à la mort. J'ai presque dû l'assommer pour qu'il ne se précipite pas à l'intérieur. J'ai fini par lui faire comprendre qu'il ferait plus de mal que de bien. Mais il était terrifié. Nous l'étions tous.

Jo secoua la tête, convaincue que Buck exagérait dans la seule intention de la ménager.

— Il se moque de moi, déclara-t-elle durement. Pas comme vous tous. Aucun de vous ne m'a hurlé après. Aucun de vous ne s'est conduit ainsi…

— Les gens ne réagissent pas tous de la même façon, plaida Buck.

— Ecoute, soupira-t-elle, je sais que tu veux me ménager.

Et je sais que Keane n'est ni méchant ni cruel. Mais, franchement, je préférerais que nous arrêtions de parler de lui, si ça ne t'ennuie pas.

Buck perçut l'épuisement qui se devinait dans la voix de la jeune femme et hocha la tête.

— D'accord, ma chérie. Détends-toi et essaie de dormir un peu. Tout ira bien, tu verras.

Sur ce, il se leva et se dirigea vers la porte de la caravane.

— Buck, le rappela Jo.

Il se tourna à demi vers elle.

— N'oublie pas de préparer la cage.

11.

Au cours des semaines qui suivirent, le bras de Jo perdit de sa raideur. La blessure guérissait correctement et il ne lui resterait plus en fin de compte que quelques cicatrices qui lui rappelleraient toujours le prix à payer pour la moindre négligence.

Psychologiquement, par contre, elle était très affectée. Elle avait parfois l'impression d'avoir perdu cette étincelle qui lui avait permis d'affronter toutes les vicissitudes de l'existence et toutes les souffrances qu'elle avait endurées.

Constamment, elle était en proie au doute et à l'insatisfaction. Ni ses amis ni son travail ni même ses livres préférés ne parvenaient à lui rendre ce bien-être qu'elle avait toujours considéré comme allant de soi.

Elle était devenue une femme et ses besoins s'étaient modifiés. Elle avait découvert l'amour pour s'en trouver privée presque aussitôt.

Bien sûr, elle savait que tout ceci s'expliquait par ce qui s'était passé entre Keane et elle au cours de ces derniers mois. Mais ce savoir ne lui apportait aucun réconfort. Elle n'avait plus rien à espérer de lui.

D'ailleurs, il avait quitté le cirque le soir où elle avait été blessée et, quatre semaines plus tard, il n'avait toujours pas reparu. A trois reprises, Jo avait commencé une lettre qu'elle comptait lui envoyer. Elle voulait s'excuser pour ce qu'elle lui avait dit et retrouver ainsi sa confiance.

Mais, chaque fois, elle avait fini par froisser le brouillon inachevé et par le jeter dans sa corbeille à papier. Quelle que soit la façon dont elle formulait ce qu'elle avait sur le cœur, les mots sonnaient faux.

Elle espérait donc qu'il finirait par revenir, ne serait-ce qu'une journée. Peut-être alors pourrait-elle lui dire ce qu'elle ne savait écrire. Il lui semblait que, s'ils parvenaient à se quitter sans remords, cette séparation lui paraîtrait plus facile à accepter.

En attendant, elle répétait sans relâche et enchaînait les représentations. Et, chaque jour, le cirque se rapprochait un peu plus de Chicago.

Par un brûlant après-midi du mois d'août, Jo s'entraînait avec les frères Beirot sous le grand chapiteau. Raoul avait établi à son intention une série d'exercices au sol qui lui avaient permis de rééduquer son bras blessé. A présent, elle était capable de marcher sur les mains sans éprouver la moindre gêne.

— Je me sens vraiment bien, déclara-t-elle à l'aîné des Beirot après avoir effectué une série de pirouettes. En pleine forme ! ajouta-t-elle en français.

— Ce n'est pas en dansant que tu vas faire travailler ton épaule, ironisa Raoul.

— Ne t'en fais pas. Elle est complètement rétablie.

Pour le lui prouver, elle fit le poirier avant de se rétablir élégamment sur les pieds. Elle enchaîna avec une roulade et se releva d'un bond avant d'ajouter deux roues avant à sa démonstration. Lorsqu'elle se redressa, elle réalisa qu'elle se trouvait à moins de un mètre de Keane.

Instantanément, un flot d'émotions contradictoires déferla en elle, la faisant brièvement vaciller sur place. Rassemblant son courage, elle s'approcha lentement de lui.

— Je ne savais pas que tu étais revenu, lui dit-elle.

Aussitôt, elle regretta l'absurde banalité de cette remarque. Mais les mots qu'elle avait si souvent répétés dans l'espoir qu'elle le reverrait un jour restaient bloqués dans sa gorge. Une seule chose l'obsédait, en cet instant : l'envie irrésistible qu'elle avait de se jeter dans ses bras et de le serrer contre son cœur. Evidemment, ce n'était probablement pas l'attitude la plus appropriée, étant donné les circonstances.

— Je viens juste d'arriver, répondit enfin Keane sans la quitter des yeux.

Finalement, il fit un pas de côté et se tourna vers la femme qui se tenait derrière lui.

— Jo, je te présente ma mère, Rachael Loring. Maman, voici Jo Wilder.

La jeune femme parvint enfin à s'arracher à la contemplation muette de Keane pour se tourner vers sa mère. Immédiatement, elle perçut la ressemblance qui existait entre eux.

Ils avaient la même forme de visage, même si celui de Rachael était plus fin que celui de son fils. Elle reconnut ses sourcils, et son nez aristocratique. Ses cheveux étaient blonds, sans la moindre mèche grise. Ils paraissaient aussi doux que ceux de Keane.

Mais ce qui la frappa le plus, ce fut son regard. Ses yeux étaient quasiment identiques à ceux de son fils et lui rappelèrent une fois de plus ceux d'Ari. Rachael portait un tailleur très simple mais qui révélait un goût très sûr.

Il émanait d'elle une impression chaleureuse et sympathique que Jo avait beaucoup de mal à associer à l'idée qu'elle s'était faite de la femme qui avait abandonné Frank et lui avait pris son enfant.

Chaque fois qu'elle avait essayé de l'imaginer, elle s'était représenté quelqu'un de froid, de dur. Jamais elle n'aurait imaginé un sourire aussi charmant.

— Keane m'a beaucoup parlé de vous, déclara Rachael en s'avançant vers elle.

Jo lui tendit la main par pure politesse et son étonnement grandit encore quand Rachael la serra affectueusement entre les siennes.

— Il m'a également dit que vous étiez très proche de Frank. J'aimerais beaucoup que nous parlions, vous et moi.

— Si vous voulez, répondit Jo d'une voix mal assurée.

Elle était complètement prise de court par la tournure que prenaient les événements.

— Peut-être pourriez-vous me faire visiter les lieux, suggéra Rachael. Si vous avez le temps, bien sûr. Je suis certaine que les choses ont bien changé pendant toutes ces années. Je suis certaine que tu as des tas de choses à faire, ajouta-t-elle à l'intention de son fils. Jo prendra soin de moi, n'est-ce pas ?

Sans attendre la réponse de l'un ni de l'autre, la mère de Keane prit la jeune femme par le bras et s'éloigna en sa compagnie tandis que Keane, immobile, les suivait des yeux.

— Vous savez, déclara Rachael, j'ai connu vos parents. Pas très bien, hélas. Ils sont arrivés l'année même où je suis partie. Mais je me souviens que tous deux étaient des artistes exceptionnels. Keane m'a dit que vous aviez suivi la voie de votre père.

— Oui, acquiesça Jo pour qui la situation commençait à devenir légèrement surréaliste.

— Vous êtes très jeune pour un tel métier, observa Rachael avec une pointe d'admiration dans la voix. Vous devez être terriblement courageuse !

— Pas vraiment, répondit la jeune femme. J'ai l'habitude.

— Je me doutais que vous diriez cela, acquiesça Rachael en riant. Ce n'est pas la première fois que je l'entends.

Elles se trouvaient à présent en dehors du grand chapiteau et Rachael s'arrêta pour observer attentivement les environs.

— Au fond, je me suis peut-être trompée, déclara-t-elle. L'endroit n'a pas changé tant que cela. C'est un lieu merveilleux, n'est-ce pas ?

— Pourquoi êtes-vous partie, alors ? ne put s'empêcher de demander Jo.

Réalisant ce qu'elle venait de dire, elle rougit jusqu'à la racine des cheveux.

— Je suis désolée, s'excusa-t-elle. Je n'aurais pas dû vous poser la question.

— Pourquoi pas ? rétorqua Rachael en souriant tristement. C'est parfaitement naturel. Keane m'a dit que Duffy était toujours là.

— Oui. Je pense qu'il restera avec le cirque jusqu'à la fin.

— Nous pourrions peut-être aller boire un thé ou un café, suggéra Rachael. La route est longue depuis la ville. Est-ce que votre caravane est dans les environs ?

— C'est celle-ci, répondit Jo en la pointant du doigt.

— Parfait ! s'exclama Rachael en se remettant en marche.

Tout en progressant, elle observait les caravanes avec un sourire rêveur.

— Vivre dans un cirque est vraiment la seule façon de voyager sans changer de voisinage, remarqua-t-elle. Je suppose que vous connaissez l'histoire du chien.

Comme tous les enfants de la balle, Jo la connaissait par cœur mais elle s'abstint de le lui dire.

— C'est l'histoire de ce chien de forain qui, chaque soir, enterre un os sous la caravane de son maître et qui, chaque matin, le retrouve alors que le camp s'est déplacé de cinquante kilomètres parce qu'il s'agit en réalité de celui qu'il a enterré précisément un an auparavant.

Elles étaient arrivées devant la caravane de Jo et la jeune femme ouvrit la porte, se sentant vaguement mal à l'aise. Cette femme était-elle vraiment celle qu'elle avait détestée durant si longtemps pour le mal qu'elle avait fait à Frank ? Cela paraissait tout bonnement impossible.

— J'ai toujours aimé les caravanes, déclara Rachael en regardant d'un air appréciateur le petit salon dans lequel elles venaient d'entrer. Lorsqu'on y habite, on est obligé de n'emporter que ce qui a vraiment de la valeur à nos yeux.

Elle s'approcha de la table basse et s'empara du recueil de poésies de Victor Hugo qui y était posé.

— Keane m'a dit que vous étiez passionnée de littérature. Et de langues étrangères, aussi.

Jo hocha la tête, stupéfaite que son fils lui ait autant parlé d'elle. Elle se demanda pourquoi il l'avait fait et ce qu'il avait pu lui dire exactement au sujet de leur étrange et éphémère relation.

Mais l'expression de Rachael était tout aussi indéchiffrable que celle de Keane et elle renonça à chercher une réponse dans ses yeux.

— J'ai du thé, proposa-t-elle en gagnant la petite cuisine. Et je le prépare mieux que le café.

— Ce sera parfait, déclara Rachael qui l'avait suivie.

Elle s'assit à la table, apparemment parfaitement à l'aise dans cet environnement qui ne lui était pourtant pas familier. Jo remplit la bouilloire et la plaça sur la gazinière avant de fouiller vainement dans les placards à la recherche de petits gâteaux.

— J'ai bien peur de ne pas avoir grand-chose à vous offrir, s'excusa-t-elle.

— Cela n'a aucune importance. Un thé et une conversation agréable me suffiront amplement.

Jo remplit leurs tasses et vint s'asseoir en face de Rachael qu'elle observa attentivement avant de soupirer.

— Je suis désolée, lui dit-elle. Je sais que je dois vous paraître un peu empruntée mais je vous en ai voulu pendant tant d'années sans même vous connaître que le fait de me retrouver face à vous me met un peu mal à l'aise. D'autant que vous ne ressemblez pas du tout à l'image que je m'étais faites de vous. Vous n'êtes ni froide ni pleine de haine et vous ressemblez tellement à Keane...

Elle secoua la tête comme pour remettre de l'ordre dans ses pensées.

— Je ne vous en veux pas du tout, répondit Rachael. Si vous étiez si proche de Frank que Keane me l'a dit, il est parfaitement normal que vous m'en vouliez de la façon dont je me suis conduite à son égard. Est-ce que lui aussi, il me détestait ?

— Non, répondit Jo d'une voix très triste. En tout cas, pas lorsque je l'ai connu. D'ailleurs, je ne pense pas qu'il ait été capable de tels sentiments.

— Vous le compreniez bien, n'est-ce pas ? remarqua Rachael. Moi aussi, vous savez. C'était un rêveur. Un esprit libre…

Elle s'interrompit et avala une gorgée de thé. Jo attendit qu'elle poursuive, suspendue à ses lèvres.

— J'avais dix-huit ans lorsque je l'ai rencontré, reprit Rachael. J'étais venue au cirque avec l'un de mes cousins. Et je me souviens encore de l'impression que j'ai ressentie. C'était comme si je venais de pénétrer dans un pays enchanté, dans un royaume magique empli de mystères. Et Frank en était le roi. Je suis instantanément tombée amoureuse et nous nous sommes mariés très vite, malgré les réticences de ma famille. J'ai pris la route avec lui. C'était si nouveau, si excitant ! J'ai appris des tas de choses. A coudre les costumes, à monter le chapiteau, à danser sur un fil…

— Vous étiez une artiste, vous aussi ? s'exclama Jo, sidérée.

— Oh, oui ! s'exclama Rachael. Et je n'étais pas mauvaise, vous savez. Et puis, je suis tombée enceinte. Frank et moi étions aussi excités par cette naissance à venir que deux enfants à la veille de Noël ! J'avais à peine dix-neuf ans quand Keane est né et cela faisait près d'un an que je suivais le cirque. La saison suivante, les choses sont devenues plus compliquées. Keane était mon premier enfant et j'avais toujours peur pour lui. Je paniquais chaque fois qu'il attrapait un rhume et j'insistais pour aller sans cesse consulter les pédiatres des villes près desquelles nous passions. Frank faisait preuve d'une patience infinie à cet égard…

Rachael se pencha en avant et prit la main de Jo dans la sienne.

— Pouvez-vous comprendre combien cette vie est difficile pour quelqu'un qui n'y a pas été préparé ? demanda-t-elle gravement. Je n'étais qu'une enfant moi-même et je devais m'occuper d'un nouveau-né. Mais je n'avais ni l'endurance et la vocation d'un enfant de la balle, ni l'expérience et la confiance d'une mère. J'ai passé une saison physiquement et nerveusement épuisante. Et quand elle s'est terminée, j'ai décidé de rentrer chez moi à Chicago.

C'était la première fois que Jo voyait sous cet angle la vie que Frank et Rachael avaient menée. Elle essaya de se représenter l'étrangeté et les exigences de son monde pour une jeune fille qui le découvrait pour la première fois. Et elle se rappela les dizaines de personnes qui s'étaient jointes au cirque l'espace de quelques semaines avant de jeter l'éponge, incapables de poursuivre l'aventure.

— Je comprends que cela ait été difficile pour vous, acquiesça-t-elle enfin. Mais si Frank et vous étiez vraiment amoureux, vous auriez pu trouver un compromis.

— Comment ? s'exclama Rachael. Aurais-je dû m'installer quelque part et passer plus de la moitié de l'année sans lui ? J'aurais fini par le détester pour cela. Aurait-il dû abandonner cette vie qui représentait tant pour lui et accepter de vivre avec Keane et moi ? Cela l'aurait détruit.

Rachael sourit tristement.

— Nous nous aimions, c'est vrai, soupira-t-elle. Mais pas assez. Le compromis n'est pas toujours possible et ni l'un ni l'autre n'étions capables de nous adapter au besoin de celui que nous aimions. J'ai essayé et Frank l'aurait fait aussi si je le lui avais demandé. Mais nous n'avions aucune chance de réussir. Alors nous avons pris ce qui nous paraissait être la décision la plus sage, étant donné les circonstances.

Elle s'interrompit et fixa Jo dont elle percevait la jeunesse et l'assurance.

— Je sais que cela peut vous sembler dur ou froid, poursuivit-elle. Mais j'ai compris qu'il ne servait à rien de faire perdurer une situation qui nous conduirait tôt ou tard à nous déchirer. Frank m'avait donné Keane et deux années merveilleuses dont j'ai toujours chéri le souvenir. Je lui ai rendu sa liberté sans amertume. Et, dix ans plus tard, j'ai retrouvé le bonheur. Mais je n'ai jamais oublié Frank et l'amour que nous avions partagé. N'est-ce pas cela le plus important ?

Jo avala sa salive avec difficulté.

— Vous savez que Frank non plus n'a jamais oublié. Toute sa vie, il a suivi les progrès de son fils. Il gardait tous les articles le concernant dans un album.

— Vraiment ? s'exclama Rachael en souriant. Cela ne m'étonne pas de lui, remarquez ! Mais dites-moi, Jo, est-ce qu'il était heureux ? Est-ce qu'il a eu la vie qu'il désirait ?

— Oui, répondit la jeune femme sans hésiter. Et vous ?

— Oui. J'ai eu tout ce que je voulais, même si ce n'était pas forcément de la façon que j'avais imaginé. Et vous, Jo, savez-vous ce que vous attendez de l'existence ?

— Je n'en suis plus si sûre, soupira la jeune femme.

Rachael l'étudia longuement avant de hocher la tête.

— Je ne pense pas que vous soyez une rêveuse, déclara-t-elle. Je vois en vous une combattante, une guerrière. Et je suis certaine que, lorsque le moment viendra, vous saurez précisément ce que vous voulez. Et, alors, vous ferez tout pour l'obtenir.

Rachael reposa sa tasse à moitié vide et se leva.

— J'aimerais beaucoup rencontrer vos lions, déclara-t-elle. Et j'ai vraiment hâte de voir votre numéro.

Jo se leva à son tour et hésita un instant avant de tendre la main à Rachael.

— Je suis heureuse que vous soyez venue, déclara-t-elle gravement.

— Moi aussi, répondit la mère de Keane en serrant affectueusement la main de la jeune femme dans la sienne.

Durant toute la journée, Jo chercha Keane sans succès. Après la discussion qu'elle avait eue avec sa mère, il lui paraissait plus nécessaire encore de lui parler. Sa conscience ne serait pas en paix tant qu'elle ne lui aurait pas présenté des excuses.

Malheureusement, quand arriva l'heure de la représentation, elle n'était toujours pas parvenue à le trouver. Chaque numéro lui parut durer une éternité tant elle avait hâte que le spectacle prenne fin. Elle espérait qu'il se trouvait dans le public en compagnie de sa mère et qu'elle pourrait l'intercepter à la sortie.

Lorsque le moment de la parade finale arriva enfin, elle s'éclipsa discrètement et se plaça près de la porte d'entrée tout en se demandant si elle ne ferait pas mieux de l'attendre près de sa caravane. Mais elle craignait qu'il ne reparte aussitôt pour Chicago.

Lorsqu'elle le vit enfin sortir au bras de sa mère, elle se sentit brusquement envahie par un mélange de soulagement et d'angoisse.

— Jo ! s'exclama Rachael en s'approchant pour lui prendre

les mains. Vous étiez merveilleuse ! Je commence à comprendre pourquoi Keane vous qualifiait de beauté indomptable !

Stupéfaite, Jo jeta un coup d'œil à son fils qui l'observait d'un air impassible.

— Je suis heureuse que ça vous ait plu, répondit-elle avec un pâle sourire.

— Enormément ! Merci pour ce numéro et pour cette journée ! Cela m'a rappelé de merveilleux souvenirs. Et notre petite discussion m'a fait beaucoup de bien.

A la grande surprise de Jo, Rachael se pencha vers elle et l'embrassa sur les deux joues.

— J'espère que nous aurons l'occasion de nous revoir, ajouta-t-elle. Je vais aller saluer Duffy avant de partir, Keane. Je te retrouve à la voiture. Au revoir, Jo.

— Au revoir, madame Loring, répondit la jeune femme qui la suivit des yeux tandis qu'elle se dirigeait vers Duffy. C'est vraiment quelqu'un de merveilleux, dit-elle à Keane. J'ai honte d'avoir pensé tant de mal d'elle pendant tout ce temps.

— Il n'y a pas de quoi, répondit-il en plongeant les mains dans ses poches. Nous pensions tous deux avoir de bonnes raisons d'en vouloir à quelqu'un et nous nous trompions. C'est tout. Comment va ton bras ?

— Beaucoup mieux, merci, répondit Jo. Les cicatrices seront moins profondes que prévues.

— Tant mieux, fit-il.

Un silence gêné s'éternisa tandis que Jo rassemblait son courage.

— Keane, dit-elle enfin en se forçant à le regarder droit dans les yeux, je voulais m'excuser pour la façon horrible dont je me suis conduite après l'accident.

— Je te l'ai déjà dit une fois : je ne veux pas d'excuses, répondit-il d'une voix distante.

— Je t'en prie, écoute-moi, le supplia Jo, bien décidée à ravaler sa fierté. Cela fait longtemps que je veux te dire cela. Je ne pensais pas les choses que je t'ai dites. Et j'espère vraiment que tu pourras me pardonner.

Ce n'était pas exactement le discours éloquent qu'elle avait imaginé mais son émotion était si grande en cet instant qu'elle ne pouvait mieux faire.

— Il n'y a rien à pardonner, répondit-il enfin.

Il fit mine de se détourner et elle le prit par le bras pour le retenir.

— S'il te plaît, plaida-t-elle, désespérée. Ne m'abandonne pas sans m'avoir pardonné. Je sais que j'ai prononcé des mots terribles et que tu as parfaitement le droit d'être en colère contre moi. Mais j'aimerais au moins que nous nous quittions en amis.

Keane la contempla longuement et elle crut lire dans ses yeux une tristesse infinie. Finalement, il effleura sa joue du bout des doigts et sourit.

— Tu as toujours le don de me désarçonner, Jo, lui dit-il en laissant retomber son bras le long de son corps. J'ai laissé quelque chose pour toi à Duffy. Sois heureuse.

Sur ce, il s'éloigna, la laissant seule face à la certitude atroce qu'ils ne se reverraient jamais. Incapable de retenir les larmes qui coulaient le long de son beau visage, elle le regarda s'éloigner et disparaître de sa vie aussi soudainement qu'il y était apparu.

Elle se sentait vidée, anéantie, et se demanda brusquement si elle trouverait la force de continuer à vivre sans lui.

— Jo, l'appela alors Duffy qui se dirigeait vers elle. Keane a laissé ça pour toi, ajouta-t-il en lui tendant une épaisse enveloppe.

La jeune femme la considéra d'un air absent puis l'ouvrit d'un geste mécanique. A l'intérieur, elle trouva une liasse de documents juridiques qu'elle parcourut sans vraiment comprendre à quoi ils faisaient référence. Puis, brusquement, elle réalisa ce qu'elle tenait entre les mains.

— Qu'est-ce que c'est ? demanda Duffy, curieux.

— Un don, répondit-elle d'une voix étranglée. Keane vient de me céder la propriété du cirque Prescott.

12.

Lorsque Jo pénétra dans l'aéroport de Chicago, elle fut stupéfaite par le nombre de personnes qui s'y trouvaient et par le bruit de la foule. Un peu étourdie par cette cacophonie, elle parvint à se frayer un chemin jusqu'à la sortie.

Une fois dehors, elle tomba brusquement en arrêt devant le paysage qui s'offrait à elle. La neige tombait à gros flocons et recouvrait d'un épais manteau blanc tous les endroits qui n'avaient pas été déblayés et salés.

La jeune femme frissonna, réalisant que le manteau dont elle avait fait l'acquisition pour l'occasion n'offrait qu'une maigre protection contre le vent glacé qui soufflait. Mais jamais elle n'était venue si loin dans le Nord en plein hiver et elle manquait complètement de repères.

Elle finit par trouver un taxi disponible et, tandis qu'elle approchait de la ville proprement dite, elle ne put s'empêcher d'admirer les beaux bâtiments qui se dressaient au milieu de ce décor d'un blanc immaculé. C'était une vue réellement exceptionnelle.

Malheureusement, Jo ne put l'apprécier très longtemps. Elle n'était pas venue pour faire du tourisme mais pour régler une question qu'elle n'avait que trop longtemps remise à plus tard.

D'un autre côté, elle ne s'était pas attendue aux multiples responsabilités que Keane lui avait transmises en lui offrant le cirque de son père. A peine revenue de sa stupeur, elle avait dû signer de nombreux documents et négocier de nouveaux contrats et s'était retrouvée noyée dans une masse de papiers dont elle avait beaucoup de mal à comprendre les subtilités.

Heureusement, Duffy l'avait aidée à remettre de l'ordre dans ses affaires.

Pendant les dernières semaines de la tournée, elle avait cherché par tous les moyens à joindre Keane mais ce dernier avait apparemment décidé de ne pas répondre à ses appels ni aux innombrables messages qu'elle avait laissés sur son répondeur.

Alors qu'elle s'apprêtait à partir pour le rencontrer directement, Rose et Jamie avaient annoncé leur mariage et elle avait préféré retarder la date de son départ. Heureusement qu'elle l'avait fait, d'ailleurs, car c'est au cours de la cérémonie qu'elle avait compris ce qu'elle avait à faire.

En voyant ses amis prononcer leurs vœux, elle avait réalisé que ce qu'elle désirait le plus au monde, c'était vivre avec Keane. Elle s'était alors rappelé la détermination dont Rose avait fait preuve pour parvenir à ses fins et s'était sentie honteuse de ne pas avoir agi de même.

Elle avait laissé l'initiative à Keane, ne lui avouant jamais ce qu'elle ressentait exactement pour lui, attendant qu'il fasse le premier pas, qu'il prenne toutes les décisions pour eux deux.

Cela ne lui ressemblait pas. Et, pire encore, cela n'avait abouti qu'à leur séparation définitive.

Il était grand temps qu'elle réagisse. Elle irait donc à Chicago et, cette fois, elle ne se laisserait pas décourager aussi facilement. Si Keane l'avait désirée une fois, il pouvait bien la désirer encore. Et, sur cette base, elle pourrait peut-être l'amener à l'aimer.

Et, même si elle n'y parvenait pas, elle aurait suffisamment d'amour pour deux.

En descendant du taxi, Jo regretta amèrement de ne pas avoir mieux préparé son voyage. Elle aurait au moins dû penser à acheter des gants et un bonnet. Et s'assurer que Keane serait bien chez lui. Que ferait-elle s'il était à son bureau ? Ou chez un client ? Ou en vacances, quelque part en Europe ?

Un brusque accès de panique la submergea mais elle se força à le dominer à force de volonté. Il fallait qu'il soit chez lui. Au moins, elle avait choisi un dimanche pour lui rendre visite.

Mais que se passerait-il si elle le trouvait avec une autre femme ? Cette pensée la glaça bien plus encore que le vent qui balayait la rue. Peut-être ferait-elle mieux de l'appeler. Ou, tout simplement, de monter dans le premier taxi venu pour regagner l'aéroport. Après tout, il ne saurait jamais qu'elle était venue.

Fermant les yeux, Jo se força à respirer profondément pour recouvrer un semblant de calme. Lentement, elle sentit se dissiper ce brusque accès d'hystérie. Elle avait passé sa vie à affronter des lions. Ce n'était donc vraiment pas le moment de céder à une crise d'angoisse.

Hélas, en cet instant précis, elle aurait tout donné pour se retrouver face au fauve le plus assoiffé de sang.

Que se passerait-il s'il la repoussait ?

Serrant les dents, elle se promit qu'elle ne lui donnerait pas l'occasion de le faire. Elle le séduirait. Bien sûr, elle ignorait complètement comment elle était censée s'y prendre mais elle pourrait toujours improviser…

L'idée de retourner à l'aéroport lui parut soudain terriblement tentante.

Rouvrant les yeux, elle se força à contempler le building de verre et d'acier devant lequel elle se trouvait. C'était là que vivait l'homme qu'elle aimait. Il lui suffisait de traverser un trottoir et de prendre l'ascenseur pour pouvoir le rejoindre, le toucher, l'embrasser.

Si elle faisait demi-tour à présent, elle s'en voudrait toute sa vie.

Comme elle se faisait cette réflexion, un piéton la bouscula et elle dut faire un pas en avant pour conserver l'équilibre. Naturellement son autre pied suivit et, avant même de réaliser ce qu'elle était en train de faire, elle pénétra dans le hall de l'immeuble.

D'un pas assuré, elle le traversa sans même remarquer le concierge qui n'osa pas arrêter une femme aussi décidée. Elle pénétra dans le gigantesque ascenseur et pressa le bouton correspondant à l'étage où habitait Keane.

Le trajet ne dura que quelques secondes mais elle eut l'impression que des siècles s'écoulaient avant que la double porte ne s'ouvre dans un chuintement discret. Elle sortit et se retrouva dans un couloir recouvert d'une épaisse moquette beige.

Elle le suivit jusqu'à la porte de Keane, bénissant la précision sourcilleuse des documents juridiques sur lesquels elle avait trouvé son adresse exacte. Là, elle s'immobilisa, sentant ses jambes devenir comme du coton et ses mains moites. Une sueur froide coula le long de son dos et son cœur se mit à battre la chamade.

Tétanisée, elle resta figée devant la porte, sentant une fois de plus sa volonté vaciller. Elle se souvint alors de ce que lui avait dit Rachael Loring : elle était une guerrière, une combattante.

Serrant le poing si fort que ses ongles mordirent la chair de sa paume, elle frappa et attendit. Fort heureusement, il ne s'écoula que quelques secondes avant que le battant ne s'ouvre, révélant Keane.

Lorsqu'il la vit, il ouvrit de grands yeux et, en de toutes autres circonstances, elle aurait trouvé presque comique la stupeur qui se lisait sur son visage.

— Bonjour, Keane, articula-t-elle d'une voix passablement tremblante.

Il se contenta de la regarder fixement, remarquant sans vraiment les voir les cheveux trempés par la neige fondue, les joues rougies par le froid et le manteau bien trop fin pour la saison.

Jo réalisa qu'il avait maigri au cours des derniers mois. Ses beaux yeux étaient cernés et une barbe naissante ombrait son visage.

— Qu'est-ce que tu fais là ? articula-t-il enfin.

Percevant la dureté de sa voix, Jo sentit un souffle de panique l'envahir. Mais elle se reprit aussitôt.

— Est-ce que je peux entrer ? demanda-t-elle.

La question parut le prendre de court et il fronça les sourcils.

— Oui, bien sûr, répondit-il enfin. Désolé.

Il passa nerveusement une main dans ses cheveux et s'écarta

pour la laisser passer. Rassemblant son courage, elle s'avança et découvrit un loft qui, par bien des côtés, ressemblait à ce qu'elle avait imaginé.

C'était un espace ouvert, bordé sur deux côtés par des baies vitrées qui dominaient la ville. Le premier niveau était constitué d'une pièce immense qui servait à la fois de salon et de salle à manger. Le sol était couvert d'une épaisse moquette de couleur claire et les deux murs étaient uniformément blancs.

Le mobilier était simple et fonctionnel : un grand canapé d'angle brun qui faisait face à un immense écran de télévision, une table basse de verre et de chrome, quelques poufs bleus d'aspect confortable et, aux murs, des tableaux d'artistes contemporains dont les couleurs lumineuses tranchaient avec la sobriété de l'ensemble.

Sur la droite se trouvait un escalier qui menait à une mezzanine où Keane avait installé son bureau. Les deux portes que l'on apercevait au fond devaient probablement desservir les chambres.

Tandis qu'elle observait les lieux, Jo sentit la tension qui l'habitait refluer lentement.

— C'est magnifique, déclara-t-elle. J'adore la vue que l'on a d'ici.

— Merci, répondit sobrement Keane qui s'était éloigné d'elle, laissant la moitié de la pièce entre eux.

Il se tut tandis que la jeune femme contemplait la neige qui tombait au-dehors.

— Jo, fit-il enfin, puis-je savoir ce que tu viens faire ici ?

— Il fallait que je te parle, répondit-elle. Et, comme

tu ne répondais pas au téléphone, j'ai décidé de venir en personne.

— Ce doit être diablement important, remarqua-t-il sans la quitter des yeux.

— C'est effectivement ce que je me suis dit.

— Très bien, soupira-t-il. Parlons, donc. Mais, avant cela, donne-moi ton manteau.

Jo commença à le déboutonner mais ses doigts étaient engourdis par le froid, ce qui rendait l'opération délicate.

— Bon sang, tu es gelée ! s'exclama Keane en se rapprochant.

Il prit ses mains dans les siennes et étouffa un juron.

— Où sont tes gants ? lui demanda-t-il. Il fait moins dix, dehors !

— J'ai oublié d'en acheter, avoua-t-elle, heureuse de sentir ses mains contre les siennes.

— C'est vraiment stupide ! Quelle idée de venir à Chicago sans gants en plein mois de novembre !

— Je n'étais jamais venue en cette saison, tu sais, répondit-elle avec un sourire désarmant. C'est vraiment très joli.

Les yeux de Keane glissèrent des mains de la jeune femme à son visage et il poussa un profond soupir de résignation et de frustration mêlées.

— Moi qui étais presque parvenu à me convaincre que je pourrais guérir, murmura-t-il.

Jo lui jeta un regard alarmé.

— Tu étais malade ?

Keane éclata d'un rire amer et secoua la tête.

— Laisse-moi m'occuper de ton manteau. Ensuite, j'irai nous préparer une bonne tasse de café. Cela devrait te réchauffer un peu.

— Ce n'est pas la peine de te donner tout ce mal, tu sais, lui dit-elle tandis qu'il la déboutonnait.

— Je me sentirais mieux si tu n'étais pas en train de te transformer en glaçon, répondit-il en lui ôtant son manteau.

Il s'immobilisa alors et la contempla avec étonnement. Elle portait un pull-over en angora qui soulignait la courbe de ses seins et une jupe en laine qui révélait ses longues jambes gainées de Nylon.

— Quelque chose ne va pas ? demanda-t-elle.

— Eh bien, c'est la première fois que je te vois porter autre chose qu'un jean ou un costume de scène, lui dit-il.

— Vraiment ? s'exclama Jo en passant la main dans ses cheveux pour chasser les derniers flocons qui s'y accrochaient encore. Et qu'est-ce que tu en penses ?

— Que tu es magnifique, répondit-il d'une voix un peu rauque. Et que tu ressembles à une lycéenne en vacances. Assieds-toi, je vais faire le café.

Un peu étonnée par ses brusques variations d'humeur, la jeune femme alla s'installer sur l'un des poufs qui était posé près de la vaste baie vitrée. Malgré l'épais tapis qui étouffait le bruit de ses pieds nus, elle perçut le moment précis où Keane réintégra la pièce et se tourna vers lui.

— Je commence à regretter d'avoir passé tous mes hivers en Floride, lui dit-elle. J'adore la neige et j'ai toujours rêvé d'un vrai Noël avec des bonshommes de neige dans les rues et des stalactites aux fenêtres.

Keane la rejoignit et lui tendit l'une des tasses qu'il avait ramenées de la cuisine. Jo la prit entre ses doigts qu'elle sentit aussitôt se réchauffer. Ils burent quelques instants en silence.

— De quoi voulais-tu me parler, exactement, Jo ? lui demanda enfin Keane.

— De plusieurs choses, en fait. Du cirque, tout d'abord. Je n'ai pas voulu t'écrire parce que je pensais que c'était trop important. Tu ne peux pas me donner quelque chose d'aussi énorme, Keane. Et je ne peux pas l'accepter.

— Pourquoi pas ? demanda-t-il. Nous savons tous deux que le cirque a toujours été à toi. Un morceau de papier ne change pas grand-chose, au fond.

— Mais c'est à toi que Frank l'a laissé, objecta-t-elle.

— Et je te l'ai donné à mon tour.

Jo émit un petit soupir de frustration.

— J'aimerais au moins pouvoir te payer, insista-t-elle.

— Quelqu'un m'a demandé un jour à quel prix j'estimais la vie et les rêves des gens du cirque. Je n'avais pas de réponse à donner, alors. En as-tu une, aujourd'hui ?

Jo sentit son cœur se serrer, stupéfaite qu'il se souvienne encore de ce qu'elle lui avait dit ce jour-là.

— Je ne sais pas quoi te dire, soupira-t-elle enfin. Merci semble si futile…

— Et pas du tout nécessaire. Je n'ai fait que te rendre ce qui t'appartenait de façon légitime. Mais tu avais dit que tu voulais me parler de plusieurs choses, Jo.

Cette fois, songea-t-elle, le moment de vérité était venu. Se levant, elle posa sa tasse à moitié vide sur la table basse et s'éloigna un peu de Keane pour se donner du courage. Prenant une profonde inspiration, elle le regarda droit dans les yeux.

— Je veux devenir ta maîtresse, lui dit-elle posément.

— Pardon ? s'exclama-t-il les yeux agrandis par la stupeur la plus totale.

Jo avala sa salive.

— Je veux devenir ta maîtresse, répéta-t-elle. C'est bien le nom qui convient, n'est-ce pas ? Ou faut-il dire ton amante ? Je ne sais pas. Tout cela est tellement nouveau pour moi.

Lentement, Keane posa sa tasse près de celle de la jeune femme et se leva à son tour. Pourtant, il ne s'approcha pas d'elle, se contentant de l'observer attentivement.

— Jo, tu ne sais pas ce que tu dis.

— Oh, si ! s'exclama-t-elle vivement. La terminologie n'est peut-être pas la bonne mais je sais précisément ce que je veux et je suis sûre que toi aussi, tu en as envie. Je veux être avec toi, Keane.

Elle fit un pas dans sa direction.

— Je veux que tu me fasses l'amour. Je veux vivre avec toi, si tu es d'accord, ou près de toi, dans le cas contraire.

— Jo, tu racontes n'importe quoi, protesta-t-il.

Se détournant d'elle, il serra les poings et les plongea dans les poches de son jean.

— Est-ce que je ne t'attire plus ? demanda-t-elle d'une voix blessée.

Il fit volte-face et la dévisagea d'un air stupéfait.

— Comment peux-tu penser une chose pareille ? s'exclama-t-il. Bien sûr que tu m'attires. Il faudrait être aveugle pour ne pas s'en rendre compte.

Elle se rapprocha encore un peu plus.

— Dans ce cas, si je te désire et que tu me désires, pourquoi ne deviendrions-nous pas amants ?

Keane poussa un juron et s'avança pour la prendre par les épaules.

— Tu crois peut-être que je pourrai me contenter d'un hiver avec toi et te laisser repartir ensuite ? Tu crois vraiment que je pourrai te regarder sortir de ma vie après une seule saison ? Ne comprends-tu pas l'effet que tu me fais ?

A chaque question, il la secouait si violemment qu'elle en avait le souffle coupé.

— Tu me rends fou ! s'écria-t-il.

Incapable de résister, il l'attira contre lui et l'embrassa avec passion. Son ardeur était telle que Jo sentit ses doigts s'enfoncer dans sa chair tandis que ses lèvres se faisaient conquérantes, balayant en elle toute raison, toute logique.

Elle ne parvenait pas à comprendre ce qui était en train de se passer mais s'abandonnait avec une joie immense à cette étreinte. Elle avait l'impression de ressusciter entre ses bras, de se réveiller brusquement d'un cauchemar atroce pour se retrouver là où elle se sentait vraiment chez elle.

Puis elle l'entendit gémir contre sa bouche et il s'arracha à elle. Il s'éloigna aussitôt, comme s'il avait peur de ne pas répondre de ses actes, laissant Jo en proie à un délicieux vertige.

— Que faut-il donc que je fasse pour me débarrasser de toi ? soupira-t-il, défait.

— Je ne crois pas que m'embrasser de cette façon soit la meilleure façon d'y parvenir, répondit-elle, un peu désorientée par ces constants revirements.

— J'en ai conscience, murmura-t-il. C'est pour cela que je lutte contre la tentation de le faire depuis que tu as passé cette porte.

Lentement, Jo le rejoignit et posa la main sur son épaule. Elle sentit la tension qui l'habitait et commença à masser ses muscles contractés.

— Je suis désolée si je fais tout de travers, soupira-t-elle. Mais je pensais que te dire la vérité en face vaudrait mieux que d'essayer de te séduire. Je ne pense pas être très douée pour cela.

Keane émit un son qui tenait autant du rire que du gémissement.

— Jo, lui dit-il en se tournant vers elle pour la prendre dans ses bras, comment puis-je faire pour te résister ? Combien de fois devrai-je te repousser pour être libéré enfin ? Le simple fait de penser à toi me rend fou.

— Keane, soupira-t-elle en posant doucement sa joue sur son épaule, cela fait si longtemps que j'attends que tu me serres dans tes bras de cette façon. Même si cela ne doit durer qu'un moment…

— Non, répondit-il en s'écartant pour la regarder dans les yeux. Ne vois-tu pas que ce moment serait de trop alors que c'est la vie entière que je veux ? Je t'aime trop pour te laisser partir mais je t'aime trop pour ne pas le faire.

Cet aveu transperça le cœur de Jo de part en part. Sous le choc, elle fut incapable d'y répondre et ne put qu'écouter ce qu'il lui avouait enfin.

— C'était différent lorsque je pensais que j'étais juste sous le charme, que je te désirais simplement. J'étais certain qu'il me suffirait de faire l'amour avec toi pour me guérir de l'emprise que tu exerçais sur moi. Jusqu'à cette nuit où Ari est morte. Je t'ai tenue dans mes bras pendant que tu dormais et j'ai compris que je t'aimais, que je t'avais probablement aimée dès le premier jour.

— Mais…, balbutia-t-elle, tu ne m'as jamais rien dit. Et tu avais l'air si froid, si distant…

— Parce que je savais que je ne pouvais pas te toucher sans vouloir beaucoup plus.

La serrant contre lui, il enfouit son visage dans les cheveux de Jo comme s'il espérait s'y noyer.

— Mais j'étais incapable de rester loin de toi, reprit-il à voix basse. Je savais pourtant que, si je te voulais vraiment, l'un de nous devrait renoncer à la vie qu'il aimait, à ce qu'il était. Je me suis alors demandé si je pouvais renoncer au droit. C'était la seule chose que j'avais jamais voulu faire dans la vie mais j'ai compris que tu étais plus importante que cela.

— Oh, Keane, murmura-t-elle, ne parvenant pas à croire qu'elle n'ait rien senti de tout cela.

— J'ai failli tout plaquer, lui dit-il. Et je l'aurais fait sans regret s'il n'y avait pas eu autre chose…

Il se dégagea à contrecœur de l'étreinte de la jeune femme et se rapprocha de la fenêtre. Pendant quelques instants, il contempla les gros flocons de neige qui tourbillonnaient au gré des sautes de vent.

— Chaque fois que tu rentrais dans cette cage, reprit-il, j'avais l'impression de vivre un enfer. Je me suis dit que je finirais par m'y habituer mais ça n'a fait qu'empirer. J'ai essayé de te quitter, de revenir ici mais j'en étais incapable et je ne cessais de retourner vers toi. Le jour où tu as été blessée…

Keane s'interrompit et ferma les yeux. Jo l'entendit prendre une profonde inspiration avant de poursuivre.

— Je t'ai vue bondir devant Gerry et prendre le coup à sa place. Je ne pourrais même pas te décrire ce que j'ai ressenti à cet instant. Il n'y a pas de mots pour cela. Tout ce que je voulais, c'était te rejoindre. Je ne sais pas si Pete te l'a dit mais je l'ai frappé lorsqu'il a essayé de m'arrêter. Il a fallu que Buck me ceinture. Et puis je suis resté là à te regarder tenir tête à ce lion. Je n'avais jamais ressenti une peur pareille auparavant. J'avais l'impression qu'elle vidait à la fois mon corps, mon cœur et mon âme…

Il se tut, serrant convulsivement le poing.

— Puis tout est allé très vite. J'ai couru vers toi et tu gisais à terre dans une flaque de sang. Tu étais si pâle que j'ai cru que tu étais morte. Je voulais brûler le cirque, je voulais étrangler le lion qui t'avait fait cela. J'aurais fait n'importe quoi. Je ne pouvais supporter de ne pas avoir été là pour te défendre, d'avoir été si totalement impuissant. Et avant même que je me sois remis de mes émotions, tu commençais déjà à dire que tu allais retourner dans cette maudite cage. J'aurais voulu te tuer pour en finir une bonne fois pour toutes.

Lentement, Keane se tourna vers elle.

— Pendant des semaines, chaque fois que je fermais les yeux, je revivais cette scène. Je peux te montrer précisément où il t'a griffée.

S'approchant d'elle, il traça du bout des doigts quatre lignes à l'endroit exact où le lion avait frappé. Puis sa main retomba et il secoua la tête, vaincu.

— Je ne peux pas te voir retourner dans cette cage, Jo. Et si je te laisse rester aujourd'hui, je deviendrai fou le jour où tu reprendras la route. J'essaierai de t'en empêcher alors que je n'en ai pas le droit.

— Fais-le, murmura-t-elle, la voix enrouée par l'émotion. J'ai tellement envie que tu le fasses.

— Ce ne serait pas juste. Je sais combien c'est important pour toi. Tu me l'as expliqué, la nuit où nous avons joué au poker.

— Mais le droit était important pour toi et tu l'aurais abandonné sans hésiter, n'est-ce pas ?

— Oui, mais…

— Très bien, déclara-t-elle d'une voix ferme. Puisque tu ne le fais pas, c'est moi qui vais devoir m'en charger. Keane, veux-tu m'épouser ?

Il la contempla avec stupeur.

— Jo, tu ne peux pas…

— Bien sûr que si, l'interrompit-elle. Nous sommes au XXIe siècle. Et si j'ai envie de te demander en mariage, rien ne peut m'en empêcher. D'ailleurs, ajouta-t-elle, c'est exactement ce que je viens de faire.

— Jo…

— Oui ou non ? Ce n'est pas une question si difficile.

Elle avança d'un pas et s'immobilisa à quelques centimètres de lui, le défiant du regard.

— Je t'aime. Je veux me marier avec toi et avoir des enfants avec toi. Qu'est-ce que tu en dis ?

Keane ouvrit la bouche et la referma. Puis, lentement, un sourire se dessina sur ses lèvres et il posa les mains sur les épaules de la jeune femme.

— C'est un peu soudain, remarqua-t-il malicieusement.

Jo sentit son cœur se gonfler d'une joie indicible.

— Peut-être, concéda-t-elle. Mais tu n'as qu'une minute pour te décider. Et je n'accepterai pas un refus.

Il éclata de rire.

— On dirait bien que je n'ai guère le choix.

— Pas vraiment, confirma-t-elle.

Posant les mains de chaque côté de son visage, elle l'attira alors vers le sien et l'embrassa tendrement.

— Comment ai-je pu penser un seul instant que je pourrais vivre sans toi ? murmura-t-il lorsqu'ils se séparèrent enfin. Je serais incapable de te perdre, Jo. J'ai besoin de toi. Mais je te demande tellement…

— Mais tu m'offres plus encore, répondit-elle avec un sourire. Quand tu comprendras à quel point je t'aime, tu comprendras que je ne perds pas au change.

— Si seulement il y avait un compromis possible ! soupira-t-il.

— Non, répondit-elle en pensant à ce que Rachael lui avait dit. Il n'y en a pas. Et, parfois, il faut savoir l'accepter. Nous nous aimons suffisamment pour que cela n'ait pas d'importance. Si je suis avec toi, je ne regretterai pas ma vie avec le cirque. D'ailleurs, ajouta-t-elle en souriant, j'en suis la légitime propriétaire grâce à toi. Et il faudra bien que j'effectue quelques visites d'inspection de temps à autre. Mais je te promets que je n'entrerai plus jamais dans la cage aux lions.

— Et moi, je te promets de ne jamais oublier le sacrifice que tu as fait pour moi. Chaque jour, je ferai en sorte que tu ne le regrettes pas.

Il l'embrassa de nouveau avec passion mais, pour la première fois, ce fut elle qui le repoussa doucement.

— Cela fait plus d'une minute, remarqua-t-elle avec un sourire malicieux. Et tu n'as toujours pas répondu à ma question.

— Quelle question ?

— Est-ce que tu veux m'épouser ?

Keane éclata de rire et hocha la tête.

— Est-ce que tu as quelque chose de prévu, pour demain ?

NORA ROBERTS

Tentation

éditions Harlequin

Cet ouvrage a été publié en langue anglaise
sous le titre :
SULLIVAN'S WOMAN

Traduction française de
ANDRÉE JARDAT

Originally published by SILHOUETTE BOOKS,
division of Harlequin Enterprises Ltd.
Toronto, Canada

83-85, boulevard Vincent-Auriol, 75013 PARIS — Tél. : 01 42 16 63 63
Service Lectrices — Tél. : 01 45 82 47 47

1.

Cassidy attendait patiemment.

Mais, pour la troisième fois consécutive, Mme Sommerson lui lança négligemment sur le bras la robe qu'elle venait d'essayer.

Puis ce fut au tour d'un tailleur bleu marine et enfin d'un déshabillé de soie d'échouer sur la pile déjà conséquente des vêtements écartés sans pitié.

— Ça ne va pas, marmonna Mme Sommerson d'un air contrarié, vaguement consciente de la présence discrète de la jeune vendeuse à son côté.

Depuis trois mois maintenant qu'elle avait accepté cet emploi, Cassidy apprenait vaillamment auprès des clientes exigeantes qui composaient essentiellement la clientèle aisée de la boutique « Bella », le sens véritable du mot « patience ».

Résignée, elle suivit sans un mot Mme Sommerson qui, manifestement, avait avisé un rayon plus attractif. Mais au bout des vingt-sept minutes suivantes qui lui parurent une éternité, la désagréable impression de n'être qu'un portemanteau ambulant lui mit les nerfs à rude épreuve.

— Je vais essayer ceci, annonça finalement Mme Sommerson

en pointant du menton la nouvelle sélection de robes qu'elle avait faite.

Et tandis que sa cliente se dirigeait de nouveau vers les cabines d'essayage, Cassidy s'appliqua à remettre consciencieusement en rayon la pile de vêtements qu'elle avait sur le bras.

Lorsqu'elle eut terminé, elle rassembla ses cheveux épars dans une barrette qui laissait toutefois échapper quelques mèches récalcitrantes. Julia Wilsón, la responsable de la boutique, s'était montrée intraitable : ses employées se devaient d'offrir aux clientes une apparence irréprochable. Les cheveux flottant sur les épaules n'étaient donc pas tolérés. Et pour Cassidy, rebelle à toute forme d'autorité, cette volonté témoignait d'un manque singulier d'originalité auquel elle se pliait de mauvaise grâce.

Bien qu'elle se soit présentée sans les qualifications requises, Julia Wilson avait immédiatement deviné le parti qu'elle pourrait tirer de la silhouette élancée de la jeune femme. Sa grande taille, ses courbes harmonieuses en feraient l'image de marque de la maison et seraient une excellente publicité pour les articles haut de gamme qu'elle vendait. Elle avait également compris que le visage racé, aux traits fins et aristocratiques, valait mieux que toutes les références qu'elle pourrait exiger. La vivacité et l'énergie qu'elle avait pressenties sous une apparente docilité avaient eu raison de ses dernières hésitations. Mais il ne lui avait fallu que quelques jours pour se rendre compte que son employée n'était pas aussi malléable que sa jeunesse le lui avait laissé supposer et qu'il faudrait compter avec son caractère bien affirmé.

Très rapidement, Julia avait désapprouvé la fâcheuse tendance de Cassidy à dépasser le cadre de son simple statut de vendeuse pour se montrer trop amicale avec les clientes de la boutique.

Elle avait même dû intervenir à plusieurs reprises, sermonnant la jeune femme sur l'inutilité d'abreuver la clientèle de conseils qu'elle jugeait malvenus, ou de plaisanter avec elle de façon déplacée.

C'est ainsi qu'au bout de trois mois, Julia Wilson nourrissait de sérieux doutes quant aux qualités de vendeuse de Cassidy St. John et au bien-fondé de la garder au sein de son équipe.

Cassidy avait repris son poste devant la cabine d'essayage et écoutait d'une oreille distraite le bruissement des tissus, tandis que son esprit s'évadait vers des horizons nouveaux. Comme chaque fois qu'elle en avait l'opportunité, la jeune femme rêvait du moment où elle reprendrait l'écriture du nouveau manuscrit qu'elle avait commencé et qui l'attendait sur son bureau.

Du plus loin qu'elle s'en souvenait, Cassidy avait toujours voulu devenir écrivain et, pour s'en donner les moyens, s'était employée à étudier sérieusement durant les quatre années qu'elle avait passées à l'université. Et même lorsque le décès de son père l'avait rendue prématurément orpheline à l'âge de dix-neuf ans, l'obligeant à subvenir, seule, à ses besoins, elle n'avait jamais renoncé à son rêve.

C'est ainsi que, de petit boulot en petit boulot, elle avant toujours fait en sorte de trouver le temps nécessaire pour se consacrer à l'écriture de son premier roman.

Pour elle, écrire était une passion qui laissait peu de temps à d'autres centres d'intérêt. La psychologie humaine la fascinait et elle utilisait le sens aigu de l'observation dont elle était dotée pour imaginer lcs personnages complexes qui peuplaient ses œuvres.

Un an après la fin de ses études universitaires, et bien que son premier manuscrit n'ait pas trouvé preneur dans les différentes maisons d'édition auxquelles elle l'avait adressé, Cassidy s'était attelée à la rédaction de son deuxième roman.

Elle était très loin de là, en train d'imaginer la nouvelle version d'un passage dramatique, lorsque la voix aigrelette de Mme Sommerson, qui venait d'ouvrir la porte de la cabine, lui parvint, la tirant de la profonde réflexion dans laquelle elle était plongée.

— Celle-ci n'est pas mal, qu'en pensez-vous ? demanda Mme Sommerson en examinant sous toutes les coutures la robe de soie carmin qui boudinait ses formes épanouies et accentuait son teint rubicond.

Cassidy considéra sans indulgence le tissu tendu à l'extrême sur la poitrine généreuse et les hanches larges de Mme Sommerson. Néanmoins, elle jugea qu'en prenant la taille supérieure et en l'agrémentant de quelques accessoires, cette robe pourrait avoir beaucoup d'allure.

— Vous allez attirer tous les regards, commenta la jeune femme avec diplomatie. Néanmoins… si je peux me permettre une remarque, je pense que vous devriez essayer un modèle un peu plus grand.

— Je vous demande pardon ?

La voix de Mme Sommerson était montée d'un cran, signe chez elle d'une profonde contrariété.

Mais Cassidy, parfaitement inconsciente de la foudre qui menaçait dangereusement, poursuivit en toute innocence :

— Je pense qu'une taille au-dessus devrait vous aller parfaitement, répéta-t-elle. Celle-ci vous serre un peu.

L'opulente poitrine de Mme Sommerson s'abaissa et se souleva, vibrante d'une indignation contenue.

— Je connais ma taille tout de même, mademoiselle ! riposta-t-elle avec humeur.

Toujours indifférente au ton offusqué de sa cliente, Cassidy hocha la tête et lui sourit gentiment.

— Un collier en or. Voilà ce qu'il vous faudrait ! Je reviens dans une minute, je vais vous chercher la bonne taille.

— Je vous l'interdis ! s'exclama Mme Sommerson en martelant si violemment chacune de ses paroles que Cassidy réalisa enfin qu'elle avait commis une erreur.

Elle cherchait désespérément un moyen de flatter l'ego malmené de Mme Sommerson, lorsque Julia, alertée par les éclats de voix, fit son apparition.

— Quel choix judicieux, madame Sommerson ! commenta-t-elle de sa belle voix grave.

Puis, affichant un sourire qui se voulait neutre, elle regarda tour à tour Cassidy et sa cliente avant de demander :

— Y a-t-il un problème ?

Suffoquant d'indignation, Mme Sommerson inspira profondément avant de répondre :

— Cette jeune personne tient absolument à me faire croire que je me suis trompée de taille.

— Mais pas du tout..., protesta Cassidy qui s'interrompit net en remarquant le regard sévère que sa patronne braquait sur elle.

— Je pense que ce qu'a voulu dire mon employée, rectifia Julia avec diplomatie, c'est que ces robes ont une coupe spéciale qui ne reflète pas la réalité des tailles.

Satisfaite, Mme Sommerson renifla bruyamment et lança un regard désapprobateur à Cassidy.

— Eh bien, je ne comprends pas pourquoi cette jeune écervelée ne me l'a pas dit au lieu d'insinuer que j'étais trop grosse.

Puis, drapée dans sa dignité outragée, elle pivota pour retourner dans la cabine et lança sans se retourner :

— Vraiment, Julia, vous devriez mieux choisir votre personnel !

Un mélange d'incompréhension et d'injustice assombrit le visage de Cassidy tandis qu'elle détaillait les coutures tendues à craquer sur l'imposant postérieur de Mme Sommerson. Mais le regard réprobateur dont elle était l'objet la dissuada de toute tentative visant à se justifier.

— Je vais m'occuper personnellement de vous, madame Sommerson annonça Julia de sa voix lisse avant d'ajouter plus bas à l'intention de Cassidy : Quant à vous, allez m'attendre dans mon bureau.

Le cœur gros, la jeune femme regarda Julia s'éloigner. Elle connaissait trop bien ce ton sans réplique qui signifiait son arrêt de mort. Trois mois, soupira-t-elle. Elle n'aurait tenu que trois mois ! Elle jeta un dernier regard sur la porte de la cabine d'essayage et emprunta le couloir étroit qui menait au bureau de Julia.

Elle fit pour la dernière fois le tour de la petite pièce décorée avec goût, s'attardant sur le moindre détail afin d'en graver le souvenir dans sa mémoire, et s'installa dans le fauteuil en bronze où elle s'était assise trois mois auparavant. Mais cette fois, ce serait pour s'entendre dire qu'elle était renvoyée.

Cassidy repoussa une mèche de cheveux rebelle et essaya de se représenter la scène…

Julia prendrait posément place derrière son bureau de

bois de rose, froncerait les sourcils d'un air réprobateur puis s'éclaircirait la gorge avant de commencer :

— Cassidy, vous êtes une jeune femme charmante mais voyez-vous… vous n'avez pas vraiment le cœur à ce que vous faites.

— Madame Wilson, protesterait la jeune femme pour sa défense, je ne pouvais décemment pas laisser faire une chose pareille ! J'étais…

Julia l'interromprait alors sans se départir de son éternel sourire courtois.

— Bien sûr que non, dirait-elle d'une voix toujours aussi égale. Néanmoins, notre but n'est pas d'ôter leurs illusions à nos clientes, ni de froisser leur amour-propre. Vous comprenez, le tact et la diplomatie sont des qualités essentielles chez une vendeuse et je crains bien que vous manquiez de l'une comme de l'autre.

Elle prendrait le temps de croiser sur son bureau ses doigts aux ongles impeccablement vernis et poursuivrait :

— Dans une boutique comme celle-ci, je dois pouvoir me reposer sur mon personnel. Sans aucune réserve. Bien sûr, si c'était le premier incident de ce genre, je saurais me montrer indulgente, mais…

Cassidy imagina Julia poussant un petit soupir avant de reprendre :

— Mais, la semaine dernière, je vous ai entendue dire à Mme Teasdale que le crêpe noir qu'elle avait choisi lui donnait l'air d'une veuve. Les jugements personnels ne font pas partie de la politique de la maison, Cassidy.

— Je comprends parfaitement, madame Wilson, mais j'ai pensé qu'avec son teint blafard et sa couleur de cheveux…

— Du tact et de la diplomatie, répéterait Julia en levant

un doigt accusateur. Vous auriez pu lui suggérer qu'un bleu marine irait à ravir avec le bleu de ses yeux ou qu'un rose fuchsia rehausserait son teint de porcelaine. Nous devons chouchouter notre clientèle et faire en sorte que chaque femme franchisse la porte de cette boutique avec l'impression d'avoir fait l'acquisition d'un produit rare, spécialement étudié pour elle.

— Je sais tout cela, madame Wilson, mais je déteste l'idée que quelqu'un puisse acheter quelque chose qui ne lui convient pas du tout ! Et c'est pour cette raison que je…

Julia ne la laisserait pas terminer et porterait l'estocade finale :

— Vous avez bon cœur, Cassidy, mais il faut vous rendre à l'évidence, vous n'êtes pas faite pour ce métier. Enfin… en tout cas, pas dans ce genre de boutique. Mais ne vous inquiétez pas, je vous paierai une semaine entière de travail et vous partirez avec une lettre de recommandation. Vous devriez peut-être tenter votre chance dans un grand magasin…

Ce fut précisément au terme du scénario qu'elle venait d'élaborer que Cassidy entendit la porte s'ouvrir derrière elle. Julia alla s'asseoir à son bureau, fronça les sourcils et s'éclaircit la gorge.

— Cassidy, vous êtes une jeune femme charmante…

Une heure plus tard, Cassidy se mêlait à la foule dense qui déambulait sur les quais de la ville et savourait l'ambiance qui y régnait. Elle adorait le mélange d'odeurs, de couleurs et de sons qui était le propre de ce coin pittoresque de San Francisco. Elle adorait cette ville qu'elle jugeait parfaite, où rêve et réalité se côtoyaient dans une union harmonieuse.

Elle flâna longtemps entre les étals des marchés, piochant au hasard des bijoux de pacotille qu'elle faisait miroiter au soleil, caressant la soie douce des écharpes multicolores qui flottaient au vent.

Puis, lorsque le soleil commença à décliner, elle laissa ses pas la guider nonchalamment vers l'océan. Elle se grisa de la puissante odeur d'iode qui emplissait l'air et assista, fascinée, au spectacle des vendeurs ambulants qui, au gré de leurs commandes, plongeaient des crabes vivants dans d'énormes chaudrons d'eau bouillante. Là aussi, l'endroit, jalonné de restaurants et de petites échoppes bon marché, grouillait de vie. Cassidy dîna d'un bretzel chaud puis se perdit dans la contemplation du disque parfait du soleil qui, enveloppé d'un voile de brume, disparaissait à l'horizon. La brise fraîche qui se leva brusquement lui fit resserrer un peu plus sur elle sa veste en lainage.

Ses pensées la ramenèrent à Mme Sommerson et elle songea avec amertume qu'à cause des hanches trop rondes de cette dernière, elle se retrouvait une fois encore sans travail. Elle qui ne visait qu'à rendre service, c'était réussi !

D'un geste rageur, elle retira les pinces qui emprisonnaient ses cheveux et sentit avec bonheur ses longues boucles épaisses cascader sur ses épaules.

Elle arpentait les docks, soucieuse à présent. Comment allait-elle faire, sans ce boulot stupide, pour payer son loyer et acheter les rames de papier dont elle avait besoin pour écrire son roman ? Elle effectua un rapide calcul mental et décida qu'elle y parviendrait si elle économisait sur la nourriture durant quelques jours.

« Je ne serai pas le premier écrivain à San Fransisco à devoir se serrer la ceinture pour vivre », décida-t-elle fermement en songeant avec regret que le bretzel qu'elle venait d'avaler trop rapidement était peut-être son dernier repas avant longtemps. Elle sourit de sa capacité à dédramatiser et, fourrant ses mains glacées dans ses poches, poursuivit sa promenade.

Tel un spectre fantomatique, la brume se déployait à présent sur toute la surface de l'eau et, insatiable, semblait ramper vers la terre. Ce n'était pas la masse épaisse et opaque qui, certains jours, noyait et paralysait la ville mais un voile léger dans lequel de petites trouées laissaient passer les dernières flammèches du soleil agonisant.

Tout comme le temps, l'humeur de Cassidy fluctuait, et elle oublia vite l'angoisse qui venait de l'étreindre pour se tourner résolument vers une vision plus optimiste de son avenir. Elle était jeune, volontaire et croyait fermement au destin. Et le sien était d'écrire. Les places de vendeuse qu'elle avait occupées ou les nouvelles qu'elle vendait parfois à des magazines, tout cela l'aidait à survivre et lui permettait de poursuivre son rêve. Elle avait passé ses quatre années d'université à perfectionner son art, et aucun des rares hommes qu'elle avait fréquentés alors n'était parvenu à la faire dévier de la vie qu'elle s'était choisie et du but qu'elle avait décidé d'atteindre.

Et ce n'était pas la perte de son travail qui allait anéantir son rêve de toujours, décréta-t-elle avec optimisme. Après tout, elle saurait se contenter de peu, n'importe quel boulot ferait l'affaire. Vendeuse d'appareils ménagers, pourquoi pas ? Au moins aurait-elle l'assurance de ne froisser l'ego de personne en vendant un lave-vaisselle ou un grille-pain. Forte de cette décision, elle écarta les dernières pensées négatives qui subsistaient encore et se pencha par-dessus la rambarde, attentive au clapotis des vaguelettes qui s'écrasaient contre la coque des bateaux. Dans un élan de bonheur intense elle se redressa et offrit son visage aux embruns apportés par la brise marine.

Se sentant d'humeur rêveuse, elle leva le nez vers le ciel pour observer le ballet incessant des mouettes, mais une main l'agrippa soudain fermement par l'épaule et la força à pivoter sue elle-même. Paniquée, incapable d'émettre le moindre son, elle se retrouva face à un inconnu qui la dépassait d'une bonne tête.

Elle leva les yeux vers un visage aux traits énergiques qu'encadrait un foisonnement de boucles brunes désordonnées et qui, s'il n'avait été adouci par une bouche pleine et sensuelle et une fossette au menton, aurait pu paraître dur. L'étranger fixait sur elle un regard d'un bleu si profond qu'on aurait pu le croire noir et Cassidy s'en voulut de penser que si elle ne s'était sentie en danger, elle aurait pu le trouver beau. Elle devina, plus qu'elle ne le vit, le corps athlétique pressé contre le sien.

Le premier choc passé, Cassidy rassembla ses esprits et serra son sac contre elle.

— Je vous préviens, je n'ai que dix dollars sur moi, annonça-t-elle crânement, et j'en ai sûrement autant besoin que vous.

— Taisez-vous, lui ordonna brièvement l'inconnu en détaillant son visage si intensément qu'elle en frissonna.

Et lorsqu'il lui releva le menton de ses deux mains en coupe, la panique la gagna de nouveau. Sans un mot, il fit pivoter la tête de la jeune femme d'un côté, puis de l'autre, scrutant elle ne savait quoi de son regard hypnotique.

Elle chercha à se dégager mais l'étreinte se resserra.

— Tenez-vous donc tranquille, commanda l'homme d'une voix grave où perçait une pointe d'impatience.

Cassidy avala péniblement sa salive et tenta de jouer le tout pour le tout.

— Sachez que je suis ceinture noire de karaté, affirma-t-elle en affichant un calme qu'elle était loin de ressentir. Et que je peux vous casser les deux bras si vous tentez de me brutaliser.

Tout en parlant, elle jeta un rapide coup d'œil par-dessus son épaule et vit avec désespoir les lumières des restaurants s'estomper dans la brume. Elle réalisa avec terreur qu'elle était seule avec un étranger qui, manifestement, ne lui voulait aucun bien.

— Je suis capable de couper en deux une brique à main nue, si je veux, poursuivit-elle bien que consciente du peu d'effet que ses paroles avaient sur l'étranger. Et je peux aussi me mettre à hurler, alors je vous conseille de me lâcher immédiatement.

— Parfait, murmura l'homme, comme s'il n'avait pas entendu un seul mot de ce qu'elle venait de dire.

Lorsqu'il se mit à promener un doigt léger sur le menton de Cassidy, le cœur de cette dernière s'emballa.

— Absolument parfait, répéta-t-il. C'est exactement ce qu'il me faut.

Ses yeux s'éclaircirent, un sourire flotta sur ses lèvres et une intense satisfaction se peignit alors sur son visage. Cassidy fut si surprise par la métamorphose qu'à son tour, elle se mit à détailler cet homme dont le comportement était aussi bizarre que déroutant.

— Pourquoi faites-vous une chose pareille ? demanda l'inconnu qui semblait enfin revenir sur terre.

— De quoi parlez-vous ? demanda Cassidy.

— Pourquoi coupez-vous des briques en deux à main nue.

Embarrassée par l'énormité de son mensonge, la jeune femme ne put que balbutier :

— Eh bien, heu... ce sont des choses qu'on nous apprend à l'entraînement et il faut savoir réagir très vite en cas de...

Cassidy s'interrompit, réalisant soudain toute l'absurdité qu'il y avait à discuter ainsi avec un maniaque qui lui tenait toujours fermement le menton entre ses doigts.

— Vous feriez mieux de reprendre votre chemin et de me laisser partir avant qu'il ne soit trop tard, dit-elle d'une voix qu'elle voulait menaçante.

L'homme parut ne pas entendre.

— Vous êtes exactement la femme que je recherche, reprit-il comme pour lui-même.

Cassidy crut percevoir une pointe d'accent étranger mais ne chercha pas à deviner lequel, trop occupée qu'elle était à trouver une nouvelle parade pour se sortir de cette situation délicate.

— Je suis vraiment désolée mais moi, je ne suis pas intéressée, voyez-vous. Je suis mariée à un joueur de football extrêmement jaloux qui mesure un mètre quatre-vingt-dix et pèse près de cent kilos. D'ailleurs il ne va pas tarder à arriver, alors si j'étais vous je prendrais ces fichus dix dollars et je m'en irais très vite !

— Mais de quoi diable parlez-vous ? demanda l'homme qui, enfin, avait paru écouter le discours de la jeune femme. Vous n'avez tout de même pas cru que j'allais vous agresser ?

Un éclair d'irritation passa dans son regard tandis qu'il précisait d'un ton exaspéré :

— Ma chère enfant, je n'ai pas l'intention de vous délester de vos dix dollars et encore moins de vous violenter. Non, ce que je veux, c'est vous peindre.

— Me peindre ? s'exclama Cassidy, à présent intriguée. Vous êtes artiste peintre ?

Elle considéra attentivement le visage de flibustier qui lui faisait face, doutant de ce qu'elle venait d'entendre.

— Quel genre de peintre êtes-vous ? s'enquit-elle, encore méfiante.

— Le genre excellent, répondit-il avec aplomb tout en retournant à l'étude attentive des traits de la jeune femme. Je suis célèbre, talentueux et… lunatique, conclut-il avec un charmant sourire.

Cassidy, subjuguée au point d'oublier d'avoir peur, reconnut alors les inflexions de l'accent irlandais.

— Je suis réellement impressionnée.

— Je n'en doute pas, et c'est bien normal, concéda l'artiste avec une pointe de suffisance.

Il examina une dernière fois le profil droit de Cassidy puis laissa enfin retomber ses mains.

— Je vis sur une péniche à deux pas d'ici. Allons-y, je pourrai procéder tout de suite à quelques esquisses.

Une petite lueur amusée dansa dans le regard de Cassidy. Elle savait maintenant qu'elle ne courait aucun danger mais elle éprouva néanmoins le besoin de le taquiner un peu et de résister à son tempérament autoritaire.

— Qu'est-ce qui m'assure que vous dites la vérité ? Après tout, vos fameuses esquisses ne sont peut-être qu'un prétexte pour m'attirer dans votre antre.

L'homme poussa un profond soupir et Cassidy put

déceler de nouveau sur son visage une ombre de contrariété. Manifestement, il n'aimait pas qu'on lui tienne tête.

— Décidément, vous n'y êtes pas du tout ! Ecoutez, mademoiselle… Comment vous appelez-vous ?

— Cassidy. Cassidy St. John.

— Oh non ! Moitié anglaise, moitié irlandaise. Si, avec ça, je n'ai pas de problème…, maugréa-t-il.

Il fourra ses mains dans ses poches et la regarda obstinément, bien déterminé à la faire céder.

— Cassidy, je n'ai nullement besoin de vos dix dollars, croyez-le bien, et je n'en veux pas à votre vertu. Et si vous acceptiez de me suivre, vous verriez que j'ai tout mon matériel de peintre à bord.

Cassidy, complètement détendue, rejeta en arrière les lourdes boucles brunes qui lui balayaient le visage. Elle nota en douce le petit sourire crispé de l'inconnu et décida de continuer sur le même mode ingénu.

— Avec de si piètres arguments, je ne suivrais même pas Michel-Ange en personne !

— Très bien, admit-il, une note d'impatience dans la voix. Et si je vous propose d'aller boire un café dans un endroit bien éclairé et grouillant de monde, cela vous irait-il ? De cette façon, vous ne craindrez rien et vous pourrez même briser la table en deux à main nue, si cela vous chante

— Dans ces conditions, évidemment…

Sans lui laisser le temps d'achever sa phrase, il la prit par la main et l'entraîna à grandes enjambées vers les lumières qui filtraient faiblement à travers la brume devenue dense.

Tout le long du trajet, Cassidy ressentit l'étrange intimité de leurs deux mains jointes. Elle se demanda avec perplexité s'il se montrait toujours aussi pressé.

L'étranger poussa la porte d'un petit café miteux et tous deux prirent place autour d'une table en Formica. Dès qu'ils furent face à face, il posa sur elle son regard pénétrant, reprenant l'examen implacable des traits réguliers qu'offrait le visage de cette jeune femme dont il avait décidé de faire son modèle.

Cassidy, de son côté, se demandait quel genre d'homme se cachait derrière ce physique séduisant d'aventurier.

La serveuse, venue prendre la commande, la tira brutalement de ses réflexions.

— Ce sera quoi pour ces messieurs dames ?

— Oh, heu… du café, s'il vous plaît.

Puis, voyant que son compagnon, toujours perdu dans sa contemplation, restait muet, elle précisa :

— Deux cafés.

Cassidy attendit que la serveuse se soit éloignée en traînant les pieds pour attirer l'attention du peintre.

— Pourquoi me regardez-vous de cette façon ? protesta-t-elle. Cela en devient grossier. Et très embarrassant.

— La lumière n'est pas terrible ici, mais c'est tout de même mieux qu'à travers le brouillard. Ne froncez pas les sourcils, ordonna-t-il, cela vous creuse une petite ride, là.

Il effleura du bout du doigt une ligne fine entre les sourcils de la jeune femme, puis reprit son soliloque.

— Votre visage est d'une beauté exceptionnelle. En revanche, je n'arrive pas à décider si la couleur de vos yeux, qui tire indéniablement vers le violet, est un avantage ou un inconvénient.

Cassidy ruminait encore cette nouvelle information lorsque la serveuse revint avec les deux cafés. L'inconnu prit le crayon qu'elle avait accroché à la poche de son tablier et lui adressa un sourire charmeur.

— Je vous l'emprunte dix minutes. Cassidy, détendez-vous, buvez votre café, faites comme si je n'étais pas là.

Et tandis que la jeune femme lui obéissait docilement, il commença à griffonner sur le set de table en papier placé devant lui.

— Est-ce qu'il va falloir que nous nous organisions par rapport à vos horaires de travail ou est-ce que les moyens financiers de votre mari imaginaire suffisent à vous faire vivre ? demanda-t-il sans lever les yeux de son esquisse.

Cassidy se força à garder un ton désinvolte.

— Comment savez-vous que j'ai menti ?

— La même intuition que celle qui me fait dire que vous seriez bien incapable de casser en deux une brique de votre seule petite menotte, continua-t-il, imperturbable. Alors, Cassidy, avez-vous un métier ?

— J'ai été renvoyée cet après-midi, marmonna la jeune femme en plongeant le nez dans sa tasse.

— C'est parfait, cela simplifie les choses. Cessez de froncer les sourcils, ou vous apprendrez très vite que la patience n'est pas mon fort. Evidemment, je paierai vos séances de pose. Si tout se passe comme je le souhaite, je pense en avoir pour environ deux mois. Ne soyez pas choquée, Cassidy, mes intentions sont honnêtes et honorables. Et ce, depuis le début. C'est votre imagination débordante qui…

— Mon imagination n'est pas si débordante que ça ! coupa Cassidy, indignée par ce qu'elle considérait comme de la mauvaise foi. Quand un inconnu surgit des ténèbres pour vous saisir par le bras comme vous l'avez fait…

— Surgi ? Je n'ai pas l'impression d'avoir surgi, comme vous dites.

— De mon point de vue, si, maugréa-t-elle en avalant une gorgée de son café.

Son regard s'arrêta soudain sur le portrait qu'il venait d'esquisser. Interdite, les yeux écarquillés d'admiration, elle posa machinalement sa tasse devant elle.

— C'est magnifique ! s'exclama-t-elle.

En quelques coups de crayon, il avait su capter l'essence même de sa personnalité.

— C'est vraiment magnifique ! répéta-t-elle, encore sous le choc. Vous avez un talent fou ! En fait, je peux bien vous le dire maintenant, je vous prenais pour un charlatan.

— Eh bien, vous vous trompiez, répliqua-t-il d'un ton neutre en ébauchant tranquillement un second portrait.

Reconnaissant à présent la qualité de son art, Cassidy s'enflamma et laissa libre cours à son imagination. Deux mois de travail stable ! Deux mois avant d'envisager de nouveau de vendre des grille-pain ! Deux mois durant lesquels elle aurait toutes ses soirées libres pour se consacrer pleinement à l'écriture ! C'était une chance inespérée, un véritable don du ciel ! D'ici là, elle aurait probablement des nouvelles de la maison d'édition qui avait souhaité garder son manuscrit pour l'étudier de plus près. Finalement, décida-t-elle pleine d'entrain et d'optimisme, c'était le destin qui lui avait envoyé Mme Sommerson cet après-midi ! Cette chère Mme Sommerson, sans qui cette rencontre extraordinaire n'aurait pas eu lieu !

Mais soudain le doute s'insinua dans son esprit et elle lui demanda :

— Vous êtes sérieux ? Vous voulez vraiment que je pose pour vous ?

— Vous êtes exactement le modèle que je recherchais, confirma-t-il en mettant la dernière touche à son dessin. Et je veux que vous commenciez demain. A 9 heures, ce serait parfait.

— Oui, mais…

— N'attachez pas vos cheveux, et surtout pas de maquillage ! Un peu de Rimmel, si vous voulez.

— Mais je n'ai pas dit que…

— J'imagine que vous aurez besoin de mon adresse, poursuivit-il sans tenir compte des protestations de Cassidy. Vous connaissez bien la ville ?

— J'y suis née, annonça la jeune femme avec fierté. Mais je…

Une nouvelle fois, il coupa court à toute objection.

— Bien, alors vous devriez trouver mon atelier sans problème.

L'affaire étant pour lui entendue, il griffonna hâtivement son adresse au bas du set en papier, puis, une dernière fois, gratifia Cassidy de son regard pénétrant. Ils restèrent ainsi quelques secondes, les yeux dans les yeux, imperméables au cliquetis des couverts qui s'entrechoquaient et au bruit confus des voix.

Sans vraiment pouvoir analyser ce qu'elle éprouvait, Cassidy sentait confusément qu'elle vivait là un moment magique, sans précédent. Mais qui s'évanouit aussi vite qu'il était apparu.

L'inconnu se leva enfin, lança sur la table quelques pièces de monnaie et dit simplement avant de partir :

— A demain. 9 heures.

Lorsqu'elle fut seule, Cassidy observa de plus près les deux portraits que l'artiste avait esquissés. Elle en dessina le contour du bout des doigts, comme lui-même l'avait fait sur son visage un peu plus tôt. Puis elle plia avec le plus grand soin les deux feuilles de papier et les glissa dans son sac à main.

Elle ne risquerait rien à tenter l'expérience une fois et, si cela ne lui plaisait pas, eh bien, elle resterait libre de refuser sa proposition. Elle repensa, dans un froncement de sourcils inquiet, à l'autorité dont il avait fait preuve, ne lui laissant à aucun moment la possibilité de s'exprimer.

« Il me suffira de refuser », se répéta-t-elle fermement à voix haute, comme pour se rassurer.

Forte de cette détermination, elle se leva et quitta l'endroit.

2.

Il était encore tôt, mais l'air déjà tiède du matin promettait une journée précocement chaude.

Ne sachant trop quelle était la tenue de rigueur pour une rencontre de ce genre, Cassidy opta pour la simplicité et enfila un jean et un T-shirt blanc à manches longues. Comme l'avait exigé l'artiste, elle avait laissé ses cheveux flotter sur ses épaules et le maquillage qu'elle avait adopté était si léger qu'il ne laissait soupçonner aucun artifice.

Cassidy n'avait pas encore décidé si elle allait accepter de poser pour le fascinant et non moins étrange inconnu rencontré dans le brouillard, mais, la curiosité l'emportant, elle avait bien l'intention de se rendre au rendez-vous fixé.

Elle vérifia une dernière fois qu'elle avait bien dans son sac le petit calepin dans lequel elle avait recopié les coordonnées du mystérieux peintre, puis elle partit prendre le tramway qui l'emmènerait au cœur de la cité.

Elle avait été surprise de noter que son atelier était situé dans un quartier huppé de la ville. Elle l'aurait plutôt imaginé dans le quartier animé et coloré où elle-même avait élu domicile, et où était regroupé tout ce que San Francisco comptait d'écrivains, de musiciens et d'artistes en tout genre.

Elle aimait l'ambiance un peu bohème qui y régnait et qui correspondait si bien à son caractère anticonformiste.

Peut-être cet atelier était-il le fait de la générosité d'un riche mécène, conclut-elle légèrement. Pourtant, à bien y réfléchir, rien dans son physique ne trahissait l'artiste. Si, rectifia-t-elle. Ses mains. C'était, se souvint Cassidy, les plus belles mains qu'elle ait jamais vues. De belles mains carrées, puissantes, aux doigts pourtant longs et fins. Elle frissonna au souvenir de leur contact sur sa peau.

Elle revit très clairement son visage énergique, d'une rare distinction, le bleu incroyable de ses yeux, et songea que si elle-même avait été peintre, elle n'aurait pas manqué de le prendre pour modèle. Bizarrement, elle eut soudain l'impression fugitive de l'avoir déjà vu quelque part mais elle chassa vite cette idée, certaine de l'absurdité d'une telle hypothèse.

La cloche du tramway la tira brutalement de sa rêverie.

« Quelle idiote je fais ! se sermonna-t-elle. Fantasmer sur un inconnu dont je ne connais même pas le nom ! »

Elle sauta du tram sur le trottoir et, le nez au vent, se mit en quête du numéro inscrit sur le papier. Elle retrouva, dans ce quartier pourtant si différent du sien, le mélange fascinant d'exotisme, de romantisme et de modernisme qui caractérisait si bien cette mégapole fascinante. Partout se retrouvait cette étrange dualité qui faisait que l'ancien côtoyait le moderne, que les vieux tramways brinquebalants voisinaient sans complexe avec les immenses tours de verre et d'acier.

« La Galerie », lut Cassidy en fronçant les sourcils, sceptique, lorsqu'elle eut trouvé le numéro qu'elle cherchait. Se pouvait-il qu'elle se soit trompée ? Mais non : après vérification, elle était à la bonne adresse. Elle se souvenait parfaitement du battage fait autour de l'ouverture de cet endroit prestigieux, cinq ans auparavant. Depuis, sa réputation n'était plus à faire et le lieu était considéré comme ce qui se faisait de mieux en matière de galerie d'art. Une exposition dans ces locaux avait le pouvoir de lancer la carrière d'un artiste inconnu ou d'asseoir à jamais celle d'un artiste confirmé.

Collectionneurs ou amateurs avaient pour habitude de se retrouver ici pour acheter, admirer, critiquer ou plus simplement être vus. Car il était de bon ton de fréquenter ce haut lieu de l'art contemporain, curieux mélange, là aussi, de classicisme et d'originalité.

Cassidy savait, pour s'y être rendue par le plus grand des hasards quelques semaines auparavant, que le bâtiment, à l'architecture simple et sans prétention, renfermait des trésors de peinture et de sculpture. Et elle n'ignorait pas non plus que le propriétaire de cette magnifique galerie était le fameux Colin Sullivan.

Soudain, toutes les pièces du puzzle s'imbriquèrent et la lumière se fit dans son esprit. Elle connaissait Colin Sullivan pour avoir vu sa photo dans les nombreux magazines qui s'intéressaient de près aux moindres faits et gestes de ce séduisant célibataire. Elle y avait appris qu'il était un immigrant irlandais venu s'installer aux Etats-Unis quinze ans plus tôt et qu'à l'âge de vingt ans à peine, il était déjà un peintre connu et reconnu. Il avait la réputation d'être brillant mais également impatient et était sujet à de fréquentes sautes d'humeur. Aujourd'hui, d'après les estimations de Cassidy, il devait avoir environ trente ans et n'était toujours pas marié, bien qu'on lui ait prêté deux liaisons sérieuses, avec une princesse russe d'abord, puis avec une danseuse étoile.

Ses toiles, sitôt exposées, s'arrachaient à des prix exorbitants mais il possédait la rare élégance de ne pas réclamer de pourcentage sur les ventes effectuées.

Car le grand Colin Sullivan peignait avant tout pour son plaisir.

« Et il veut que je pose pour lui », songea rêveusement Cassidy en repoussant les mèches rebelles qui chatouillaient son visage.

Il avait poliment refusé de faire le portrait d'une des plus grandes stars d'Hollywood mais voulait à tout prix peindre celui de Cassidy St. John, écrivain au chômage dont le seul titre de gloire était d'avoir vu une de ses nouvelles publiée dans un magazine à grand tirage.

Le rouge aux joues, elle se rappela soudain les absurdités dont elle l'avait abreuvé et les horreurs dont elle l'avait soupçonné. Et avec quelle innocente audace elle avait osé dire à l'un des plus grands peintres du moment « qu'il possédait un talent fou » !

Elle décida finalement que sa réaction, compte tenu des circonstances, avait été totalement justifiée et qu'il n'y aurait eu aucun malentendu si Colin Sullivan avait daigné décliner son identité. Elle décréta également qu'elle avait d'autant moins de raisons d'être embarrassée que c'était lui qui avait insisté pour qu'elle vienne le voir et lui encore qui avait tout mis en œuvre pour organiser cette rencontre.

« Et après tout, se répéta-t-elle pour se donner du courage je ne sais pas encore si je vais accepter sa proposition. »

Elle changea son sac d'épaule, regrettant soudain de n'avoir pas choisi une tenue un peu plus originale, sinon plus chic. Elle inspira profondément puis se dirigea d'un pas assuré vers l'entrée principale de la galerie. La porte était verrouillée.

Elle fit une nouvelle tentative. Peine perdue. Peut-être

était-elle en avance ? Peut-être existait-il une entrée de service ? Cassidy fit le tour du bâtiment et découvrit une porte latérale qui, elle aussi, refusa de s'ouvrir. Sans se décourager, elle poursuivit l'inspection des lieux mais sa troisième tentative sur une troisième porte se révéla elle aussi infructueuse. Elle était sur le point d'abandonner lorsqu'elle avisa un escalier de bois extérieur qui menait à un étage supérieur.

Elle leva la tête et le soleil qui se reflétait sur une rangée de hautes fenêtres la fit cligner des yeux.

« Si j'étais peintre, c'est là que j'aurais mon atelier », observa-t-elle avec logique en s'engageant sur la première marche.

Parvenue sur le palier, elle se dirigea sans hésiter vers la porte qui lui faisait face et, la main sur la poignée, s'apprêtait à ouvrir lorsque son instinct la fit se raviser : mieux valait frapper. Elle tentait d'évaluer la hauteur vertigineuse qui la séparait du sol lorsque la porte s'ouvrit à la volée.

Colin se tenait sur le seuil, sourcils froncés, visage impatient.

— Vous êtes en retard, grommela-t-il sans préambule.

Puis, sans lui laisser le temps de répliquer, il la prit par la main et la fit entrer dans la pièce. Une forte odeur de peinture et de térébenthine la saisit à la gorge.

Cassidy constata avec surprise que l'homme n'était pas plus impressionnant en plein jour que dans l'opacité du brouillard.

Usant des mêmes gestes que la veille, il releva le menton de la jeune femme entre ses mains.

— Monsieur Sullivan…, commença faiblement Cassidy.

Colin l'interrompit d'un « chut » péremptoire avant de retourner à l'étude attentive de son modèle.

— C'est beaucoup mieux en pleine lumière. Venez un peu par ici, je veux commencer tout de suite.

— Monsieur Sullivan..., tenta de nouveau Cassidy tandis que l'artiste, sourd aux protestations de la jeune femme, la traînait à sa suite dans une pièce plus aérée où se trouvaient quantité de toiles.

— J'ai besoin d'en savoir un peu plus avant de m'engager, vous comprenez.

— Asseyez-vous ici, commanda Colin en lui désignant un tabouret. Et redressez-vous ! ajouta-t-il avant de lui tourner le dos.

— Monsieur Sullivan ! s'impatienta Cassidy. Pourriez-vous, s'il vous plaît, écouter ce que j'ai à vous dire ?

— Tout à l'heure, promit-il en revenant s'asseoir face à elle, armé d'un bloc de papier à dessin et d'un fusain. Pour le moment, taisez-vous.

Résignée, Cassidy poussa un profond soupir et posa ses mains sur ses cuisses. Elle n'avait plus qu'à le laisser dessiner ses fichus portraits si elle voulait avoir une chance de se faire entendre.

En attendant, elle laissa son regard errer autour de la pièce. Elle aimait par-dessus tout les larges baies qui laissaient entrer le soleil à flots et les lucarnes d'où elle pouvait apercevoir des lambeaux d'un ciel merveilleusement bleu. Le sol était recouvert d'un plancher de bois clair, étoilé çà et là de petites éclaboussures de peinture. Des dizaines de toiles dépourvues de cadre étaient posées, pêle-mêle, contre les murs dont le beige clair renforçait la luminosité naturelle de l'endroit. Au centre trônait une immense table rectangulaire qui disparaissait sous un amoncellement de pinceaux, de tubes de peinture ouverts et de vieux chiffons maculés de taches de couleurs. Un vieux canapé avachi, trois chaises de bois et deux autres tabourets complétaient le mobilier pour le moins hétéroclite de la pièce.

— Regardez par la fenêtre, à présent, lui ordonna sèchement Colin. Je veux dessiner votre profil.

Docilement, Cassidy s'exécuta. Le spectacle d'une mésange affairée à construire son nid dans les branches d'un chêne la tira momentanément de l'ennui dans lequel elle se sentait sombrer. Fascinée, elle observait l'oiseau qui, sans répit, voletait de-ci, de-là, transportant dans son bec les matériaux nécessaires à la construction de son foyer.

Un sourire attendri flotta sur les lèvres de Cassidy.

— Que regardez-vous ? demanda soudain Colin, venu la rejoindre.

— Cet oiseau, là-bas, répondit-elle en pointant du doigt l'arbre où s'agitait la mésange. Regardez comme elle semble déterminée à finir ce qu'elle a commencé. Vous vous rendez compte ? Elle arrive à se construire un nid avec des bouts de ficelle, d'herbe, des petits bouts de rien qui sont autant de trésors pour un oiseau. Nous, nous avons besoin de briques, de béton, de murs solides et eux, avec trois fois rien, sans outils, sans mains, ils parviennent à se bâtir une maison parfaite. C'est merveilleux, vous ne trouvez pas ?

Cassidy tourna la tête vers lui, surprise de le savoir si proche d'elle. Renforçant leur proximité, il se pencha un peu plus afin de suivre sa ligne de vision.

— Vous devez être encore plus parfaite que ce que j'avais imaginé, dit Colin en torsadant la chevelure de la jeune femme derrière une de ses épaules.

Troublée par ces mains qu'elle sentait sur elle, Cassidy décida de s'en tenir à sa première résolution.

— Monsieur Sullivan…

— Colin, suggéra-t-il tout en continuant à arranger les cheveux de la jeune femme. Ou Sullivan, si vous préférez.

— Colin, reprit-elle patiemment, je n'avais aucune idée de votre identité hier soir, je ne l'ai réalisée qu'une fois devant la galerie, tout à l'heure.

Elle s'écarta légèrement de lui, gênée de ce contact physique qu'il lui imposait.

— Evidemment, je suis extrêmement flattée que vous ayez envie de faire mon portrait, mais j'aimerais savoir ce que vous attendez de moi et…

— J'attends de vous que vous puissiez tenir la pose vingt minutes d'affilée sans gigoter, répondit-il en passant les cheveux de Cassidy derrière son autre épaule.

La jeune femme se raidit au contact des mains chaudes de Colin sur son cou, mais ce dernier, trop préoccupé par son travail d'artiste, semblait ne rien remarquer de son embarras.

— J'attends de vous, poursuivit-il, que vous suiviez mes instructions sans rechigner. Que vous soyez ponctuelle et que vous ne demandiez pas à partir avant l'heure pour aller rejoindre votre petit ami.

— J'étais à l'heure ! se rebiffa Cassidy. Mais vous ne m'aviez pas dit où se trouvait votre atelier, alors j'ai perdu un temps fou à chercher et à frapper à toutes les portes !

— Intelligente, aussi, commenta-t-il d'un air pince-sans-rire. Savez-vous que lorsque vous êtes en colère, c'est votre tempérament irlandais qui prend le dessus ? Pourquoi vous a-t-on appelée Cassidy ?

— C'est le nom de famille de ma mère, répondit brièvement la jeune femme, désireuse de retourner au sujet qui l'intéressait.

— J'ai connu des Cassidy en Irlande, annonça-t-il d'un air détaché en reportant à présent toute son attention sur les longues mains fines de son modèle.

— Ma mère est morte à ma naissance ; par conséquent, je ne connais aucun membre de sa famille.

— Je vois, dit distraitement Colin. Vos mains sont très belles. Et votre père ?

— Il était originaire du Devon et il est mort il y a quatre ans. Mais vraiment, je ne vois pas pourquoi vous me posez toutes ces questions !

— Cela devrait au contraire vous intéresser de savoir que vous avez hérité des yeux et des cheveux de votre mère et du teint et de la morphologie de votre père. Vous êtes l'heureux mélange de ces deux cultures différentes, Cassidy St. John, et c'est ce qui m'a tout de suite plu en vous. J'aime votre simplicité, votre naturel, votre bon sens aussi, qui fait que vous laissez vos magnifiques cheveux, bien que rebelles, flotter en liberté sur vos épaules. Le bleu si profond de vos yeux qu'il devient violet dans votre visage à la beauté aristocratique, héritée de votre père. J'aime votre bouche pleine et sensuelle, qui, si elle n'était contrebalancée par un flegme tout britannique, serait le symbole même de la passion, héritage cette fois de votre mère. Vous avez été très tôt marquée par les drames de la vie et pourtant il émane de vous un éclat, une candeur, quelque chose d'indéfinissable semblable à une aura, qui fait que vous m'avez tout de suite intéressé. La peinture que je projette de faire doit réunir certains éléments bien spécifiques que j'ai trouvés chez vous.

Colin marqua une pause puis demanda d'une voix étonnamment douce :

— Ai-je satisfait votre curiosité ?

Cassidy le regardait pensivement, tentant de se retrouver dans le portrait qu'il venait de dresser d'elle. Pouvait-on réellement être si fortement marquée par l'héritage du sang ?

— Pas tout à fait, murmura-t-elle comme pour elle-même.

Elle poussa un profond soupir puis posa sur lui des yeux pétillants d'humour.

— Mais ce dont je suis sûre, c'est que je suis assez vaniteuse et trop désargentée pour refuser la proposition du grand Colin Sullivan.

Elle lui adressa alors un petit sourire ingénu.

— Lorsque vous aurez terminé, je serai devenue immortelle ! J'ai toujours rêvé de l'être.

Colin éclata d'un rire franc qui emplit toute la pièce et porta à ses lèvres les mains de Cassidy qu'il tenait toujours captives entre les siennes.

— Vous êtes étonnante, Cass !

La jeune femme s'apprêtait à répliquer lorsque la porte que l'on ouvrait à la volée l'en empêcha.

— Colin, j'ai besoin de…

La jeune femme qui venait de faire irruption dans la pièce s'interrompit brutalement pour fixer un regard étonné sur Cassidy.

— Désolée, dit-elle sans lâcher des yeux les mains jointes du peintre et de son modèle. J'ignorais que tu étais occupé.

— Ce n'est pas grave, Gail, affirma Colin avec désinvolture. Tu sais bien que je verrouille ma porte lorsque je ne veux pas être dérangé. Je te présente Cassidy St. John qui va poser pour moi. Cassidy, voici Gail Kingsley, artiste talentueuse et directrice de la galerie.

Ce qui attirait en premier le regard chez Gail Kingsley, c'était sa silhouette élancée, aussi mince et souple qu'un roseau, et que mettait en valeur une robe fluide judicieusement choisie. Sa flamboyante chevelure rousse encadrait un visage fin, et laissait apercevoir les anneaux d'or qu'elle portait aux oreilles. Ses yeux de félin d'un vert émeraude surmontaient une bouche charnue naturellement carminée. Tout en elle respirait l'énergie et la vivacité et il émanait de l'ensemble une indéniable élégance naturelle.

La nouvelle venue posa sur Cassidy un regard acéré qui mit instantanément la jeune femme mal à l'aise.

— Pas mal, commenta-t-elle en parlant de Cassidy comme s'il s'agissait d'une vulgaire marchandise. Quoique... la couleur des cheveux est un peu terne, tu ne trouves pas ?

Humiliée, Cassidy ne laissa pas à Colin le temps de répondre.

— Tout le monde ne peut pas être roux !

— C'est exact, renchérit distraitement Colin.

Puis, se tournant vers Gail, il ajouta :

— De quoi avais-tu besoin au juste ? Il faut que je me remette au travail.

Un regard, un geste, une inflexion de voix sont autant d'indicateurs du degré d'intimité qui peut exister entre deux personnes, songeait Cassidy. Et le regard qu'elle venait de surprendre entre Colin et Gail signifiait clairement qu'ils étaient, ou avaient été, amants.

Elle en éprouva un vague sentiment de déception.

Mal à l'aise, elle tenta vainement de dégager ses mains toujours prisonnières, mais l'emprise se fit plus forte.

— C'est au sujet du tableau de Higgin « Portrait de jeune femme ». Nous avons une offre à dix mille dollars, mais Higgin ne veut rien décider sans ton accord et j'aimerais que la vente soit signée aujourd'hui.

— Qui a fait l'offre ?

— Charles Dupré.

— Dis à Higgin d'accepter. Dupré est honnête et il ne cherchera pas à discuter le prix. Autre chose ? s'enquit-il d'un ton signifiant clairement que le délai imparti était écoulé.

Le regard dangereusement étréci de Gail n'échappa pas à Cassidy.

— Rien qui ne puisse attendre. Je vais appeler Higgin tout de suite.

— Parfait, dit Colin qui, déjà, lui tournait le dos pour reporter toute son attention sur Cassidy.

Fronçant les sourcils, il repoussa de nouveau derrière l'épaule de la jeune femme ses boucles brunes indisciplinées. Gail fusilla du regard celle que, de toute évidence, elle considérait déjà comme une rivale, avant de claquer bruyamment la porte derrière elle.

Parfaitement inconscient de ce qui venait de se passer entre les deux femmes, Colin recula de quelques pas et détailla Cassidy de la tête aux pieds.

— Ça ne va pas, annonça-t-il soudain, la mine renfrognée. Ça ne va pas du tout !

Déroutée par ce revirement d'humeur, Cassidy passa une main nerveuse dans ses cheveux.

— Qu'est-ce qui ne va pas ? s'enquit-elle, anxieuse.

D'un geste vague de la main, il désigna les vêtements qu'elle portait.

— Votre tenue, voilà ce qui ne va pas !

Cassidy baissa les yeux vers son T-shirt, son jean puis ses sandales.

— Vous ne m'aviez donné aucune indication sur ce que je devais mettre, se défendit-elle. Et puis, je n'étais pas sûre d'accepter votre proposition.

Elle haussa les épaules, agacée de devoir se justifier pour une faute qu'elle n'avait pas commise.

— C'est votre faute aussi, vous n'aviez qu'à me donner un peu plus de détails au lieu de vous enfuir comme un sauvage.

Mais Colin, absorbé dans ses pensées, paraissait ne pas l'entendre.

— Je veux de la fluidité, exprima-t-il à voix haute. Quelque chose de parfaitement lisse. Aucun angle, aucune ligne brisée. De la continuité. Et de l'ivoire pour votre teint, pas de blanc.

Fascinée, Cassidy écoutait l'artiste soliloquer et ne songea même pas à réagir lorsqu'il lui prit le poignet.

— Vous n'avez pour ainsi dire pas de formes, poursuivit-il sur le même mode, et des poignets d'enfant. Je vais accentuer la longueur et la gracilité du cou avec une robe au col montant ; du même coup on oubliera que vous n'avez quasiment pas de poitrine.

Rougissant violemment, Cassidy le repoussa et se laissa glisser le long du tabouret.

— Je me fiche bien de vos observations déplacées et... et même de vos mains que vous promenez partout sur mon corps depuis une heure ! explosa-t-elle. Et je ne vois pas en quoi le fait que j'aie de la poitrine ou pas vous regarde !

— Ne faites pas l'enfant, voulez-vous, lui intima-t-il sèchement. Votre corps ne m'intéresse que pour l'intérêt artistique qu'il représente. Mais si toutefois les choses changeaient, vous le sauriez rapidement.

Frémissante de colère, Cassidy se planta devant lui, mains sur les hanches, prête à dire à ce mufle prétentieux ce qu'elle pensait de lui.

— Ecoutez-moi deux minutes, Sullivan...

Mais, une fois de plus, il l'empêcha d'aller plus loin.

— Spectaculaire, énonça-t-il avec flegme. La colère vous rend encore plus belle, Cass, mais ce n'est pas ce que je cherche à peindre. Une autre fois, peut-être. Allons, revenez vous asseoir.

Le petit sourire charmeur qui accompagna ces dernières paroles fit retomber instantanément la colère de la jeune femme et, docile, elle regagna sa place. Toujours souriant, Colin commença à lui masser doucement le cou. Elle se laissait faire, consciente de la pression légère de chacun de ses doigts sur sa peau. C'était une sensation jusque-là inconnue d'elle et qui méritait qu'elle s'y attarde.

La voix de Colin se fit aussi caressante que ses mains lorsqu'il lui dit :

— Ce que je cherche à rendre, Cassidy, c'est une illusion. Une illusion, paradoxalement doublée de réalisme et qui symboliserait en quelque sorte le désir. Voulez-vous être l'incarnation de ce symbole, Cassidy ?

Au moment précis où elle savourait béatement la chaleur de son corps contre le sien et la douceur de ses mains sur sa peau, Colin aurait bien pu lui demander n'importe quoi, elle aurait accepté. Quelle femme aurait pu résister à ce physique d'aventurier bohème, à cette voix grave dont les intonations légèrement traînantes trahissaient les origines irlandaises, à cette sensualité qui émanait de chaque parcelle de son corps souple et athlétique ?

Cassidy n'ignorait pas qu'il était conscient de son pouvoir de séduction et qu'il en jouait sans scrupule pour parvenir à ses fins. Mais elle estimait que cela même faisait partie de son charme. Elle s'abandonna avec volupté à ses mains tour à tour puissantes et caressantes, et imagina que leurs lèvres s'unissaient dans un baiser passionné.

S'y perdrait-elle ou au contraire s'y trouverait-elle ?

Revenant soudain sur terre, elle se redressa, mettant ainsi un terme à la douce torture qu'elle subissait, et croisa les bras sur sa poitrine, dans un geste qu'elle voulait défensif.

— Vous n'êtes pas quelqu'un de simple, je me trompe ?

— Non, répondit-il honnêtement. Quel âge avez-vous, Cassidy ?

— Vingt-trois ans. Pourquoi ?

Colin fourra les mains dans ses poches et se mit à arpenter nerveusement la pièce.

— J'ai besoin de tout connaître de vous avant de commencer. Tout ce que vous êtes doit transparaître dans mon œuvre, vous comprenez ? Il faut que je trouve cette fichue robe rapidement. Je veux commencer, je sens que c'est le bon moment.

Ses grandes enjambées trahissaient une fébrilité qui contrastait de façon étonnante avec la douceur dont il avait fait preuve quelques instants auparavant.

Quel homme se cachait donc derrière Colin Sullivan ? se demanda Cassidy.

Elle éprouva l'envie irrépressible de connaître la réponse, même si elle pressentait qu'elle jouait là à un jeu dangereux.

— Je sais où nous pourrions en trouver une, hasarda-t-elle.

Elle n'est pas franchement ivoire, mais je pense qu'elle ferait l'affaire : simple, fluide, droite avec un col montant, exactement ce que vous recherchez. Le seul problème c'est son prix : exorbitant ! Mais c'est de la soie, vous comprenez, et…

— Où est-elle ? demanda Colin en s'arrêtant net devant la jeune femme.

Mais avant même que celle-ci ait ouvert la bouche pour lui répondre, il enchaînait :

— Peu importe, allons-y !

Comme à son habitude, il la prit par la main et l'entraîna à sa suite dans l'escalier, puis vers la sortie.

— Dans quelle direction faut-il aller ? s'enquit-il lorsqu'ils furent sur le trottoir.

— Par là, dit Cassidy en montrant du doigt une rue qui bifurquait sur leur gauche. C'est à deux pas d'ici. Colin, il y a quelque chose que vous devez savoir. Mais bon sang ! vous ne pourriez pas ralentir un peu le pas, je n'arrive pas à vous suivre !

— Allons, pas de simagrées, vous avez de grandes jambes, rétorqua-t-il en la traînant derrière lui.

— Colin…, reprit Cassidy, essoufflée, il faut que vous sachiez que… la robe en question se trouve dans la boutique dont j'ai été renvoyée, hier.

L'information surprit Colin au point qu'enfin il ralentisse.

— Vous travailliez dans une boutique ? Vous ?

Cassidy le gratifia d'un regard profondément condescendant.

— Oui, moi. Parce que, monsieur Sullivan, sachez que, quelquefois, les gens travaillent parce qu'ils n'ont pas le choix et qu'il leur faut bien gagner de quoi se nourrir.

— Ne soyez pas stupide, Cass, on voit bien au premier coup d'œil que vous n'êtes pas faite pour ce genre de travail.

— C'est précisément la raison pour laquelle j'ai été renvoyée, avoua-t-elle en retrouvant le sourire. Je ne suis manifestement pas faite non plus pour être serveuse puisque j'ai été renvoyée aussi de chez Jim. Mais, à ma décharge, j'ai trouvé légitime de renverser sa salade sur la tête d'un client qui s'était montré un peu trop… entreprenant à mon égard. Ça n'a pas été du goût de mon patron qui m'a remerciée sans ménagement. Et je ne vous parlerai même pas de ma brève carrière de standardiste. C'est un trop mauvais souvenir pour une si jolie journée !

— Mais alors si vous n'êtes ni vendeuse, ni serveuse, ni standardiste, qu'êtes-vous, Cassidy ?

— Un sombre écrivain, incapable de garder le même boulot depuis sa sortie de l'université.

Colin posa sur elle un regard plein de curiosité.

— Vous écrivez ? Et qu'écrivez-vous ?

— Des romans qui ne seront probablement jamais publiés, répondit-elle humblement. Des nouvelles. Et des articles, pour garder la main.

— Vous estimez-vous douée pour l'écriture ?

— Je déborde d'un talent hélas méconnu, plaisanta-t-elle à demi. Bien, nous voilà arrivés. Je me demande ce que Julia va penser de tout cela.

Elle réprima un petit sourire et ajouta, ironique :

— Elle va probablement s'imaginer que je me fais entretenir. Eh bien tant mieux ! Ça lui donnera un sujet de conversation pour les semaines à venir.

Julia écarquilla les yeux lorsqu'elle vit entrer dans sa boutique son ancienne employée en compagnie de l'illustre

Colin Sullivan. Sa stupeur ne fit que redoubler lorsqu'elle apprit la raison de leur visite mais, en parfaite femme d'affaires qu'elle était, elle n'en laissa rien paraître et, un sourire plaqué sur les lèvres, s'occupa d'eux personnellement.

Tout en se déshabillant dans la cabine d'essayage, Cassidy méditait sur l'ironie du sort qui faisait que, un peu moins de vingt-quatre heures auparavant, elle se trouvait dans ce même lieu mais de l'autre côté du rideau. Et que Colin Sullivan, dont elle ignorait jusqu'à l'existence, avait pris, dans le même laps de temps, une place prédominante dans sa vie. C'était pour lui qu'elle avait accepté d'enfiler cette robe de princesse, à cause de lui que son cœur battait un peu plus fort, anxieuse de ce qu'elle lirait dans ses yeux lorsqu'il la verrait.

Elle remonta la fermeture à glissière et contempla son reflet dans le miroir, béate de satisfaction.

Du col perlé, qui enserrait joliment le cou gracile de Cassidy, la robe retombait en drapé fluide, aussi léger que la soie elle-même, tandis que le voile transparent des manches laissait deviner sa peau diaphane. C'était une robe de conte de fées, romantique à souhait, faite pour révéler la beauté de celle qui la portait et la rendre encore plus désirable.

Cassidy inspira profondément et, morte d'angoisse, sortit de la cabine. La vue de Julia, rougissante de plaisir sous les compliments dispensés par Colin, la décontracta légèrement. Un sourire amusé aux lèvres, elle interpella doucement ce dernier.

— Colin ?

Il se retourna vers elle et le sourire charmeur qu'il arborait jusque-là s'évanouit subitement. Il s'écarta de Julia et fit quelques pas vers Cassidy qui, inquiète du visage fermé qu'il lui offrait, s'était figée sur place.

Le regard de Colin s'attarda ostensiblement sur la jeune femme qui, sous l'effet d'un flot d'émotions contradictoires, se mit à rougir violemment. Comment, d'un simple regard, pouvait-il la porter aux nues, et la précipiter aussitôt après dans un gouffre d'incertitudes et d'angoisse ?

Cassidy aurait voulu rompre ce silence pesant qui planait entre eux mais les mots ne franchirent pas le barrage de ses lèvres. Elle ne put que répéter bêtement son nom :

— Colin ?

Une petite flamme s'alluma fugitivement au fond des yeux de ce dernier pour disparaître aussitôt.

— Ça ira très bien, commenta-t-il sèchement. Prenez-la et venez avec demain à l'atelier.

Blessée par la nuance d'irritation incompréhensible qu'elle avait perçue dans la voix de Colin, Cassidy ravala sa fierté et parvint à demander avec une désinvolture feinte :

— Ce sera tout ?

— Ce sera tout, confirma-t-il, d'un ton toujours aussi brusque. A demain, 9 heures. Et ne soyez pas en retard.

Cassidy lui tourna le dos, certaine à ce moment-là de le mépriser profondément.

3.

Cassidy passa une bonne partie de la nuit à se sermonner sévèrement et lorsqu'elle se leva, ce matin-là, ce fut avec le sentiment de s'être fermement reprise en mains. Bien déterminée à ne plus se laisser déstabiliser par les sautes d'humeur imprévisibles de Colin Sullivan et à garder avec lui une distance toute professionnelle, elle grimpa dans le tram, sa robe sous le bras, pour se rendre à l'atelier.

« Après tout, il a beau être un artiste caractériel, il n'est qu'un employeur comme un autre, se dit-elle alors qu'elle sautait adroitement du tram en marche, décidée à terminer le trajet à pied. En outre, il ne voit en moi qu'un visage intéressant à peindre. Je n'éprouve aucun sentiment pour lui, et d'ailleurs comment pourrait-il en être autrement ? Je le connais à peine. Non, ce que j'ai ressenti hier était tout simplement dû à sa personnalité charismatique et j'en ai déduit, à tort, qu'il y avait une certaine attirance entre nous. Mais, en fait, il ne s'agissait que du lien, un peu ambigu certes, qui existe entre un peintre et son modèle. Et de toute façon, dans la réalité, les choses ne se passent jamais de cette façon et surtout pas aussi rapidement », conclut-elle, convaincue de qu'elle avançait.

Parvenue au bas de l'escalier qui menait à l'atelier, Cassidy interrompit son monologue intérieur pour le reprendre aussitôt.

« Il aurait au moins pu me remercier d'avoir trouvé la robe qu'il lui fallait. »

D'un geste vague de la main, elle balaya le flot de récriminations qui lui venaient de nouveau à l'esprit et frappa à la porte après avoir pris soin de s'être composé un visage neutre.

Ses bonnes résolutions vacillèrent légèrement tandis que la porte s'ouvrait sur Gail Kingsley, tout aussi hautaine que la veille.

— Bonjour, parvint-elle néanmoins à lui dire en souriant.

D'un geste ample, qui chez toute autre qu'elle aurait pu paraître théâtral, Gail lui fit signe d'entrer. L'extravagance lui allait bien, jugea Cassidy en jaugeant la combinaison rose qu'aucune autre rousse au monde n'aurait osé porter. Elle eut soudain l'impression d'être une jeune fille à peine sortie de l'adolescence dans son jean délavé et son pull-over informe.

Elle était partagée entre la fascination que Gail exerçait sur elle et la déception de n'avoir pas été accueillie par Colin.

— Suis-je en avance ? demanda-t-elle après s'être assurée que Colin n'était pas dans les lieux.

— Non, répondit Gail qui, mains sur les hanches, tournait lentement autour de Cassidy comme le ferait un animal autour d'une proie. Il avait une affaire urgente à régler, mais il n'en a pas pour longtemps. Vos cheveux… c'est naturel ou vous vous êtes fait faire une permanente ?

— C'est naturel.

— Et la couleur ?

— Aussi. Pourquoi ?

— Simple curiosité, ma chère, simple curiosité, certifia Gail dans un sourire éblouissant qu'elle abandonna très vite pour plisser dangereusement ses yeux félins. Colin est littéralement fasciné par votre visage. Il semblerait qu'il aborde une période romantique que, personnellement, j'ai toujours soigneusement évitée.

— Pourquoi me scrutez-vous de cette façon ? demanda Cassidy, désireuse de mettre un terme à l'examen dont elle était l'objet. Vous voulez savoir combien j'ai de dents, peut-être ?

— Ne soyez pas cynique ! Colin et moi nous partageons souvent nos modèles et je tiens à savoir si, éventuellement, je pourrais me servir de vous.

— Je ne suis pas un paquet de linge dont on dispose comme on veut, mademoiselle Kingsley, rétorqua Cassidy avec toute la dignité dont elle était capable. Et je ne tiens pas à être « partagée » comme vous dites.

— Pas de susceptibilité mal placée, voulez-vous ? Un modèle digne de ce nom doit savoir faire preuve d'un minimum de souplesse. Et je vous suggère également d'éviter de vous couvrir de ridicule comme la jeune femme qui vous a précédée.

Gail reprit sa ronde nonchalante autour de Cassidy avant de poursuivre perfidement :

— La pauvre petite s'était amourachée de Colin mais le pire, c'est qu'elle s'était imaginé qu'il était amoureux d'elle. Vous pouvez me croire, elle était parfaitement pathétique ! A la fin, ce pauvre Colin n'en pouvait plus ! Il a même été obligé de se montrer dur avec elle : il devient détestable dès qu'il sent qu'on s'attache à lui. Il n'y a rien de pire que d'entendre quelqu'un que vous n'aimez pas soupirer après vous toute la journée, vous ne trouvez pas ?

— Je ne sais pas, cela ne m'est jamais arrivé, répliqua Cassidy d'un ton lisse.

Elle marqua une pause et décida que mieux valait mettre cartes sur table dès le début.

— Vous n'avez pas à vous inquiéter, Gail : je ne suis là que pour travailler et la seule chose qui intéresse Colin, c'est mon visage. En outre, je suis beaucoup trop occupée par ailleurs pour envisager une romance avec qui que ce soit.

Gail s'arrêta et fixa intensément Cassidy, cherchant à lire dans le regard de la jeune femme si elle était sincère.

— Dans ce cas, les choses seront plus simples pour tout le monde, finit-elle par dire. Si vous voulez vous changer, c'est par là, ajouta-t-elle en pointant vaguement du doigt le bout d'un couloir.

Puis, de sa démarche royale de félin, elle quitta la pièce.

Cassidy poussa un profond soupir de soulagement. Tous ces artistes étaient fous à lier, décida-t-elle avant de se diriger vers l'endroit indiqué. Elle y trouva une petite pièce qui faisait office de vestiaire et, après s'être déshabillée, enfila la robe. De nouveau, le charme opéra : elle se trouva plus belle, plus sûre d'elle, plus femme. Etait-ce parce que c'était ainsi que la voulait Colin, ou à cause de l'élégante simplicité de la robe qui opérait chez elle une véritable métamorphose ?

Elle refusa de s'attarder sur ces interrogations et, après avoir rapidement brossé ses cheveux, elle jeta un dernier coup d'œil satisfait dans le miroir puis regagna l'atelier d'un pas léger.

Colin s'y trouvait. Bien campé sur ses deux jambes, mains fourrées dans ses poches, il fixait une toile blanche en fronçant les sourcils. Il ne tourna pas la tête vers elle à son arrivée et ne l'entendit même pas dire bêtement :

— Oh, vous êtes là ?

Malgré ses bonnes résolutions du matin elle ne put s'empêcher de le trouver terriblement séduisant.

— Je vais commencer directement sur la toile, décida-t-il à voix haute comme pour lui-même. Il y a des violettes sur la table. Elles sont de la couleur de vos yeux.

Cassidy repéra le petit bouquet parmi le désordre qui régnait sur la table et enfouit avec un plaisir d'enfant son visage dans les pétales odorants.

Touchée et vaguement émue, elle adressa un sourire de remerciement à Colin qui n'avait toujours pas jeté un regard vers elle.

— Je veux une touche de couleur, là, pour éclairer l'ivoire de la robe, continuait-il à voix haute, comme pour lui-même.

L'instant de bonheur que venait de connaître Cassidy s'évanouit instantanément. Elle s'en voulait d'avoir cru Colin capable d'un geste aussi délicat. D'ailleurs, pour quelle raison lui aurait-il offert des fleurs ? Elle regarda les minuscules violettes et laissa échapper un petit soupir.

— Vous me voyez déjà là, sur une toile vierge ?

Ce n'est qu'à cet instant que Colin parut enfin prendre conscience de la présence de la jeune femme et qu'il tourna vers elle un visage pénétré de concentration.

Il s'approcha d'elle et leva en l'air la main qui tenait le bouquet.

— Oui, ce sera parfait, jugea-t-il en entraînant Cassidy vers la fenêtre. Mettez-vous là, je veux profiter de la lumière du soleil.

La jeune femme s'éclaircit la gorge et haussa le ton comme le ferait une institutrice qui voudrait se faire entendre de ses élèves :

— Bonjour, Colin.

— Les bonnes manières sont le cadet de mes soucis lorsque je travaille, l'informa ce dernier.

Cassidy lui adressa un sourire rayonnant.

— Je saurai m'en souvenir.

— Alors souvenez-vous aussi qu'on me prête la fâcheuse réputation de dévorer les jeunes filles trop bavardes.

— Des jeunes filles ? Je vous aurais plutôt imaginé préférant des jeunes femmes délurées.

— De toute façon, ce n'est pas ce que vous êtes, dit Colin en relevant d'une main le menton de Cassidy tandis que, de l'autre, il repoussait derrière ses épaules la masse de ses boucles brunes.

Cassidy se sentit vaguement vexée mais n'en laissa rien paraître.

— Une fois que je vous aurai indiqué la pose, ne bougez plus ou vous apprendrez de quel bois je me chauffe.

Tout en parlant, il plaçait le corps et le visage de Cassidy au gré de sa volonté, avec la précision impersonnelle d'un physicien. Son esprit n'était plus avec elle mais avait rejoint les méandres de son art. Cassidy reconnut chez l'artiste la même concentration qu'elle mettait à noircir des feuilles de papier. Elle aussi avait cette même tendance à se fermer hermétiquement au monde extérieur lorsqu'elle créait.

Colin recula de quelques pas pour juger de la pose qu'il venait d'imposer à son modèle. Cassidy se tenait droite, les coudes un peu pliés, le petit bouquet entre ses deux mains jointes au niveau de la hanche droite. Ses cheveux cascadaient librement sur ses épaules.

— Relevez légèrement le menton, ordonna-t-il en stoppant le mouvement d'un signe de la main. Là ! Parfait ! Et maintenant, ne parlez plus jusqu'à ce que je vous le permette.

Cassidy obéit docilement, n'autorisant que ses yeux à bouger, tandis qu'ils regardaient Colin prendre un fusain et se placer derrière son chevalet.

Les minutes s'écoulèrent dans un silence religieux, Cassidy trompant l'ennui qui la gagnait en observant l'artiste à l'œuvre. Elle le regardait scruter son visage, consciente du fait qu'il pouvait lire en elle comme dans un livre ouvert. Cette découverte l'intrigua plus qu'elle ne la gêna : que voyait-il ? Comment allait-il exprimer ce qu'il devinait en elle ?

— Très bien, annonça brutalement Colin. Vous pouvez parler à présent, mais surtout gardez la pose ! Racontez-moi un peu le genre d'histoires que vous écrivez.

Il poursuivit son travail de manière si concentrée que Cassidy le soupçonna de l'avoir invitée à parler juste pour lui permettre de se décontracter un peu.

— En fait, je n'en ai écrit qu'un, ou plutôt un et demi. Je suis en train d'écrire le second alors que le premier passe de maison d'édition en maison d'édition.

Elle se retint à temps de hausser les épaules et poursuivit :

— C'est l'histoire d'une femme à un tournant de sa vie qui réfléchit aux choix à faire, aux erreurs à ne plus commettre. C'est une histoire plutôt romantique et j'aime à penser que les choses vont bien se terminer Savez-vous qu'il est très difficile de parler sans les mains ? Je n'imaginais pas une seconde que les miennes pouvaient être si indispensables à mon vocabulaire !

Colin, sourcils froncés dans un effort d'intense concentration, leva les yeux vers elle avant de les fixer de nouveau sur sa toile.

— Ça, c'est votre côté gaélique. Vous me ferez lire votre manuscrit ?

Cassidy accusa le choc, surprise par une telle demande.

— Eh bien… heu… oui, si vous voulez. Je…

— Bien, l'interrompit-il brusquement, comme à son habitude, amenez-le avec vous demain. Et maintenant, taisez-vous, je vais travailler le visage.

De nouveau il régna dans la pièce un silence sépulcral jusqu'à ce que Colin pose bruyamment son fusain et dise en secouant la tête :

— Ça ne va pas.

Affichant une mine contrariée, il se mit à faire les cent pas sans quitter son modèle des yeux. Cassidy n'osait bouger, ni émettre le moindre son.

— Votre visage n'exprime pas ce que je veux, dit-il sur un ton où se mêlaient colère et impatience. Et moi, ce que je veux, c'est de la passion ! Je veux que vous donniez libre cours à cette passion latente que je sens en vous.

Le cœur de Cassidy se mit à battre plus fort en raison de la tension extrême qui vibrait dans la pièce.

— Je veux lire dans vos yeux une promesse, la promesse d'une femme amoureuse pour son amant. Je veux voir le désir émerger de la fraîcheur ! Je veux pouvoir sentir que vous êtes pure mais pas inaccessible. Voilà ce que je veux que vous me donniez ! C'est l'essence même de ce que j'attends de vous.

La frustration lui faisait retrouver les intonations de sa terre natale, son discours exalté allumait une petite flamme au fond de ses yeux. Fascinée, Cassidy restait muette et elle le resta même lorsqu'il s'arrêta en face d'elle pour la dévisager.

— Il me faut de la douceur dans le regard, reprit-il, mais où l'on devinerait les traces d'une passion contenue. Et votre bouche, je veux qu'on voie qu'elle est faite pour les baisers. Pour en donner, pour en prendre ! Comme ceci.

Il prit alors le visage de Cassidy entre ses mains et posa ses lèvres sur celles de la jeune femme, dans un baiser d'abord léger qui, très vite, se fit plus pressant.

Cassidy, consentante, le laissait faire car ce qu'elle ressentait au plus profond d'elle-même à ce moment-là était un début de réponse aux questions qu'elle s'était posées.

Elle savourait ce baiser qui avait le goût du pouvoir qu'elle exerçait sur Colin. Mais lorsque celui-ci se détacha d'elle aussi brusquement qu'il l'avait prise entre ses bras, le visage de Cassidy exprimait exactement ce qu'il recherchait : un mélange irrésistible d'impatience, de volupté et d'innocence.

Colin laissa retomber ses mains le long de son corps puis, après un dernier regard satisfait, regagna nonchalamment son chevalet.

Cassidy, elle, tentait de reprendre ses esprits et de se

convaincre que ce baiser ne signifiait rien, qu'il n'avait été pour Colin qu'un moyen de parvenir à ses fins. Pourtant, il avait suffi de quelques secondes pour que se révèlent à elle des émotions jusque-là inconnues. Elle s'exhorta à recouvrer un calme apparent et décida fermement de prendre les choses avec du recul.

Après tout, elle était une adulte responsable et elle n'allait pas se laisser déstabiliser par ce qui n'était qu'un simple baiser et que seule son imagination fertile avait transformé en acte d'amour. Elle repensa à la façon insolente dont il l'avait embrassée, la prenant par surprise, s'arrogeant des droits qu'il était loin d'avoir. Aucun des hommes qu'elle avait connus jusqu'alors ne s'était permis un tel comportement ! Malgré tout, un étrange sentiment irrationnel persistait, qu'elle préféra ignorer et sur lequel elle ne voulait pas mettre de nom.

— C'est l'heure de la pause, décréta soudain Colin en reposant son fusain et en s'essuyant les mains avec un chiffon. Vous pouvez vous détendre.

Cassidy le regardait faire, silencieuse, se demandant s'il la voyait vraiment. Elle décida de laisser la question en suspens et étira longuement ses membres engourdis.

— Combien de temps ai-je tenu ainsi ? Plus de vingt minutes, je parie.

Colin haussa négligemment les épaules.

— Peut-être, en effet. Vous voulez du café ?

La désinvolture affichée de Colin agaça Cassidy qui rétorqua avec raideur :

— Demain j'apporterai un minuteur, ainsi le problème sera réglé. Et oui merci, je prendrai volontiers une tasse de café.

Colin, semblant ignorer la remarque de la jeune femme, se dirigea vers la porte.

— Attendez-moi, je vais en préparer.

— Je peux regarder ce que vous avez fait ?

— Non, répondit Colin en tirant le verrou. Je déteste que l'on regarde une de mes œuvres tant qu'elle n'est pas terminée.

Cassidy esquissa une moue de dépit.

— Et vos autres toiles ?

— Celles-là, oui, vous pouvez jeter un coup d'œil dessus.

Une fois Colin sorti, Cassidy posa le bouquet de violettes sur la table et se dirigea vers les tableaux achevés, disposés de façon anarchique contre les murs. Il y en avait de tous les formats, quelques-uns si grands qu'elle avait du mal à les retourner.

Le sentiment d'irritation qu'elle venait d'éprouver disparut sitôt qu'elle fut confrontée au talent de l'artiste. Elle comprit soudain pourquoi Colin était considéré comme le maître absolu de sa génération en matière de lumière et de couleur. Fascinée, elle vit apparaître de manière évidente le mélange de sensibilité et de force qu'elle avait soupçonnées en lui. Ses portraits reflétaient la perspicacité et le réalisme, ses paysages une grande vitalité, mais les uns comme les autres avaient pour point commun un jeu d'ombre et de lumière dans lequel on devinait la nature tourmentée du peintre.

Cassidy se demanda un instant si Colin peignait ce qu'il voyait ou ce que lui inspirait ce qu'il voyait, puis elle comprit qu'il s'agissait d'un savant mélange des deux. Son talent résidait dans la perception qu'il avait des choses tout autant que dans sa façon de les reproduire.

Le dernier tableau qu'elle contempla représentait une jeune femme nue, lascivement étendue sur le sofa aujourd'hui relégué au fond de l'atelier. Impossible de s'y tromper : elle reconnut la peau laiteuse, les yeux de braise de la jeune femme qu'avait évoquée Gail le matin même.

— Jolie créature, n'est-ce pas ? remarqua Colin, de retour avec deux tasses de café.

— Oui, approuva Cassidy, admirative. Je n'ai jamais vu une aussi jolie femme de ma vie.

Colin accueillit cette affirmation avec un haussement d'épaules désinvolte.

— Dans son genre, en effet, il n'y a rien à dire, elle est parfaite. D'une sensualité renversante et parfaitement asssumée.

Cassidy cacha à peine le profond agacement que cette remarque venait de faire naître en elle.

— En effet, et vous l'avez d'ailleurs magnifiquement rendue, nota-t-elle avec humeur.

Colin lui adressa un de ces sourires charmeurs dont il avait le secret.

— Ah, Cass, on lit en vous comme dans un livre ouvert ; mais surtout, ne changez rien ! Vous êtes certainement la créature la plus exquise que j'ai rencontrée depuis bien longtemps.

Le compliment alla droit au cœur de Cassidy. Elle sourit en retour à Colin, toute trace d'irritation envolée.

— Pourquoi vous êtes-vous installé à San Francisco ? s'enquit-elle à brûle-pourpoint.

Colin s'assit à califourchon sur une des chaises de bois et fixa intensément Cassidy avant de répondre :

— Parce que cette ville est à la croisée du monde. Que

j'aime les contrastes qu'elle offre, et parce que l'histoire douloureuse dont elle est empreinte m'a toujours fasciné.

Cassidy hocha la tête en guise d'assentiment.

— L'Irlande ne vous manque pas ?

— J'y retourne de temps en temps pour m'en nourrir, comme du sein d'une mère. J'y puise la paix avant de revenir ici, vivre au rythme effréné de cette ville. Mon âme créatrice a besoin des deux, j'imagine.

Colin détourna le regard des yeux violets, chargés d'innocente candeur, que Cassidy posait sur lui et dans lesquels il lisait si facilement la nature de ses sentiments pour lui.

— Finissez votre café, dit-il d'un ton abrupt, je voudrais terminer les contours de l'esquisse pour pouvoir attaquer la peinture demain.

Cassidy passa le reste de la matinée à étudier Colin. Elle ne se lassait pas d'observer les yeux outrageusement bleus, seuls éléments mobiles dans son visage pénétré de concentration.

Elle frissonna au souvenir des lèvres douces et chaudes de Colin sur les siennes et se demanda ce qu'elle éprouverait à être aimée de lui pour de bon. Car, bien que ses expériences amoureuses aient été limitées, elle n'en pressentait pas moins que Colin Sullivan devait être un homme dangereux dont elle devrait se méfier. Tout chez lui l'attirait et l'intriguait : son physique bien sûr, mais aussi son talent et même son caractère difficile et versatile.

Elle repensa à la remarque acerbe qu'avait faite Gail au sujet de la jeune femme qui l'avait précédée. Par comparaison, elle, Cassidy St. John, n'avait rien en commun avec la beauté sophistiquée de Gail, ni avec la sensualité à fleur de peau de l'ancien modèle. A croire que Colin appréciait les extrêmes en tout genre.

Une petite voix intérieure lui souffla qu'elle ne devait pas s'attacher à Colin Sullivan.

« Si tu ne veux pas souffrir, garde tes distances. Ne lui ouvre pas le chemin qui mène à ton cœur. »

— C'est bon, vous pouvez aller vous changer, lui intima Colin d'un ton brusque sans daigner lever les yeux de sa toile.

« Grossier » était encore trop faible pour qualifier le comportement de Colin à son égard, songeait amèrement Cassidy en regagnant le vestiaire. Non, Colin Sullivan était bien pire que cela, mais les mots manquaient à la jeune femme.

« Cassidy St. John, tes inquiétudes ne sont pas fondées, se dit-elle avec une jubilation mauvaise. Car personne ne pourra jamais approcher cet homme d'assez près pour pouvoir s'y brûler les ailes. »

Lorsque Cassidy rejoignit l'atelier un moment plus tard, Colin regardait par la fenêtre, perdu dans la contemplation de quelque chose qu'il était seul à voir.

— J'ai laissé la robe dans le vestiaire, annonça Cassidy d'un ton glacial. Je m'en vais, vous avez l'air épuisé.

Elle prit son sac qui se trouvait sur une chaise et s'apprêtait à partir lorsque la main de Colin se posa sur son poignet.

— Vous avez votre petite ride, là, entre les sourcils, dit-il d'une voix douce en effleurant la ligne du bout des doigts. Faites-la vite disparaître et je vous invite à déjeuner.

Cassidy plissa les yeux, creusant un peu plus le petit sillon.

— N'employez pas ce ton paternaliste avec moi, Sullivan. Je ne suis pas une gamine en mal d'affection, ni une de vos groupies stupides, en extase devant le moindre de vos faits et gestes.

Le ton cinglant de Cassidy surprit Colin qui leva un sourcil étonné.

— Parfait, mais ce n'est pas une raison pour partir fâchée.

— Je ne suis pas fâchée, riposta Cassidy. J'ai la réaction normale d'une personne avec qui on vient de se montrer grossier. Et maintenant, lâchez mon poignet…

— Je lâcherai votre poignet lorsque j'en aurai fini avec ce que j'ai à vous dire, répliqua calmement Colin. Et vous devriez vous contrôler, Cass, ma chérie. La colère vous rend encore plus désirable et je n'ai pas pour habitude de résister à ce qui m'attire.

— Qu'est-ce que vous racontez ! La seule chose qui vous attire en moi se trouve là, sur cette toile, c'est évident !

Elle tenta de dégager sa main, mais, d'un mouvement aussi rapide qu'inattendu, Colin l'emprisonna de ses deux bras contre son torse.

Cassidy leva vers lui des yeux furibonds.

— Qu'essayez-vous de prouver en faisant ça ?

— Que vous avez tort. Vous me lancez un défi, je le relève.

Ce que Cassidy crut lire dans le regard de Colin à ce moment-là accéléra les battements de son cœur.

— Je ne vois pas de quoi vous parlez et je ne vous ai lancé aucun défi ! protesta-t-elle avec véhémence.

— Mais si, objecta Colin en enfouissant à présent ses mains dans la chevelure luxuriante de Cassidy. Vous avez jeté le gant la nuit même où nous nous sommes rencontrés, j'estime le moment bien choisi pour le relever.

— Vous êtes ridicule ! tenta Cassidy d'une voix qui s'altérait.

Elle réalisait qu'elle s'aventurait dans des territoires qu'elle aurait été bien avisée d'éviter mais il était trop tard : la bouche de Colin était déjà sur la sienne, dans un baiser dévastateur.

Cassidy étouffa un petit cri de protestation et s'en voulut de s'agripper à Colin, plutôt que de le repousser. Encouragé par cette invitation muette à poursuivre, ce dernier dessina du bout de la langue les contours de la bouche sensuelle de Cassidy, s'attardant à en goûter pleinement la saveur.

Lorsqu'il s'écarta d'elle, quelques secondes, ce ne fut que pour lui murmurer :

— Vous voyez, Cass, cette fois c'est pour mon plaisir que je vous embrasse.

Il resserra alors son étreinte, plaquant un peu plus contre lui le corps souple et docile de la jeune femme. Celle-ci s'abandonnait corps et âme, comme si elle n'avait vécu que pour ce moment. Ses courbes, subtiles, épousaient parfaitement celles, viriles, de Colin, tandis que sa bouche avide répondait avec ardeur à son baiser. Elle avait perdu toute notion du temps lorsque Colin quitta ses lèvres. Il la maintint longtemps contre elle, faisant de leurs deux corps unis un bloc parfaitement homogène.

Seul le souffle saccadé qu'ils exhalaient à l'unisson ponctuait le silence presque palpable de la pièce.

Sous le choc, Cassidy avait l'impression que le sol allait se dérober sous ses jambes flageolantes. Elle secoua vigoureusement la tête dans une tentative dérisoire destinée à repousser le flot d'émotions vives que ce baiser avait fait naître et qui ne demandaient qu'à s'épanouir. Elle était à la fois fascinée et terrorisée par la puissance de ce qu'elle venait de vivre, pressentant instinctivement qu'il était encore trop tôt.

Mais tandis qu'elle essayait de se libérer des bras de Colin, celui-ci resserra un peu plus son emprise.

— Non, Colin, s'il vous plaît, protesta faiblement la jeune femme en tentant de le repousser. Je ne peux pas.

Un voile sombre passa sur le visage de Colin.

— Mais moi je peux, murmura-t-il en se penchant pour reprendre fougueusement les lèvres de la jeune femme.

Cassidy plongea de nouveau dans un tourbillon de volupté qu'elle était bien incapable de maîtriser. Rien, dans l'expérience qu'elle avait des hommes, ne l'avait préparée à vivre ce que son corps lui réclamait aujourd'hui. Elle se grisait de la bouche de Colin sur la sienne, des mots d'amour qu'il susurrait à son oreille, de la douce torpeur dans laquelle elle se laissait sombrer avec délices.

Pourtant un sursaut de lucidité vint briser la magie du moment.

Elle s'écarta légèrement de lui et murmura, le regard encore trouble de désir, le souffle toujours court :

— S'il vous plaît, Colin, laissez-moi partir. Je crois que je ne suis pas prête.

Colin darda sur elle des yeux enflammés de passion et si Cassidy redouta un instant qu'il n'entende pas ses protestations, c'est qu'elle se savait incapable de lui résister plus longtemps.

Mais les mains de Colin retombèrent, l'étreinte se relâcha. Cassidy en profita pour s'éloigner de lui.

Colin croisa les bras sur sa poitrine, puis, un sourire goguenard aux lèvres, considéra la jeune femme en silence.

— Je me demande qui vous avez eu le plus de mal à combattre, lâcha-t-il enfin. Vous ou moi ?

— J'avoue que je n'en sais rien, admit innocemment Cassidy.

Colin la regarda avec curiosité.

— Ça a au moins le mérite d'être honnête. Mais vous avez joué avec le feu, Cassidy. J'aurais pu garder l'avantage.

— Non, je suis sûre que vous n'auriez rien fait contre mon gré.

Elle poussa un long soupir, redressa les épaules.

— De toute façon, je suppose que c'était un passage obligé, et maintenant que nous l'avons vécu ça ne se reproduira plus.

Colin éclata soudain d'un rire sonore.

— J'ai dit quelque chose de drôle ? s'enquit Cassidy d'un ton pincé.

Pour toute réponse, Colin s'approcha d'elle et la prit par les épaules, dans un geste qui se voulait amical.

— Cass, vous êtes vraiment unique, lui dit-il gentiment. L'Anglaise rationnelle le disputera toujours à l'Irlandaise passionnée.

Cassidy releva fièrement le menton à ce qu'elle prit pour une offense.

— Vous imaginez vraiment n'importe quoi !

— La porte est ouverte, Cassidy, je ne vous retiens pas.

— Vous auriez peut-être mieux fait de la laisser verrouillée, riposta cette dernière, vexée de se sentir congédiée de la sorte.

— Sachez que, désormais, cette porte restera ouverte et que ce qui s'est passé entre nous se reproduira, annonça Colin d'une voix lisse. Et maintenant partez, avant que j'oublie que vous n'êtes pas prête.

Cassidy s'apprêtait à franchir la porte lorsque la voix grave de Colin lui parvint :

— A demain, 9 heures.

Elle se retourna et observa la haute silhouette qui se détachait en contre-jour au milieu de la pièce. Si elle écoutait la voix de la raison, elle se garderait bien de remettre les pieds dans cet atelier.

— Car vous n'êtes pas lâche, n'est-ce pas ? ajouta Colin.

Cassidy rejeta la tête en arrière et se redressa fièrement.

— A demain, 9 heures, confirma-t-elle d'une voix ferme avant de claquer la porte derrière elle.

4.

Au fil des jours, Cassidy se sentait de plus en plus à l'aise dans son rôle de modèle. Elle commençait même à s'adapter au caractère difficile de Colin qui pouvait passer, en l'espace de quelques secondes, de l'humeur la plus massacrante à la gentillesse la plus déconcertante. Plus elle découvrait les différentes facettes de sa personnalité, plus elle était fascinée.

Elle tentait régulièrement de se convaincre du fait que l'intérêt qu'elle portait à l'artiste était strictement professionnel et que les heures passées à étudier une personnalité aussi imprévisible était une bénédiction pour l'écrivain qu'elle était.

Et même si elle ne parvenait pas à oublier le baiser passionné qu'ils avaient échangé, il n'y avait entre eux, se disait-elle fermement, qu'un échange artistique. D'ailleurs depuis ce fameux jour, Colin gardait soigneusement ses distances, ne touchant son jeune modèle que pour la guider dans la pose qu'il voulait obtenir d'elle.

Assise à son bureau face à ses feuilles blanches, Cassidy songeait qu'elle avait beaucoup de chance : elle avait trouvé un travail qui la mettait momentanément à l'abri des soucis matériels, et Colin Sullivan ne voyait désormais en elle qu'un modèle comme un autre et pas une femme de chair et de sang. Bien sûr, être attirée par un être aussi complexe était naturel, presque inévitable ; cependant, elle avait assez de bon sens pour lui résister. Et contrairement à la jeune femme qui l'avait précédée, elle ne succomberait pas au charme irrésistible de Colin et elle se garderait bien de tomber amoureuse de lui.

Elle était bien trop raisonnable pour avoir envie de se couvrir de ridicule en s'entichant d'un séducteur dont la vie ne tournait qu'autour de son travail et d'une certaine Gail Kingsley.

« D'ailleurs, je peux le comprendre, se dit Cassidy, magnanime. Moi aussi j'ai une passion. »

Elle contempla en soupirant les feuilles restées vierges devant elle. Elle se redressa d'un bond sur son siège, bien décidée à ne plus laisser son esprit vagabonder ni Colin Sullivan interférer dans son travail. Elle bouclerait ce soir le chapitre qu'elle avait commencé…

Quelques instants plus tard, Cassidy avait retrouvé toute l'inspiration qui lui avait momentanément fait défaut et rédigeait une scène d'amour entre les deux principaux protagonistes de son roman. Inconsciemment, elle puisait dans sa propre expérience et exprimait ses émotions à travers ses personnages.

Elle avait presque terminé lorsque des coups frappés à la porte l'interrompirent dans sa tâche.

— Oui ? grogna-t-elle en étouffant un juron.

En réponse, la porte s'entrouvrit sur le visage jovial de son voisin de palier, Jeff Mullan.

— Salut, Cassidy. Tu as une seconde ?

Toute trace de contrariété s'évanouit et Cassidy accueillit Jeff avec le sourire.

— Bien sûr.

Il entra dans la pièce, sa guitare dans une main, un pack de six canettes de bière dans l'autre.

— Je peux utiliser ton Frigidaire ? Le mien est encore en panne et tu es la seule ici en qui je peux avoir confiance.

— Vas-y, dit Cassidy en tournant son siège pour faire face à Jeff. Mais j'ignorais que les guitares devaient se conserver au frais.

Jeff ne releva pas le trait d'humour de son amie et alla ouvrir le réfrigérateur.

— Eh bien, c'est pire que le désert de Mojave là-dedans ! Un fond de jus de fruits, deux carottes et de la margarine. Dis-moi, il t'arrive de te nourrir correctement quelquefois ? Viens chez moi et tu feras enfin un repas digne de ce nom. J'ai des tacos au poulet et de délicieux beignets à la confiture !

— Je te remercie, Jeff, c'est vraiment très tentant, mais je voudrais terminer le chapitre que j'ai commencé.

Dans un geste qui laissait penser qu'il réfléchissait, Jeff caressa sa barbe rousse impeccablement taillée, puis il s'assit en tailleur sur le sol, sa guitare bien calée sur ses cuisses.

— Tant pis, tu ne sais pas ce que tu rates. Mais dis-moi, tu as eu des nouvelles de New York ?

— Il semble qu'il y ait une conspiration du silence sur la côte Est, répondit Cassidy en soupirant. J'imagine qu'il est encore trop tôt pour se décourager, mais tu sais bien que la patience n'a jamais été mon fort.

— Tu vas y arriver, Cassidy ! Tu as un don pour l'écriture, c'est indéniable, affirma Jeff en pinçant une corde de sa guitare. Et si ton roman est aussi bon que la nouvelle qui a été publiée dans un magazine, il n'y a aucune raison pour que ça ne marche pas.

Cassidy sourit, touchée par la sincérité du compliment.

— Quel dommage que tu ne travailles pas dans une maison d'édition ! s'exclama-t-elle d'un ton dépité.

— Tu sais bien que je suis un célèbre auteur-compositeur, plaisanta-t-il, et de toute façon, tu n'as pas besoin de moi pour réussir.

Cassidy regarda son ami avec tendresse et, à le voir assis dans cette posture, ses doux yeux gris contrastant avec ses cheveux et sa barbe flamboyants, elle songea qu'il serait un modèle parfait pour Colin. Oui, Colin le peindrait exactement tel qu'il était là, installé sur un bout de tapis usé, caressant de ses grandes mains fines les cordes de sa guitare.

La voix de Jeff la ramena soudain sur terre.

— Cassidy ?

— Excuse-moi, j'étais en train de rêvasser. Tu as des contrats pour les jours à venir ?

— Oui, j'en ai décroché deux pour la semaine prochaine.

Jeff marqua une pause, le temps de tester le son de sa basse.

— Et toi ? Comment se passent tes séances de pose ? J'ai vu quelques-unes des œuvres de cet artiste, c'est incroyable ce qu'il peint ! Quelle impression cela fait-il de poser pour l'un des plus grands peintres du moment ?

Cassidy replia ses jambes sous elle et réfléchit quelques secondes avant de répondre :

— C'est un sentiment bizarre, en fait. Je ne suis jamais certaine que c'est bien moi qu'il voit quand il travaille. A tel point que je me demande si je me reconnaîtrai dans le portrait qu'il fait de moi. Mais peut-être ne prend-il qu'une part infime de mon physique, de ma personnalité, tout comme je m'inspire de certains traits de caractère de gens que je connais pour créer mes personnages.

— Comment est-il ?

— Fascinant ! s'exclama spontanément Cassidy. Il a l'allure d'un flibustier et des yeux d'un bleu… incroyable ! Et ses mains… il a de belles mains, longues, fines et pourtant si puissantes !

A mesure qu'elle évoquait Colin, la voix de Cassidy se faisait plus douce, plus caressante.

— Il émane de lui une sensualité innée, encore plus évidente lorsqu'il peint et qu'il s'isole du monde extérieur. Quelquefois, il me demande de parler, alors je lui raconte ce qui me passe par la tête mais je ne sais même pas s'il m'entend.

Perdue dans ses pensées, Cassidy posa son menton sur ses genoux repliés et reprit comme pour elle-même :

— Il a un caractère épouvantable et ses accès de colère sont si impressionnants que, par comparaison, le tonnerre fait figure de berceuse. Il est d'un rare égoïsme, d'une incroyable arrogance et pourtant c'est l'homme le plus charmeur que j'ai jamais connu. Je le découvre un peu plus chaque jour et j'ai l'impression qu'une vie entière ne suffirait pas pour le connaître vraiment.

Durant quelques instants le silence régna, ponctué des seules notes de musique que Jeff arrachait à sa guitare.

— Bref, tu es dingue de lui, résuma placidement ce dernier, comme s'il énonçait une évidence.

Cassidy écarquilla ses grands yeux violets, sous le choc de ce qu'elle venait d'entendre.

— Non, bien sûr que non ! protesta-t-elle avec véhémence. Je suis simplement… simplement…

« Simplement quoi, Cassidy ? » s'interrogea-t-elle.

— Je suis intéressée par sa personnalité complexe, voilà tout.

Jeff hocha la tête, dubitatif, puis il se releva lentement.

— Pas de problème, Cass. Mais fais attention quand même. Colin Sullivan est peut-être un grand artiste mais si l'on en croit les ragots colportés dans la presse à scandale, il n'en est pas moins un homme à femmes. Tu es une très jolie femme et, qui plus est, aussi pure que l'agneau qui vient de naître.

— Ce n'est pas précisément ce qu'ont fait de moi les quatre années que j'ai passées à Berkeley, Jeff.

Ce dernier se rapprocha de Cassidy et effleura ses lèvres d'un baiser auquel elle ne répondit pas.

— Tant pis ! commenta Jeff, beau joueur. Mais pense un peu à toutes les économies que nous ferions si nous vivions ensemble !

Cassidy tira affectueusement sur la barbe de son ami.

— De toute façon, je ne me fais pas d'illusion, je sais bien que c'est mon Frigidaire qui t'intéresse.

— Comme tu me connais bien, Cass ! plaisanta Jeff en se dirigeant vers la porte. Il ne me reste plus qu'à noyer mon chagrin dans l'écriture d'une chanson magnifiquement triste.

— Décidément, j'ai l'art d'inspirer tout le monde en ce moment ! plaisanta la jeune femme.

— Prétentieuse !

Le sourire de Cassidy s'évanouit sitôt la porte refermée sur Jeff. « Dingue de lui », avait-il dit. Quelle idée ! Une femme ne pouvait-elle donc s'intéresser à un homme sans qu'on lui prête des intentions amoureuses ou qu'on l'imagine avoir quelque chose derrière la tête ? Songeuse, elle repensa aux lèvres de Jeff effleurant les siennes. Par quelle sorte d'alchimie bizarre le baiser d'un homme pouvait-il vous laisser de marbre et celui d'un autre vous porter aux nues ? Pourquoi ne ressentait-elle rien pour Jeff, pourtant si gentil, si attentionné ? En tout cas, conclut-elle en reprenant son crayon, il faudrait vraiment être stupide pour s'amouracher d'un homme dont on sait qu'il vous fera souffrir.

Elle s'était remise au travail depuis quelques minutes à peine lorsque de nouveaux coups frappés à la porte l'interrompirent. Elle leva les yeux au ciel, passablement contrariée par cette nouvelle intrusion.

— Ne me dis pas que tu as déjà fini d'écrire ta chanson triste et poignante ! cria-t-elle sans quitter son bureau. Et je te signale que tes bières sont loin d'être fraîches !

— Je ne vois pas de quoi vous voulez parler. Ce n'est ni l'une ni l'autre de ces raisons qui m'ont poussé à venir jusque chez vous.

Cassidy repoussa vivement sa chaise et braqua un regard abasourdi sur Colin qui se tenait dans l'embrasure de la porte. Un petit sourire ironique flottait sur ses lèvres tandis qu'il s'attardait ostensiblement sur le corps légèrement vêtu de la jeune femme. Celle-ci, rougissante, tira sur son T-shirt informe pour tenter de cacher ses cuisses que découvrait un short trop court.

— Que faites-vous ici ? demanda-t-elle lorsqu'elle eut recouvré un semblant d'assurance.

— Je suis venu apprécier le spectacle que vous m'offrez, répondit-il en entrant sans attendre d'y avoir été invité. Ce n'est pas très prudent de laisser votre porte ouverte comme ça.

— Je perds toujours mes clés, alors je me retrouve comme une idiote devant ma porte et…

Cassidy s'interrompit. Un jour viendrait, se promit-elle où elle réfléchirait avant de parler.

— De toute façon, il n'y a rien à voler ici, conclut-elle.

— Vous avez tort de le croire. Qui pensiez-vous que j'étais lorsque j'ai frappé ?

— Un auteur-compositeur en panne de réfrigérateur. Comment avez-vous eu mon adresse ?

— Vous l'avez notée sur votre manuscrit, dit Colin en posant l'épaisse enveloppe sur le bureau.

Cassidy considéra, sceptique, le document qu'elle avait confié à Colin plusieurs jours auparavant. Le silence qu'il avait observé jusque-là l'avait persuadée qu'il l'avait remisé dans un coin pour l'oublier aussitôt. Mais il lui apparut soudain comme une évidence qu'elle-même n'avait rien demandé par peur d'essuyer ses critiques et que l'opinion de Colin lui importait infiniment plus que le refus du plus prestigieux des éditeurs de New York.

Cassidy réalisa tout à coup qu'elle n'était pas prête à entendre ses commentaires.

Colin, de son côté, faisait nonchalamment le tour de la pièce. Il prit le temps d'arranger les fleurs séchées d'un bouquet, d'examiner une photo dans un cadre en argent, de contempler par la fenêtre la vue qui s'offrait à lui.

— Vous voulez boire quelque chose ? demanda Cassidy qui, se rappelant l'inventaire de son Frigidaire, regretta tout de suite sa proposition. J'ai du café, suggéra-t-elle promptement.

Colin parut ne pas entendre et reprit son inspection en silence.

— Vous avez un sens rare des couleurs, Cassidy, lâcha-t-il enfin. Et un don certain de décoratrice pour avoir rendu chaleureux un endroit aussi impersonnel que celui-ci. J'ai toujours trouvé que les appartements de ces résidences modernes n'avaient pas d'âme et manquaient singulièrement de caractère.

Il prit entre ses mains un petit miroir encadré de coquillages nacrés.

— Fisherman's Wharf, nota-t-il en connaisseur. Décidément, vous avez l'air d'aimer particulièrement les quais.

— C'est vrai. J'adore cette ville en général mais je suis très attachée à cet endroit. J'aime l'animation qui y règne, tous ces bateaux serrés les uns contre les autres et dont je me plais à imaginer la destination.

Cassidy regretta aussitôt son accès de lyrisme. Elle qui s'était toujours donné un mal fou à cacher à Colin à quel point elle était romantique, c'était réussi !

Le sourire renversant que lui adressa Colin ne fit qu'ajouter à son embarras.

— Je vais faire du café, annonça-t-elle brusquement.

Mais, d'une main ferme posée sur son épaule, Colin l'empêcha de se lever.

— Ce n'est pas la peine.

Il regarda les feuilles éparses, les notes griffonnées, les livres qui recouvraient le bureau.

— Je vous ai interrompue en plein travail. Je suis vraiment impardonnable.

— Ne vous excusez pas ; de toute façon, je commençais à être fatiguée.

Elle lui adressa un petit sourire complice et reprit :

— Sinon, je me serais montrée aussi grossière que vous lorsque quelqu'un vous dérange en pleine création.

— J'adorerais voir ça !

— Je ne vous le conseille pas, c'est vraiment un spectacle abominable ! Mais pour l'amour du ciel, Colin, cessez de faire les cent pas ou vous allez finir par trouer le plancher. Venez vous asseoir là.

Il dédaigna la chaise qu'elle lui indiquait pour aller se percher sur un coin du bureau.

— J'ai fini votre livre tout à l'heure, annonça-t-il à brûle-pourpoint.

— J'imagine que c'est la raison pour laquelle vous me l'avez ramené, dit-elle en affichant une désinvolture qu'elle était loin de ressentir et qui se fissura rapidement devant le silence obstiné de Colin. S'il vous plaît, Colin, parlez, c'est une véritable torture que vous m'infligez là ! Ou plutôt non, attendez ! le coupa-t-elle alors qu'il ouvrait la bouche.

Elle se leva d'un bond et se mit à arpenter nerveusement la pièce.

— Si vous n'avez pas aimé, je comprendrai parfaitement. Bien sûr je serai anéantie, mais je m'en remettrai. Je suis prête à tout entendre et j'attends de vous que vous soyez franc, alors épargnez-moi les platitudes et les paroles réconfortantes.

Elle marqua une pause, enfouit les mains dans sa lourde chevelure pour la rejeter en arrière puis reprit :

— Et pour l'amour du ciel ne me dites pas que c'était intéressant, ce serait pour moi l'horreur absolue !

— Vous avez fini ? dit Colin d'une voix douce.

Cassidy inspira profondément avant de répondre :

— Je crois que oui.

— Alors venez ici, lui dit-il de la même voix douce.

La jeune femme s'approcha docilement de lui et le laissa lui prendre les mains.

— Si je n'ai pas parlé de votre livre avant, c'est parce que je voulais le lire d'un trait et parce que je préférais ne pas en parler tant que je ne l'avais pas fini.

Ses doigts se mirent à caresser presque distraitement les mains de Cassidy.

— Vous possédez quelque chose de rare, Cass, quelque chose d'insaisissable, qui s'appelle le talent. Et ce n'est pas à Berkeley qu'on vous l'a appris, vous l'avez en vous depuis que vous êtes née. Vos années d'université l'ont certes affiné, discipliné, apprivoisé mais le matériau brut, c'est vous qui l'avez apporté.

Cassidy laissa échapper un soupir d'intense soulagement. Pourquoi l'opinion d'un homme qu'elle connaissait à peine lui importait-elle tant ? Pourquoi est-ce que l'avis de Jeff lui avait fait plaisir, certes, mais celui de Colin la laissait sans voix ?

— Je ne sais pas quoi dire, murmura-t-elle en secouant la tête. Cela vous paraît peut-être idiot, mais c'est la vérité.

Elle regarda les feuilles éparpillées sur son bureau.

— J'ai traversé tant de moments de doute pendant lesquels j'avais envie de tout envoyer balader ! Je me disais alors que tout cela ne justifiait pas tant de peine, de sacrifices !

— Pourtant vous avez choisi d'être écrivain.

— Je n'ai pas choisi, riposta-t-elle, ça m'est tombé dessus comme ça, sans que je demande rien. Et vous, Colin, avez-vous choisi d'être peintre ?

Il la fixa un instant puis secoua la tête.

— Non, répondit-il, vous avez raison, les choses arrivent parfois sans qu'on demande rien. Croyez-vous au destin, Cass ?

— Oui, dit-elle dans un souffle.

Colin riva ses yeux à ceux de Cassidy.

— Bien sûr, je l'aurais parié. Alors, croyez-vous que ce soit notre destin de devenir amants ? demanda-t-il d'une voix douce.

Le cœur de Cassidy bondit dans sa poitrine. Pourtant elle secoua la tête en signe de dénégation.

— Vous mentez mal, Cassidy, observa Colin.

Puis comme pour lui prouver qu'il avait raison, il se pencha vers elle et prit ses lèvres. Chaque parcelle du corps de la jeune femme se mit alors à vibrer au rythme de la bouche sensuelle que Colin promenait sur la sienne.

Un sursaut de défense la fit s'écarter brutalement de lui.

— Non ! s'écria-t-elle.

— Pourquoi ? demanda Colin d'une voix caressante. Ce n'est qu'un simple baiser.

— Ce n'est pas qu'un simple baiser et vous le savez bien ! protesta Cassidy. Ensuite vous voudrez plus.

Il effleurait son visage de ses lèvres, enfouissait ses mains dans les boucles brunes.

— Je ne prendrai que ce que vous voudrez bien me donner, Cass, rien de plus.

Sa bouche se fit plus enjôleuse encore pour lui murmurer :

— Tu es si pure, si innocente… embrasse-moi, Cass, j'ai tellement besoin de toi !

Cassidy céda, dans un petit gémissement où se mêlaient étroitement crainte et désir.

Leurs corps s'embrasèrent instantanément, ignorant les signaux désespérés que leur envoyaient leurs cerveaux déconnectés de toute réalité. La bouche de Cassidy, avide, cherchait fébrilement celle de Colin, tandis que les mains de celui-ci exploraient les courbes harmonieuses plaquées contre lui. La crainte que Cassidy avait ressentie quelques secondes auparavant s'était évanouie, cédant la place à la délicieuse excitation de perdre tout contrôle d'elle-même et de la situation. Un besoin intense, presque primaire, de volupté la submergea. Elle renversa la tête en arrière, offrant sa gorge aux délicieuses morsures de Colin, bandant son corps à mesure que les caresses se faisaient plus audacieuses et plus précises sous son T-shirt. Elle s'abandonnait, toute frémissante d'un plaisir jusque-là inconnu, lorsque Colin la repoussa légèrement.

— Tu avais raison, dit-il d'une voix encore rauque de désir. Ce n'est pas qu'un simple baiser. J'ai envie de toi, Cass, alors sache que nous n'en resterons pas là et que rien ni personne ne pourra m'empêcher de te prendre quand j'en aurai envie.

Il marqua une pause durant laquelle il relâcha son étreinte et laissa ses bras aller le long de son corps.

— Lorsque j'aurai terminé ton portrait, la prévint-il, nous n'aurons pas d'autre choix que celui de sceller nos deux destinées.

Effrayée par l'intensité de ses sentiments, Cassidy s'écarta vivement de Colin.

— Non ! s'écria-t-elle, le souffle encore court. Non, Colin, tu ne m'ajouteras pas à la liste tes maîtresses. Je vaux mieux que ça !

Le regard de Colin s'étrécit, signe avant-coureur de la colère qui bouillonnait en lui. Il s'approcha de Cassidy et, dans un geste brusque, prit ses lèvres dans un baiser aussi dur que bref. Bien que tremblante d'indignation, la jeune femme ne cilla pas, le défiant durement du regard.

— Le temps nous le dira, Cassidy chérie. En attendant, je vais te laisser, il est presque minuit. Et je ne voudrais pas commettre un péché irréparable, conclut-il en lui baisant le bout des doigts.

Puis il lui adressa un sourire distrait avant de se diriger vers la porte.

— N'oublie pas de fermer à clé derrière moi.

5.

La semaine suivante se passa sans incident.

Cassidy était retournée à l'atelier le lendemain de la visite nocturne de Colin, bien déterminée à lui résister et à lui prouver qu'elle ne figurerait pas au nombre de ses innombrables maîtresses.

Bien qu'elle ait dédié sa vie à ses études et à ses idéaux, Cassidy avait toujours espéré en secret vivre une relation profonde et durable avec un homme. Quelque chose de magique qui l'épanouirait au lieu de lui nuire. Grandir seule auprès d'un père veuf ne lui avait pas ouvert les yeux sur les relations complexes qui peuvent exister entre un homme et une femme. Et ce n'étaient pas les quelques liaisons superficielles qu'il avait entretenues avec des femmes dont il n'était pas amoureux qui l'avaient renseignée sur ce sujet. Voir son père traverser la vie sans personne avec qui la partager avait renforcé son propre désir de vivre le contraire.

Elle ne se considérait pas pour autant comme une incurable romantique. Elle estimait simplement que, pour s'épanouir, son âme avait besoin d'amour véritable, tout comme son corps avait besoin de nourriture. Et tant qu'elle ne trouverait pas ce qu'elle cherchait, elle attendrait.

C'est donc forte de cette bonne résolution, et prête à lui tenir tête, qu'elle s'était rendue chez Colin.

Celui-ci semblait s'être replié dans une profonde indifférence et ne lui adressait la parole que lorsqu'il y était obligé. Pourtant, derrière cette apparente froideur, Cassidy sentait émerger des réminiscences d'émotions vives. Colère, passion ou excitation, elle n'aurait su dire exactement ce dont il s'agissait.

Les séances se succédaient durant lesquelles de longues plages de silence alternaient avec de brefs échanges de paroles.

A la fin de la semaine, les nerfs de Cassidy étaient tendus à l'extrême et elle se demanda si Colin, qui semblait ne voir que sa toile, en avait conscience.

Un rayon de soleil caressait la peau nue de Cassidy. Elle concentra toute son attention sur la douce chaleur qui l'enveloppait, tentant d'oublier ses membres engourdis par une séance trop longue.

Elle regardait le pinceau de Colin passer de la palette à la toile et elle essaya d'imaginer son portrait vu par l'artiste.

Qu'allait-il en faire, une fois achevé ? se demanda-t-elle. Allait-il l'accrocher dans la galerie, ou irait-il grossir le nombre de ceux qu'il avait négligemment posés contre le mur ? Peut-être un riche collectionneur anglais l'achèterait-il à un prix astronomique pour décorer une des pièces de son manoir. Quel titre Colin allait-il lui donner : « Jeune femme en blanc », « La jeune femme au bouquet de violettes » ?

Elle s'amusa à imaginer son portrait, sujet de discussion dans une salle de classe des Beaux-Arts ou encore découvert par hasard dans un grenier poussiéreux, dans un siècle ou plus. Quelqu'un se demandera-t-il alors qui était cette jolie jeune femme et ce qui pouvait bien lui passer par la tête tandis qu'elle posait patiemment ?

Un étrange sentiment envahit soudain Cassidy, qui la mit mal à l'aise. Avait-elle envie que Colin mette son âme à nu, ainsi que le corps du modèle allongé sur le sofa ?

Le juron que laissa échapper Colin à ce moment-là la ramena brutalement sur terre et lui fit écarquiller de grands yeux étonnés.

— Tu as bougé ! vociféra-t-il en jetant violemment sa palette au sol.

Il se précipita sur Cassidy, si furieux que celle-ci en resta saisie de panique.

— Tiens-toi tranquille, bonté divine ! poursuivit-il durement en rectifiant la pose de la jeune femme avec de grands gestes impatients. Je t'ai prévenue que je ne voulais pas te voir gigoter de la sorte !

Cassidy ravala les excuses qu'elle s'apprêtait à lui faire et se dégagea vivement de ses mains fébriles.

— Ne me parle pas sur ce ton, Sullivan, gronda-t-elle d'une voix sourde.

Elle flanqua son bouquet sur le rebord de la fenêtre et alla se planter devant Colin, ses yeux lançant des éclairs.

— Je ne « gigotais » pas comme tu dis et si, par malheur, c'était le cas, ce serait simplement la preuve que je suis un être humain et pas un robot !

Elle rejeta la tête en arrière avec la volonté affichée de déranger la belle ordonnance de ses cheveux.

— Je ne doute pas qu'il soit difficile à l'espèce de demi-dieu pour lequel tu te prends de comprendre la simple mortelle que je suis, mais personne n'est parfait, n'est-ce pas ?

— Ton avis ne m'intéresse pas, riposta Colin d'une voix glaciale qui contrastait étrangement avec son regard, brûlant d'une rage contenue. La seule chose que je demande à un modèle c'est de savoir se tenir tranquille et de m'épargner ses accès d'humeur pendant que je travaille.

— Dans ce cas, je te conseille de peindre des natures mortes ! lâcha Cassidy, furibonde, avant de lui tourner le dos pour se précipiter vers le vestiaire.

Colin la saisit par le bras, la stoppant net dans son élan.

— Tu ne partiras pas d'ici !

— Ah, tu crois ça ?

Elle releva fièrement le menton et tenta de se dégager, mais l'étau qui l'étreignait se resserra.

— Lâche-moi ! lui ordonna-t-elle tandis que l'extrême tension qu'elle avait subie tout au long de la semaine se muait en colère libératrice. Je n'ai plus rien à te dire et je n'ai pas l'intention de reprendre ta fichue pose aujourd'hui !

— Si tu veux, Cass, convint Colin, subitement radouci. Mais tu sais très bien que ce qui nous lie va bien au-delà de ces séances de pose et de ces discussions stériles.

Le cœur de Cassidy bondit dans sa poitrine tandis que les doigts de Colin s'enfonçaient douloureusement dans sa chair. Une fois encore, elle sut qu'elle allait céder à la pression. Colin était un homme de passion et elle pressentait que cette face sombre de sa personnalité, qui l'attirait comme un aimant, allait les entraîner tous deux sur une pente dangereuse. Dans un ultime sursaut de lucidité, elle raidit son corps que Colin serrait étroitement contre le sien et tenta de se dérober aux lèvres tentatrices qui cherchaient les siennes. Mais la lutte était perdue d'avance. Elle céda au baiser passionné que Colin plaqua sur sa bouche et dans lequel il fit passer toute la violence désespérée des sentiments qu'il éprouvait pour elle.

A mesure que les lèvres de Colin se faisaient plus pressantes, Cassidy s'abandonnait, consentante, au plaisir intense qui la menait au bord de l'évanouissement. Paupières closes, elle se laissait guider dans des labyrinthes obscurs et inexplorés, où l'entraînait le désir sauvage de Colin. Elle ne résista pas plus lorsque ses doigts fébriles s'activèrent à dégrafer les boutons de sa robe. Son corps était un brasier qu'enflammait chacune des caresses de Colin sur sa peau nue.

Les coups frappés à la porte à ce moment-là déchirèrent le silence, jusque-là ponctué de leurs seuls gémissements de plaisir.

La voix de Gail leur parvint à travers les limbes de leurs esprits embrumés.

— Colin, quelqu'un veut te voir.

Colin lâcha à regret les lèvres de Cassidy et laissa échapper un juron. D'un geste brusque, il s'écarta d'elle, manquant de la faire tomber. Cassidy se rattrapa de justesse et le regarda, hagarde, choquée par une telle brutalité. La bouche encore enflammée des baisers qu'ils venaient d'échanger, le souffle encore court du désir qu'ils avaient éprouvé, elle ne comprenait pas ce soudain revirement.

La voix de Gail s'éleva de nouveau, plus forte.

— Colin, ouvre ! Je sais que la séance est terminée !

— J'arrive ! cria Colin, au comble de l'exaspération.

Sans un mot, il passa la main sous le coude de Cassidy et l'entraîna vers le vestiaire. Celle-ci, toute tremblante, tentait de rassembler ses esprits et de refouler les larmes qui lui brouillaient la vue.

— Change-toi, dit Colin d'une voix neutre.

Il parut sur le point d'ajouter quelque chose mais il se ravisa et quitta la pièce, laissant Cassidy seule face à la détresse et au désarroi qui la submergeaient.

Il lui fallut plusieurs minutes avant de recouvrer un semblant d'équilibre et d'entendre vaguement les voix qui lui parvenaient de l'atelier.

Elle perçut d'abord le ton rapide et nerveux de Gail, puis celui, parfaitement calme et imperturbable, de Colin qui ne laissait rien filtrer de la passion qui avait déferlé sur eux quelques minutes auparavant. Une voix inconnue, au fort accent italien, couvrait les deux autres. Mais Cassidy, absorbée par l'image d'elle que reflétait le miroir, n'écoutait pas ce qu'ils disaient. Elle ne reconnaissait pas ces yeux cernés de mauve dans un visage au teint blême, aussi pâle que la couleur de la robe qu'elle portait. C'était le visage d'une autre femme. Une femme vulnérable, qui avait accepté sa défaite. Ça ne pouvait pas être elle !

Elle pressa machinalement ses mains sur son visage, dans un geste protecteur dérisoire.

« Non ! se dit-elle indignée. Colin Sullivan ne gagnera rien à jouer à ce petit jeu avec moi ! »

Elle retira sa robe d'un geste rageur et enfila son jean et son T-shirt. Déjà, en retrouvant son apparence habituelle, elle se sentait moins fragile. Elle prit le temps de se remaquiller légèrement tout en écoutant les bribes de conversation qui, à présent qu'elle se sentait plus forte, pénétraient clairement son esprit.

— L'utilisation de ces couleurs est très intéressante, jugeait Gail. Cela donne à l'ensemble un effet un peu irréel, je dirais même romantique. Attends-toi à révolutionner le monde de l'art avec un tableau pareil !

Cassidy réalisa que c'était de son portrait que parlait Gail. Elle fronça les sourcils.

« Il laisse cette femme regarder mon portrait, se disait-elle, ivre de ressentiment. Alors qu'il me l'interdit ! »

— Romantique, c'est tout à fait ça ! renchérit la voix aux inflexions italiennes.

Vivement intéressée, Cassidy tendit un peu plus l'oreille pour ne rien rater de ce qui se disait.

— Mais moi, j'y vois aussi de la passion, reprit la voix. J'avoue que vous m'intriguez, Colin. Où voulez-vous en venir au juste à travers ce tableau ?

— A plusieurs choses, répondit Colin, énigmatique.

Elle imaginait aisément le sourire ironique qui accompagnait ces paroles.

— Je m'en doute, gloussa l'Italien qui n'essaya pas de percer le mystère. Mais dites-moi, vous n'avez pas encore commencé à peindre le visage ?

— Non, répondit laconiquement Colin.

— Vous piquez ma curiosité, mon cher. En tout cas, j'imagine qu'elle doit être belle, bien sûr, mais également assez jeune pour porter ce genre de robe et tenir à la main un bouquet de violettes. Mais ce n'est pas tout, je vous connais depuis assez longtemps pour deviner qu'elle doit avoir quelque chose en plus.

Cassidy attendit en vain une réponse de Colin. L'Italien poursuivit sans paraître prendre ombrage du mutisme de l'artiste :

— Où cachez-vous donc cette merveille ?

— Mais oui, renchérit Gail d'une voix faussement désinvolte, où est passée Cassidy ? Je suis certaine qu'elle adorerait faire la connaissance de Vince.

Elle ponctua sa déclaration d'un petit rire léger puis reprit d'un ton condescendant :

— C'est une très jolie petite personne, vous verrez. A moins qu'elle ne se soit déjà sauvée.

Cassidy, vexée par la description que Gail faisait d'elle, jugea opportun d'intervenir. Elle entra dans la pièce et salua d'un sourire éblouissant le trio qui faisait cercle autour du chevalet.

— Pas du tout, annonça-t-elle avec légèreté, je suis encore là et je serais effectivement enchantée que vous me présentiez Vince.

Le regard soupçonneux de Gail se porta tour à tour sur Cassidy, puis sur Colin mais aucun des deux visages ne put lui révéler ce qu'elle semblait y chercher.

L'homme qui se tenait à côté de Colin était un peu plus petit que lui mais sa sveltesse et son maintien altier donnaient l'illusion qu'ils avaient la même taille. Ses yeux de braise brillaient au milieu d'un visage au teint hâlé et aux traits lisses et réguliers. Il adressa à Cassidy un sourire carnassier qui ajoutait à son charme.

— Ah, *bella* ! s'exclama-t-il en allant à sa rencontre.

Il prit les mains de la jeune femme entre les siennes puis les porta à ses lèvres en la fixant de son regard pénétrant.

— *Bellissima !* ajouta-t-il avec emphase. Mais bien sûr qu'elle est parfaite ! Colin, où avez-vous trouvé cette perle rare ? Je paierais cher pour en posséder une aussi magnifique !

Cassidy rit de bon cœur, amusée par la cour dont elle était l'objet.

— Il m'a trouvée dans le brouillard, répondit-elle à la

place de Colin qui observait toujours un silence obstiné. Il m'a fait peur ! J'ai cru que c'était un agresseur.

— Ah, mon ange ! Méfiez-vous, il peut être bien pire que ça ! la prévint Vince en gardant ses mains toujours prisonnières. Je le connais bien, cet animal dont le sang irlandais bouillonne dans les veines. Depuis le temps que je lui achète des tableaux !

Colin les rejoignit enfin, le visage ombrageux.

— Vince, je vous présente Cassidy St. John. Cass, voici Vince Clemenza, duc de Maracati.

Eblouie par la prestigieuse identité de l'inconnu, Cassidy ouvrit de grands yeux ronds.

— Voilà ! vous êtes content ? Vous l'avez impressionnée avec ce titre ronflant.

Il porta de nouveau les mains de la jeune femme à ses lèvres, dans un baise-main tout aussi charmant que désuet.

— *Signorina,* voulez-vous m'épouser ?

— J'ai toujours pensé que je ferais une duchesse très présentable, répondit Cassidy en lui souriant par-dessus leurs mains jointes. Il vous suffira de m'apprendre à faire la révérence.

— En fait de révérence, intervint brusquement Colin, les gens s'agenouillent devant Vince pour baiser sa bague ducale.

Surprise par la rudesse du commentaire, Cassidy leva les yeux sur Colin. Il la fixait, un masque sombre et ténébreux sur le visage.

— Vous exagérez, mon ami, riposta Vince en lâchant enfin Cassidy pour poser sur l'épaule de Colin une main qui se voulait amicale.

Puis il fixa de nouveau son attention sur le portrait inachevé et poussa un soupir de frustration.

— Si vous saviez à quel point j'envie le don qui vous a été donné ! Enfin, je me consolerai en achetant cette merveille !

— Ce n'est pas possible, rétorqua Colin sans lâcher Cassidy des yeux. J'ai déjà une proposition.

— Vraiment ?

Vince haussa négligemment les épaules.

— Eh bien, j'offre le double, annonça-t-il de l'air désinvolte des gens riches habitués à obtenir tout ce qu'ils veulent.

L'intervention de Gail mit fin à l'apparente amabilité des deux hommes.

— Vince était venu pour voir *Janeen*, annonça-t-elle en se dirigeant vers les toiles posées contre le mur.

— Je vais vous laisser, dit Cassidy.

Mais Vince l'attrapa par la main, coupant court à toute velléité de départ.

— Restez, *madonna*, je vous en prie. Je souhaite que vous me donniez votre avis sur l'œuvre du Maître.

Sans attendre son assentiment il la guida vers le chevalet sur lequel Gail avait placé le tableau. C'était celui où figurait la jeune femme nue allongée sur le sofa.

Gail adressa à Cassidy un sourire triomphant puis recula de quelques pas pour se ranger au côté de Colin.

— La jeune femme qui a précédé Cassidy, annonça-t-elle d'une voix lourde de sous-entendus.

Cassidy détourna le regard, désemparée par la complicité trop évidente qui existait entre Gail et Colin.

— Délicieux spécimen, murmura Vince, sous le charme de ce qu'il voyait. J'adore le parfum de scandale qui émane de cette jeune femme, cette liberté qui semble sans limites. Qu'en pensez-vous, Cassidy ?

— Je la trouve magnifique ! répondit celle-ci dans un élan de spontanéité. Cette sensualité qu'elle affiche avec une pointe de provocation me met mal à l'aise, et pourtant je l'envie d'être aussi libre avec son corps. Elle semble si sûre d'elle dans sa nudité intégrale ! Je suis certaine qu'elle doit même intimider quantité d'hommes… et qu'elle s'en réjouit !

— Outre sa beauté, votre modèle, mon cher Colin, semble douée d'un jugement sûr et très pertinent. Eh bien, je le prends ! Ainsi que le Faylor que Gail m'a montré dans la galerie. A mon avis, ce peintre ira loin.

Il se tourna vers Cassidy et, la fixant une nouvelle fois de son regard de braise, lui demanda :

— Voulez-vous dîner avec moi, Cassidy ? La plus belle ville au monde ne présente aucun intérêt sans une belle femme à ses côtés.

Colin ne laissa pas le temps à la jeune femme de répondre. Il posa sur son épaule une main possessive et dit d'un ton qui n'entendait pas être discuté :

— Vous pouvez prendre mes toiles, Vince, mais pas mon modèle.

— Ah…, ne put qu'articuler laconiquement Vince qui avait compris que Colin ne plaisantait pas.

Cassidy réprima la colère qui montait en elle et fusilla du regard Colin qui, d'un pas nonchalant, alla chercher la toile sur le chevalet pour la tendre à Gail.

— Emballe-la avec la toile de Faylor. Je descends tout de suite.

Gail s'exécuta en silence et disparut en claquant la porte derrière elle, sous l'œil perplexe de Vince.

— Celui-ci posa un baiser léger sur la main de Cassidy et laissa échapper un long soupir.

— *Arrivederci,* Cassidy St. John, dit-il avec une pointe de regret dans la voix. Il semble bien que je sois voué à trouver moi-même ma perle rare dans le brouillard. Mais si jamais vous venez en Italie…

Il laissa sa phrase lourde de sens en suspens, puis se tourna vers Colin pour ajouter, plus pragmatique :

— J'espère que vous allez tenir compte de ma profonde déception dans le prix que vous allez m'annoncer.

Il pivota et quitta la pièce sur un dernier sourire charmeur.

A peine la porte se fut-elle refermée sur Vince que Cassidy laissa libre cours à sa colère.

— Comment as-tu osé ? explosa-t-elle, ivre de rage. Comment as-tu osé insinuer une chose pareille ?

— J'ai simplement dit à Vince qu'il pouvait prendre mes toiles mais pas mon modèle, répéta calmement Colin. Je ne vois pas une quelconque insinuation là-dedans. Et si tel était le cas, ce ne serait que pure coïncidence.

— N'essaie pas de me faire avaler ça ! Tu savais parfaitement ce que tu disais et tu l'as dit sciemment ! Sache que je ne tolererai plus ce genre d'intrusion dans ma vie privée ! Je suis libre de voir qui je veux, quand je veux et je refuse que tu te mêles de mes choix !

Colin, mains dans les poches, laissa patiemment passer l'orage avant de prendre la parole.

— Tu es jeune, Cassidy, et encore tellement naïve ! Je connais bien Vince, c'est un vieil ami, mais c'est aussi un incorrigible coureur de jupons qui n'a aucun scrupule avec les femmes.

— Parce que toi tu en as, peut-être ? lui assena-t-elle dans un accès de fureur aveugle.

Elle vit les muscles de son visage se contracter et son corps se raidir tandis que ses yeux brûlaient d'une colère contenue.

— Bien vu, Cass, lui dit-il d'une voix qu'il s'appliqua à garder lisse. Tu marques un point.

Il gagna la porte et ajouta sans se retourner :

— Ce n'est pas la peine de venir avant jeudi, j'ai besoin d'être seul un jour ou deux.

Cassidy, désemparée, se retrouva face à sa solitude. La victoire avait soudain un goût amer. La tension de ces dernières heures l'avait épuisée, tant physiquement qu'émotionnellement, et elle décida que ces deux jours lui seraient, à elle aussi, très profitables.

Elle alla dans le vestiaire pour y chercher son sac et, de retour dans l'atelier, eut la surprise d'y trouver Gail, qui, appuyée nonchalamment contre la porte, paraissait l'attendre.

— Quelle chance ! dit celle-ci d'une voix doucereuse. Vous n'êtes pas encore partie. Cela tombe bien parce que j'aimerais avoir une petite discussion avec vous. En tête à tête.

Cassidy ne chercha pas à cacher son impatience.

— Pas maintenant, dit-elle avec humeur, j'en ai assez pour aujourd'hui, je suis fatiguée.

— Je n'en ai pas pour longtemps, objecta Gail d'une voix qu'elle voulait posée.

Cassidy sentit que si elle voulait en finir rapidement, elle avait tout intérêt à l'écouter parler et à acquiescer à tout ce qu'elle dirait.

— Très bien, allez-y, je vous écoute.

— Eh bien voilà, commença Gail d'une voix faussement

amicale, je ne sais pas si je me suis montrée assez claire en ce qui concerne les relations que j'entretiens avec Colin.

Elle marqua une pause, comme pour donner plus de relief à ce qui allait suivre, et reprit, toujours aussi doucereuse :

— Colin et moi, nous nous fréquentons depuis un bon moment maintenant, et malgré les aventures qu'il a avec d'autres femmes, qui quelquefois d'ailleurs sont inventées de toutes pièces par la presse à scandale, je sais qu'il a besoin de moi. Nous sommes de la même trempe, tous les deux, vous comprenez, et je continuerai à veiller, comme je l'ai toujours fait, à ce que sa réputation d'artiste romantique et mystérieux ne soit pas ternie, et à ce que personne ne vienne se mettre en travers de notre chemin.

— Je ne vois pas très bien pourquoi vous me racontez tout ça, intervint Cassidy qui n'avait pas envie d'en entendre plus sur les prouesses amoureuses de Colin.

Gail cessa d'arpenter la pièce et vint se planter face à elle, l'épinglant d'un regard dur comme l'acier.

— Alors je vais être très claire : je suis obligée de tolérer votre présence ici parce que Colin a besoin de vous, mais je vous conseille de sortir de notre vie sitôt qu'il aura fini votre portrait. Sans quoi…

Elle agrippa le bras de Cassidy pour proférer la menace qu'elle avait laissée en suspens.

— Sans quoi, je serai obligée d'employer les grands moyens.

— Je ne doute pas un instant que vous en soyez capable, rétorqua calmement Cassidy, cependant sachez que je ne cède pas facilement aux menaces.

Elle retira la main qui serrait son bras et poursuivit tout aussi calmement :

— Votre relation avec Colin ne regarde que vous et je n'ai aucune intention de m'en mêler. Pas parce que vous me menacez, vous ne m'intimidez pas du tout, mais…

Cassidy s'interrompit avant de lui porter le coup de grâce.

— … mais parce que vous me faites pitié. Votre manque de confiance en vous dès qu'il s'agit de Colin est vraiment pathétique ! Mais si cela peut vous rassurer, sachez que je n'intéresse Colin qu'en tant que modèle, même un aveugle s'en rendrait compte !

Elle pointa le doigt vers la toile qui trônait toujours sur le chevalet.

— Je ne suis pour lui qu'un objet dont il se sert, au même titre que ses tubes de peinture ou ses pinceaux.

Une pointe lui vrilla le cœur tandis qu'elle formulait tout haut ce qu'une petite voix lui avait soufflé tout au long de cette journée harassante.

— Je ne représente aucun danger pour vous, conclut-elle fermement comme pour s'en convaincre, parce que je ne suis pas amoureuse de Colin et que je n'ai pas l'intention de l'être un jour.

Coupant court à l'entretien, elle pivota brusquement et sortit en claquant la porte derrière elle.

Ce ne fut qu'après avoir recouvré son calme, longtemps après, que Cassidy admit au fond d'elle-même que ce qu'elle avait dit à Gail n'était qu'un tissu de mensonges.

6.

Cassidy passa les deux jours suivants à se perdre dans l'écriture. Elle était plus que jamais déterminée à prendre le recul nécessaire pour analyser ses émotions et savait que pour y arriver, il lui fallait se couper totalement de Colin. La plage de répit qu'ils s'étaient accordée n'y suffirait pas, elle devrait également le chasser définitivement de son esprit. De même, elle avait décidé d'occulter la conclusion à laquelle elle était parvenue à l'issue de sa confrontation avec Gail, et de consacrer ces deux journées à son seul travail.

Elle écrivait frénétiquement, sans répit, oubliant parfois de se nourrir, couchant sur le papier ses propres émotions et exprimant à travers ses personnages ses craintes et ses désirs. Elle travaillait jusqu'au bout de la nuit, repoussant toujours le moment d'aller se coucher, jusqu'à ce qu'épuisée, elle sombre dans un sommeil sans rêve.

Indifférente à la pluie qui tombait sans discontinuer depuis le matin et qui faisait hâter le pas aux passants, Cassidy écrivait, si concentrée qu'elle n'entendit pas la porte s'ouvrir et Jeff s'approcher d'elle. La main qu'il posa sur son épaule la fit hurler de peur.

— Je suis désolé, Cassidy, s'excusa piteusement Jeff. Je

t'ai appelée deux fois mais comme tu ne répondais pas, je me suis permis d'entrer.

Cassidy, à peine remise de ses émotions, plaça sur sa poitrine une main destinée à calmer les battements désordonnés de son cœur.

— Ça va, ne t'inquiète pas, je devrais pouvoir m'en remettre. Ton réfrigérateur est encore en panne ?

Jeff passa un doigt taquin sur le nez de Cassidy.

— C'est donc là que tu situes mon cœur, transi d'amour pour toi ? Dans ton réfrigérateur ? Ma mère, qui me connaît mieux que personne, te dirait que je suis un homme plein de sensibilité.

Cassidy se renversa en arrière et considéra son ami en silence, un sourira indulgent aux lèvres.

— Je joue ce soir dans le bar qui est juste en bas de la rue, précisa Jeff. J'aimerais que tu m'accompagnes.

— Oh, Jeff, j'adorerais, vraiment, mais…

Elle s'interrompit pour désigner d'un geste de la main les papiers qui encombraient son bureau.

— Ecoute, Cassidy, ça fait deux jours que tu es enchaînée à cette table de travail, tu as besoin de prendre l'air.

— Je ne peux pas, je dois retourner à l'atelier demain et…

— Raison de plus pour faire un break et te détendre un peu, insista Jeff. Tu es en train de trop tirer sur la corde, mon chou.

Il marqua une pause avant d'ajouter l'argument imparable :

— Je serais si heureux de voir un visage ami parmi le public ! Nous, les artistes, avons une sensibilité à fleur de peau et il est très important que nous soyons rassurés, conclut-il en souriant dans sa barbe.

Cassidy laissa échapper un profond soupir.

— Eh bien d'accord. Mais je ne resterai pas longtemps.

— Je joue de 20 heures à 23 heures. Tu seras largement couchée avant minuit.

— Parfait, dit-elle en fronçant les sourcils. Mais quelle heure est-il donc ? Ma montre indique 2 h 15.

— Du matin ou de l'après-midi ? raílla Jeff. Il est plus de 7 heures, Cass. As-tu pris le temps de manger quelque chose au moins ?

Cassidy se souvint vaguement d'avoir avalé une pomme pour le déjeuner.

— Non. Enfin, pas vraiment.

En signe de reproche, Jeff secoua la tête de gauche à droite puis encouragea son amie à se lever de son siège.

— Allons, viens avec moi, nous allons nous offrir un maxi hamburger.

Cassidy repoussa en arrière quelques mèches rebelles qui lui balayaient le visage.

— Mmm, il y a bien longtemps qu'on ne m'a pas fait une proposition aussi alléchante, plaisanta-t-elle.

— Va chercher un imperméable, recommanda Jeff, indifférent au commentaire sardonique de la jeune femme. Au cas où tu ne l'aurais pas remarqué, il tombe des cordes.

Cassidy jeta un coup d'œil sceptique par la fenêtre puis alla chercher un léger coupe-vent à capuche qu'elle enfila en passant devant Jeff qui, galamment, lui tenait la porte ouverte.

— Je pourrai prendre un cheeseburger plutôt ?

— Ah, les femmes ! Jamais contentes ! conclut Jeff en refermant la porte derrière eux.

Après les deux jours de retraite qu'elle s'était imposée, Cassidy offrit avec bonheur son visage à la pluie battante. Elle se jeta goulûment sur son sandwich, se réjouissant finalement d'échapper aux repas plus que frugaux qui avaient constitué son ordinaire au cours des dernières quarante-huit heures.

Après avoir vécu une solitude totale pendant deux jours, elle appréciait de renouer avec la civilisation et de replonger dans la foule de ses congénères.

Elle s'installa tout près de la scène et commanda un café qu'elle sirota en écoutant les premières notes de musique qu'égrenait la guitare de Jeff.

La soirée était déjà bien avancée lorsque Cassidy réalisa qu'elle avait baissé la garde et que, insidieusement, le visage de Colin était revenu hanter ses pensées. Elle ferma les yeux, puis les rouvrit, sachant qu'il serait vain de nier l'évidence : elle ne pourrait jamais chasser définitivement Colin de son esprit.

Si l'artiste était certes brillant et plein de charme, l'homme qui se cachait derrière lui était imbuvable : trop sûr de lui, égoïste, opportuniste, impulsif, autoritaire et il l'avait montré à plusieurs reprises dans ses accès de violence incontrôlée.

Et malgré ces défauts qui en auraient rebuté plus d'une, elle l'aimait.

Cassidy se mit à trembler comme une feuille, soudain incapable d'assumer une telle prise de conscience.

« Quelle idiote je fais ! Une incorrigible romantique qui fonce tête baissée dans les pièges les plus énormes ! »

Car la jeune femme n'ignorait plus que l'objet de ses pensées avait une maîtresse attitrée, parmi des dizaines d'aventures sans importance, et qu'il ne la considérait, elle, Cassidy St. John, que comme un support à sa peinture. Elle songea amèrement que, si toutefois elle lui cédait, elle ne serait pour lui qu'une passade de plus.

Colin était incapable d'aimer. Même Gail, pourtant si amoureuse, n'arrivait pas à éveiller en lui de sentiments profonds et véritables.

« Moi qui ai toujours rêvé d'un prince charmant qui n'aimerait que moi, il a fallu que je tombe amoureuse d'un séducteur dont le cœur est impénétrable et qui n'aura aucun scrupule à me piétiner. Bien joué, Cass ! »

Quelle folie la prenait ? Comment allait-elle faire face à cette situation ?

Elle commanda un second café et, après avoir fait le vide dans son esprit, tenta de faire le point et de répondre à ses interrogations.

Elle ne pouvait pas se défiler : elle avait donné sa parole et devrait donc attendre que son portrait soit achevé avant de rompre les ponts avec Colin. Il faudrait qu'elle se résigne à supporter stoïquement l'humeur pour le moins changeante de l'artiste, ou ses périodes de mutisme, car des affrontements quotidiens étaient au-dessus de ses forces.

Cassidy sirota une gorgée de son café, les yeux dans le vague.

En outre, songea-t-elle en retrouvant le fil de ses pensées, il n'était plus question qu'il puisse lire en elle comme dans un livre ouvert. A l'avenir, elle prendrait donc bien soin de lui présenter un visage impénétrable où ne filtrerait aucune émotion capable de la trahir. Pas question non plus de s'humilier de nouveau en lui laissant entendre, comme elle l'avait déjà fait, qu'elle était amoureuse de lui. La seule chose à faire était de se comporter le plus naturellement possible et d'obéir docilement aux exigences du Maître : poser comme il l'entendait, ne parler que lorsqu'il le lui demanderait et se montrer simplement amicale avec lui.

Après tout, elle pouvait bien faire preuve d'un peu de patience : le travail avançant plutôt bien, elle n'en avait plus pour très longtemps à subir le caractère tyrannique de Colin Sullivan. Et sitôt qu'il aurait terminé…

Cassidy interrompit le cheminement de ses pensées. Sitôt qu'il aurait terminé… que se passerait-il ? se demanda-t-elle honnêtement.

Un voile de tristesse assombrit son regard.

Eh bien, lorsque Colin sortirait de sa vie, la terre ne s'arrêterait pas pour autant de tourner, se dit-elle fermement.

Elle vida sa tasse d'un trait et concentra son attention sur la musique mélancolique que Jeff arrachait à sa guitare.

Cassidy resserra un peu plus son pull contre elle tandis qu'elle fouillait dans son sac, à la recherche de la clé que lui avait confiée Colin.

« Fichue clé ! » grommela-t-elle en écartant d'un geste impatient les mèches de cheveux qui lui barraient le visage.

La porte s'ouvrit soudain sur Colin qui, un sourire goguenard aux lèvres, posa les yeux sur les mains de la jeune femme crispées sur un petit carnet d'adresses, trois crayons à papier et une balle en mousse.

— Oh… bonjour…, balbutia Cassidy, embarrassée d'être prise en flagrant délit de négligence.

— Tu cherches quelque chose, peut-être ?

Cassidy capta le regard narquois de Colin et fourra rageusement ses trésors dans son sac.

— Non, pas du tout, affirma-t-elle avec aplomb. Je… je ne pensais pas que tu serais là si tôt.

— Manifestement, c'est une chance pour toi. Tu as perdu ta clé, Cass ?

— Non, je n'ai pas perdu ma clé. Je n'arrive pas à mettre la main dessus, voilà tout ! riposta la jeune femme en passant devant Colin, la tête haute.

Le frôlement de son épaule contre le torse de Colin la fit frissonner. Si elle réagissait de la sorte, les choses risquaient de ne pas être aussi simples qu'elle l'avait prévu !

— Je vais me changer, annonça-t-elle brièvement en se pressant vers le vestiaire.

Lorsqu'elle revint, Colin préparait sa palette et ne daigna même pas lui adresser un regard. Son indifférence affichée sembla soulager la jeune femme.

« Tu vois bien, se dit-elle, tu n'as rien à craindre. »

— Je vais travailler les contours du visage aujourd'hui, annonça Colin tout en continuant à mélanger ses couleurs.

Cassidy tenta d'ignorer la petite pointe qui lui vrillait le cœur. Le ton impersonnel de Colin était bien la preuve qu'elle n'était rien de plus que Cassidy St. John, modèle parmi tant d'autres.

Elle garda le silence, bien résolue à ne pas être à l'origine d'un nouvel affrontement. Elle attendit patiemment qu'il ait fini la préparation de sa palette, puis se prêta complaisamment à la pose qu'il lui imposa. Mais lorsque ses mains se posèrent sur son visage, le feu coula instantanément dans ses veines.

— J'ai besoin de voir avec mes mains, lui assura-t-il les

yeux brûlant d'un désir contenu. Mon regard ne suffit pas, tu comprends ?

Cassidy opina d'un hochement de tête.

Colin attendit quelques secondes puis releva le menton de la jeune femme du bout de ses doigts, légers comme une caresse.

Cassidy s'exhorta au calme, tentant d'ignorer le doux contact sur sa peau.

— Détends-toi, Cassidy, lui murmura Colin d'une voix caressante, il faut que tu te détendes.

Souffrant une délicieuse torture, elle obéit à la voix ensorcelante de Colin. Elle se demanda s'il entendait son cœur battre la chamade à mesure que ses doigts couraient sur son visage. Les barrières soigneusement érigées autour d'elle volèrent soudain en éclats et Cassidy, n'écoutant que ses sens en alerte, riva ses yeux à ceux de Colin.

— Ne bouge pas, lui commanda sèchement celui-ci avant de retourner vers son chevalet. Regarde-moi, ordonna-t-il tout aussi brièvement, palette dans une main et pinceau dans l'autre.

Cassidy s'exécuta docilement et fixa son attention sur un point imaginaire de la pièce. Mais ce fut peine perdue. Malgré ses efforts désespérés, ses yeux cherchaient sans cesse ceux de Colin, ses pensées retournaient invariablement vers lui et son cœur ne battait que pour lui.

Quel mal y avait-il à rêver un peu , songeait-elle. Quel mal y avait-il à vouloir glaner quelques heures de bonheur en sa présence ? Le temps des larmes et de la déchirure viendrait bien assez tôt, lorsque son portrait serait achevé.

Cassidy regardait travailler Colin, imprégnant sa mémoire de chaque détail infime qui le caractérisait, car un jour viendrait où seuls les souvenirs qu'elle aurait de lui le feraient revivre.

Son regard s'attarda sur la foison de boucles brunes trop longues qui lui tombaient sur le front et chatouillaient sa nuque. Elle ne se lassait pas de fixer ses yeux qui allaient et venaient sans arrêt de la toile à son visage, et qu'une intense concentration rendait encore plus merveilleusement bleus.

Quant à ses mains, qu'elle ne voyait pas et qu'elle aimait tant, elle pouvait aisément les imaginer, longues et fines sur sa peau, devinant ce qu'elle-même ignorait, voyant ce qu'elle-même ne verrait jamais.

Si une femme devait tomber follement amoureuse une fois dans sa vie, alors, décréta Cassidy, ce ne pouvait être que d'un homme comme Colin Sullivan.

Ils travaillèrent de longues heures, ne s'arrêtant de temps en temps que pour permettre à Cassidy de détendre ses muscles engourdis.

Colin, fébrile, attendait impatiemment de se remettre au travail, laissant ainsi penser à Cassidy que quelque chose d'exceptionnel était en train de prendre corps. L'atelier tout entier vibrait de la passion créatrice de l'artiste.

— Les yeux, marmonna-t-il tout à coup en posant sa palette sur la table. Cassidy, viens près de moi, j'ai besoin de voir tes yeux de plus près. Ce sont eux l'âme de ce portrait.

Il prit la jeune femme par les épaules, l'approchant de si près qu'elle pouvait sentir son souffle chaud sur son visage. Il se dégageait de lui une puissante odeur de peinture et de térébenthine dont elle se grisa, consciente qu'elle serait à jamais liée au souvenir de Colin.

— Regarde-moi, Cass. Regarde-moi bien dans les yeux.

Cassidy obéit et se laissa docilement hypnotiser par le regard pénétrant et inquisiteur de Colin. Ce qu'elle y vit à ce moment-là était le reflet de ses propres émotions.

« Je suis prisonnière de cet homme », songeait-elle, déjà vaincue. Elle entrouvrit la bouche, invitant Colin à combler l'espace infime qui les séparait. Mais alors qu'une flambée de désir s'allumait dans le regard de celui-ci, il s'écarta brutalement et alla se réfugier derrière l'écran protecteur de son chevalet.

Cassidy parvint à demander d'une voix faussement désinvolte :

— Alors, qu'as-tu vu ?

— Des secrets, murmura Colin. Et des rêves. Non, ne regarde pas au loin, Cass, je veux pouvoir les capter, ces rêves.

Cassidy obtempéra. Elle était trop lasse pour résister, elle n'en avait plus la force. Ni l'envie. Elle avait perdu toute notion du temps lorsque Colin la ramena à la réalité en se débarrassant bruyamment de sa palette et de son pinceau. Il considéra son travail quelques instants, sourcils froncés, puis s'approcha de Cassidy, un sourire satisfait aux lèvres.

— C'est parfait. Tu m'as donné exactement ce que je cherchais.

Une petite sonnette d'alarme tinta dans le cerveau de Cassidy.

— Tu as déjà fini ?

Colin porta les mains de Cassidy à ses lèvres et baisa tendrement chacun de ses doigts.

— Non, pas tout à fait. Mais je n'en ai plus pour très longtemps.

Le cœur de Cassidy se serra à la perspective de l'échéance, désormais trop proche.

— Tout se passe bien, alors ? parvint-elle à dire d'un ton dégagé.

— Plutôt, oui.

— Je suppose que je ne peux toujours pas regarder ce que tu as fait ?

— Je suis superstitieux, répondit-il en lui pressant légèrement la main. Ne m'en veux pas.

— Pourtant, tu l'as montré à Gail, objecta la jeune femme.

Elle regretta aussitôt le ton amer de ses paroles qui trahissait si bien son état d'esprit.

Colin lui pinça affectueusement la joue.

— Gail est une artiste, comme moi. Pas mon modèle.

Cassidy poussa un petit soupir résigné, puis commença à arpenter la pièce afin de dégourdir ses jambes ankylosées.

— Tu as bien dû la peindre à un moment ou à un autre…, insista-t-elle gentiment. Elle déborde tellement d'énergie, de vitalité !

— Justement ! Elle est incapable de tenir en place plus de cinq minutes, répondit Colin en s'appliquant à nettoyer ses pinceaux.

Cassidy cessa de marcher pour venir s'accouder négligemment contre le rebord de la fenêtre.

— Et comment fais-tu, lorsque tu peins des marines ? lui demanda-t-elle d'un air taquin. Tu ordonnes à la mer et aux nuages de ne pas bouger ? Je suis sûre que tu en es capable !

Elle s'interrompit pour s'étirer voluptueusement, puis

souleva la masse de ses boucles brunes qu'elle laissa ensuite retomber en désordre sur ses épaules.

Colin avait interrompu sa tâche pour la fixer, subjugué par le spectacle de cette jolie femme qui s'offrait ainsi innocemment aux rayons du soleil.

Cassidy, troublée, lutta contre la pulsion qui lui commandait d'aller le rejoindre et de se blottir contre lui. Elle détourna le regard et gagna d'un pas nerveux l'autre bout de la pièce.

— La première fois que j'ai vu une de tes œuvres, c'était un tout petit tableau, dit-elle d'une voix qu'elle voulait naturelle. Il s'agissait d'un très joli paysage irlandais baigné de lumière. Je me souviens de l'avoir aimé tout de suite parce que, curieusement, il me rappelait ma mère.

Cette évocation chassa le trouble que le regard de Colin avait provoqué et elle retrouva toute son assurance.

— J'ai des photos d'elle, bien sûr, mais je ne sais pas pourquoi, ce paysage me l'a rendue réelle. Pour la première fois je voyais ma mère s'animer devant moi.

La voix de Cassidy se brisa et c'est dans un souffle qu'elle murmura :

— Tes parents sont toujours en vie, Colin ?

— Oui, répondit celui-ci à qui l'émotion de la jeune femme n'avait pas échappé. Ils vivent toujours en Irlande.

— Tu dois terriblement leur manquer, non ?

— Je ne sais pas. Mes six frères et sœurs vivent aussi là-bas, alors j'imagine que ce n'est pas comme si j'étais leur fils unique.

— Sept enfants ! s'exclama Cassidy, admirative. Ta mère a beaucoup de mérite d'avoir élevé une progéniture aussi nombreuse !

— Elle avait la manière en effet, ironisa Colin. Et un

martinet redoutable qui pouvait corriger trois d'entre nous en même temps.

— Vous deviez certainement le mériter.

— Sans doute, approuva Colin en reprenant le nettoyage de ses pinceaux. Mais je me souviens d'une ou deux fois, assez cuisantes, où j'aurais aimé que ma mère soit un peu moins adroite.

— Mon père, lui, était le roi des sermons ! se lamenta Cassidy. Et crois-moi, quelquefois, j'aurais préféré un bon coup de martinet à ses sempiternels discours qui ne faisaient que me blesser et me culpabiliser !

— La même méthode que ce bon vieux professeur Easterman à Berkeley ?

Cassidy, perplexe, plissa les yeux.

— Comment le sais-tu ?

— C'est toi qui m'en as parlé, mon chou. La semaine dernière ou peut-être la semaine d'avant. Je ne sais plus.

— C'est drôle, je pensais que tu n'écoutais pas un mot de ce que je racontais.

Soudain préoccupée, elle se demanda tout ce qu'elle avait bien pu déballer comme confidences à Colin depuis le début de leurs séances, persuadée alors que, de toute façon, elle parlait dans le vide.

— J'ai tellement bavardé en si peu de temps que j'ai oublié la moitié des sujets que j'ai abordés avec toi, avança-t-elle avec circonspection.

— Pas moi, lui annonça posément Colin après s'être essuyé les mains sur un chiffon propre. Tu as de nouveau ta petite ride, Cass. Celle qui se creuse lorsque tu es contrariée. Bien, je t'ai fait sauter l'heure du repas, alors si tu ne crains pas trop de mourir empoisonnée je propose d'aller voir en cuisine s'il y a de quoi te préparer un petit repas. Mais peut-être préfères-tu un simple café ?

— Non merci, je crois que je vais tout simplement rentrer chez moi et tenter ma chance auprès de mon voisin qui est le maître absolu en matière de beignets rassis !

Elle lui adressa un sourire éblouissant et regagna le vestiaire d'un pas digne. Finalement elle s'en était plutôt bien sortie, se dit-elle, assez fière d'avoir surmonté son moment de faiblesse. Pour une fois, elle s'était comportée en adulte responsable et cette perspective lui redonna toute la confiance qu'elle avait été à deux doigts de perdre. Elle se mit à chantonner et retira sa robe, qu'elle secoua ensuite légèrement afin de la défroisser. Le bruit de la porte qui s'ouvrait sur Colin lui fit pousser un petit cri aigu. Elle pressa de ses deux mains la robe contre son corps totalement nu.

— Que dirais-tu de dîner avec moi ce soir ? demanda Colin en s'appuyant négligemment contre le chambranle.

— Colin !

— Oui ?

— Colin, sors d'ici immédiatement ! Je suis complètement nue !

— Oui, je le vois bien, mais tu n'as pas répondu à ma question.

Rouge de confusion, Cassidy avala péniblement sa salive avant de demander :

— Quelle question ?

— Acceptes-tu de dîner avec moi ce soir ? répéta-t-il patiemment en s'attardant sur les épaules dénudées de la jeune femme. Tu ne peux pas te nourrir de beignets rassis, c'est très mauvais pour ta santé !

Cassidy resserra un peu plus contre elle le morceau d'étoffe.

— Jeff n'a pas que ça, il prépare aussi de succulents tacos. Et maintenant, Colin, veux-tu bien sortir et refermer la porte derrière toi ?

— Des tacos ? s'écria Colin avec dégoût, feignant de ne pas avoir entendu les supplications de Cassidy. Oh, non ! Il faut vraiment que je m'occupe de toi !

Cassidy était sur le point de réitérer sa demande lorsqu'un soupçon lui vint à l'esprit.

— Colin, serais-tu, par hasard, en train de me proposer de sortir avec toi ?

— Sortir avec moi ? répéta-t-il comme si cette éventualité ne lui avait même pas effleuré l'esprit.

Il fit mine de réfléchir un instant puis lâcha négligemment :

— Je crois que oui.

— Juste pour dîner, alors ?

— Juste pour dîner.

— A quelle heure ?

— 19 heures.

— D'accord. Et maintenant va-t'en, que je puisse me rhabiller.

— Certainement, dit-il avec une telle lueur de désir dans le regard que Cassidy recula d'un pas, sa robe toujours fermement serrée contre sa poitrine. Au fait, Cass, tu ferais un bien piètre général.

Une incompréhension totale se peignit sur le visage de Cassidy.

— Quoi ?

— Tu as oublié de couvrir tes arrières, précisa Colin en refermant la porte derrière lui.

Cassidy tourna la tête et vit son corps nu se refléter dans le miroir situé derrière elle.

7.

Tandis qu'elle se préparait pour son rendez-vous avec Colin, Cassidy se félicitait de sa courte expérience chez « Bella ». Les longues heures passées à piétiner patiemment devant des cabines d'essayage lui avaient au moins permis de s'offrir la merveilleuse toilette qu'elle porterait ce soir. C'était une robe courte, en crêpe mauve vaporeux, dont les lignes, bien que fluides, mettaient merveilleusement en valeur sa silhouette harmonieuse. Un large décolleté dénudait ses épaules et un ruban de satin judicieusement placé sous la poitrine arrondissait ses seins menus. Elle enfila par-dessus sa tenue un manteau à capuche du même ton dont elle resserra la ceinture, soulignant ainsi sa taille mince.

Un dernier coup d'œil dans le miroir lui confirma qu'elle avait fait le bon choix. Elle voulait tant que cette soirée soit inoubliable !

« Tu as tort, tu ne devrais pas y aller », lui soufflait insidieusement la voix de la raison.

En réponse, elle se brossa énergiquement les cheveux, espérant ainsi évacuer la nervosité qui la gagnait.

« Ça m'est égal, j'y vais quand même », se dit-elle à voix haute, comme pour mieux se persuader qu'elle avait raison.

« Tu vas souffrir », reprit la petite voix.

« Si je n'y vais pas, je souffrirai aussi. »

Elle mit fin à son monologue intérieur pour accrocher deux perles fines à ses oreilles.

Après tout, pourquoi n'aurait-elle pas droit à un moment de bonheur, elle aussi ? Tout le monde méritait d'être heureux, ne fût-ce que le temps d'une soirée !

En outre c'était l'occasion rêvée d'avoir Colin pour elle toute seule, sans ce fichu portrait entre eux. Elle avait l'espoir que ce soir, enfin, il la verrait vraiment, comme la jeune femme séduisante et débordante de vie qu'elle était et pas comme un simple modèle, transparent à ses yeux d'artiste.

Elle vaporisa sur elle un léger nuage de parfum.

Elle ne voulait pas penser à demain mais juste profiter de l'instant présent. Une soirée, ce n'était pas trop demander, tout de même ! Elle aurait bien le temps de souffrir lorsque son portrait serait achevé. Pour l'heure, elle avait décidé de prendre ce que Colin aurait à lui offrir, quitte à en payer le prix plus tard.

Elle jeta un coup d'œil horrifié à sa montre : il était presque 19 heures et une fois de plus elle n'avait aucune idée de l'endroit où elle avait bien pu ranger sa clé !

Elle était à quatre pattes en train de chercher sous le canapé convertible qui faisait également office de lit, lorsque Colin frappa à la porte.

— Voilà, voilà, j'arrive ! cria-t-elle, furieuse contre elle-même.

Elle allait renoncer lorsqu'elle avisa enfin un objet brillant qui ne pouvait être que sa clé. Le petit cri de victoire qu'elle s'apprêtait à pousser s'étrangla dans sa gorge tandis qu'elle ramenait de dessous le sofa une pièce de monnaie rutilante.

— C'est moi qui t'invite, bien entendu, railla Colin qui était entré sans attendre d'y avoir été invité.

Un sourire amusé aux lèvres, il observait avec une curiosité affichée le singulier tableau qu'offrait la jeune femme, à quatre pattes sur le sol, le visage complètement dissimulé par l'écran de ses cheveux épars.

Cassidy leva les yeux sur Colin et ne put s'empêcher d'admirer le costume noir à la coupe parfaite qu'il avait endossé et qui accentuait sa carrure imposante. Une chemise blanche dépourvue de cravate et dont il avait ouvert le col apportait une note décontractée à la sévérité de sa tenue.

— C'est la première fois que je te vois en costume, remarqua-t-elle en se redressant à demi. J'aime beaucoup la façon dont tu le portes.

— Tu es vraiment déconcertante, Cassidy, commenta Colin, sincèrement surpris par la spontanéité de la jeune femme.

Il lui tendit une main pour l'aider à se relever tandis que, de l'autre, il repoussait les mèches qui lui tombaient sur le visage, découvrant ainsi le sourire ingénu qu'elle lui adressait.

— Tu penses vraiment ce que tu viens de dire ? s'enquit Cassidy.

Pour toute réponse il lui sourit en retour et l'examina de la tête aux pieds, d'un air approbateur.

— Tu es ravissante. Vraiment ravissante.

Il lâcha Cassidy pour ouvrir la main qui renfermait la pièce de monnaie.

— C'est pour payer le taxi ? demanda-t-il d'un ton moqueur. Avec ça, nous n'irons pas loin.

Cassidy fronça les sourcils, embarrassée.

— Je croyais que c'était ma clé, avoua-t-elle à contrecœur.

— Bien sûr. On pourrait s'y tromper.

— Sous le canapé, oui, tout à fait, se défendit Cassidy avant de reprendre ses recherches. Elle doit bien être quelque part, grommela-t-elle en éparpillant les papiers qui recouvraient son bureau. Je ne comprends pas, j'ai pourtant cherché partout.

— Où est ta chambre ? demanda soudain Colin en la regardant secouer frénétiquement un dictionnaire, puis farfouiller sous les feuilles d'une fougère.

— C'est ici, l'informa Cassidy. De même que le salon, le bureau et la salle à manger. La solution idéale pour tout avoir sous la main et économiser des pas inutiles ! ajouta-t-elle avec humour.

Comme pour confirmer ce qu'elle venait d'avancer elle brandit triomphalement une gomme qu'elle venait de trouver sous une pile de carnets.

— Je la cherchais depuis hier.

Elle s'assit sur un angle de son bureau et laissa échapper un profond soupir.

— Voyons, réfléchissons deux secondes, dit-elle pour elle-même en passant son doigt sur l'arête de son nez. La dernière fois que je l'ai utilisée, j'étais allée au marché.

Elle ferma les yeux pour mieux revivre la scène et reprit :

— Je suis entrée et j'ai apporté mon panier de provisions dans la cuisine. J'ai rangé une bouteille de jus de fruits dans le réfrigérateur et ensuite…

Elle s'arrêta net, écarquilla les yeux et fila dans la pièce d'à côté. Lorsqu'elle revint elle faisait passer la clé d'une main à l'autre.

— Elle est gelée, expliqua-t-elle, rouge de confusion. Je devais avoir la tête ailleurs, certainement…

Elle alla chercher la pochette en lamé doré qui complétait sa tenue et y glissa la clé.

— Voilà, dit-elle en gagnant la porte.

Colin la rejoignit et prit tendrement son visage entre ses mains.

— Cass ?

— Oui ?

— Tu as oublié de mettre tes chaussures.

Cassidy haussa négligemment les épaules, et lâcha avec humour :

— Je suppose que je pourrais en avoir besoin…

Colin l'embrassa chastement sur le front et la laissa partir.

— En effet, c'est mieux. Je crois qu'elles sont à côté de ton bureau.

Cassidy alla se chausser et revint vers Colin, sourire aux lèvres.

— Bien. Je n'ai rien oublié d'autre ?

Colin entrelaça ses doigts à ceux de la jeune femme et répondit :

— Non.

— Dis-moi, Colin, est-ce important pour toi que les gens que tu fréquentes soient un modèle d'organisation ?

— Pas particulièrement.

— Parfait. Dans ce cas, nous pouvons y aller.

La première des surprises que Colin allait offrir à Cassidy tout au long de cette soirée fut la magnifique Ferrari rouge qu'il avait garée juste devant chez elle.

— J'imagine que cette merveille t'appartient, murmura la

jeune femme, fascinée par la ligne racée du bolide. A moins que mon voisin n'ait hérité sans me le dire.

Colin ouvrit la portière du côté passager et invita Cassidy à s'asseoir dans le profond siège en cuir.

— Un des inestimables cadeaux que m'a faits Vince, précisa-t-il. Il m'a offert cette voiture pour que je peigne le portrait de sa nièce. Une charmante créature aux mâchoires proéminentes. Veux-tu que je referme le toit ouvrant ?

— Non, surtout pas !

Telle Cendrillon dans son carrosse magique, Cassidy se grisait du luxe qui l'entourait.

— Je croyais que tu ne peignais que des sujets qui t'intéressaient vraiment, objecta-t-elle.

— Vince est une des rares personnes à qui je ne peux rien refuser. Et puis, comme tu peux le constater, il sait utiliser les bons arguments !

Colin fit vrombir le moteur et une excitation extrême gagna Cassidy.

— Tu sais qu'avec le prix de cette voiture, tu pourrais avoir une maison dans le New Jersey ? Avec au moins trois chambres, un garage et un joli jardin plein de fleurs ?

Colin sourit à cette évocation et engagea le bolide dans la rue. Il contourna Golden Gate Park, évitant ainsi le labyrinthe tentaculaire des périphériques, saturés à cette heure de la journée, et emprunta de petites voies secondaires beaucoup moins fréquentées.

Cassidy s'enivrait du parfum des bouquets que vendaient des fleuristes ambulants et qui se mêlait à l'odeur puissante de la marée. Elle se cala confortablement contre son dossier et inclina légèrement la tête pour essayer d'apercevoir la pointe des gratte-ciel qui élançaient à l'infini leur silhouette gracile.

— Où allons-nous ? s'enquit-elle sans se soucier vraiment de la réponse car être au côté de Colin suffisait déjà amplement à son bonheur.

— Nous allons dîner, répondit laconiquement ce dernier. Je meurs de faim !

— Pour un Irlandais, on ne peut pas dire que tu sois très bavard, le taquina la jeune femme. Oh, regarde, le brouillard se lève ! ajouta-t-elle en pointant la baie du doigt.

En effet, une brume épaisse tapissait l'océan et commençait à engloutir le pont à une vitesse surprenante, ne laissant à découvert que le sommet de celui-ci.

— Les cornes de brume vont sonner cette nuit, murmura-t-elle. Je ne sais pas pourquoi mais chaque fois, cela me rend mélancolique.

— Quel genre de sons te rend gaie, Cassidy ? demanda Colin en lui coulant un regard en biais.

Elle retint tant bien que mal les mèches de cheveux qui lui chatouillaient le visage et répondit en riant :

— Les bruits secs, qui éclatent comme des bulles de vie.

Elle s'interrompit pour contempler le ciel d'un bleu éclatant. Existait-il une autre ville au monde où deux éléments aussi paradoxaux se mêlaient avec autant d'harmonie ?

La voiture, en ralentissant, la tira de sa profonde rêverie. Elle écarquilla de grands yeux étonnés en reconnaissant la bâtisse majestueuse de l'Hôtel Nob Hill.

Un portier en livrée vint ouvrir sa portière et lui tendit une main gantée de blanc pour l'aider à sortir. Colin le gratifia d'un pourboire généreux et passa son bras sous le coude de Cassidy.

— Tu aimes les fruits de mer ? s'enquit-il en la guidant vers l'entrée du restaurant.

— Oui, pourquoi ? Je…

— Parfait. Ils servent ici des plateaux assez exceptionnels.

— J'en ai entendu parler, en effet, murmura la jeune femme.

En quelques pas, elle bascula dans un monde luxueux qu'elle ne connaissait qu'à travers les livres qu'elle avait lus.

Impressionnée, elle balaya d'un regard circulaire la salle immense qui s'ouvrait devant elle. Elle s'extasia sur les plafonds tout en miroirs auxquels étaient suspendus de somptueux lustres en cristal qui surplombaient des tables rondes recouvertes de nappes en lin brodées, d'un blanc immaculé.

Un maître d'hôtel empressé, que Colin appela par son prénom, s'empressa vers eux et les plaça à une table qui, bien qu'un peu à l'écart, offrait à ses occupants une vue d'ensemble sur la salle.

La perspective du sandwich au fromage qu'elle avait projeté de partager avec Jeff quelques heures auparavant sembla à Cassidy à des années-lumière de là.

Estimant sa curiosité satisfaite, elle reporta son attention sur Colin.

— Finalement, j'ai bien fait d'accepter ton invitation. Cela me changera des tacos.

— Je suis un homme de parole, Cass, et je tiens toujours mes promesses. C'est d'ailleurs pour cette raison que j'en fais rarement. Prendras-tu du vin ? lui demanda-t-il en lui adressant ce sourire charmeur qu'elle aimait tant et qui la faisait chavirer. Je suis sûr que tu n'es pas le genre de femme à te griser de cocktails.

— Vraiment ? Et pourquoi pas ?

— Parce que je lis trop d'innocence dans ces grands yeux violets.

Il s'interrompit pour repousser ses cheveux derrière ses épaules, d'un geste plein de tendresse.

— Et puis parce que ce serait trop convenu, trop bourgeois, pour que cela te plaise.

Un sommelier se tenait respectueusement derrière Colin, attendant patiemment les ordres de son prestigieux client. Sans quitter sa compagne des yeux, celui-ci commanda une bouteille de château-haut-brion.

Cassidy, fascinée, regarda le serveur esquisser une légère courbette avant de prendre la direction des caves.

— J'ai remarqué que tu travaillais à l'écriture de ton nouveau roman. Cela se passe bien ?

Cassidy considéra Colin avec surprise. Peut-être l'avait-elle mal jugé et s'intéressait-il plus aux gens qu'elle ne l'avait supposé ?

— Oui, en fait, je crois que je tiens le bon bout. Je suis dans une période bénie où tout se met en place sans effort, comme par magie. En général cela ne dure pas très longtemps, mais c'est un laps de temps durant lequel je suis très productive, alors j'en profite. Est-ce que le même phénomène se produit en peinture ?

— Oui, et je comprends tout à fait ce que tu ressens. Cette impression que quelquefois on est touché par la grâce des dieux, que tout vient naturellement… Contrairement à d'autres fois où, sans savoir pourquoi, je m'échine des heures sur un travail qui ne me satisfait jamais. Comme toi lorsque tu jettes à la poubelle des pages et des pages d'écriture, je me trompe ?

Le retour du sommelier, portant cérémonieusement la

bouteille de vin blanc sur un petit plateau d'argent, laissa la question de Colin en suspens. Dans un silence religieux, Cassidy assista au cérémonial lié à l'ouverture de la bouteille puis leva son verre en direction de son compagnon avant de boire une gorgée du nectar délicieusement frais.

— A toi, Cassidy ! dit Colin en portant un toast à son tour.

— Prends garde, je pourrais vite prendre goût à une vie aussi facile.

Pour toute réponse Colin lui adressa un sourire charmeur et plaça sa main libre sur celle de la jeune femme.

— Parle-moi un peu de ce que tu es en train d'écrire.

— Eh bien, c'est l'histoire de deux personnes, de leurs vies en commun et prises séparément.

— C'est une histoire d'amour ?

— Oui, mais c'est une histoire assez compliquée.

Cassidy baissa les yeux sur leurs deux mains jointes puis les releva sur Colin. Elle chassa les interrogations qui se pressaient, se souvenant de la promesse qu'elle s'était faite de profiter du moment présent sans penser au lendemain.

— Tous deux ont une forte personnalité, reprit-elle, et vivent donc une relation conflictuelle. Il y a en eux une volonté farouche de ne pas s'aventurer sur le terrain miné de l'amour mais cela s'avère d'autant plus difficile qu'ils sont irrésistiblement attirés l'un vers l'autre.

— L'amour invente ses propres règles et celles-ci varient selon les joueurs, commenta Colin en caressant du bout des doigts la main de Cassidy. Est-ce que ton histoire connaîtra une fin heureuse ?

La jeune femme tenta d'ignorer les battements désordonnés

de son cœur et riva crânement ses yeux aux yeux bleus qui la faisaient chavirer.

— Peut-être, murmura-t-elle. Je ne sais pas encore, mais leur destin est entre mes mains.

Colin porta les doigts de Cassidy à ses lèvres.

— L'espace de cette soirée, Cass, s'enquit-il d'une voix caressante, me laisseras-tu décider de ton sort ?

Cassidy soutint son regard sans ciller et répondit gravement :

— Oui. L'espace de cette soirée, mon sort est entre tes mains.

Colin leva de nouveau son verre et clama, sourire carnassier aux lèvres :

— A cette longue nuit qui s'annonce, alors !

Le dîner fut royal, le vin coula à flots et tous deux s'attardèrent longuement devant leur tasse de café, peu enclins à rompre la magie du moment.

Cassidy savourait intensément chaque minute passée en compagnie de l'homme qu'elle aimait et souhaitait désespérément posséder le pouvoir de retenir le temps.

Les bougies s'étaient depuis longtemps consumées dans leur chandelier lorsqu'ils quittèrent leur table. Colin glissa sa main dans celle de sa compagne et tous deux s'apprêtaient à franchir la porte lorsqu'une voix retentit près d'eux, les stoppant dans leur élan. Un petit homme replet et chauve, vêtu d'un costume impeccablement coupé, s'avança vers Colin, sourire aux lèvres, main tendue. Le diamant de la bague qu'il portait à l'auriculaire scintilla de tous ses feux.

— Sullivan, vieux frère ! s'exclama-t-il. Quel plaisir de te voir !

Le visage de Colin s'éclaira d'un sourire cordial.

— Jack ! Comment vas-tu ?

— Pas mal, pas mal du tout même. Je ne suis que de passage, le temps de régler quelques affaires en ville.

Il posa sur Cassidy un regard à la fois admiratif et interrogateur qui n'échappa pas à Colin.

— Cassidy, je te présente Jack Swanson, une vieille crapule. Jack, voici Cassidy St. John, le plus merveilleux modèle que j'ai jamais eu.

Cassidy rougit sous l'effet conjugué du compliment et de l'honneur que lui faisait Colin de lui présenter l'un des plus grands producteurs de l'industrie cinématographique. Depuis plus de vingt-cinq ans maintenant, le nom de Jack Swanson était lié aux plus grands succès du box-office américain.

— Moi, une crapule ? feignit de s'offusquer Swanson en serrant la main de Cassidy dans la sienne. N'écoutez pas ce qu'il dit, mademoiselle. Il n'y a pas plus honnête que moi en ce bas monde.

Il balaya la jeune femme d'un regard approbateur avant de reprendre :

— Ce fourbe irlandais ne m'a jamais témoigné la moindre once de respect mais je ne peux que m'incliner devant le bon goût dont il fait preuve. Vous n'êtes pas actrice, n'est-ce pas ?

— Non, sauf si je prends en considération le rôle de champignon que j'ai dû tenir dans la pièce de fin d'année de ma classe de quatrième, plaisanta Cassidy.

Swanson haussa les épaules, en homme désabusé qui en avait vu d'autres au cours de sa carrière.

— J'ai eu affaire à de prétendues actrices qui n'avaient même pas cela à leur actif, vous savez.

— Cassidy est écrivain, annonça Colin en entourant la

jeune femme d'un bras protecteur. Tu vois, j'ai sagement mis en application ce que tu m'avais dit : « Tiens-toi à l'écart des actrices. »

— Et depuis quand suis-tu mes conseils avisés ? railla Swanson.

Il se détourna de Colin pour considérer Cassidy avec un intérêt manifeste.

— Un écrivain… Quel genre d'écrivain êtes-vous, mademoiselle ?

— Un excellent écrivain, bien sûr, répondit cette dernière non sans humour. Totalement dénué d'ego, et d'humeur toujours égale.

Jack Swanson lui tapota la main.

— Dommage que j'aie un rendez-vous, sans quoi je vous aurais tirée des griffes de ce redoutable séducteur. En tout cas, je tiens à vous inviter à dîner avant de quitter la ville.

Il désigna Colin d'un signe de tête et reprit à l'intention de Cassidy :

— Vous pourrez l'emmener avec vous si vous voulez.

Puis, après une dernière tape amicale dans le dos de Colin, il s'éclipsa à grandes enjambées.

— Sacré bonhomme, n'est-ce pas ? dit Colin en reprenant fermement la main de Cassidy pour l'entraîner dehors.

— Oui, admit la jeune femme, encore émerveillée d'avoir côtoyé en si peu de temps un duc italien et l'un des maîtres incontestés d'Hollywood.

Cassidy poussa un petit soupir d'aise tandis qu'elle se glissait sur le siège de la Ferrari. D'humeur romantique, elle regarda la première étoile qui scintillait dans la nuit claire, tandis que la lune profilait son disque parfait à l'horizon.

— Où allons-nous ? demanda-t-elle après avoir remarqué que Colin ne prenait pas la direction de son appartement.

Il amorça en silence un virage délicat et se faufila avec adresse parmi la circulation dense.

— C'est une surprise, mais je pense qu'elle va te plaire.

Il lui coula un regard en biais.

— A moins que tu ne sois fatiguée ?

— Pas du tout, répondit Cassidy, heureuse de l'opportunité que lui offrait Colin de prolonger leur soirée.

La boîte de nuit où il la conduisit était faiblement éclairée et un nuage de fumée opaque flottait au-dessus de leur tête. Ils se frayèrent tant bien que mal un chemin parmi la foule hétéroclite des clients qui, serrés les uns contre les autres sur une piste de danse minuscule, se démenaient au son de la musique que dispensait un groupe de rock.

Colin salua sur leur passage un nombre incroyable de personnes. Manifestement, ici aussi, il était un habitué des lieux !

— J'adore cet endroit ! s'exclama Cassidy avec enthousiasme. Je suis sûre que c'est le rendez-vous idéal des trafiquants d'armes et de bijoux volés !

Colin rit de bon cœur et saisit les mains de Cassidy entre les siennes.

— Tu aimerais en rencontrer peut-être ?

— Non, répondit la jeune femme, les yeux pétillant de malice.

Une serveuse, surgie d'on ne savait où, attendait avec impatience que ses clients veuillent bien passer leur commande.

— Apportez-nous du champagne ! commanda joyeusement Colin.

La serveuse marmonna quelque chose d'inaudible et

repartit en traînant les pieds et en ondulant outrageusement des hanches.

Cassidy éclata d'un petit rire cristallin.

— Il semblerait que les courbettes ne soient pas de rigueur ici, commenta-t-elle gaiement.

— Peu importe, tout n'est qu'une question d'ambiance. Ce genre d'attitude pour le moins décontractée est parfaitement normal dans un endroit comme celui-ci mais serait choquant dans un endroit disons… plus conventionnel. Mais je ne déteste pas le côté un peu impertinent des serveuses et…

Il s'interrompit pour effleurer de ses lèvres le poignet de Cassidy et ajouter sur le mode de la confidence :

— … les tables si petites qu'elles obligent à un contact très proche. Ainsi que les lumières excessivement tamisées…

Ses lèvres caressaient à présent la paume de sa main.

— … qui me permettent de goûter à ta peau dans une relative intimité.

Sa bouche délaissa la paume pour se faire plus sensuelle, derrière l'oreille de la jeune femme.

— Colin, protesta faiblement Cassidy, le souffle court.

Le bruit de la bouteille de champagne que la serveuse venait de poser bruyamment sur la table interrompit brutalement leur tendre tête-à-tête.

— Le service est rapide ce soir, murmura Colin comme pour lui-même.

Puis il tendit à l'hôtesse un billet que celle-ci empocha négligemment avant de s'éloigner de la même démarche chaloupée.

La musique assourdissante couvrit le bruit du bouchon qui sautait. Colin remplit la coupe de Cassidy qui profita de l'occasion pour tenter de reprendre ses esprits et de calmer les battements désordonnés de son cœur.

A mesure que leurs coupes se vidaient, Cassidy devenait plus détendue et plus rêveuse. Son esprit s'embrumait, la réalité s'estompait, cédant la place à une espèce de rêve éveillé où Colin se levait pour l'entraîner sur la piste de danse. Leurs corps parfaitement imbriqués ondulaient en rythme sur les notes d'un slow langoureux et lorsque Colin enserra un peu plus fort la taille de la jeune femme, celle-ci noua ses bras autour du cou de son cavalier, comblant ainsi l'espace déjà restreint qui les séparait.

L'air était lourd de l'odeur âcre de la fumée de cigarettes et des parfums sucrés qu'exhalaient les corps transpirants des couples qui dansaient à côté d'eux.

Pourtant, ils avaient l'impression d'être seuls au monde.

Cassidy renversa la tête en arrière et riva ses yeux à ceux de Colin. Un frisson de désir la parcourut tout entière tandis qu'il resserrait son étreinte jusqu'à l'empêcher de respirer.

Lorsque mourut la dernière note, Colin prit Cassidy par la main et, sans un mot, l'entraîna dehors.

L'air frais de la nuit dissipa les brumes de leurs esprits et apaisa le feu qui courait dans leurs veines.

Un petit sourire heureux flotta sur les lèvres de Cassidy. Cette soirée était en tout point parfaite et elle se félicita d'avoir accepté l'invitation de Colin.

La Ferrari se rua à l'assaut d'une colline qui émergeait du brouillard épais recouvrant totalement la baie. Cassidy tourna la tête vers Colin mais celui-ci devança sa question.

— Je t'emmène sur ma péniche, dit-il. J'ai quelque chose pour toi.

Des petits signaux d'alarme clignotèrent instantanément dans la tête de Cassidy, la prévenant d'un danger imminent. Il fallait qu'elle refuse, qu'elle demande à Colin de la reconduire chez elle. Mais la nuit n'était pas terminée et elle voulait la vivre jusqu'au bout. Comme elle se l'était promis en acceptant l'invitation de Colin.

La voiture amorça sa descente vers la mer, plongeant graduellement dans la brume opaque que signalait le gémissement sinistre des cornes de brume.

Lorsque Colin gara sa voiture, Cassidy avait de nouveau perdu pied avec la réalité pour se perdre cette fois dans un monde où tout n'était qu'ombres fantasmagoriques.

Colin la prit par la main et la guida vers une forme indistincte aux allures de linceul géant. Au moment où elle allait poser un pied incertain sur une étroite passerelle en corde qui oscillait dangereusement, un souffle de vent déchira un voile de brume et la péniche émergea au clair de lune.

Cassidy s'arrêta, émerveillée par ce qu'elle voyait.

— Oh, Colin, c'est magnifique ! s'extasia-t-elle.

Elle eut à peine le temps d'admirer l'imposante silhouette de bois qui s'élevait sur deux niveaux que, déjà, le brouillard l'enveloppait de son voile opaque.

Une fois à l'intérieur Cassidy passa les mains dans ses cheveux humides pour tenter de les discipliner tandis que Colin la précédait pour allumer les lampes sur son passage. Ils descendirent deux marches qui les conduisirent dans le salon, grande pièce carrée meublée de divans moelleux et de tables basses leur faisant face. Sur la gauche, une autre volée de marches menait dans la cuisine.

Cassidy pivota vers Colin.

— Ce doit être merveilleux de vivre sur l'eau !

— Oui, d'autant plus que ce n'est jamais la même chose. Lorsque la nuit est claire, les lumières de la ville scintillent à la surface de l'eau comme autant de petites étoiles. Et lorsque, comme ce soir, le brouillard gomme tout, alors règne une atmosphère de magie et de mystère.

Colin s'approcha lentement de Cassidy et, dans un geste qui lui était à présent familier, repoussa tendrement quelques mèches rebelles derrière ses épaules.

— Tes cheveux sont mouillés, murmura-t-il. As-tu seulement la moindre idée du nombre de nuances différentes que je dois utiliser pour les peindre ? Il suffit de si peu pour que change leur couleur.

Colin fronça soudain les sourcils et laissa retomber ses mains.

— Je vais te servir un brandy. Tu es gelée.

Il sortit d'un placard de petits verres qu'il remplit d'eau-de-vie et en tendit un à Cassidy. La jeune femme en but une gorgée qui lui brûla délicieusement la gorge, puis elle commença à faire le tour de la pièce. Elle s'arrêta devant un tableau qui représentait un coucher de soleil sur la baie de San Francisco. C'était un embrasement total de couleurs intenses et de mouvements tourbillonnants. Sans même voir la signature de l'artiste, Cassidy savait qu'il s'agissait d'un Kingsley.

— Elle a vraiment beaucoup de talent, commenta Colin en s'approchant de Cassidy.

— Oui, admit la jeune femme avec sincérité, mais si belle soit-elle, je trouve cette toile trop agressive. Je ne pourrais pas commencer ma journée avec une telle explosion de violence devant les yeux.

— Tu parles de la toile ou de l'artiste ? s'enquit Colin.

Cassidy réalisa soudain que Colin venait de formuler tout haut ce qu'elle ressentait.

Elle haussa les épaules et se détourna de l'œuvre.

— C'est curieux, continua-t-elle, on pourrait imaginer l'intérieur d'un artiste recouvert de toiles et pourtant il y en a relativement peu chez toi.

Elle reprit son inspection, passant lentement d'une œuvre à l'autre pour les examiner chacune attentivement. Elle s'arrêta brutalement devant un tableau de petit format : c'était le paysage irlandais qu'elle avait évoqué le matin même avec Colin.

— Je me demandais si tu le reconnaîtrais, lui dit Colin qui s'était de nouveau approché d'elle.

Mais, cette fois, il posa ses mains sur les épaules de la jeune femme dans un geste possessif.

— Comment l'aurais-je oublié ? murmura Cassidy, émue.

— J'avais vingt ans lorsque je l'ai peint. Je venais de rentrer de mon premier voyage en Irlande.

— Comme c'est étrange que je t'en aie parlé précisément ce matin, constata Cassidy, troublée par une telle coïncidence.

— C'est le destin, Cass, clama Colin en déposant un baiser sur les cheveux de la jeune femme.

Il s'approcha de la toile, la décrocha du mur et la tendit à Cassidy.

— Tiens, je te la donne, elle est à toi.

— Non, Colin, je ne peux pas accepter, rétorqua la jeune femme, la voix chargée d'émotion.

L'incompréhension se peignit sur le visage de Colin.

— Non ? Mais pour quelle raison ? Tu semblais tellement l'aimer, cette toile !

— C'est vrai, je l'adore, Colin. Elle est si belle ! Mieux que ça même : je la trouve splendide ! Mais je ne peux pas te dépouiller d'une de tes œuvres comme cela !

— Tu ne me dépouilles de rien du tout, c'est moi qui te la donne, argua Colin. C'est le privilège de l'artiste d'offrir un de ses tableaux à qui bon lui semble.

Les yeux embués de Cassidy quittèrent la toile pour se fixer sur Colin.

— Colin, tu ne l'aurais pas gardée aussi longtemps si tu n'y étais pas attaché. Cette toile possède une valeur sentimentale, sans quoi tu l'aurais déjà vendue.

— C'est exact, il y a des œuvres qui ne sont pas faites pour être monnayées, mais pour être données.

Il lui tendit de nouveau le tableau.

— S'il te plaît, Cassidy.

Submergée d'émotion, Cassidy ne put retenir le sanglot qui lui nouait la gorge.

— C'est la première fois que je t'entends dire « s'il te plaît », balbutia-t-elle, la voix entrecoupée de larmes.

— C'est parce que j'attendais l'occasion idéale, plaisanta Colin.

Eperdue de gratitude, Cassidy considéra Colin sous un angle nouveau. Car, bien plus qu'un tableau, il lui offrait le lien qui existait entre elle et la mère qu'elle n'avait jamais connue.

— Merci, murmura-t-elle en esquissant un pauvre sourire.

D'un doigt léger Colin dessina le contour de ses lèvres.

— C'est cette sensibilité que j'aime le plus en toi, murmura-t-il. Mais assez de larmes pour aujourd'hui, décréta-t-il d'une voix forte en lui prenant le tableau des mains pour le poser sur la table. Viens t'asseoir et finis ton brandy.

Cassidy s'installa docilement sur le canapé qu'il lui avait indiqué et commença à siroter son verre d'alcool.

— Il t'arrive de peindre ici aussi ?

— Oui, quelquefois.

— Je me souviens que la nuit où nous nous sommes rencontrés, tu voulais m'entraîner ici pour esquisser mon portrait.

— Et tu as brandi comme un bouclier protecteur un mari joueur de football, ricana Colin.

— C'est vrai que je n'ai pas vraiment réfléchi à ce que je disais mais c'est la première chose qui m'a traversé l'esprit.

Elle se tourna vers lui pour lui sourire mais leurs visages se frôlaient dangereusement. Avant qu'elle ait pu esquisser le moindre geste de recul, les lèvres de Colin effleuraient sa joue, puis glissaient sur sa bouche où elles s'attardèrent voluptueusement.

— Colin, murmura Cassidy qui sentait que la faiblesse et l'onde de chaleur qui la gagnaient ne devaient rien au verre d'alcool qu'elle venait de boire.

— Cassidy, susurra à son tour Colin.

Il posa sur elle un regard empreint de gravité.

— La dernière fois que je t'ai embrassée, je t'ai blessée. Je veux que tu saches que je le regrette.

— Je t'en prie, Colin, n'ajoute rien. Nous étions tous les deux en colère.

— Tu m'as déjà pardonné parce que c'est dans ta nature, insista Colin. Mais je n'oublierai jamais ton regard à ce moment-là.

Il marqua une pause pour lui caresser tendrement la nuque puis reprit d'une voix pleine de douceur :

— Je veux t'embrasser comme tu le mérites, Cass, mais avant, je veux être sûr que c'est bien ce que tu souhaites.

Il serait si facile de refuser, songeait Cassidy. Il lui suffirait de dire « non » et il la laisserait partir. Mais elle sentait confusément qu'elle était irrémédiablement liée à cet homme.

— Oui, s'entendit-elle dire en fermant les yeux. Oui, je le veux.

Le signal donné, Colin se pencha vers Cassidy et, du bout de la langue, écarta ses lèvres offertes. Ses baisers étaient légers et tendres, sa bouche ne lâchant celle de Cassidy que pour mieux la reprendre. Il fit glisser de ses épaules la veste en toile légère qu'elle avait négligé d'ôter. Cassidy, docile, en proie à une douce langueur, jouissait de la chaleur de ses doigts sur sa peau nue. La tête dans les nuages, elle avait perdu toute notion du temps et répondait avec sensualité aux baisers devenus plus pressants de Colin. Elle se serra un peu plus contre lui, obéissant ainsi à ses sens en alerte.

— Cass, murmura Colin à son oreille.

La voix rauque de son amant redoubla le désir qu'elle éprouvait. Elle plaqua son corps ondulant contre le sien et passa une main experte sous sa chemise de soie. Le feu coula instantanément dans leurs veines. Colin renversa Cassidy sur les coussins moelleux, léchant à petits coups de langue chaque parcelle de chair qui s'offrait à sa bouche avide. Le sang battait aux tempes de Cassidy qui s'abandonnait avec volupté aux caresses expertes et s'ouvrait à plus de plaisir encore.

Lorsque les lèvres aventureuses de Colin s'attardèrent à la naissance de sa gorge, elle retint son souffle, ivre de désir. Il défit un à un les boutons de sa robe, prolongeant ainsi l'exquise torture, jusqu'à ce que ses seins libérés de toute entrave se tendent vers lui, réclamant désespérément sa bouche et ses mains. Il prit alors entre ses lèvres les tétons durcis, ne les quittant que pour dévorer de ses baisers ardents la peau brûlante de la jeune femme.

Cassidy gémissait d'un plaisir jusque-là inconnu lorsque Colin se redressa à demi pour planter dans les yeux troubles de désir de sa compagne son regard enflammé.

La jeune femme écarta tendrement la mèche qui retombait sur son visage et lui prit la main pour la poser sur sa joue.

D'un geste plein de délicatesse, Colin rajusta la robe de Cassidy, puis l'invita à s'asseoir avec lui.

Sa voix était encore rauque de désir et son cœur palpitant lorsqu'il lui dit :

— Il m'arrive rarement de me comporter en gentleman mais c'est l'occasion ou jamais.

Il tendit sa main à Cassidy pour l'aider à se lever, puis l'enveloppa de sa veste.

— Je te ramène chez toi.

— Colin…, protesta faiblement Cassidy qui ne comprenait pas un tel revirement.

Car seule comptait à ce moment-là sa volonté de se donner à lui, corps et âme.

— Ne dis rien, je t'en prie.

Il fourra ses mains dans ses poches, comme s'il craignait de céder à la tentation de les promener de nouveau sur la peau de Cassidy.

— Souviens-toi, l'espace de cette soirée, tu as remis ton destin entre mes mains. Eh bien, je choisis de te reconduire chez toi. La prochaine fois, la décision n'appartiendra qu'à toi.

8.

Allongée dans son lit, les paupières encore lourdes de sommeil, Cassidy regardait les rayons de soleil filtrer à travers les persiennes. Une multitude de petites taches claires dansaient sur le parquet.

Chaque matin, et tel un rituel immuable, elle regardait longuement le petit tableau qu'elle avait accroché face à son lit et dont elle connaissait désormais le moindre détail par cœur.

Elle laissa échapper un long soupir comme chaque fois qu'elle se remémorait la soirée passée avec Colin. Tout était précieusement gravé dans sa mémoire, depuis le moment où elle avait consenti à sortir avec lui, jusqu'au bref au revoir dont il l'avait gratifiée après l'avoir raccompagnée jusqu'à sa porte.

Lorsqu'elle était retournée à l'atelier le lendemain, Colin s'était replongé avec désinvolture dans son travail, ne témoignant à la jeune femme aucune familiarité particulière.

Si, pour lui, le chapitre semblait clos, pour Cassidy, en revanche, il ne faisait que commencer.

« Je devrais lui être reconnaissante de ne pas avoir profité de la situation, se disait-elle crânement. Si j'étais restée… Si j'étais restée, je n'aurais été qu'une aventure de plus et, ensuite, il aurait repris sa vie comme si de rien n'était, exactement comme aujourd'hui. Finalement, c'est aussi bien comme ça, je ne garde qu'un beau souvenir de la soirée exceptionnelle que nous avons passée ensemble. »

— Quelle incorrigible romantique tu fais ! conclut-elle brutalement à voix haute en roulant sur le côté.

Des coups frappés à la porte la firent sursauter.

— Cassidy ! appela Jeff avant de rentrer dans la pièce plongée dans la pénombre. Mais qu'est-ce que tu fais ? Tu dors encore ? Il est 11 heures !

Cassidy tira le drap jusque sous son menton puis s'assit.

— Je ne dormais pas, répondit-elle d'une voix endormie. Mais j'ai travaillé jusqu'à 3 heures et demie cette nuit.

Elle fronça soudain les sourcils en direction de la porte que Jeff avait laissée grande ouverte.

— Je croyais pourtant l'avoir fermée à clé en rentrant.

Jeff leva les yeux au ciel en haussant les épaules avant de venir s'allonger sur le lit, à côté de Cassidy. Gênée, la jeune femme se mit à rougir violemment.

— Mais je t'en prie, fais comme chez toi, dit-elle d'un ton railleur.

Jeff sembla ne pas relever l'ironie de sa remarque et annonça fièrement :

— Regarde un peu ça ! On parle de toi dans le journal !

L'incrédulité se peignit sur le visage de Cassidy.

— Quoi ! s'exclama-t-elle en avisant le journal que Jeff tenait à la main. Mais qu'est-ce que tu racontes ?

— Eh bien figure-toi que par le plus grand des hasards, je suis allé acheter ce canard tout à l'heure, et bien m'en a pris car devine ce que j'ai trouvé dans la rubrique mondanités ? Ma voisine et néanmoins amie : Cassidy St. John.

— Si c'est une plaisanterie, elle n'est pas drôle, riposta Cassidy en peignant de ses doigts ses cheveux emmêlés. Et d'abord, qu'est-ce que je ferais dans cette rubrique ? s'enquit-elle toujours sceptique.

— Tu danses, langoureusement enlacée avec Colin Sullivan, l'informa posément Jeff.

Bouche bée, Cassidy ne pouvait détacher son regard de la page que son ami lui agitait sous le nez. Elle lui arracha soudain le journal des mains.

— Laisse-moi voir ça de près.

— Je t'en prie, rétorqua aimablement Jeff.

Il s'appuya sur un coude et s'amusa à observer le visage de Cassidy qui exprimait toutes sortes de sentiments contradictoires au fur et à mesure qu'elle lisait l'article.

— Il semblerait qu'on vous ait surpris dans un endroit un peu chaud de la ville, résuma Jeff. Et le photographe qui a pris cette photo s'interroge sur l'identité de la nouvelle conquête de Sullivan.

Il tira sur la pointe de sa barbe et haussa négligemment les épaules.

— De toute façon, il y a peu de chances pour qu'ils apprennent un jour qu'elle est assise, là, à côté de moi, juste vêtue d'un T-shirt de l'équipe de foot de San Francisco.

Il scruta de nouveau la page du journal et lâcha d'un air dégagé :

— D'ailleurs, tu n'es pas mal sur cette photo.

Ivre de colère, Cassidy bondit de son lit et lança violemment le journal par terre.

— Non mais, tu as lu l'article ? Tout ça n'est qu'un tissu

de mensonges ! Comment osent-ils insinuer des horreurs pareilles ?

Elle envoya valser à l'autre bout de la pièce une basket qui se trouvait sur son passage.

Jack se redressa et regarda son amie arpenter nerveusement son appartement.

— Cassidy, calme-toi, ce n'est pas si grave après tout. Et d'ailleurs, ajouta-t-il en rassemblant les feuilles éparses, ils parlent de toi en termes plutôt élogieux. Tiens, écoute, ils t'appellent…

Jeff marqua une pause destinée à retrouver l'expression en question.

— Ah, voilà, c'est ici ! « Une jeune beauté en fleur », cita-t-il avec emphase. Cela te va plutôt bien, non ?

Cassidy étouffa le juron qui lui montait aux lèvres et d'un coup de pied adroit envoya sa deuxième basket rejoindre la première.

— C'est bien une réflexion d'homme, ça ! gronda-t-elle en tirant de son armoire, à grands coups de gestes rageurs, un pantalon de toile et un T-shirt rouge vif. Vous vous imaginez qu'il suffit d'un compliment, et hop, tout rentre dans l'ordre ! Je me trompe ? Eh bien moi, je refuse ! Ça ne va pas se passer comme ça !

Elle rejeta ses cheveux en arrière et poussa un long soupir.

— Je peux le garder ? demanda-t-elle d'une voix légèrement radoucie en désignant le journal.

— Bien sûr, dit Jeff. Je lirai autre chose.

Mais Cassidy, sourcils froncés, absorbée dans l'étude attentive de la photo, ne l'entendait déjà plus.

Jeff en profita pour s'éclipser et refermer doucement la porte derrière lui.

Moins de une heure plus tard, Cassidy arpentait le quai qui menait à la péniche de Colin. Elle tenait, bien serrée dans sa main, la page du *Sunday* que lui avait confiée Jeff. Encore agitée d'une indignation qu'elle jugeait légitime, elle emprunta l'étroite passerelle et tambourina à la porte du bateau. Aucune réponse ne lui parvint. Avisant la Ferrari garée à sa place, Cassidy redoubla violemment les coups.

— Ouvre-moi, Sullivan ! cria-t-elle. Je sais que tu es là !

La voix de Colin résonna au-dessus de sa tête.

— Qu'est-ce qu'il te prend de frapper comme une folle à cette porte ?

Cassidy recula de quelques pas et leva les yeux sur Colin, penché sur la rambarde du pont supérieur. Il était torse nu, seulement vêtu d'un bermuda, unique concession qu'il avait bien daigné faire à la bienséance. Il tenait à la main un pinceau plein de peinture bleue.

Le soleil, éblouissant à cette heure-là, la fit cligner des yeux. Elle plaça une main sur son front en guise de visière.

— Il faut que je te parle ! cria-t-elle en lui désignant le journal.

— Eh bien, monte ! Mais par pitié, cesse ce bruit infernal.

Il disparut de son poste d'observation sans lui laisser le temps de riposter.

Cassidy emprunta la coursive et monta un escalier étroit qui semblait conduire à l'endroit où se trouvait Colin. En effet, il était là, dos à la porte, assis bien droit sur un trépied, face à son chevalet.

S'approchant, Cassidy jeta un coup d'œil sur le sujet qu'il était en train de peindre. Il s'agissait d'une marine où une myriade de petits voiliers, mêlant gaiement leurs voiles multicolores, recouvraient presque totalement la surface de la baie.

— Alors ? Qu'est-ce qui t'amène jusque chez moi, Cass ? s'enquit l'artiste en serrant entre ses dents un pinceau dont il n'avait pas l'utilité.

Cassidy se campa devant lui et lui tendit le journal d'une main ferme.

— Ceci !

Avec un calme surprenant chez un homme qui ne supportait pas qu'on l'interrompe en plein travail, Colin reposa ses pinceaux, adressa un regard interrogateur à Cassidy, puis se plongea dans l'étude de la page qu'il lui avait prise des mains.

— C'est assez ressemblant, finit-il par déclarer.

— Colin !

— Chut ! Je lis.

Cassidy se tut à contrecœur et occupa son temps à faire les cent pas sur le pont.

Lorsqu'elle entendit Colin éclater de rire, elle pivota vers lui pour laisser de nouveau exploser sa colère mais il l'arrêta d'un signe de la main.

— Je trouve tout cela extrêmement divertissant, lança-t-il sans se départir de son calme.

— Divertissant ! Tu as bien dit : divertissant ? fulmina Cassidy. C'est tout ce que tu trouves à dire de ce… de ce monceau d'inepties ?

Colin haussa négligemment les épaules.

— Ça pourrait être mieux écrit, peut-être, commenta-t-il platement. Tu veux du café ?

— Est-ce que tu as vraiment tout lu ? demanda-t-elle, suffoquant de rage. Tu as lu le passage qui dit… qui dit que…

Les mots lui manquaient tant la colère la submergeait. Elle alla se planter devant Colin, le regarda droit dans les yeux, et précisa en martelant chacun de ses mots :

— Je ne suis pas ta dernière conquête, Sullivan !

— Ah, lâcha laconiquement ce dernier.

Le calme affiché de Colin ne fit qu'exacerber la colère de Cassidy. Elle le fusilla d'un regard noir.

— Pas de ce ton désinvolte avec moi, veux-tu ? Je ne suis pas ta dernière conquête, ni ta conquête tout court d'ailleurs ! En plus, je déteste ce mot ! Je déteste cet article, et je déteste ces insinuations sur le fait que nous avons une liaison !

Elle s'interrompit, haletante, et releva fièrement le menton.

— Peux-tu m'expliquer pourquoi le simple fait de danser ensemble fait de nous des amants ?

Colin regarda les boucles voleter autour de son visage fermé. D'un geste machinal, il les repoussa en arrière et laissa ses mains glisser sur ses épaules.

— Admets que l'idée est tentante, finit-il par dire. Mais si tu y tiens, nous pouvons traîner ce journal en justice.

Cassidy sut déceler la pointe d'amusement qui perçait à travers les paroles de Colin.

— Je veux un démenti dans ce même journal, exigea-t-elle, butée.

— Pour quelle raison, Cassidy ? Pour une photo volée ?

Pour les quelques lignes qui l'accompagnent et dont il vaut mieux rire ?

Colin examina une nouvelle fois attentivement le cliché qu'on avait pris d'eux.

— En outre, ajouta-t-il, nul doute que nous ne gagnerons pas. Cette photo parle d'elle-même.

Cassidy s'éloigna de Colin et alla s'appuyer au bastingage. C'était cette photo qui l'avait fait réagir si violemment. Elle avait été bouleversée par la vue de leurs deux corps si parfaitement imbriqués, par leurs regards rivés l'un à l'autre, par cette intimité partagée malgré la foule qui s'agitait autour d'eux. Un flot d'émotions l'avait alors submergée qui lui avait douloureusement fait prendre conscience du fait qu'elle ne revivrait plus jamais un moment de bonheur aussi parfait.

Elle considérait cette photo comme une cruelle intrusion dans sa vie privée, la violation d'un moment unique et magique qu'elle détestait voir étaler et minimiser dans ce journal. L'amour qu'elle portait à Colin était tellement plus fort que le simple lien évoqué dans ces quelques lignes ! Sans même connaître son nom, on l'avait baptisée « la dernière conquête ». La dernière, jusqu'à la prochaine, songea amèrement la jeune femme en regardant distraitement le ballet incessant des mouettes qui frôlaient la surface de l'eau.

— Je n'aime pas ça, grommela-t-elle. Je n'aime pas être jetée ainsi en pâture à des millions de lecteurs qui vont y aller de leurs commentaires personnels entre la poire et le fromage. Je n'aime pas que l'on donne de moi une image qui n'est pas la bonne. Et je n'aime pas être décrite comme…

— « Une jeune beauté en fleur » ? la coupa Colin en souriant.

— Je ne vois vraiment pas en quoi cette comparaison idiote est drôle ! riposta-t-elle, vexée.

Elle croisa les bras sur sa poitrine et fronça les sourcils.

— Et contrairement à ce que vous pensez, Jeff et toi, je ne trouve pas que ce soit un compliment, ajouta-t-elle avec humeur.

— Qui est Jeff ? s'enquit Colin.

Cassidy parut ne pas entendre et poursuivit sur un ton qui menaçait de monter d'un cran :

— Quand il s'est assis sur mon lit et qu'il a cherché à me persuader qu'au contraire, je devrais être flattée, que je devrais…

Colin l'interrompit et insista :

— Peut-être pourrais-tu me dire qui est ce Jeff et ce qu'il faisait ce matin dans ton lit ?

— Pas *dans* mon lit, corrigea impatiemment Cassidy. *Sur* mon lit. Mais ce n'est pas le sujet de notre conversation, revenons-en au fait, veux-tu ?

— J'aimerais clarifier d'abord ce point, dit-il en lui relevant le menton d'une main étonnamment ferme. J'insiste.

— Arrête, Colin ! se récria Cassidy en le repoussant. De toute façon, que veux-tu que je fasse avec quelqu'un comme toi qui ne cesse de me harceler et de me faire des reproches ?

— Moi ? Je te harcèle et je te fais des reproches ? répéta Colin.

L'accusation lui parut si incongrue qu'il éclata de rire.

— N'essaie pas de noyer le poisson, Cass, et parle-moi plutôt de ce fameux Jeff.

— Laisse Jeff en dehors de tout ça ! menaça Cassidy, les yeux brillants de colère. Il est simplement passé chez moi ce matin pour me montrer cet article. Je te le répète, Colin, je refuse catégoriquement d'être assimilée à l'une de tes innombrables liaisons ! Passées et à venir. Comme je refuse également de cautionner l'image de l'artiste romantique et ténébreux que tu veux donner de toi !

L'incompréhension se peignit sur le visage de Colin.

— Peux-tu m'expliquer ce que tu veux dire par là ? Parce que, vraiment, je ne comprends pas !

— C'est pourtant clair, non ? Et je pense réellement ce que je dis.

Colin fixa Cassidy avec curiosité.

— Je vois, en effet.

L'espace d'un instant ils se toisèrent en silence.

Cassidy détourna le regard de ce corps bronzé qui l'avait écrasée de son désir, de ces bras puissants qui l'avaient étreinte, de ces mains qui l'avaient fait frissonner. Elle sentait son fragile équilibre vaciller à la seule vue de cet homme qu'elle aimait. Elle pivota et retourna s'appuyer au bastingage.

— Je suis quelqu'un de simple, Colin, commença-t-elle d'une voix radoucie. Je suis née et j'ai grandi ici, dans l'Etat de Californie, et je ne connais rien d'autre de mon pays. Je ne suis pas issue d'un milieu bourgeois et je n'ai rien de ces femmes fatales et pleines de mystère que tu as l'habitude de fréquenter.

Comme pour se donner le courage de continuer, Cassidy prit une profonde inspiration et se retourna pour faire face à Colin.

— Mais j'assume parfaitement ce que je suis et je n'aime pas que l'on montre de moi une image dans laquelle je ne me reconnais pas, reprit-elle en levant les bras au ciel dans un geste d'impuissance. Je n'ai rien à voir avec la femme pour laquelle ils veulent me faire passer dans ce journal.

Colin plia le journal, le fourra dans la poche arrière de son bermuda, et, sans quitter Cassidy des yeux, alla la rejoindre.

— Surtout ne change pas, Cassidy, car tu es mille fois plus intéressante que le genre de femme pour lequel ils t'ont prise.

— Je suis sincère, je n'ai pas dit ça pour que tu me fasses des compliments.

— Je sais, dit Colin en ponctuant son propos d'un baiser si rapide que Cassidy n'eut pas le temps de s'y dérober. Tu te sens mieux, à présent ?

— Ne me parle pas sur ce ton condescendant, comme si j'étais une gamine capricieuse !

— Tu n'es pas une gamine capricieuse, rétorqua Colin d'un ton moqueur, tu es… « une jeune beauté en fleur »

— Tu me trouves jolie ? demanda-t-elle soudain en relevant le menton et en le défiant du regard.

— Non.

— Oh ! s'exclama Cassidy, à la fois surprise et vexée.

Colin éclata de rire et prit le visage de la jeune femme entre ses mains.

— Tu as des traits fins, une peau de pêche, des yeux magnifiques, énonça-t-il, et il se dégage de l'ensemble de ton visage un mélange de force, de fragilité, de vivacité dont tu n'es même pas consciente et qui font que le mot « jolie » est trop faible pour te qualifier.

Les joues de Cassidy s'empourprèrent violemment sous le compliment. Elle se maudit de rougir si bêtement chaque fois que Colin l'étudiait de trop près. Après plusieurs semaines maintenant, elle aurait dû y être habituée !

— Habile façon de t'en sortir, Sullivan ! Ce doit être ton côté irlandais.

— J'en ai une autre plus persuasive si tu veux, murmura Colin en l'embrassant avec fougue.

Une onde de désir électrisa Cassidy, neutralisant toute velléité de protestation. De petits gémissements de plaisir s'échappaient de ses lèvres entrouvertes tandis qu'elle effleurait de ses longues mains le torse nu de Colin. Une onde de chaleur se propagea dans ses veines, sa bouche se fit avide. Elle entraînait Colin dans un tourbillon de volupté qu'elle ne subissait plus mais que, maîtresse du jeu, elle provoquait.

La passion les emportait tous deux loin des rivages de la terre, cœurs et corps à l'unisson.

— Cassidy, lui chuchota Colin, tu me rends fou.

Au comble de l'excitation, Cassidy devint plus audacieuse ; ses mains se firent plus aventureuses, sa bouche plus impatiente.

— Oh, excusez-moi ! dit une voix familière derrière eux. Apparemment je dérange.

Cassidy, sonnée mais incapable de se libérer de l'étreinte de Colin, tourna la tête vers Gail.

Celle-ci, affichant un calme olympien, se tenait en haut des marches, une main négligemment posée sur la rampe de l'escalier. Elle portait autour du cou une écharpe en mousseline émeraude qui flottait au vent, tel un étendard.

— En effet, oui, confirma Colin d'un ton sec.

Cassidy, cramoisie comme une enfant prise en faute, gigotait vainement pour s'écarter de Colin.

— Je suis désolée, Colin chéri, mais je ne pouvais pas me douter que tu avais de la compagnie, se défendit Gail. Surtout un dimanche, ajouta-t-elle perfidement.

Elle lui adressa un sourire indulgent qui signifiait clairement à quel point elle était au courant de ses habitudes.

— J'étais passée chercher les toiles de Rotschild, tu te souviens ? Et puis il y a une ou deux choses dont je voudrais discuter avec toi. Je t'attends en bas.

Elle traversa le pont pour gagner une porte qui conduisait à l'intérieur de la péniche, puis, sans se retourner, demanda avec désinvolture :

— Je prépare du café pour trois ?

Elle n'attendit pas la réponse et disparut dans l'escalier.

Cassidy leva les yeux vers Colin et tenta de le repousser.

— Lâche-moi, siffla-t-elle entre ses dents. Lâche-moi tout de suite !

— Pourquoi ? Tu semblais heureuse que je te tienne entre mes bras, il y a quelques minutes.

— Il y a quelques minutes, j'avais perdu la tête ! J'en suis tout à fait consciente à présent !

— Tu avais perdu la tête ? répéta Colin, goguenard. Comme c'est intéressant ! Et cela t'arrive souvent ?

— Le moment est mal choisi pour faire de l'ironie, Sullivan !

Colin relâcha son étreinte et libéra la jeune femme.

— Avoue qu'il y a des circonstances où il est difficile de résister à la tentation.

— C'est en effet très drôle, mais tu n'avais pas à me garder plaquée contre toi quand Gail nous regardait de haut, avec son sourire supérieur !

Cassidy ponctua son propos d'un petit reniflement et essuya des poussières imaginaires sur son T-shirt.

— Mais dis-moi, Cass, serais-tu jalouse par hasard ? Comme c'est flatteur !

Les yeux de Cassidy lancèrent des éclairs, sa respiration devint saccadée.

— Espèce de prétentieux insupportable... de...

— Tu semblais pourtant me supporter assez bien lorsque tu as « perdu la tête », comme tu dis.

Aveuglée par la colère, Cassidy se rua sur lui et leva un poing vengeur qui, si Colin n'avait pas eu le réflexe de le retenir, l'aurait frappé en plein visage.

— Habituellement ce sont des gifles que les femmes distribuent, commenta-t-il avec flegme.

— Je me fiche bien de ce que les femmes font ou pas ! aboya Cassidy, bien décidée à quitter les lieux aussi bruyamment qu'elle les avait investis.

Colin l'arrêta sur son passage et, lui souriant, l'embrassa tendrement sur le bout du nez.

— Pourquoi es-tu si pressée ?

— Parce qu'il y a un vieux proverbe irlandais qui dit à peu près ceci : « Trois, c'est un de trop », répondit-elle en le défiant du regard.

Colin haussa négligemment les épaules et lui caressa la joue.

— Allons, Cassidy, ne sois pas stupide !

Se pouvait-il qu'il ne comprenne rien à ce qu'elle ressentait ? se demandait Cassidy en levant les yeux au ciel. Elle refoula les cris qui lui montaient à la gorge et inspira à pleins poumons.

— Va... Va... Retourne donc à tes peintures !

Puis elle tourna les talons et se précipita dans l'escalier.

— Quelle charmante jeune femme ! Tout en délicatesse !

cria Colin par-dessus la rambarde en accentuant son accent irlandais.

Cassidy se retourna pour le fusiller du regard.

— Et merci de m'infliger l'épreuve d'un départ aussi fracassant que ton arrivée ! ajouta-t-il en se penchant dangereusement.

— Va au diable ! cria Cassidy en retour.

Elle accéléra le pas mais le rire de Colin résonna longtemps à ses oreilles.

9.

Cassidy devinait à la façon dont Colin peignait que son portrait était sur le point d'être achevé. Les gestes brusques et impatients du début avaient cédé la place à de petites touches précises destinées à parfaire les détails d'une œuvre quasiment terminée.

A mesure que les séances se succédaient, elle éprouvait l'étrange sensation de se tenir en équilibre au bord d'un précipice. La perspective de l'échéance, au lieu de la soulager en la libérant des tensions presque palpables qui existaient entre elle et Colin, l'angoissait et lui faisait désespérément souhaiter pouvoir retenir le temps.

Colin n'avait jamais mentionné la visite pour le moins agitée qu'elle lui avait rendue et elle lui en était reconnaissante. Car avec le recul, elle avait réalisé à quel point sa réaction avait été démesurée. Elle éprouvait même une certaine honte à s'être ridiculisée de la sorte.

Mais si ce n'était pas la première fois que son caractère impulsif la plaçait dans une situation embarrassante, elle estimait que cette fois elle avait quelques excuses. Quelle personne normalement constituée accepterait de voir, sans réagir, ses sentiments les plus secrets étalés ainsi au vu et au su de tous ?

Cassidy décida de chasser ces mauvais souvenirs de son esprit et de se tourner résolument vers l'avenir.

« Il est grand temps de penser à demain, se dit-elle avec fermeté. Je vais trouver un nouvel emploi, connaître un autre univers. Je ferai d'autres expériences, d'autres rencontres. Et mes nuits resteront aussi désespérément vides. »

La voix de Colin la tira brusquement de ses pensées.

— Heureusement que j'avais terminé de peindre ton visage hier ! commenta-t-il. Tu as changé d'expression une douzaine de fois en moins de dix minutes !

— Je suis désolée. Je…

Elle s'interrompit, cherchant le terme exact.

— Je réfléchissais.

— C'est ce que j'ai cru comprendre. Manifestement ce n'était pas très gai.

— Non, en effet. En fait je réfléchissais à un passage de mon livre, mentit-elle.

— Mmm, marmonna Colin en s'éloignant de quelques pas de son chevalet. C'est un passage triste ?

— Ils ne peuvent pas tous être légers, éluda Cassidy.

Elle avala péniblement sa salive et demanda d'un ton qu'elle voulait désinvolte :

— Tu as fini, n'est-ce pas ?

Elle étudiait le regard critique que Colin posait sur son œuvre.

— Oui, presque, annonça-t-il sans quitter sa toile des yeux. Tu peux venir voir.

La panique s'empara soudain de Cassidy qui resta pétrifiée sur place, incapable de faire le premier pas.

— Allons, viens, l'encouragea Colin d'une voix pleine de douceur.

Les doigts crispés sur le petit bouquet de violettes, elle alla vers lui et prit la main qu'il lui tendait.

Puis elle tourna la tête et regarda.

Des centaines de fois, elle avait essayé d'imaginer ce qu'elle découvrirait lorsque le voile serait levé. Mais ce qu'elle vit était si beau, si différent de ce qu'elle attendait, que l'émotion la submergea.

Sur une toile de fond délibérément sombre et tout en profondeur se détachait, telle une apparition, la silhouette diaphane de Cassidy, drapée dans sa robe ivoire. Tout dans son attitude rappelait la fierté de ses origines. Les fleurs violettes tranchaient de façon étonnante sur le blanc laiteux de sa peau, en accentuant la fragilité. Sa chevelure luxuriante qui cascadait librement sur ses épaules contrastait avec la simplicité et la rigueur de sa tenue et invitait à la passion. Colin avait su rendre à merveille ce mélange de force et de vulnérabilité qui se dégageait de ses traits fins et délicats. Il faisait découvrir à Cassidy, émue, une facette d'elle-même qu'elle n'avait jamais vue, ni même soupçonnée.

Ses lèvres étaient entrouvertes dans l'attente d'un sourire probablement destiné à l'homme aimé. Ce que confirmait son regard. Un regard qui, bien qu'encore plein d'innocence, tendait vers l'amour et trahissait les sentiments qu'éprouvait le modèle pour le peintre.

Dans un geste plein de tendresse, Colin passa un bras autour des épaules de Cassidy.

— Tu es bien silencieuse, Cass.

— Je ne trouve pas les mots, murmura-t-elle. Aucun ne me paraît assez juste pour exprimer ce que je ressens. Et de toute façon, ce que je pourrais dire serait d'une banalité affligeante.

Tremblante d'émotion, elle se laissa aller contre l'épaule de Colin, essayant d'oublier ce qu'elle venait de lire dans ses propres yeux. Des rêves. Des secrets, lui avait un jour dit Colin.

Colin déposa un baiser léger au creux de sa nuque et relâcha son étreinte.

— Vois-tu, expliqua-t-il avec enthousiasme, il est rare qu'un peintre soit satisfait du résultat de son travail. En fait, une fois son tableau achevé, il n'a jamais l'impression d'avoir créé quelque chose d'extraordinaire.

Cassidy l'écoutait s'exprimer avec une ardeur dont il n'était pas coutumier.

— Mais là, reprit Colin, j'avoue que je suis assez fier. C'est ma plus belle création !

Il se tourna vers Cassidy pour conclure, au comble de l'excitation :

— Je te suis immensément reconnaissant, Cassidy, car c'est grâce à toi que j'ai réussi cet exploit. C'est toi l'âme de ce tableau !

Incapable d'en entendre plus, Cassidy se détourna de Colin. Il ne fallait pas qu'il lise la douleur sur son visage, il fallait qu'elle reste digne.

— J'ai toujours cru que c'était le peintre qui insufflait son âme à un tableau, objecta-t-elle d'un ton qu'elle voulait dégagé.

Elle laissa tomber le bouquet de violettes sur la table et se mit à arpenter la pièce, faisant bruisser la soie sur ses cuisses à chacun de ses pas.

— C'est grâce à ton… ton imagination, reprit-elle, à ton

talent que ce tableau existe. Parce que, en réalité, qu'y a-t-il de moi là-dedans ?

Face au mutisme de Colin, Cassidy poursuivit sur le même mode faussement désinvolte :

— Mon visage, certes. Mon corps, aussi. Mais tout le reste est issu de ton imagination ! Tu as tiré de moi des choses que toi seul avais vues, dont j'étais totalement inconsciente et je ne suis pour rien dans ton travail de création !

Prononcer ces mots lui fit plus de mal qu'elle ne l'aurait cru possible. Mais il fallait qu'elle les prononce.

— C'est ce que tu penses vraiment, Cassidy ? demanda Colin d'une voix qui s'appliquait à rester calme mais où perçait la colère. Que tu n'as été qu'une potiche, une marionnette dont j'ai tiré les ficelles ?

Cassidy haussa les épaules et répliqua d'un ton désabusé :

— Je veux simplement dire que toi, tu es un véritable artiste, alors que moi, je ne suis qu'un écrivain au chômage.

Colin sortit de son mutisme pour aller rejoindre la jeune femme. Lorsqu'il la prit par les épaules pour la fixer intensément, tout son corps se raidit. Les doigts de Colin s'enfoncèrent douloureusement dans sa chair.

— Tu trouves vraiment que cette femme n'a rien à voir avec toi ? demanda-t-il d'une voix dangereusement calme.

— Je… je disais juste que…

Colin la secoua si violemment que les mots s'étranglèrent dans sa gorge. Le masque d'une colère froide ravageait ses traits.

— Tu penses réellement ce que tu dis ? Que seule l'enveloppe m'intéresse ? Qu'il n'y a rien de toi dans ce portrait ?

— Pourquoi te faudrait-il mettre mon âme à nu de toute

façon ? se rebiffa Cassidy d'une voix où se mêlaient colère et désespoir.

Elle pointa le doigt vers le chevalet.

— Je t'ai donné tout ce dont je suis capable, Colin, et tu m'as littéralement vidée de ma substance ! Qu'attends-tu encore ?

Elle le repoussa sans ménagement, essayant d'échapper à la chape d'angoisse qui commençait à lui étreindre le cœur.

— Tu ne m'as jamais vue autrement qu'à travers ce maudit tableau ! ajouta-t-elle en rejetant machinalement ses cheveux en arrière. Et tout y est dit, je ne peux rien te donner de plus. Heureusement, il est terminé !

Puis, sans laisser à Colin le temps de réagir, elle sortit de l'atelier en courant.

Après avoir quitté Colin, elle avait fourré à la hâte quelques affaires dans une valise, puis griffonné un mot à l'intention de Jeff, lui expliquant sommairement les raisons de sa fuite.

Et depuis deux semaines, elle vivait en recluse dans l'appartement que des amis, partis en vacances, lui avaient prêté.

Téléphone débranché et porte verrouillée à double tour, elle se noyait dans le travail, vivant par transposition la vie de ses personnages. Car tant qu'elle ne serait plus Cassidy St. John, elle ne pourrait pas souffrir.

A la fin de son séjour, elle avait perdu trois kilos, avancé son roman d'une centaine de pages et retrouvé un semblant d'équilibre.

De retour chez elle, Cassidy entendit, à travers la porte, Jeff gratter sa guitare. Elle hésita un instant à lui signaler son retour mais finit par y renoncer, ne se sentant pas encore prête à répondre au flot de questions qu'il ne manquerait pas de lui poser. Elle écarta également l'idée d'appeler Colin pour lui présenter ses excuses. En renouant avec lui, elle prendrait le risque de le voir de temps en temps, et la perspective de n'être pour lui qu'une amie lui était insupportable. Non, mieux valait en rester là et couper définitivement tout lien la reliant à lui.

D'une main tremblante, elle entreprit de ranger dans sa boîte la robe de soie qu'elle avait portée si souvent au cours de ces dernières semaines. Tant de choses s'étaient passées depuis le jour où elle l'avait essayée pour la première fois !

Elle referma vivement le couvercle sur ses souvenirs. Cette partie de sa vie était close, décida-t-elle fermement.

Elle décrocha le combiné et appela la galerie où elle demanda à être mise en relation avec Gail.

— Bonjour, Cassidy, lui répondit la voix grave de celle-ci. Mais où étiez-vous donc passée ?

Cassidy éluda la question et annonça d'un ton neutre :

— J'aimerais que quelqu'un passe récupérer ma robe et la clé de l'atelier.

— Je vois, dit Gail.

Cassidy perçut la brève hésitation à l'autre bout du fil.

— Mais nous sommes terriblement débordés en ce moment, ma chère. Soyez gentille et venez les déposer à l'atelier. Vous n'aurez qu'à les laisser sur la table, Colin est absent mais il s'en chargera dès son retour.

— Je préférerais…

— Vous êtes un amour, la coupa Gail précipitamment. Je vous laisse, je dois y aller.

Cassidy laissa échapper un petit soupir contrarié et raccrocha.

Colin était absent. C'était le moment d'en finir définitivement !

Quelques instants plus tard, Cassidy poussait la porte de l'atelier. L'odeur de la peinture et de la térébenthine l'assaillit, et avec elle tout un flot de souvenirs.

« Ce n'est pas le moment de t'apitoyer sur ton sort ! » se chapitra-t-elle résolument en allant déposer la boîte en carton et la clé sur la table encombrée.

Elle resta pourtant un moment au centre de la pièce, s'attardant longuement sur chaque élément qui l'entourait. Elle avait passé des heures ici, et bien qu'ayant à la mémoire le moindre détail s'y rattachant, elle ressentait un besoin vital de s'en imprégner de nouveau. Elle craignait trop d'oublier quelque chose, qui se révélerait par la suite d'une importance capitale.

Surprise de constater que son portrait trônait toujours sur le chevalet, elle oublia la promesse qu'elle s'était faite de ne pas s'attarder et alla le voir une dernière fois.

Ce qu'elle lut dans son propre regard la pétrifia. Comment Colin avait-il pu la peindre de cette façon et croire à tous les mensonges qu'elle avait débités, se demandait-elle, interloquée. Car ce qu'elle lisait dans ses yeux était si évident qu'elle lui fut finalement reconnaissante de s'être fié à ce qu'elle avait dit plutôt qu'à ce qu'il avait vu. Elle tendit la main vers le tableau et caressa le bouquet de violettes.

La porte qu'on ouvrait à la volée la fit violemment sursauter. Son cœur se mit à battre la chamade tandis que toute couleur désertait son visage.

Elle tourna la tête et vit entrer Vince, un large sourire aux lèvres.

— Cassidy ! s'exclama-t-il. Quelle bonne surprise !

Déjà ses mains enveloppaient celles de la jeune femme.

— Bonjour, parvint à articuler Cassidy d'une voix blanche qui n'échappa pas au duc.

— Savez-vous que Colin vous cherche comme un fou ?

Cassidy éprouva un moment de panique à l'idée de voir ce dernier apparaître tout à coup devant elle.

Elle jeta un regard inquiet vers la porte.

— Non, je l'ignorais. J'étais partie quelque temps. J'avais besoin de m'isoler pour écrire et je... En fait, je suis juste venue rapporter la robe que je portais pour le portrait.

Les grands yeux sombres de Vince se posèrent sur Cassidy, soupçonneux.

— Vous cachiez-vous, par hasard, *madonna* ?

— Non, absolument pas ! riposta trop vivement la jeune femme en s'approchant de la fenêtre ouverte. Je vous l'ai dit, je travaillais.

Elle regarda, attendrie, la mésange nourrir trois oisillons qui ouvraient à l'unisson de grands becs affamés. Il lui fallait à tout prix trouver quelque chose à dire, rompre ce silence embarrassant qui ne faisait que confirmer qu'elle mentait.

— Je ne savais pas que vous comptiez rester en Amérique aussi longtemps, lâcha-t-elle enfin.

— Ce n'était pas prévu, en effet. Mais je suis resté dans l'espoir de voir Colin me céder un tableau dont il semble ne pas vouloir se séparer.

Les mains de Cassidy s'agrippèrent au rebord de la fenêtre.

« Tu savais qu'il la vendrait. Tu savais depuis le début que cette toile terminerait comme les autres, achetée à coups de milliers de dollars. Tu t'imaginais peut-être qu'il allait la garder, en souvenir de toi ? »

Cassidy secoua la tête et ne put réprimer une petite plainte de désespoir.

Vince, qui s'était approché d'elle, posa une main amicale sur son épaule.

— Je n'aurais pas dû venir, murmura-t-elle en secouant de nouveau la tête. Je le savais…

Elle s'apprêtait à prendre la fuite lorsque la poigne ferme de Vince l'en empêcha. Il la força à lui faire face. Comme s'il avait deviné son désarroi, il lui caressa la joue.

— S'il vous plaît, dit Cassidy dans un souffle, ne soyez pas si gentil avec moi. Je ne suis pas aussi forte que j'en ai l'air et je pourrais…

— Admettez que vous l'aimez, n'est-ce pas ?

— Non, mentit-elle encore dans un accès de désespoir, c'est simplement que…

L'incompréhension se peignit sur le visage de Vince.

— J'ai vu votre portrait, Cassidy, il est bien plus éloquent que de grands discours.

Cassidy releva la tête et pressa les paumes de ses mains sur son front brûlant.

— J'ai tellement lutté pour ne pas l'aimer, chuchota-t-elle, au bord des larmes.

Regrettant ce qu'elle jugeait comme un accès de faiblesse, elle ajouta précipitamment :

— Excusez-moi, Vince, je dois partir à présent.

— Casssidy, insista celui-ci d'une voix douce, il faut que vous le voyiez, que vous lui parliez !

— Je ne peux pas, protesta faiblement la jeune femme. S'il vous plaît, Vince, j'aimerais que ce que je viens de vous dire reste entre nous. Et puis achetez ce tableau, qu'on en finisse.

Sa voix se brisa et elle se laissa aller contre la poitrine rassurante de Vince.

— Je savais que notre histoire finirait avant même d'avoir commencé, dit-elle en fermant les paupières sur les larmes qui lui brûlaient les yeux.

Elle se blottit un peu plus entre les bras de Vince et laissa libre cours à son chagrin. Ami silencieux, Vince attendit patiemment que sa respiration redevienne régulière pour déposer un baiser chaste sur ses cheveux.

— Cassidy, Colin est mon ami et…

— En effet, je vois, dit soudain Colin qui venait d'entrer dans la pièce. C'est ce que je croyais aussi jusqu'à aujourd'hui.

Sa voix était dangereusement calme tandis qu'il s'approchait du couple enlacé.

— Mais il semblerait qu'en ce moment je me trompe pas mal sur les gens que je fréquente. Gail m'a dit que je te trouverais ici, en compagnie de mon « ami », ajouta-t-il à l'intention de Cassidy.

— Colin…, commença Vince.

Mais Colin ne lui laissa pas le temps d'achever et l'interrompit brutalement.

— Enlève tes mains de là et reste en dehors de tout ça, lui intima-t-il d'une voix dure qui alarma Cassidy.

Pressentant le danger, celle-ci tenta de se libérer de l'étreinte de Vince.

— S'il vous plaît, murmura-t-elle tandis que, dans un geste protecteur, il resserrait ses mains sur elle. S'il vous plaît, insista-t-elle.

Vince s'exécuta à contrecœur.

— Très bien, *cara*.

Puis il se tourna brièvement vers Colin.

— Contrairement à ce que tu penses, tu as un jugement très sûr et je ne t'ai encore jamais vu te tromper sur qui que ce soit, mon ami.

Il traversa la pièce d'un pas assuré et referma doucement la porte derrière lui.

Cassidy attendit quelques secondes et prit la parole la première :

— Je suis venue te rapporter la robe et la clé. Gail m'a dit que tu étais absent.

— C'était donc très pratique de vous y retrouver, Vince et toi, commenta Colin avec cynisme.

— S'il te plaît, Colin, arrête ça tout de suite, le supplia Cassidy dans un souffle.

— Pourquoi ? C'est bien ce que tu voulais, non ? Devenir la duchesse de Maracati ? Laisse-moi quand même te mettre en garde : si Vince est connu pour sa grande générosité il l'est tout autant pour ses infidélités permanentes.

Son regard, dur comme l'acier, pénétra celui de Cassidy.

— Mais je te fais confiance, il te suffira d'une semaine ou deux pour le mettre à tes pieds, conclut-il impitoyablement.

— Ces insinuations sont indignes de toi, Colin, dit Cassidy en reculant d'un pas.

Aveuglé par la colère, ses yeux furibonds lançant des éclairs, Colin agrippa la jeune femme par une mèche de ses cheveux, cherchant ainsi une façon de l'empêcher de lui échapper. Cassidy laissa échapper une petite plainte de douleur et leva sur lui un regard vaguement inquiet. Il lui apparut alors que Colin était au bord de l'épuisement, payant à ce moment-là les nuits blanches qui s'étaient accumulées.

— Colin…

— Tant d'innocence, gronda-t-il d'une voix sourde. Oui, tant d'innocence. Tu es d'une intelligence redoutable, Cassidy.

Ses mains se mirent à caresser fébrilement les épaules de la jeune femme.

— Car c'est une chose de mentir avec des mots, mais mentir avec son regard, avec ses yeux, jour après jour ! Cela demande une certaine expérience.

Sous le coup de l'insulte, les yeux de Cassidy se remplirent de nouveau de larmes.

— Arrête, Colin…

Elle aurait tant voulu lui expliquer que pas une fois, au cours de ces longues semaines, elle n'avait menti, que son regard exprimait l'amour sincère et absolu qu'elle lui portait… Mais les mots restaient bloqués dans sa gorge nouée. Elle laissa les larmes rouler librement sur ses joues, ce qui eut pour effet de redoubler la colère de Colin.

— Qu'attends-tu de moi ? explosa-t-il. Que j'oublie que je me suis trompé ? Que j'ai vu dans ton regard, jour après jour, quelque chose qui n'a jamais existé ?

— Je t'ai donné tout ce que tu as exigé de moi ! se défendit Cassidy en sanglotant, tout ce que tu as voulu. S'il te plaît, c'est fini à présent, laisse-moi partir !

— Tu m'as donné une coquille vide, un masque ! Tu l'as dit toi-même ! Tout le reste n'est dû qu'à mon imagination ! C'est fini, dis-tu, mais comment une chose qui n'a jamais commencé peut-elle finir ? Tu m'as accusé de t'avoir vidée de ta substance, mais t'es-tu demandé une seule fois ce que moi, j'ai pu ressentir ?

Les pleurs de Cassidy, intarissables, redoublèrent de violence.

— Finalement, tu avais raison, Cassidy. Tu ne m'as offert

que ton visage et ton corps car tu es bien incapable d'offrir autre chose. Il n'y a aucune chaleur en toi, et la femme de ce portrait, je l'ai créée de toutes pièces.

— Arrête, ça suffit ! cria Cassidy en se bouchant les oreilles.

Impitoyable, Colin baissa les mains de la jeune femme, l'obligeant à écouter jusqu'au bout ses paroles cruelles.

— La vérité te fait peur, Cassidy ? Mais ne crains rien. Seuls toi et moi saurons que ce tableau est un leurre, que cette femme n'a jamais existé que dans mon imagination. Après tout, nous nous sommes servis l'un de l'autre et chacun y a trouvé son compte, je me trompe ?

Il repoussa la jeune femme sans ménagement et conclut sur un ton glacial :

— Va-t'en à présent.

Aveuglée par les larmes, Cassidy s'enfuit en courant.

10.

L'après-midi touchait à sa fin lorsque Cassidy regagna son appartement. Elle avait marché au hasard pendant des heures, indifférente à la pluie qui ruisselait sur son visage, se mêlant à la foule jusqu'à ce que, une fois ses larmes taries, sa peine se mue en fatigue.

Lorsqu'elle pénétra dans le hall de son immeuble, elle chercha machinalement dans son sac la clé de sa boîte aux lettres. Elle se forçait à accomplir ces tâches routinières, tel un rituel qui la raccrochait à la réalité. Elle ne se laisserait pas glisser au fond du gouffre, elle continuerait à avancer. Elle survivrait. Comme elle se l'était juré durant sa longue errance à travers la ville.

Cassidy introduisit la clé dans la serrure et retira pêle-mêle de la boîte tout un fatras de dépliants publicitaires auxquels se mêlaient quelques factures qu'elle examina d'un œil distrait tout en montant l'escalier. Elle s'arrêta net en avisant le tampon de la poste sur l'une des enveloppes. New York.

Durant de longues minutes, elle fit tourner la lettre entre ses doigts sans oser la décacheter, puis, sans vraiment s'en expliquer la raison, elle retourna à la boîte aux lettres, y fourra le reste de son courrier et se laissa glisser le long du mur. S'agissait-il d'un nouveau refus ? Mais, dans ce cas, pourquoi la maison d'édition ne lui avait-elle pas renvoyé son manuscrit ?

Elle poussa un profond soupir puis se résigna à ouvrir l'enveloppe. La gorge nouée, elle lut et relut la lettre plusieurs fois.

— Oh, non ! Pourquoi faut-il que je l'apprenne maintenant ? gémit-elle en maudissant les larmes qui, pour la deuxième fois de la journée, se mettaient à rouler sans retenue sur ses joues. Je ne suis pas prête à encaisser un nouveau choc.

D'un geste rageur elle essuya ses joues et secoua résolument la tête.

« Allons, secoue-toi, ma fille ! Tu es parfaitement prête au contraire ! Et cette nouvelle tombe à pic ! »

Elle fourra la lettre dans sa poche et ressortit, toujours indifférente à la pluie qui n'avait cessé de tomber. Dix minutes plus tard, elle tambourinait à la porte de Jeff.

Ce dernier vint lui ouvrir, sa guitare à la main.

— Cassidy ! Tu es de retour ! Mais où étais-tu passée ? Je commençais à m'inquiéter sérieusement !

Il s'interrompit, réalisant soudain l'état dans lequel se trouvait la jeune femme.

— Hé, mais tu es complètement trempée !

— Ça ne fait rien, rétorqua Cassidy en brandissant une bouteille de champagne. Je me sens extraordinairement bien ! Jeff, mon manuscrit a été accepté. Tu te rends compte, il va être édité, tu pourras même le trouver dans la librairie du quartier !

Jeff poussa un cri de victoire et serra Cassidy dans ses bras en lui comprimant le dos de sa guitare.

— Ton manuscrit va être édité ! C'est formidable, Cass !

Cassidy le repoussa en riant aux éclats.

— Tu me fais mal, espèce de brute ! Allons, viens partager cette bouteille avec moi et sache que je te dispense du costume de rigueur.

Elle lui tourna le dos, alla ouvrir sa porte et lui fit signe d'entrer. Jeff daigna se débarrasser de sa guitare et alla rejoindre son amie.

— Donne-moi ça, ordonna-t-il en lui prenant la bouteille des mains. Et va te sécher pendant que je l'ouvre, sinon une pneumonie t'aura emportée avant même que le premier exemplaire de ton roman ne soit mis en rayon.

Jeff était en train de faire sauter le bouchon lorsque Cassidy revint de la salle de bains enveloppée dans un peignoir en éponge, ses cheveux trempés entortillés dans une serviette de toilette.

Un jet de champagne jaillit, éclaboussant le tapis.

— Ce n'est pas grave, ça porte bonheur ! déclara Jeff en remplissant deux coupes à dessert. Je n'ai pas trouvé de flûte à champagne, s'excusa-t-il.

— Normal, rétorqua Cassidy, je les ai toutes cassées.

Elle leva sa coupe et s'exclama d'un ton solennel :

— Je porte un toast à un homme très sage.

— Qui ça ? s'enquit Jeff en levant sa coupe à son tour.

— Mon éditeur, pouffa la jeune femme.

Elle but une gorgée et regarda les petites bulles éclater à la surface.

— Excellente cuvée, annonça-t-elle gravement.

Jeff chercha vainement sur l'étiquette une réponse à la question qu'il se posait.

— Tu ne trouveras pas, Jeff, dit Cassidy en riant, il est de cette année.

Les deux amis trinquèrent de nouveau et Jeff se pencha pour plaquer un baiser sonore sur la joue de Cassidy.

— Félicitations, mon chou. Alors, quel effet cela fait d'être bientôt célèbre ?

Cassidy libéra ses cheveux de la serviette mouillée et ferma les yeux quelques secondes.

— C'est difficile à expliquer. En fait, j'ai l'impression d'être quelqu'un d'autre. Je crois que je ne réalise pas très bien ce qui m'arrive, avoua-t-elle en remplissant de nouveau son verre et en le vidant d'un trait.

L'alcool lui faisait délicieusement tourner la tête.

— J'aurais dû en prendre deux bouteilles, dit-elle gaiement.

Jeff éclata de rire puis replongea le nez dans sa coupe. Un coup frappé à la porte interrompit leur joyeux tête-à-tête.

— Entrez, annonça joyeusement Cassidy, il y en a assez pour…

Les mots s'étranglèrent dans sa gorge. Colin venait d'entrer. Tandis qu'elle blêmissait, ses yeux bleus virèrent au noir.

Jeff les regarda tour à tour puis posa sa coupe sur la table basse.

— Je crois que je vais vous laisser. Merci, mon chou, nous reprendrons cette conversation plus tard.

— Ne te sens pas obligé de partir, Jeff, commença Cassidy, tu peux…

— J'ai un concert ce soir, la coupa ce dernier.

Cassidy le vit échanger un long regard avec Colin avant de disparaître.

Colin esquissa un pas vers la jeune femme.

— Cass…

— S'il te plaît, Colin, va-t'en.

Son cœur s'emballa, elle se mit à trembler de tous ses membres.

« Ne pleure pas, par pitié ne pleure pas ! » se dit-elle en fermant les yeux pour refouler les larmes prêtes à déborder.

— Je sais que je n'ai pas le droit de forcer ta porte, plaida Colin, ni même celui de te demander d'écouter ce que j'ai à te dire… Cependant je vais quand même le faire.

Cassidy s'obligea à garder son calme et à lui faire face.

— Nous n'avons plus rien à nous dire, Colin. Et je te demande de partir d'ici.

Elle affichait une telle assurance que Colin en fut ébranlé. Il hésita à poursuivre.

— Je comprends ta réaction, Cass, mais je pense que tu as droit à des excuses de ma part, à une explication.

— J'apprécie beaucoup ton offre, Colin, mais ce n'est pas nécessaire. Maintenant, dit-elle en soutenant son regard sans ciller, si c'est tout ce que tu…

— Je t'en prie, Cass, montre-toi plus charitable que je ne l'ai été. Je voudrais tant que tu acceptes mes excuses avant de me chasser définitivement de ta vie.

Incapable de répondre, sentant sa belle assurance s'écrouler comme un château de cartes, Cassidy fixa le bout de ses pieds nus.

Avisant soudain la bouteille de champagne, Colin demanda avec raideur :

— Vous étiez en train de fêter quelque chose ?

Cassidy s'efforça de répondre d'un ton désinvolte :

— Oui. J'ai reçu une lettre m'informant que mon manuscrit avait été accepté et qu'il allait être édité.

— Cass, murmura Colin en s'approchant d'elle pour lui caresser la joue.

Cassidy se raidit et fit un pas en arrière. Colin, offensé, laissa retomber la main tendue.

— Je suis désolée.

— Je ne peux pas t'en vouloir de me repousser. Je t'ai déjà tellement blessée !

Il marqua une pause, semblant peser soigneusement ses mots avant de parler. Ses yeux cherchèrent ceux de Cassidy.

— Je te connais aussi bien que tu me connais, Cass, et je sais le mal que je t'ai fait. Je sais aussi qu'il va falloir que je vive avec ce poids sur le cœur. Je n'ai pas le droit de te demander de me pardonner, mais je te demande simplement de me laisser parler.

Cassidy poussa un long soupir puis capitula.

— Très bien. Vas-y, je t'écoute. Assieds-toi, si tu veux, ajouta-t-elle en désignant le canapé.

Colin déclina l'offre d'un signe de tête et alla s'accouder à la fenêtre. Son regard se perdit au loin.

— La pluie s'est arrêtée et le brouillard se lève, murmura-t-il comme pour lui-même. Je te revois, le soir où nous nous sommes rencontrés, la tête perdue dans les étoiles. Tu m'es apparue comme un miracle. Avant toi, j'avais une certaine idée de la femme, de la perfection physique, et lorsque je t'ai vue, j'ai tout de suite su que je l'avais trouvée. Alors, j'ai éprouvé le besoin vital d'immortaliser cette beauté.

Colin s'interrompit un long moment, puis reprit, mélancolique :

— Petit à petit, j'ai appris à te connaître et j'ai trouvé en toi toutes les qualités que j'avais toujours désespérément recherchées chez une femme : la gentillesse, l'humour, l'intelligence, la force, la passion. Et plus les jours passaient, plus tu me fascinais. Je ne sais pas si tu t'en souviens mais un jour je t'ai avoué que tu m'ensorcelais. Eh bien, ce n'étaient pas des paroles en l'air : je me sentais vraiment possédé par toi. Jamais je n'ai eu envie d'une femme comme j'ai eu envie de toi.

Il se tourna vers elle. Les ombres jouaient sur son visage, accentuant la sévérité de ses traits.

— Plus je te touchais, plus je voulais te posséder. Totalement. Et si j'ai refusé de te faire l'amour, ce soir-là sur la péniche, c'est parce que je ne voulais pas te traiter comme l'une des nombreuses maîtresses qui ont jalonné ma vie et je ne voulais pas profiter de l'amour que tu me portais. Pour toi, je voulais plus.

Cassidy ferma les yeux et laissa échapper une plainte de désespoir.

— S'il te plaît, Cass, laisse-moi finir. Le jour où j'ai terminé ton portrait, tu as nié en bloc tout ce que j'avais reproduit dans ce tableau, m'accusant de n'avoir fait qu'un travail de création. Tu étais si froide, si indifférente ! Tu ne t'en es pas rendu compte mais tu m'as détruit, Cass. J'ai compris ce jour-là le pouvoir que tu avais sur moi, j'ai compris aussi que je t'aimais. Mais c'était trop tard ! Tu m'as annoncé froidement que tu ne pouvais rien me donner de plus, juste au moment où j'avais tant besoin de toi, de ton amour. J'étais aveuglé par la colère, je ne pouvais plus raisonner normalement, alors je t'ai laissée partir. Une fois calmé, je suis venu ici pour t'expliquer ce que je ressentais, mais tu étais partie.

Colin chercha son regard, mais Cassidy gardait les yeux fixés vers le sol.

— Pendant deux semaines, reprit-il d'un ton résigné, j'ai

cru devenir fou de désespoir. Je ne savais pas où tu étais, je ne savais même pas si tu allais revenir un jour, et cette idée m'était intolérable. Le mot que tu avais laissé à ton voisin et qu'il a bien voulu me montrer ne m'a pas été d'un grand secours.

— Tu as vu Jeff ? demanda Cassidy, sceptique.

— Cassidy, tu ne comprends donc pas ? La dernière fois que je t'ai vue, tu t'es enfuie et puis tu as disparu. Je ne savais pas comment te retrouver, je pensais qu'il t'était peut-être arrivé quelque chose. Je devenais fou !

Cassidy fit un pas vers lui et lui dit d'une voix pleine de douceur :

— Je suis désolée, Colin. J'ignorais que tu serais aussi affecté par mon départ.

— Affecté ! répéta Colin. Je n'étais pas affecté, Cassidy, j'étais mort d'inquiétude ! Deux semaines entières sans un mot, sans nouvelles ! Tu n'imagines même pas le sentiment d'impuissance que j'ai pu ressentir. Attendre, sans pouvoir agir, sans savoir où chercher ! J'ai hanté tous les endroits que tu aimais, jour et nuit, dans l'espoir de te retrouver.

Il serra les poings et fit un pas vers elle, l'air menaçant.

— Mais bon sang, Cassidy ! Où étais-tu ?

Cassidy le regarda prendre une profonde inspiration avant de lui tourner le dos.

— Excuse-moi, murmura-t-il. Je n'ai pas beaucoup dormi ces temps-ci, j'ai tendance à perdre mon sang-froid.

Il s'avança vers la table où Cassidy avait posé sa coupe et la leva pour voir de plus près les gravures qui la décoraient.

— Très originales tes coupes à champagne, commenta-t-il avec dérision.

Puis il versa dedans le reste de la bouteille et porta un toast à Cassidy.

— A toi, Cassidy. Simplement à toi, dit-il avant de vider sa coupe d'un trait et de la reposer sur la table.

— Colin, je ne savais pas que tu serais aussi inquiet. J'étais partie pour pouvoir écrire et…

— S'il te plaît, coupa Colin d'une voix égale, je n'ai pas terminé. Lorsque je suis entré dans l'atelier ce matin-là et que je t'ai vue dans les bras de Vince, quelque chose en moi a explosé. Mets cela sur le compte de la fatigue, de la pression, de la folie, peu importe, tu as le choix. Le résultat est que je t'ai dit des horreurs impardonnables.

Il lui lança un regard éloquent et poursuivit sans la lâcher des yeux :

— Je me méprise profondément pour t'avoir fait pleurer, mais j'étais comme possédé. Au moment où je prononçais les mots, je savais qu'il ne fallait pas que je les dise, mais une force irrésistible me poussait à les dire. Je voulais te punir pour t'avoir trouvée là, blottie dans les bras de Vince, alors que je m'inquiétais pour toi comme un fou depuis des jours.

Il s'arrêta, secoua la tête et retourna à la fenêtre.

— Il faut dire que Gail a bien fait les choses. Elle savait exactement dans quel état d'esprit je me trouvais et n'ignorait pas quelle serait ma réaction en te surprenant seule en compagnie de mon ami. Elle l'a fait monter à l'atelier sous un faux prétexte avant que je ne revienne à la galerie, en sachant qu'il t'y trouverait. Lorsque je suis revenu, elle s'est fait un plaisir de m'annoncer que vous étiez tous les deux ici. J'aurais dû me rappeler à qui j'avais affaire, mais je n'avais plus l'esprit assez clair alors je suis tombé droit dans le piège !

Colin marqua une nouvelle pause et se frotta la nuque,

comme pour dissiper la tension qui le nouait depuis trop longtemps.

— Gail et moi avons couché ensemble occasionnellement, jusqu'à ce que les choses deviennent trop compliquées entre nous il y a environ un an, précisa-t-il, comme s'il s'agissait d'un détail mineur.

Il regarda longuement Cassidy et lui dit avec douceur :

— J'aimerais tant que tu comprennes les raisons qui m'ont poussé à me comporter de façon aussi abominable !

Le son de la guitare de Jeff leur parvint à travers les minces cloisons de l'appartement, déchirant douloureusement le silence.

— Colin, murmura Cassidy, tu as l'air si fatigué !

L'espace de quelques secondes, elle crut qu'il allait la rejoindre. Mais il resta loin d'elle, préférant garder ses distances.

— Je ne sais pas exactement à quel moment je suis tombé amoureux de toi, avoua-t-il. Peut-être était-ce la nuit où nous nous sommes rencontrés dans le brouillard, peut-être le jour où je t'ai vue dans cette robe pour la première fois. Peut-être même étais-je dans l'attente de te rencontrer, bien des années avant de te connaître. Mais finalement, peu importe.

Cassidy, l'écoutait, interdite.

— Je suis un homme complexe, Cassidy, tu me l'as dit toi-même un jour.

— Oui, je m'en souviens, murmura la jeune femme au comble de l'émotion.

— Je suis égoïste, coléreux et sujet à de fréquentes sautes d'humeur. Je manque également de la plus élémentaire des patiences, sauf dans mon travail, mais sache que jamais personne, tu m'entends, Cassidy, personne ne t'aimera comme je t'aime !

Aucun son ne sortit de la bouche de Cassidy.

— Alors je vais te demander d'oublier d'être raisonnable et d'accepter de devenir ma femme, ma maîtresse et la mère de mes enfants. Je veux que tu partages ma vie, Cassidy, en m'acceptant tel que je suis.

Il s'interrompit une fois encore et reprit d'une voix radoucie :

— Je t'aime, Cass. Et cette fois, mon sort est véritablement entre tes mains.

Cassidy l'avait écouté parler et le regardait, émue, étonnée de le voir garder ainsi ses distances malgré la déclaration qu'il venait de lui faire. Elle se souvint alors de ce qu'avait exprimé son regard lorsqu'elle l'avait repoussé quelques minutes auparavant et elle comprit ce qu'il attendait d'elle.

Lentement, sans le quitter des yeux, elle alla vers lui. Lorsqu'il ne resta qu'une distance infime entre eux, elle passa les bras autour de son cou et enfouit son visage au creux de son épaule.

— Porte-moi, lui dit-elle en se pressant contre lui. S'il te plaît, Colin, porte-moi.

Colin enserra la taille fine de la jeune femme et la souleva jusqu'à ce que leurs bouches s'unissent en un baiser passionné.

— Je t'aime, lui murmura-t-elle à l'oreille. Il y a si longtemps que je brûle de te le dire.

Colin enfouit son visage dans les cheveux de Cassidy, se grisant du parfum de fleurs mouillées qui s'en dégageait.

— Ton regard me le criait chaque fois que je te regardais, mais je refusais de le voir. Je ne voulais pas croire que j'étais tombé amoureux, du moins pas aussi facilement. Il a fallu que ton portrait soit terminé pour que je veuille bien l'admettre, pour que je refuse la perspective d'un avenir sans toi.

Il resserra son étreinte, sa voix se fit plus caressante.

— J'ai cru devenir fou tous ces derniers jours. Je passais des heures devant ton portrait, ne sachant pas où tu te trouvais ni si je te reverrais un jour.

— Je suis à toi pour toujours, Colin, murmura Cassidy. Et tu pourras vendre mon portrait à Vince.

Elle ne chercha plus à protester lorsque les mains de Colin se faufilèrent sous le peignoir, cherchant à caresser sa peau douce.

— Non, protesta Colin, je t'ai dit un jour que certaines choses n'étaient pas monnayables. Eh bien, ce portrait en fait partie, il y a trop de notre histoire en lui. Et je ne ferai aucune exception pour Vince.

— Pourtant je croyais…

Elle s'interrompit, réalisant soudain qu'elle s'était trompée en pensant que Vince voulait acquérir son portrait. Une nouvelle vague de bonheur la submergea lorsqu'elle comprit que Colin n'avait jamais eu l'intention de se séparer de cette toile, point de départ de leur amour.

— Que croyais-tu, ma chérie ?

— Non, rien, éluda-t-elle en couvrant le visage de Colin de petits baisers. Je t'aime.

— Cass…

Elle sentait leurs deux cœurs palpiter à l'unisson.

— Tu veux savoir l'effet que tu me fais ?

— Oui, montre-moi, chuchota-t-elle à son oreille d'une voix enjôleuse.

A mesure que Colin prenait ses lèvres avec plus de passion,

Cassidy sentait le désir monter en lui. Elle s'émerveilla du pouvoir qu'elle avait sur cet homme qu'elle aimait tant et répondit avec ardeur à son baiser.

— Nous allons nous marier rapidement, murmura Colin entre deux baisers.

Ses mains se faisaient plus pressantes sous le peignoir, caressant la chair frémissante de Cassidy.

— Très rapidement.

— Je suis d'accord, approuva Cassidy en savourant son bonheur. J'ai déjà la robe idéale.

Elle poussa un petit soupir d'aise et se blottit un peu plus entre les bras rassurants de Colin.

— Colin, quel nom vas-tu donner à mon portrait ?

Colin lui sourit et répondit :

— En fait, j'ai déjà trouvé ; il s'appelle : *La Femme de Sullivan.*

NORA ROBERTS

Désir

*éditions*Harlequin

Cet ouvrage a été publié en langue anglaise
sous le titre :
LESS OF A STRANGER

Traduction française de
MARIE-CLAUDE CORTIAL

Originally published by SILHOUETTE BOOKS,
division of Harlequin Enterprises Ltd.
Toronto, Canada

83-85, boulevard Vincent-Auriol, 75013 PARIS — Tél. : 01 42 16 63 63
Service Lectrices — Tél. : 01 45 82 47 47

1.

Katch la vit arriver sur sa Honda. Elle avait une allure royale, bien qu'elle soit simplement vêtue d'un jean et d'une veste, et que sa tête soit cachée par un casque. Après avoir stabilisé sa moto sur la béquille, Megan mit pied à terre. Elle était grande, et très mince. Katch s'appuya nonchalamment au distributeur de boissons et continua son observation en sirotant un soda. Quand elle ôta son casque, il émit un petit sifflement admiratif. Cette femme était d'une beauté renversante. Son visage était d'une grande finesse, sa bouche sensuelle. Ses cheveux bruns aux reflets mordorés dansaient sur ses épaules, et sa petite frange barrait un front haut.

Katch sourit. Les cosmétiques pouvaient faire des miracles, mais, visiblement, elle n'en avait pas utilisé pour rehausser ses traits. Elle n'en avait pas besoin. De la distance où il se trouvait, il devinait le noir profond de ses grands yeux, qui évoquaient ceux d'une biche. Ses gestes sans affectation avaient une grâce tout aussi évocatrice. Elle devait être âgée d'une vingtaine d'années.

Katch tira encore une longue bouffée. Cette femme était vraiment fantastique.

— Salut, Megan !

En entendant son nom, Megan se retourna. Elle sourit aux sœurs Bailey, dont la jeep venait juste de s'arrêter derrière elle.

— Bonjour, vous deux ! dit-elle, visiblement ravie de les voir.

Elle attacha son casque sur sa moto et les rejoignit.

Le regard des deux sœurs fut aussitôt attiré par l'homme adossé au distributeur de boissons. Tout en le dévorant des yeux, Tedi déclara :

— Cela fait une éternité qu'on ne t'a pas vue !

— Il fallait que je termine un certain nombre de choses avant que la saison commence, dit Megan.

Sa voix chaude était teintée d'un léger accent de Caroline du Sud.

— Comment allez-vous, toutes les deux ? s'enquit-elle avec un large sourire.

— En pleine forme ! répondit Jeri, assise au volant de la jeep. Nous sommes libres, cet après-midi. Tu viens faire du shopping avec nous ?

Megan secoua la tête.

— J'aimerais beaucoup, mais je n'ai pas le temps.

Teri eut un petit rire.

— Je suis sûre que pour celui-là, tu en trouverais, du temps !

— Pardon ?

— Et je ne parle pas de sa carrure, ajouta Jeri avec une petite moue gourmande.

Sa sœur regarda brièvement Megan.

— Il ne te quitte pas des yeux, fit-elle remarquer.

Elle soupira.

— Quand je pense que j'ai dépensé cent dollars pour ce

truc-là, continua-t-elle en tripotant la mince bretelle de son T-shirt rose vif.

Megan ouvrit de grands yeux.

— De quoi diable parlez-vous, les filles ?

— Derrière toi, dit Teri en inclinant légèrement la tête en direction de Katch. Le beau mec près du distributeur. Il est absolument magnifique. Et si ses yeux en avaient le pouvoir, il t'aurait déjà enlevée.

Comme Megan commençait à tourner la tête, Teri chuchota d'un air désespéré :

— Ne le regarde surtout pas, pour l'amour du ciel !

— Comment pourrais-je le voir si je ne le regarde pas ?

Il avait des cheveux blond vénitien qui encadraient un visage qui aurait sans aucun doute intéressé Michel-Ange. Une barbe naissante ombrait ses joues, et deux petites fossettes creusaient son menton. Il avait des lèvres admirablement ourlées. Grand et mince, cet inconnu avait une élégance naturelle, à laquelle son jean usagé n'enlevait rien.

Il plongea un regard pénétrant dans le sien et continua de siroter son soda.

Megan voulut détourner les yeux, mais elle était comme hypnotisée. Furieuse contre elle-même, elle fit un effort pour se ressaisir, et fronça imperceptiblement les sourcils. Pourquoi cet homme la dévisageait-il avec cette insolence ? Il avait des yeux superbes, mais un regard dur. Elle avait déjà eu l'occasion de voir ce genre d'individus. Ils jouaient les solitaires mais, en réalité, ils cherchaient des aventures aussi fugaces que débridées. Il la dévisageait ouvertement. Et tandis qu'il portait la canette de soda à ses lèvres, il lui adressa un petit sourire.

Jeri se mit à rire

— Il est superbe. Tu es sûre que tu ne le connais pas ?

D'un mouvement de tête, Megan rejeta ses cheveux en arrière.

— Oui ! Et ne sois pas idiote ! Ce type est un tombeur !

Les filles échangèrent un regard moqueur. En soupirant, Jeri remit le moteur en marche.

— Tu es trop difficile, décida-t-elle.

Elles lui adressèrent un sourire de regret avant de démarrer.

— Salut, Megan, à bientôt ! crièrent-elles.

Megan plissa le nez, mais elle leur fit signe de la main avant que la jeep disparaisse au coin de la rue.

Ignorant délibérément l'inconnu, qui continuait à l'observer, elle entra dans le supermarché.

La caissière lui dit bonjour avec un large sourire. Megan avait passé toute son enfance à Myrtle Beach. Elle connaissait tout le monde dans un rayon de cinq kilomètres autour du parc d'attractions que son grand-père avait créé, trente ans plus tôt.

Elle poussa son chariot dans la première allée. Elle n'allait pas trop se charger puisqu'elle ne pouvait compter que sur sa moto. C'était assommant que la camionnette l'ait lâchée… Mais à quoi bon y penser ? Pour l'instant, elle n'y pouvait rien.

Elle s'arrêta au rayon des biscuits. Elle n'avait pas déjeuné. Les cookies étaient tentants. Mais il valait mieux prendre des gâteaux moins sucrés. Comme elle tendait la main vers un paquet, une voix la fit sursauter.

— Ceux-ci sont meilleurs !

Surgissant de nulle part, le propriétaire de la voix attrapa une boîte de cookies aux pépites de chocolat. Megan tourna la tête et ses yeux rencontrèrent les yeux gris, arrogants.

— Vous les voulez ? dit-il en souriant.

— Non, merci !

Elle lui jeta un regard éloquent. Haussant les épaules, il ouvrit le paquet, tout en marchant à côté d'elle.

— Qu'avez-vous sur votre liste, Meg ? demanda-t-il comme s'il retrouvait une copine d'enfance.

— Je peux m'en occuper toute seule, merci !

Elle tourna dans une autre allée et prit une boîte de thon. Du coin de l'œil, elle voyait l'inconnu, visiblement décidé à la suivre. Il marchait à longues enjambées décontractées, avec un air un peu fanfaron.

— Vous avez une belle moto, dit-il en mordant dans un cookie. Vous vivez près d'ici ?

Sans répondre, Megan choisit une boîte de thé, qu'elle posa dans son Caddie.

Quand il lui offrit un biscuit, elle fit semblant de ne rien voir et passa dans l'allée suivante. Tandis qu'elle tendait le bras vers une baguette de pain, il posa une main sur la sienne.

— Vous feriez mieux de prendre du pain complet. C'est meilleur pour la santé.

Sa paume était dure et ferme. Furieuse, elle le regarda encore dans les yeux en essayant de se libérer.

— Ecoutez, je n'ai…

— Pas de bague, commenta-t-il en entrelaçant ses doigts aux siens.

Il leva sa main pour l'examiner de plus près.

— Pas d'alliance... Que diriez-vous d'un dîner ensemble ?

— C'est hors de question !

Elle voulut retirer sa main, mais il la maintint fermement.

— Ne soyez pas désagréable, Meg. Vous avez des yeux fantastiques.

Il y plongea un regard rieur. Il la regardait comme s'ils étaient seuls sur la terre. Quelqu'un les contourna en rouspétant pour attraper du pain.

— Vous allez me laisser tranquille ? dit-elle à voix basse.

Ce type était sidérant, et agaçant au possible. Il avait un sourire charmant, mais heureusement, elle n'était pas folle. A en juger par son attitude, il valait mieux le tenir à distance.

— Je vais crier si vous ne me lâchez pas ! menaça-t-elle.

— Aucune importance ! Quelques cris rendraient ce lieu un peu plus vivant, vous ne trouvez pas ?

Elle posa sur lui un regard incrédule. Il avait un culot monstre !

— Ecoutez, dit-elle, de plus en plus furieuse, je ne vous connais pas, mais...

Posant une main sur son cœur, il s'inclina dans une attitude théâtrale.

— David Katcherton. Katch pour les intimes. Ne me dites pas votre nom, je le connais, grâce à vos amies. A quelle heure dois-je venir vous chercher ?

— Si vous croyez que je vais dîner avec vous, vous vous trompez, affirma-t-elle froidement. Je ne dînerai avec vous ni aujourd'hui ni un autre jour.

Elle jeta un bref coup d'œil autour d'eux. Le supermarché était presque vide. Même si elle l'avait voulu, elle n'aurait pu attirer l'attention sur elle.

— Lâchez ma main ! ordonna-t-elle.

— D'après l'office de tourisme, Myrtle Beach est une ville agréable, Meg, dit-il en la libérant. Vous allez faire mentir les dépliants touristiques.

— Cessez de m'appeler Meg. Je ne vous connais pas !

Hors d'elle, elle lui jeta un regard noir. Ce type était vraiment incroyable ! Pour qui se prenait-il ?

Elle s'éloigna à grandes enjambées rageuses en poussant le chariot.

— Vous n'allez pas tarder à me connaître, dit-il calmement.

Il la suivait encore, elle le sentait. Malgré elle, elle tourna la tête et leurs yeux se rencontrèrent. Reportant vite son regard devant elle, elle accéléra le pas en direction des caisses.

— Tu ne croiras jamais ce qui m'est arrivé au supermarché !

Megan posa son panier sur le comptoir de la cuisine.

Assis à la table, son grand-père préparait des appâts avec des fils et de minuscules plumes. Sans lever les yeux, il émit un petit bruit de gorge.

— Cet homme a un culot ! commença Megan d'une voix suraiguë.

Elle sortit le pain de son sachet.

— Il m'a draguée en plein milieu du magasin, tu te rends compte ? Il voulait que j'aille dîner avec lui, ce soir.

— Mmm…

Méticuleusement, son grand-père attacha une plume jaune à un fil.

— Passe une bonne soirée ! dit-il d'un air enjoué.

— Pop !

Megan secoua la tête. Quand Pop était plongé dans ses préparatifs de pêche, il ne faisait plus attention à rien. Posant sur lui un regard attendri, elle ne put empêcher un sourire de se dessiner sur ses lèvres.

Timothy Miller avait soixante-cinq ans. Son visage rond, lisse et hâlé était entouré d'une barbe soigneusement entretenue et d'une masse de cheveux blancs. D'ordinaire, ses yeux bleus, très vifs, étaient toujours à l'affût. Rien ne leur échappait.

Mais pour l'instant, il se concentrait sur ses appâts. Megan se pencha sur lui et l'embrassa sur le front. Il avait entendu ce qu'elle lui avait dit, elle en était certaine.

— Tu vas à la pêche, demain ?

— Oui, m'dame, dès l'aube !

L'air satisfait, Pop réunit son assortiment et repassa mentalement sa stratégie. La pêche était une affaire sérieuse.

— La camionnette sera réparée, ce soir. Je serai de retour pour le souper, continua-t-il.

Megan hocha la tête et lui donna un second baiser. Pop avait besoin de ses parties de pêche. Le parc d'attractions ouvrait seulement le week-end au printemps et à l'automne. Mais pendant les trois mois d'été, il tournait sept jours sur sept. L'été, la ville semblait ne plus dormir. Elle attirait des touristes, et les touristes représentaient leur principale source de revenus. Pendant un quart de l'année, la population enflait de quinze mille à trois cent mille habitants. Et la majeure partie de ces trois cent mille habitants venaient dans cette petite ville côtière pour s'amuser.

Megan resta un instant rêveuse. Son grand-père avait travaillé dur toute sa vie, mais il ne voulait pas s'arrêter. Il aimait ce parc, dont il s'occupait depuis plus de trente ans. Quant à elle, elle y avait grandi, et elle l'adorait.

Ses parents avaient disparu alors qu'elle avait à peine cinq ans. Au fil du temps, Pop était devenu une mère, un père et un ami. Elle se sentait chez elle dans le parc de Joyland, autant que dans la petite maison qu'ils habitaient tous les deux, sur la plage. Des années plus tôt, le malheur les avait réunis, et maintenant, ils étaient comme les doigts de la main. Il n'y avait qu'avec Pop qu'elle laissait libre cours à ses émotions. Avec les autres, elle les cachait soigneusement, tant qu'elle n'était sûre de rien. Car, une fois qu'elle s'engageait, elle s'engageait totalement. Et quand elle aimait, c'était de tout son être.

— Une truite serait la bienvenue pour demain, murmura-t-elle tandis que Pop la serrait contre lui pour lui dire au revoir. Nous avons du thon pour ce soir.

— Je croyais que tu dînais dehors ?

— Pop !

Le front rembruni, elle se pencha vers la gazinière en rejetant ses cheveux en arrière.

— Crois-tu que je vais passer la soirée en compagnie d'un homme qui a essayé de me séduire avec un paquet de cookies au chocolat ?

D'un bref mouvement du poignet, elle alluma le brûleur sous la bouilloire.

Pop posa sur elle un regard pétillant de malice.

— Tout dépend du bonhomme, marmonna-t-il.

Elle le fixa dans les yeux, que la petite lueur n'avait pas quittés. Cette fois, il semblait disposé à lui accorder toute son attention.

— A quoi ressemble-t-il ? interrogea Pop.

— A un séducteur de plage, rétorqua-t-elle.

Elle baissa les yeux. D'accord, elle exagérait peut-être un peu.

— Avec un zeste de cow-boy, si tu vois ce que je veux dire, ajouta-t-elle malgré elle.

Son grand-père eut un sourire ravi. Poussant un soupir, elle lui rendit son sourire.

— En réalité, il est superbe, dit-elle. Fort et mince, et très séduisant. Mais il est probablement dépourvu du moindre scrupule. En fait, il serait très décoratif, sous forme de statue de bronze.

Pop éclata de rire.

— Voilà qui est passionnant ! Où l'as-tu rencontré ?

— Devant les paquets de cookies.

— Et tu voudrais préparer du thon pour ce soir au lieu de dîner à l'extérieur ?

Poussant un long soupir, il secoua la tête d'un air incrédule.

— Je ne sais pas ce qu'elle a, cette fille, dit-il à l'un de ses appâts.

— Ce type est prétentieux et arrogant !

Megan croisa les bras sur sa poitrine.

— Et si tu avais vu comment il me regardait !

Faisant une pause, elle essaya de chasser l'impression de chaleur qui montait en elle à cette seule évocation.

— Comment te regardait-il ? demanda Pop sur un ton moqueur.

Elle fronça les sourcils.

— Avec... comment dirais-je ? Oui, voilà ! Il me regardait avec concupiscence !

Pop l'observa avec tendresse. Megan était une fille adorable.

Un peu trop sérieuse en ce qui concernait certains sujets, mais vraiment une bonne fille. Et une beauté ! Il n'y avait rien d'étonnant à ce qu'un étranger ait essayé de prendre rendez-vous avec elle. C'était curieux que ce ne soit pas arrivé plus souvent. Mais Megan pouvait décourager n'importe quel homme sans même ouvrir la bouche ! Elle n'avait qu'une seule chose à faire : lui lancer son fameux regard glacial en arquant un sourcil, et la plupart de ses soupirants battaient en retraite. Les malheureux ! Sauf exception, naturellement, dont cet inconnu semblait faire partie. Il devait être particulièrement pugnace.

Pop hocha pensivement la tête. Oui, ce type avait certainement du caractère. Il devait être intéressant.

Mais apparemment, Megan ne souhaitait pas le fréquenter plus que les autres.

Entre le parc d'attractions et son art, elle semblait n'avoir jamais le temps de rencontrer beaucoup de monde. Ou, du moins, elle n'avait pas envie de le prendre. Cependant, il aurait juré qu'il y avait plus que de l'agacement dans son attitude par rapport à l'inconnu du supermarché. Ou il se trompait fort, ou elle avait été flattée, et peut-être même attirée. Mais il la connaissait bien : il valait mieux ne pas remettre ce sujet sur le tapis.

— Le beau temps est censé durer tout le week-end, annonça-t-il en déposant avec précaution ses appâts dans un panier. Il y aura foule dans le parc. Vas-tu travailler sous l'arcade ?

— Naturellement.

Elle disposa deux tasses de thé sur la table avant de s'asseoir.

— Est-ce que les sièges ont été ajustés sur la grande roue ? demanda-t-elle.

— Je l'ai vérifiée moi-même ce matin.

Pop souffla sur son thé brûlant, puis il commença à le boire à petites gorgées.

Megan l'observa. Il paraissait très détendu. Pop était un homme simple. Elle avait toujours admiré sa modestie, son humour tranquille, son manque de prétention. Il aimait voir les gens s'amuser. Plus encore que de les voir payer pour les réjouissances qu'il leur proposait.

Megan soupira. Joyland ne faisait que de modestes profits. Décidément, Pop était plus doué pour être grand-père que pour être homme d'affaires.

Dans une large mesure, c'était elle qui suppléait aux pertes et profits du parc. Bien que cette responsabilité lui prenne du temps, qu'elle ne consacrait pas à son art, elle savait que le parc les faisait vivre. Et, le plus important, c'était que Pop aimait le parc.

Depuis quelques semaines, les livres de comptes avaient une fâcheuse tendance à tomber dans le rouge, ce qui devenait préoccupant. Mais elle n'en faisait jamais cas, pas plus que son grand-père. Ils remarquaient les gains supplémentaires pendant la haute saison, parlaient vaguement de faire des promotions pendant les vacances de Pâques et le dernier week-end de mai.

Poussant un imperceptible soupir, Megan sirota son thé, écoutant vaguement Pop. Il suggérait d'engager des employés en extra pour l'été. Elle s'en occuperait le moment venu. Pop était un as quand il s'agissait de réparer des machines récalcitrantes ou de s'occuper des touristes, mais il avait tendance à payer un peu trop cher ses employés, et à les faire travailler moins que partout ailleurs. Heureusement, elle avait plus de sens pratique. Il le fallait bien.

Cet été, elle allait être obligée de travailler à plein temps. Elle eut un petit pincement au cœur. Quand arriverait-elle à terminer la sculpture qui l'attendait dans son atelier, au-dessus du garage ? Elle retint un soupir. Elle n'aurait qu'à attendre le mois de décembre. Il n'y avait pas d'autre solution, tant que les comptes ne seraient pas de nouveau équilibrés. Peut-être, l'année prochaine… Cette fois, le soupir lui échappa. C'était toujours « l'année prochaine ». Et chaque nouvelle année, il y avait autre chose à faire. Haussant les épaules, elle se tourna vers son grand-père qui monologuait.

— Nous embaucherons des étudiants et des saisonniers, pour les manèges.

Elle hocha la tête.

— Il n'y aura pas de problèmes, murmura-t-elle.

Les saisonniers… Pourquoi ce mot la faisait-il penser à David Katcherton ?

Katch, avait-il précisé. Une fois de plus, elle revoyait son visage avec précision. En temps normal, elle aurait mis ce genre d'homme dans la catégorie des saisonniers. Cependant, avec lui, quelque chose clochait.

C'était agaçant, mais pour une fois, elle était incapable de comprendre à quel genre d'homme elle avait affaire. Pourtant, elle n'avait jamais manqué de psychologie, et elle savait observer les gens. Mais le plus agaçant, c'était de penser encore à cette rencontre idiote avec un étranger mal élevé.

— Tu veux un peu plus de thé ? demanda Pop en allant chercher la théière sur la cuisinière.

Megan se ressaisit.

— Euh… oui, merci.

Elle se reprocha intérieurement de s'être attardée sur cette idée insignifiante alors qu'elle avait tant de choses à faire.

— Je vais commencer à préparer le dîner. Je suppose que tu voudras te coucher tôt, si tu pars de bonne heure demain matin, dit-elle.

Pop remit la bouilloire à chauffer.

— Bonne idée, ma chérie.

Un mouvement attira son regard de l'autre côté de la fenêtre.

— J'espère qu'il y aura assez à manger pour trois personnes ? dit-il d'un air faussement indifférent. Parce qu'on dirait que ton cow-boy a trouvé le chemin du ranch !

— Quoi ?

Les sourcils rapprochés, Megan se leva d'un bond.

— Tu m'en as fait une description parfaite, comme toujours !

Il regarda Katch approcher à pas nonchalants. Il avait des traits virils, agréables à voir. Et une allure intéressante.

Avec un sourire jusqu'aux oreilles, Pop tourna la tête. Inutile d'agacer Megan. Elle semblait déjà sur des charbons ardents. Mais il eut du mal à refréner une forte envie de rire en voyant son expression.

Megan rejoignit la fenêtre. Elle n'en croyait pas ses yeux.

— C'est lui ! murmura-t-elle.

— Il me semble, dit doucement Pop.

— Tu ne trouves pas qu'il a un toupet phénoménal ? C'est ahurissant !

2.

Avant même que son grand-père ait eu le temps de faire le moindre commentaire, Megan franchit les quelques pas qui la séparaient de la porte de la cuisine. Elle l'ouvrit en grand, au moment précis où Katch grimpait les marches de la véranda. Une brève lueur de surprise passa dans ses yeux gris.

— Vous ne manquez pas de culot, dit-elle froidement.

— C'est ce qu'on me dit souvent. Et vous, vous êtes encore plus belle que tout à l'heure.

Il lui passa un doigt léger sur la joue. Megan fit un bond, comme sous l'effet d'une décharge électrique.

— Il y a un peu de rose sous le doré de la peau, maintenant. Très joli.

Il suivit la courbe de son menton avant de demander :

— Vous vivez ici ?

— Vous le savez pertinemment ! rétorqua-t-elle. Vous m'avez suivie !

Katch sourit.

— Navré de vous décevoir, Meg. C'est un coup de chance de vous avoir trouvée ici. En fait, je cherche Timothy Miller. C'est un ami à vous ?

— C'est mon grand-père.

Imperceptiblement, elle se plaça entre lui et la porte d'entrée.

— Que lui voulez-vous ?

Katch sourit encore. Megan protégeait son grand-père comme un vrai chien de garde. Il allait ouvrir la bouche pour répondre, mais Pop apparut derrière elle.

— Pourquoi ne le fais-tu pas entrer, Megan ? Il pourra me le dire lui-même.

— Je suis quelqu'un de tout à fait normal, vous savez ,Meg, dit tranquillement Katch.

Megan jeta un bref coup d'œil par-dessus son épaule, avant de reporter les yeux sur Katch. Elle lui adressa un regard d'avertissement qui signifiait clairement : « Attention à ne rien dire qui puisse perturber mon grand-père ! »

Mais il y avait quelque chose d'inattendu dans les yeux de Katch, comme une forme de douceur. C'était encore plus déconcertant que son arrogance première.

Retournant dans la cuisine, Megan maintint la porte ouverte pour le laisser entrer.

Katch lui adressa encore un sourire charmeur. En passant devant elle, il écarta d'un geste lent une mèche de cheveux qui lui barrait la joue. Megan resta un instant immobile. Pourquoi le moindre contact avec cet étranger lui coupait-il le souffle ?

— Monsieur Miller ? demanda Katch d'une voix amicale.

Il tendit la main à Pop.

— Je suis David Katcherton.

Pop hocha la tête.

— Enchanté. C'est vous qui m'avez téléphoné il y a deux heures.

Il décocha un coup d'œil à Megan.

— Je vois que vous connaissez déjà ma petite-fille.

— Oui, elle est charmante, dit Katch d'un ton rieur.

Pop émit un petit gloussement et se dirigea vers la cuisinière.

— J'étais en train de préparer du thé. En voulez-vous une tasse ?

Megan observa Katch d'un regard noir. Il arqua légèrement un sourcil. Ce n'était certainement pas un fanatique de thé.

— Je veux bien, merci, répondit-il.

Sans attendre qu'on l'y invite, il alla s'asseoir à table, comme s'il les connaissait depuis toujours. Mi-stupéfaite, mi-méfiante, Megan s'assit et posa sur lui un regard brûlant de mille questions silencieuses.

— Vous ai-je déjà dit que vous aviez des yeux fabuleux ? murmura-t-il.

Sans attendre sa réponse, il tourna son attention vers l'attirail de pêche de Pop.

— Vous avez des appâts extraordinaires, dit-il. Vous les faites vous-même ?

— C'est la moitié du sport, déclara Pop en apportant une tasse propre. Allez-vous souvent à la pêche ?

— De temps en temps. Je parie que vous connaissez les meilleurs coins du Grand Strand.

— Quelques-uns en effet, reconnut modestement Pop.

Megan fit la moue. Quand la pêche arrivait sur le tapis, il y en avait pour des heures.

— Je ferais bien une tentative puisque je suis là, dit Katch d'un air désinvolte.

Megan leva les yeux sur lui. Il fixait sur elle un regard malicieux et admiratif. C'était aussi surprenant qu'agaçant.

— Eh bien…

Pop s'échauffa, comme il le faisait toujours quand il était question de son passe-temps favori.

— Si vous voulez, je vous montrerai un ou deux endroits, dit-il d'un ton enjoué. Avez-vous un équipement ?

Katch secoua la tête.

— Malheureusement, je ne l'ai pas emporté.

Pop balaya cette réponse d'un geste de la main, comme si elle n'avait aucune importance.

— D'où venez-vous, monsieur Katcherton ?

— Appelez-moi Katch, suggéra-t-il en souriant chaleureusement.

Il s'appuya au dossier de la chaise.

— Je suis originaire de Californie, répondit-il.

Megan hocha imperceptiblement la tête. Voilà qui expliquait l'allure de play-boy de M. David Katcherton. Elle sirota tranquillement son thé sans cesser de l'observer par-dessus sa tasse.

— Vous êtes loin de chez vous, commenta Pop.

Il s'installa confortablement sur sa chaise, puis il sortit du tiroir une pipe qu'il réservait pour les conversations intéressantes.

— Avez-vous l'intention de rester longtemps à Myrtle Beach ?

— Cela dépend. J'aimerais vous parler de votre parc d'attractions.

Approchant une allumette du foyer de sa pipe, Pop tira rapidement quelques bouffées. Le tabac s'enflamma, dégageant une odeur de miel.

— C'est ce que vous m'avez dit au téléphone. Ce qui est drôle, c'est que Megan et moi envisagions justement d'embaucher quelques employés. Il ne reste plus que six semaines environ avant le début de la saison.

Il tira sur sa pipe et regarda la fumée s'élever.

— Et dans trois semaines, c'est Pâques. Avez-vous déjà travaillé sur des manèges, ou à un stand ?

— Non.

Katch goûta son thé.

Pop haussa les épaules.

— C'est facile à apprendre. Vous me paraissez intelligent.

Les yeux maintenant rivés sur leur visiteur, Megan posa sa tasse. Une fois de plus, le sourire de Katch se fit malicieux.

— Nous ne pouvons pas donner plus que le salaire de base à un novice, déclara-t-elle d'une voix un peu voilée.

Elle prit une profonde inspiration. Dieu seul sait pourquoi, cet homme la rendait nerveuse. Il valait mieux qu'elle le décourage de travailler à Joyland. Il irait tenter sa chance ailleurs.

Cependant, Katch ne ressemblait pas aux employés saisonniers qui travaillaient habituellement pour eux. Une certaine autorité émanait de lui, qu'il cachait mal sous ses airs un peu trop décontractés. En même temps, il émanait de lui un charme libertin qui ne suscitait pas le respect.

Il plongea un regard scrutateur dans le sien.

— Cela me paraît raisonnable. Travaillez-vous au parc d'attractions, Meg ?

Elle ravala une réplique cinglante. Cette familiarité était insupportable. Pour qui se prenait-il donc ?

— Souvent, répondit-elle sèchement.

— Megan est une femme d'affaires, intervint Pop. C'est elle qui mène la barque.

— C'est drôle, dit Katch. Je pensais que vous étiez mannequin. Vous avez un visage très photogénique.

Il n'y avait pas la moindre idée de flirt dans le ton qu'il venait d'adopter.

— Megan est une artiste, dit Pop en fumant d'un air satisfait.

— Vraiment ?

Les yeux de Katch s'étrécirent tandis qu'ils se posaient de nouveau sur elle. Crispée, elle remua sur sa chaise.

— Nous nous écartons du sujet, dit Megan. Si vous êtes venu pour un emploi…

— Non.

— Mais… n'avez-vous pas dit…

— Je ne crois pas, coupa-t-il encore en souriant.

Il se tourna vers Pop. Les sourcils froncés, Megan continua de l'observer. Un subtile changement venait de s'opérer dans ses manières.

Se penchant en avant, Katch dit d'une voix très douce :

— Je ne veux pas un emploi dans votre parc, monsieur Miller. Je veux l'acheter.

Interloquée, Megan poussa un petit cri. Est-ce qu'il plaisantait ? Est-ce qu'il se moquait d'eux ? Mais c'était inutile de le lui demander. A l'évidence, il parlait le plus sérieusement du monde. Elle observa les deux hommes. Ils restèrent un long moment sans rien dire, les yeux dans les yeux. Pop paraissait étonné, indiscutablement, mais il semblait aussi éprouver de la considération pour son interlocuteur.

Megan poussa un soupir imperceptible. Elle avait reconnu

l'autorité et le pouvoir sous l'apparente désinvolture de cet homme. Il était venu pour parler affaires.

Avec une sensation de panique au creux de l'estomac, elle tourna les yeux vers son grand-père.

— Pop ? dit-elle d'une voix qu'elle aurait aimé maîtriser un peu mieux.

Au lieu de lui répondre, il s'adressa à Katch.

— Vous êtes surprenant. Pourquoi vouloir acheter mon parc d'attractions ?

— J'ai fait une étude de marché sur ce genre d'activité.

Haussant les épaules, il alla droit au fait.

— Et c'est un milieu que j'aime. Votre parc est particulièrement agréable.

Avec un profond soupir, Pop envoya sa fumée au plafond.

— Je ne peux pas dire que j'aie envie de vendre. Je suis habitué à ce mode de vie, finit-il par commenter.

— Avec l'offre que je suis prêt à vous faire, vous n'aurez pas de difficulté à vous habituer à une autre vie.

Pop eut un rire bref.

— Quel âge avez-vous, Katch ?

— Trente et un ans.

— C'est exactement le nombre d'années que j'ai passées dans ce métier. Avez-vous un minimum de connaissances sur la façon de diriger un parc d'attractions ?

— A peine…

Avec un sourire étincelant, Katch se renversa de nouveau sur son dossier.

— … Mais avec un bon professeur, je peux apprendre vite.

Il y eut quelques secondes de silence. Pop ne quittait pas

Katch des yeux. Megan resta sans voix. Elle connaissait bien cette expression. Une sonnette d'alarme résonna dans sa tête. Apparemment, cet inconnu qui venait de débouler dans leur vie l'intéressait beaucoup. Et la dernière chose qu'elle désirait, c'était voir Pop s'engager trop loin avec lui. Katch ne pouvait que leur apporter des ennuis, elle en aurait mis sa main au feu.

— Pourquoi désirez-vous acheter un parc d'attractions ? demanda brusquement Pop.

— C'est un bon boulot, répondit Katch. Et c'est amusant.

Il sourit.

— J'aime les occupations qui mettent un peu de gaieté dans la vie, expliqua-t-il.

Megan fronça les sourcils. M. Katcherton parlait trop bien. Il savait convaincre, à en juger par l'expression de Pop.

— J'aimerais que vous réfléchissiez à ma proposition, monsieur Miller, continua Katch. Nous pourrions en reparler dans quelques jours.

Megan serra les dents. Pop et elle pourraient aussi réfléchir à la façon de faire déguerpir cet envahisseur à la voix chaude et mélodieuse.

— Je ne peux pas refuser de peser le pour et le contre, reconnut Pop.

Il secoua la tête.

— Cependant, Megan et moi dirigeons Joyland depuis un bon nombre d'années. Ce parc, c'est notre vie.

Brusquement, il consulta la petite horloge accrochée au mur et jeta un regard taquin à sa petite-fille.

— Au fait, est-ce que vous ne deviez pas dîner ensemble, ce soir ? interrogea-t-il.

— Non ! s'écria aussitôt Megan.

Elle lui décocha un regard furibond.

— Je commençais justement à me dire que j'avais faim, dit Katch en riant. Allons, Meg, je vais vous offrir un hamburger.

Se levant, il lui prit les deux mains et la tira doucement. Elle se leva malgré elle, tandis que la colère commençait à bouillonner dans ses veines.

— Je ne vais pas essayer de vous faire croire que je déteste refuser une aussi charmante invitation, grinça-t-elle.

— Non, ne le faites surtout pas !

Katch se tourna vers Pop.

— Voulez-vous vous joindre à nous ?

En riant de bon cœur, Pop balaya sa proposition d'un large geste du bras droit.

— Non, merci. Allez-y tous les deux. Je dois préparer mon matériel de pêche pour demain matin.

— Accepterez-vous que je vous accompagne ?

Pop l'observa par-dessus le foyer de sa pipe.

— Je me mets en route à 5 h 30 du matin.

— Je serai là.

Stupéfaite, Megan se laissa entraîner dehors. C'était incroyable ! Pop n'invitait jamais personne à ses matinées au bord de l'eau. C'était un moment de relaxation pour lui, et il appréciait trop d'être seul pour le partager avec qui que ce soit.

— Il n'emmène jamais personne à la pêche, fit-elle remarquer.

— Je suis flatté.

Il la tenait encore par la main, les doigts entrelacés aux siens.

— Je ne vais pas dîner avec vous, dit-elle d'un ton ferme en s'arrêtant de marcher. Vous êtes peut-être capable de charmer Pop au point qu'il vous invite à ses parties de pêche, mais moi…

— Vous me trouvez donc charmant ?

Il lui adressa un sourirc audacicux tout en prenant son autre main.

Rougissant comme une pivoine, Megan rétorqua :

— Pas le moins du monde !

Elle refréna un sourire qui se formait sur ses lèvres malgré elle.

— Pourquoi ne voulez-vous pas dîner avec moi ? interrogea Katch de la même voix de velours.

Elle le regarda droit dans les yeux.

— Parce que je ne vous apprécie pas.

Le sourire de Katch s'élargit.

— Laissez-moi une chance de vous faire changer d'avis.

— Impossible !

Elle essaya de libérer ses mains, mais il resserra son étreinte.

— On parie ?

Une fois de plus, elle ravala une envie de sourire.

— Si j'y parviens, vous viendrez au parc avec moi vendredi soir.

— Et si je ne change pas d'avis ?

— Je ne vous ennuierai plus.

Il lui adressa un sourire encore plus persuasif que le précédent.

Elle releva les sourcils. Après tout, pourquoi ne pas essayer ? Cela en valait peut-être la peine.

— Vous n'avez qu'une chose à faire : venir dîner avec moi ce soir. Passer quelques heures en ma compagnie.

Elle soupira.

— Très bien. Marché conclu.

Elle remua ses doigts, mais il ne lâcha pas prise.

— Nous pourrions nous serrer la main, dit-elle, mais il faudrait que je récupère la mienne.

— Moi aussi, dit-il. Nous pouvons donc le faire à ma façon.

L'attirant d'un mouvement vif, il la serra contre sa poitrine. Elle tressaillit. Katch avait une force que sa minceur ne laissait pas prévoir. Avant qu'elle puisse exprimer sa surprise, il la bâillonna de ses lèvres. Prise de vertige, elle s'agrippa à lui.

David Katcherton était d'une habileté diabolique. Avait-elle entrouvert les lèvres spontanément, ou l'avait-il incitée à le faire en la taquinant du bout de la langue ? Elle n'aurait su le dire. Dès qu'elle avait senti ce contact, sa tête s'était vidée. Son corps prenait les commandes, en s'abandonnant purement et simplement entre les bras de cet individu dangereux. Elle fondait littéralement contre lui, sentant la dureté de ses pectoraux contre ses seins… et sa bouche qui dévorait la sienne. Tout à coup, le monde autour d'elle s'évanouissait. Et elle n'avait plus rien à quoi se raccrocher. Plus d'ancrage pour l'empêcher de chavirer dans ce tourbillon. Emettant un petit gémissement de protestation, elle s'écarta et plongea les yeux dans ceux de Katch.

Curieusement, ils étaient plus sombres qu'elle n'avait cru au premier abord. Mais surtout ils paraissaient insondables. Pourquoi avait-elle pensé qu'elle pourrait facilement lire en eux ? Rien ne correspondait plus à ce qu'elle avait dans la tête quelques minutes plus tôt.

Essayant de se ressaisir, elle prit une profonde inspiration.

— Vous êtes très chaleureuse, dit tranquillement Katch. C'est dommage que vous fassiez tant d'efforts pour paraître froide et distante.

— Je ne suis pas… Je n'ai aucun effort à…

Faisant une pause, elle secoua la tête. Si seulement les battements de son cœur pouvaient s'apaiser !

Il plongea un regard brûlant dans le sien.

— Bien sûr que si, affirma-t-il.

Il lui pressa les mains avant d'en relâcher une, gardant l'autre blottie au creux de la sienne. Il se dirigea vers sa voiture.

Affolée, Megan essaya de refaire surface. Que diable, ce n'était pas la première fois qu'un homme l'embrassait ! Elle réagissait ainsi parce que ce baiser était inattendu, voilà tout.

Elle poussa un soupir imperceptible. Qui essayait-elle de tromper en se racontant ces sornettes ? En réalité, personne ne l'avait jamais embrassée de cette façon. Jamais de sa vie. Et si elle voulait continuer à voir les choses en face, autant reconnaître que la situation lui échappait complètement.

Prenant encore une longue inspiration frémissante, elle dit du ton le plus naturel possible :

— Je crois que je ne vais pas venir, finalement.

Tournant la tête vers elle, Katch sourit et ouvrit la portière du passager.

— Un pari est un pari, Meg. Vous vous êtes engagée, vous ne pouvez plus revenir en arrière.

3.

Megan s'installa dans la Porsche en essayant de garder une attitude indifférente. Cependant, c'était très agréable, cette voiture de luxe. A vrai dire, elle ne s'était pas attendue à le voir conduire un véhicule ordinaire. Il ne fallait pas regarder longtemps David Katcherton pour comprendre qu'il pouvait s'offrir les plus belles choses.

Il avait probablement hérité d'une fortune considérable, songea-t-elle tandis qu'il démarrait. Sans doute n'avait-il jamais travaillé de sa vie.

Elle s'enfonça dans le siège. Quand Katch lui avait pris la main, elle avait senti sa paume rêche. Ce n'était certainement pas le résultat de longues heures de travail, mais plutôt d'une variété d'activités sportives. Tennis, squash, voilier… Les occupations typiques du rentier qui n'avait jamais rien fait de ses dix doigts. Qui ne cherchait que les plaisirs. Et qui les trouvait, soupira-t-elle intérieurement.

Rejetant ses cheveux par-dessus son épaule, elle se tourna vers lui. Il avait un profil terriblement séduisant.

— Ce que vous voyez vous plaît ?

Furieuse, Megan rougit comme une adolescente.

— Vous avez besoin d'un bon rasage, dit-elle d'un ton aigre.

Katch tourna le rétroviseur vers lui, comme pour vérifier ce qu'elle venait de dire.

— Ma foi, vous avez raison…

Avec un petit sourire railleur, il sc faufila dans la circulation.

— Je n'oublierai pas de me raser de près pour notre prochain rendez-vous.

Megan se raidit.

— Il n'y aura pas de prochain rendez-vous !

— Ne vous a-t-on jamais appris à tourner sept fois votre langue dans votre bouche quand vous aviez envie de dire des choses désagréables ?

Elle le fusilla du regard.

— Depuis combien de temps vivez-vous ici ? demanda Katch.

— Depuis toujours.

Les vitres étaient baissées, laissant pénétrer dans la voiture les bruits de l'extérieur. Elle aimait ce mélange de sons indéfinissables. Se détendant un peu, elle redressa les épaules et tourna de nouveau la tête vers Katch.

— Que faites-vous dans la vie ? s'enquit-elle sur un ton un peu dédaigneux.

Katch arqua un sourcil.

— Je m'occupe d'un certain nombre de choses.

— Vraiment ? Quel genre de choses ?

Il s'arrêta à un feu rouge et tourna les yeux vers elle.

— Tout ce qui me plaît.

Le feu passa au vert et, quelques secondes plus tard, il pénétra sur le parking d'un restaurant chic.

— Nous ne pouvons pas aller ici ! s'écria Megan.

— Pourquoi donc ?

Il coupa le contact.

— Ce restaurant est excellent, ajouta-t-il.

— Je sais, mais nous ne sommes pas habillés pour…

— Faites-vous toujours tout comme il faut, Meg ?

Elle scruta son visage. Se moquait-il d'elle ? Oui, probablement. Il devait adorer cela, se moquer des femmes.

— Laissez-moi vous dire…

Sans l'écouter, il descendit de voiture et s'accouda à la portière.

— Réfléchissez deux ou trois minutes, coupa-t-il. Je reviens tout de suite.

Il s'éloigna à grandes enjambées vers le restaurant. Megan secoua la tête. Il ne serait jamais admis dans un endroit pareil, habillé comme il l'était. Après tout, cela lui apprendrait à être arrogant ! Cet homme avait une assurance insupportable ! Megan secoua la tête. Quoi qu'il en soit, ce n'était pas le genre d'individu qu'elle pouvait apprécier.

En soupirant, elle croisa les bras et attendit qu'il revienne.

Comme il ne réapparaissait pas, elle consulta sa montre. Décidément, il faisait tout pour se rendre odieux. Cela faisait un quart d'heure qu'elle l'attendait ! Comment pouvait-il être aussi mal élevé ? Scandalisée, elle descendit de voiture et claqua la portière.

Elle allait trouver une cabine téléphonique et demander à son grand-père de venir la chercher. Elle fouilla dans ses poches. Pas une seule pièce ! De plus en plus en colère, elle se tourna vers le restaurant. Elle n'avait plus qu'à aller faire de la monnaie, ou demander au patron du restaurant la permission d'emprunter son téléphone. Tout valait mieux que de passer la nuit dans cette voiture.

Alors qu'elle poussait la porte, Katch sortit et passa tranquillement devant elle. Megan posa sur lui un regard effaré. Il portait le plus grand panier de pique-nique qu'elle ait jamais vu.

Il ouvrit le coffre de la Porsche, y déposa le panier et rabattit le capot.

— Venez ! ordonna-t-il. Je meurs de faim.

— Qu'est-ce qu'il y a, là-dedans ?

— Deux repas.

Il lui fit signe de remonter en voiture.

— Comment avez-vous obtenu qu'ils vous préparent deux repas à emporter, dans ce restaurant ultrachic ?

— Je leur ai demandé, tout simplement. Avez-vous faim ?

— Euh, oui… mais comment avez-vous… ?

Il se mit à rire.

— Alors allons-y ! lança-t-il en guise de réponse.

Il se glissa derrière le volant et mit le contact. Dès qu'elle fut assise à côté de lui, il sortit en trombe du parking.

— Vous avez un lieu préféré ? demanda-t-il.

— Un lieu préféré ?

— Ne me dites pas qu'il n'y a pas un endroit que vous aimez particulièrement en ayant toujours vécu ici.

Il tourna en direction de l'océan.

— Alors ?

— Vers le nord de la plage, finit-elle par répondre. Il y a peu de monde, sauf en pleine saison.

— Parfait. J'ai envie d'être seul avec vous.

L'estomac chaviré par cette réplique directe, Megan s'agrippa à la portière. Lentement, elle tourna les yeux vers lui.

— Vous voyez quelque chose à redire ? interrogea-t-il, mi-sérieux, mi-provocant.

Megan soupira. C'était comme si elle se trouvait sur un manège de montagnes russes.

— Probablement, répondit-elle. Mais comme vous ne m'écouterez pas, inutile que je me fatigue !

Seuls les goélands et les mouettes peuplaient la plage, poussant leurs longs cris plaintifs. Megan resta un instant face à l'ouest. Le coucher de soleil était une pure splendeur.

— J'aime ce moment de la journée, dit-elle à voix basse. Tout est si calme. Comme si le temps retenait son souffle.

Sentant les mains de Katch sur ses épaules, elle sursauta et se raidit.

— Détendez-vous, dit-il doucement en se mettant à la masser.

Megan prit une profonde inspiration. Pourquoi cet homme la mettait-il dans tous ses états ? Il fallait absolument qu'elle reste calme. Avec le plus de détachement possible, elle dit :

— J'aime aussi l'instant qui précède l'aube. Quand les oiseaux commencent à chanter et que la lumière est encore voilée.

— Mmm… Vous devriez vous détendre plus souvent.

Lentement, il fit remonter ses doigts le long de son cou, puis il les fit glisser dans l'autre sens. Luttant contre le plaisir qu'elle éprouvait, Megan resta figée. Ce plaisir devenait de seconde en seconde plus violent et plus exigeant.

Comme s'il devinait ses sensations, Katch la fit pivoter pour la regarder en face.

— Non, arrêtez ! cria-t-elle en posant les deux mains sur son torse pour le repousser.

— Comme vous voudrez.

Il desserra son étreinte, mais attendit encore quelques secondes avant de la libérer. Puis il se pencha vers le panier, d'où il sortit une nappe blanche.

— De plus, il est grand temps de passer à table ! déclara-t-il d'un ton enjoué.

Muette de stupeur, Megan le regarda s'affairer. Une nappe en coton damassé ? Pour un pique-nique ? Quel boniment avait-il inventé pour se la faire prêter ?

— Voici la suite. Si vous voulez bien m'aider…

Katch lui tendit deux verres.

En cristal. Abasourdie, elle tendit les mains pour les prendre. Ensuite vinrent les assiettes en porcelaine et les couverts en argent.

— Pourquoi vous ont-ils prêté tout ça ?

Il lui jeta un coup d'œil goguenard.

— Ils devaient manquer d'assiettes en carton, répondit-il.

Fronçant les sourcils, Megan baissa les yeux sur le panier.

— Du champagne ? Mais vous êtes fou !

— Qu'y a-t-il ? Vous n'aimez pas le champagne ? s'enquit-il d'un air faussement inquiet.

— Si, mais je ne connais que le champagne américain.

— Eh bien, vous allez découvrir le champagne français.

Il remplit aussitôt un verre, qu'il lui tendit. Du bout des

lèvres, elle en but une gorgée. Puis elle arqua un sourcil appréciateur.

— C'est vraiment délicieux ! Mais vous n'aviez pas à…

Faisant une pause, elle montra d'un geste emphatique tout ce qu'il avait apporté.

— Je n'avais pas envie de manger un hamburger, expliqua-t-il.

A la fois fascinée par ce qu'elle voyait et horripilée par le ton sarcastique de Katch, Megan croisa les bras. Katch enfonça légèrement la bouteille dans le sable pour qu'elle tienne debout, puis il posa un petit bocal de verre sur la nappe.

Megan l'ouvrit.

— Qu'est-ce que c'est ?

Elle fronça les sourcils. Le bocal contenait une masse noire, brillante.

Katch plongea de nouveau les mains dans le panier, d'où il sortit des tranches de pain grillé.

— Est-ce que c'est…

Incrédule, elle fit une pause en lui jetant un coup d'œil.

— … du caviar ? termina-t-elle.

— Oui. Donnez-m'en un peu, voulez-vous ? Je meurs de faim.

Katch lui prit le bocal des mains et en étala une couche généreuse sur un toast.

— Vous n'en voulez pas ? demanda-t-il en mordant sa tartine à belles dents.

— Je ne sais pas…

Elle examina le bocal d'un œil dubitatif.

— Je n'en ai jamais mangé, murmura-t-elle.

— Vraiment ?

Il lui tendit son toast.

— Goûtez.

Comme elle hésitait, il sourit et l'approcha plus près de sa bouche.

— Allez-y, Meg, je ne vais pas vous empoisonner !

Avec un petit sourire, elle obtempéra.

— C'est salé…

S'emparant du toast, elle prit une autre bouchée.

— Et c'est bon, décida-t-elle.

— Vous auriez dû m'en laisser un peu plus, commenta-t-il quand elle eut terminé.

Elle se mit à rire et lui prépara un autre toast, qu'elle lui tendit.

Il le prit sans la quitter des yeux.

— Je me demandais à quoi il ressemblait, dit-il d'une voix un peu rauque.

Levant vers lui un regard étonné, elle lécha quelques grains de caviar tombés sur son pouce.

— De quoi parlez-vous ? interrogea-t-elle.

— De votre rire. Je me demandais s'il était aussi séduisant que votre visage, et que toute votre personne.

Il prit une bouchée en la dévorant des yeux.

— La réponse est oui, continua-t-il.

Megan suspendit son geste. Prenant une profonde inspiration, elle essaya de calmer son pouls qui commençait à se déchaîner.

— Vous n'avez pas besoin de me nourrir de caviar et de champagne pour m'entendre rire, fit-elle remarquer.

Avec un haussement d'épaules faussement indifférent, elle s'écarta de lui.

— Je ris souvent, ajouta-t-elle.

— Pas assez souvent à mon goût !

— Pourquoi dites-vous cela ?

— Votre regard est si grave. Et votre bouche aussi.

Il la dévisagea.

— C'est peut-être la raison pour laquelle je me sens obligé de vous faire rire.

— Vous êtes incroyable.

— Vraiment ?

Elle s'accroupit sur les talons et l'observa.

— Vous me connaissez à peine.

— Est-ce important ? dit-il d'une voix de velours.

Plus pour elle que pour lui, elle murmura :

— J'ai toujours pensé que ça devait l'être

Katch plongea de nouveau la main dans le panier. Cette fois, il en sortit des queues de homard et des fraises. Riant encore, elle repoussa ses cheveux en arrière et s'approcha de lui.

— Laissez-moi vous aider, dit-elle.

Pendant qu'ils mangeaient, le soleil se coucha, laissant place à une lune scintillante, qui fit briller une ligne blanche sur la mer.

Megan eut un léger frisson. C'était comme dans un rêve. L'argenterie et la porcelaine qui luisaient sous la lumière lunaire, les saveurs exotiques qu'elle découvrait sur sa langue, le chant familier du ressac, et cet étranger à côté d'elle, qui, d'une minute à l'autre, devenait de moins en moins étranger.

Elle n'avait déjà plus besoin de voir son visage pour connaître son expression quand il souriait. Elle savait exactement comment ses boucles retombaient sur son front. Et depuis le début de la soirée, elle avait été plus d'une fois obligée de refréner son désir de lui prendre la main.

Agitant un morceau de gâteau au fromage au bout de sa fourchette, Katch proposa :

— En voulez-vous ?

— Non, merci, je n'en peux plus !

Elle ramena ses genoux vers sa poitrine, y posa son menton et continua à l'observer. Visiblement, il se régalait.

— Je n'ai jamais fait de pique-nique comme celui-ci, dit-elle avec un sourire béat.

Incapable de tenir en place, elle se renversa sur les coudes et étira ses jambes. Puis elle examina le ciel étoilé.

— Je dois dire que je n'ai jamais rien mangé d'aussi délicieux !

— Je transmettrai vos compliments à Ricardo, dit Katch.

Se rapprochant d'elle, il fit glisser son regard le long de son cou.

— Qui est-ce ? s'enquit-elle.

Elle se moquait éperdument de le savoir, mais Katch créait en elle un tel trouble qu'il fallait absolument parler pour le cacher.

Cependant, elle ne protesta pas au moment où Katch lui passa doucement une mèche de cheveux derrière l'oreille.

— C'est le chef cuisinier. Il adore les compliments, répondit-il à voix basse.

Megan poussa un soupir imperceptible. La voix de Katch épousait le bruit de la mer. C'était enivrant.

— Comment le savez-vous ?

— C'est moi qui l'ai fait venir ici. Avant, il travaillait à Chicago.

— Vous l'avez fait venir de Chicago ? Que voulez-vous dire ?

Comprenant avant qu'il ne réponde, elle s'écria :

— Le restaurant vous appartient !

— Bravo ! Vous êtes très perspicace, dit-il d'un ton moqueur.

L'incrédulité qui se lisait dans les yeux de Megan était charmante. Il sourit.

— Je l'ai acheté il n'y a pas très longtemps.

Megan jeta un coup d'œil sur la nappe blanche et la vaisselle. Oui, le restaurant était à vendre, deux ans plus tôt. Le décor avait changé et depuis sa réouverture, sa réputation s'était largement améliorée.

Elle reporta son attention sur Katch.

— Vous l'avez acheté ?

— Absolument.

Il se tourna face à elle.

— Vous paraissez surprise ?

Elle l'examina attentivement. Les boucles folles, le jean usé aux genoux, les baskets presque éculées. Katch ne représentait pas précisément l'idée qu'elle se faisait d'un homme d'affaires. Où était le costume trois-pièces, la coupe de cheveux parfaite ? Et pourtant… il y avait quelque chose en lui…

Elle secoua lentement la tête.

— Non, je ne suis pas vraiment surprise, finit-elle par répondre.

Comme il changeait de position, elle fronça les sourcils. En une seconde, il se retrouva à côté d'elle, face à la mer.

— Vous l'avez acheté de la même façon que vous envisagez d'acheter Joyland ?

— Je vous l'ai dit, c'est mon travail.

— Apparemment ce qui compte pour vous, c'est bien plus que le fait de posséder quelque chose, n'est-ce pas ? insista-t-elle. Il s'agit chaque fois de redresser une entreprise, de relever un défi ?

— C'est mon idée, en effet. J'éprouve une grande satisfaction quand je réussis.

Se redressant, Megan tourna la tête vers lui. Brusquement, l'enchantement de cette soirée s'était évanoui. Une sourde colère grondait au fond d'elle.

— Détrompez-vous, vous n'achèterez pas Joyland. Ce, parc, c'est toute la vie de Pop. S'il vendait, il en mourrait, j'en suis sûre. Vous ne pouvez pas comprendre…

— Peut-être…, reconnut-il. Vous pourrez me l'expliquer plus tard. Un autre soir.

Il posa une main sur la sienne.

— On ne peut pas parler affaires par une nuit comme celle-ci, continua-t-il.

Furieuse, elle retira sa main.

— Katch, vous devez…

— Regardez le ciel, Meg, suggéra-t-il. Avez-vous jamais essayé de compter les étoiles ?

Malgré elle, Megan leva les yeux, tout en se morigénant. Pourquoi faisait-elle tout ce qu'il lui demandait ? Où était passé son quant-à-soi, son indépendance ? C'était ahurissant, mais cet homme semblait avoir un terrible ascendant sur elle… Dès qu'il était là, elle perdait toute volonté.

— Quand j'étais petite. Mais…

— Ce n'est pas seulement un jeu d'enfant, dit-il d'une voix chaude teintée d'humour. Venez-vous souvent ici, la nuit ?

Les étoiles semblaient à portée de main.

— Parfois, murmura-t-elle. Quand un projet se présente mal et que j'ai besoin de faire le point. Ou quand j'ai envie d'être seule.

— Quel genre d'artiste êtes-vous ? interrogea-t-il.

Lui reprenant la main, il fit glisser les doigts sur ses poignets. Megan avait des attaches vraiment très fines, remarqua-t-il.

— Peignez-vous des marines ? des paysages ? interrogea-t-il.

— Non, je sculpte.

— Ah !

Il leva sa main pour l'examiner d'un côté, puis de l'autre.

— Oui, je vois bien cela maintenant. Vous avez des mains de créatrice.

Quand il posa les lèvres sur sa paume, elle sentit une décharge électrique lui traverser le corps.

Prudemment, elle retira sa main. Il ne fit rien pour la retenir. Ramenant ses genoux contre sa poitrine, elle les entoura de ses bras. Sans le voir, elle sentait le sourire de Katch.

— Quel matériau travaillez-vous ? La terre, le bois, la pierre ?

— Les trois.

Elle tourna la tête et sourit de nouveau.

— Où avez-vous appris ? demanda-t-il encore.

— A l'université.

Elle haussa les épaules.

— Je n'avais pas beaucoup de temps à y consacrer.

Faisant une pause, elle contempla le ciel.

— J'aime venir ici à la pleine lune. La lumière est argentée.

Brusquement, les lèvres de Katch lui effleurèrent l'oreille. Elle sursauta et voulut s'éloigner, mais Katch glissa un bras autour de ses épaules.

— Détendez-vous, Meg.

Sa voix était un murmure.

— A part nous, il n'y a rien d'autre que la lune et l'océan.

Megan poussa un soupir mi-exaspéré, mi-satisfait. Les lèvres de Katch couraient sur son cou, la privant de volonté. Elle avait les membres alourdis par le vin et par la magie de ce contact. Quand la bouche de Katch arriva sur le creux de sa gorge, elle émit un petit gémissement.

— Katch, je dois rentrer.

Il la mitraillait de petits baisers.

— Je vous en prie, laissez-moi, dit-elle d'une voix presque inaudible.

— Plus tard, chuchota-t-il en lui mordillant l'oreille.

— Non, je…

Elle tourna la tête, et les mots moururent sur ses lèvres.

Sa bouche n'était qu'à un souffle de celle de Katch. Elle le regarda, les yeux agrandis, tandis qu'il penchait la tête plus près d'elle. Ses lèvres s'attardèrent sur sa joue, puis sur ses paupières. Elle gémit encore tandis qu'il lui taquinait la commissure des lèvres. Ses mains ne la touchaient pas. Il avait retiré son bras, de sorte que le seul contact entre eux se faisait par la bouche de Katch sur sa peau, et le mélange de leurs souffles.

Prise de vertige, Megan se sentit faiblir de plus en plus. Le peu de résistance qu'elle avait gardé fondait comme neige au soleil, ne laissant qu'un désir de plus en plus tyrannique. Elle ne se posait plus de questions sur les dangers possibles, ni sur les conséquences. Sa bouche chercha celle de Katch. Sans hésitation ni timidité. Rien qu'un besoin impatient.

Elle avait faim de connaître ce que Katch lui avait déjà fait connaître : un trouble délicieux.

Comme il ne la touchait toujours pas, elle l'entoura de ses bras et l'attira contre elle. Elle l'entendit grogner de plaisir tandis que leur baiser devenait plus profond. Katch plongea la main dans sa chevelure. Maintenant, elle n'entendait presque plus le bruit des vagues tant son cœur battait fort.

Prenant une profonde inspiration, elle voulut s'écarter de lui. Mais il la serra plus fort.

— Encore ? susurra-t-il.

La question, posée tranquillement, résonna comme un cri dans la nuit calme.

Le refus au bout de la langue, Megan secoua vaguement la tête. Le sol menaçait de se dérober sous ses pieds. La main de Katch se posa sur son cou.

— Oui, dit-elle dans un souffle.

Il la prit dans ses bras.

Cette fois, il fut moins passif. Il lui montra une autre façon d'embrasser. Un baiser court et léger, puis long et profond. La langue, les dents et les lèvres, tout pouvait donner du plaisir. Etourdie, Megan se laissa tomber sur le sable avec lui.

Elle eut un frisson délicieux. Les lèvres de Katch sur sa peau étaient magiques. Elle oubliait tout. Quand il revint la bâillonner de sa bouche, plus rudement maintenant, avec plus d'insistance, elle fit courir ses doigts dans ses cheveux blond vénitien. Elle était prête à lui répondre. Elle avait attendu ce moment avec impatience.

Alors qu'il posait la paume de sa main sur son sein nu, elle émit un petit murmure de protestation. Elle ne l'avait pas senti descendre le Zip de sa veste, ni déboutonner son chemisier. Mais sa main était douce, persuasive. Il laissa ses doigts se promener sur elle en un contact léger comme une plume. La résistance de Megan ne dura qu'un bref instant avant de se transformer en désir frénétique. Sa peau était devenue incandescente. Elle remua sous lui, et les mains de Katch s'enhardirent.

Maintenant, il y avait de la fringale dans le baiser de Katch. C'était une saveur plus acide que celles qu'elle avait jamais goûtées. C'était mille fois plus grisant que les mots doux ou le champagne, mais aussi beaucoup plus effrayant.

— Je vous veux, dit Katch contre sa bouche. Je veux faire l'amour avec vous.

Megan se sentit perdre pied. La situation lui échappait complètement. Oui, elle mourait d'envie de lui, elle aussi. Elle fit un effort pour retrouver ses esprits, pour se rappeler qui ils étaient. Leurs noms, le lieu où ils se trouvaient, leurs responsabilités. Il y avait autre chose que la lune et la mer. Et Katch était un homme qu'elle connaissait à peine.

Brusquement, la lucidité lui revint.

— Non ! dit-elle dans un souffle.

Elle arriva à se mettre debout.

— Non ! répéta-t-elle d'une voix tremblante.

D'une main affolée, elle essaya de boutonner son chemisier.

Se levant à son tour, Katch posa sur elle un regard où la frustration se mélangeait au désir. Les mâchoires serrées, il questionna entre ses dents :

— Pourquoi ce revirement soudain ?

Megan avala péniblement sa salive. Le ton de Katch avait une nuance impitoyable.

— Je ne veux pas, répondit-elle dans un souffle.

— Menteuse !

— Très bien.

Elle hocha la tête, reconnaissant son tort. Elle allait trouver un autre argument.

— Je ne vous connais pas !

Inclinant la tête pour admettre qu'elle avait raison, il l'attira par la manche de son chemisier.

— Eh bien, c'est l'occasion de me connaître, fit-il remarquer en lui donnant un baiser brûlant dans le cou. Mais nous attendrons que vous changiez d'avis.

Elle lutta pour retrouver une respiration normale. Son cœur battait à grands coups désordonnés.

— Croyez-vous obtenir toujours ce que vous désirez ? interrogea-t-elle d'une voix pleine de défi.

— Bien entendu, répondit-il avec un sourire étincelant.

— Avec moi, vous risquez d'être déçu !

Elle repoussa ses mains et recommença à se boutonner. Ses doigts étaient maintenant plus fermes.

— Vous n'aurez ni Joyland, ni moi, assura-t-elle. Aucun des deux n'est à vendre.

Il lui prit le bras d'un geste un peu rude.

— Je n'achète pas les femmes !

Il enrageait. Ses yeux s'étaient assombris, et sa voix charmeuse était devenue coupante comme du silex. Megan ne le quittait pas des yeux. Les différentes expressions de son visage fascinaient l'artiste qui était en elle, mais la femme ne supportait pas ce ton implacable.

— Vous savez aussi bien que moi qu'avec un peu plus de persuasion, je vous aurais eue ce soir, affirma-t-il.

D'un mouvement brusque, Megan se dégagea de son étreinte.

— Ce qui est arrivé ce soir ne signifie pas que je vous trouve irrésistible !

Elle referma sa veste.

— Je peux seulement vous affirmer une chose, continua-t-elle. Vous n'aurez pas Joyland, et vous ne m'aurez pas. Vous aviez besoin de rencontrer quelqu'un qui vous résiste ! Eh bien voilà, c'est fait !

Katch resta un instant silencieux, les yeux rivés sur elle. Puis, lentement, un sourire arrogant se forma sur ses lèvres.

— Vous vous trompez terriblement, Meg. Je vous aurai tous les deux.

— Je vous interdis de me menacer.

— Je ne vous menace pas. Je vous fais une promesse. Et je tiens toujours mes promesses.

4.

Le soleil de l'après-midi se répandait à flots dans l'atelier. Mais Megan n'y faisait pas attention, pas plus qu'au chant des oiseaux qui entrait par les fenêtres grandes ouvertes. Elle se concentrait sur l'argile que ses mains façonnaient, ou, plus précisément, sur la forme que la terre commençait à prendre.

Elle avait mis de côté son projet en cours, ce qu'elle faisait rarement, pour s'attaquer à un autre. Cette nouvelle étude de buste l'avait hantée toute la nuit. Elle allait exorciser la pensée de David Katcherton en sculptant son portrait.

Elle savait exactement ce qu'elle voulait capter : la détermination, l'intransigeance et l'arrogance perceptibles sous son air charmeur.

C'était encore difficile à admettre, mais Katch l'avait effrayée, la veille. Pas physiquement ! Il était bien trop intelligent pour agir comme une brute. Mais par la force de sa personnalité. Megan serra de toutes ses forces son ciseau de sculpteur. La constatation qu'elle venait de faire était plus que déplaisante. A l'évidence, Katch était un homme qui obtenait toujours ce qu'il voulait. Mais cette fois, il avait trouvé plus fort que lui : elle lui tiendrait tête. Il allait vite découvrir qu'elle ne se laissait pas convaincre, pas plus facilement que Pop.

Lentement, méticuleusement, ses doigts modelèrent les traits séduisants de Katch. C'était très satisfaisant de pouvoir dominer cet homme ainsi, même si ce n'était que par le truchement de l'argile.

Presque sans y penser, elle ajouta une mèche vagabonde au-dessus d'un sourcil. Puis elle recula pour voir l'effet produit. Indéniablement, elle avait réussi à capter une des facettes de Katch. Elle soupira. Cet homme était un vrai brigand. Oui, ce mot démodé lui allait à la perfection. Elle n'avait aucun mal à l'imaginer, chaussé de hautes bottes, la taille entourée d'une ceinture lardée de munitions, dans une salle de jeu, au fin fond du Texas. Ou capturant un bateau, sabre au poing. Ses doigts caressèrent les boucles d'argile. En pirate, il s'emparerait des trésors et des femmes, là où il les trouverait.

Les femmes… Elle soupira, tandis que le souvenir de la soirée lui revenait à la mémoire… en même temps que la sensation des lèvres de Katch sur sa peau. Elle sentait encore le sable sous son corps quand ils s'étaient allongés. Le clair de lune illuminait les cheveux de Katch.

Effarée, Megan se ressaisit. A quoi pensait-elle ? Elle avait autre chose à faire qu'à rêvasser au sujet de cet individu. Baissant les yeux sur son travail, elle poussa un petit juron et faillit réduire le portrait d'argile à une masse informe. Elle arriva difficilement à se contrôler. Pour l'instant, elle n'était bonne à rien, il valait mieux qu'elle fasse une pause. Elle se leva en soupirant. Jamais elle n'aurait dû se laisser distraire par de telles inepties ! Car sa soirée avec Katch était ni plus ni moins qu'une énorme bêtise.

Elle soupira encore. Pourquoi était-ce si difficile de croire à ce qu'elle se racontait ? Ne devait-elle pas se fier à ses émotions et à son intuition ? Si oui, son intuition ne lui disait-elle pas que Katch était important pour elle, beaucoup plus important qu'un étranger n'aurait dû l'être pour une femme sensée ?

« Et il ne fait aucun doute que je suis raisonnable », marmonna-t-elle. Prenant une profonde inspiration, elle se rinça les mains dans le petit lavabo. Il fallait qu'elle garde la tête froide. Pop avait besoin d'elle, ne serait-ce que pour lui rappeler qu'il y avait des factures à payer.

S'essuyant les mains, elle eut un sourire attendri. Pop l'avait élevée, mais c'était elle, maintenant, qui le protégeait.

Au début, elle était si jeune, si dépendante de lui. Il s'était occupé d'elle comme une mère. Puis, en grandissant, elle avait participé aux tâches qu'il trouvait pénibles : comptes, discussions avec la banque. Elle avait souvent mis de côté ses propres désirs pour faire ce qu'elle estimait être son devoir. Mais elle s'occupait aussi du monde de l'art. Parfois, quand elle était très absorbée par son travail, elle oubliait les règles qu'elle s'était imposées pour vivre au jour le jour. Elle se sentait souvent tiraillée entre deux pôles. Oui, décidément, elle avait assez à penser sans David Katcherton.

Pourquoi un homme qu'elle connaissait à peine viendrait-il menacer l'équilibre de sa vie ? Elle secoua la tête. Au lieu de s'appesantir sur cette idée, elle ferait mieux de terminer ce fichu buste. C'était un excellent moyen pour compenser sa frustration. Une fois qu'il serait terminé, elle comprendrait peut-être plus clairement de quelle façon elle percevait Katch.

Un peu rassérénée, elle se remit au travail. Pendant plus

d'une heure, elle sculpta sans s'interrompre en essayant de penser à Katch d'une façon purement professionnelle. Mais ce fut peine perdue. Chaque seconde passée avec lui resurgit dans sa mémoire. Et, Dieu seul sait pourquoi, la vue de Katch se préparant à partir avec Pop, ce matin, à l'aube, l'avait vraiment contrariée. Dieu merci, tout était oublié maintenant… Cependant, l'amitié que Pop lui témoignait était assez incompréhensible. Elle les avait épiés de derrière le rideau de sa chambre. Katch paraissait en pleine forme malgré l'heure très matinale.

Megan soupira. Pop et lui semblaient s'entendre comme larrons en foire. Comment Pop pouvait-il accorder toute sa confiance à cet homme qu'il connaissait depuis moins d'une semaine ? C'était absolument déconcertant. Elle était retournée se coucher, et elle avait gardé les yeux rivés sur le plafond pendant de longues minutes.

Puis elle avait entendu Katch éclater de rire. Ce rire lui avait littéralement fait tourner la tête. C'était un rire terriblement séduisant. Elle soupira encore. Non, elle n'allait pas le laisser s'infiltrer dans son esprit.

Sous ses doigts experts, le visage de Katch prenait forme. Alors qu'elle peaufinait le menton, la voix de Katch retentit dans l'allée. Puis ce fut celle de son grand-père. Ils paraissaient joyeux comme des gamins qui ont fait une bonne blague.

Son studio étant situé au-dessus du garage, elle avait une vue imprenable sur la maison, juste en face, et sur l'allée qui y conduisait. Elle s'approcha de la fenêtre au moment où Katch sortait un sac du coffre de la voiture. Il arborait un large sourire, mais elle ne pouvait pas entendre ce qu'il disait. Pop renversa la tête en arrière, faisant voltiger sa spectaculaire chevelure blanche, et il éclata de rire. Il donna une petite tape amicale sur l'épaule de Katch. Megan fronça les sourcils. Qu'étaient-ils en train de tramer, ces deux-là ?

Elle les observa pendant qu'ils déchargeaient les boîtes d'appâts et le matériel de pêche. Katch était habillé de la même façon que la veille. Son T-shirt bleu pâle portait une inscription sur le devant, mais les lettres fanées étaient illisibles. Il avait vissé sur sa tête la casquette de pêcheur que Pop lui avait prêtée. Megan soupira. Il fallait bien admettre qu'ils allaient très bien ensemble. Ils avaient une grosse différence d'âge, et le contraste était marqué aussi par leur carrure respective, mais ils étaient aussi virils l'un que l'autre. Se prenant au jeu, elle examina leurs différences et leurs ressemblances. Lorsque Katch leva les yeux vers sa fenêtre, elle ne bougea pas, trop absorbée par ce qu'elle observait.

Katch repoussa sa casquette en arrière pour mieux la voir. L'appui de la fenêtre étant bas, Megan semblait se tenir dans le cadre d'un tableau grandeur nature. Comme toujours quand elle travaillait, ses cheveux étaient retenus en arrière par un ruban. Son visage paraissait plus jeune, et plus vulnérable, ses yeux plus grands. La vieille chemise de Pop dont elle se servait comme tablier la faisait paraître plus petite.

Megan resta immobile. Fixant les yeux de Katch, elle vit un éclair les traverser. C'était le même éclair fugitif qu'elle avait perçu, la veille au soir, sous la pleine lune. Un frisson parcourut sa peau. Katch lui adressa un sourire éblouissant. Et, brusquement, son regard eut une expression amusée tandis que son sourire redevenait plein d'arrogance.

— Descendez, Meg ! cria-t-il en faisant un grand geste. Nous vous avons rapporté un cadeau !

Il lui tourna le dos pour emporter le sac dans la maison.

— Je préférerais des émeraudes ! cria-t-elle.
— La prochaine fois ! promit-il hardiment.

Katch était seul, occupé à nettoyer le produit de leur pêche. En la voyant, il sourit et posa son couteau, avant de la prendre dans ses bras et de l'embrasser.

Megan protesta d'une voix tremblante :

— Vous ne pouvez pas…

— C'est déjà fait, fit-il remarquer. Vous avez bien travaillé ? interrogea-t-il comme si ce baiser brûlant n'avait jamais eu lieu.

Faisant une pause, il plongea un regard pénétrant dans le sien.

— Montrez-moi votre atelier, dit-il d'une voix grave.

C'était un ordre, cela ne faisait pas l'ombre d'un doute. Piquée au vif par le ton de Katch, elle ouvrit la bouche pour lancer une réplique cinglante, mais elle la referma aussitôt. A quoi bon s'énerver ? Elle n'avait aucune envie qu'il entre dans son sanctuaire. Mais elle n'allait pas discuter de cela avec lui.

Ignorant sa requête, elle demanda :

— Où est mon grand-père ?

Elle souleva le couvercle du sac isotherme.

— Pop est en train de ranger le matériel, répondit-il.

Bien que tous ceux qui connaissaient Timothy Muller l'appellent Pop, elle fronça les sourcils.

— Vous êtes bien familier ! dit-elle.

— C'est vrai. J'aime beaucoup votre grand-père, Meg. Vous savez certainement à quel point c'est facile de l'aimer.

Megan posa sur lui un regard scrutateur.

— Je ne sais pas si je peux vous faire confiance.

— Oh, mais vous ne devriez pas ! s'exclama-t-il en souriant.

Tendant la main vers elle, il passa un doigt sur le bout de son nez.

— Pas un seul instant, ajouta-t-il.

Ouvrant le sac isotherme, il lui montra les poissons qui s'y entassaient.

— Avez-vous faim ?

Megan ne put s'empêcher de sourire. Comment ne pas se laisser charmer, malgré les avertissements de son sixième sens ?

— Non, mais ça pourrait venir. Surtout si ce n'est pas moi qui fais la cuisine.

— Pop m'a dit que vous aviez horreur de vider les poissons, parce que vous étiez très délicate.

— Ah oui ?

Elle lui coula un regard menaçant par-dessus son épaule.

— Que vous a-t-il dit encore ?

— Que vous aimiez les jonquilles et que vous aviez un éléphant en peluche nommé Henry.

Megan resta bouche bée.

— Il vous a dit tout ça ?

Un sourire amusé aux lèvres, Katch hocha la tête.

— Il m'a dit aussi que vous regardiez des films d'horreur et qu'ensuite, vous dormiez la tête sous les couvertures.

Son sourire s'élargit. Furieuse, Megan le poussa pour se faufiler vers la porte de la cuisine.

— Excusez-moi, dit-elle froidement.

Le rire de Katch la suivit.

— Pop ! Tu exagères !

Elle le trouva dans la petite pièce adjacente à la cuisine, où il rangeait ses cannes à pêche. Il lui adressa un sourire affectueux. Mais elle s'accrocha à sa colère. Les mains sur les hanches, elle resta sur le seuil.

— Bonjour, Megan ! lança-t-il d'un ton joyeux. Laisse-moi te dire une chose : ce garçon sait pêcher. Parole de Pop, il s'y connaît !

Megan serra les dents. Puis, posant sur lui un regard noir, elle fulmina :

— C'est la nouvelle la plus extraordinaire que j'aie jamais entendue ! Mais peux-tu me dire pourquoi tu as trouvé indispensable de raconter à cet as de la canne à pêche que j'avais un éléphant en peluche et que je dormais avec les couvertures sur la tête ?

Cachant difficilement un sourire, Pop prit un air innocent. Les sourcils de Megan se rapprochèrent un peu plus.

— Pop ! fit-elle, de plus en plus exaspérée. Tu n'as pas le droit de bavarder à mon sujet comme si tu parlais d'une petite fille !

— Tu seras toujours ma petite-fille !

Il l'embrassa affectueusement sur la joue. Mais c'était plus prudent de changer de sujet. Avec un sourire désarmant, il demanda :

— Est-ce que tu as vu ces truites ? Nous allons nous régaler ce soir.

Elle croisa les bras. Décidément, Pop voulait la rendre folle.

— Je suppose qu'il va dîner avec nous ! dit-elle d'un ton rageur.

— Naturellement !

Pop cligna des paupières.

— Enfin, Meg, il a pêché la moitié du poisson.

Elle secoua la tête.

— Pop, est-ce que tu te rends compte ? Tu as raconté à cet étranger des choses qu'il n'avait pas besoin de savoir !

— Je lui ai aussi parlé de ta tarte aux myrtilles, dit-il d'un air malicieux.

Megan resta un instant silencieuse. Décidément, son grand-père aurait toujours le dernier mot. Mais il était tellement adorable !

Elle soupira.

— Très bien, tu as gagné !

Quelques minutes plus tard, Pop entendit des bruits de casseroles. Ravi, il se glissa hors de la pièce et sortit furtivement de la maison.

Imitant son grand-père, Meg maugréa :

— « Je lui ai parlé de ta tarte aux myrtilles »... Ah, parlez-moi des hommes !

Elle eut un sourire attendri. Comment résister à Pop ? Il adorait ses tartes aux myrtilles. Si elle avait le cœur de lui refuser cette douceur, elle ne serait pas sa petite-fille.

Elle glissait le moule dans le four quand la porte à moustiquaire claqua derrière elle. Elle sursauta et se retourna vivement, pour se retrouver nez à nez avec Katch.

— J'ai entendu parler de vos tartes, dit-il en déposant les poissons nettoyés sur le comptoir. Pop a quelques bricoles à terminer au garage. Il a demandé que vous l'appeliez quand le dîner sera prêt.

Posant sur lui un regard noir, Megan grommela entre ses dents :

— Ah oui ? J'espère que vous ne pensez pas attendre tranquillement le moment de vous mettre les pieds sous la table, vous risquez d'être déçu, et…

— Vous ne croyez tout de même pas que je vais vous laisser cuisiner le produit de ma pêche ! s'exclama-t-il d'un air faussement scandalisé.

Elle le dévisagea. Katch affichait maintenant une expression imperturbable.

— Je fais toujours cuire moi-même le poisson que j'ai pêché, affirma-t-il. Où se trouve la poêle à frire ?

Silencieusement, mais sans le quitter des yeux, elle lui indiqua le placard. Il s'accroupit pour chercher la poêle adéquate.

Quelques secondes plus tard, il se releva, l'ustensile à la main.

— Ce n'est pas que je vous soupçonne d'être une mauvaise cuisinière, continua-t-il. Mais je sais que moi, je suis un excellent cuisinier !

— Etes-vous en train de me dire que je ne suis pas capable de faire cuire convenablement ces ridicules petits poissons ?

— Disons que je n'aime pas courir de risque quand il s'agit du produit de ma pêche.

Il se mit à farfouiller dans les placards.

— Vous pourriez préparer une salade ? suggéra-t-il d'une voix douce. Et me laisser m'occuper de cela ?

Il poussa un petit grognement de satisfaction en trouvant le moulin à poivre.

Megan n'en croyait pas ses yeux. Katch se comportait comme s'il habitait là.

— Allez au diable !

Comme en écho, la sonnerie du four retentit.

— Votre tarte est cuite ! s'écria joyeusement Katch.

Il se dirigea vers le réfrigérateur, dans lequel il prit des œufs et du lait.

Faisant un violent effort pour rester calme, Megan sortit le fond de tarte du four. Puis, réfléchissant quelques secondes, elle eut un petit sourire. Elle allait préparer la salade du siècle, histoire de rabattre le caquet à ce M. Katcherton.

Pendant quelques minutes, ils ne parlèrent ni l'un ni l'autre. Seul le chuintement de l'huile bouillante rompit le silence lorsque Katch déposa ses truites dans la poêle.

Essayant d'ignorer l'odeur appétissante qui s'élevait, Megan nettoya une laitue, puis elle râpa quelques légumes.

L'entendant soupirer, Katch releva un sourcil curieux.

— Vous devez réussir la salade, n'oubliez pas !

Elle eut un sourire réticent.

— Et vous, vous devez vous surpasser, dit-elle.

Il haussa les épaules et il lui prit une carotte pelée des mains.

— Vous préféreriez que je rate mes poissons ? s'enquit-il d'un ton nonchalant.

Il mordit dans la carotte avant qu'elle puisse la lui reprendre. Secouant la tête, elle en choisit une autre.

— Je dois dire que j'aurais préféré vous voir moins à l'aise dans ma cuisine. J'ai l'impression que vous êtes en pays conquis…

Elle fit une pause. Katch inclina la tête.

— Et ? interrogea-t-il. Il y a une suite, je ne me trompe pas ?

Elle refréna une envie de rire.

— J'aurais préféré aussi que vos poissons sentent moins bons.

— Est-ce un compliment ?

Les sourcils froncés, Megan coupa la carotte en petits dés.

— Je ne sais pas. Mais il y a une chose que je sais : vous seriez sans doute plus facile à supporter si vous ne paraissiez pas si sûr de vous.

La prenant par surprise, il lui saisit les épaules et la fit pivoter.

— Est-ce que vous avez envie de me supporter ?

Il se mit à rire.

— Ce serait un bon début !

Il lui caressa doucement le cou. Comme il l'attirait contre lui, elle posa les deux mains sur son torse.

— J'ai l'impression que je vous rends nerveuse, dit-il d'un air ravi.

Elle secoua la tête.

— Désolée de vous décevoir, répondit-elle d'une voix mal assurée.

Katch se contenta d'arquer un sourcil en l'attirant encore plus près. Megan sentit son sang accélérer sa course. Un peu tremblante, elle finit par admettre :

— Si, vous me rendez nerveuse ! Et j'ai horreur de ça !

Elle se dégagea et marcha à grands pas vers le réfrigérateur, d'où elle sortit la préparation à base de myrtilles.

— Vous n'êtes pas obligé de paraître si satisfait, dit-elle.

Si au moins elle pouvait arriver à être aussi agacée qu'elle voulait l'être !

— Il y a plusieurs choses qui me rendent nerveuse.

Elle commença à verser les myrtilles sur le fond de tarte.

— Les serpents, les caries dentaires, les grands chiens agressifs…

L'entendant rire, elle ne put s'empêcher d'en faire autant.

— J'ai du mal à vous trouver antipathique quand vous me faites rire, mais ne croyez pas que vous allez me mettre dans votre poche aussi facilement.

— Vous voulez vraiment me trouver antipathique ?

Katch jeta un autre poisson dans la poêle.

— C'était mon plan, admit-elle. Cela me paraissait une bonne idée.

— Pourquoi ne pas essayer autre chose ? proposa Katch en cherchant un plat.

Il fit une petite pause. Puis il demanda avec un sourire ravageur :

— Qu'est-ce que vous aimez, à part les jonquilles ?

— Les glaces à la crème, répondit-elle spontanément, Oscar Wilde, et marcher pieds nus.

— Et le base-ball ?

Megan suspendit son geste quelques secondes.

— Eh bien ?

— Est-ce que vous aimez le base-ball ?

— Oui, je ne déteste pas.

— Je savais bien que nous avions au moins un intérêt commun !

Il arrêta le feu sous la poêle.

— Vous pouvez appeler Pop. Le poisson est prêt ! annonça-t-il.

*
* *

Posant sa fourchette, Megan poussa un faible soupir. C'était purement et simplement délicieux. Et l'atmosphère était très chaleureuse. Ils étaient assis tous les trois autour de la table de la cuisine, savourant un repas auquel chacun avait contribué. Il était clair qu'une affection croissante se tissait entre Pop et Katch, c'était presque palpable. Et plutôt préoccupant. Katch n'était-il pas en train d'entortiller Pop pour qu'il accepte de lui vendre Joyland ? Si, probablement. Il n'en parlait plus, mais il n'avait certainement pas renoncé à ce projet. Ce n'était pas son genre. Cependant, Pop était heureux en sa compagnie, cela crevait les yeux. Puisqu'elle ne pouvait pas avoir confiance en Katch, elle allait devoir changer ses plans. C'était impossible de trouver Katch détestable, et de l'empêcher de changer leurs vies.

Megan se passa une main dans les cheveux. Il valait mieux aussi ne pas s'attarder sur la façon dont il modifiait la sienne en particulier.

Soupirant d'aise, Pop se renversa contre le dossier de sa chaise.

— Je ne suis pas près d'oublier ce repas ! Bravo à tous les deux.

Il se mit à rire.

— Vous savez quoi ? Puisque vous m'avez régalé, c'est moi qui ferai la vaisselle.

Il détourna les yeux de sa petite-fille et les posa sur Katch.

— Vous n'avez pas envie d'aller vous promener, tous les deux ? Megan adore marcher sur la plage.

— Pop ! Qu'est-ce que tu racontes ?

— Je sais que les jeunes aiment être seuls, continua-t-il en faisant mine d'ignorer le ton furieux de sa petite-fille.

Megan ouvrit la bouche pour protester, mais Katch fut plus rapide qu'elle.

— Je suis toujours partant pour me promener avec une belle femme.

Il se tourna vers elle.

— Mais en réalité, j'aimerais mieux visiter votre atelier.

— Vous voulez l'acheter, lui aussi ? interrogea sèchement Megan.

Katch éclata de rire.

— Allons, Megan, ne fais pas ta mauvaise tête. Montre-lui ton atelier, insista Pop. Je n'ai pas arrêté de lui parler de tes sculptures. Il faut qu'il se fasse une idée par lui-même.

Après une courte hésitation, Megan se leva. Après tout, il lui était égal de montrer son œuvre à Katch. Et il ne faisait aucun doute que c'était moins dangereux de monter à l'atelier avec lui que de se promener en sa compagnie au bord de l'eau.

— Très bien. Suivez-moi.

Quand ils eurent passé la porte d'entrée, Katch glissa un bras autour de ses épaules.

— J'aime beaucoup ce jardin, commenta-t-il.

Il parcourut du regard les buissons d'azalées.

— Il est très harmonieux, et calme.

Megan voulut le repousser, mais elle se ravisa. Pourquoi bouder son plaisir ? Ce contact lui était agréable. Se dirigeant vers le garage, elle ne se dégagea qu'au moment de gravir les marches devant lui. C'était surprenant, mais subitement, sans savoir pourquoi, elle se sentait de bonne humeur. Que lui arrivait-il ? Cet homme lui faisait vraiment perdre la tête.

— C'est un tout petit atelier, pas très impressionnant, vous verrez, déclara-t-elle. C'est juste un coin pour travailler sans déranger Pop. Et sans qu'il me dérange.

Elle ouvrit la porte et alluma la lumière. Le soleil disparaissait lentement à l'horizon.

Il y avait beaucoup plus de désordre ici qu'elle ne s'en permettait dans la maison. Mais cette pièce était différente. Elle lui appartenait en propre, bien plus même que sa chambre. Un grand nombre d'outils — ciseaux, gouges, compas — voisinaient avec un assortiment de couteaux et de limes. Sur le dossier de l'unique chaise, la vieille chemise qu'elle portait pour travailler semblait l'attendre patiemment. Des morceaux de bois, des blocs d'argile étaient entassés dans les coins. Partout, sur les étagères, sur les deux tables et à même le sol se trouvaient des sculptures achevées ou à peine ébauchées.

Katch entra. Sans qu'elle s'y attende, elle se sentit brusquement tendue. Comment allait-elle réagir s'il commençait à critiquer, ou ,pire, s'il lui faisait quelque compliment banal ? Stupéfaite, elle haussa un sourcil. Pourquoi se souciait-elle de l'opinion de David Katcherton ? Pourtant, c'était bel et bien le cas : elle s'en souciait. D'un geste rapide, elle referma la porte derrière elle et s'y adossa, attendant le verdict.

Katch se dirigea directement vers une esquisse représentant une petite fille en train de construire un château de sable. Megan retint son souffle. Elle aimait particulièrement cette œuvre. Elle était arrivée à lui insuffler exactement l'atmosphère qu'elle voulait. Le visage de la fillette reflétait plus que la jeunesse et l'innocence. Un sourire mystérieux flottait sur ses lèvres, lui donnant une dimension étrange.

Une fois cette esquisse achevée, elle avait eu l'impression

de l'avoir réussie, mais maintenant que Katch l'examinait d'un air grave qu'elle ne lui avait jamais vu, elle commençait à éprouver des doutes.

— C'est vous qui l'avez sculptée ?

Le silence avait duré si longtemps que la question de Katch la fit sursauter.

— Oui, répondit-elle simplement.

Elle cherchait quelque chose à ajouter quand Katch porta son attention sur les autres pièces. Il les prit les unes après les autres sans rien dire. Le silence s'épaississait. Luttant contre l'angoisse qui montait en elle, Megan prit une profonde inspiration. Si seulement Katch pouvait dire quelque chose, n'importe quoi ! S'emparant de la vieille chemise de son grand-père, elle la plia et la déplia avec nervosité. Le silence était oppressant. Seules les baskets de Katch faisaient un petit bruit feutré sur le plancher.

Brusquement, Katch se tourna vers elle :

— Que faites-vous ici ? interrogea-t-il en la transperçant du regard.

Les yeux de Megan s'élargirent. Elle s'attendait à tout, sauf à de la colère. Et c'était indubitablement de la colère que Katch exprimait en ce moment. Elle s'agrippa au tissu usé de la chemise.

— Je ne vois pas ce que vous voulez dire, balbutia-t-elle, le cœur battant.

— Pourquoi vous cachez-vous ? De quoi avez-vous peur ?

Affolée, elle secoua la tête.

— Mais je ne me cache pas. Ce que vous dites est absurde.

— C'est absurde ?

Il fit un pas vers elle, puis il s'arrêta et se mit à faire les cent pas. Incapable de dire un mot de plus, Megan le suivit des yeux.

— Ce n'est pas absurde, peut-être, de créer ce genre de choses et de les enfermer dans une pièce au-dessus d'un garage ?

Il brandit une sculpture en terre représentant le buste d'un homme enlacé à celui d'une femme.

— Quand on a un talent comme le vôtre, on a des obligations. Que comptez-vous faire ? Continuer à les empiler ici jusqu'à ce que vous n'ayez plus de place ?

Désemparée par cet accès de fureur, Megan retrouva péniblement sa voix. Elle parcourut l'atelier du regard.

— Non, je… j'en porte quelques-unes dans une galerie d'art, de temps à autre. Elles se vendent très bien, surtout pendant la saison, et…

Le juron de Katch lui coupa le souffle. Elle reporta son attention sur lui. Cet homme furibond était-il le même que l'homme charmant qui avait préparé le dîner, une heure plus tôt ?

— Je ne comprends pas pourquoi vous êtes en colère, dit-elle, pliant et dépliant le tissu de la chemise.

Agacée, elle finit par la jeter par terre.

— C'est du gâchis, dit-il d'un ton sec en remettant le double buste sur son étagère. Et le gâchis me rend malade.

S'approchant d'elle, il la prit par les épaules et la fixa droit dans les yeux.

— Pourquoi n'exposez-vous pas ce travail ?

Visiblement, il attendait une vraie réponse.

— Ce n'est pas si simple, dit-elle. J'ai des responsabilités.

— Vos responsabilités, c'est vous, votre talent.

— A vous entendre, on dirait que j'ai fait quelque chose de mal.

Troublée, elle scruta son visage.

— J'ai fait ce que je sais faire. Je ne comprends pas votre colère. Il y a des choses que je dois prendre en considération, comme le temps et l'argent, par exemple. Je dois avant tout m'occuper du parc. C'est notre gagne-pain.

Elle secoua la tête.

— Je n'ai pas le temps d'emporter mes sculptures dans une galerie d'art de Charleston ou d'ailleurs.

— Ce serait plus sensé que de les laisser ici.

Il la relâcha brusquement, et se remit à arpenter la pièce. Megan soupira silencieusement. Katch était bien plus coléreux qu'elle n'avait imaginé. Elle jeta un coup d'œil au paquet de terre enveloppé dans une serviette humide. Ses doigts brûlaient de se mettre au travail tant que des impressions fraîches bouillonnaient dans son cerveau.

— Quand êtes-vous allée à New York pour la dernière fois ? s'enquit Katch en la regardant en face. Et à Chicago, à Los Angeles ?

— Nous ne pouvons pas être tous des globe-trotters, rétorqua-t-elle. Certaines personnes sont nées pour faire autre chose.

Il reprit la jeune fille au château de sable et se dirigea vers le couple en argile.

— Je veux ces deux-là, déclara-t-il. Voulez-vous me les vendre ?

Elle fronça les sourcils. Ces deux sculptures faisaient partie de celles qu'elle préférait. Après une longue hésitation, elle répondit :

— Je suppose que vous ne me laissez pas le choix.

— Je vous en donne cinq cents dollars.

Les yeux de Megan s'agrandirent.

— Pour chacune, précisa-t-il.

— Vous êtes fou ! Elles ne les valent pas !

— Elles valent certainement beaucoup plus. Avez-vous une boîte pour les emballer ?

— Oui, mais... Katch...

Faisant une pause, elle repoussa les mèches qui lui tombaient sur les yeux.

— Mille dollars pour les deux ? dit-elle d'un ton incrédule.

Posant les deux sculptures, il revint vers elle. La colère le faisait encore vibrer, c'était presque palpable.

— Croyez-vous que ce soit moins dangereux de vous sous-estimer plutôt que de vous rendre compte de votre valeur ?

Megan ouvrit la bouche pour nier farouchement ce qu'il venait de dire. Mais elle la referma sans prononcer un mot et fit un geste d'impuissance. Katch se mit à chercher une boîte. En ayant trouvé une, il enveloppa les sculptures dans de vieux journaux. Il avait toujours les sourcils froncés, et une lueur inquiétante dans le regard.

— Je vous apporterai un chèque, dit-il.

Et il partit sans ajouter un mot.

5.

Il y eut un long cri suraigu. Le véhicule prit son virage dans un grondement de tonnerre, faisant verser ses voyageurs sur le côté. Les lumières se mirent à clignoter, le bruit atteignit son paroxysme : hurlements et grincements des machines, bourdonnements et bips provenant des jeux vidéo, coups de feu des stands de tir, harangues des forains.

Un mélange d'odeurs sucrées et salées chatouillait les narines : pop-corn, cacahuètes grillées, hot dogs, barbe à papa…

Megan chargea une carabine et la tendit à un gamin.

— Cinq points pour gagner un lapin en peluche, dix pour un canard, vingt-cinq pour une biche, cinquante pour un ours.

Il n'y avait pas foule, ce soir, mais ce n'était pas encore la haute saison. Megan soupira. Il fallait dire aussi que la concurrence était sévère. De nombreux parcs d'attractions étaient mieux équipés en manèges, et ils offraient un plus grand choix de jeux vidéo. Avec un sourire un peu crispé, elle tendit à son client le canard qu'il avait gagné.

Cela faisait trois jours qu'elle n'avait pas vu Katch. Au début, elle avait eu une folle envie de le revoir, et cette réaction l'avait intriguée. Elle avait vu une facette d'elle-même qu'elle avait jusque-là préféré ignorer.

Mais son désir de parler à Katch s'était évanoui au fil des jours. Après tout, il n'avait aucun droit de critiquer sa façon de vivre. Ni de lui donner l'impression qu'elle avait commis un crime. En quelques minutes, il avait trouvé le moyen de l'accuser, de la juger et de la condamner. Puis il avait disparu.

Trois jours sans un mot. Et elle l'avait attendu, ce qui n'avait pas manqué de la dégoûter d'elle-même. Au fur et à mesure que le temps passait, elle s'était réfugiée dans la colère. Non seulement Katch l'avait critiquée et grondée, mais il était parti avec deux des sculptures qu'elle préférait. Elle eut un sourire amer. Mille dollars… Mon œil !

Tendant une carabine à un autre client, elle fronça les sourcils. Katch lui avait joué un sacré tour.

— Les hommes, marmonna-t-elle entre ses dents.

— Je vois ce que vous voulez dire ! déclara une femme blonde qui venait tenter sa chance.

Megan repoussa sa frange en arrière.

— Qui a besoin d'eux ? interrogea-t-elle.

La femme épaula la carabine.

— Nous…, ma belle. C'est bien le problème.

Megan se mordilla la lèvre inférieure. Cette femme avait raison. C'était bien là le problème.

La cliente gagna cent points.

— Bravo, dit Megan. Faites votre choix.

— Je vais prendre l'hippopotame. Il me fait penser à mon second mari.

En riant, Megan lui tendit la peluche.

Lui adressant un clin d'œil complice, la femme prit l'animal sous le bras et s'éloigna.

Megan sourit. Ce petit échange lui avait fait du bien. Visiblement, cette femme considérait avec humour les rapports avec l'autre sexe. Megan hocha lentement la tête. Oui, mais elle ne connaissait pas Katch.

« Et moi non plus », soupira-t-elle intérieurement.

Un billet de un dollar apparut sur le comptoir. Elle rendit la monnaie, mais la main qui avait posé l'argent sur le comptoir poussa les pièces vers elle. Elle la reconnut aussitôt.

— Je vais jouer pour un dollar ! annonça Katch.

Stupéfaite, elle leva les yeux. Il sourit et se pencha pour poser un baiser rapide sur ses lèvres.

— Pour me porter chance ! dit-il tandis qu'elle faisait un bond en arrière.

Avant qu'elle ait eu le temps de ranger la monnaie, il avait gagné quatre ours.

Elle soupira.

— J'aime votre parfum, dit-il. Qu'est-ce que c'est ?

— Huile à canon !

Il éclata de rire avant de payer pour une autre série de tirs.

Bientôt, les sœurs Bailey vinrent s'accouder au stand. Regardant Katch avec insistance, Jeri s'écria :

— Mais c'est le…

— Oui, coupa Megan en leur décochant un coup d'œil furibond.

— Délicieux, murmura Teri en adressant un sourire enjôleur à Katch.

Avec le même sourire aux lèvres, Jeri émit un petit bruit de gorge.

Katch les observa longuement d'un air appréciateur.
— Tenez !
Megan lui fourra un fusil chargé entre les mains.
— Vous avez encore cinquante cents à jouer !
— Merci, dit-il en le prenant. Vous voulez me souhaiter bonne chance ?
Megan soutint son regard.
— Pourquoi pas ?
— Meg, je suis fou de vous, dit-il avec désinvolture.
Tandis qu'il gagnait son sixième ours, Megan essaya de retrouver son calme. Les paroles de Katch avaient soulevé en elle une vague de fond qui menaçait de la submerger.
Des clients assemblés près du stand applaudirent. Katch posa le fusil et reporta toute son attention sur elle.
— Qu'est-ce que j'ai gagné ? demanda-t-il.
— Ce que vous voulez.
Son sourire ne dura que le temps d'un éclair, mais il continua de la dévorer du regard. Elle rougit, furieuse contre elle. Délibérément, elle fit un large geste englobant les prix qu'il pouvait choisir.
— Je vais prendre Henry, dit-il.
Comme elle le regardait d'un air interrogateur, il pointa du doigt un éléphant bleu lavande, de un mètre de hauteur.
Megan le dégagea de sa perche et le posa sur le comptoir. Katch en profita pour lui saisir les mains.
— Et vous, murmura-t-il.
Elle fit un effort pour garder une voix neutre.
— Seuls les articles exposés peuvent être gagnés.
— J'adore quand vous parlez ainsi.
— Arrêtez ! dit-elle à voix basse.
Les sœurs Bailey se mirent à rire.

— Nous avions fait un pari, vendredi soir. Vous vous souvenez ? dit Katch.

Elle voulut libérer ses mains, mais il avait entrelacé ses doigts aux siens.

— Qui a dit que j'avais perdu ce pari ? interrogea Megan.

Intéressée par leur petit pugilat, la foule s'agglutinait près du stand.

— Venez, Meg. J'ai gagné. Vous ne pouvez pas tricher.

Meg était hors d'elle. Voyant les gens tendre le cou derrière Katch, elle chuchota :

— Parlez moins fort… ! Je ne triche jamais. Et même si j'avais perdu, je ne peux pas quitter le stand maintenant. Je suis sûre que vous n'aurez aucun mal à trouver quelqu'un d'autre pour vous tenir compagnie.

— C'est vous que je veux.

Faisant un violent effort, elle le regarda sans sourciller.

— Je ne peux pas partir comme cela. Quelqu'un doit tenir ce stand, affirma-t-elle.

— Megan !

Un des employés à mi-temps se faufila sous le comptoir.

— Pop m'a demandé de vous remplacer.

Il lui adressa un sourire innocent.

— Très au point, marmonna-t-elle. Merci beaucoup !

— Hé ! Pouvez-vous garder cet éléphant pour moi ? demanda Katch en fourrant la peluche dans les bras de l'employé.

Dès que Megan fut à sa portée, il la prit dans ses bras et l'embrassa fiévreusement. Elle sentit fondre ses bonnes résolutions. Elle était trop bien dans ses bras. Et quand il s'écarta légèrement pour respirer, elle noua les siens autour de son cou.

— Voilà trois jours que je rêve de faire cela, murmura-t-il.

— Pourquoi avez-vous attendu ?

Effarée par l'audace de cette question, Megan rougit comme une écolière.

— Ce n'est pas ce que je voulais dire…

Relevant un sourcil un peu étonné, Katch hocha la tête.

— Mais si, affirma-t-il. C'était adorable.

Il balaya le parc du regard.

— J'aimerais voir les autres attractions.

— Pourquoi ?

— Je veux acheter cet endroit. Vous l'aviez oublié ?

Megan serra les dents. Elle aurait dû se méfier.

— Nous ne vendons pas ! décréta-t-elle.

Toujours aussi sûr de lui, il dit :

— C'est ce que nous verrons. Ce parc m'intéresse beaucoup.

Il fit un ample geste du bras.

— Savez-vous pourquoi les gens viennent ici ?

— Pour s'amuser, rétorqua Megan en suivant son geste du regard.

— Pour se montrer, aussi. Regardez cet homme, au stand d'haltères… Est-ce qu'il n'est pas impressionnant ?

— Les muscles ne m'impressionnent pas, dit Megan avec une petite moue.

— Qu'est-ce qui vous intéresse ?

— La poésie.

— Mmm.

Katch se frotta pensivement le menton.

— La poésie humoristique, aussi ? J'en connais quelques-unes.

Megan secoua la tête.

— Je n'en doute pas… mais non, merci.

— Espèce de lâche ! dit-il en riant.

— Allons faire un tour de montagnes russes. Nous verrons bien qui est le plus lâche de nous deux !

Il la prit par la main.

— Allons-y !

Pendant qu'il achetait les billets, elle laissa son regard vagabonder sur lui. Pourquoi ne voulait-elle pas voir la réalité en face ? La compagnie de Katch lui était très agréable. C'était ridicule de prétendre le contraire.

— A quoi pensez-vous ? s'enquit-il.

— Au fait que je pourrais apprendre à vous apprécier… en deux ou trois ans. Pendant de courtes périodes, ajouta-t-elle en souriant.

Il prit ses deux mains dans les siennes et les embrassa, la faisant sursauter. Megan essaya de retrouver son calme. Elle venait de réagir comme sous l'effet d'une décharge électrique. Affolée par cette sensation, elle voulut libérer ses mains. Pour des raisons qui lui étaient encore inconnues, il était impératif que leur relation reste superficielle.

Il fit un signe de tête en direction des montagnes russes et dit d'un ton malicieux :

— Il faut que vous me teniez la main. J'ai le vertige !

Megan éclata de rire. Oubliant la sensation volcanique qu'elle venait d'éprouver, elle lui prit la main.

Katch ne se contenta pas des montagnes russes. Il entraîna Megan d'un manège à l'autre. Ils finirent par se retrouver tout en haut de la grande roue.

Ils contemplèrent les lumières multicolores du parc, et la mer qui s'étendait sur la droite. Megan respira à pleins poumons. C'était bon de se trouver seule avec Katch à cette hauteur. Le vent faisait voltiger ses cheveux. Quand Katch prit son visage entre ses mains et l'embrassa, elle ne broncha pas. Cela paraissait naturel, normal… un instant magique qu'ils partageaient, qui n'appartenait qu'à eux. Tout en bas, la cacophonie semblait appartenir à un autre monde. Leur monde à eux n'était fait que du mouvement lent de la roue, de la danse du vent et… du jeu de leurs lèvres. Il n'y avait aucune exigence dans ce baiser, seulement une offrande de plaisir.

Se laissant aller contre lui, Megan posa la tête dans le creux de son épaule. Katch la serra dans ses bras. Au-dessus de leur tête, les étoiles peu nombreuses ressemblaient à des diamants. Une lune pâle jouait à cache-cache entre les nuages. L'air frais sentait le sel marin. Elle soupira de bien-être.

— Quand avez-vous fait cela pour la dernière fois ?

Elle tourna la tête pour le regarder.

— Fait quoi ? demanda-t-elle.

Leurs visages étaient tout près l'un de l'autre, mais elle ne redoutait aucun danger. Elle n'éprouvait que le vertige d'une intense satisfaction.

— Vous amuser ainsi ? dit-il.

— Je…

La roue redescendit lentement et s'arrêta. L'employé souleva la barre de sécurité. Megan se leva, pensive. Elle avait été jeune et insouciante. Quand cela avait-il cessé ?

— Je ne sais pas, répondit-elle avec une légère tristesse.

Marchant près de Katch, elle regarda autour d'elle. Il y avait quelques personnes qu'elle connaissait. Des gens du coin qui venaient passer la soirée, mélangés à de rares touristes.

— Il faut que cela vous arrive plus souvent, continua Katch en l'entraînant vers un stand.

Elle tourna vers lui un regard interrogateur.

— Rire, expliqua-t-il. Vous détendre, oublier cinq minutes tout ce que vous vous imposez.

Megan se raidit.

— Pour quelqu'un qui me connaît à peine, vous semblez être remarquablement persuadé de ce qui est bon pour moi.

— C'est très facile.

Il s'arrêta devant un marchand de glaces.

— Vous n'avez aucun mystère pour moi, Meg.

— Merci beaucoup !

En riant, il lui tendit un cône.

— Ne vous fâchez pas. C'était un compliment.

— Vous devez connaître un tas de femmes sophistiquées.

Katch sourit. Comme ils se remettaient à marcher, il passa un bras autour de ses épaules.

— J'en connais une qui est particulièrement belle. Elle s'appelle Jessica.

— Ah oui ?

Megan lécha le tourbillon de crème à la vanille.

— C'est une blonde très classique. Vous voyez ce que je veux dire : peau douce, traits ciselés, yeux bleus. Des yeux extraordinaires.

— Très intéressant.

— Oui, c'est la vérité, dit-il. De plus, elle est intelligente, et elle a beaucoup d'humour.

— Vous semblez lui être très attaché.

— Un peu plus que cela, en fait. Jessica et moi avons vécu plusieurs années ensemble.

Il lâcha sa bombe avec toute la nonchalance dont il était capable.

— Maintenant, elle est mariée et elle a deux enfants. Mais nous continuons à nous voir de temps à autre. Peut-être pourrait-elle venir passer quelques jours ici. Vous pourriez la rencontrer.

Megan faillit en lâcher sa glace.

— Vous croyez vraiment que j'ai envie de rencontrer vos… vos…

— Ma sœur.

Ravi de l'effet produit, il s'intéressa à sa propre glace.

— Je suis sûr que vous l'aimerez.

Il tendit le bras vers elle.

— Attention, Meg ! Votre glace coule !

Partagée entre l'envie de rire et la fureur, elle resta silencieuse.

Ils atteignirent l'entrée du parc.

— C'est vraiment un très beau parc, murmura Katch. Petit, mais agréable. Et les employés sont très aimables.

Mettant la main dans sa poche, il en sortit un papier.

— Au fait… J'ai oublié de vous donner votre chèque.

Megan le fourra dans sa poche sans même y jeter un regard. Elle avait les yeux fixés sur Katch.

— Mon grand-père a consacré toute sa vie à ce parc, lui rappela-t-elle.

— Vous aussi.

— Pourquoi voulez-vous l'acheter ? Pour faire de l'argent ?

Katch resta un long moment silencieux. Par un accord tacite, ils traversèrent le boulevard et se dirigèrent vers la plage.

— Est-ce une si mauvaise raison, Megan ? Avez-vous une objection au fait d'avoir envie de gagner de l'argent ?

— Non, bien sûr que non. Ce serait ridicule.

— Je me demandais si ce n'était pas pour cela que vous n'aviez rien fait pour vendre vos sculptures.

— Non, je fais ce dont je suis capable. Et ce que j'ai le temps de faire. J'ai des priorités.

— Peut-être sont-elles mal choisies.

Elle ouvrit la bouche pour protester, mais il parla avant elle.

— Est-ce que cela modifierait considérablement le chiffre d'affaires s'il y avait quelques manèges plus modernes… ? dit-il comme s'il se parlait à lui-même.

— Nous n'avons pas les moyens…

S'arrêtant de marcher, il la prit par les épaules et plongea dans ses yeux un regard grave.

— Ce n'était pas ma question…

— Le chiffre d'affaires s'améliorerait, naturellement, répondit-elle. Plus les moyens de s'amuser seraient importants, plus il y aurait de monde.

Katch hocha la tête.

— C'est ce que je pensais.

— Le problème, c'est que nous n'avons pas assez d'argent pour le moderniser.

— Mmm.

Il la regardait en face, mais son attention était ailleurs.

— A quoi pensez-vous ? interrogea-t-elle.

Les yeux de Katch se posèrent de nouveau sur elle. Il lui caressa l'épaule.

— Je pense que vous êtes très belle.

Megan se dégagea.

— Vous mentez !

— Oui, mais maintenant, c'est ce que je pense !

La lueur malicieuse qui ne quittait presque jamais ses yeux était de retour, tandis qu'il posait les mains sur sa taille.

— C'est ce que j'ai pensé la première fois que je vous ai vue.

— Vous êtes ridicule !

Elle essaya de s'écarter, mais il l'attira à lui.

— Je ne le nie pas. Mais si je suis ridicule, ce n'est pas parce que je vous trouve belle.

Elle posa sur lui un regard interrogateur. Comme le vent lui ramenait les cheveux en arrière, Katch lui embrassa le front.

Sentant ses genoux faiblir, elle posa les mains sur la poitrine de Katch, autant pour se soutenir qu'en signe de protestation.

— Vous êtes une artiste…

L'attirant encore plus près, il baissa la voix.

— Vous reconnaissez la beauté quand vous la voyez.

— Arrêtez !

Elle se débattit mollement pour échapper à son étreinte.

— Que voulez-vous que j'arrête ? De vous embrasser ?

Lentement, voluptueusement, sa bouche se promena sur sa peau.

— Mais je ne peux pas, Meg.

Il l'embrassa doucement et releva la tête. Submergée, Megan prit une profonde inspiration. Son cœur allait sûrement cesser de battre. La saveur des lèvres de Katch était incomparable. Ses lèvres la tentaient, la mettaient au supplice. Avec un gémissement de plaisir, elle se serra contre lui.

Quelque chose parut exploser en elle quand il renouvela

ses baisers. Il se mit à la dévorer avec une frénésie qu'elle n'aurait jamais imaginée. C'était étourdissant, mais effrayant aussi. Le désir et une avalanche de sensations insoupçonnées s'emparèrent d'elle, lui faisant tourner la tête. Comme un vent de panique la balayait, elle se débattit dans ses bras. Elle voulait fuir n'importe où, mais Katch la prit fermement par les épaules.

— Qu'avez-vous ? Vous tremblez.

D'un geste doux, il lui releva le menton et plongea un regard pénétrant dans le sien.

— Je ne voulais pas vous affoler. Je suis désolé.

Cette douceur l'acheva. Si elle parlait, elle allait se mettre à pleurer. Elle secoua la tête. L'amour, qu'elle venait de découvrir, faisait tambouriner son cœur à un rythme insoutenable.

— Non, c'est que… je dois y retourner. C'est l'heure de la fermeture.

Derrière lui, les lumières du parc commençaient à s'éteindre.

— Meg…

Le ton sur lequel il parlait maintenant n'était plus exigeant. C'était celui d'une requête.

— … Venez dîner avec moi.

— Non…

— Je ne vous ai pas dit quel soir… Que diriez-vous de lundi ?

Secouant la tête, elle resta sur sa position.

— Non.

— Je vous en prie.

Sa détermination fut de courte durée. Elle soupira.

— Vous ne jouez pas franc-jeu, murmura-t-elle.

— Jamais. Je vous prends à 19 heures ?

— Pas de pique-nique sur la plage.

— Nous dînerons à l'intérieur, promis.

— D'accord, mais le dîner seulement.

Elle s'écarta de lui.

— Maintenant, je dois y aller.

— Je vous raccompagne.

Il lui prit la main et l'embrassa avant qu'elle puisse l'en empêcher.

— Je vais chercher mon éléphant, dit-il avec un sourire ravageur.

6.

Megan prit la tête de Katch entre ses mains. Complètement concentrée sur ce qu'elle faisait, elle donna forme à ses pommettes. En se mettant au travail, ce matin, elle s'était sentie soulagée. Le fait de se remettre à ce portrait allait être une excellente thérapie. Dans une certaine mesure, elle ne s'était pas trompée. Les heures s'étaient écoulées paisiblement, sans l'inquiétude des deux dernières nuits. Son esprit absorbé n'était pas disponible pour les pensées dérangeantes qui l'avaient taraudée pendant tout le week-end.

Elle jeta un coup d'œil à sa montre. Elle avait travaillé plus longtemps qu'elle n'en avait eu l'intention. Le soleil de fin d'après-midi s'engouffrait par la fenêtre. Faisant un pas en arrière, elle examina son œuvre.

Le portrait avait exactement les touches de rudesse et d'intelligence qu'elle voulait y mettre. La bouche était forte et sensuelle, le regard perspicace et rieur. Quant à la mobilité des traits, qui était si fascinante, elle était parfaitement suggérée.

Megan soupira. Il y avait une catégorie d'hommes qui exploitaient les femmes, qui les séduisaient et les abandonnaient. Et il y avait des hommes qui se mariaient et fondaien une famille. A quelle catégorie Katch appartenait-il ?

Elle soupira. Katch était terriblement attirant, c'était u fait indéniable. Il était superbe, et intelligent. Comment n pas être flattée de lui plaire ? Mais il fallait empêcher que l machine ne s'emballe. Elle ne pouvait pas se permettre d tomber de haut. Qui recollerait les morceaux ? Pop ? Elle n voulait pas le voir souffrir. Et si elle souffrait, il souffrirai forcément.

Inclinant la tête, elle regarda le buste dans les yeux. Non personne ne tombait amoureux aussi rapidement. Le fameu coup de foudre était un sentiment superficiel, qui ne pouvai pas durer.

Cependant… le portrait de Katch semblait se moquer d ses arguments raisonnables.

— Cela ne peut pas arriver si vite ! s'écria-t-elle, furieuse Pas ainsi. Pas à moi !

Lui tournant le dos, elle poussa un soupir à fendr l'âme.

— Je ne laisserai pas cela arriver !

Exaspérée, elle se passa une main dans les cheveux. E réalité, la seule chose qui intéressait Katch, c'était le parc. Dè qu'il comprendrait qu'il ne pouvait pas l'avoir, il s'en irait.

Cette idée était insupportable. Pourtant, elle ne désirai rien d'autre. Qu'il s'en aille, le plus vite possible.

Et ce n'était certainement pas le moment de penser au nouveaux horizons qu'elle avait entrevus quand il la tenai dans ses bras.

D'un bref mouvement de tête, elle se débarrassa de so ruban, laissant ses cheveux danser librement sur ses épaules Demain, elle s'attaquerait à un morceau de bois.

Elle recouvrit d'un tissu la sculpture d'argile. Ce soir, elle allait tout simplement dîner avec un homme séduisant, avec lequel elle flirtait, rien de plus. C'était aussi simple que cela.

Elle ôta sa chemise de sculpteur et quitta l'atelier.

— Bonsoir, ma chérie !

La voiture fit son apparition dans l'allée juste au moment où elle atteignait le bas de l'escalier.

Pop descendit du taxi. Il paraissait fatigué. Mais il détestait parler de ses petites misères, aussi était-ce inutile de lui en faire la remarque. Elle marcha à sa rencontre et glissa un bras autour de sa taille.

— Bonsoir, toi ! Tu es parti longtemps !

— Un petit problème à régler au parc, dit-il.

— Grave ? demanda-t-elle.

Ils entrèrent dans la maison. Elle attendit qu'il soit assis à la table de la cuisine pour faire chauffer l'eau du thé.

— Non, pas trop... Il faut prévoir des réparations sur les montagnes russes et sur les plus petits manèges.

Inquiète, Megan se tourna vers lui. A l'évidence, il avait fait un effort pour parler avec sérénité, mais elle le connaissait. Avec elle, cela ne marchait pas.

— La facture sera salée ? s'enquit-elle.

Pop soupira. A quoi bon lui cacher la vérité ? Megan n'était pas idiote. Elle s'en rendrait vite compte.

— Dix mille, peut-être quinze mille dollars.

Megan poussa un cri de surprise.

— Dix mille dollars !

Elle se frotta le front d'une main soucieuse. En comptant le chèque de Katch, ils pouvaient réunir à peine la moitié.

— Il nous faut le montant précis de la facture pour savoir quelle somme nous devrons emprunter, dit-elle.

— Les banques réfléchissent à deux fois avant de prêter de l'argent à des gens de mon âge, murmura Pop.

— Ne dis pas de bêtises ! Cet argent, ils le prêteront pour le parc.

Mieux valait ne pas penser aux taux d'intérêt, qui allaient faire considérablement grimper les mensualités de remboursement.

— J'irai voir deux ou trois personnes demain, promit-il.

Il prit sa pipe, comme pour indiquer que le sujet était clos.

— Tu dînes avec Katch, ce soir ?

— Oui.

Elle sortit les tasses et les soucoupes. Pop tira sur sa pipe, l'air ravi.

— C'est un charmant jeune homme, commenta-t-il. Je l'aime bien. Il a du style.

Un peu agacée, Megan haussa les épaules.

— Bon, il a du style ! Et après ? grommela-t-elle.

La bouilloire se mit à chanter. Elle versa l'eau dans les tasses.

— Il sait pêcher, fit remarquer Pop.

— Ce qui, naturellement, en fait un modèle de vertu.

— En tout cas, cela ne le déprécie pas à mes yeux.

Il lui adressa un sourire désarmant.

— Je vous ai vus tous les deux sur la roue, hier soir. Vous aviez l'air vraiment bien ensemble.

— Pop, arrête !

— Tu ne paraissais pas le détester, hier, insista-t-il.

Il goûta son thé.

— Et je ne t'ai pas vue faire d'objection quand il t'a embrassée.

L'œil malicieux, il se remit à siroter sa boisson.

— En fait, tu avais l'air enchantée !

Megan se tourna vers lui, stupéfaite.

— Pop ! Tu m'espionnes maintenant !

Il éclata de rire.

— Mais non, ma chérie, dit-il d'un ton amusé.

Il toussa pour refréner une envie de rire.

— Je ne suis certainement pas le seul à vous avoir vus. Comme je disais, vous aviez l'air très bien ensemble. Tu oserais m'affirmer le contraire en me regardant dans les yeux ?

Fronçant les sourcils, Megan revint s'asseoir à table. Que pouvait-elle répondre à cela ?

— Ce n'était qu'un baiser, marmonna-t-elle entre ses dents. Cela ne signifie rien.

Pop hocha plusieurs fois la tête en silence.

— Cela ne signifie rien du tout ! insista-t-elle.

Il lui adressa un sourire angélique.

— Katch ne te déplaît pas, nous sommes bien d'accord ?

Megan baissa les paupières.

— Cela dépend des moments… Parfois, il ne me déplaît pas.

Posant une main sur la sienne, Pop attendit patiemment qu'elle lève les yeux sur lui.

— Il n'y a rien de plus simple au monde, si tu l'acceptes, que d'aimer quelqu'un.

Elle rougit, ce qui la rendit furieuse.

— Qui parle d'amour ? Je le connais à peine !

— Tu n'as pas besoin de connaître quelqu'un pour l'aimer. Il faut écouter son cœur !

Il fit une pause. Comme Megan ne disait rien, il continua :

— En tout cas, moi, je lui fais confiance.

Incrédule, Megan le dévisagea.

— Peux-tu me dire pourquoi ?

Pop haussa les épaules et tira sur sa pipe.

— Je le sens bien. Il y a quelque chose dans son regard… Tu sais, ma chérie, dans mon métier, on apprend à voir du premier coup d'œil à qui on a affaire. Katch est un homme intègre. Il sait ce qu'il veut, et il ne triche pas. C'est une qualité primordiale.

Megan resta un long moment silencieuse, laissant refroidir son thé.

— Il veut acheter le parc, dit-elle tranquillement.

Pop la regarda à travers un nuage de fumée.

— Je le sais. Il l'a dit tout de suite. Il n'a pas tourné autour du pot.

Faisant une pause, il bourra méticuleusement sa pipe. Puis il posa un regard tendre sur elle.

— Tôt ou tard, les situations changent, dans la vie. C'est ce qui permet de continuer.

— Je ne vois pas ce que tu veux dire. Est-ce que tu… envisages de vendre ?

Percevant de l'angoisse dans sa voix, il lui tapota affectueusement la main.

— Ne nous préoccupons pas de cela maintenant. Il faut d'abord faire réparer les manèges. Ils doivent être prêts pour les vacances de Pâques.

Il lui adressa un petit sourire espiègle.

— Tu ne veux pas porter la robe jaune que j'aime tant, ce soir ? suggéra-t-il. Avec le petit boléro. Elle me fait penser au printemps.

Un peu agacée de le voir changer de sujet, elle fronça légèrement les sourcils. Mais les questions qu'elle avait encore à lui poser devraient attendre. Si Pop avait décidé de ne plus en parler, elle n'arriverait pas à le faire changer d'avis, têtu comme il était.

Sans répondre à sa question, elle se leva.

— Très bien. Je vais prendre un bain.

— Megan…

Elle le regarda par-dessus son épaule.

— Amuse-toi bien. Et pour une fois, arrête de raisonner !

Quand elle fut sortie de la pièce, il se passa une main pensive sur la barbe.

Une heure plus tard, Megan se regarda dans le miroir. La teinte abricot de la robe était très chaude. La coupe simple suivait les lignes du corps. Sans le boléro, elle avait les bras et les épaules nus, de fines bretelles retenant la robe. Elle se brossa longuement les cheveux et passa de petites boucles d'oreilles, ses seuls bijoux.

— Hé, Megan !

Ses yeux s'élargirent de surprise. C'était la voix de Katch. Que faisait-il sous sa fenêtre ?

— Megan, approchez-vous ! J'ai une surprise !

Incrédule, elle se pencha à la fenêtre.

— Attrapez !

Ses réflexes fonctionnèrent avant qu'elle ait eu le temps de réfléchir. Elle saisit au vol le bouquet de jonquilles et y enfouit son visage.

— Elles sont magnifiques !

Ses yeux souriaient.

— Merci !

— Je vous en prie ! Tout le plaisir est pour moi ! Vous descendez ?

Elle rejeta ses cheveux en arrière.

— J'arrive dans une minute !

Comme pour tout ce qu'il faisait, Katch maniait le volant avec une grande assurance. Il conduisait très vite, mais sans prendre de risques.

Ils ne parlaient pas. Blottie sur le siège du passager, Megan contemplait la tombée du jour, appréciant le confort de la Porsche. Au prochain carrefour, Katch allait tourner à droite, en direction du restaurant Row.

Mais, sans prévenir, il tourna vers l'océan et continua vers le nord.

Elle connaissait ce quartier. Les maisons étaient encore plus grandes que celles des environs immédiats de la ville. De hautes haies cachaient le rez-de-chaussée des regards indiscrets. De vastes pelouses admirablement entretenues étaient ombragées par des saules.

Katch pénétra sur une allée qui menait à une maison de bois, relativement petite par rapport à ses voisines. Une terrasse circulaire entourait le troisième et dernier étage. Megan sourit. Cette maison était adorable.

— Où sommes-nous ? s'enquit-elle.

— Chez moi.

Il se pencha vers elle pour lui ouvrir la portière. Elle ne chercha pas à cacher sa surprise.

— Vous vivez ici ?

Il sourit.

— Il faut bien que je vive quelque part, Meg.

— Je ne vous imaginais pas du tout dans une maison de ce style. Elle est très cossue. J'ai l'impression qu'elle est habitée par la même famille depuis plusieurs générations…

Elle fit une pause. Non, cette adresse ne collait pas à l'image de Katch. Il paraissait trop désinvolte, trop détaché. Avait-il seulement une famille ? Il ne lui en avait pas encore parlé.

Comme s'il suivait ses pensées, il déclara doucement :

— C'est ici que j'ai mes racines.

Elle examina la demeure et l'immense jardin.

— C'est un lieu parfait.

Il la prit par la main.

— Venez voir l'intérieur.

— Quand l'avez-vous achetée ?

— Il y a quelques mois. J'ai emménagé la semaine dernière, c'est encore un peu vide.

Il la fit entrer dans une grande pièce très claire. Une immense cheminée prenait tout le mur de gauche, face à un escalier qui menait à l'étage supérieur.

Megan parcourut la pièce du regard. Un grand canapé d'angle en cuir fauve, parsemé de coussins chatoyants, était installé en face de la fenêtre. Une collection de coquillages s'étalait sur des étagères de cuivre et de verre. Un grand tapis moderne recouvrait la moitié du plancher de chêne.

Les sculptures que Katch lui avait achetées n'étaient pas dans cette pièce. Qu'en avait-il fait ?

— C'est très beau ! dit-elle avec une note d'admiration dans la voix.

Elle s'approcha d'une fenêtre. La pelouse s'étirant en pente douce était bordée de hautes futaies, véritable écrin de verdure.

— Est-ce que vous voyez l'océan du dernier étage ?

Comme il ne répondait pas, elle se tourna vers lui. Les mains dans les poches de son jean, Katch avait les yeux rivés sur elle. Sous l'intensité de son regard, elle sentit son cœur battre à grands coups. Son expression n'était plus celle de l'homme qui lui avait jeté un bouquet de fleurs par la fenêtre. Maintenant, il avait presque un air inquiétant.

Renversant légèrement la tête en arrière, elle surmonta sa crainte pour le regarder en face. Lentement, il leva les mains vers son visage. Ses paumes étaient dures sur sa peau. Eloignant une mèche de cheveux de son front, il l'attira à lui. Sa bouche sensuelle lui effleura les lèvres, avant de lui donner un baiser plus pressant.

Incapable de résister, elle ferma les yeux. Elle était vraiment stupide, par moments ! Comment avait-elle pu croire qu'elle n'était pas amoureuse de lui ? Décidément, Pop voyait clair. La raison et le cœur ne s'entendaient pas.

Quand Katch relâcha son étreinte, elle posa la joue contre sa poitrine et lui enlaça la taille. Elle sentit son cœur battre très vite contre son oreille. Les lèvres de Katch se posèrent sur ses cheveux. Elle soupira. C'était si bon !

— Avez-vous dit quelque chose ? murmura-t-il.

— Mmm ? Quand ?

— Avant.

Du bout des doigts, il lui caressa le cou. Un long frisson

de plaisir la parcourut. Qu'avait-elle dit avant qu'il la prenne dans ses bras ? Elle n'en avait plus la moindre idée.

— Je crois que… oui ! Je vous ai demandé si vous voyez l'océan du dernier étage.

— Oui…

Il lui prit de nouveau le visage entre les mains pour l'embrasser longuement.

— Oui, je le vois, répéta-t-il dans un souffle.

— Voulez-vous me le montrer ?

— Après le dîner.

Elle sourit.

— Nous allons dîner ici ?

— J'ai horreur du restaurant, dit Katch en l'entraînant vers la cuisine.

— C'est plutôt curieux de la part de quelqu'un qui en possède un.

— Disons qu'à certains moments, je préfère un environnement plus intime.

— Je vois. Et qui va faire la cuisine, cette fois ? demanda-t-elle avec un sourire taquin.

— Attendez un peu…

Quelques minutes plus tard, un livreur apporta un somptueux repas.

Ils s'installèrent à une table de verre fumé éclairée par une dizaine de bougies piquées dans un chandelier en bronze. Katch ouvrit une bouteille de vin blanc.

Megan mangea lentement, prenant le temps de déguster les mets raffinés commandés par son hôte. A la fin du repas, elle voulut débarrasser la table, mais Katch l'en empêcha.

— Pas maintenant ! C'est la pleine lune, ce soir.

Main dans la main, ils gravirent l'escalier. Katch lui

fit traverser une grande chambre, dans laquelle trônait un gigantesque lit aux montants de cuivre. De l'autre côté de la pièce, de vastes portes de verre ouvraient sur un corridor. De là, une autre volée de marches conduisait à la terrasse.

Avant d'arriver au troisième étage, Megan entendit le ressac. Les vagues se fracassaient contre les rochers dans un bruit de tempête. De très hauts rouleaux projetaient en l'air des myriades de gouttes qui miroitaient sous la lune et les étoiles innombrables.

Prenant une profonde inspiration, Megan s'appuya à la balustrade.

— C'est merveilleux ! Je ne me lasse jamais de regarder l'océan.

Elle entendit le petit déclic d'un briquet. Katch alluma une cigarette, et l'odeur du tabac se mêla agréablement aux effluves iodés.

— Aimez-vous voyager ? demanda-t-il.

Elle haussa les épaules.

— Oui, mais pour l'instant, c'est impossible.

Katch prit une bouffée de son mince cigare.

— Où aimeriez-vous aller ?

— Où j'aimerais aller ? répéta-t-elle.

— Oui, si vous pouviez ?

Elle ferma les yeux.

— A La Nouvelle-Orléans, répondit-elle. J'ai toujours eu envie de connaître La Nouvelle-Orléans. A Paris, aussi. Quand j'étais jeune, je rêvais d'aller étudier à Paris, comme les grands artistes.

Elle rouvrit les paupières.

— Je suppose que vous connaissez ces villes ? dit-elle.

— Oui, je les connais.

— Comment sont-elles ?

Katch suivit le contour de son visage du bout de l'index avant de répondre :

— La Nouvelle-Orléans a l'odeur de la rivière, et, l'été, il y fait une chaleur suffocante. Il y a de la musique vingt-quatre heures sur vingt-quatre, aussi bien dans les rues que dans les boîtes de nuit. C'est une ville qui ne s'arrête jamais, comme New York, mais elle vit à un rythme plus humain.

— Et Paris ?

— C'est une vieille ville, élégante comme une femme du monde. La meilleure saison pour visiter Paris est le printemps. J'aimerais vous y emmener.

Brusquement, il prit ses cheveux dans ses mains, et plongea dans ses yeux un regard pénétrant.

— J'aimerais que vous laissiez libre cours à vos émotions. A Paris, vous ne pourriez pas les maîtriser toujours, comme vous le faites ici.

— Je ne les contrôle pas toujours.

Quelque chose de plus fort que le vin se mit à voguer dans sa tête.

Katch la prit par la taille et la serra contre lui.

— Vous ne les contrôlez pas toujours, vraiment ? murmura-t-il.

Il y avait une note d'impatience dans sa voix tandis qu'il commençait à faire glisser le boléro de ses épaules.

— Vous êtes une femme de passions, mais vous leur mettez la bride. Heureusement, elles s'échappent dans votre travail, mais vous trouvez quand même le moyen de laisser vos sculptures sous clé. Quand je vous embrasse, je sens vos sentiments affleurer.

Il lui ôta son boléro, qu'il posa sur la balustrade. Lentement, il passa ses doigts sur sa peau dénudée.

— Un jour, vous les laisserez éclater au grand jour. Je ne voudrais pas manquer cela pour tout l'or du monde !

Faisant glisser les brides de sa robe, il posa les lèvres à leur place. Megan ne protesta pas. Elle avait le souffle court, et son cœur battait à tout rompre. Les baisers de Katch étaient un pur délice. Maintenant, ses lèvres se posaient dans le creux de sa gorge tandis que ses mains s'emparaient doucement de ses seins. Mais quand sa bouche revint sur la sienne, la douceur s'envola, en même temps que sa propre passivité.

Katch lui mordilla la lèvre inférieure. Elle poussa un gémissement de plaisir. D'une langue avide, il explora les profondeurs veloutées de sa bouche, tandis que ses mains se lançaient vers d'autres conquêtes. Il fit glisser le haut de sa robe jusqu'à sa taille et émit un faible râle en trouvant ses seins tendus de désir. Sa volonté envolée, Megan lui laissa toute liberté et se laissa porter au sommet de la vague qu'il faisait surgir en elle. Elle n'avait pas d'expérience pour la guider, mais le désir imposait sa loi, et l'instinct suivait.

Elle fit courir ses mains sur sa nuque. C'était merveilleux de voir la réaction de Katch. Elle se découvrait un pouvoir qu'elle avait toujours ignoré. Glissant les mains sous son T-shirt, elle les laissa voyager lentement sur les muscles puissants de ses épaules.

Le baiser de Katch devint plus pressant. Son impatience s'infiltra en elle, se mélangeant à la sienne jusqu'à ce que leur combinaison devienne insupportable. Le désir lui faisait mal. Il se répandait dans tout son corps à une vitesse incroyable. Vaincue, elle s'arqua contre lui.

— Katch…, dit-elle d'une voix rauque. Je veux rester avec vous ce soir.

Il l'écrasa littéralement contre son torse, la privant de respiration pendant quelques secondes. Puis, lentement, il desserra son étreinte. Il la prit par les épaules et planta dans ses yeux ses prunelles agrandies par le désir. D'un geste très doux, ses mains lui effleurant à peine la peau, il lui remit sa robe en place.

— Je vous ramène chez vous maintenant.

Ce fut comme s'il l'avait giflée. Il la rejetait ? Elle ouvrit une bouche tremblante pour protester, mais elle la referma aussitôt. Luttant contre les larmes, elle ramassa son boléro et l'enfila maladroitement.

— Meg…

Il tendit les mains vers elle, mais elle recula.

— Non, non, ne me touchez pas.

Sa voix était mouillée de larmes. Elle avala péniblement sa salive.

— Apparemment, je n'ai rien compris !

— Mais si, vous avez compris… Bon sang, ne pleurez pas !

— Je ne pleure pas ! Je veux rentrer chez moi, dit-elle, les yeux scintillants de larmes.

— Nous allons parler.

Il lui prit la main, mais elle la retira.

— Non, certainement pas !

Elle redressa les épaules et le regarda droit dans les yeux.

— Nous avons dîné ensemble, et les événements sont allés un peu plus loin que prévu. C'est aussi simple que cela, et c'est terminé.

— Ce n’est ni simple, ni terminé, Meg.

Il riva sur elle un regard noir.

— Mais si vous ne voulez pas que nous en parlions tout de suite, nous remettrons cela à plus tard, conclut-il.

Sans un mot, Megan lui tourna le dos et descendit l’escalier.

7.

Megan traversa le parc d'attractions. Pendant la journée, il perdait son aspect magique en laissant voir la saleté et la peinture écaillée. Comme tout ce qui brillait sous les lumières artificielles, il devenait ordinaire sous les rayons du soleil. Seuls les gens très jeunes, ou ceux qui le sont restés dans leur cœur, sont capables d'affronter la réalité.

Megan soupira. Heureusement, Pop avait gardé l'esprit jeune. C'était en grande partie pour cela qu'elle l'aimait tant.

Elle arriva au Château Hanté, où Pop surveillait les travaux de restauration du manège. Elle sourit. Ses fantômes étaient importants pour lui.

Cela faisait dix jours qu'il lui avait parlé des travaux à entreprendre. Et dix jours qu'elle n'avait pas vu Katch. Haussant imperceptiblement les épaules, elle rejeta cette pensée. Elle était assez grande pour faire la différence entre ce qui était réel et ce qui relevait du domaine du rêve. Sa brève histoire avec Katch avait un peu trop agi sur son imagination. Mais maintenant, elle commençait à prendre des distances.

— Pop ! Tout se passe bien ?

Il se retourna et lui adressa un large sourire.

— Pas de problème, ma chérie. Les réparations avancent plus vite que je ne pensais. Tout sera remis en fonction avant les vacances de Pâques.

Passant un bras autour de ses épaules, il la serra affectueusement contre lui.

— Les plus petits manèges sont déjà réparés.

Il l'entraîna un peu à l'écart et l'examina longuement d'un œil préoccupé.

— Et toi ? interrogea-t-il.

Elle cligna des paupières sous le flot soudain de lumière.

— Moi ? Je vais bien.

— Mmm…

Pop secoua la tête.

— Tu as un petit air malheureux, continua-t-il. Depuis plus d'une semaine maintenant.

Il lui tapota l'épaule comme s'il voulait la réchauffer, malgré la chaleur estivale de ce début de printemps.

— Tu sais que tu ne peux rien me cacher, Megan. Je te connais trop bien.

Elle resta un instant silencieuse. Ce n'était pas la peine de jouer à cache-cache avec Pop. Mais elle devait choisir ses mots avec soin.

— Je ne te cache rien, Pop.

Elle tourna les yeux vers le manège des montagnes russes, où les techniciens s'affairaient.

— Cela ne présente aucun intérêt de parler de mes histoires, c'est tout !

— Si elles sont assez importantes pour te gâcher la vie,

elles sont dignes d'intérêt, insista Pop. Tu n'es pas devenue assez vieille pour ne plus me parler de tes problèmes.

— Oh non, Pop, je pourrai toujours te parler.

— Très bien. Alors je t'écoute.

Hésitant encore, elle poussa un profond soupir. Il attendit patiemment.

— J'ai tout mon temps, ma chérie.

Elle hocha la tête.

— Bon. Puisque tu veux tout savoir… J'ai commis une grossière erreur.

Considérant que le sujet était clos, elle voulut s'approcher plus près du manège, mais Pop la retint d'une main ferme.

— Megan…

Il posa les mains sur ses épaules et la regarda droit dans les yeux.

— Je vais te poser une question directe. Es-tu amoureuse de lui ?

Sa réponse jaillit spontanément.

— Non !

Pop releva un sourcil.

— Je n'ai même pas eu besoin de mentionner son nom.

Megan fit une petite grimace. Elle avait oublié à quel point Pop était rusé.

Elle lui adressa un sourire vague.

— Je croyais être amoureuse de lui, mais je me suis trompée.

— Alors pourquoi es-tu si malheureuse ?

— Oh, je t'en prie !

Elle voulut s'éloigner, mais une fois encore, la poigne de son grand-père la retint.

— Tu m'as toujours répondu franchement, Meg.

Elle soupira. C'était inutile d'éluder la question, avec lui. Il ne la laisserait pas tranquille tant qu'il n'aurait pas obtenu ce qu'il voulait.

— D'accord. C'est vrai, je suis amoureuse de lui, mais c'est sans importance.

Il fit une petite moue désapprobatrice.

— Permets-moi de te dire que ce n'est pas une déclaration très futée, de la part d'une femme intelligente comme toi. Et si tu m'expliquais pourquoi cela n'a pas d'importance ?

— Pour que l'amour vaille la peine d'être vécu, il doit être partagé, murmura-t-elle.

— Je suis tout à fait d'accord avec toi. Mais qui t'a dit qu'il n'était pas partagé ?

Il paraissait indigné.

— Pop… ce n'est pas parce que tu m'aimes beaucoup que tout le monde doit m'aimer !

— Qu'est-ce qui te fait croire qu'il ne t'aime pas ? insista-t-il. Le lui as-tu demandé ?

Cette question était si surprenante qu'elle eut un petit rire nerveux

— Non ! Et je ne le lui demanderai jamais.

— Pourquoi ? Ce serait plus simple.

Megan prit une profonde inspiration. Avec un peu de patience, elle arriverait à lui faire comprendre qu'il était dans l'erreur.

— David Katcherton n'est pas du genre à tomber sérieusement amoureux d'une femme. Et encore moins de quelqu'un comme moi.

Elle fit un ample geste pour donner de l'emphase à cette explication, qui n'était pas tout à fait satisfaisante.

— Il a vécu à Paris, à La Nouvelle-Orléans. Maintenant, il vit à New York. C'est un homme qui aime la vie de bohême.

Elle fit une pause. Puis brusquement, comme si c'était une explication supplémentaire, elle ajouta :

— Il a une sœur nommée Jessica.

— Voilà qui éclaircit tout ! plaisanta Pop.

Elle poussa un soupir de frustration.

— Moi, je ne suis jamais allée nulle part, soupira-t-elle en lissant ses cheveux. L'été, je vois des milliers de personnes, mais elles ne font que passer. Je ne les connais pas. Les seules que je connaisse vraiment sont celles qui vivent ici. Je ne suis jamais allée plus loin que Charleston.

L'examinant d'un œil perspicace, Pop resta un instant silencieux. Puis il se frotta pensivement le menton et murmura, comme s'il se parlait à lui-même :

— Je t'ai gardée trop longtemps près de moi. Pourtant, je savais qu'un jour tu me le reprocherais.

— Oh non, Pop, ce n'est pas ce que je voulais dire !

Se jetant à son cou, elle enfouit son visage contre son épaule.

— Je ne te fais aucun reproche ! Je t'aime, et j'aime vivre ici. Je n'ai pas envie de changer. Je déteste me plaindre.

Il lui tapota la tête, humant l'odeur subtile de son parfum. Oui, Megan n'était plus une petite fille, mais une femme. Le temps avait filé à une vitesse incroyable.

— Tu as le droit de te plaindre, dit-il. Tu avais envie de voir le monde, et tu as préféré rester ici, pour veiller sur moi.

Megan ouvrit la bouche pour protester, mais il continua :

— C'est la vérité ! Et moi, j'ai été assez égoïste pour te laisser faire.

— Tu n'as jamais été égoïste, rétorqua-t-elle.

S'écartant de lui, elle soupira.

— Je voulais simplement dire que Katch et moi avons très peu de choses en commun. Nous ne voyons pas la vie de la même façon. Il vaut mieux que je ne le revoie plus. Dès qu'il est près de moi, je ne sais plus où j'en suis.

Pop secoua la tête.

— Laisse la situation reposer quelques jours. Et n'oublie pas que tu as un gros défaut : tu es têtue comme une mule.

Elle ne put s'empêcher de sourire.

— Je suis inflexible. Je préfère ce qualificatif, rectifia-t-elle.

— Oui, enfin, c'est une autre manière de dire que tu as un caractère de cochon, dit Pop en posant sur elle un regard rieur. Mais dis-moi, qu'est-ce que tu fais en plein jour au milieu du parc, au lieu de travailler dans ton atelier ?

— Je n'arrivais pas à travailler.

Elle avait laissé le buste de Katch à moitié fait. Cette sculpture la hantait. Il fallait qu'elle en vienne à bout, mais en même temps, quelque chose semblait lui lier les doigts.

— De plus, j'ai toujours aimé me promener dans ce parc, tu le sais bien.

Bras dessus, bras dessous, ils se remirent à marcher.

— Avec un peu de chance, nous ferons une bonne saison, dit Pop, et nous pourrons rembourser une grosse partie de l'emprunt.

— La banque va peut-être nous envoyer quelques clients pour récupérer son argent plus vite, dit Megan en riant.

— Oh, je n'ai pas eu l'argent par la banque, je l'ai eu par…

Faisant une pause, Pop toussota et se baissa pour nouer un lacet qui n'en avait pas besoin.

Megan fronça les sourcils.

— Qui te l'a prêté, si ce n'est pas la banque ?

En guise de réponse, Pop marmonna quelques mots incompréhensibles.

— Tu ne connais personne qui puisse te faire une telle avance. A moins que…

Elle secoua la tête. Non, ce n'était pas possible ! Pop n'avait pas fait ça !

Il se releva, mais évita de la regarder.

— Ne me dis pas que c'est lui ? dit-elle lentement en articulant bien chaque mot.

Pop prit un air penaud.

— Ecoute, ma chérie, tu n'étais pas censée le savoir. Lui, surtout, il ne voulait pas que tu le saches.

— Mais pourquoi ? Pourquoi as-tu accepté ?

— Cette opération s'est passée le plus naturellement du monde

Il lui caressa la main pour l'apaiser, comme lui seul savait le faire. Mais Megan était hors d'elle. Elle retira sa main.

— Il était là, je lui parlais des réparations, de l'emprunt que je voulais faire, et il m'a proposé de me prêter l'argent. Cela m'a paru être la meilleure solution.

Mal à l'aise sous le regard incrédule de Megan, il toussota encore.

— Tu sais comment sont les banques. Elles prennent leur temps. Et puis, il y a toujours une tonne de paperasses à remplir. Et les intérêts. Tu as pensé aux intérêts ? Katch ne m'en compte pour ainsi dire aucun. Je croyais que tu serais contente…

Il y eut quelques secondes de silence.

— J'espère au moins que tu as signé un papier, dit-elle d'une voix étrangement calme.

— Naturellement !

Pop prit l'air vaguement vexé.

— Katch a dit que cela n'avait aucune importance, mais je savais que tu le prendrais mal, alors j'ai fait les papiers, de façon tout à fait légale.

— Il a dit que cela n'avait aucune importance, répéta-t-elle doucement. Et qu'as-tu avancé comme garantie ?

— Le parc, naturellement.

Elle serra les dents. Voilà où David Katcherton voulait en venir, depuis le début. Il n'avait tourné autour d'elle que pour mieux s'emparer du parc.

— Naturellement, répéta-t-elle d'une voix vibrante de colère. Je suppose que cet arrangement lui a plu.

Pop ouvrit les bras dans un geste d'incompréhension.

— Ne t'inquiète pas, Megan. Tout se passera très bien. Les réparations avancent, et nous ouvrirons au moment prévu. De plus, ajouta-t-il avec un soupir, tu n'étais même pas censée être au courant. Katch m'a fait promettre de ne pas t'en parler.

— Oh, je n'en doute pas ! C'est tout à fait lui d'agir en douce.

Tournant les talons, elle s'éloigna vivement. La regardant disparaître derrière un manège, Pop se mit à maugréer. Décidément, sa petite-fille adorée avait un sale caractère, quand elle s'y mettait. C'était navrant de la voir dans des états pareils.

Mais, brusquement, il se frotta les mains. Après tout, cette petite histoire n'avait peut-être pas que des mauvais côtés.

Il sourit. L'idée qui venait de lui traverser l'esprit était des plus plaisantes.

Megan serra le frein de sa bicyclette dans l'allée de Katch et mit pied à terre. Otant son casque, elle l'attacha sur la selle d'une main rageuse. David Katcherton n'allait pas s'en tirer à si bon compte.

Coupant par la pelouse, elle se rua vers l'entrée et se mit à marteler la porte de ses deux poings. Personne ne vint ouvrir. Elle jeta un regard noir sur la Porsche, devant laquelle elle venait de poser son vélo, prit une profonde inspiration et actionna le loquet qui tourna sans résistance. Sans hésiter une seconde, Megan ouvrit la porte et entra.

La maison était silencieuse. Apparemment, il n'y avait personne. Megan marcha jusqu'au salon, cherchant des signes qui pourraient trahir la présence de Katch.

Une montre en or était posée sur les étagères de verre. Sur la table basse, un appareil photo Nikon était ouvert, et vide. Dépassant du canapé, une paire de tennis et, à côté, un livre de John Cheever.

Brusquement, Megan se figea. Qu'était-elle en train de faire ? Elle s'était introduite chez Katch sans avoir été invitée. A la fois mal à l'aise et fascinée, elle continua l'examen de la pièce. Un mince cigare était posé sur le cendrier. Après une brève lutte avec sa conscience, elle se dirigea vers la cuisine. Essayant de se donner bonne conscience, elle se passa une main sur le visage. Non, elle ne fouinait pas.

Elle s'assurait seulement que Katch n'était pas là. Après tout, sa voiture était garée devant la porte, qui elle-même n'était pas fermée à clé.

Il y avait une tasse dans l'évier et un demi-pot de café froid sur la cuisinière. Quelques gouttes étaient tombées sur le comptoir. Katch n'avait pas pris la peine de les essuyer.

Comme elle faisait demi-tour pour sortir, un petit bourdonnement mécanique se fit entendre. Elle s'approcha de la fenêtre.

De l'autre côté de la pelouse, Katch poussait une tondeuse à gazon. Torse nu, il portait un jean taille basse qui découvrait le haut de ses hanches. Sa peau bronzée, luisante de sueur, avait la couleur du miel. Fascinée, elle contempla le jeu de ses biceps et de ses dorsaux.

Se rappelant brusquement la raison de sa présence chez lui, elle s'éloigna de la fenêtre et sortit en trombe de la cuisine. Elle traversa la pelouse en courant.

Katch distingua vaguement un mouvement sur le côté en même temps qu'un éclair rouge. Il leva la tête. Plissant les paupières pour se protéger du soleil, il se passa le dos de la main sur le front. Puis il arrêta le moteur de la tondeuse.

Megan marchait vers lui, vêtue d'un jean blanc et d'un chemisier rouge.

— Bonjour, Meg ! dit-il d'un ton léger que ses yeux démentaient.

— Vous ne manquez pas de toupet, Katcherton ! Cela, je le savais déjà, mais je n'aurais jamais cru que vous profiteriez de la confiance d'un homme âgé !

Arquant un sourcil, il s'appuya à la poignée de la tondeuse. :

— Vous voulez bien parler avec plus de clarté ?

De plus en plus hérissée par son air désinvolte, Megan continua :

— Vous ne pouvez pas vous empêcher de fourrer vos pattes dans les affaires des autres ! Il fallait que vous lui proposiez une partie du contenu de votre coffre-fort !

Refrénant une envie de rire, il dit :

— Ah, j'entrevois un peu de lumière !

Il se redressa.

— Je me disais bien que vous n'apprécieriez pas. J'avais raison.

— Je ne l'aurais jamais accepté !

— Je n'en doute pas.

Il s'accouda de nouveau à la tondeuse, mais son attitude n'avait rien de décontracté.

— Vous ne dirigez pas la vie de Pop, m'a-t-il semblé. Ni la mienne ! fit remarquer Katch.

Elle fit un violent effort pour garder son calme.

— Ce parc fait partie de ma vie, et je suis concernée par tout ce qui s'y passe, répliqua-t-elle sèchement.

— Dans ce cas, vous devriez être contente d'avoir l'argent pour faire réparer le plus vite possible les manèges défectueux. A un taux d'intérêt particulièrement bas.

Il parlait d'un ton froid, professionnel.

— Mais pourquoi ? Pourquoi nous avez-vous prêté cet argent ?

Katch resta un long moment silencieux.

— Je ne vous dois aucune explication, finit-il par déclarer.

— Eh bien, moi, je vais vous en donner une ! fulmina-t-elle. Vous avez vu une opportunité de mettre le grappin sur ce parc, et vous vous êtes jeté dessus. Vous devez espérer que nous ne pourrons pas vous rembourser. Et le parc sera à vous, pour une somme ridicule !

Faisant une pause, elle reprit son souffle. David Katcherton était un être odieux ! Cela lui allait bien de jouer les philanthropes ! Il lui avait fait les yeux doux pour mieux les dévorer, Pop et elle.

L'observant d'un œil admiratif, Katch fit remarquer :

— La colère vous va très bien. Vous êtes encore plus belle.

— Taisez-vous ! Je suppose que les gens de votre monde ont l'habitude de faire des entourloupettes de ce genre. Et de se servir, sans penser le moins du monde aux personnes qui peuvent en souffrir.

— Je me suis peut-être trompé…

Le regard de Katch avait une expression indéchiffrable.

— Mais je croyais avoir donné quelque chose.

— Prêté…, corrigea-t-elle. Avec le parc comme garantie.

— Si c'est votre problème, discutez-en avec votre grand-père.

Il se baissa pour remettre le moteur en marche.

— Vous n'aviez pas le droit de profiter de lui. Il fait confiance au premier venu.

Katch lâcha le cordon.

— Dommage que vous n'ayez pas hérité de cette qualité, rétorqua-t-il durement.

— Je n'ai aucune raison de vous faire confiance.

— Apparemment, vous aviez toutes les raisons de vous méfier de moi dès le premier instant où vous m'avez vu.

Il la regarda dans les yeux.

— Suis-je le seul à susciter en vous cette antipathie ou réagissez-vous ainsi avec tous les hommes ?

Elle soutint son regard. Elle n'allait pas lui faire le plaisir de répondre.

— Vous voulez le parc ! dit-elle.

— Exact. Je ne vous l'ai jamais caché.

Il repoussa la tondeuse sur le côté.

— J'ai toujours l'intention de l'acquérir. Mais je n'ai nullement besoin d'utiliser des ruses de Sioux pour arriver à mes fins. Je n'ai pas non plus renoncé à vous.

Elle recula, mais il fut plus rapide. La main de Katch se referma sur son bras.

— J'ai fait une erreur, l'autre soir, en vous laissant partir.

— Ce n'était qu'un jeu. Vous n'aviez aucun désir pour moi, dit-elle.

— Aucun désir ?

Comme elle faisait une autre tentative pour se libérer, il l'attira un peu brusquement contre lui.

— Oui, vous avez raison, je ne vous désirais pas, murmura-t-il avant de la bâillonner de ses lèvres.

Sous le choc, Megan se sentit défaillir.

— Et maintenant, c'est la même chose, je ne vous désire pas, gronda-t-il, le souffle court.

Avant qu'elle puisse parler, il dévora encore sa bouche, faisant preuve d'une brutalité qu'elle ne lui connaissait pas.

— Et cela ne fait pas des jours entiers que je vous désire.

Il l'attira sur le sol.

— Non ! Laissez-moi !

Mais ses lèvres la réduisirent une fois de plus au silence.

Ce n'était plus le baiser doucement persuasif de l'autre soir. Celui-ci brûlait d'une intensité pleine d'exigences. Il était clair qu'il prendrait ce qu'il voulait, et à sa façon. Ses lèvres s'éloignèrent pour se poser sur sa gorge avant de voyager plus loin. Megan se mit à suffoquer. Une chaleur torride la submergea. Le souffle coupé, elle poussait de légers gémissements. Les doigts de Katch traçaient une ligne de feu sur sa peau frémissante. Il passa le pouce sur le bout de ses seins, insistant longuement. Elle ne pouvait plus réfléchir, et la peur s'était envolée. Quand la bouche de Katch se posa de nouveau sur la sienne, elle ferma les yeux et murmura en s'accrochant désespérément à lui, le corps arqué, frissonnant de désir.

Katch releva la tête.

Elle sentit son souffle chaud sur son visage. Elle ouvrit les yeux, révélant un regard lourd de passion. Si elle avait pu parler, elle lui aurait dit qu'elle l'aimait. Elle n'éprouvait plus ni fierté ni honte, seulement un besoin grandissant, et un amour dont la force était presque insupportable.

Il roula sur le dos.

— Ce n'est pas l'endroit pour vous, dit-il d'une voix rauque.

Ils restèrent un instant étendus côte à côte sans se toucher.

— Et ce n'est pas non plus la façon dont j'avais espéré…

Il fit une pause. Megan essaya de retrouver ses esprits. Mais son cerveau était embrumé, et son sang bouillonnait dans ses veines.

— Katch…

Se relevant péniblement, elle s'assit. Les yeux de Katch s'attardèrent sur ses formes, puis ils remontèrent lentement jusqu'à son visage. Elle voulait le toucher, mais, subitement, la peur était revenue.

Ils restèrent quelques secondes les yeux dans les yeux.

— Je ne vous ai pas fait mal ? finit-il par demander.

Elle secoua la tête.

— Alors rentrez chez vous, avant que ça arrive !

Il se leva d'un bond et s'éloigna.

Quelques secondes plus tard, elle entendit claquer la porte de la cuisine.

8.

Pendant les vacances de Pâques, Megan dut affronter le flot de touristes venus chercher le soleil et les distractions. C'était un avant-goût de la foule qui allait déferler pendant tout l'été. Myrtle Beach était une petite ville balnéaire bordée d'immenses plages blanches de sable fin.

Pour la première fois de sa vie, Megan en souffrait. Ces touristes représentaient une véritable intrusion. Elle rêvait de panser ses blessures dans la solitude. La sculpture était le seul refuge possible. A quoi bon parler de ses sentiments à son grand-père, alors qu'elle ne savait pas encore où elle en était ? Dieu merci, Pop la connaissait bien. Il savait qu'elle tenait à son intimité et il ne lui posait plus de questions.

Les heures passées au parc d'attractions paraissaient remplies de gestes mécaniques. Elle ne supportait plus de voir tous ces inconnus s'amuser, alors que sa propre vie était complètement chamboulée. Le seul réconfort était son atelier.

Megan consulta sa montre. Il était midi. Alors qu'elle faisait monter des enfants sur un manège, une voix résonna dans son dos :

— Excusez-moi !

Megan jeta un coup d'œil par-dessus son épaule. C'était une superbe blonde aux traits délicatement modelés.

— Etes-vous Megan ? Megan Miller ? demanda-t-elle.

— Oui. Puis-je vous aider ?

— Je suis Jessica Delaney.

Megan hocha la tête. Comment ne l'avait-elle pas compris tout de suite ?

— Vous êtes la sœur de Katch, dit-elle.

— Oui.

Jessica sourit.

— Vous êtes physionomiste. Bien sûr, nous avons une certaine ressemblance, Katch et moi, mais la plupart des gens ne la voient que si nous sommes côte à côte.

Megan l'observa un instant. Jessica avait la même architecture de visage que son frère. Comme ceux de Katch, ses grands yeux bleus étaient ourlés de longs cils épais.

— Heureuse de vous rencontrer, dit Megan, désespérant de trouver quelque chose à dire. Vous êtes venue voir Katch ?

— Oui, deux ou trois jours. Je vous présente mon mari, Rob.

Un homme de haute taille au visage anguleux mais agréable s'approcha de Megan et lui tendit la main. Il avait une chevelure noir corbeau qui contrastait avec sa peau très claire.

— Enchantée.

— Et voici nos filles, Erin et Laura.

Jessica montra d'un signe de tête deux fillettes de quatre et six ans environ installées sur le manège.

— Elles sont très belles, commenta Megan.

— Katch ne savait pas où nous pourrions vous trouver, mais heureusement, il nous a fait une description très précise de vous.

Essayant de dissimuler son trouble, Megan demanda :

— Est-il ici ?

Malgré elle, elle parcourut la foule du regard.

— Non, il avait un travail urgent à finir.

La sonnette se déclencha, signalant la fin du tour de manège.

— Excusez-moi un instant, murmura Megan.

Poussant un petit soupir de soulagement, elle se tourna vers le manège pour surveiller la descente des enfants. Elle allait en profiter pour se ressaisir. Les nièces de Katch descendirent les dernières. Evin, l'aînée, lui sourit. Elle avait la même couleur d'yeux que Katch.

— Nous ne voulons pas vous déranger, dit Jessica. Vous êtes très occupée.

Megan haussa légèrement les épaules.

— Je dois surtout veiller à la sécurité des enfants.

— Pourrons-nous discuter quand vous aurez fini ? interrogea Jessica.

Megan fronça les sourcils.

— Euh… oui. Je prends une pause dans une heure.

— Formidable.

Le sourire de Jessica était aussi charmant que celui de son frère.

— J'aimerais visiter votre atelier, si cela ne vous ennuie pas. Nous pourrions nous retrouver dans une heure et demie.

— A mon atelier ?

— Si cela ne vous ennuie pas !

Jessica lui donna une petite accolade.

— Katch m'a expliqué comment y aller.

Megan hocha la tête. La sonnerie retentit encore, la rappelant à l'ordre. Après avoir fait redémarrer le manège, elle resta un instant songeuse. Pourquoi Jessica tenait-elle tant à la voir dans son atelier ?

Le front rembruni, Megan s'examina dans le miroir de sa chambre.

— Tu es vraiment stupide, murmura-t-elle. Au fond, tu te fiches pas mal de savoir pourquoi Katch te désirait. Et tu es stupide parce que tu souhaites de tout ton cœur qu'il te désire encore.

Affolée, elle secoua la tête, mettant du désordre dans ses cheveux, qu'elle venait de brosser longuement. Il était grand temps de penser à autre chose. Jessica Delaney allait arriver d'une minute à l'autre.

Mais pourquoi venait-elle ? Megan fronça les sourcils. Elle n'avait pas vu Katch depuis deux semaines. Pourquoi sa sœur montrait-elle un tel empressement à lui rendre visite ?

Le bruit d'une voiture se garant dans l'allée la tira de ses réflexions. Megan s'approcha de la fenêtre, juste à temps pour voir Jessica descendre de la Porsche de Katch.

Megan se dirigea vers la porte.

— Bonjour !

— Quel endroit délicieux ! s'exclama Jessica en souriant.

Megan sentit son cœur battre plus vite. Jessica ressemblait tant à son frère !

— Vos azalées sont magnifiques !

— C'est Pop, mon grand-père, qui s'en occupe.

— Oui. J'ai entendu des choses merveilleuses à propos de votre grand-père. J'aimerais beaucoup le connaître.

— Il est encore au parc.

Plus à l'aise, Megan esquissa un sourire. Le charme de la famille Katcherton opérait.

— Voulez-vous boire un café ? Ou un thé ?

— Merci, Megan. J'en prendrai un plus tard, peut-être. Pour l'instant, j'aimerais voir votre atelier.

— Permettez-moi de vous demander, mademoiselle Delaney…

— Appelez-moi Jessica, coupa joyeusement la jeune femme.

Elle commença à gravir l'escalier.

— Jessica, comment savez-vous que j'ai un atelier, et qu'il se trouve au-dessus du garage ?

— Oh, il n'y a aucun mystère. Katch m'en a parlé. Il me raconte beaucoup de choses, dit-elle d'un ton léger.

— Mais… vous l'avez à peine vu… vous venez d'arriver.

Jessica se mit à rire. Arrivant devant la porte, elle attendit que Megan l'ouvre.

— J'ai hâte de voir votre travail. Moi-même, je barbouille de temps à autre.

— Vraiment ?

L'intérêt de Jessica se comprenait mieux. Parenté artistique…

— Je peins très mal, j'en ai peur. C'est une constante source de frustration pour moi, continua Jessica avec une petite moue adorable.

— Moi-même, je n'ai jamais eu beaucoup de talent en peinture, avoua Megan en ouvrant la porte.

Subitement, elle avait besoin de parler pour cacher son trouble, qui devait se voir comme le nez au milieu de la figure.

— Chaque fois que je prends un pinceau, le résultat ne ressemble à rien, continua-t-elle avec un débit de plus en plus rapide. C'est terrible d'être incapable de s'exprimer.

Mais, visiblement, Jessica ne l'écoutait pas. Elle fit le tour de la pièce, de la même façon que son frère, à pas gracieux, silencieux, se penchant sur une sculpture, en soulevant une autre. Puis elle examina une licorne pendant un long moment. De plus en plus nerveuse, Megan se mit à tripoter sa chemise de travail posée sur une chaise.

Cette attente devenait vraiment pénible. Jessica allait-elle passer l'après-midi à examiner ses œuvres ?

La lumière du soleil parsemait le plancher de taches dorées. Un rayon oblique tomba sur le buste de Katch. Megan sursauta. Elle avait oublié de le cacher ! Bien qu'il soit loin d'être terminé, il évoquait irrésistiblement le modèle qui l'avait inspiré. Furieuse contre elle-même, Megan vint se planter devant lui. De cette façon, Jessica ne le verrait pas.

La sœur de Katch se décida enfin à parler.

— Katch avait raison !

Elle caressa la licorne du bout des doigts.

— Comme toujours, murmura-t-elle encore. En général, cela m'agace considérablement, mais pas cette fois.

— A quel sujet avait-il raison ?

— Au sujet de votre extraordinaire talent.

— Pardon ?

Les yeux de Megan s'agrandirent de stupeur.

— Katch m'a dit que votre œuvre était remarquable.

Elle remit la licorne en place.

— J'ai reconnu qu'il ne se trompait pas quand j'ai reçu les deux pièces qu'il m'a envoyées, mais il n'y en avait que deux.

Elle s'empara d'un ciseau, dont elle se tapota la paume de la main tout en regardant autour d'elle.

— C'est vraiment étonnant !

— Il vous a envoyé les sculptures qu'il m'a achetées ?

— Oui, il y a quelques semaines. J'étais très impressionnée.

Jessica reposa le ciseau, qui produisit un petit claquement, et s'approcha d'un buste presque terminé. Il représentait une femme sortant de la mer. Megan retint son souffle. C'était la pièce sur laquelle elle travaillait avant de se mettre au buste de Katch.

— C'est fabuleux ! s'écria Jessica, de plus en plus enthousiaste. Il va me la falloir ainsi que la licorne. Les deux sculptures que Katch m'a envoyées ont été accueillies très favorablement.

— Je ne comprends pas de quoi vous parler.

Elle avait beau se concentrer, il était difficile de suivre tout le monologue de Jessica.

— Accueillies par qui ? demanda-t-elle.

— Par mes clients, répondit Jessica. Ceux de ma galerie à New York.

Elle lui adressa un sourire resplendissant.

— Vous ne savez pas que j'ai une galerie d'art ?

Megan n'en croyait pas ses oreilles.

— Non, marmonna-t-elle. Non, vous ne me l'avez pas dit.

— J'ai dû penser que Katch l'avait fait. Il vaudrait mieux que je commence par le commencement.

— J'avoue que j'apprécierais beaucoup, dit Megan.

Elle indiqua d'un geste de la main une petite chaise de bois.

— Mais asseyez-vous, je vous en prie, Jessica.

— Merci. Katch m'a envoyé ces deux sculptures, il y a quelques semaines. Il voulait l'opinion d'un professionnel. Je ne suis pas douée pour peindre, mais je m'y connais en art.

Elle parlait avec la même assurance que son frère.

— Sachant que je ne deviendrais jamais une artiste, j'ai suivi des études d'histoire de l'art. Ensuite, j'ai ouvert la galerie « Jessica's » à Manhattan. Elle existe depuis six ans. J'ai une très bonne clientèle.

Elle sourit encore.

— Naturellement, quand mon frère a découvert votre travail, il s'est adressé à moi. Il fait toujours vérifier par un expert ce qu'il aime instinctivement. Ensuite, il se lance sans tenir compte de son avis.

Elle poussa un petit soupir indulgent.

— Il fait toujours ce qu'il veut. Tenez, je vais vous donner un exemple : l'année dernière, une personne bien placée lui avait déconseillé de construire un hôpital en Afrique. Croyez-vous qu'il l'a écoutée ? Pas du tout, il l'a fait construire quand même.

— Un hôpital…

— Oui, un hôpital pour enfants. Il a un point faible pour eux.

Jessica essayait de prendre un air taquin, mais l'amour qu'elle vouait à son frère transparaissait malgré elle.

— Il a aussi fait construire un très beau parc en Nouvelle-Galles du Sud.

Muette d'étonnement, Megan la dévisagea. Jessica parlait-elle vraiment de David Katcherton ? Etait-ce le même homme que celui qui l'avait abordée sans gêne près du supermarché ? Et dire qu'elle l'avait accusé de vouloir profiter de la crédulité de Pop ! Elle l’avait pris pour un opportuniste, un homme pourri par l’argent et par sa belle apparence. Et elle avait presque réussi à se convaincre qu’il était irresponsable et qu’il ne cherchait que son plaisir.

Un peu honteuse, elle murmura en se déplaçant :

— Je ne savais pas.

— Oh, cela n’a rien d’étonnant. C’est tout à fait son style de ne pas vous en avoir parlé… Il préfère rester discret quand il rencontre quelqu’un…

Faisant une pause, elle posa les yeux sur le buste de son frère. Une lueur à la fois amusée et admirative traversa son regard.

— Mais vous semblez le connaître assez bien, fit-elle remarquer.

Megan tourna la tête. Le buste de Katch était en pleine vue. Dans son trouble, elle avait bougé, et il n’était plus dissimulé derrière elle. Lentement, elle leva les yeux sur la jeune femme. Essayant de garder une voix et un visage impassibles, elle dit :

— Non… en fait, je ne le connais pas du tout. Il a un visage très intéressant. Je n’ai pas pu résister à l’envie de le sculpter.

Jessica hocha la tête.

— Oui, et c’est aussi un homme fascinant, murmura-t-elle.

Le regard de Megan vacilla.

— Je suis désolée de m’être invitée ainsi, dit Jessica. C’est une de mes mauvaises habitudes. Mais ne parlons plus de Katch. Parlons de votre exposition.

— Ma… quoi ?

— Votre exposition, répéta Jessica en souriant. Quand

pensez-vous avoir assez d'œuvres à m'envoyer ? Katch m'a dit qu'une galerie de la ville en avait quelques-unes. Je pense que nous pouvons envisager de les présenter à l'automne.

— Jessica, je ne comprends pas…

Une note paniquée se glissa dans sa voix. Presque imperceptible, mais pas pour Jessica. Elle lui prit les deux mains dans les siennes. Elle avait une poigne étonnamment ferme.

— Megan, vos sculptures sont magnifiques, elles ont une force stupéfiante. Il est temps de les montrer.

Elle se leva, l'entraînant avec elle.

— Si nous allions prendre une tasse de café, maintenant ? suggéra-t-elle. En même temps, nous nous organiserons pour cette exposition.

Une heure plus tard, Megan se retrouva seule dans là cuisine. L'obscurité commençait à envahir la pièce, mais elle ne se leva pas pour allumer la lumière. Deux tasses étaient posées sur la table. Celle de Jessica était vide, mais la sienne était à moitié pleine de café refroidi.

Poussant un profond soupir, elle essaya de récapituler ce qui s'était passé au cours des soixante dernières minutes.

Elle avait accepté de faire une exposition dans la galerie de Jessica, à New York. Une exposition de ses sculptures.

Se passant une main sur le front, elle soupira encore. Non, ce n'était pas arrivé, elle avait tout simplement rêvé. Elle baissa les yeux sur la tasse vide. L'air fleurait bon l'eau de toilette de Jessica.

Encore sous le choc, Megan prit les deux tasses d'un geste automatique et alla les rincer sous le robinet. Comment Jessica s'y était-elle prise pour qu'elle note les dates et les moindres détails de cet événement avant même d'avoir eu le temps de réfléchir ? Avait-elle vraiment envie d'accepter ?

Ou n'était-ce pas plutôt Jessica qui lui avait forcé la main ? C'était ahurissant. Existait-il au monde une seule personne capable de dire « non » à un Katcherton ?

Soupirant, elle regarda sans les voir ses mains humides. Il fallait qu'elle téléphone à Katch. Cette certitude ne faisait qu'accroître sa panique. Mais il le fallait.

Soigneusement, elle plaça les tasses et les soucoupes sur l'égouttoir. Elle devait absolument le remercier, c'était la moindre des choses. D'un geste faussement décontracté, elle s'essuya les mains sur son jean. Les nerfs à vif, elle se dirigea vers le téléphone.

— C'est très simple, murmura-t-elle.

Elle se mordit la lèvre inférieure. Puis elle s'éclaircit la voix avant de marmonner encore :

— Où est le problème ? Je n'ai qu'à le remercier, c'est tout ! J'en ai pour une minute.

Elle tendit la main vers le téléphone, mais elle la retira aussitôt. Les pensées défilaient dans sa tête à la même allure que les battements de son cœur.

Elle se décida enfin à prendre l'appareil. Elle connaissait le numéro de Katch par cœur. N'avait-elle pas commencé à le composer une dizaine de fois au cours de ces deux semaines ? Prenant une profonde inspiration, elle appuya sur le premier chiffre. Elle en aurait pour une minute et, ensuite, elle n'aurait aucune raison de le contacter de nouveau. Il valait mieux qu'ils effacent ce qui pouvait rester de leur dernière rencontre. Et ce serait plus facile si leur relation prenait fin sur une note plus agréable, plus civilisée.

Appuyant sur le dernier chiffre, elle attendit.

Au bout de quatre sonneries interminables, Katch décrocha le téléphone.

— Katcherton…

Son nom était à peine audible. Incapable de prononcer un mot, elle ferma les yeux.

— C'est vous, Meg ?

Prenant sur elle, elle répondit :

— Oui, je… J'espère que je ne vous dérange pas.

Elle fit une pause. Quelle entrée en matière ! C'était désespérant.

— Vous allez bien ?

La voix de Katch trahissait de l'inquiétude.

— Oui, oui, très bien.

Affolée, elle chercha les mots simples qu'elle voulait lui dire.

— Katch, il faut que je vous parle. Votre sœur est venue…

— Je sais, elle est chez moi depuis cinq minutes, dit-il sur un ton un peu impatient. Vous avez un problème ?

— Non, aucun, répondit-elle d'une voix mal assurée.

Elle soupira. Il devait y avoir un moyen rapide pour mettre fin à cette conversation qui n'en était pas une.

— Etes-vous seule ?

— Oui, je…

— J'arrive dans dix minutes.

— Non ! Attendez !

Elle se passa une main sur le front.

— Dans dix minutes, répéta Katch.

Et il raccrocha.

9.

Megan fixa le téléphone pendant plusieurs secondes avant de le poser. Comment avait-elle fait, avec trois mots seulement, pour créer cette situation ? Incrédule, elle secoua la tête. Non, elle ne voulait pas qu'il vienne ! Elle ne voulait plus jamais le revoir !

Croisant les bras autour de sa taille, elle se laissa tomber sur une chaise. Comme elle se mentait mal à elle-même ! Bien sûr qu'elle voulait le revoir ! Elle ne rêvait que de cela depuis deux semaines. C'était effrayant.

Dans la pièce complètement plongée dans la pénombre, elle distinguait vaguement le contour de la table et des chaises. Elle se leva péniblement et se dirigea vers l'interrupteur, évitant instinctivement les obstacles. La lumière l'éblouit. Mais c'était mieux ainsi. La lumière était plus sécurisante.

Katch allait arriver d'une minute à l'autre. Affolée, elle regarda autour d'elle. Elle devait absolument s'occuper les mains. Elle allait préparer du café, oui, voilà…

Elle remplit le percolateur en s'exhortant au calme. Mais ses nerfs menaçaient de lâcher. Plus vite Katch arriverait, plus vite elle se calmerait. Elle allait lui dire ce qu'elle avait à lui dire et, ensuite, il rentrerait chez lui.

La sonnerie du téléphone la fit sursauter. Elle alla s'asseoir et décrocha le combiné.

— Bonjour, Megan !

C'était Pop. Il paraissait ravi.

— Pop… es-tu encore au parc ? Quelle heure est-il ? demanda-t-elle d'un air distrait.

Elle consulta sa montre.

— C'est la raison de mon appel. Georges est passé. Je voulais te prévenir que je dînerai en ville avec lui.

La voix de Pop la détendit. Elle sourit.

— Vous devez avoir un tas d'histoires de pêcheurs à vous raconter ! dit-elle.

— Les siennes sont encore plus nombreuses depuis qu'il a pris sa retraite ! Est-ce que tu viens avec nous, ma chérie ?

— Non, je te laisse tranquille avec ton vieux copain, Pop. Mais je passerai te dire bonsoir.

— Je te rapporterai un dessert.

C'était une vieille habitude. Aussi loin qu'elle s'en souvenait, Pop lui avait toujours rapporté une gâterie quand il dînait en ville.

— Qu'est-ce qui te ferait envie ? s'enquit-il.

— Un sorbet à la fraise, décida-t-elle instantanément. Passe une bonne soirée, Pop. Je t'embrasse.

— Moi aussi, ma chérie. Ne travaille pas trop tard !

Posant le téléphone, elle leva un sourcil. Pourquoi diable ne lui avait-elle pas parlé de la visite de Katch ? Ni de Jessica et des projets incroyables qui étaient en cours ?

Elle secoua la tête. Parce qu'elle devait d'abord être certaine qu'elle ne changerait pas d'avis. Après tout, elle n'avait pas signé de contrat.

De plus en plus agitée, elle tritura du bout des doigts une

mèche de ses cheveux. Ce projet était fou. Comment pourrait-elle aller à New York et…

Les phares d'une voiture balayèrent la fenêtre de la cuisine, interrompant ses pensées. Faisant un violent effort pour retrouver son aplomb, Megan alla fermer le placard avant de se diriger vers la porte d'entrée.

Quand elle posa la main sur la poignée de la porte, Katch montait le perron. Pendant un instant, ils se regardèrent à travers la moustiquaire, le silence n'étant rompu que par le vol des insectes autour de la lampe extérieure.

Katch finit par entrer. Tendant la main vers elle, il lui caressa la joue.

— Vous aviez l'air bouleversée, dit-il.

Megan s'humecta les lèvres.

— Non, non, je vais très bien. Il était inutile de vous déranger.

Elle recula pour supprimer le contact de sa main. Lentement, en plongeant les yeux dans les siens, Katch baissa le bras.

— Je suis désolée de…

— Megan, arrêtez !

Il parlait d'une voix calme. Un peu surprise, un peu désespérée, elle soutint son regard.

— Cessez de me fuir, et de vous confondre en excuses, continua-t-il.

Elle croisa ses mains tremblantes.

— J'ai préparé du café, dit-elle. Il sera prêt dans une minute.

Elle voulut sortir les tasses du placard, mais il la prit par le bras.

— Je ne suis pas venu pour boire le café.

Il laissa glisser sa main jusqu'à son poignet. Le pouls de Megan palpita sous ses doigts.

Essayant de libérer sa main, Megan le regarda dans les yeux.

— Katch, je vous en prie, ne me rendez pas les choses plus difficiles…

Un éclair traversa brièvement le regard de Katch.

— Permettez-moi de rester quelques minutes. J'ai eu des difficultés ces dernières semaines. A cause de ce qui s'est passé entre nous, la dernière fois que nous nous sommes vus.

Les joues de Megan s'empourprèrent, mais elle soutint son regard. Haussant les épaules, Katch la lâcha et fourra les mains dans ses poches.

— Megan, je voudrais que ce soit vous qui décidiez, dit-il.

Elle secoua la tête. La gentillesse de Katch était déconcertante.

— Ne voulez-vous pas me pardonner ? interrogea-t-il doucement.

— Non… enfin…

Une lueur amusée dans le regard, il lui adressa un sourire ravageur.

— Dois-je comprendre que vous ne voulez pas me pardonner ?

Megan croisa nerveusement les mains. Elle était en train de couler à pic.

— Oui, bien sûr, je vous pardonne, corrigea-t-elle en se tournant vers la cafetière. C'est oublié.

Il posa une main sur son épaule. Elle fit un bond.

— Vraiment ? interrogea-t-il.

Il la fit tourner sur elle-même, face à lui. La lueur amusée s'était éteinte.

— On dirait que vous ne supportez pas mon contact. L'idée que je vous fais peur ne me plaît pas.

Elle prit une profonde inspiration.

— Vous ne me faites pas peur, Katch, murmura-t-elle. Dès que vous êtes près de moi, j'ai l'esprit confus.

Il fronça les sourcils.

— Je suis désolé, Megan.

Elle sourit. Apparemment, il était sincère.

Il s'approcha d'elle.

— Pouvons-nous nous embrasser pour fêter votre pardon ?

Elle voulut protester, mais les lèvres de Katch étaient déjà sur les siennes, légères et douces. Son cœur se mit à tambouriner dans sa poitrine. Katch n'essaya pas d'approfondir son baiser. Il posa les mains sur ses épaules. Malgré tous les clignotants qui s'allumaient dans son esprit, elle se laissa aller contre lui, l'invitant à prendre ce qu'il voulait. Mais il n'insista pas.

Il s'écarta d'elle et cherha son regard. Puis il lui caressa les cheveux. Sans parler, il lui tourna le dos et s'approcha de la fenêtre.

Prenant une profonde inspiration, Megan dit d'une voix peu assurée :

— Je voulais vous parler de votre sœur.

Elle arrêta le percolateur.

— Plus précisément, de la raison de sa visite, continua-t-elle.

Katch lui jeta un coup d'œil par-dessus son épaule. Elle remplit deux tasses de café et lui en offrit une.

— Pourquoi ne m'avez-vous pas dit que vous alliez envoyer mes sculptures à Jessica ?

— J'ai préféré connaître son opinion avant.

Il s'assit près d'elle et serra sa tasse entre ses mains.

— Je lui fais confiance, et j'ai pensé que vous auriez plus de considération pour son opinion que pour la mienne. Allez-vous faire cette exposition ? Je n'ai pas eu le temps d'en parler à Jessica avant votre appel.

Mal à l'aise, Megan remua sur sa chaise. Elle fixa un instant sans la voir sa tasse de café, puis elle le regarda bien en face.

— Jessica est très convaincante. J'ai accepté sans réfléchir.

— Parfait !

— Je ne suis pas persuadée que ce soit parfait, mais je voulais vous remercier, déclara-t-elle d'une voix plus ferme. Je n'aurais jamais fait cette démarche moi-même, pour des dizaines de raisons, qui me sont venues à l'esprit cinq minutes après le départ de Jessica.

Avec un sourire charmeur, Katch haussa les épaules.

— Très bien. Si vous avez décidé d'être reconnaissante !

— Je le suis. Et j'ai peur. Je suis terrifiée à l'idée de montrer mon travail au public.

Elle poussa un soupir frémissant.

— Je vous conseille d'accepter mes remerciements aujourd'hui. Quand les critiques auront éreinté mes sculptures, je vous accablerai de reproches.

Katch tendit la main vers elle, lui donnant des palpitations. Il allait sûrement la prendre dans ses bras. Mais il se contenta de lui effleurer la joue du dos de la main.

— Quand vous serez une artiste reconnue, vous pourrez me rendre votre gratitude.

Il sourit, et tout s'évanouit autour d'elle. Brusquement, une joie infinie l'envahit. En l'absence de Katch, sa vie lui paraissait terne, maintenant. Mais dès qu'il était là, tout reprenait des couleurs.

— Je suis si heureuse que vous soyez venu, chuchota-t-elle.

Incapable de résister, elle noua les bras autour de son cou et pressa son visage contre son épaule. Quelques secondes plus tard, il posa les mains sur sa taille.

— Je suis désolée pour ce que je vous ai dit… au sujet du prêt. Je ne le pensais pas vraiment, mais quand je suis en colère, je peux dire des choses terribles.

Elle rejeta la tête en arrière. Il l'embrassa fugitivement et s'écarta aussitôt d'elle. A contrecœur, elle le laissa s'échapper de ses bras. Se levant, il la dévora des yeux.

— Que faites-vous ? demanda-t-elle avec un bref sourire.

— Je mémorise votre visage. Avez-vous mangé ?

Elle secoua la tête. C'était surprenant, mais il trouvait toujours le moyen de la laisser désemparée.

— Non, j'allais réchauffer quelques restes.

— Des restes ? Quelle horreur ! C'est inacceptable ! Que diriez-vous d'une pizza ?

— Mmm, j'en dirais le plus grand bien ! Mais vous avez des invités.

— Jessica et Rob ont emmené leurs filles au golf miniature. Je ne leur manquerai pas.

Il tendit les mains vers elle.

— Venez !

Ses yeux lui souriaient. Comment lui résister ? Lui rendant son sourire, elle se leva.

— Oh, attendez ! dit-elle en lui donnant la main.

Elle gribouilla un message sur le petit tableau noir près de la porte. Ainsi, Pop ne s'inquiéterait pas lorsqu'il rentrerait.

« Je déjeune avec Katch. »

Il comprendrait… Inutile d'en écrire plus.

10.

Katch conduisait le long d'Ocean Boulevard. La circulation était dense. Des rires et de la musique filtraient des voitures aux vitres baissées. Les lumières rouges et bleues d'une grande roue luisaient au loin. Plusieurs touristes étaient installés sur le balcon de leur hôtel, leur serviette de bain posée sur la balustrade. A gauche, la mer se laissait parfois entrevoir entre deux immeubles.

Repue de pizzas et de chianti, Megan se blottit dans le siège en cuir moelleux.

— Tout va se calmer après ce week-end, commenta-t-elle.

— N'avez-vous jamais l'impression d'être envahie ? interrogea Katch avec un large geste englobant la file de voitures.

— J'aime la foule !

Elle se mit à rire.

— Mais j'aime l'hiver aussi, quand les plages sont désertes. Je suppose que cette frénésie me plaît parce que je sais que j'aurai ensuite quelques mois de tranquillité.

Le regard de Katch se posa sur elle.

— C'est à ce moment-là que vous vous consacrez à la sculpture.

Elle haussa légèrement les épaules.

— Il m'arrive également de m'y mettre en été, dès que j'ai une minute.

Elle fronça les sourcils.

— Je n'ai pas pensé aux délais quand Jessica m'a proposé cette exposition. Je me demande comment je vais faire pour être prête.

— Vous n'allez pas changer d'avis, j'espère ?

— Non, mais…

Tournant encore les yeux vers elle, Katch se fit insistant. Megan ravala ses prétextes.

— Non, dit-elle plus fermement, je ne changerai pas d'avis.

— Cette exposition est la chance de votre vie. Ne la ratez pas.

Voyant qu'elle n'avait pas l'air convaincue, il demanda :

— Sur quoi travaillez-vous en ce moment ?

— Je… euh…

Mal à l'aise, elle tripota le bouton de la radio. Elle n'allait certainement pas dire à Katch qu'elle était en train de sculpter un buste de lui.

— Eh bien, je…

Haussant encore les épaules, elle serra ses mains l'une contre l'autre.

— Je fais une sculpture sur bois…

— Qui représente quoi ?

Elle bafouilla quelques paroles inintelligibles. Katch se mit à rire.

— Je dois devenir sourd ! Je n'ai pas compris votre réponse.

Fascinée par la lumière d'un réverbère qui découpait son visage entre ombre et lumière, elle le regarda longuement. Puis, prenant une longue inspiration, elle dit :

— C'est un pirate ! Le chef des pirates !

Il arqua un sourcil. Pourquoi Megan le dévisageait-elle avec tant de concentration ?

— J'aimerais le voir, dit-il.

— Il n'est pas terminé. Et il n'est pas près de l'être si je dois créer plusieurs pièces pour la galerie de votre sœur.

— Meg, cessez de vous inquiéter ! Réjouissez-vous, au contraire !

Incrédule, elle secoua la tête.

— Que je me réjouisse ? Je n'y manquerai pas, quand ce sera fini, dit-elle en souriant. Pensez-vous vous rendre à New York pour l'exposition ?

Comme la circulation devenait plus fluide, il passa la troisième.

— Je suis en train d'y réfléchir.

— J'aimerais que vous y soyez, si c'est possible. J'aurai besoin d'être entourée d'amis, insista-t-elle.

— Vous n'aurez besoin que de deux choses : votre œuvre, et un peu de confiance en vous, corrigea Katch en lui jetant un coup d'œil persuasif.

Il tourna à droite.

— Vous n'avez pas pensé que j'aimerais être là le soir du vernissage, ne serait-ce que pour me vanter de vous avoir découverte ?

Elle sourit.

— Espérons que nous n'aurons pas à le regretter, marmonna-t-elle.

Il se mit à rire.

— Je suis bien convaincu que nous ne le regretterons pas.

— C'est incroyable ! s'écria-t-elle. Vous n'envisagez même pas la possibilité de vous être trompé.

— Et vous, vous n'envisagez même pas la possibilité d'avoir du succès, rétorqua-t-il.

Megan ouvrit la bouche et la referma aussitôt. Après quelques secondes de silence, elle finit par dire :

— Au bout du compte, nous avons raison tous les deux.

Attendant qu'ils s'arrêtent à un carrefour, elle lui toucha l'épaule.

— Katch ?

— Mmm ?

— Quelles sont les raisons qui vous ont poussé à construire un hôpital en Afrique ?

Il tourna la tête vers elle. Un léger froncement de sourcils lui creusait une petite ride au milieu du front.

— La population en avait besoin, répondit-il simplement.

— C'est l'unique raison ? insista-t-elle.

Visiblement, ses questions l'énervaient.

— Jessica m'a dit qu'on vous l'avait déconseillé, mais que…

— Il se trouve que je suis à la tête d'une fortune confortable, coupa-t-il d'un ton agacé. J'en fais ce que je veux.

Voyant son expression, il secoua la tête.

— Il y a des choses que j'ai envie de faire, voilà tout. Ne me prenez pas pour un saint, Meg.

Avec un petit rire étouffé, Megan passa une main légère sur les boucles qui lui retombaient sur l'oreille.

— Cela ne me viendrait vraiment pas à l'idée ! dit-elle.

Elle secoua la tête. Katch évoquait davantage un être excentrique qu'un bienfaiteur. Mais c'était tellement plus facile de l'aimer en connaissant ce petit secret.

— Vous êtes beaucoup plus aimable que je n'avais cru le jour où je vous ai vu pour la première fois près du supermarché.

— J'ai essayé de vous le faire comprendre. Mais vous préfériez croire que cela ne vous intéressait pas.

— C'était la vérité. Vous ne m'attiriez pas le moins du monde.

Il se tourna vers elle en riant. Elle éclata de rire.

— Disons que je n'étais pas très intéressée, rectifia-t-elle.

Ralentissant, il tourna en direction de la mer.

— Que faites-vous ?

— Je vais me garer près des planches. Je vais peut-être vous acheter un souvenir.

Dès qu'il eut trouvé une place, il se jeta hors de la voiture.

— J'adore les envies spontanées ! dit Megan en le rejoignant.

— J'ai dit « peut-être ».

— Je n'ai pas entendu cette partie de la phrase !

Elle entrelaça ses doigts à ceux de Katch.

— Je veux quelque chose d'extravagant !

— Quoi, par exemple ?

Ils se faufilèrent entre les voitures garées.

— Je vous le dirai quand je l'aurai vu.

La promenade était noire de monde, très bruyante et pleine de lumières. La brise apportait des effluves salée qui se mélangeaient aux odeurs de viande grillée et de barbe à papa.

Au lieu d'entrer dans une des multiples boutiques qui bordaient la promenade, Katch entraîna Megan dans une galerie marchande.

Megan prit un air faussement boudeur.

— Qui a parlé de m'offrir un présent ? Décidément, les beaux discours sont rarement suivis par des actes !

Sans rien dire, Katch échangea de la monnaie contre des jetons.

— C'est encore trop tôt, finit-il par dire.

Il lui donna quelques jetons.

— Pour commencer, nous pourrions essayer de débarrasser la galaxie des envahisseurs ? proposa-t-il brusquement.

Avec un petit sourire, Megan se dirigea vers une boutique de jeux vidéo. Elle glissa deux jetons dans la fente.

— J'attaque la première !

Pressant le bouton de démarrage, elle prit la barre en mains. Les sourcils rapprochés sous l'effet de la concentration, elle fit tanguer son bateau à droite et à gauche pendant que la machine explosait de couleurs et de bruits chaque fois qu'elle atteignait son but.

Les mains enfoncées dans ses poches, Katch l'observa d'un air amusé. Le spectacle offert par l'expression de Megan était beaucoup plus passionnant que le jeu lui-même.

Megan se mit à mordiller sa lèvre inférieure tout en guidant ses manœuvres avec précision, comme si elle avait joué à ce jeu toute sa vie. Quand un rayon laser se dirigeait vers son vaisseau, elle plissait les yeux laissant apparaître deux fentes brillantes de plaisir. Si son bateau échappait de justesse à l'ennemi, elle serrait les dents, et sa respiration se précipitait. Mais quoi qu'il arrive, son visage gardait une expression presque grave. Une ultime bataille fit rage, et bien que Megan réduise plusieurs bateaux ennemis en poussière, le sien finit par succomber sous un déluge de feu.

Tandis qu'elle essuyait ses mains humides de sueur sur son jean, Katch examina son score.

— Bravo ! Vous êtes excellente à ce jeu !

— Il le faut bien quand on représente la dernière chance de la planète, dit-elle en riant.

Elle lui laissa sa place. Il commença à repousser les envahisseurs avec autant de constance qu'elle, mais un peu plus vite. Il faillit être pulvérisé par une avalanche de rayons laser censés faire disparaître trois bateaux presque en même temps. Mais il arriva à contourner le danger au dernier moment. Megan hocha la tête. Il aimait prendre des risques. Comme son score grimpait, elle se rapprocha du jeu pour observer sa technique.

Son bras effleura celui de Katch. Il tressaillit légèrement, et sa respiration se fit plus rapide. Elle sourit. Voilà qui était intéressant. Brusquement, elle éprouva une envie irrésistible de le tenter. Elle s'approcha encore plus près. Elle sentit encore son souffle s'accélérer. Doucement, elle posa un baiser sur son épaule et lui adressa un sourire radieux. Elle entendit, plus qu'elle ne vit, l'explosion qui marqua la fin de son bateau.

Katch ne regardait plus l'écran. Il fixait les yeux sur elle. Un éclair les traversa, une lumière chaude, avant que ses mains ne quittent la machine pour plonger dans ses cheveux.

— Tricheuse, murmura-t-il.

Pendant un bref instant, elle oublia la cacophonie et la

foule qui les entouraient. Perdue au plus profond des yeux gris de Katch, elle savoura son pouvoir sur lui.

— Tricheuse ? répéta-t-elle.

Elle garda les lèvres entrouvertes.

— Je ne sais pas ce que vous voulez dire.

La main dans ses cheveux se raidit. A l'évidence, Katch luttait. C'était aussi surprenant qu'excitant.

— Mais si, vous le savez, dit-il tranquillement. Et maintenant que vous connaissez l'effet que vous pouvez avoir sur moi, je devrai être très prudent.

— Katch…

Elle baissa les yeux sur sa bouche, tandis qu'un désir dévorant s'emparait d'elle.

— Je n'ai peut-être plus envie que vous soyez prudent.

Lentement, il retira la main de ses cheveux. Il lui caressa la joue avant de la laisser retomber.

— J'ai d'autant plus de raisons de l'être. Venez !

La prenant par le bras, il l'entraîna loin des jeux vidéo.

— Allons jouer à autre chose.

Megan se laissa porter par son humeur, heureuse d'être en sa compagnie. Ils s'adonnèrent encore à plusieurs jeux, se livrant à une compétition serrée aussi bien entre eux qu'avec l'ordinateur. Megan soupira de bien-être. C'était bon d'être avec Katch. Un peu comme si elle faisait une folle randonnée sur un des manèges les plus excitants du parc, entre les virages sur l'aile, les remontées rapides, les descentes vertigineuses et inattendues. Elle adorait par-dessus tout les sensations provoquées par les montagnes russes.

Les mains sur les hanches, elle le dévorait des yeux. Katch gagna plusieurs coupons d'achat au golf.

— Vous ne perdez jamais ? demanda-t-elle en riant.

Il lança une autre balle pour gagner quarante points.

— J'essaie de ne pas en faire une habitude. Vous voulez lancer les deux dernières ?

— Non !

Elle secoua la tête.

— Je ne veux pas gâcher votre plaisir ! Vous aimez tant m'épater !

En riant, Katch envoya directement les deux dernières balles dans le trou. Il prit la liasse de coupons qu'il avait gagnés.

— Attention à ce que vous dites ! Je pourrais bien ne pas me servir d'eux pour votre souvenir !

— Vous voulez m'offrir un souvenir avec ça ?

Elle les contempla d'un air faussement méprisant.

— Je vous signale que vous étiez censé m'en acheter un !

— C'est ce que j'ai fait.

Roulant les coupons, il sourit.

— Indirectement, ajouta-t-il.

Glissant un bras autour de ses épaules, il l'emmena vers le comptoir central où les prix gagnés étaient exposés.

— Voyons… j'ai deux douzaines de coupons. Que diriez-vous d'un de ces couteaux à multiples fonctions ?

— A qui est destiné ce souvenir ? interrogea Megan en parcourant l'étalage du regard. Merci, je préfère cette rose de soie.

Elle tapota une vitrine du bout des ongles pour lui montrer une petite épingle ornée d'une fleur en tissu.

— J'ai tous les outils qu'il me faut, continua-t-elle avec un sourire espiègle.

— Très bien.

Prenant quatre coupons, il les échangea contre l'épingle fleurie.

— Il m'en reste encore beaucoup..., commenta-t-il.

Il examina rapidement les objets exposés.

— Celui-ci !

Megan posa un regard pensif sur le minuscule personnage en coquillages que la vendeuse sortit de l'étagère. Cela ressemblait à un croisement entre un canard et un pingouin.

— Que comptez-vous en faire ? s'enquit-elle en refrénant une envie de rire.

— Je compte bien vous le donner.

Il tendit ses tickets.

— Je suis un homme très généreux.

— Je suis impressionnée, murmura-t-elle.

Posant l'objet sur la paume de sa main, elle l'examina pendant que Katch agrafait la rose au col de son chemisier.

— Qu'est-ce que c'est au juste ?

— C'est un canard colvert.

Il enveloppa ses épaules d'un bras protecteur et l'entraîna hors de la galerie.

— Je suis étonné par votre réaction. Je pensais qu'en tant qu'artiste, vous alliez reconnaître la valeur esthétique de cet objet, dit-il sur un ton faussement sérieux.

— Mmm...

Megan l'observa encore un instant puis elle le glissa dans sa poche.

— A vrai dire, je lui reconnais un certain charme. De plus...

Faisant une pause, elle se hissa sur la pointe des pieds et l'embrassa sur la joue.

— C'est adorable de votre part d'avoir dépensé tous vos gains pour moi.

Souriant, Katch lui taquina le bout du nez.

— Un baiser sur la joue… c'est tout ce que vous pouvez faire ?

— Oui, pour un pingouin en coquillages.

Il fit semblant d'être vexé.

— Vous exagérez. C'est un colvert !

Megan éclata de rire. Elle lui enlaça la taille et ils traversèrent la promenade en direction de la plage.

La lune n'était qu'un mince croissant très blanc, mais les étoiles brillaient de tous leurs feux et se reflétaient dans la mer. Le ressac faisait un bruit très doux sur le sable fin. Plusieurs couples d'amoureux se promenaient en parlant tout bas ou en restant silencieux. Une lampe torche à la main, des enfants couraient sur la plage, à la recherche de coquillages.

Megan se débarrassa de ses chaussures et roula le bas de son pantalon. Sans rien dire, Katch l'imita. L'eau leur caressant les chevilles, ils s'éloignèrent des lumières et du bruit, jusqu'à ce que la promenade ne soit plus qu'un vague écho derrière eux.

Ils restèrent longtemps silencieux, appréciant la beauté de la nuit. Megan revivait en pensée cette journée mémorable. La vie venait de lui faire une fameuse surprise. Elle eut un imperceptible sourire. L'idée de l'exposition à New York ne paraissait plus du tout inquiétante. Tout semblait si facile, subitement. Certes, la magie de la nuit et de la mer opérait. Mais il y avait autre chose. Le véritable responsable, c'était Katch. Pourquoi nierait-elle cette évidence ?

Submergée d'émotion, elle éprouva le besoin de parler.

— Votre sœur est adorable, murmura-t-elle. Vous aviez raison.

— Adorable, et très belle.

Il eut un petit rire.

— Un peu têtue. Elle sait ce qu'elle veut, et quand elle a décidé quelque chose, elle n'en démord pas.

Megan se mit à rire.

— J'ai pu le constater moi-même !

Se baissant, elle prit un peu d'eau dans sa main et se la passa sur le visage.

— J'ai vu vos nièces aussi. Elles faisaient du manège. Elles étaient barbouillées de chocolat.

Elle releva la tête pour sentir la brise marine dans ses cheveux.

— Elles sont terribles, toutes les deux. Je ne peux rien leur refuser, dit Katch en riant. Avant de partir, tout à l'heure, elles sont allées chercher des asticots. Elles veulent que je les emmène à la pêche, demain matin.

— Vous aimez beaucoup les enfants ?

C'était plus une constatation qu'une question.

— Je les adore. Avec eux, la vie est une perpétuelle aventure.

Elle hocha la tête.

— Chaque été, j'en vois des milliers au parc, et pourtant, ils m'étonnent toujours.

Tournant les yeux vers lui, elle le regarda d'un air mi-sérieux, mi-amusé.

— Et je vois aussi un bon nombre de parents qui n'en peuvent plus !

Katch hocha la tête. Quelques secondes de silence s'écoulèrent, puis il tourna la tête vers elle et la regarda dans les yeux.

— Quand avez-vous perdu les vôtres ? demanda-t-il à brûle-pourpoint.

Megan eut un sursaut. Cette question était surprenante. Elle baissa les yeux sur le sable.

— Oh ! J'avais cinq ans.

— Vous vous souvenez d'eux ?

— Oui, vaguement. Ils m'ont surtout laissé des impressions. Pop a plusieurs photographies d'eux, naturellement. Quand je les vois, je suis toujours étonnée par leur jeunesse.

— Cela a dû être dur pour vous.

Il parlait avec une telle gentillesse qu'elle se tourna vers lui. Ils étaient très loin maintenant, et seule la lumière des étoiles les éclairait.

— Cela aurait été très dur sans Pop. Mais il ne s'est pas contenté de remplir le vide qu'ils avaient laissé.

Faisant une pause, elle s'avança d'un pas dans la mer.

— L'un de mes meilleurs souvenirs, c'est Pop en train de repasser ma robe en organdi rose pour une fête à laquelle j'étais invitée. Je devais avoir huit ou neuf ans.

Secouant la tête, elle éclata de rire en donnant des petits coups de pied dans l'eau.

— Je le vois encore ! Il était vraiment trop drôle !

Lui enlaçant la taille, Katch l'attira contre lui.

— Je n'ai aucun mal à l'imaginer, dit-il.

— Il se battait avec les rubans et les fronces, en jurant comme un charretier car il n'avait pas vu que j'étais là. Rien que pour cela, je l'adore.

Katch effleura de ses lèvres le haut de sa tête.

— Et je suppose qu'après, vous lui avez dit que vous n'aimiez pas tellement les robes à rubans ?

Megan posa sur lui un regard étonné.

— Comment le savez-vous ?

— Je commence à vous connaître. Je suis sûr que vous préfériez être en pantalon, pour pouvoir courir librement.

Lentement, il suivit le contour de son visage du bout d'un doigt.

— C'est vrai.

Brusquement, elle fronça les sourcils.

— Suis-je aussi transparente que cela ? dit-elle avec une petite moue de déception.

— Pas du tout. En fait, je vous ai étudiée.

Elle sentit son cœur s'emballer.

— Et pourquoi donc ?

Secouant la tête, Katch se passa une main dans les cheveux.

— Plus de questions, ce soir, répondit-il tranquillement. Je n'ai pas encore les réponses.

— D'accord, plus de questions.

Elle donna des petits coups de pied dans l'eau. Les vagues allaient et venaient autour de leurs chevilles, remontant parfois jusqu'à mi-mollets. C'était une sensation si agréable !

Laissant libre cours à une pulsion irrépressible, Megan se hissa sur la pointe des pieds et embrassa Katch sur la bouche.

Il répondit par un baiser très doux, comme s'il craignait de la briser par la moindre pression. Elle entrouvrit les lèvres et lui taquina la langue. Katch émit un gémissement de plaisir.

Elle glissa les mains dans son dos, laissant ses doigts

d'artiste remonter jusqu'à son cou. La nuque de Katch étai
tendue. Elle murmura contre sa bouche, comme pour l'apaiser
Elle sentit en même temps sa résistance et la pression de se
doigts sur sa peau. Elle s'arc-bouta avec plus d'insistanc
contre lui.

Katch ne précipitait rien, mais elle sentait son désir
fleur de peau. C'était tentant de lui faire perdre le contrôl
de soi, comme il l'avait fait avec elle l'autre soir. Elle voulai
qu'il la désire aveuglément, avec la même force que cell
qu'elle avait ressentie. Elle ne pouvait pas l'obliger à l'aimer
mais elle pouvait faire naître en lui un désir dévastateur. S
elle n'obtenait rien d'autre de lui que ce désir fou, elle s'e
contenterait.

Elle le sentit bientôt perdre tout contrôle. Les bras de Katc
l'enveloppèrent jalousement tandis que son baiser devenai
plus dur, plus urgent. Levant une main vers ses cheveux, i
les agrippa et lui renversa la tête en arrière.

Le feu se mit à courir dans ses veines, et une chaleu
torride l'envahit. Elle prit la lèvre inférieure de Katch entr
ses dents. Il poussa un faible gémissement.

Brusquement, il la repoussa.

— Meg…

Effarée par ce brusque revirement, elle plongea un regar
brûlant dans le sien. Que souhaitait-elle lui entendre dire exac
tement ? Elle ne savait plus. Elle se sentait incroyablemen
forte. Agrandis de désir, les yeux de Katch étaient presqu
noirs. Elle sentit sur ses lèvres son souffle léger comme un
plume, chaud et saccadé.

Faisant descendre ses mains sur ses épaules, il répéta :

— Meg… je dois partir.

Plus hardie qu'elle n'aurait osé l'imaginer, elle pressa des lèvres avides contre les siennes.

— C'est ce que vous voulez ? murmura-t-elle. Vous voulez me laisser maintenant ?

Les doigts de Katch se durcirent convulsivement sur ses bras, puis il s'écarta de nouveau.

— Vous connaissez la réponse, dit-il d'une voix rauque. Qu'essayez-vous de faire ? Me rendre fou ?

— Peut-être.

Le désir devenait insupportable. Elle plongea un regard incandescent dans ses yeux.

— Peut-être, répéta-t-elle dans un souffle.

La prenant dans ses bras, il la serra contre lui. Elle sentit la course furieuse de son cœur dans sa poitrine. Il était en train de perdre toute maîtrise de soi. Leurs lèvres n'étaient plus qu'à un murmure.

— Un jour viendra, dit-il doucement, où il n'y aura que vous et moi, je le jure. La prochaine fois, Meg. Souvenez-vous-en.

Elle n'eut aucun mal à soutenir son regard de braise. La puissance de son désir semblait encore sur le point de la submerger.

— Est-ce un avertissement ? chuchota-t-elle.

— Ni plus ni moins.

11.

Deux jours plus tard, Megan termina le buste de Katch. Faisant son possible pour mettre ses sentiments en veilleuse, elle essaya de le regarder avec objectivité.

Elle avait eu raison de choisir le bois, plus chaud que la pierre. Le bout de la langue entre les dents, elle l'examina, cherchant des défauts possibles.

Au bout d'un moment, elle prit une longue inspiration. En toute modestie, elle pouvait affirmer que c'était une de ses œuvres les plus réussies. Peut-être même la meilleure.

Le visage était beau, mais pas seulement. Il émanait de lui une force tranquille, empreinte d'humour.

Elle passa un doigt sur les lèvres sensuelles. C'était une bouche extraordinairement expressive. Se rappelant le goût de celle qu'elle avait embrassée deux jours plus tôt, elle frissonna. Elle connaissait l'expression de ces lèvres quand Katch était en colère, ou qu'il la désirait. Et ses yeux… Ils pouvaient changer de couleur selon son état d'âme.

Megan soupira. Elle connaissait le visage de Katch aussi bien que le sien. Cependant, elle connaissait mal ce qu'il y avait derrière cette apparence. Katch était encore en grande partie un étranger pour elle.

Posant les coudes sur la table, elle appuya le menton sur ses mains.

Lui permettrait-il jamais de le connaître vraiment ? Tendrement, elle caressa une boucle de sa chevelure désordonnée. Jessica le connaissait sans doute mieux que quiconque. S'il aimait quelqu'un…

Que se passerait-il si elle trouvait le courage de lui avouer son amour ? Si elle allait le voir pour lui dire simplement : « Katch, je vous aime. » Sans rien exiger, sans rien espérer. Après tout, il avait peut-être le droit de le savoir ? L'amour n'était-il pas un sentiment trop rare pour le garder pour soi ?

Elle secoua la tête. Non, elle se ridiculiserait. Katch la regarderait avec un air mêlé d'amusement et de pitié.

— Je ne le supporterais pas, murmura-t-elle.

Elle posa le front sur celui du buste de bois. Deux secondes plus tard, un coup frappé à la porte la fit sursauter.

Rapidement, elle se composa une expression.

— Entrez !

Pop fit son apparition, sa casquette de pêcheur perchée de travers sur sa toison de cheveux blancs.

— Que dirais-tu de manger du poisson frais ce soir ?

D'après son sourire radieux, il avait fait bonne pêche. Megan inclina la tête en souriant. C'était bon de voir ses yeux briller et ses joues rougies par le soleil et le vent.

S'approchant de lui, elle déposa un baiser sonore sur sa joue.

— Je ne me ferais pas prier, dit-elle en riant.

Elle passa ses bras autour de son cou, comme quand elle était petite.

— Oh, je t'aime tant, Pop !

Aussi surpris que radieux, il lui tapota affectueusement la main.

— Moi aussi, je t'aime, ma chérie.

Il se mit à glousser de rire.

— Je devrais te rapporter du poisson plus souvent !

— Il ne faut pas grand-chose pour me rendre heureuse.

Le regard de Pop se fit plus grave tandis qu'il lui rejetait une mèche de cheveux derrière l'oreille.

— C'est vrai. Et tu m'as apporté tant de joies pendant toutes ces années, Megan. Tu vas me manquer quand tu seras à New York.

— Oh, Pop !

Elle enfouit son visage dans le cou de son grand-père et s'accrocha à lui.

— Ce ne sera que pour un mois ou deux. Je serai vite de retour.

Elle huma avec délices l'odeur de son tabac, qu'il gardait dans la poche de sa chemise.

— Tu pourrais même venir avec moi. La saison sera terminée.

— Meg…

La prenant par les épaules, il la regarda dans les yeux.

— C'est une grande première pour toi. Ne t'impose pas de restrictions…

Megan secoua la tête et se mit à arpenter la pièce d'un pas nerveux.

— Je ne vois pas ce que tu veux dire.

— Ce projet est primordial pour ton avenir…

Il lui adressa un sourire mêlé de tendresse et d'admiration.

— N'oublie pas que tu es bourrée de talent, ma chérie.

Il parcourut l'atelier des yeux, et son regard se posa sur le buste de Katch.

— De plus, tu dois vivre ta vie.

— A t'entendre, on dirait que je ne vais pas rentrer à la maison.

Voyant ce qu'il regardait, elle croisa les mains.

— Je viens juste de le finir.

S'humectant les lèvres, elle fit un effort démesuré pour garder une voix légère.

— Il est plutôt bien, tu ne trouves pas ?

— Si, je le trouve magnifique.

Pop leva les yeux sur elle.

— Assieds-toi, Megan. Il faut que je te parle.

Megan se raidit. Pop prenait un ton un peu trop sérieux.

Sans un mot, elle s'assit en face de lui. Pop l'examina attentivement avant de dire d'une voix ferme :

— Il y a quelques jours, je t'ai dit que la vie était toujours susceptible de connaître des changements. Tu as passé la majeure partie de la tienne avec moi. Nous avions besoin l'un de l'autre. Nous avions le parc pour nous faire vivre, et pour nous donner un but.

Son ton s'adoucit.

— Tu n'as pas représenté une seule seconde un fardeau pour moi, au cours de ces dix-huit ans. Au contraire, tu m'as permis de rester jeune. Je t'ai vue franchir toutes les étapes de ta croissance, et, à chacune d'elles, j'étais un peu plus fier de toi qu'à la précédente. Maintenant, le temps est venu pour un autre changement.

La gorge sèche comme du parchemin, Megan laissa un court silence s'installer. Puis, d'une petite voix, elle répliqua :

— Je ne comprends pas ce que tu essaies de me dire.

— Il est grand temps que je te laisse voler de tes propres ailes, Megan.

Il sortit quelques papiers de la poche de sa chemise. Après les avoir dépliés, il les lui tendit.

D'une main hésitante, elle les prit sans le quitter des yeux. Puis elle poussa un profond soupir. Elle n'avait pas besoin de les lire pour savoir de quoi il s'agissait.

— Lis-les, lui enjoignit Pop.

Quelques minutes plus tard, elle déclara sans cacher sa déception :

— Tu lui as vendu le parc !

— Ce sera fait quand ces papiers seront signés.

— Eh bien, qu'est-ce que tu attends pour le faire ?

— J'attends ton consentement. Si tu n'es pas d'accord, je les déchire.

Megan riva sur lui un regard désespéré.

— Megan, écoute-moi. J'ai longuement réfléchi.

Il reprit les papiers et les posa sur la table. Puis il lui saisit les deux mains.

— Katch n'est pas le premier qui m'a demandé de lui vendre le parc. Et ce n'est pas la première fois que j'ai envisagé de passer la main. La différence entre Katch et les autres, c'est qu'avec lui, tout se passe comme je le souhaite.

Elle se mordit la lèvre pour lutter contre les larmes.

— C'est-à-dire ? interrogea-t-elle.

— Il est l'homme de la situation, Meg. Et il arrive au bon moment.

Avec un petit sourire d'encouragement, il lui caressa les mains. C'était effrayant de la voir si malheureuse, mais elle était jeune, elle tournerait vite la page.

— Je l'ai compris quand j'ai vu qu'il y avait toutes ces

réparations. Je suis prêt à passer mon affaire à quelqu'un de jeune et de compétent. J'ai envie de me consacrer plus souvent à mon passe-temps favori.

Il lui adressa un sourire radieux.

— Oui, c'est ce que je veux, maintenant : une barque et une canne à pêche. Et Katch est le seul homme auquel je puisse vendre.

Faisant une pause, il farfouilla dans sa poche d'où il tira un mouchoir. Il se tamponna les yeux.

— Je t'avais dit que je lui faisais confiance, et c'est toujours valable. Avec Katch dirigeant le parc, je pourrai me libérer l'esprit. Quant à toi, tu as besoin de couper le cordon ombilical, si j'ose dire. Avec le poids des responsabilités que je t'avais imposées, tu ne pouvais pas te consacrer à ton art.

Vaincue, Megan murmura :

— Si c'est ce que tu désires…

— Non, il faut que ce soit toi qui le veuilles. C'est pourquoi les papiers ne sont pas encore signés.

Il posa sur elle un regard plus serein.

— Je ne signerai rien, Megan, si tu n'es pas d'accord. Il faut que cet arrangement nous convienne à tous les deux.

Megan dégagea ses mains et se leva. Le cœur lourd, elle se dirigea vers la fenêtre. Elle ne savait plus où elle en était. Elle avait fait un pas de géant en acceptant cette exposition à New York. Et ce pas l'éloignerait de Pop. Et du parc, qui faisait partie intégrante de sa vie. Mais Pop avait raison. Si elle voulait réussir une carrière artistique, elle ne pouvait pas continuer à l'aider pour faire tourner Joyland.

Le parc avait été leur gagne-pain, et une lourde responsabilité pour elle. C'était sa seconde maison, et elle aurait du mal à le quitter, tout comme son grand-père, qui avait été à la fois un père et une mère pour elle.

Elle soupira. Pop paraissait très las, le jour où il lui avait annoncé qu'il fallait trouver de l'argent pour les travaux.

Après tout, il avait le droit de prendre une retraite bien méritée, et de vivre comme il l'entendait. Avec moins de responsabilités et de préoccupations. Il avait le droit d'aller à la pêche, de faire la grasse matinée, et de s'occuper de ses azalées. Elle ne pouvait pas lui dénier cela parce qu'elle avait peur de couper le dernier lien qui la reliait à son enfance. Pop avait raison, le temps du changement était arrivé.

Lentement, elle alla prendre un stylo dans un tiroir. S'approchant de son grand-père, elle le lui tendit.

— Signe. Nous allons fêter ça au champagne, dit-elle.

Sans la quitter des yeux, Pop prit le stylo.

— Tu es sûre, Meg ?

Elle hocha affirmativement la tête. Oui, elle était sûre de bien faire, du moins pour lui, si elle n'était pas encore très convaincue pour elle-même.

— Absolument.

Elle sourit. Les yeux de Pop s'illuminèrent. Il se pencha sur le papier.

Il apposa sa signature et lui passa le stylo pour qu'elle contresigne. Empêchant sa main de trembler, elle écrivit son nom en grosses lettres.

Pop soupira comme s'il venait de se débarrasser d'un fardeau.

— Je pense que je devrais appeler Katch, dit-il. Ou lui porter les papiers.

— Je vais les lui porter.

Megan les replia soigneusement.

— J'aimerais lui parler.

— C'est une bonne idée, ma chérie.

Elle bondit vers la porte.

— Prends le camion, suggéra-t-il. J'ai l'impression qu'il va pleuvoir.

Quand elle atteignit la maison de Katch, Megan se sentit étrangement calme. Les papiers étaient glissés dans la poche arrière de son pantalon. Elle gara le camion derrière la Porsche.

L'atmosphère était lourde. Rien ne bougeait, excepté quelques gouttes de pluie parcimonieuses. Les nuages noirs étaient menaçants.

Elle se dirigea vers la porte d'entrée et frappa, comme l'autre jour. Comme l'autre jour, personne ne répondit. Elle redescendit les quelques marches et contourna la maison.

Il n'y avait aucun signe de Katch dans le jardin, où régnait un grand silence, que le bruit du ressac interrompait par intermittence. Katch avait planté un saule pleureur en haut de la pente qui descendait jusqu'au rivage. Au pied de l'arbre, la terre était encore fraîche. Incapable de résister, elle s'approcha de l'arbre pour toucher ses jeunes feuilles. Il n'était pas plus grand qu'elle, pour l'instant, mais un jour, il serait magnifique, un véritable havre d'ombre pendant l'été. Instinctivement, elle poursuivit son chemin vers la plage.

Les mains dans les poches, Katch était debout face à la marée montante. Comme s'il avait senti son arrivée, il se retourna.

— Je pensais à vous, dit-il.

Elle sortit les papiers de sa poche et les lui tendit.

— Le parc est à vous, dit-elle calmement. Vous avez gagné.

Il ne jeta même pas un coup d'œil au contrat, mais son regard changea d'expression.

— J'aimerais vous parler, Meg. Rentrons.

— Non.

Elle recula de quelques pas pour appuyer son refus.

— Il n'y a rien à ajouter, continua-t-elle.

— Pour vous, peut-être, mais moi, j'ai un tas de choses à vous dire. Et vous allez m'écouter, affirma-t-il avec une légère impatience.

— Je ne veux pas vous écouter, Katch.

Elle lui fourra les papiers dans les mains. Au même instant, un éclair zébra le ciel et un coup de tonnerre la fit tressaillir. Elle tourna les talons.

— Attendez ! cria-t-il en lui prenant l'avant-bras

— Je n'attendrai pas ! Et lâchez-moi !

Elle arriva à se libérer.

— Vous avez ce que vous vouliez, vous n'avez plus besoin de moi.

Poussant un juron, Katch enfouit les papiers dans sa poche et lui saisit le poignet. Il lui fit faire volte-face.

— Vous n'êtes pas bête au point de croire ce que vous dites !

— Ne me montrez pas à quel point je suis bête.

Elle se débattit.

— Nous devons parler. J'ai des choses importantes à vous expliquer.

Une rafale de vent la gifla.

— Vous ne comprenez pas la signification du mot « non » ? hurla-t-elle contre le bruit des vagues et celui du vent, de plus en plus violent. Je n'ai pas envie de vous écouter. Je me fiche pas mal de ce que vous avez à me dire.

Subitement, la pluie se mit à tomber dru, les trempant jusqu'aux os en quelques secondes.

Aussi furieux qu'elle, Katch rétorqua :

— Rentrons. Vous allez m'écouter, que cela vous plaise ou non.

Il l'entraîna pour traverser la plage mais elle résista et libéra son bras.

— Non ! Je ne veux pas rentrer avec vous.

— Mais si !

— Que comptez-vous faire ? Me traîner par les cheveux ?

— Ne me tentez pas.

Cette fois, il la prit par la main, mais elle se dégagea tout de suite.

— Très bien, dit-il. Ça suffit.

D'un mouvement rapide, il la souleva dans ses bras.

— Posez-moi immédiatement !

Furibonde, elle se mit à gigoter en lui donnant des coups de pied et de poing. Mais il les ignora et la serra un peu plus fort contre lui. Il grimpa la côte sans effort apparent. Les éclairs et le tonnerre se déchaînaient au-dessus de leur tête.

— Je vous déteste, déclara-t-elle tandis qu'il traversait rapidement la pelouse.

— Parfait. C'est un bon début.

Poussant la porte d'un coup de hanche, il passa par la cuisine et entra dans le salon. Sans cérémonie, il la laissa tomber sur le canapé.

— Restez tranquille ! ordonna-t-il.

Il s'approcha de la cheminée. Prenant une allumette longue,

il enflamma un morceau de papier, qu'il introduisit sous les bûches. Le bois bien sec prit feu aussitôt.

Retrouvant son souffle, Megan se leva et bondit vers la porte. Katch l'arrêta avant qu'elle ne l'atteigne. Il la saisit par les épaules.

— Je vous préviens, Meg, ma patience a des limites. Ne me poussez pas à bout.

— Vous ne me faites pas peur ! dit-elle en dégageant les mèches de cheveux collées contre ses tempes.

— Je n'essaie pas de vous faire peur. J'essaie de vous raisonner. Mais vous êtes trop têtue pour accepter de m'écouter.

Elle lui coula un regard assassin.

— Ne me parlez pas sur ce ton ! Je ne l'accepterai pas.

— Mais bien sûr que si.

D'un geste vif, il tendit la main vers elle et sortit les clés du camion de la poche de son pantalon.

— Tant que je les tiens !

Il les mit dans sa poche.

— Je peux marcher, rétorqua-t-elle.

— Sous cet orage ?

Megan s'entoura le corps de ses bras. Elle commençait à frissonner.

— Rendez-moi mes clés.

Au lieu de lui répondre, il la poussa vers la cheminée.

— Vous êtes frigorifiée. Réchauffez-vous. Vous allez changer de vêtements.

— Certainement pas. Si vous croyez que je vais ôter mes vêtements chez vous, vous êtes complètement fou.

— Comme vous voudrez.

Il se débarrassa de son T-shirt, qu'il jeta sur une chaise d'un geste coléreux.

— Vous êtes la femme la plus entêtée, la plus étroite
l'esprit et la plus bornée que je connaisse.

— Merci.

Elle ravala de justesse un éternuement.

— C'est tout ce que vous aviez à me dire ?

— Non.

Il se rapprocha du feu.

— Ce n'est qu'un préambule. Asseyez-vous.

— Avant, j'ai mon mot à dire.

Elle s'empêcha de trembler, mais elle avait la chair de
oule.

— Je me suis trompée sur toute la ligne par rapport à
ous. Vous n'êtes ni paresseux ni malintentionné ni avide de
uccès. Et vous étiez certainement sincère avec moi.

Elle essuya l'eau de ses yeux, mélange de pluie et de
armes.

— Dès le premier jour, vous m'avez annoncé que vous
ouliez acquérir le parc. Et c'est sans doute pour le mieux.
Mais ce qui s'est passé entre ce jour-là et aujourd'hui est
ntièrement ma faute. J'ai été assez ridicule pour vous laisser
rendre de l'importance dans ma tête.

La gorge sèche, elle fit une pause.

— Cependant, il est difficile de vous ignorer. Maintenant,
ous avez ce que vous vouliez, et c'est terminé.

— Je n'ai qu'une partie de ce que je voulais, rectifia-t-il.

S'approchant d'elle, il prit ses cheveux dans ses mains.

— Une partie seulement, Meg, répéta-t-il à voix basse.

Trop fatiguée pour discuter, elle leva les yeux sur lui.

— Ne pouvez-vous me laisser tranquille ?

— Vous laisser tranquille ? Savez-vous combien de fois
'ai arpenté cette plage à 3 heures du matin ? Je vous désirais

tant que je ne pouvais pas fermer l'œil. Imaginez-vous l
mal que j'ai eu à vous laisser partir, chaque fois que je vou
ai tenue dans mes bras ?

Les doigts toujours dans ses cheveux, il l'attira à lui.

Elle fixa sur lui des yeux devenus immenses. Elle fris
sonnait. Qu'était-il en train de lui dire ? Elle ne voulait pa
courir le risque de le lui demander. Brusquement, il pouss
un juron et la prit dans ses bras.

Ses vêtements minces et trempés n'étaient pas un obstacl
sous ses mains. Il modela ses seins tandis que sa bouche l
bâillonnait. Elle n'opposa aucune résistance quand il l'entraîn
par terre et qu'il commença fébrilement à déboutonner so
chemisier. Sa peau mouillée s'embrasa sous ses doigts. Katc
promenait sur sa gorge une bouche affamée et brûlante.

Bientôt, les craquements du bois dans l'âtre et le déferleme
de la pluie contre les fenêtres se mêlèrent à leur respiratio
haletante.

Katch prit une longue inspiration.

— Je suis désolé. Je voulais vous parler. Il y a des chose
que je dois absolument vous dire. Mais j'ai besoin de vou
J'ai ignoré ce besoin trop longtemps.

Besoin. Son esprit s'agrippa à ce mot. Le besoin était trè
différent du désir. Le besoin était plus personnel — encor
séparé de l'amour — mais elle laissa son cœur s'en impré
gner.

— D'accord.

Elle voulut s'asseoir, mais il se pencha sur elle. Des étin
celles jaillirent au plus profond de son être quand elle sent
le torse nu de Katch contre sa peau.

— Katch…

— Je vous en prie, Meg. Ecoutez-moi.

Elle le dévisagea. Katch avait un regard très grave. ''était inhabituel. Quoi qu'il ait à lui dire, ce devait être très nportant pour lui.

Poussant un soupir, elle céda.

— Très bien, je vous écoute.

— La première fois que je vous ai vue, je vous ai désirée. 'ous le savez.

Il parlait à voix basse, mais avec une note de nervosité. 'isiblement, quelque chose bouillonnait sous la surface.

— Le premier soir que nous avons passé ensemble, vous ı'avez intrigué autant que vous m'avez attiré. J'ai cru que ce erait facile d'avoir une aventure avec vous pendant quelques emaines.

— Je sais, dit-elle d'une voix douce.

Elle ne devait pas se laisser blesser par la vérité.

— Chut…

Il posa un doigt sur ses lèvres.

— Vous ne savez pas. Presque tout de suite, plus rien n'a té simple. Le soir où vous êtes venue dîner chez moi, et que ous m'avez demandé de rester…

Faisant une pause, il tendit la main vers elle et écarta de on front quelques mèches mouillées.

— … je n'ai pas pu accepter, et je ne sais pas vraiment ourquoi. Je vous désirais, plus qu'aucune femme que j'ai ımais touchée ou dont j'ai jamais rêvé. Mais je ne pouvais as accepter votre proposition.

— Katch….

Elle secoua la tête. Allait-elle être assez forte pour entendre ı suite ?

— S'il vous plaît…, dit-elle en fermant les yeux.

Il attendit qu'elle les rouvre avant de continuer.

— J'ai essayé de rester éloigné de vous, Meg. J'ai essayé d
me convaincre que mon imagination me jouait des tours. I
puis, je vous ai vue arriver en trombe dans mon jardin. Vo
étiez furieuse, et si belle que j'en étais étourdi. Le simple fa
de vous regarder me coupait le souffle.

Quand il lui prit la main pour la presser contre ses lèvre
elle se sentit défaillir.

— Arrêtez, murmura-t-elle. Je vous en prie.

Katch plongea un regard pénétrant dans ses yeux penda
un long moment, puis il lâcha sa main.

— Je vous désirais, dit-il d'une voix dont le calme éta
démenti par son regard de braise. J'avais besoin de vous,
cela me rendait furieux.

Il appuya le front contre le sien et ferma les yeux.

— Je n'ai jamais voulu vous faire du mal, Meg, ni vo
effrayer.

Elle resta sans bouger. Apparemment, une véritab
tempête se produisait en lui. La lueur du foyer jouait sur s
bras et ses jambes.

— Je croyais pouvoir me passer de vous, le contraire n
paraissait impossible. Mais vous étiez toujours présente da
mes pensées, dans mes rêves. L'autre nuit, après vous avo
raccompagnée, j'ai fini par admettre que je ne voulais pa
d'échappatoire. Pas cette fois.

Relevant la tête, il la regarda de nouveau.

— J'ai un cadeau pour vous, mais d'abord, il y a une cho
que vous devez savoir : j'avais décidé de renoncer à l'ach
du parc. C'est votre grand-père qui est venu me voir l'aut
soir. Je ne voulais pas de cette histoire entre nous, mais lu
il tenait absolument à me le vendre. Il pensait que c'éta

mieux pour vous et pour lui. Mais si cela vous paraît trop dur, je suis prêt à y renoncer.

— Non.

Elle poussa un soupir las.

— C'est très bien ainsi. Si j'ai mal réagi, c'est parce que j'ai eu l'impression de perdre un être cher. Je sais bien qu'il vaut mieux que nous vendions, mais cela ne m'empêche pas d'en souffrir.

Son éclat de tout à l'heure semblait avoir drainé toutes ses peurs et sa douleur.

— J'ai eu tort de débarquer comme cela en criant. Pop a le droit de vendre le parc, et vous avez parfaitement le droit de l'acheter.

Elle soupira. Mieux valait en finir avec ces explications.

— J'ai dû me sentir trahie, d'une certaine façon, et j'ai refusé d'approfondir la question.

— Et maintenant ?

— Maintenant, j'ai honte de m'être conduite comme une idiote.

Lui adressant un pâle sourire, elle se leva.

— J'aimerais rentrer chez moi. Pop va s'inquiéter.

— Encore une seconde !

Il porta la main à sa poche arrière, d'où il sortit une petite boîte. Megan se rassit en frissonnant. Après une brève hésitation, Katch lui tendit la boîte. Stupéfaite, autant par son geste que par la tension qui émanait de lui, elle la prit et l'ouvrit. Et ce qu'elle vit la laissa bouche bée.

C'était une bague ornée d'une émeraude taillée en facettes, exquise dans sa simplicité. Abasourdie, Megan la regarda longuement, puis elle leva les yeux sur Katch. Incapable de prononcer un mot, elle secoua la tête.

Prenant une profonde inspiration, elle finit par murmurer :

— Katch…

Elle secoua encore la tête.

— Je ne comprends pas… je ne peux pas l'accepter.

Refermant la main sur les siennes, il plongea un regard pénétrant dans le sien.

— Ne dites pas non, Meg. Je crains toujours mes réactions quand vous refusez.

Ses paroles se voulaient légères, mais il avait la voix tendue.

Essayant de rester calme, elle soutint son regard. Et brusquement, une idée lui traversa l'esprit, faisant bondir son cœur.

— Je ne comprends pas, dit-elle d'une voix à peine audible.

Les doigts de Katch se resserrèrent sur ses mains.

— Je veux vous épouser. Je vous aime.

Envahie par une foule d'émotions contradictoires, Megan resta silencieuse. Katch devait plaisanter. Pourtant, il n'y avait pas la moindre lueur d'humour dans ses yeux. Son visage aussi était sérieux, et ses paroles étaient très claires. Il n'essayait pas de la charmer. Secouée, elle se leva, tenant la petite boîte au creux de sa main. Elle avait besoin de réfléchir.

Le mariage… A quoi pouvait bien ressembler la vie avec Katch ? A des montagnes russes, se dit-elle aussitôt. Ce serait une chevauchée fantastique, remplie d'obstacles inattendus et d'indescriptibles frissons de joie. Il y aurait aussi sans doute des moments paisibles. Précieux, ils rendraient chaque nouveauté encore plus excitante.

Katch avait fait sa demande avec simplicité. Il n'avait pas

mis dans ses paroles les fioritures dont il était d'habitude si friand. Peut-être était-il plus vulnérable qu'il ne voulait paraître ?

Elle posa le bout des doigts sur ses tempes. David Katcherton, vulnérable ? Et cependant... elle ne pouvait oublier ce qu'elle avait vu dans ses yeux.

« Je vous aime. » Ces trois mots si simples, que des millions de personnes prononçaient chaque jour, allaient changer sa vie à tout jamais. Elle fit demi-tour et vint s'asseoir à côté de lui. Elle posa sur lui un regard aussi grave que le sien. Tendant la boîte, elle parla très vite pour faire disparaître la lueur de désespoir qui venait d'apparaître dans les yeux de Katch.

— Sa place se trouve au troisième doigt de ma main gauche.

En une fraction de seconde, elle se retrouva dans ses bras.

— Oh, Meg ! murmura-t-il en faisant pleuvoir un déluge de baisers sur son visage. J'ai cru que vous alliez refuser.

— J'aurais voulu, mais c'est impossible.

Nouant les bras autour de son cou, elle essaya de capturer sa bouche, qui rôdait sur sa peau.

— Je vous aime, Katch, chuchota-t-elle dans un souffle. Je vous aime désespérément, sans réserve. Je m'étais préparée à une mort lente quand vous étiez prêt à vous éloigner.

— Ne pensons plus à cela.

Ils s'étendirent sur le sol et il enfouit son visage dans ses cheveux, qui avaient l'odeur de la pluie.

— Nous irons à La Nouvelle-Orléans passer un bref voyage de noces avant que vous vous remettiez à sculpter pour l'exposition. Et au printemps, nous irons à Paris.

Levant le visage vers elle, il la dévora des yeux.

— Je nous ai imaginés, vous et moi, faisant l'amour à Paris. Je veux voir votre visage le matin, quand la lumière est encore très douce.

Elle effleura sa joue du bout des doigts.

— Vite, murmura-t-elle. Epousez-moi vite. Je ne veux plus vous quitter.

Il ramassa la boîte, qui était tombée entre eux. Sortant la bague, il la glissa à son doigt. Puis il lui prit les deux mains dans les siennes.

— Considérez que c'est un lien, Meg. Vous ne pouvez plus vous enfuir, à partir de maintenant.

— Je n'ai pas envie de m'enfuir.

Elle leva la tête pour l'embrasser.

Épilogue

Nerveusement, Megan fit tourner l'émeraude autour de son doigt et sirota du bout des lèvres le champagne que Jessica venait de lui donner. Elle sentit son sourire se figer sur ses lèvres. Il y avait beaucoup trop de monde. Que faisait-elle là, dans une galerie en plein cœur de Manhattan, à se faire passer pour une artiste ? La seule chose qu'elle avait envie de faire, c'était d'aller se cacher dans l'arrière-salle.

— Comment ça va, Meg ?

Pop s'approcha d'elle. Il était très distingué dans son costume noir.

— Tu devrais goûter un de ces petits canapés. Ils sont délicieux, proposa-t-il.

Il lui tendit un plateau chargé d'amuse-gueules aux couleurs appétissantes.

Megan secoua la tête. Elle avait déjà l'estomac à l'envers.

— Non, merci. Oh, Pop, je suis si heureuse que tu aies pu venir pour le week-end.

— Tu crois que j'aurais manqué la plus importante soirée de la vie de ma petite-fille ?

Dévorant le canapé, il sourit.

— Est-ce que tout se passe bien ? s'enquit-il.

— J'ai l'impression de commettre une imposture, dit-elle à voix basse.

Elle adressa un sourire automatique à un homme qui passa près d'elle pour examiner une de ses pièces en marbre.

— Allons, ne dis pas de bêtise, ma chérie. En tout cas, je peux t'affirmer une chose : je ne t'ai jamais vue aussi resplendissante.

Il caressa les manches de sa robe, un tourbillon de soie multicolore.

— Sauf peut-être à ton mariage.

Megan rit doucement.

— Ce qui est sûr, c'est que j'avais moins peur.

Parcourant rapidement la salle des yeux, elle demanda :

— Où est Katch ?

— La dernière fois que je l'ai vu, il était en compagnie d'un couple qui m'a paru richissime.

Il l'observa d'un œil rieur.

— Je croyais avoir entendu Jessica dire que tu devais parler aux visiteurs ?

— C'est vrai.

Elle poussa un petit soupir de frustration.

— Je me sens figée sur place. Je ne peux pas faire un mouvement.

— Ecoute, Meg, je ne t'ai jamais vue aussi timide.

Elle ouvrit la bouche pour protester, mais il s'éloigna.

Timide ? répéta-t-elle silencieusement. Elle redressa les épaules et but un peu de champagne. Très bien, Pop avait raison. Elle n'allait pas rester plantée là, immobile comme une de ses sculptures, pendant toute la soirée. Si elle devait être abattue par la critique, elle garderait la tête haute.

Marchant lentement, et avec un peu plus de confiance, elle s'approcha du buffet.

— C'est vous qui exposez ?

Megan tourna la tête. Une femme étonnante, couverte de diamants et de soie noire, la regardait d'un air intéressé.

— Oui, répondit-elle en relevant légèrement le menton.

— Mmm.

La femme la jaugea du regard.

— J'ai cru comprendre que l'étude de la fillette au château de sable n'était pas à vendre ?

— Non, elle appartient à mon mari.

Deux mois après son mariage, ce mot lui réchauffait toujours autant le cœur. « Katch, mon mari ».

Megan parcourut encore la galerie des yeux pour le trouver.

— Quel dommage ! commenta la dame.

— Pardon ?

— Je disais, quel dommage ! J'aurais voulu l'acheter.

— Vous…

Megan la regarda d'un air effaré.

— Vous la vouliez ? répéta-t-elle.

— J'ai déjà acheté « Les Amants ». C'est une magnifique sculpture. Mais je souhaite aussi vous commander une autre « Jeune Fille au château de sable ». Je vous contacterai par l'intermédiaire de Jessica.

— Oui, bien sûr, marmonna Megan.

Une commande ? Elle tendit la main d'un geste automatique.

— Merci, dit-elle encore, flottant dans une sorte de brouillard.

Quand la dame eut tourné les talons, Katch murmura à son oreille :

— Myriam Tailor Marcus.

Megan l'attrapa par la main.

— Katch, cette femme veut…

— C'est Myriam Tailor Marcus, répéta-t-il avant de l'embrasser. J'ai tout entendu. Et j'ai modestement accepté ses compliments sur ma contribution au monde de l'art.

Il trinqua avec elle.

— Bravo, mon amour !

— Ils aiment vraiment mon travail ? chuchota-t-elle.

— Si tu n'avais pas passé ton temps à essayer de te rendre invisible, tu saurais déjà que tu as un succès foudroyant. Viens faire un tour avec moi, et regarde les petits points bleus sous tes sculptures. Ils signifient : « Vendu ».

Megan ouvrit des yeux immenses et eut un petit rire incrédule.

— Je rêve ou ils achètent vraiment ?

— Tu ne rêves pas. Jessica se démène comme une diablesse. Trois clients voulaient acquérir la sculpture en albâtre qu'elle avait achetée elle-même. Ils étaient prêts à payer deux fois plus cher que ce qu'elle a payé. Et si tu ne vas pas parler immédiatement à quelques critiques d'art, elle va piquer une crise de nerfs.

— Je n'arrive pas à y croire !

Il porta sa main à ses lèvres.

— Je suis très fier de toi, Meg.

Elle cligna des paupières tandis que ses yeux s'emplissaient de larmes.

— Il faut que je sorte d'ici une ou deux minutes, murmura-t-elle. Je t'en prie !

Sans un mot, Katch la prit par la main et ils se faufilèrent dans la foule jusqu'à l'arrière-salle.

Elle laissa ses larmes couler librement.

— C'est complètement idiot, dit-elle avec un hoquet. J'ai tout ce dont j'ai toujours rêvé, et je me mets à pleurer comme une Madeleine. Je réagis mieux face à un échec.

— Megan…

Avec un rire léger, il la prit dans ses bras.

— Je t'aime…

— Tout cela me semble irréel, dit-elle d'une voix tremblante. Pas seulement l'exposition… tout ! Quand je regarde ta bague à mon doigt, je ne peux pas m'empêcher de me demander quand je vais me réveiller. Je n'arrive pas à croire que…

Il la réduisit au silence par un baiser frémissant. Poussant un petit soupir, elle se laissa aller dans ses bras. Après plusieurs semaines de mariage et de nuits intimes, Katch avait toujours le pouvoir de la faire fondre rien que par un baiser. Ses larmes se tarirent et son sang s'échauffa. L'attirant plus près d'elle, elle promena les mains sur son visage et dans ses cheveux.

— C'est bel et bien réel, chuchota-t-il tout contre ses lèvres. Tu peux y croire.

Inclinant la tête, il changea l'angle de son baiser.

— C'est réel chaque nuit, quand tu es dans mes bras, et chaque matin, quand tu te réveilles près de moi.

Il la repoussa doucement et embrassa ses joues humides de larmes.

— Ce soir, je vais faire l'amour à la nouvelle star du monde de l'art.

Elle sourit.

— Dans combien de temps pourrons-nous nous éclipser ? demanda-t-elle.

Il se mit à rire et l'embrassa encore.

— Ne me tente pas. Jessica nous écorcherait vifs si nous ne restions pas jusqu'à la fermeture de la galerie. Maintenant, poudre-toi et prépare-toi à baigner dans l'admiration pendant une heure ou deux. C'est bon pour le moral.

— Katch…

Elle l'arrêta avant qu'il n'ouvre la porte.

— Il y a une sculpture que je n'ai pas exposée ce soir.

Il leva un sourcil curieux.

— Oh ?

— Oui, enfin…

Elle rougit légèrement.

— J'avais peur que les choses ne tournent mal, et je pensais pouvoir affronter les critiques. Mais cette pièce… je n'aurais pas supporté entendre quelqu'un dire que c'était une pauvre tentative d'amateur.

Interloqué, il glissa les mains dans ses poches.

— Est-ce que je l'ai vue ?

Elle secoua la tête.

— Non. Je voulais te la donner comme cadeau de mariage, mais tout est arrivé si vite, et elle n'était pas terminée…

Faisant une pause, elle lui adressa un sourire espiègle.

— Après tout, nous n'avons été fiancés que pendant trois jours.

— Deux jours de plus que si tu avais accepté que nous nous envolions pour Las Vegas, fit-il remarquer. Au bout du compte, j'ai été très patient.

— De toute façon, je n'aurais pas eu le temps de la terminer.

Et après, j'étais si nerveuse en pensant à cette exposition que je n'ai pas pu te la donner.

Elle prit une profonde inspiration.

— Je veux te la donner maintenant, maintenant que je me sens une véritable artiste.

— Est-ce qu'elle est là ?

Megan se tourna vers une étagère, où le buste était soigneusement enveloppé dans un tissu. Sans un mot, elle le prit et le lui tendit. Katch le dévoila lentement, et il resta bouche bée.

Debout à côté de lui, elle examina son œuvre comme si elle la voyait pour la première fois. Elle avait poli le bois très légèrement pour lui laisser cette aura « pas tout à fait civilisée » qu'elle percevait dans le modèle. Il émanait de lui la même assurance un peu arrogante, et la chaleur qu'elle avait sentie en lui en tant qu'artiste, avant de la découvrir en tant que femme.

Katch observa le buste si longtemps qu'elle recommença à se sentir nerveuse. Il finit par lever sur elle un regard intense.

— Meg…

— Je ne veux pas le présenter dans la galerie, dit-elle précipitamment. C'est trop personnel.

Elle passa un doigt sur une pommette.

— Il y a eu des moments, quand je travaillais sur le modèle en argile, où j'ai eu envie de l'écraser.

Avec un petit rire, elle prit la sculpture dans ses mains.

— Mais je n'ai jamais pu. En commençant ton portrait, je croyais que je pensais toujours à toi parce que tu avais un visage que j'avais envie de sculpter.

Elle leva le regard sur lui. Il la couvait des yeux.

— Je suis tombée amoureuse de toi quand mes mains modelaient ton visage.

Elle leva les bras vers lui et lui caressa lentement la joue.

— Je croyais que je ne pourrais pas t'aimer plus que je t'aimais à ce moment-là. Mais je me trompais.

— Meg…

Il lui prit les mains et y pressa ses lèvres.

— Je ne sais pas quoi dire.

— Contente-toi de m'aimer.

— Toujours.

— Ce sera peut-être assez long, alors.

En soupirant, elle posa la tête contre son épaule.

— Et je crois qu'en sachant que tu m'aimes, je pourrai supporter le succès.

Glissant un bras autour de sa taille, Katch ouvrit la porte.

— Allons boire une autre coupe de champagne. Nous avons beaucoup de choses à fêter !

BEST SELLERS

Les Best-Sellers Harlequin, c'est la promesse d'une lecture intense : romans policiers, thrillers médicaux, drames psychologiques, sagas, ce programme est riche d'émotions.

Ne manquez pas, dès le 1er septembre :

Le cercle secret, de Suzanne Forster • N°264

En 1982, dans une école privée de Californie, quatre adolescentes humiliées et martyrisées par leur directrice ont formé un club secret en jurant de toujours se soutenir. Jusqu'au jour où l'une d'elles se suicide, et où la directrice de l'établissement est retrouvée assassinée...

Vingt ans plus tard, Mattie, Jane et Breeze ont gardé le silence sur ce qui s'est réellement passé. Mais, parvenues au sommet de l'échelle sociale, elles sont aujourd'hui menacées de tout perdre lorsqu'un journaliste entreprend de faire la lumière sur le drame...

Noirs desseins, de Carla Neggers • N°265

Une balle sur le siège de la voiture. Une vitre brisée dans le salon. Des appels anonymes. Trois ans après la mort de son mari, un ancien agent du FBI, Lucy Blacker Swift sent un danger mortel planer sur elle et ses enfants. Pour ne pas alarmer les siens, elle décide de faire appel en secret à Sebastian Redwing, le meilleur ami de son mari. Sans savoir qu'elle va l'entraîner dans une spirale incontrôlable, où se mêlent chantage, vengeance et trahison…

La piste du tueur, de Christiane Heggan • N°266

Lorsqu'elle découvre un soir le corps sans vie d'une jeune femme, dans une ruelle de New York, Zoe Forster s'empresse de prévenir la police. Mais à l'arrivée des secours, c'est la stupéfaction : le cadavre a disparu. Persuadée que quelqu'un a voulu supprimer toute trace du meurtre, Zoe réalise un portrait de la victime et lance un appel à témoin dans le journal où elle travaille. Au risque de devenir ainsi la prochaine cible de l'assassin…

Le silence des anges, de Dinah McCall • N°267

Dans une maison en travaux, au nord du Texas, un couple découvre une valise contenant le squelette d'un bébé. La découverte sème un vent d'effroi et d'horreur parmi la population : vingt-cinq ans plus tôt, l'endroit avait en effet servi de cachette aux ravisseurs d'une enfant de deux ans, Olivia Sealy. Celle-ci ayant été libérée après le versement d'une énorme rançon, une question se pose alors avec insistance : qui est l'enfant retrouvé mort ?

La fortune des Carstairs, de Fiona Hood-Stewart • N°268

Avocate à Savannah, Meredith Hunter est chargée à la mort de l'excentrique Rowena Carstairs de retrouver celui que la vieille dame a désigné comme son unique héritier : Grant Gallagher, son petit-fils illégitime, dont personne ne soupçonnait l'existence. Contrainte de faire face à la colère de la famille Carstairs, Meredith découvre que Grant lui-même ne lui facilitera pas la tâche : amer d'avoir été abandonné à la naissance, il ne veut pas entendre parler de cet héritage, et refuse même de recevoir la jeune femme…

Les portes du destin, de Catherine Lanigan • N°126 *(Réédition)*

Participer à une exploration de la forêt équatorienne : pour la géologue M.J. Callahan, il s'agit avant tout d'un voyage strictement professionnel. Mais avec ses deux coéquipiers, un aventurier entreprenant et un industriel plus réservé, la jeune femme découvre une jungle au charme envoûtant… et aux dangers mortels. Car une expédition a autrefois suivi le même chemin qu'elle à la recherche d'un trésor fabuleux. Et personne n'en est jamais revenu…

Composé et édité par les
éditions Harlequin
Achevé d'imprimer en juillet 2006

BUSSIÈRE
GROUPE CPI

à Saint-Amand-Montrond (Cher)
Dépôt légal : août 2006
N° d'imprimeur : 61315 — N° d'éditeur : 12257

Imprimé en France